DEANA ZINSSMEISTER

Das Hexenmal

Buch

Auf dem Eichsfeld im Jahr 1617: Kurz vor dem Dreißigjährigen Krieg vergiftet Missgunst die Herzen der Menschen, Armut und Nöte bestimmen ihr Leben und Handeln. Über dem ganzen Land liegt Unheil wie ein drohendes Unwetter, und manchen Orts verdunkeln Rauchwolken den Himmel. Brennen sollen die Dämonen, die Hexen und Zauberer, die für die Missernten und anderes Übel verantwortlich sind!

In dieser dunklen Zeit sind fünf junge Menschen auf der Flucht, jeder von ihnen vor einem Schicksal, dem zu entrinnen unmöglich scheint: Katharina, die Tochter einer wohlhabenden Töpferfamilie, will der Ehe mit ihrem Schwager Otto entgehen, um die sie ihre Schwester Silvia auf dem Sterbebett gebeten hatte. Der reiche Erbe Johann flieht gemeinsam mit der Magd Franziska in die Wälder. Sein Vater, der Großbauer am Ort, hatte das Mädchen als Hexe angeklagt, aus Angst, der Sohn könne ihn durch die Heirat mit einer Magd entehren. Als eindeutigen Beweis für Franziskas Bund mit dem Teufel führt der Bauer ein unverkennbares »Hexenmal« auf ihrem Steiß an. Burghard, der junge Franziskaner, war auf seinen Reisen dem charismatischen Magier Barnabas begegnet und stand einige Zeit unter seinem Einfluss. Fast zu spät erkennt der Mönch, welch große Schuld er durch das Beiwohnen bei Hexenprozessen auf sich geladen hat, und beschließt, ein neues Leben zu beginnen. Und auch Clemens, der nur knapp einem Mordkomplott seines intriganten Schwagers entgangen ist, muss noch immer um sein Leben fürchten und verlässt den heimischen Hof. Doch die Häscher sind den Flüchtenden dicht auf den Fersen …

Autorin

Deana Zinßmeister hat sich mit dem Schreiben einen Traum erfüllt und ihre Leidenschaft zum Beruf gemacht. Während der Recherchen zu »Das Hexenmal« hat sie nicht nur viele Gespräche geführt, sondern ist auch den Fluchtweg ihrer Protagonisten selbst abgewandert. »Das Hexenmal« ist Deana Zinßmeisters dritter Roman. Die Autorin lebt mit ihrem Mann und zwei Kindern im Saarland. Weitere Informationen zu Deana Zinßmeister im Internet unter www.deanazinssmeister.de.

Von Deana Zinßmeister außerdem bei Goldmann lieferbar:
Die Gabe der Jungfrau. Roman (47036)
Der Hexenturm. Roman (47248)

Deana Zinßmeister

Das Hexenmal

Roman

GOLDMANN

FSC
www.fsc.org
MIX
Papier aus verantwortungsvollen Quellen
FSC® C014496

Verlagsgruppe Random House FSC-DEU-0100
Das FSC®-zertifizierte Papier *München Super* für dieses Buch
liefert Arctic Paper Mochenwangen GmbH.

4. Auflage
Originalausgabe Juli 2008

Umschlaggestaltung: Design Team München
Umschlagmotiv: The Bridgeman Art Library und
Getty Images/White Packart
IK · Herstellung: Str.
Satz: deutsch-türkischer fotosatz, Berlin
Karte: e-map-studio, Margret Prietzsch
Druck und Bindung: GGP Media GmbH, Pößneck
Printed in Germany
ISBN: 978-3-442-46705-1

Für meine Eltern

Das Eichsfeld im heutigen
Thüringen um 1617
Leine
Nordhausen
Duderstadt
Göttingen
Ecklingerode
Ohm-
Wehnde
Brehme
Tastungen
Burg Bodenstein
gebirge
Wintzingerode
Kirchohmfeld
Leine
Hundeshagen
Leine
Heiligenstadt
Worbis
Dingelstedt
Allendorf
Hülfensberg
Döringsdorf
Erfurt
HESSEN-
LAND
Werra
Eschwege
Wanfried
0
10 km

Sie haben den Toten gegenüber die Verpflichtung,
einen geschichtlich korrekten Roman zu schreiben.

(Dr. phil. habil. Johannes Dillinger am 14.07.2007)

Liebe Leserinnen und Leser!

Tatsächliche Geschehnisse, verwoben mit meiner Fantasie, beleben »Das Hexenmal«.

Wie man weiß, schreibt das Leben selbst oft die schönsten Geschichten, und so wird in meinem Buch auch ein kleiner Teil meiner eigenen Familiengeschichte erzählt – die sich zugegeben nicht 1617 ereignet hat.

Daneben machen Schicksale von verhältnismäßig unbekannten Personen vor der Kulisse des Eichsfelds das Besondere an diesem Roman aus.

So wie das von Catharina Staderman aus Breitenbach. Sie wurde im Worbiser Gerichtshaus der Hexerei für schuldig befunden und am 26.09.1681 »viva combusta«, lebendig verbrannt.

Im Roman habe ich ihr den Namen Greta Ackermann gegeben.

Auch die elfjährige Thea Hofmann lebte tatsächlich – allerdings hieß sie im wahren Leben Anna Paumann und stammte aus dem heutigen Baden-Württemberg. Ihre Geschichte ereignete sich in der Nähe von Rottweil im Jahr 1660.

Anna Susanna von Wintzingerode »spukte« angeblich erst nach dem Dreißigjährigen Krieg auf Burg Bodenstein. Da ihre Geschichte aber wunderbar in »Das Hexenmal« passt, habe ich hier meiner schriftstellerischen Freiheit freien Lauf gelassen.

Die Nachfahren von Berthold und Adolph Ernst von Wintzingerode leben noch heute auf dem Eichsfeld.

Barnabas, der Volkszauberer, ist zwar eine erfundene Figur,

diesen Berufsstand gab es Anfang des 17. Jahrhunderts jedoch tatsächlich, und das Schaffen eines solchen Magiers ist in »Das Hexenmal« realistisch dargestellt worden. Auch die Elben sind keine Schöpfung Tolkiens. In Fachbüchern erfährt man Genaueres über sie.

Tatsächlich passiert ist auch der Mord auf dem Hülfensberg – sogar im Jahr 1617. Nur das Geschehen um die Tat herum habe ich auf meine Figuren zugeschrieben.

Die Geschichte der Hexenverfolgungen wurde nach den neuesten Erkenntnissen beschrieben, und ich habe bewusst auf die üblichen Klischees verzichtet.

Mehr möchte ich an dieser Stelle aber nicht verraten. Viel Freude beim Lesen wünscht Ihnen

Deana Zinßmeister

Wie ein gehetztes Tier rannte der junge Mann hinter der aufgebrachten Menschenmenge her. Die gesamte Bevölkerung des kleinen Ortes fieberte dem Spektakel entgegen. Alle schienen von ihrer Schuld überzeugt zu sein. Niemand außer ihm glaubte an ihre Unschuld. Der Angstschweiß lief ihm über das Gesicht. Mit dem Handrücken versuchte er, ihn wegzuwischen, und rieb ihn sich stattdessen in die Augen. Er blinzelte ihn fort und ignorierte das Brennen.

Vergeblich versuchte er, sich durch die Menge zu drängen, damit er sie sehen konnte. Noch einmal wollte er ihr zulächeln, ihr ein Zeichen geben, dass er an sie glaubte. Doch zwecklos. Die Leute versperrten ihm den Weg, alle wollten auf die besten Plätze und kämpften um die Sicht in der ersten Reihe.

Plötzlich hörte er sie schreien. Blut rauschte in seinen Ohren. Hilfe suchend sah er sich um. Machtlosigkeit und Verzweiflung ließen sein Herz rasen. Doch in den Augen der Schaulustigen sah er nur Gier und Freude, dass es endlich losging. Alle um ihn herum schienen sich in mordlustige Gestalten zu verwandeln. Ihre Stimmen klangen schrill, ihre Gesichter verzerrten sich zu Fratzen. Genau solche Missgestalten hatten sie angezeigt und verurteilt. Nur unter der Folter hatte sie zugegeben, was man ihr vorwarf, obwohl sie in ihrem Leben nichts Schlechtes getan hatte.

Wieder hörte er sie schreien, schon roch er das brennende Holz. Er sprang in die Höhe, um über die Köpfe der grölenden Meute hinweg einen Blick auf sie zu erhaschen. Sie sollte sehen, dass er da war, sie nicht im Stich ließ. Seine Beine zitterten, doch die Kraft reichte für einen weiteren Sprung. Nur für den Bruchteil einer Sekunde sah er ihr dunkles Haar. Noch einmal nahm er all seine Kraftreserven zusammen und spannte seine Muskeln zu einem letzten Sprung. Als sich seine Füße vom Boden hoben, schien er über den Köpfen der schreienden Menge zu schweben und sah direkt in ihre bernsteinfarbenen Augen. Für einen Augenblick schien alles stillzustehen. Es gelang ihm, ihr zuzulächeln. Sie schien zurückzulächeln, schien ihm zuzunicken. Dann schlugen die Flammen über ihr zusammen. Ein letzter gellender Schrei. Endlich hatte sie es überstanden.

Kapitel 1

Mit einer Stimme, der man anmerkte, dass sie bald für immer schweigen würde, flüsterte die Frau: »Wo ist sie?«

Ihr Ehemann saß auf einem einfachen Schemel vor dem Bett und zuckte mit den Achseln. Er konnte seine Frau kaum sehen. Durch den dicht gewebten dunklen Baldachin über ihrem Bett fiel nur fahles Licht, er wirkte wie ein Todesumhang, der sie einhüllte. Das Gesicht der Frau hob sich kaum von dem weißen Leintuch ab. Als sie mühsam ihr Haupt hob, lagen schwarze Schatten um ihre einst so strahlenden Augen. Ihre Wangen waren eingefallen, und die Wangenknochen stachen spitz hervor. Schweißperlen glänzten auf ihrer Stirn und der Oberlippe, als die Schmerzen schleichend wiederkehrten. Stöhnend legte sie sich zurück. Erst vor wenigen Tagen hatte sie ihrem Mann den dritten Sohn geschenkt. Genau wie die anderen beiden Buben war auch dieser kräftig und gesund. Doch drei Geburten in knapp drei Jahren waren zu viel für ihren Körper gewesen. Jeder, auch sie selbst, wusste, dass sie nicht mehr lange leben würde. Sie hatte zu viel Blut verloren. Ihr Becken war bei der Geburt gebrochen. Und der Bruch hatte sich entzündet. Der Wundarzt konnte ihr etwas gegen die Schmerzen geben. Doch retten konnte er sie nicht.

Silvia war sich dessen bewusst und wollte noch ein Letztes regeln. Sie würde erst loslassen können, wenn sie Mann und Kinder versorgt wusste. Ein Priester hatte ihr bereits die Letzte Ölung gegeben. Sie hatte sich von ihren Söhnen verabschiedet und sie in die Hände ihrer Amme übergeben. Doch da diese

Lösung nur von kurzer Dauer war und die Amme niemals die Mutter würde ersetzen können, hatte Silvia einen Plan. Ihre Eltern, die auch am Bett der Sterbenden wachten, ahnten nicht, was die ältere Tochter von ihrer sechs Jahre jüngeren Schwester verlangen sollte.

Der Vater nestelte nervös am Kragen seines Leinenhemdes. Als Silvia erneut mit schwacher Stimme nach der Schwester rief, veränderte sich der Ausdruck in den Augen ihrer Mutter. Zornig sah sie zu ihrem Mann.

»Heute ist Sonntag. Du weißt, dass sie dann immer im Armenhaus ist«, erklärte er leise.

»Wer hat ihr das erlaubt? Schick die Magd. Die soll sie herbringen«, befahl die Mutter mit unterdrückter Wut in der Stimme. Erschrocken sah der Mann zu seiner Frau. »Silvia stirbt!«, flüsterte Barbara mit Tränen in den Augen.

Die Zeiten waren hart. Die meisten Menschen waren arm und hatten wenig zu essen. Kaum Geld für Medizin, geschweige denn für einen Arzt. Oft hatten sie kein festes Dach über dem Kopf.

Nicht so diese Familie. Die Jacobis hatten sogar bescheidenen Wohlstand erworben. Aber was hatte das genützt? Zwar starben viele Frauen an den Folgen einer Geburt. Es war tragisch, aber fast an der Tagesordnung. Doch wenn es die eigene Familie traf, das eigene Kind, dann war das etwas anderes. Der Schmerz saß wie ein Stachel im Herzen, so tief, dass man ihn nicht herausreißen konnte.

Silvias Mutter blickte zu ihrem Schwiegersohn. Drei Kinder in knapp drei Jahren! Hätte er sich nicht beherrschen können? Er hätte doch erkennen müssen, dass sie nach der zweiten Geburt schwach und ausgezehrt war. Warum hatten ihm die Mägde nicht genügt? Jeder im Haus wusste, dass er kein treuer

Gemahl war. Jede, die einen Rock trug, holte er in sein Bett. Oft hatte die Schwiegermutter seine lüsternen Blicke bemerkt. Sogar ihrer jüngeren Tochter blickte er schamlos hinterher. Unmissverständlich hatte Barbara Jacobi dem ungeliebten Schwiegersohn zu verstehen gegeben, dass er es nicht wagen sollte, das Mädchen anzurühren. Katharina hatte sie verboten, sich mit dem Schwager allein in einem Raum aufzuhalten.

Zornig blickte sie jetzt den jungen Mann an. Wie sie ihn hasste! Schon vom ersten Augenblick an hatte sie gewusst, dass er nicht in ihre Familie passte.

Tagtäglich hatte sie in ihrer Töpferei am Geisleder Tor mit Menschen zu tun. Meist konnte sie die Leute auf den ersten Blick einschätzen. Der erste Eindruck zählte. Das war auch die Verkaufsphilosophie ihres Mannes. Es gebe keine zweite Gelegenheit für den ersten Eindruck, pflegte Albert Jacobi stets zu seiner Frau zu sagen. Deshalb kam nur einwandfreie Keramik in den Verkaufsraum, was die Händler sehr zu schätzen wussten. Bis nach Bremen wurde die Werrakeramik der Jacobis verschifft, und das hatte der Familie in Heiligenstadt großes Ansehen eingebracht.

In ihrem Schwiegersohn Otto hatte Barbara Jacobi schon früh den Heuchler und Prahler erkannt. Seine Augen hatten ihn verraten. Er war nicht fähig, seinen Blick ruhig zu halten. Stets wanderten seine Augen hin und her. Meist senkte er den Blick, wenn er mit seiner Schwiegermutter sprach. Das zeugte von Falschheit. Dessen war sie sich von Anbeginn sicher gewesen. In all den Jahren, die er nun schon zur Familie gehörte und in denen sie ihn besser kennengelernt hatte, waren ihre Vorbehalte stets aufs Neue bestätigt worden. Sie hatte nie verstanden, warum ihre ältere Tochter dem Werben dieses Mannes nachgegeben hatte. Anfangs hatte sie ihre Bedenken ihrem Mann gegenüber noch geäußert, und er hatte gelacht. Aber als sie nicht damit aufhören wollte, war Albert Jacobi zornig geworden. Schließlich entstammte Otto einer angesehenen Familie und war eine gute Partie für ihre Silvia. Jeder würde sich einen solchen Schwiegersohn wünschen. Verbittert erinnerte sich die Mutter, wie schnell sich die Männer der beiden Familien über die Mitgift einig gewesen waren, und dass schon nach wenigen Monaten Silvia Ottos Frau geworden war.

Nun stand sie am Sterbebett der Tochter. Der Schwiegersohn hatte Schuld an diesem Leid, das über ihre Familie hereinbrach. Dass drei kleine Kinder ohne Mutter aufwachsen mussten. Barbara kämpfte mit den Tränen.

Wo aber blieb ihre jüngere Tochter? Wie konnte sie sich herumtreiben, während ihre Schwester im Sterben lag? Da öffnete sich die Zimmertür, und ein blondes Mädchen mit langen Zöpfen betrat furchtsam den Raum. Es war ihr anzusehen, dass sie geweint hatte, auf ihren Wangen glänzten Tränen. Katharina war an diesem Tag nicht im Armenhaus gewesen. Sie hatte sich in ihrem Zimmer versteckt. Nun zitterte sie am ganzen Körper. Die Schreie ihrer Schwester bei der Geburt des Kindes wenige Tage zuvor hallten noch im Kopf des Mädchens nach. Nein, niemals würde sie ein Kind bekommen! Lieber würde sie ins Kloster gehen. Katharina blieb an der Tür stehen und sah zu dem wuchtigen Holzbett. Tiefe Traurigkeit überkam sie. Sie wollte nicht, dass die Schwester von ihr ging, wollte nicht, dass sie sie allein ließ. Vor Silvias Heirat waren sie wie Freundinnen gewesen. Sie hatten sich alles erzählt, über alles geredet, zusammen gelacht und zusammen geweint. Nach der Hochzeit hatte Silvia sich verändert, war ernst geworden und hatte nur noch selten Zeit für sie gehabt. Doch sie war noch immer ihre geliebte große Schwester. Und in diesem Augenblick des Abschieds mehr denn je.

Katharina glaubte, in diesem Raum zu ersticken. Zwischen den Wänden hing bereits der Hauch des Todes, den sie spüren, sogar riechen konnte. Langsam wandte sie sich zur Tür. Ihre

Mutter packte sie an den Schultern, um sie am Weggehen zu hindern, als die Sterbende ihre Hand ausstreckte und flüsterte: »Komm zu mir, meine kleine Kathi.«

Die Siebzehnjährige ging zögernd auf das Bett zu. Sie beugte sich weit vor, um in die Augen ihrer Schwester blicken zu können. Als sie Silvias Gesicht sah, das in nichts mehr dem schönen Antlitz in ihrer Erinnerung glich, warf sich das Mädchen schluchzend auf die Brust der Schwester. Ein Weinkrampf schüttelte Katharinas zarten Körper. Zärtlich fuhr ihr eine kalte Hand über das Haar.

»Weine nicht, meine kleine Kathi. Auch wenn ich nicht mehr auf dieser Erde weile, so werde ich stets bei dir sein. Ich werde immer auf dich herabblicken. Ich muss doch wissen, ob Otto und du glücklich miteinander werdet.«

Fragend sah ein tränennasses Gesicht die Sterbende an. Auch die Eltern blickten verständnislos auf ihre ältere Tochter. Nur Otto schienen die Worte seiner Frau nicht zu überraschen.

Katharina fuhr sich mit dem Ärmel über die Augen und fragte: »Wie meinst du das, Silvia?«

»Ich möchte, dass du mir einen letzten Wunsch erfüllst. Erst, wenn du mir das versprichst, kann ich in Frieden gehen. Nur dann weiß ich, dass es meinem Mann und meinen Kindern an nichts mangeln wird ...«

»Silvia, wir verstehen nicht, was du meinst. Welches Versprechen soll dir Katharina geben?«, fragte nun der Vater, der die ganze Zeit fast regungslos neben dem Bett verharrt hatte. Stumm wandte er sich seiner Frau zu und erschrak über den Ausdruck auf ihrem Gesicht: Ablehnung und Hass waren in ihren Zügen zu erkennen. Aber nicht ihm galt dieser Ausdruck, sondern dem Schwiegersohn. Ihre Lippen, hart aufeinandergepresst, waren nur noch ein blutleerer dünner Strich. Albert Jacobi hörte sie flüstern: »Du bekommst sie nicht!«

Irritiert sah er wieder zu seiner älteren Tochter. Voller Liebe ruhte deren Blick auf der jüngeren Schwester und ihrem Ehemann. Dann sagte sie mit kraftloser Stimme: »Ich möchte, dass du Otto heiratest. Das soll mein letzter Wunsch sein, bevor ich diese Welt verlasse. Du sollst meinen Platz bei meinen Kindern und meinem Mann ausfüllen.«

Jeder im Raum hatte diese Worte vernommen. Ungläubig sahen der Vater und die jüngere Tochter sich an, voller Verachtung die Mutter den Schwiegersohn, auf dessen Gesicht sich das Lächeln eines Siegers erahnen ließ. Doch bevor Katharina zu antworten vermochte, war ein lautes Stöhnen zu hören. Silvia atmete tief ein, nur um die Luft ein letztes Mal auszuhauchen. Sie starb mit einem Lächeln auf den Lippen – in dem Wissen, dass der letzte Wunsch einer Verstorbenen erfüllt werden musste, auch wenn es weniger ihr eigener als der ihres Mannes gewesen war.

Theatralisch beugte sich Otto über seine verstorbene Frau und küsste ihre Lippen. Die Schwiegermutter mutmaßte als Einzige im Sterbezimmer, dass die Trauer im Gesicht des Schwiegersohnes nur gespielt war, und er wusste, dass sie ihn durchschaut hatte. Doch das berührte ihn nicht. Seine Frau war tot, und schon bald würde eine jüngere Gefährtin an seiner Seite leben. Eine, die mehr seinem Geschmack entsprach.

Wie in dieser Zeit üblich, hatten die Väter die Ehe arrangiert, und Otto hatte sich damit abfinden müssen, dass Silvia nicht seine erste Wahl gewesen war. Natürlich hätte es ihn schlimmer treffen können. Zum einen, weil sie keine schlechte Partie war, und zum anderen, weil sie ein ansehnliches Weib war. Sie hatte ihm ein unkompliziertes Leben beschert, und so hatte er die Verstorbene dulden können. Geliebt? Nein, geliebt hatte er sie nie.

Ganz anders Silvia, die ihrem Mann große Zuneigung entgegengebracht und ihm jeden Wunsch von den Augen abgelesen hatte. Als sie das erste Mal in anderen Umständen war, gab es Komplikationen, und der Arzt verordnete der Schwangeren

Bettruhe. So war es auch bei der zweiten und dritten Schwangerschaft gewesen. Otto musste sogar in ein anderes Zimmer umziehen, damit seine Frau ungestört war. Welche Wahl hatte man ihm gelassen, als sich mit anderen zu vergnügen? Mit seinen fünfundzwanzig Jahren hielt er es für sein gutes Recht, stets über Frauen verfügen zu können.

Mit kaum unterdrücktem lüsternem Blick musterte er jetzt die junge Katharina. Das Mädchen schaute mit großen, ungläubigen Augen auf ihre tote Schwester und schien nichts verstanden zu haben. Was hatte Silvia gesagt? Was hatte sie, Katharina, gehört? Fragend blickte sie nun ihren Vater an. Doch der wich dem Blick seiner jüngeren Tochter aus, konnte ihr nicht in die Augen sehen. Als sie sich aber zu ihrer Mutter umdrehte, sah diese sie direkt an. Katharina glaubte, Mitgefühl in ihrem Blick zu erkennen, aber auch Zuneigung, was in der Vergangenheit nur selten so gewesen war. Ja, Barbara sah ihre Tochter fast zärtlich an. Die Blicke von Mutter und Tochter schienen sich ineinander zu verhaken. Ohne die Augen von Katharina zu lösen, sagte Barbara das, was sie eigentlich nicht laut hatte aussprechen wollen: »Er bekommt sie nicht. Ich werde ihm nicht auch diese Tochter opfern!«

»Weib, was sprichst du da?«, fragte ihr Mann.

»Es war der letzte Wunsch einer Sterbenden«, erklärte Otto mit kalter Stimme. Barbaras Blick löste sich von ihrer Tochter und wanderte zu den beiden Männern. Ohne sichtbare Regung wiederholte sie ihre Worte: »Er bekommt sie nicht. Ich werde ihm nicht auch diese Tochter opfern!«

Verständnislos schüttelte der Vater den Kopf. »Otto hat Recht. Es war der Wunsch einer Sterbenden. Willst du, dass ein Fluch über uns kommt?«

»Katharina hat nicht zugestimmt«, antwortete Barbara nüchtern. »Silvia hat zwar den Wunsch geäußert, aber keine Antwort erhalten. Diesen Wunsch muss Katharina nicht erfüllen.

Warum«, wandte sie sich fragend an ihren Mann, »sollte also ein Fluch auf uns lasten?«

»Du machst uns zum Gespött der Leute, Frau!«, schleuderte Albert seiner Frau entgegen. Barbara schüttelte heftig den Kopf: »Niemand wird erfahren, was hier geschehen ist. Und dir«, fuhr sie an ihren Schwiegersohn gewandt fort, »rate ich, es niemandem zu berichten, sonst …«

»Sonst was? Willst du mir drohen? Es war der Wunsch meiner verstorbenen Gemahlin. Wer will mich daran hindern, ihre letzte Bitte zu erfüllen?«

»Ich werde …«

»Schweig, Frau!«, befahl jetzt Albert in einem Ton, der deutlich machte, dass er keinen weiteren Widerspruch dulden würde. »Es war Silvias Wunsch, und wir werden ihn ihr erfüllen. Nach einer angemessenen Trauerzeit wird Katharina Ottos Frau. Bis dahin unterstützt sie die Amme. Und du, Otto, wahrst das Andenken an deine Frau und zügelst dich.«

Der Vater ging noch einmal an das Bett seiner toten Tochter, faltete ihre Hände wie zum Gebet und schloss ihre gebrochenen Augen. Dann verließ er den Raum. Katharina, die bis dahin nichts gesagt hatte, sah verzweifelt zu ihrer Mutter auf.

»Mutter, was ist mit *meinen* Wünschen? Du weißt, dass es mein Lebensziel ist, den Armen zu helfen, so wie die heilige Elisabeth es getan hat. Außerdem hast du mir versprochen, dass ich mit der Prozession zum Hülfensberg pilgern darf …«

Die Mutter zuckte hilflos mit den Achseln, trat schweigend an das Totenbett und murmelte ein Gebet. Dann ging sie zu ihrer jüngeren Tochter, küsste zärtlich ihre Stirn und fuhr ihr leicht über das Haupt. Sie fand kein Wort des Trostes für das Mädchen, sondern strafte stattdessen den Schwiegersohn mit einem verächtlichen Blick. Dann verließ sie den Raum, wissend, dass sie gegen den Wunsch der toten Tochter und den Befehl ihres Mannes nichts ausrichten konnte.

Katharina war allein mit dem Schwager, der ihr Ehemann werden sollte. Schamlos musterte er seine zukünftige Braut. Einen jungen, unverdorbenen Körper würde er bald sein Eigen nennen können. Feste Brüste und samtene Haut ließen ihn unruhig auf dem Schemel hin und her rutschen. Ein Jahr sollte er warten. Nein, nicht länger als drei Monate würde er sich beherrschen, dann wäre sie sein. Und niemand könnte ihm dieses Recht verwehren. Ottos Blick wanderte von Katharinas Brüsten zu ihrem rosigen Mund. Voller Verlangen blickte er das Mädchen an und hatte Mühe, seine Begierde zu unterdrücken.

»Was wird nun aus mir, Otto?«, fragte das Mädchen ängstlich.

»Du bist doch nicht taub und hast gehört, was dein Vater gesagt hat. Wir werden heiraten.«

»Aber ich will nicht heiraten. Weder dich noch einen anderen Mann.«

»So sprichst du nur, weil dir noch kein Mann gezeigt hat, wie schön es ist, eine Frau zu sein. Ich werde es dich lehren! Alles, was du wissen musst, werde ich dir zeigen.« Er stöhnte verhalten und griff sich voller Wonne in den Schritt. Angewidert senkte Katharina den Blick. Zwar war sie jungfräulich, doch wusste sie um die körperliche Vereinigung Bescheid. Schließlich hatte sie Bullen und Hengste beobachtet. Außerdem kannte sie die anzüglichen Bemerkungen der Knechte, wenn sie betrunken den Mägden hinterherstiegen. Die Gefühle aber, die dabei entstehen sollten, konnte Katharina sich nur schwer vorstellen. Sie war sich jedoch sicher, dass sie diese Empfindungen auf keinen Fall mit ihrem Schwager erleben wollte. Doch wie sollte sie entkommen? Verzweifelt sah sie zu der Toten. O Silvia, wie konntest du nur dies Opfer von mir verlangen? Du wusstest doch, dass ich Otto nicht mag. Hast du mich so wenig geliebt? Plötzlich stieg ein Verdacht in ihr auf. Fassungslos sah sie ihren Schwager an.

»Es war nie und nimmer Silvias Einfall. Du hast ihr das eingeredet.«

»Natürlich war es mein Einfall. Deine Schwester war doch viel zu unbedarft. So gewinne ich gleich doppelt: Eine junge, unverbrauchte Frau und eine attraktive Amme für meine drei Bälger. Was will ein Mann mehr?«

Er lachte boshaft auf, erhob sich und ging auf Katharina zu. Zuerst zart, dann grob fasste er sie unters Kinn und hob ihren Kopf. Er näherte sein Gesicht dem ihren, und kurz bevor sich ihre Lippen berührten, hielt er inne und flüsterte: »Meine kleine Kathi, du kannst es nicht verhindern.«

Katharina drehte den Kopf zur Seite und schrie ihn an: »Nenn mich nicht Kathi! Nur Silvia durfte mich so nennen, und sie ist tot. Also nennt mich niemand mehr Kathi!« Tränen rannen ihr über das Gesicht, als er lachend das Zimmer verließ.

»Heilige Elisabeth, bitte hilf mir! Hilf mir, einen Ausweg zu finden«, flehte Katharina und sank weinend in sich zusammen.

Kapitel 2

In der Nähe der Kirche zu Tastungen lag Johann im hohen Gras. Das rechte Bein angestellt, das andere quer über das Knie gelegt. Mit einem grünen Halm zwischen den Zähnen blinzelte er in das helle Sonnenlicht und schaute dem Falken zu, der in dem gleichmäßigen Blau des Himmels schreiend seine Kreise zog.

Es war früher Vormittag und die Luft von der kühlen Nacht frisch und klar. Um die Mittagszeit aber würde es, wie schon an den Tagen zuvor, heiß und stickig werden. Es war Sonntag, und die Arbeit ruhte. Obwohl Johann der Sohn des Großbauern war, musste er an Werktagen auf dem Feld und im Stall mithelfen.

Sein Vater war der Ansicht, dass harte Arbeit nicht schadete und seinen Sohn außerdem vor Flausen schützen würde.

Freudig gestimmt verschränkte Johann die Hände hinter dem Kopf. Nur kurz dachte er daran, dass morgen ein anstrengender Tag vor ihm lag, da das Gras geschnitten werden sollte. Wegen der Hitze würde man schon vor Tagesanbruch damit beginnen müssen.

Doch warum darüber nachdenken, was am nächsten Tag sein würde? Jetzt war jetzt, und deshalb wollte Johann heute einfach nur daliegen und faulenzen. Er streckte sich, lächelte in sich hinein und kaute dabei auf dem Grashalm.

Nur kurz trübte die Erinnerung seine Stimmung, als ihm die Neuigkeiten, die er durch Zufall aufgeschnappt hatte, wieder in den Sinn kamen. Sie beunruhigten ihn, und es war ihm unbegreiflich, wie Menschen zu so etwas fähig sein konnten. Leider war nicht zu leugnen, dass es sich so verhalten hatte, auch wenn er den genauen Hergang der Ereignisse nicht kannte! Johann schauderte, und er versuchte die Gedanken aus seinem Kopf zu verjagen. Dann stellte er die Beine nebeneinander und kaute weiter auf dem saftigen, grünen Halm, als er in der Nähe zwei Knaben einen Freudenschrei ausstoßen hörte.

»Ich hab ihn! Hilf mir, Klaus, er zappelt so ...«

Johann setzte sich auf und sah hinüber zu dem kleinen See hinter der Mühle. Erst jetzt erkannte er die Söhne von Müller Fritze, Klaus und Erwin. Auch sie blieben dem sonntäglichen Gottesdienst fern und waren stattdessen lieber angeln gegangen. Erwin hatte anscheinend einen Karpfen am Haken, der es ihm nicht leicht machte. Der Fisch wand sich in den Händen des fast Zehnjährigen und flutschte immer wieder zurück ins Wasser. Endlich hielt der Junge den Karpfen mit festem Griff und befreite ihn von dem spitzen Haken. Doch so schnell ergab sich der Fisch nicht in sein Schicksal. Er bäumte sich auf, sodass Erwin den glitschigen Körper nicht mehr halten konnte und der

Karpfen mit einem lauten Platsch wieder im Wasser landete und schnell davonschwamm.

Johann konnte hören, wie sich die Knaben gegenseitig die Schuld daran gaben, dass ihnen die Beute entwischt war. Sie beruhigten sich aber schnell wieder, und statt zu streiten prahlten sie jetzt mit Riesenfischen, die sie angeblich schon geangelt hatten. Dabei wurde ihre Beute von Minute zu Minute größer und schwerer.

Johann schmunzelte ob des Anglerlateins und legte sich wieder entspannt zurück. Seine Augen suchten am Himmel nach dem Raubvogel und fanden ihn als dunklen Punkt in dem unendlichen Blau. Der Falke hatte anscheinend ein Beutetier erspäht, denn mit einem schrillen Schrei stürzte er sich in die Tiefe. Kurz nachdem er den Boden berührt hatte, trug ihn ein leichter Wind wieder hinauf in die Lüfte, eine Maus fest in den Krallen.

Das Läuten der Kirchenglocken verkündete das Ende des Gottesdienstes. Johann spuckte den Halm aus, drehte sich auf den Bauch und stützte den Oberkörper auf den Unterarmen ab. So konnte er besser den Weg einsehen. Endlich! Nach einigen Minuten sah er sie. Als sie weit genug von der Kirche entfernt war und nicht mehr gesehen werden konnte, streifte sie im Gehen ihre helle Haube ab und schüttelte ihr Haupt, sodass ihre langen rötlichen Locken im Wind wehten. Voller Wonne streckte sie die Arme dem Himmel entgegen, drehte sich einmal im Kreis und beschleunigte ihre Schritte. Als sie seinen Schopf mit den dunkelblonden Haaren im Gras erkannte, winkte sie ihm zu und begann zu laufen.

Johann war es, als setze sein Herzschlag für einen Moment aus. Sie war das schönste Mädchen weit und breit. Wenn sie ihn mit ihren grünen, leicht schräg stehenden Augen anblickte, schmolz er dahin wie ein Schneeball in der Sonne und spürte nur noch das heftige Klopfen seines Herzens. Ihre langen rötlichen Locken gaben ihr etwas Engelhaftes, ihre grünen Augen hingegen funkelten wie die einer Katze. Wohl deshalb hatte die Köchin Berta gemeint, dass sie wie eine Hexe aussähe. Doch Johann war intelligent genug, um zu wissen, dass dieses Gerede nur dem Aberglauben einer alten Frau entsprungen war.

Er kannte Franziska erst seit einigen Monaten, doch bereits nach wenigen Tagen hatte er gespürt, dass sie seine große Liebe war.

Als er endlich seinen Mut zusammengenommen und ihr seine Liebe gestanden hatte, hatte sie ihn nur ausgelacht. Johann war enttäuscht gewesen und hatte sich geschämt, seine Gefühle preisgegeben zu haben. Dabei war es ihm ernst, war er sich seiner Liebe sicher gewesen. Wie sollte er das Mädchen überzeugen?

Außer Atem ließ sich Franziska zu ihm ins Gras gleiten.

»Du wirst in der Hölle landen, weil du so oft den Gottesdienst verpasst«, erklärte sie lachend, aber mit ernsten Augen.

»Ach was! Der liebe Gott wird mich verstehen. Ich kann auch unter freiem Himmel meine Gebete sprechen. Und wenn es dich beruhigt, werde ich nächsten Sonntag wieder in die Kirche gehen.«

Johann zog sie an sich und wollte sie küssen, doch wie jedes Mal drehte sie ihren Kopf zur Seite. Enttäuscht ließ er sie los und legte sich ohne ein weiteres Wort zurück ins Gras. Mit der rechten Hand zupfte er einen neuen Halm aus und schaute kauend in den Himmel.

Franziska legte sich neben ihn. Ihre Hand rupfte unkontrolliert Grasbüschel aus dem grünen Teppich. Sie war hin- und hergerissen zwischen ihren Gefühlen. Natürlich fühlte sie sich geehrt, dass der Jungbauer ihr schöne Augen machte. Karla, die für die Wäsche zuständig war, hatte sie als dumm gescholten, weil sie Johanns Werben nicht nachgeben wollte. Immerhin war er der Sohn des alten Bonner, und dieser war der mächtigste Bauer weit und breit.

Das Mädchen war mit seinen siebzehn Jahren verständig genug, um zu wissen, dass kein wohlhabender Landmann, egal ob jung oder alt, sich eine Magd zur Frau nehmen würde. Nicht einmal als Geliebte, denn die kostete ja Geld. Warum für etwas bezahlen, das umsonst zu bekommen war? Viele Mägde waren bereit, sich dem Herrn hinzugeben. Oft hatten sie kaum eine andere Wahl, wenn sie ihre Stelle behalten wollten. Zu viele Arbeitskräfte warteten darauf, den Platz derer einzunehmen, die sich verweigerten. Was wäre, wenn Johann sich eine fügsamere Magd suchen würde? Auch wenn seine Worte und seine Blicke etwas anderes sagten und ihr große Hoffnung machten. Seine Eltern würden sie niemals dulden, sondern vom Hof jagen. Zwar fühlte auch sie sich zu ihm hingezogen, doch was würde passieren, wenn sie sich ihm hingeben würde? Das Erwachen wäre bitter.

Zu viele ledige junge Mütter gab es in der Stadt, die man fortgejagt hatte und die allein für ihr Kind sorgen mussten. Nur wenn sie Glück hatten, dann behielt der Bauer seinen Bastard, gab ihm zu essen und ein Dach über dem Kopf. Doch meist wollte die hintergangene Ehefrau von dem Fehltritt ihres Mannes nichts wissen, geschweige denn jeden Tag daran erinnert werden.

Hinter vorgehaltener Hand tratschten die Menschen über die unverheirateten Mütter. Selten kamen sie in den festen Dienst einer Familie. Meist fanden sie nur tageweise Arbeit. Ein anderer Mann wollte weder sie noch ihr Balg durchfüttern. So fristeten die oft jungen Mädchen ein ärmliches Dasein. Die unschuldigen Kinder aber mussten, sobald sie alt genug waren, auf dem Feld mithelfen und ihr Stückchen Brot selbst verdienen.

Dieses Wissen machte Franziska Angst, und so konnte sie den Treueschwüren des Jungbauern keinen Glauben schenken. In der Tiefe ihres Herzens hoffte sie, dass auch ein Mädchen von niederem Stand das Recht hatte, die wahre Liebe zu finden. Woran diese allerdings zu erkennen war, wusste Franziska nicht.

Sie dachte an ihre Mutter und das freudloses Leben, das sie führte. Sieben ewig hungrige Mäuler mussten ihre Eltern tagtäglich stopfen. Da blieb wenig Zeit für Zuneigung oder Respekt. Das war auch der Grund gewesen, warum Franziska vor wenigen Monaten nachts von zu Hause fortgegangen war. Es hatte wieder einmal Streit und Schläge gegeben. Sie hatte es nicht mehr ausgehalten. Seitdem nagte das schlechte Gewissen an ihr, denn nun fehlte eine Arbeitskraft daheim.

Doch Franziska wollte ein besseres Leben. Deshalb hoffte sie, dass vielleicht ein Knecht es ehrlich mit ihr meinen und sie nicht nur heiraten würde, um eine Frau zum Schuften zu haben.

Das Mädchen sah Johann nachdenklich an. Seine Hände lagen gefaltet auf seinem flachen Bauch. Seine Augen waren geschlossen, den Grashalm hatte er im linken Mundwinkel eingeklemmt. Franziska rückte etwas näher an ihn heran. Dichte, buschige Augenbrauen, die einen Ton dunkler als seine Haare waren, gaben seinem noch jungenhaften Gesicht einen männlichen Ausdruck. Feine, helle Härchen bedeckten seine Wangen. Von Bartwuchs konnte man wahrlich nicht sprechen. Franziska wusste jedoch, dass Johann trotzdem stolz war, dass bereits die ersten Anzeichen sichtbar waren. Schließlich wurde er bald neunzehn Jahre alt. Einige seiner Freunde konnten sich schon rasieren. Zwar nicht täglich, aber samstags, bevor es zum Tanz ging, prahlten die Burschen aus dem Dorf, dass sie die Rasiermesser schärfen müssten.

Durch sein kantiges Kinn hatte Johanns Gesicht eine fast viereckige Form. Liebend gern hätte Franziska es zart mit ihren Fingerkuppen berührt. Ja, auch sie mochte ihn. Sehr sogar. Wäre er ein einfacher Knecht und würde diese Worte sagen, die er ihr oft leise zuflüsterte, würde sie ihm glauben und vielleicht sogar vertrauen. Doch so klangen seine Liebesschwüre traurig in ihren Ohren, weil sie ihnen keinen Glauben schenken durfte.

Franziska schloss die Augen. Als sich eine Träne aus ihren geschlossenen Lidern stahl, wischte sie sie mit dem Handrücken weg. Sie wollte nicht weinen, ihm ihren Schmerz nicht zeigen. Sie war eine einfache Magd und würde es immer bleiben. Welch eine Närrin war sie zu hoffen, dass Träume wahr werden könnten? Wie dumm von ihr. Sie seufzte leise. Dann aber dachte sie: Was hatte sie zu verlieren, wenn sie sich ihm hingab? Nur ihre Unschuld und den Verlust des Traumes. Doch das war, neben den Kleidern auf ihrem Leib, das Einzige, was sie besaß.

Johann hatte ihren Blick gespürt und glaubte ihre Gedanken zu kennen. Es war eine verzwickte Situation, aus der er keinen Ausweg wusste. Da gab es niemanden, den er um Rat fragen konnte. Er stellte sich das entsetzte Gesicht seines Vaters vor, wenn er ihm von seinen Schwierigkeiten, eine Frau zu erobern, erzählen würde. Mit seiner Mutter sprach er nicht über so etwas, und seine Schwester mit ihren vierzehn Jahren war noch zu jung. Sie würde ihn sicherlich bei den Eltern verraten und es womöglich überall herumtratschen. Johann spürte, wie ihm bei dieser Vorstellung das Blut in den Kopf stieg und sein Gesicht heiß wurde.

Er grübelte. Vielleicht würde sein Patenonkel, der ehrwürdige Pfarrer Lambrecht, wissen, wie er Franziskas Vertrauen gewinnen könnte. Zwar hatte Onkel Lutz keine eigene Familie, und Johann wusste nicht, ob der Oheim jemals verliebt gewesen war. Doch Lutz Lambrecht war ein kluger Mann und könnte ihm vielleicht einen Rat geben. Freilich war es für Johanns Anliegen nicht förderlich, dass er diesen Monat schon zweimal dem Gottesdienst ferngeblieben war. Er musste mit einer Standpauke rechnen. Aber Johann war sich sicher, dass sein Pate ihm mit Verständnis zuhören würde.

Der Pfarrer war der Bruder seiner Mutter und der Älteste von acht Geschwistern. Er war groß und hager, mit einem Kranz dichter grauer Haare um die blanke Schädeldecke. In seinen fast wasserblauen Augen blitzte der Schalk. Lutz Lambrecht war ein fröhlicher Mann, der fast immer lächelte. Er liebte es, wenn ihn jemand zum Lachen brachte, und oft liefen ihm dabei die Tränen über die Wangen. Im Gegensatz zu den sogar oft jüngeren Glaubensvertretern war er weltoffen und nicht immer mit den Dogmen der Kirche einverstanden, was er auch öffentlich zu sagen wagte. Im Besonderen empörten den Pfarrer Hexenprozesse. Es war ihm unverständlich, dass man auch nach über hundert Jahren noch immer an den Richtlinien des »Hexenhammers« festhielt, der die Folter bei verdächtigen Frauen erlaubte. Und dass man diese Methoden dann auch noch »Gottesurteil« nannte, war ihm völlig unbegreiflich. Kam das Gespräch auf dieses Thema, wechselte das Hellblau von Lambrechts Augen wie bei einem Gewitter ins Dunkelblaue, und sie begannen zornig zu blitzen.

Der Pfarrer war ein weiser und gerechter Mann. Johann verehrte ihn. Ja, dachte er, sein Patenonkel war genau der Richtige für ein Gespräch. Er nahm sich vor, alsbald zu ihm zu gehen. Zufrieden mit dieser Entscheidung drehte Johann sich zu Franziska, die mit geschlossenen Augen ruhig neben ihm lag. Gleichmäßig hob und senkte sich ihre Brust. Ein zärtliches Lächeln huschte über Johanns Gesicht. Ja, er liebte sie. Glücklich legte er sich zurück ins Gras und tastete nach ihrer Hand. Sanft verhakten sich seine Finger in den ihren.

Kapitel 3

»Du weißt, dass ich die Wahrheit sage.« Clemens sah seine Schwester Anna an und forschte in ihrem Gesicht nach einer Antwort. Doch wie jedes Mal, wenn das Gespräch auf ihre Heirat kam, wich Anna seinem Blick aus. Was sollte sie ihm antworten? Dass es ein Fehler war, Wilhelm im vergangenen Jahr überstürzt geehelicht zu haben? Es würde nur bestätigen, dass jeder, der sie vor diesem Mann gewarnt hatte, klüger gewesen war als sie selbst. Längst hatte sie die Heirat als Irrtum erkannt, den sie nicht mehr rückgängig machen konnte.

Anna seufzte vernehmlich und blieb ihrem Bruder wieder einmal eine Antwort schuldig. Clemens wusste, dass sie seine Meinung teilte, auch wenn sie schwieg.

»Er verschwendet unser Geld und schiebt mir den Schwarzen Peter zu«, machte Clemens seinem Ärger Luft.

»Heirate endlich und du bekommst dein Erbe ausgezahlt ...«, flüsterte Anna, müde, immer dasselbe antworten zu müssen. Sie räusperte sich. In letzter Zeit hatte ihr mehrfach die Stimme versagt. Unbewusst fasste sie sich an den Kehlkopf und strich sanft darüber. Doch das bedrückende Gefühl blieb. Clemens bemerkte es nicht, er sah seine Schwester nur wütend an.

»Siehst du, du sprichst schon genauso wie er. Warum soll ich heiraten, nur damit er nicht an mein Geld kommt?«

»Unsere Eltern haben mich bis zu deiner Hochzeit zur Verwalterin des Vermögens bestimmt. Wilhelm ist mein Mann und er hat durch unsere Heirat die Verfügungsgewalt erworben. Außerdem versteht er von finanziellen Dingen mehr als wir beide zusammen. Rege dich bitte nicht auf, Clemens. Es ist genügend Geld da.«

»Anna, jetzt reicht es aber. Ich verlange nur das, was mir zusteht!«

»Clemens, heirate! Und gründe deinen eigenen Hausstand. Dann bekommst du, was dir zusteht!« Anna wandte sich ab und blickte aus dem kleinen Fenster, das mit gelblichem Glas versehen war. Hier konnte man das Treiben auf dem Hof beobachten, ohne selbst gesehen zu werden. Außerdem fiel ein warmes, schmeichelndes Licht durch das Glas ins Zimmer.

Anna hoffte, dass ihr Bruder diese Geste verstehen und es endlich gut sein lassen würde. Seit einer Woche musste sie sich fast täglich seine Vorhaltungen anhören. Da Clemens keine Anstalten machte, aus dem Zimmer zu gehen, atmete sie tief durch und sagte, ohne ihn anzusehen: »Also gut, ich werde noch heute mit meinem Mann sprechen. Vielleicht willigt er ein, dass du wenigstens die Hälfte des Geldes bekommst.«

Dann drehte sie sich zu ihm um und erklärte beiläufig: »Ich verstehe nur nicht, warum du Wilhelm verurteilst. Schließlich liegt dein Vergnügen ebenfalls im Glücksspiel.« Ihre Augen funkelten ihn herausfordernd an.

»Das stimmt«, antwortete Clemens. »Wir lieben beide das Spiel. Doch es ist mein Geld, das ich verliere. Welches Geld verspielt er?«, fragte er und verließ, ohne eine Antwort abzuwarten, das Zimmer.

Anna schloss für ein paar Sekunden die Augen. Die ewigen Vorwürfe ihres Bruders raubten ihr die Kraft. Im Grunde brauchte sie nicht mit ihrem Mann zu reden, da sie seine Antwort bereits kannte. Anna saß zwischen den Stühlen. Natürlich verstand sie den Standpunkt ihres Bruders, doch den ihres Mannes hatte sie zu akzeptieren.

Ach, wenn sie nur die Zeit zurückdrehen könnte! Schon seit Monaten war ihr bewusst, dass sie Wilhelm nicht liebte, nicht einmal mehr ehrte. Was sie für tiefe Zuneigung gehalten hatte, war nicht mehr als das Gefühl der Dankbarkeit gewesen, da sich Wilhelm nach dem Tod der Eltern um sie gekümmert hatte. Jetzt war sie schon achtzehn Monate mit einem Mann verheiratet, der fast ihr Vater sein konnte und sie auch so behandelte. Manchmal fühlte sie sich wie ein kleines Mädchen, denn Wilhelm wies sie ständig zurecht. Selbst wenn sie nur ein Liedchen trällerte, befahl er ihr barsch zu schweigen, weil sie, wie er sagte, keine schöne Stimme habe. Doch war sie nicht in ihrer Kindheit dafür gerühmt worden, wunderschön singen zu können? Meine kleine Nachtigall, hatte ihr Vater sie stets genannt.

Anna schluckte, damit ihr nicht die Tränen in die Augen

schossen. Sie räusperte sich und klopfte mit der rechten Hand leicht auf die Brust. Irgendetwas stimmte nicht mit ihrer Stimme. Sie versuchte eine Melodie zu summen und versagte kläglich. Die Töne blieben ihr buchstäblich im Halse stecken. Seufzend sah sie wieder aus dem Fenster. Singen war ihre Leidenschaft. Sobald sie morgens die Augen aufmachte, verspürte sie Lust, ein Lied anzustimmen. Doch seit einigen Wochen schien es, als ob sie ihre Stimme verlieren würde. Oft kam nur ein Krächzen aus ihrer Kehle. Anna schüttelte den Kopf. Sicher würde sie eine Erkältung bekommen. Sie musste sich einen Sud mit Salbeiblättern aufgießen lassen.

Clemens ging hinaus zu den Stallungen. Hier waren die trächtigen Stuten untergebracht. Die Hengste, die Einjährigen und die Muttertiere mit ihren Fohlen hingegen standen auf den großen Koppeln am Ortsrand. Hätte die Entscheidung bei ihm gelegen, hätte er auch die bald fohlenden Pferde auf die Koppeln bringen lassen. Diese Ansicht hatte schon sein Vater vertreten, und Clemens hatte sie übernommen. Nur kranke Pferde kamen in den Stall. Bis zum Wintereinbruch hatte der Vater früher alle Pferde auf den Weiden gelassen. Auf der Koppel am Waldesrand hatten die Stuten beim Abfohlen genügend Platz und konnten sich hinlegen. Im Gegensatz zum Stall hatten sie dort ihre Ruhe und brachten so ihre Fohlen auf natürlichem Weg gesund zur Welt. War es doch einmal anders, dann sagte sein Vater nur: »Das ist das Leben, und da spielt auch der Tod eine Rolle.«

Zu Zeiten seines Großvaters Adalbert war es allerdings noch üblich gewesen, die tragenden Stuten in den Stall zu sperren. Clemens erinnerte sich, dass, als er noch ein Junge war, sein Vater und der Stallknecht abwechselnd drei Nächte bei einer wertvollen Stute im Stall wachten. Die beiden Männer ließen sie nie aus den Augen, schliefen sogar neben ihr im Stroh. Dann, als sein Vater mitten in der Nacht zum Abort musste, kam in diesen Minuten das Fohlen zur Welt. Es schien, als ob die Mutterstute nur auf einen unbeobachteten Augenblick gewartet hätte. Clemens lachte leise, sich an das Gesicht des Vaters erinnernd, als er am nächsten Morgen völlig übermüdet davon berichtet hatte. Sein Vater meinte damals, dass er jetzt genug von den Gäulen habe und künftig alle auf der Koppel bleiben sollten. Schließlich würden sich die Zeiten ändern, und man müsse neue Wege gehen.

Bei diesen Erinnerungen strich sich Clemens wehmütig über das Gesicht. Zwei Jahre waren seine Eltern nun schon tot, und die neuen Zeiten nach ihrem Tod schnell zu Ende gegangen. Alte waren wieder angebrochen.

Helga und Martin Arnold waren unterwegs zu einer Familienfeier gewesen. Auf dem Weg dorthin wurden sie, wie man annahm, von Wegelagerern überfallen und ermordet. Man fand ihre Leichen erst zwei Tage später in einem schwer zugänglichem Waldstück. Zu diesem Zeitpunkt waren ihre Mörder schon über alle Berge, und die Suche nach ihnen blieb ohne Erfolg.

Es schien, als hätten die Arnolds ihren Tod vorausgesehen, denn nur einige Wochen zuvor hatten sie ihr Testament bei einem Notar hinterlegt. Dieser Notar hieß Wilhelm Münzbacher. Erst bei der Testamentseröffnung hatten die Geschwister ihn kennengelernt. Münzbacher hatte Anna in der Zeit der Trauer väterlich umsorgt, behutsam getröstet und klug beraten. Er war achtzehn Jahre älter als sie und wirkte wie ein Fels in der Brandung. Zumindest auf Anna.

Clemens hingegen empfand Münzbachers Besserwisserei als aufdringlich. Sein aufgesetzter gütiger Gesichtsausdruck ging ihm auf die Nerven. Zwar war Clemens anfangs froh gewesen, dass der Notar sich um Anna kümmerte und ihn gegenüber der Schwester aus der Verantwortung genommen hatte. Clemens war zum Trösten unfähig, brauchte er doch selbst Zuspruch nach dem plötzlichen, gewaltsamen Tod der Eltern. Die Tage nach der Beerdigung waren mit seiner eigenen Trauer und dem Hass auf die Mörder ausgefüllt. Als er wieder einen klaren Gedanken fassen konnte, wurde ihm bewusst, dass Münzbachers Mitgefühl gar nicht so selbstlos väterlich war und er vielmehr einen großen, eigennützigen Einfluss auf Anna ausübte. Doch da war es bereits zu spät gewesen, und seine Schwester hatte dem Werben des Notars nachgegeben und eingewilligt, ihn zu heiraten.

Nur sechs Monate nach dem Tod der Eltern gaben Anna Arnold und Wilhelm Münzbacher sich das Eheversprechen. Von diesem Augenblick an fühlte Clemens sich in seinem Elternhaus nur noch geduldet.

In kürzester Zeit hatte sich Münzbacher alles zu eigen gemacht, seine Kanzlei geschlossen und sich seine Position im Haus zurechtgerückt. Anna nahm ihn und seine Art stillschweigend hin. Sie war froh, dass jemand die Stellung ihres Vaters ausfüllte, auch wenn es sich dabei um ihren Gatten handelte.

Der Notar hatte sich schnell einen Überblick über die finanzielle Lage des Gestüts verschafft, was Clemens überraschte. Der Schwager wusste mehr über Ein- und Ausgaben als die Geschwister zusammen. Als Clemens mit Anna über seine Verwunderung sprach, meinte die Schwester nur, dass die Eltern ihn zu Lebzeiten sicher in Kenntnis gesetzt hatten.

Offensichtlich war jedoch, dass Münzbacher keine Ahnung von Pferden hatte. Als Clemens sich darüber lustig machte, verteidigte Anna ihren Mann und erklärte, dass er ein Mensch der Schrift und kein Bauer oder Pferdezüchter sei. Anfangs war der Schwager lernwillig und ließ sich gern von Clemens beraten. Wenn er aufmerksam zuhörte und immer wieder nachfragte, genoss Clemens das Gefühl, mehr zu wissen als der ältere Mann. Bereitwillig gab er Auskunft. Doch schon bald glaubte Münzbacher, genug über Pferdezucht erfahren zu haben und bestimmte fortan die Regeln. Vor allem aber drängte er Clemens in die Rolle eines Knechts. Er gab dem Jüngeren Anweisungen, als wäre er selbst schon immer Herr auf dem Hof gewesen. Setzte Clemens sich zur Wehr, erklärte der Schwager nur: »Es steht dir frei zu gehen ... wohin du willst!« Dabei schienen sich seine grauen, kalten Augen in Clemens' zu bohren. Dann, nur Sekunden später, klopfte Münzbacher ihm auf die Schulter und lachte lauthals. So, als ob ihm ein guter Scherz gelungen wäre.

Zuerst glaubte Clemens tatsächlich, dass der Schwager seine Späße mit ihm trieb. Doch mit der Zeit wurde sein Ton barscher, seine Bemerkungen eindeutiger. Clemens, der durch das Testament seiner Eltern finanziell an seine Schwester gebunden war, wurde kleinlaut und wagte keinen Widerstand.

Clemens liebte es, in den Stallungen herumzulungern und seinen Gedanken nachzuhängen. Plötzlich kam ihm die Erinnerung an den Vorabend in den Kopf, als er im Wirtshaus »Zum schwarzen Eber« mit seinen Freunden Bier getrunken und sich beim Würfelspiel vergnügt hatte. Münzbacher war ebenfalls im Schankraum gewesen und hatte ihn nicht aus den Augen gelassen. Clemens war nicht verborgen geblieben, dass der Schwager ihn scharf beobachtete, was ihn nervös machte. Als er dann mehrere Male hintereinander verloren hatte, war ihm das Spiel verleidet. Er hatte aufgehört und sein Vergnügen im Trinken gesucht. Erleichtert hatte er Münzbacher einige Zeit später austrinken und das Wirtshaus verlassen sehen. Gerade rechtzeitig, denn Ruth, die Magd des Wirtes, hatte sich an seinen Tisch gesellt. Da Clemens keine Lust hatte, nach Hause zu gehen, verbrachte er nur zu gern die Nacht mit dem Mädchen in deren Stube. Zwar brummte ihm am nächsten Morgen der Kopf, doch das war ihm der Abend wert gewesen.

Clemens wurde jäh aus seinen Gedanken gerissen, als er lautes Geschrei aus dem Stall hörte.

»Zieh das Mistvieh endlich von der Wand weg!«

»Verdammt! Sie steigt.«

Hufschlagen war zu hören, Flüche und ein Wehgeschrei.

Clemens lief rasch auf die andere Seite des Stalls.

Zwei Knechte, von denen der eine sich den Fuß hielt und auf einem Bein hüpfte, sowie Münzbacher waren in dem abgeteilten Verschlag mit einer trächtigen Stute zugange. Sein Schwager zog am Führstrick, doch die Stute stieg erneut in die Höhe und trat dabei mit den Vorderhufen in die Luft. Dicht an Münzbachers Kopf vorbei, dem nun die Zornesröte ins Gesicht schoss.

»Du verdammte Mähre. Ich bring dich zum Abdecker ...«

Clemens brauchte keine Minute, um sich einen Überblick über die Situation zu verschaffen.

Der Boden war glitschig und nass. Die Fruchtblase war geplatzt, und das Fohlen wollte auf die Welt. Doch die Mutterstute presste ihr Hinterteil gegen die Rückwand. Dadurch ging die Geburt nicht vorwärts und verursachte dem Tier unnötig Schmerzen.

»Verdammt, Wilhelm! Ich habe dir gesagt, dass die Stute auf die Koppel soll. Es ist ihr erstes Fohlen ...« Weiter kam er nicht, da wurde er von seinem Schwager angeschrien: »Was erlaubst du dir, du Taugenichts? Stinkst aus dem Maul, als ob du gerade aus dem Wirtshaus kommst, und willst mir, der sich für den Erhalt des Gestüts abrackert, sagen, was ich zu tun habe?« Immer noch hielt Münzbacher den Strick in den Händen und versuchte, den Kopf des Pferdes nach unten zu ziehen. Zuerst wollte Clemens sich nach dieser Zurechtweisung wortlos auf dem Absatz umdrehen und gehen, doch als er die weit aufgerissenen, angstvollen Augen der Stute sah, packte ihn ebenfalls die Wut und er schleuderte dem Schwager entgegen: »Es reicht! Geh mir aus dem Weg, oder ich vergesse mich!« Zuerst schien der Angesprochene überrumpelt, doch im nächsten Augenblick blaffte er: »Drohen willst du mir?«

»Rede keinen Unsinn und tritt zur Seite, Wilhelm. Hier geht es nicht um dich oder mich, sondern um das Pferd.«

»Jeder hier hat gehört, dass du mich bedroht hast …«

Clemens ignorierte die letzten Worte des Schwagers, und als er nicht zur Seite trat, stieß er ihn in die Rippen, damit er endlich das Pferd losließ. Münzbacher taumelte, und Clemens rechnete mit einem Gegenschlag. Kurz ballte der Ältere auch die Fäuste, zuckte dann aber nur mit den Achseln und verließ ohne ein weiteres Wort den Stall. Draußen konnte er sich ein schadenfrohes Grinsen nicht verkneifen. Sollte sich dieser Narr doch die Finger schmutzig machen. Er hatte erreicht, was er wollte, und das war schneller gegangen, als er gedacht hatte.

Eine Stunde später standen ein prächtiger kleiner Hengst und eine erschöpfte Stute im Stall.

Clemens tätschelte den Hals des Muttertiers und sprach leise auf es ein. Vorsichtig führte er die beiden hinaus auf die Koppel. Ein Knecht ging neben ihnen her und klopfte dem Hengstfohlen sachte das Hinterteil, damit es der Mutter folgte.

Auf der grünen Wiese wieherte die Stute laut und lief langsam zum Bach, der sich als schmaler Graben durch die Weide zog. Ihr Sohn sprang munter hinter ihr her.

Clemens stand an den Zaun gelehnt und sah den Tieren zu, als sich Heinrich zu ihm gesellte. Der Stallknecht hatte schon Clemens' Vater mit Rat und Tat zur Seite gestanden. Der plötzliche Tod des Herrn hatte den alten Mann sehr getroffen. Seitdem sah man ihn selten lachen, zumal auch er mit Annas Mann nicht zurechtkam.

»Wie nennst du ihn?«

»Da seine Geburt die Gemüter erhitzt und für Aufregung gesorgt hat, nenne ich ihn ›Wirbelsturm‹. Schau nur, wie lebendig er jetzt schon ist.«

Heinrich nickte, und seine warmen braunen Augen strahlten, als er das Fohlen betrachtete.

»Ja, das ist ein passender Name für ihn …« Leise seufzte der alte Mann und schaute nun Clemens an.

»Clemens …«, begann er, »ich bin fast sechzig Jahre alt. Meine Zeit ist bald abgelaufen. Die restlichen Tage, die mir noch bleiben, möchte ich in Frieden verbringen. Doch seit *er* hier den Herrn spielt, komme ich kaum noch zur Ruhe …«

Clemens wusste, wen Heinrich mit dem Wörtchen *er* meinte, das er wie einen Tabakspriem ausspuckte. Auch ahnte er, was der treue Knecht ihm mitteilen wollte.

»Meine Tochter, die Bärbel, will mich zu sich nehmen. Ihr Mann braucht jede helfende Hand auf dem Feld. So würde ich mich nicht unnütz fühlen, wenn sie mir ein Dach über dem Kopf gewähren. Wenn dein Vater noch leben würde, dann wäre ich geblieben, bis der liebe Herrgott mich zu sich ruft … aber so!« Für einen kurzen Moment lag ein Leuchten in seinen Augen, als er weitersprach: »Nächtelang haben dein Vater und ich zusammengesessen und über Pferde geredet. Oft wollte er meine Meinung wissen, und ich fühlte mich geehrt. Doch nun klopft niemand mehr an meine Tür, weil er meinen Rat oder meine Hilfe benötigt. Meine Anwesenheit auf diesem Hof ist nicht länger erwünscht …«

Clemens legte die Hand auf die knochige Schulter des alten Mannes. Er musterte das von tiefen Falten zerfurchte Gesicht und sah ein verräterisches Schimmern in Heinrichs Augen.

»Ich weiß, Heinrich. Mir geht es ebenso. Ich fühle mich nicht mehr wohl hier. Auch Anna ist mir fremd geworden. Früher waren wir ein Herz und eine Seele, doch nun versteht sie mich nicht mehr. Sie lacht selten, selbst singen höre ich sie kaum noch. Was ist nur aus uns geworden? Meiner Mutter würde es das Herz brechen, wenn sie noch lebte ...«

»Mein Junge, du musst dich in Acht nehmen vor dem Herrn.«

»Heinrich, nenne ihn nicht so. Er ist nicht unser Herr. Ich bin der Erbe des Gutes. Weiß der Teufel, was meinen Vater geritten hat, in seinem Testament diese Klausel festzuschreiben, dass ich erst nach einer Heirat mein Erbe erhalte.« Clemens hielt inne und sah zur Herde hinüber, die friedlich graste. Der kleine Hengst lag ausgestreckt in der Sonne.

»Ja, auch mir kommt diese Regelung seltsam vor. Sicher, du bist jung, trinkst und spielst gern ... Doch dass dein Vater dir dein Erbe erst zugesteht, wenn du verheiratest bist, das passt nicht zu ihm. Weiß Gott, ich habe schon nächtelang darüber gegrübelt, aber ich verstehe es nicht.« Heinrich schüttelte sein Haupt und starrte nachdenklich in die Weite. Dann sagte er: »Es ärgert mich, dass der Münzbacher sich seiner Lage so sicher ist. Er spielt sich vor den Knechten auf, als ob er hier alles geschaffen hätte, dabei hat er sich doch nur ins gemachte Nest gesetzt.« Mit einem traurig verlegenen Augenzwinkern fügte er hinzu: »Schade, dass du keine Braut vorweisen kannst.«

»Ja, das hat Anna heute Morgen auch schon gesagt. Heirate, meinte sie, und du bekommst dein Erbe ausgezahlt. Aber ich habe noch nicht die Richtige gefunden. Ich bin erst neunzehn Jahre alt und fühle mich zu jung zum Heiraten. Ich hätte mir gewünscht, dass Anna einen Mann heiratet, mit dem zusammen ich eine neue Pferderasse züchten könnte. Es war mein Traum, in den Norden zu reisen, da gibt es kräftige Tiere, gut geeignet als Kutschpferde. Doch mit Münzbacher als Annas Ehemann muss ich meinen Traum wohl aufgeben. Ohne Geld komme ich außerdem nicht weit. Aber selbst wenn ich es hätte, würde ich Anna mit Münzbacher nicht allein lassen wollen. Er gefällt mir nicht. Irgendetwas stimmt nicht mit ihm. Vielleicht täusche ich mich ja, aber ich werde auf der Hut sein und ihn nicht aus den Augen lassen.«

Da Clemens schwieg, wagte Heinrich eine Antwort: »Ich glaube nicht, dass du dich täuschst, Clemens. Auch ich habe bei Münzbacher ein ungutes Gefühl. Außerdem ...« Der Knecht schwieg einen Moment, so als ob er erst abwägen müsse, was er laut aussprechen könne. Clemens sah ihn fragend an: »Was ist? Was willst du mir sagen, Heinrich?«

Die Antwort kam so leise, dass Clemens sich anstrengen musste, sie zu verstehen.

»Der Milchkarl hat mir erzählt, dass er ihn aus dem ›Ehrenwirt‹ hat kommen sehen. Der Milchkarl hatte in der Nähe zu tun und musste an der Spelunke vorbei. Dabei hat er Münzbacher gesehen. Zweimal schon. Zuerst beim Verlassen zu sehr später Stunde und ein anderes Mal beim Hineingehen, ein paar Tage danach ... weit nach Mitternacht. Das Sonderbare war, dass Münzbacher sich regelrecht verkleidet hatte. Der Milchkarl hat ihn erst erkannt, als er an ihm vorbeihuschte.«

Clemens stutzte einen Moment. »Was hat Milchkarl in dieser Gegend zu tun? Im ›Ehrenwirt‹ verkehren nur Gauner und die Freier, die ins Hurenhaus ...« Erst jetzt verstand er. Betreten kratzte sich Heinrich am Haaransatz und meinte dann: »Der Milchkarl ist schließlich Witwer und kann hingehen, wohin er will. Doch du solltest dir lieber Gedanken machen, was dein Schwager dort heimlich zu suchen hat.«

Clemens rieb sich verlegen das Kinn, als er ihm zögernd zustimmte: »Ja, da hast du wohl Recht. Das ist wirklich seltsam. Doch wie kann ich herausfinden, was mein Schwager im ›Ehrenwirt‹ zu schaffen hat? Ich kann ja nicht einfach hingehen und fragen. Auch kenne ich niemanden, den ich bitten könnte. Aber jetzt hast du mich neugierig gemacht. Was hat Münzbacher wohl in dieser Spelunke zu suchen? Vielleicht andere Frauen? Um Geld würfeln? Aber das kann er auch in jedem anderen Wirtshaus. Da muss er nicht in dieses Dreckloch gehen.«

Clemens zog seine Stirn kraus und überlegte. Dann hatte er einen Einfall: »Was ist mit deinem Freund Milchkarl? Könnte er für mich spionieren?«

Heinrich rieb Daumen und Zeigefinger aneinander.

»Du meinst, er will Geld für seine Dienste?«

Der Knecht hob zögerlich die Achseln und nickte.

»Wenn er uns Auskunft geben kann, was Münzbacher dort treibt, dann wird er belohnt werden. Irgendwie werde ich das Geld schon auftreiben.«

Clemens' Stirn glättete sich, und sein Mund verzog sich zu einem Lächeln.

»Vielleicht ist alles schneller gelöst, als ich dachte.«

Anna saß in der Küche und trank heißen Salbeisud.

»Ich kann mir wirklich nicht vorstellen, wo du dich erkältet haben könntest, Anna. Wir haben das schönste Wetter, trocken ist es auch, und selbst die Nächte sind mild. Wer kann dich nur angesteckt haben?«, fragte die Köchin und knetete einen Teig.

Die junge Frau zuckte mit den Schultern. »Die Frage kann ich dir nicht beantworten, Maria. Vielleicht ist es gar nicht so schlimm. Schließlich plagt mich kein Fieber. Ich trinke brav meine Tasse leer, und dann geht es mir sicherlich bald besser«, beruhigte Anna die Köchin, deren Blick sorgenvoll auf der jungen Frau ruhte. Um Maria abzulenken, fragte Anna: »Um welche Zeit werden Herr Rehmringer und seine Frau Mutter erwartet?«

»Gleich nach der Abendandacht …« Die Köchin hielt in der

Bewegung inne, lief rot an und krächzte: »Ach herrje, ich habe vergessen, die Pasteten in den Ofen zu schieben! Und das Holz ist schon fast gänzlich abgebrannt.«

Hektisch drehte sich Maria um und ließ dabei beinahe die Knetschüssel fallen. Mit feuerrotem Gesicht rief sie nach der Magd, damit diese Feuerholz im Backofen nachlegte. Sie gab Anweisungen, schimpfte mit dem Mädchen und fuchtelte dabei mit dem Rührlöffel herum.

Anna schüttelte belustigt den Kopf. Es war erst früher Mittag und noch genügend Zeit, um ein anständiges Mahl zuzubereiten. Doch Anna kannte die Köchin nicht anders. Jede Arbeit in der Küche wurde nach einer Art Zeitplan erledigt. Wurde dieser nicht genau eingehalten, war sie gereizt.

Nachdem Anna die Tasse geleert hatte, ging sie hinaus in den Hof.

Vier Gebäude standen im Rechteck zusammen, das vordere der Straße zugewandt. Hier war das feudale Wohnhaus. Durch die Fenster hatte man einen guten Blick auf die Straße hinunter. An das Wohngebäude schloss sich ein großes Tor an, durch das man den Hof betrat. Im Anbau rechts waren die Küche, die Speisekammer und das Gesinde untergebracht. Links lagerte das Futter für den Winter sowie Heu und Stroh. In einem kleineren, abgegrenzten Verschlag wurden die Pferde beschlagen. Im Gebäude, das parallel zum Wohnhaus stand, befand sich der Stall, in dem die Tiere im Winter ihr Quartier bezogen. Im Sommer stand er meistens leer. Nur das Schlachtvieh hörte man dort grunzen, da die Schweine direkt hinter dem Stall einen offenen Verschlag hatten.

Mitten im Hof stand ein alter Baum, eine Pferdetränke aus Sandstein davor. Anna setzte sich auf den Rand der Tränke und lauschte den Vögeln.

»Hast du nichts zu arbeiten?«, wurde sie plötzlich schroff zurechtgewiesen. Anna hatte nicht bemerkt, wie ihr Ehemann neben sie getreten war. Sie räusperte sich und antwortete verlegen: »Ich fühle mich nicht wohl und möchte nur einen Moment hier verweilen.«

»Ach, dummes Zeug! Was soll dir schon fehlen? Du bist ein schlechtes Beispiel für das Gesinde, wenn du klagst. Dann verkriech dich lieber in dein Zimmer, wo dich niemand sieht.«

Kopfschüttelnd ging Münzbacher zur Schmiede.

›Nicht ein Wort, wo es mich plagt‹, dachte Anna und musste gegen die aufsteigenden Tränen ankämpfen. Sie spürte, wie ihr Hals sich verengte und strich sich über den Kehlkopf.

Wenn sie das alles nur geahnt, ihrem Bruder nur geglaubt hätte, dann wäre sie nie die Frau von Wilhelm Münzbacher geworden. Wie hatte sie sich so täuschen können? Sich nur so täuschen lassen? Schon seit Monaten hatte sie kein freundliches Wort mehr von ihm gehört. Auch rührte er sie nicht mehr an, was sie allerdings nicht weiter störte. Sie konnte das Gefühl nicht unterdrücken, dass es ihm nur um ihr Geld gegangen war. Auch fiel ihr auf, dass er, sobald Fremde anwesend waren, den besorgten und liebenden Ehemann spielte. So würde es sicherlich auch heute Abend wieder sein, wenn Herr Rehmringer und seine Mutter zu Besuch kamen. Anna fühlte sich dann stets wie in einem Theaterstück, in dem jeder eine Rolle verkörperte. Sobald der Vorhang jedoch fiel, zeigten alle ihr wahres Gesicht.

Vielleicht war es wirklich das Beste, wenn sie sich eine Weile zurückzog und hinlegte. Anna strich sich wieder über die Kehle. Wenn es nicht besser werden würde, müsste sie einen Arzt konsultieren. Erschöpft ging sie in ihr Zimmer. Da sie sich im Hof nicht umblickte, konnte sie nicht sehen, wie Münzbacher ihr mit einem hämischen Blick hinterherschaute.

Als Anna etwas geruht hatte, fühlte sie sich besser. Sie erfrischte sich mit kühlem Wasser und kleidete sich sorgfältig an, wohl wissend, dass ihr Mann Wert darauf legte, dass sie sich heute beim Essen von ihrer besten Seite präsentierte.

Sie wählte ein leichtes, hellblaues Kleid, das mit Silberfäden bestickt war. Die Farbe der Robe unterstrich ihre blasse Haut und ihre himmelblauen Augen. Das dunkle Haar ließ sie sich flechten und hochstecken. Sie kniff sich leicht in die Wangen, damit ihr Gesicht eine gesunde Rötung bekam. Jetzt war Anna mit ihrem Spiegelbild zufrieden.

Als sie die Treppe hinunterschritt, hörte sie bereits die tiefe Stimme des Gastes durch die Halle dröhnen.

Melchior Rehmringer war eine imposante Erscheinung, fast zwei Meter groß, mit breiten Schultern, und es schien, als könne er mit Leichtigkeit einen ganzen Baumstamm stemmen.

Er reichte Anna zur Begrüßung seine Pranke, in der ihre zarte Hand gänzlich verschwand. Langsam führte er ihre Finger zu seinem Mund und deutete einen Handkuss an.

»Ihr seht bezaubernd aus, meine Liebe«, lobte er und meinte an Münzbacher gewandt: »Ich kann es immer noch nicht fassen, dass diese Perle Euch geheiratet hat.«

»Ich habe *sie* geheiratet, nicht umgekehrt!«, antwortete Münzbacher süffisant lächelnd und musterte Anna hochmütig.

»Wo ist da der Unterschied?«, fragte Herrn Rehmringers Mutter, die das genaue Gegenteil ihres Sohnes war und hinter seiner gewaltigen Gestalt kaum zu sehen war. Die kleine, zarte Frau umarmte Anna erfreut und hakte sich bei ihr unter.

Anna versuchte zu lächeln, obwohl sie die spitze Bemerkung ihres Mannes verstanden hatte. Jedoch schienen die Gäste die Spannung zwischen dem Ehepaar nicht zu bemerken, sodass Anna sich wieder beruhigte.

Herr Rehmringer war Pferdehändler und zweimal im Jahr zu Gast bei den Münzbachers. Er kaufte bei ihnen die einjährigen Fohlen, von denen er überzeugt war, dass man sie zu schnellen Kutschpferden ausbilden konnte. Da er nicht verheiratet war, wurde er stets von seiner Mutter begleitet, um die er sich rührend kümmerte. Sprach er mit ihr, dann senkte er seine Stimme zu einem fast zärtlichen Flüstern und las der alten Dame jeden Wunsch von den Augen ab.

Melchior Rehmringer behandelte seine Mutter wie ein Juwel. Nichts war gut genug für Regina Rehmringer. Als sie sich zum Essen an den gedeckten Esstisch setzen wollten, verlangte er ein Sitzkissen, damit sie auf dem harten Holzstuhl weich saß. Dann bat er um ein weiteres Kissen, das hinter ihren Rücken gesteckt wurde, damit sie keinen Windzug im Kreuz spürte. Obwohl Melchior Rehmringer ihr die Speisen auf dem Teller zurechtlegte, hob er den Stuhl samt seiner Mutter und stellte ihn so dicht an den Tisch heran, sodass auch sie selbst alles auf dem Tischtuch erreichen konnte.

»Sitzst du bequem, liebste Mutter?«, fragte er und sah sie zärtlich an.

»Danke, Melchior, alles ist recht so«, antwortete sie ebenso gefühlvoll.

Sie strahlten sich gegenseitig an. In diesem Moment sah Anna zu ihrem Mann hinüber und war über dessen Gesichtsausdruck entsetzt. Abscheu spiegelte sich in seinen Augen, als er die Szene beobachtete. Erschrocken über diesen Blick, starrte Anna auf ihren Teller.

Während man sich dem vorzüglichen Essen und dem Wein widmete, sprachen die Männer über Geschäftliches. So sanft Rehmringer auch bei seiner Mutter war, so hart konnte er werden, wenn es etwas zu verhandeln galt. Im Gegensatz zu ihrem Vater, der seine Tochter Anna in alles, was mit dem Gestüt zu tun hatte, mit einbezogen hatte, legte Münzbacher auf die Meinung seiner Frau keinen Wert. Deshalb unterhielt Anna sich mit der Mutter ihres Gastes über Alltägliches. Regina Rehmringer steckte sich ein Stück Pastete, die mit Schweinefleisch und gedünsteten Zwiebeln gefüllt war, in den Mund und meinte lächelnd: »Meine liebe Anna, ich hatte gehofft, dass uns bei diesem Besuch Kindergeschrei im Hause Münzbacher empfangen würde.«

Sogleich verstummte das Gespräch der Männer, und auch Melchior Rehmringer sah nun erwartungsvoll zu Anna.

Diese wusste vor Schreck nichts zu antworten, zumal sie spürte, wie ihre Kehle sich wieder verengte. Stattdessen lächelte sie. Hilfesuchend sah sie ihren Mann an, der sie provozierend taxierte. Er wusste, dass sie niemals die Wahrheit ausplaudern würde. Deshalb fühlte sich der Notar sicher und konnte sich an ihrem Unbehagen weiden.

Nachdem sich Anna mehrmals geräuspert hatte, stotterte sie zaghaft: »Ich fühle mich im Moment nicht sonderlich ...«

»Ah, das wird es sein. Melchior, das nächste Mal werden wir wohl einen kleinen Wilhelm vorfinden. Wie wunderbar!«, schlussfolgerte Regina lächelnd.

Das war natürlich nicht, was Anna hatte sagen wollen, doch sie widersprach nicht, da die Männer bereits wieder über Pferde fachsimpelten und Frau Rehmringer sich erneut dem Essen zugewandt hatte.

Erleichtert nahm Anna einen Schluck Wein. Zum Glück, dachte sie, würde Frau Rehmringers Prophezeiung nicht eintreffen.

Stumm lauschte sie den Gesprächen der Männer.

»Mein lieber Münzbacher, wo ist Euer Schwager Clemens? Ich vermisse seinen Humor.«

Ich nicht, konnte man in den Augen des Notars lesen. Doch statt es laut auszusprechen, meinte er nur: »Sicher schläft er seinen Rausch aus ...«

Annas entrüsteten Blick ignorierte er kalt lächelnd und biss in seinen Zwiebelkuchen. Der Pferdehändler lachte schallend und sagte verständnisvoll: »Ja, so sind die jungen Burschen. Sei es ihnen gegönnt. Sie sollen ihr Leben genießen. Denn wenn das Gerücht stimmt, dann kann es bald anders werden.«

»Wie meint Ihr das, Herr Rehmringer?«, fragte Anna überrascht.

»Krieg, meine Liebe!«

»Rede nicht solches Zeug«, schimpfte seine Mutter.

»Aber, Mutter, damit würde ich niemals spaßen …« Als drei Augenpaare ihn entsetzt und zugleich neugierig anblickten, erklärte er: »Manchmal verkaufe oder kaufe ich Pferde in Böhmen, und dort sind die Menschen sehr unzufrieden mit Kaiser Matthias. Es brodelt schon seit einiger Zeit im Land, da er den Lutheranern immer wieder ihren Einfluss zu beschneiden versucht. Er verletzt ihre verbürgten Rechte, und das lassen sie sich sicherlich nicht lange gefallen. Womöglich wird Ferdinand II. die Gelegenheit nutzen und sich einmischen. Katholiken gegen Lutheraner. Wir wissen, was das bedeuten kann.«

Plötzlich herrschte Stille. Dann schlug Rehmringer mit der flachen Hand auf den Tisch und fügte augenzwinkernd hinzu: »Allerdings, wie sagt man so schön: ›Des einen Freud ist des anderen Leid.‹ Sollte es tatsächlich so weit kommen, dann werden Pferde gebraucht. Viele Pferde, schnelle, kräftige Rösser. Unser Geschäft wird sich verdoppeln. Übrigens, wie viele Einjährige habt Ihr im Stall, die mich interessieren könnten, Herr Münzbacher?«

Der überlegte rasch. Sollte es tatsächlich zum Krieg kommen, dann wäre er ja dumm, wenn er alle einjährigen Fohlen Rehmringer für das übliche Geld verkaufen würde. Er könnte sie selbst zu guten Kutschpferden ausbilden lassen und anschließend für das Dreifache veräußern. An den Pferdekäufer gewandt meinte er schließlich: »Acht könnt Ihr haben. Acht Jährlinge sind zum Verkauf …«

Rehmringer war zu lange im Geschäft, um nicht sofort zu durchschauen, dass Münzbacher log. Er wusste, dass auf diesem Gestüt mindestens zwanzig Pferde standen, die für ihn in Frage kamen. Nun ärgerte er sich über sich selbst, so unbedacht geredet zu haben. Er durchschaute Münzbacher, ohne ihn anzublicken und kannte dessen Gedankengänge. Im Grunde brauchte er sich nicht aufzuregen. Schließlich gab es genügend Gehöfte, wo er Pferde erwerben konnte. Allerdings war es auch gewiss, dass auf dem Arnoldschen Hof die besten Rösser geboren wurden. Ihre Blutlinien waren seit Jahrzehnten unverfälscht. Kräftige, große und doch schnelle Pferde entstammten diesem Gestüt. Was sollte er machen? Wilhelm Münzbacher war ein schlauer Fuchs, aber unsympathisch und gerissen. Schnell hatte er sich Kenntnisse über die Pferdezucht angeeignet, und nun glaubte er, schlauer als Rehmringer zu sein. Während der Pferdehändler gelangweilt einen Schluck Wein nahm, beobachtete er sein Gegenüber. Der schien in Gedanken schon seinen Profit auszurechnen.

»Das ist schade, mein Lieber. Sicherlich, die Stuten werden älter, und wenn keine brauchbaren nachkommen … Ihr müsst aufpassen, dass sich das nicht herumspricht: Nein, wie tragisch, gerade jetzt, wo ich einen Kunden habe, der nächstes Jahr zwanzig ausgebildete Pferde haben möchte. Nun, dann muss ich wohl in Sachsen meinen Bestand aufstocken. Allerdings, Herr Münzbacher, werden Sie verstehen, dass ich von den acht Rössern Abstand nehmen muss, die Ihr mir freundlicherweise verkaufen wolltet. Der Kunde will keinen Mischmasch von verschiedenen Gestüten, sondern ist darauf bedacht, eine eingängige Linie zu erhalten. Schade! Doch … vielleicht kommt es im nächsten Jahr wieder zu einem Kaufabschluss. Allerdings werde ich dann erst einen Monat später hier vorbeischauen, dann, wenn ich meine Fahrt in Sachsen beendet habe.«

Genussvoll leerte Rehmringer sein Glas. Für ihn war alles gesagt, und deshalb stand er auf, um seiner Mutter aus dem Stuhl zu helfen.

Anna kannte sich im Pferdegeschäft gut genug aus, um zu wissen, dass dieses entgangene Geschäft sie viel Geld kosten würde. So wie jedes weitere Geschäft auch, denn sollte Rehmringer mit einem Gestüt in Sachsen zufrieden sein, dann würde er später alle anderen Pferdekäufe ebenfalls dort tätigen und den Arnoldschen Hof außer Acht lassen.

Was dachte sich Wilhelm nur? Anna wusste, dass über zwanzig Pferde auf einer Koppel am Waldesrand standen, die für diesen Verkauf geeignet waren. Warum sagte ihr Mann nicht die Wahrheit, sondern schien absichtlich den Verkauf verhindern zu wollen?

»Wilhelm ...«, sagte sie, doch verstummte, als sie seinen zornigen Blick sah. Ihr Mann wusste, dass er in dem Moment verloren hatte, wenn der Pferdehändler das Haus verlassen würde. Doch sollte er zugeben, dass er gelogen hatte, und so sein Gesicht verlieren? Er brauchte nicht weiter zu überlegen, denn Clemens kam geradewegs zur Tür herein und strahlte Herrn Rehmringer und dessen Mutter an. Als der Pferdehändler den jungen Mann sah, hallte sogleich sein tiefes Lachen durch den Raum. Zur Begrüßung klopfte Rehmringer ihm wohlwollend auf die Schulter. Clemens erwiderte den Schulterschlag und fragte scheinbar unwissend: »Ihr wollt schon gehen? Ich bin gekommen, um Euch die Einjährigen zu zeigen.«

Clemens hatte das Gespräch der Männer vor der Tür belauscht und sich schnell eine Taktik zurechtgelegt, um das Geschäft doch noch zu retten.

Überrascht antwortete Rehmringer: »Leider muss ich auf die wenigen Pferde, die Euer Schwager mir freundlicherweise verkaufen wollte, verzichten ...«

»Ja, ich weiß. Acht Pferde stehen im Moment nur zum Verkauf, und das ist meine Schuld. Ich hatte meinen Schwager gebeten, die übrigen mir zu überlassen, da ich eine eigene Zucht aufbauen wollte. Doch ich denke, dass ich damit noch etwas warten werde ...« Clemens trat näher an Herrn Rehmringer heran und flüsterte ihm zu: »Ich glaube, ich bin noch zu jung ... Ihr wisst,

Wein, Weib und Gesang sagen mir im Moment noch mehr zu. Die große Verantwortung und vor allem die Arbeit sind mir doch zu viel. Ich warte besser noch ein paar Jahre.«

Rehmringer sah ihn forschend an, und als Clemens ein zerknirschtes Gesicht machte, brach er in schallendes Gelächter aus.

»Da kann ich Euch nur zusprechen, mein Lieber, Ihr seid noch zu jung, um Euch mit derartigen Pflichten zu belegen. In Eurem Alter soll man Spaß haben und keine Verantwortung tragen müssen.«

»Dann wollen wir uns also die Pferde ansehen?«, fragte der junge Mann und wies mit der Hand Herrn Rehmringer an, voran zu gehen. An Anna gewandt meinte er: »Zeige doch Frau Rehmringer den Rosengarten, liebste Schwester. Ich werde Maria anweisen, euch kalten Apfelmost in die Laube zu bringen.« Erfreut klatschte die alte Dame in die Hände und nahm Annas Arm, um mit ihr in den Garten zu gehen.

Zu Münzbacher sagte Clemens kein Wort, sondern blickte ihn höhnisch an und folgte Herrn Rehmringer nach draußen.

Als der Notar allein an der Tafel saß, goss er sich einen weiteren Krug Wein ein und trank ihn in einem Zug aus. Voller Wut sprach er zu sich selbst: »Warte nur Bürschchen, deine Zeit ist bald gekommen, dann wirst du ein für alle Mal wissen, wer hier der Herr im Haus ist. Das verspreche ich dir!«

Heinrich, der Clemens im Haus gesucht hatte, war zaghaft ins Zimmer getreten, wo er unbemerkt die hasserfüllten Worte seines Herrn mitangehört hatte. Sein Herz begann laut zu klopfen. Auch wenn Münzbacher nicht deutlich sagte, was er meinte, so waren seine Worte klar als Drohung zu verstehen.

Leise verließ Heinrich den Raum, um dem jungen Arnold zu berichten, was er gehört hatte. Doch Münzbacher hatte den alten Knecht im Glas der Fensterscheibe erkannt, und so war sein Schicksal besiegelt, ohne dass er es ahnte.

Kapitel 4

Man hatte den Eindruck, als ob der Herrgott die Menschen darauf aufmerksam machen wollte, dass hier Unrecht geschah: Der Himmel verdunkelte sich, als würde gleich die Nacht hereinbrechen, dabei war es noch nicht einmal Mittag. Entsetzt sah der junge Mann, der in das braune Gewand eines Mönchs gekleidet war, nach oben. Eine große, dunkle Wolke schob sich vor die Sonne und tauchte die Umgebung in düsteres Licht.

Wie brennende Blitze schossen dem jungen Franziskaner Gedanken durch den Kopf, die ihm stechende Schmerzen verursachten. Wieder musste er einer Hexenverurteilung beiwohnen, obwohl sein Bruder Servatius als Beichtvater genügt hätte und er selbst nicht hätte anwesend sein müssen.

Burghard presste seine Hände gegen die Schläfen und taumelte rückwärts. Die Menschen um ihn herum beachteten ihn nicht. Ihre Blicke waren starr nach vorne auf den Scheiterhaufen gerichtet. Der Schein des stetig größer werdenden Feuers spiegelte sich in ihren Augen wider und schien sie zu verzücken. Freude und Gier waren in ihren Gesichtern zu erkennen. Einige schienen dem Irdischen entrückt zu sein, nahmen das grausame Schauspiel, das sich vor ihren Augen ereignete, nicht mehr wahr.

Voller Entsetzen blickte der Franziskaner zu dem aufgetürmten Berg aus Reisig und Holz empor. Mittendrin stand ein Pfahl, an den eine junge Frau gefesselt war. Zuerst fraßen die Flammen die äußere Schicht des dünnen Gestrüpps. Der aufsteigende Qualm und der beißende Rauch lösten heftige, laut hörbare Hustenanfälle bei der Frau aus. Durch das Gestrüpp war zu sehen, wie sie den Kopf in Panik von rechts nach links warf, wohl um besser atmen zu können, zog dabei aber ihre Fesseln nur noch enger. Als die Flammen an ihren Füßen zu züngeln begannen, war zuerst lautes Wimmern zu hören, bis es zu einem qualvollen Schrei anschwoll.

Der junge Franziskaner spürte, wie ihn ein Brechreiz würgte. Er blickte sich um. Einige Menschen, die in den hinteren Reihen standen, schienen zu verstehen, was da vorne auf dem Scheiterhaufen passierte. Der Ausdruck auf ihren Gesichtern zeugte von dem Grauen, das sich vor ihren Augen ereignete, doch taten sie nichts, um dem Mädchen zu Hilfe zu kommen. Stattdessen harrten sie regungslos aus, schienen mit dem Boden verwachsen zu sein. Nur ihre Gestik verriet ihre Gefühle.

Eine Frau presste ihren Handrücken auf den Mund und biss fest zu, um nicht laut aufschreien zu müssen. Einer anderen standen Tränen in den vor Entsetzen weit geöffneten Augen. Ein junges Paar hielt sich eng umschlungen, das Gesicht der jungen Frau in der Schulter ihres Liebsten versteckt. Ein alter, krummbeiniger Mann hielt die Hände vor der Brust gefaltet und murmelte ein Gebet.

Burghard, der Franziskaner, nahm aus den Augenwinkeln einen jungen Mann wahr, der in den hinteren Reihen stetig in die Luft sprang. Das Gesicht des Mannes wirkte aus der Ferne schmerzverzerrt und schien von Tränen zu glänzen. Immer wieder sprang der junge Mann in die Höhe. Selbst, als die Kräfte ihn zu verlassen drohten, stieß er sich noch entschlossen vom Boden ab.

Dann, plötzlich, lächelte er unter seinen Tränen, als das Mädchen auf dem Scheiterhaufen sich ihm zuzuwenden schien. Der Mönch glaubte zu sehen, wie sich die Blicke der beiden zwischen Rauch und lodernden Flammen fanden. Es schien Burghard, als ob sich das vor Qual verzerrte Gesicht des Mädchens entspannte, dass es für einen kurzen Augenblick ebenfalls lächelte. Und dann schrie die junge Frau plötzlich all ihren Schmerz hinaus, um kurz darauf für immer zu verstummen.

Die Menschen bekreuzigten sich und verließen langsam den Platz, um ihrem Tagwerk nachzugehen. Nur der Henker mit seinen Gesellen blieb zurück und überwachte das Abbrennen des Scheiterhaufens. Sie würden später das, was davon übrig war, zusammenfegen und in einen Behälter füllen. Diesen würde man im nahen Fluss entleeren, damit nichts von der Hexe in den Himmel einfahren konnte.

Der Blick des Franziskaners suchte den Platz nach dem jungen Mann ab, der anscheinend zu dem Mädchen gehört hatte. Er entdeckte ihn an eine Häuserwand gelehnt. Verdeckt durch einen Mauervorsprung, blickte er reglos auf den Scheiterhaufen. Burghard ging auf ihn zu und legte dem Mann die Hand auf die Schulter.

»Kann ich Euch helfen, mein Sohn?«, frage er sanft und setzte dabei den mitfühlenden Blick auf, den er bei seinen älteren Mitbrüdern abgeschaut hatte.

Der junge Mann löste sich aus seiner Erstarrung und sah den Franziskaner an. Es schien einige Sekunden zu dauern, bis die Frage zu ihm durchgedrungen war. Dann brannte dem jungen Mönch Wut und Hass entgegen.

Flüsternd, mit heiserer, aber doch kraftvoller Stimme, fragte der Angesprochene: »Wie alt bist du?« Verblüfft über diese Frage antwortete der Mönch: »Ich zähle neunzehn Jahre.«

»Und ich bin dreiundzwanzig Jahre alt. Also älter als du. Wie kann ich dann dein Sohn sein? Wie willst du mir helfen? Du, der du dafür mitverantwortlich bist?«

Erschrocken blickte Burghard den Mann an. Als er dessen zornigen Blick sah, kehrten seine Kopfschmerzen wie Hammerschläge zurück. Mit kaum unterdrückter Wut klagte der Mann den Franziskaner an. »Ich habe dich bei dem Prozess gesehen. Ihr alle habt sie dahin gebracht. Sieh, was ihr angerichtet habt …«

Grob packte der Mann den Mönch an den Schultern und drehte ihn zu den noch immer lodernden Flammen um. Was dort auf dem Scheiterhaufen zu sehen war, war nicht mehr als menschliches Wesen zu erkennen. Burghard würgte. Er hörte den Mann lachen, als sei er dem Wahnsinn nahe.

»Schau dir genau an, welche Sünde ihr begangen habt«, zischte er dem Franziskaner ins Ohr. »Glaubst du, dass dir ein Platz im Himmelreich noch sicher sein wird? Ihr alle werdet ebensolche Qualen erleiden wie Marie. Schlimmere noch, denn ihr habt zwei Leben auf dem Gewissen.«

Fragend starrte der Mönch den Aufgebrachten an.

»Ah, ich sehe, dass du verstehst, was ich meine ... ja, Marie trug ein Kind unter ihrem Herzen. Mein Kind. Und deshalb seid ihr zweifache Mörder ...«

»Aber sie war eine böse Frau«, stammelte der Mönch. »Der Richter hat das Urteil gesprochen. Und in seiner Predigt hat der Hofprediger das Todesurteil gepriesen und sie eine Teufelsbraut genannt. Auch war sie geständig. Sie hat zugegeben, mit dem Teufel im Bunde zu sein. Ihre Nachbarn haben es bezeugt. Außerdem wurde ihr der magische Mord an einem Verwandten zur Last gelegt ... Warum hat sie nicht gesagt, dass sie guter Hoffnung ist. Nie und nimmer hätte sie dann brennen müssen.«

»Schweig, du Narr. Glaubst du, das spricht dich frei? Du und deine Helfershelfer habt sie für böse erklärt, nur weil sie eine Frau war, die sagte, was sie meinte. Allein unter der Folter hat sie alles zugegeben. Als sie die Schmerzen nicht mehr ertragen konnte, war sie geständig. Nichts Unheilbringendes hatte sie getan, niemandem Leid zugefügt. Deshalb wird unser Herrgott sie in den Himmel aufnehmen, obwohl das Feuer ihr Tod war. Sie und unser ungeborenes Kind. Doch ihr werdet in der Hölle schmoren. Dafür werde ich sorgen!«

Die Hände des Mannes legten sich von hinten um die Kehle des Mönchs. Burghard geriet in Panik und versuchte sich zu befreien. Doch plötzlich löste der andere den Würgegriff, und dieselben Hände, die ihn zuvor noch gewürgt hatten, stießen ihn weg. Als der Mönch sein Gleichgewicht wiedergefunden hatte, war der Fremde verschwunden.

Zitternd lehnte sich der Franziskaner gegen das Mauerwerk, drückte sich fest dagegen in der Hoffnung, dass ihn niemand bemerken würde, weil er die Tränen nicht mehr zurückhalten konnte.

»Was habe ich getan?«, schluchzte er in die Hände, mit denen er sein Gesicht verdeckte. Als der Wind den Geruch von verbranntem Fleisch zu ihm herüberwehte, verließ er hastig den Marktplatz. Er lief an den Hausmauern entlang, ohne zu wissen, wohin. Durch die engen Gassen, die ihn wie ein Labyrinth in die Irre führten, stand er plötzlich vor der Kirche des Ortes. Erleichtert ging er hinein. Angenehme Kühle umfing ihn. Er tauchte seine Fingerspitzen in das Weihwasser und bekreuzigte sich. Mit leisen Schritten ging er auf den Altar zu. Burghard war froh, dass niemand sonst in dem Gotteshaus war. Er kniete nieder und faltete seine Hände. Dann sah er zum Kreuz, das über dem Altar hing, und betete. Nicht für sich, sondern für die Seele der jungen Frau und ihres ungeborenen Kindes.

»Ich habe es nicht gewusst, das schwöre ich! Nie und nimmer hätte ich tatenlos zugesehen ... nie und nimmer!«, flüsterte er so leise, dass nur er es verstand. Im Gebet versunken, merkte er nicht, dass jemand an seine Seite getreten war. Als sich eine Hand auf seine Schulter legte, zuckte er zusammen. Burghard schaute in die fragenden Augen seines älteren Mitbruders Servatius. Er richtete sich auf in dem Gefühl, dass Servatius seine Gedanken und seine Zweifel erahnte.

»Unser Werk ist vollbracht, Bruder. Lasst uns weiterziehen, um die Teufelsbrut zu vernichten.«

Servatius und Burghard konnten unterschiedlicher nicht sein. Fast täglich bedauerte der junge Mönch, dass er dem älteren unterstellt war. Gemeinsam auf Wanderschaft, waren sie von

Ort zu Ort gezogen, um den Menschen vom heiligen Franz von Assisi zu erzählen. Doch seitdem Servatius von angeblichen Hexen erfahren hatte, schien er es sich zur Aufgabe gemacht zu haben, alle bösen Menschen auf den Scheiterhaufen zu bringen. So waren Burghards Vorstellungen von der Wanderschaft eines Mönchs jäh zerstört worden. Er hasste es, gezwungen zu sein, die Qual der verurteilten Frauen miterleben zu müssen, doch traute er sich nicht, das laut auszusprechen.

Deshalb nickte Burghard jetzt nur stumm und ging mit dem Franziskaner hinaus ins gleißende Sonnenlicht. Er blinzelte, als er aus dem Dunkel der Kirche ins Freie trat. Die Wolke war verschwunden. Ein strahlend blauer Himmel vermittelte ein Gefühl des Friedens und verriet nichts von dem Grauen, das sich hier soeben ereignet hatte.

Kapitel 5

Wilhelm Münzbacher gefiel es, wenn die Frau, mit der er schlief, ihre Geilheit hinausschrie und nicht so prüde war wie sein eigenes Weib. Anna fühlte sich an wie ein steifes Stück Holz, wenn er seine ehelichen Freuden einforderte. Auch war nie ein Laut des Wohlgefallens über ihre Lippen gekommen. Gewiss, man hätte es ihrer Unerfahrenheit zusprechen können, dass sie nicht wusste, was einem Mann gefiel. Vergeblich hatte Münzbacher gehofft, dass Anna schnell lernen würde. Doch schon nach wenigen Malen war ihm der Verdacht gekommen, dass seine junge Frau wohl nie Lust empfinden würde. Und da er sich seine Lust nicht nehmen lassen wollte, hatte er sich von Anna zurückgezogen und sie nicht mehr angerührt. Er teilte seinen Spaß lieber mit erfahrenen Frauen – mit solchen, die wussten, was einem Mann gefiel. Auch war ihm Anna zu dünn, zu zerbrechlich. Ihr fehlten die Rundungen, die er anpacken konnte und die ihn sofort erregten.

Münzbacher beschlief am liebsten Marga, die dralle Wäscherin von Bauer Motte. Schon seit mehreren Monaten trieb er es nur mit ihr. Denn keine andere verstand es, sein Blut derart in Wallung zu bringen.

So auch heute, als er Marga am Bach unterhalb der Mühle beim Wäschewaschen antraf. Marga sah seinen fordernden Blick, fragte nicht viel, sondern raffte die nassen Röcke hoch und ließ ihn zwischen ihre Beine.

Als er keuchend über ihr zusammensank, strich sie ihm das verschwitzte dunkle Haar aus dem Gesicht und sagte etwas, was er erst beim zweiten Mal verstand.

»Wilhelm, ich bekomme ein Kind.«

Als er endlich begriff, was sie ihm gerade mitgeteilt hatte, sah er sie erst ungläubig, dann wütend an. Nach Luft japsend, zog er seine Hose hoch.

»Was soll das heißen? Konntest du dummes Weibsstück nicht aufpassen? Woher weißt du überhaupt, dass es von mir ist?«

Jede andere Frau wäre bei dieser schroffen Zurechtweisung weinend zusammengebrochen. Nicht so Marga. Sie stemmte die Hände in die Hüfte und sah ihn ebenso zornig an.

»Wage nicht an meiner Ehre zu zweifeln, nur weil ich niederer Herkunft bin, Wilhelm. Du bist doch derjenige, der nicht schnell genug die Hose herunterbekommt und für Vorsichtsmaßnahmen keine Zeit hat. Erinnere dich an unser gemeinsames Bad ...«

Er wischte ihren Einwand mit einer Handbewegung fort. Als er jedoch daran zurückdachte, spürte er ein erneutes Kribbeln in den Lenden.

Es war Samstagnacht gewesen. Der Notar hatte sich mit der Wäscherin an dem Teich hinter dem Waldstück verabredet, dort waren sie ungestört. Der Tag war heiß gewesen, und die Kleider hatten am Leib geklebt. Marga hatte in dem kühlen Wasser ein erfrischendes Bad genommen. Als Münzbacher ihre drallen Formen im silbrigen Mondschein gesehen hatte, konnte er sich nicht zurückhalten und war wie ein wildes Tier über sie hergefallen. Marga hatte später gejammert, dass die blauen Flecke ihr sicher noch tagelang wehtun würden.

»Bist du seitdem überfällig?«, fragte er unwirsch. Sie nickte.

»Seit fünf Wochen«, antwortete sie und wusch sich im seichten Wasser.

»Wenn du jetzt zu einer Engelmacherin gehst, würde niemand etwas von deiner Schwangerschaft bemerken …«

»Warum sollte ich unser Kind wegmachen wollen? Schließlich hast du mir versprochen, dass du deine Frau verlässt«, erwiderte sie und lächelte kokett.

»Was interessiert mich mein Geschwätz? So dumm kannst doch selbst du nicht sein, dass du das für bare Münze genommen hast. Auch wenn ich wollte, ich kann meine Frau nicht verlassen. Jedenfalls noch nicht jetzt …«

Münzbachers Gedanken schweiften ab und suchten nach einer Lösung. Dann sah er die Wäscherin provozierend an und meinte schroff: »Wer weiß, für welche Männer du außerdem die Beine breit machst.«

»Das ist eine Lüge, und das weißt du auch. Ich war dir vom ersten Tag an treu.« Marga watete aus dem knöcheltiefen Wasser und sah ihn herausfordernd an. Voller Wut keifte sie: »Solltest du diese Unverschämtheit laut und öffentlich aussprechen, Wilhelm Münzbacher, dann werde ich allen erzählen, dass du mich geschwängert hast. Was glaubst du wohl, wie das deiner kleinen blassen Frau gefallen würde? Ich werde außerdem behaupten, dass du mich missbraucht hast, und du weißt, was man mit einem solchen Mann macht …« Als sie seinen entsetzten Gesichtsausdruck sah, lachte sie triumphierend auf.

»Du siehst, du hast keine andere Möglichkeit, als deiner Frau die Wahrheit zu sagen. *Ich* lasse dir keine andere Wahl, mein Lieber.«

Voller Panik schossen Münzbacher die Gedanken kreuz und quer durch den Kopf. Er wusste, dass diese Frau es ernst meinte. ›Herrgott, Wilhelm‹, schimpfte er mit sich, ›wie konnte dir das passieren? Denk nach!‹

Doch dazu brauchte er Ruhe. Deshalb galt es jetzt, die Situation zu entschärfen. Auch, wenn es ihn anwiderte. Er zog die Magd an sich und tat, als ob die Geilheit in ihn zurückgekehrt wäre.

»Komm her, meine Kleine. Wir werden das schon regeln. Ein Kind von dir und mir ... so schlecht klingt das nicht.«

Marga sah ihn forschend an, aber als sie nur die Gier in seinen Augen erkennen konnte, vertraute sie ihm und ließ sich willig mit ihm ins Gras gleiten.

Münzbacher bestieg sie ein weiteres Mal. Doch diesmal nicht aus Vergnügen, sondern aus Berechnung. Er war wütend auf das Weibsstück, aber auch auf sich selbst. Er spürte Ärger hochsteigen, da er die Situation nicht kontrollieren konnte, sondern ihr ausgeliefert war.

Aber er wäre nicht Wilhelm Münzbacher, wenn er nicht auch hierfür eine Lösung finden würde, bestärkte er sich im Stillen.

Als Münzbacher wieder im Gestüt erschien, kamen ihm Clemens und der alte Knecht Heinrich entgegen. Sogleich flackerte die unterdrückte Wut in ihm auf, und er fuhr die beiden schroff an: »Habt ihr nichts zu tun?«

Clemens presste die Lippen zusammen, um nicht ebenso ruppig zu antworten. Heinrich senkte seinen Blick, grüßte leise und ging in die Schmiede.

Als der Knecht außer Hörweite war, sagte Clemens zu seinem Schwager: »Du lernst wohl nie, was Höflichkeit und Anstand bedeuten.«

Ironisch sahen dunkelbraune Augen den jungen Mann an.

»Komm mir nicht so, du Dummschwätzer. Hilf mir stattdessen, die Pferde umzutreiben. Schließlich willst du essen und trinken. Also verdiene es dir.«

»Jetzt reicht es, Wilhelm. Dies ist der Hof meiner Eltern. Ich bin hier geboren ...«

»Das stimmt nicht ganz, mein lieber Schwager. Ich habe keine Lust, mich dauernd zu wiederholen, doch das *war* der Hof deiner Eltern. Nun gehört er mir. Aber du kannst gehen, wohin du willst. Sofort, wenn es sein muss.«

»Das würde dir so passen!«

Wieder musterte Münzbacher ihn ungerührt.

»Ja, das würde mir sogar sehr gut passen!«

Mit diesen Worten wollte er den jungen Mann stehen lassen, doch Clemens hinderte ihn daran.

»Ich schwöre dir, dass ich die erstbeste Frau heiraten werde, die mir über den Weg läuft, wenn du mich nicht endlich in Ruhe lässt. Dann bekomme ich die Hälfte von dem hier.« Clemens zeigte auf die ringsum stehenden Gebäude.

Der junge Arnold sah, wie der Schwager die Fäuste ballte. Doch dann blickte er ihn nur kalt lächelnd an und verließ mit schnellen Schritten den Hof in Richtung Koppel.

Clemens verspürte Genugtuung und ging ins Haus, wo er ein kleines Zimmer bewohnte. Dort ließ er sich auf sein Nachtlager fallen, verschränkte die Hände hinter dem Kopf und hoffte, dass er seine Drohung nicht wahr machen musste.

Kapitel 6

Es war bereits kurz vor Mittag, als Johann sich von Franziska verabschiedete. Um Fragen zu vermeiden, nahmen sie unterschiedliche Wege zurück zum Hof nach Hundeshagen.

Die Familie saß wartend im Speisezimmer zu Tisch, als Johann mit raschen Schritten hereinstürmte. Das Esszimmer wurde nur an Sonn- und Festtagen genutzt. Dann lag, so wie heute, auf dem groben Holztisch die helle Leinendecke, die Johanns Mutter in der Mitte mit Blumenranken bestickt hatte. Als der junge Mann Platz nahm, servierte Theresa, das Küchenlehrmädchen, sofort die Vorspeise. Zwar war die klare Rinderbrühe in grobe Steingutschalen gefüllt worden, doch der sonntägliche Braten würde von den Silbertellern verspeist und die Beilagen in Silberschalen serviert werden. Dieses silberne Geschirr war der Stolz der Mutter, denn es war ihre Aussteuer und Zeugnis dafür, dass sie aus wohlhabendem Haus stammte.

Sonntags war es für die Familie selbstverständlich, dass man seine besten Kleider trug. Doch heute musterte die Mutter den Sohn kopfschüttelnd. Johann trug eine ausgeblichene und verfleckte Alltagshose und ein weites Arbeitshemd. Der Sohn erwartete ein Donnerwetter, doch zu seiner Verwunderung schwieg sie dazu. Sogar, als ihr Blick von den Haaren über sein Gesicht wanderte. Leise seufzend holte sie nur Luft und schüttelt wieder das Haupt, um dann schweigend ihre Suppe zu löffeln. Da Johann die letzten Meter zum elterlichen Hof im Laufschritt zurückgelegt hatte, war er verschwitzt, und seine Stirn glänzte feucht. Die aschblonden Haare kringelten sich dort, wo sie die nasse Haut berührten. Sichtlich unwohl wischte er sich die schmutzigen Hände unter dem Tischtuch an seinen Hosenbeinen ab.

»Wir haben dich in der Kirche nicht gesehen«, sagte nun der Vater, während er die Fleischbrühe schlürfte.

Johann bekam rote Ohren und sah starr in die Suppenschüssel mit der klaren Brühe, auf der etwas Grünes schwamm. Er wartete auf eine Moralpredigt, doch sein Vater lachte laut auf. Als der Junge zu ihm aufsah, lächelte der Hausherr wissend und zwinkerte seinem Sohn zu. Johann war irritiert.

»Wo warst du?«, fragte nun seine jüngere Schwester Karoline. Johann versuchte ihr Zeichen zu geben, ruhig zu sein, doch sie schien diese absichtlich zu übersehen. Bei ihrer Frage lachte der Vater noch eine Spur lauter, und Johann spürte, wie Röte sein Gesicht überzog.

Zum Glück wurde das benutzte Geschirr abgeräumt, und Johann hoffte, so eine Antwort schuldig bleiben zu können. Doch es war Franziska, die den Braten servierte. Erschrocken sah Johann zu seinem Vater, der sich schmatzend den Mund mit dem Hemdsärmel abputzte. Den empörten Blick seiner Frau ignorierte er.

»Du hast wohl deine ersten Erfahrungen gemacht«, bemerkte der Vater eher beiläufig und mehr feststellend als fragend. Dabei sah er wissend zu dem jungen Mädchen, das sich nicht traute, in Johanns Richtung zu blicken.

»Hast ja Recht, Junge! Probiere aus, was du bekommen kannst. Denn hast du vor Gott Ja gesagt, muss dir die Hausmannskost genügen.« Als seine Frau ihn entrüstet anfunkelte, schlug er sich vor Wonne auf den Oberschenkel.

Franziska warf dem Bauern einen kurzen, aber zornigen Blick zu. Was erlaubte sich der Mann? Sie fühlte sich bloßgestellt. Als ob sie mit jedem ins Bett springen würde! Zudem wusste sie, dass der Bauer log, wenn er vorgab, nur mit seiner Frau die ehelichen Freuden zu teilen. Selbst dem Gesinde war bekannt, dass der Bauer manchmal mit der Dienstmagd im Weinkeller verschwand. Sicherlich nicht, um die Weinfässer zu zählen. Nur die Bäuerin schien davon nichts mitzubekommen.

Mit einem Knicks und einem kurzen Blick zu Johann

wünschte Franziska den Herrschaften guten Appetit und verließ den Raum. Als sie die Esszimmertür hinter sich geschlossen hatte, musste sie die Lippen fest aufeinanderpressen, um nicht laut aufzuschluchzen. Sie war verletzt, in ihrer Ehre gekränkt, und es dauerte einige Minuten, bis sie sich unter Kontrolle hatte und in die Küche zurückgehen konnte. Berta, die Köchin, wartete schon ungeduldig auf das Mädchen.

»Wo trödelst du rum? Wasch die Suppenschüsseln ab, damit sie mir nicht im Weg stehen.«

Franziska unterdrückte eine patzige Antwort und sah die Köchin genervt an.

Berta zischte: »Schau mich nicht so an.«

Sie war gerade dabei, den Topfkuchen aus dem Backofen zu holen, als sie laut aufschrie und der Kuchen auf den Boden fiel. Sie hatte sich an der heißen Backform die Hand verbrannt. Zornig sah sie Franziska an und keifte: »Das warst du mit deinem bösen Blick! Seitdem du auf dem Hof bist, vergeht nicht ein Tag, an dem nicht etwas passiert. Du mit deinen roten Haaren und deinen Augen … Die haben dich verraten. Melden müsste man dich.«

Sprachlos schüttelte das Mädchen sein Haupt, dass die Locken unter der Haube auf und nieder wippten.

»Was soll ich gemacht haben, und wie soll ich es gemacht haben? Ich habe dich weder angerempelt noch neben dir gestanden. Du willst mir nur die Schuld geben, weil du unachtsam warst. Für deine Hand und den verdorbenen Kuchen möchtest du mich allein verantwortlich machen.«

Die Köchin hob trotz der Schmerzen die Hand und wollte Franziska eine Ohrfeige geben, als das Mädchen sich breitbeinig vor die Köchin stellte, die Hände in die Hüften stemmte und mit fester Stimme erklärte: »Wage es, mich zu schlagen, und du wirst dein blaues Wunder erleben.« Dabei funkelten ihre grünen Augen wütend.

Erschrocken von der Gegenwehr und verängstigt über die Worte, bekreuzigte sich die Köchin und rief: »Du bist mit dem Satan im Bunde!«

Als Franziska einen Schritt auf sie zumachte, schrie Berta leise auf und rannte hinaus in den Hof. Dort hielt sie fluchend ihre schmerzende Hand in die Pferdetränke.

Theresa, die erst seit kurzer Zeit in der Küche lernte, sah zu Franziska und kicherte.

»Hast du ihr Gesicht gesehen? Vor Wut hat sie rote Flecken bekommen …«

»Um Himmels willen, Theresa, sag so etwas nicht, sonst bin ich auch daran noch schuld. Heb die zerbrochene Backform auf und sieh nach, ob etwas von dem Kuchen zu retten ist.«

Franziska ging zum Spülstein, um das Geschirr abzuwaschen, als sie Karolines Stimme hinter sich hörte: »Meine Mutter lässt fragen, warum das Geschirr nicht abgetragen wird.«

Franziska mochte das vierzehnjährige Mädchen nicht, da es sich oft so verhielt, als sei es die Herrin im Haus und nicht ihre Mutter. Forschend sah Karoline die junge Magd an.

»Wo ist Berta?«

Franziska wusste nicht, ob ihr Streit mit Berta bis ins Esszimmer zu hören gewesen war, und sagte nur: »Berta ist draußen im Hof.«

Karoline hob eine Augenbraue und ging zur Köchin hinaus. Von der Küche aus konnte Franziska die theatralischen Gesten der Köchin beobachten und sich einen Reim auf das machen, was Berta erzählte. Als sie Karoline zurückkommen sah, wandte sie sich schnell wieder dem Abwasch zu. Das Mädchen schaute Franziska wütend an und drohte: »Ich werde meiner Mutter erzählen, dass du den Kuchen hast fallen lassen und die Kuchenform dabei zu Bruch gegangen ist. Auch, dass du Berta gegen den heißen Ofen gestoßen hast, weil du nicht arbeiten willst. Dann kannst du deine Sachen packen.«

Verblüfft und wütend über solch eine unverschämte Lüge schaute Franziska zuerst das Mädchen, dann Theresa und schließlich Berta an, die in der Tür stand.

»Das ist nicht wahr. Theresa weiß, dass das nicht stimmt. Wenn Berta ausfällt, muss ich schließlich auch noch ihre Arbeit erledigen …«

Doch die junge Küchenhilfe sah das Flehen in Franziskas Augen, ihr beizustehen, nicht, denn sie hatte den bösen Blick der Köchin aufgefangen und schnell ihre Augen gesenkt.

»Theresa, jetzt sag bitte, dass ich die Wahrheit spreche.«

Das junge Lehrmädchen hob noch nicht einmal ihr Haupt, als es leise sagte: »Ich war nicht dabei und kann deshalb nichts sagen …«

Franziska erkannte in Bertas Augen Schadenfreude. Die Köchin wusste, dass niemand der Magd glauben würde. Sie hatte alle Trümpfe in der Hand.

Enttäuscht schaute Franziska auf Theresa, die weiter angestrengt auf ihre bloßen Zehen blickte. Tränen der Enttäuschung und der Wut schossen in Franziskas Augen, und sie verließ eilends die Küche.

Franziska lief im Hof die steile Stiege hinauf in ihre Kammer und warf sich auf ihr Bett. Sie glaubte, vor Wut platzen zu müssen. Erst als sie ihr Gesicht in das Bettzeug presste und hineinschrie, spürte sie, wie der Druck auf ihren Brustkorb nachließ.

Zur gleichen Zeit erzählte Karoline ihren Eltern, was sich in der Küche zugetragen hatte.

»Berta sagt, dass Franziska eine böse Frau ist!«, sagte sie und blickte dabei ihren Bruder an, der ungläubig zuhörte.

»Sei still, Karoline. So etwas sagt man nicht über ein Mädchen. Schnell hört es jemand und klagt sie an«, versuchte die Mutter abzuwiegeln. Selbst der Vater teilte die Meinung seiner Frau und fügte hinzu: »Ist das erst einmal geschehen, dann wird sie rasch brennen, und niemand kann es verhindern. Also überlege gut, was du über einen Menschen sagst, denn ein ausgesprochenes Wort kann man nicht zurücknehmen. Bedenke das immer. Außerdem wüsste ich, wenn sie eine Hexe wäre.«

»Woran willst du das erkennen, Vater?«, fragte die Tochter.

»Sie hat kein Feuermal am Körper.« Kaum hatte Bauer Bonner die Worte ausgesprochen, schaute er erschrocken zu seiner Frau, die ihn entsetzt ansah.

»Woher weißt du das?«, fragte Karoline ihn unschuldig.

»An ihrem Hals und in ihrem Gesicht konnte ich noch keins entdecken«, nuschelte er in das Weinglas, das er hastig zum Mund führte.

Schließlich konnte er seiner Familie nicht gestehen, dass er die junge Franziska des Öfteren heimlich beim Baden beobachtete und ihren elfenbeinfarbenen Körper dabei von allen Seiten betrachten konnte. Natürlich hatte er auch das kleine halbmondförmige Muttermal oberhalb ihres Steißes gesehen. Es war aber kein Hexenmal, sondern eher eine reizvolle Stelle. Doch das behielt er für sich.

Karoline gab sich mit der Antwort zufrieden. Auch seine Frau fragte nicht weiter. Nur Johann sah seinen Vater zweifelnd an. Als dieser sich schweigend Wein nachschenkte, war das Gespräch beendet.

Nachdem sich Franziska beruhigt hatte, ging sie zurück in die Küche, um ihre Arbeit zu beenden. Sie würdigte Berta keines Blickes und sprach mit Theresa kein Wort.

Schweigend wusch Franziska das Geschirr und säuberte die Küche. Da Sonntag war, hatte sie den Nachmittag frei und musste erst wieder zum Abendessen in der Küche erscheinen. Sie band ihre Schürze ab, legte sie sorgsam zusammen und verließ den Wohntrakt, um hinüber zu den Stallungen zu gehen. Von dort überquerte sie die Koppel und ging bis zu einem kleinen Wäldchen. Dort ließ sie sich im Schatten eines Baumes nieder und hing ihren Gedanken nach.

›Was soll ich noch hier? Am besten wird sein, wenn ich weiterziehe und in einem anderen Haushalt nach Arbeit frage‹, dachte sie traurig.

Doch sie war erst seit kurzer Zeit in fester Anstellung und hatte noch kein Geld sparen können, um sich unabhängig auf Wanderschaft zu begeben. Sie musste noch einige Monate aushalten und versuchen, etwas Geld zur Seite zu legen. ›Dann wäre es bereits Winter und umso schwerer, Arbeit zu finden‹, grübelte sie weiter. Das junge Mädchen atmete tief aus.

»So schwer ums Herz?« Erschrocken drehte sie sich um.

»Johann, was machst du hier?«

»Ich bin dir gefolgt. Was vorgefallen ist, tut mir sehr leid.«

»Warum tut es *dir* leid?«

»Ich weiß, dass du nichts dafür kannst. Und dem Hexengerede glaube ich kein Wort.«

»Sehr tröstlich«, unterbrach sie ihn, »aber deine Meinung zählt nicht. Ich glaube, dass es das Beste wäre, wenn ich weiterziehen würde. Wer weiß, was diese Lügnerin Berta als Nächstes aushecken wird. Sie hat deine Schwester als Verbündete, damit auch alles deinen Eltern zugetragen wird.«

»Jetzt sei nicht böse, Franziska, Karoline ist ein junges Mädchen, das irgendetwas nachplappert …«

»Nur dass das, was deine kleine Schwester nachplappert, wie du es harmlos nennst, mich auf den Scheiterhaufen bringen kann. Oder hast du noch nicht gehört, dass nur wenige Orte von hier eine Frau verbrannt worden ist, weil eine Nachbarin sie des Schadenszaubers bezichtigt hat.«

»Doch, das habe ich heute Morgen gehört und konnte es nicht fassen.«

»Was konntest du nicht fassen?«

»Dass Menschen so etwas glauben und andere verraten.«

»Ja, die Dummheit der Menschen ist grenzenlos, aber auch ihre Angst.«

Scheinbar unzählige Minuten des Schweigens vergingen.

»Franziska, ich liebe dich …«, flüsterte der junge Mann unbeholfen und sah sie schüchtern an. Wieder holte das Mädchen tief Luft.

»Ja, ich weiß, Johann, und auch ich liebe dich. Deshalb möchte ich nicht von hier fort.«

Erschrocken sah Johann Franziska an. Zum ersten Mal hatte sie ausgesprochen, wovon er in unzähligen schlaflosen Nächten geträumt hatte, und doch wusste er nun nichts darauf zu antworten.

Unbeholfen nahm Johann das Mädchen in die Arme und küsste behutsam seine Lippen. Zärtlich strich er ihm die Haare aus der Stirn.

»Mach dir keine Sorgen. Ich werde mit meinen Eltern über uns sprechen und ihnen sagen, dass ich dich heiraten will. Aber erst möchte ich Rat bei meinem Onkel holen. Ich werde noch heute Abend nach dem Gottesdienst zu ihm gehen. Er wird uns sicher helfen.«

Glücklich schmiegte sich das Mädchen in Johanns Arme. Franziska war nun leicht ums Herz. Noch ahnte sie nicht, welche Prüfungen das Leben für sie bereithalten sollte.

Kapitel 7

»Anna, ich kann nichts Besorgniserregendes feststellen. Du hast weder Fieber noch Ausschlag noch sonst irgendetwas, was man als Krankheit bezeichnen könnte.«

»Das verstehe ich nicht. Warum versagt mir dann die Stimme, Doktor?«, fragte Anna und setzte sich in ihrem Bett auf. Den Titel hatte sie mehr neckend gesagt, denn sie kannte den jungen Mann, so lange sie denken konnte. Er war vier Jahre älter als sie und der Sohn eines Freundes ihres Vaters. Friedrich Schildknecht hatte vor einem Jahr in der Ferne das Medizinstudium beendet und war danach in sein Heimatstädtchen zurückgekehrt. Da waren Annas Eltern bereits begraben und sie mit Wilhelm Münzbacher verheiratet gewesen.

Der junge Arzt war damals wie vor den Kopf gestoßen, als er davon erfuhr. Seinem Vater machte er heftige Vorwürfe, dass er Anna nicht von dieser Hochzeit abgehalten hatte. Doch der Vater wies alle Vorhaltungen zurück, da er seine Bedenken sehr wohl deutlich geäußert hatte. Wie viele andere auch, fand der alte Schildknecht diese Heirat überstürzt und riet Anna, ihre Pläne zu überdenken und wenigstens die Trauerzeit abzuwarten. Doch das Mädchen hatte die gut gemeinten Ratschläge nicht beachtet.

Alle Hoffnungen des jungen Schildknecht waren über Nacht zerbrochen. Inbrünstig hatte Friedrich gehofft, Annas Herz zu gewinnen, sobald er ein angesehener Arzt war. Schon, als sie noch Ritter und Burgfräulein gespielt hatten, versprach er, sie zu heiraten. Das Mädchen hatte stets lachend geantwortet, dass er ihr erst eine Drachenschuppe bringen müsse, dann würde sie in die Heirat einwilligen. Und Friedrich hatte freudig geantwortet, dass sie ihm dafür am Tag der Hochzeit ein selbst komponiertes Lied singen müsse. Er war von jeher fasziniert gewesen von ihrer Stimme, wenn sie Kinderlieder und später alte Weisen für ihn sang. Nun war er in großer Sorge, denn ihre Stimme hatte sich sehr verändert.

Wehmütig erinnerte sich Friedrich an die Zeit, als sich ihre Wege getrennt hatten. Die Tradition im Hause Schildknecht verlangte, dass auch er Arzt werden sollte, weshalb er schon im

Alter von vierzehn Jahren von zu Hause fort nach Sachsen zog. Dort ging er bei seinem Onkel, einem Apotheker, in die Lehre, um von ihm alles über Chemie und andere Naturwissenschaften zu erfahren. Wegen der Entfernung und des zeitaufwendigen Lernens kam Friedrich nur noch selten nach Hause.

Nach der Lehrzeit begann er in Leipzig das Studium der Medizin und besuchte seine Eltern während dieser Zeit nur zweimal. Bei diesen seltenen Besuchen führte sein erster Weg immer zu den Arnolds, um Anna zu sehen. Beide hatten sich stets freudig begrüßt, und Anna hatte ihn jedes Mal gefragt: »Hast du den Drachen gefunden?«

Und nickend hatte Friedrich geantwortet: »Sobald er schläft, stehle ich ihm eine Schuppe. Hast du mir ein Lied gewidmet?«

»Es fehlen nur noch drei Wörter.« Sie lachten dann herzlich und freuten sich über das Wiedersehen. Dieses Geplänkel aus Kindertagen aber war das einzige Band ihrer Zuneigung. Über mehr wurde nie gesprochen.

Als Friedrich in Leipzig die Nachricht vom Mord an den Arnolds erhielt, war ein anderer in Annas schwerster Stunde an ihrer Seite gewesen und hatte sie anschließend zum Altar geführt.

Friedrich seufzte. Seit seiner Rückkehr hatte er Anna nur einmal aufgesucht, um ihr zur Heirat zu gratulieren. Danach vermied er jegliches Zusammentreffen. Auch heute wollte er nicht kommen, doch als sie nach einem Arzt schickte, war sein Vater nicht in der Stadt gewesen, und Friedrich, der sich um Anna sorgte, war statt des alten Arztes gekommen.

Nun sah Anna zu Friedrich, der jeglichen Blickkontakt mit ihr vermied, empor und sagte: »Es ist schön, dass wir uns wiedersehen, Friedrich.«

Erstaunt sah er sie an, nickte dann lächelnd, ohne zu antworten. Erst, als er seine Instrumente wieder in die Tasche packte, fragte er, ohne sie anzusehen: »Könnte es sein, Anna, dass du guter Hoffnung bist?«

Zuerst schaute die junge Frau erstaunt, doch dann prustete sie laut los.

»Und das schlägt mir auf die Stimme, sodass ich nicht mehr singen kann? Wo es doch ein Grund zum Jubilieren wäre.«

Verlegen lächelnd zuckte der Arzt mit den Schultern, dann meinte er: »Vielleicht brauchen deine Stimme und du nur etwas Ruhe. Bleib ein, zwei Tage im Bett. Das tut dir sicher gut.«

»Keine Salbe zum Einreiben und keine Tropfen, die ich schlucken kann?«

»Ach, Anna, was soll ich dir geben? Gegen *was* soll ich dir Medizin verabreichen?« Zögerlich antwortete sie: »Vielleicht etwas gegen ein freudloses Leben ...« Verlegen strich sie die Bettdecke glatt. Doch der junge Arzt hatte Tränen in ihren Augen schimmern sehen, sodass er sich die Freiheit nahm, sie nach ihrem Eheleben zu fragen.

»Liebst du deinen Mann nicht mehr?«

Unbehaglich rutschte sie in ihrem Bett hin und her, um dann zaghaft zurückzufragen: »Was ist Liebe, und woran erkennt man sie? Wann weiß man, ob man sie je besessen hat, um sagen zu können, dass man sie verloren hat?«

Betretenes Schweigen machte sich zwischen ihnen breit, doch dann sah Anna Friedrich fest in die Augen und erklärte: »Wilhelm rührt mich schon seit Monaten nicht mehr an. Seine Blicke sind abweisend, auch seine Sprache. Nicht ein Wort, das Zärtlichkeit oder Zuneigung ausdrückt. Nur Zurechtweisung und Vorhaltungen. Auch verbietet er mir das Singen, weil er keinen Gefallen daran findet. Ist es möglich, dass man sich so sehr in einem Menschen täuschen kann, Friedrich?«

Mit großen blauen Augen sah sie ihren Jugendfreund an.

»Anna, ich will nicht wissen, ob *er* dich liebt, sondern wie *dein* Gefühl für ihn ist.«

»Ich weiß nicht einmal, ob es je Gefühle für ihn gegeben hat. Vielleicht habe ich Dankbarkeit mit Zuneigung verwechselt.«

In Gedanken fragte Friedrich sie, ob Münzbacher ihr eine Drachenschuppe am Tag der Hochzeit gebracht hatte. Doch er sprach es nicht laut aus, sondern räusperte sich kurz und setzte sich zu der jungen Frau auf die Bettkante. Er ergriff ihre Hand, nahm all seinen Mut zusammen und sagte: »Anna, was ich dir jetzt sage, ist meine persönliche Meinung, und ich hoffe, dass du es mir nicht verübelst, wenn ich sie ausspreche. Niemand kann dir den Vater und die Mutter ersetzen. Dass du damals annahmst, diese Leere würde dein Ehemann ausfüllen können ... Nun, mittlerweile wirst du wissen, dass es ein Trugschluss war. Wenn du kein Kind erwartest – wie soll ich es ausdrücken –, vielleicht will unser Herrgott dir damit zeigen, dass man die Dinge noch ändern könnte, bevor es zu spät ist ...«

Friedrich hielt für einen Moment die Luft an, fürchtete er doch, dass sie ihn zurechtweisen würde. Aber ihr Blick wurde nachdenklich und traurig. Dann nickte sie stumm.

Alles in Friedrich sträubte sich, so viel Vertrauliches von Anna zu erfahren. Er ahnte, dass das, was sie ihm erzählt hatte, aller Wahrscheinlichkeit nach der Schlüssel für ihre Beschwerden war. Ihr Geständnis, dass ihr Mann sich von ihr fernhielt, erfüllte ihn mit unbewusster Genugtuung. Bevor er aufstand, fand er Worte des Trostes: »Gib dir keine Schuld, Anna. Du hast übereilt gehandelt, statt dich und ihn zu prüfen. Wer will es dir verübeln? Es waren die schrecklichen Umstände, die dich verwirrten. Sprich mit Clemens darüber. Er ist dein Bruder und wird immer zu dir stehen.«

Sie nickte. Ja, Clemens. Mit ihm würde sie darüber reden. Viel zu lange hatten sie sich gegrollt, anstatt zusammenzuhalten, so, wie es ihre Eltern gewünscht und erwartet hätten. Ihre Stirn, die sich vor Kummer gekräuselt hatte, entspannte sich, und Anna sah Friedrich befreit lächelnd an. Sie glaubte sogar für einen kurzen Augenblick zu spüren, wie sich die Enge in ihrem Hals löste.

»Danke!«, flüsterte sie und nahm Friedrichs Hand. Nur zögernd gab sie diese wieder frei, als er aufstand, um zu gehen. An der Tür drehte sich der junge Mann noch einmal um und zwinkerte ihr liebevoll zu.

Als Friedrich die Tür von außen geschlossen hatte, lehnte er sich einen kurzen Augenblick dagegen. Es war ihm unbegreiflich, weshalb sich Wilhelm Münzbacher seiner jungen Frau gegenüber so abweisend verhielt.

Gab es da etwas, was er nicht erkennen konnte? Vielleicht sollte auch er mit Clemens sprechen. Nachdenklich verließ der junge Arzt das Haus.

Im Hof blickte er zu dem Fenster hinauf, hinter dem sich Annas Zimmer befand. Seine Hand umfasste den kleinen spitzen Gegenstand in seiner Jackentasche, als er über den Hof auf die Straße trat.

Anna rutschte tiefer unter die Bettdecke. Entspannt schloss sie die Augen. Friedrich hatte sie zum ersten Mal nicht nach dem Lied gefragt, dachte sie traurig. Brauchte er auch nicht, haderte sie mit sich selbst, schließlich war sie bereits verheiratet. Ach, hätte sie doch nicht auf dieses alberne Spiel mit der Drachenschuppe bestanden, sondern ihm damals gesagt, dass sie auf ihn warten würde. Wie viel einfacher wäre ihr Leben, wenn sie ihn an ihrer Seite wüsste. Doch nun war es zu spät. Oder vielleicht doch nicht? Anna beschloss, über Friedrichs Worte in Ruhe nachzudenken.

›Zuerst‹, überlegte sie, ›werde ich einige Tage zu meiner Base nach Erfurt reisen. Und nach meiner Rückkehr mit Clemens sprechen. Zusammen mit meinem Bruder werde ich vielleicht eine Lösung finden.‹

Voller Hoffnung sah sie dem Gespräch mit Clemens entgegen, nicht ahnend, dass es dazu nicht mehr kommen sollte.

Kapitel 8

Langsam senkte sich der Sarg in das dunkle Erdloch. Katharina hatte den kleinen Hannes auf dem Arm. Der Zweijährige verhielt sich so ruhig, als begreife er, dass dies ein trauriger Moment war. Stumm wischte er mit seinen kleinen dicken Kinderfingern der Tante über das Gesicht, als Tränen über ihre Wangen liefen.

Matthias, der erst seit wenigen Tagen drei Jahre alt war, stand wie ein Soldat neben seinem Vater und verzog keine Miene. Die beiden Kinder wussten nicht, wer sich in dem Sarg befand oder was diese Kiste in der Erde zu bedeuten hatte. Katharina hatte ihnen erzählt, dass ihre Mutter nun bei den Engeln sei und sie alle von dort beschützen würde. Es waren die Worte, die man von jeher zu Kindern sprach, wenn Mutter oder Vater gestorben waren.

Barbara Jacobi hatte versucht, ihre Gefühle zu beherrschen, doch damit war es in dem Augenblick vorbei, als der Sarg mit ihrer Tochter Silvia in das Grab hinuntergelassen wurde. Sie klammerte sich an den Arm ihres Mannes und schluchzte laut auf.

Ihr Mann, Albert Jacobi, tätschelte ihre Hand. Er schien in den letzten Tagen gealtert zu sein. Seine Haltung war gebeugt, seine Haare grau und seine Haut fahl. Lautlos bewegte er seine Lippen im Gebet.

Die Trauergemeinde zog an der Familie vorbei, um zu kondolieren. Ein kleiner Kreis würde sich später bei den Jacobis einfinden, um bei Wein und kleinen Speisen die Tote zu ehren und ihrer zu gedenken.

Katharina hatte ihren Schwager Otto keines Blickes gewürdigt. Zwar hatte er sie seit dem Tod ihrer Schwester in Ruhe gelassen, doch sie ahnte, dass es damit nun vorbei sein würde. Zu ihrer eigenen großen Trauer über den Verlust der Schwester gesellte sich die Angst vor der ihr bevorstehenden Zwangsheirat – auch wenn sie erst in einigen Monaten stattfinden sollte.

Seitdem Silvia ihren letzten Wunsch auf dem Totenbett ausgesprochen hatte, hatte Katharina kaum ein Auge zugetan. In endlosen Gebeten zur heiligen Elisabeth suchte sie einen Ausweg aus ihrem Schicksal, aber die Heilige schien sie nicht zu erhören. Zwar konnte Katharina verstehen, dass die Schwester ihre Kinder nach ihrem Tod gut versorgt wissen wollte. Dass sie sich aber von ihrem Mann dazu hatte überreden lassen, ihrer jüngeren Schwester dieses Versprechen abzunehmen, ohne ihr eine Wahl zu lassen, konnte sie der Toten nicht nachsehen.

Natürlich fühlte sich Katharina für ihre kleinen Neffen verantwortlich. Aber sie liebte die Buben wie eine Tante und nicht wie eine Mutter. Den neugeborenen Fritz, der heute bei seiner Amme geblieben war, hatte Katharina besonders ins Herz geschlossen. Er tat ihr leid, denn ihm war es nicht vergönnt gewesen, von seiner Mutter geliebt und umsorgt zu werden. Zwar würden auch die beiden älteren Jungen später kaum eine Erinnerung an ihre Mutter haben, doch ihnen hatte Silvia wenigstens für kurze Zeit ihre Liebe schenken dürfen.

Bei diesem Gedanken schluchzte Katharina laut auf. Seit der Stunde, in der Silvia ihre Augen für immer geschlossen hatte, war nicht zu leugnen, dass sie tot war, doch erst in diesem Moment wurde Katharina bewusst, dass sie für immer von ihnen gegangen war.

»Wir wollen das Glas auf meine verstorbene Frau erheben«, rief Otto zu vorgerückter Stunde aus und hielt seinen Weinkelch in die Höhe.

Der Genuss von unzähligen Gläsern Alkohol hatte seine Augen glasig werden lassen, und seine Zunge formte nur noch schwer die Worte.

»Ja, lasst uns auf Silvia anstoßen. Möge ihre Seele in Frieden ruhen«, stimmte Theo Hofmeister zu, der Nachbar der Jacobis. Seine Frau nickte mit Tränen in den Augen. Auch ihre Wangen waren vom ungewohnten Weingenuss gerötet.

»Die armen Kinder. Nein, nein, wer wird sich nun um die armen Kleinen kümmern? Barbara, nun ist deine Großmutterliebe gefordert. Du wirst Silvias Stelle einnehmen müssen …«, tat Walburga Schmitt ihre Meinung kund.

»So weit wird es nicht kommen. Es wäre das Letzte, was ich mir wünschen würde«, lallte der Witwer.

»Aber, Otto, du kannst dich glücklich schätzen, dass du im Hause deiner Schwiegereltern ein Heim für dich und die Buben gefunden hast. Hier sind deine Kinder in den besten Händen.«

»Dummes Zeug, mach du dir darüber nur keine Gedanken, meine liebe Walburga, ich weiß, was ich zu tun habe.«

Dabei sahen seine geröteten Augen zu Katharina, die von Gast zu Gast ging und Pasteten reichte. Walburga Schmitt folgte Ottos Blick. Bevor sie jedoch etwas sagen konnte, fing sie den zornigen Blick von Barbara Jacobi auf, mit dem diese ihren Schwiegersohn zu strafen schien. Es war unschwer zu erkennen, dass Barbara versuchte, sich zusammenzunehmen. Sie hatte kaum gesprochen und weder etwas gegessen noch etwas getrunken.

Wieder sah Walburga zu Katharina, dann zu Otto und zu Barbara. Gab es hier etwas, das sie noch nicht wusste? Sie war plötzlich hellwach und beobachtete aufmerksam das Geschehen um sich herum. So viel Wein hatte sie nicht getrunken, um nicht zu spüren, dass hier irgendetwas nicht stimmte. Sollte Otto etwa …? Aufmerksam sah sie zu Katharina und bemerkte erst jetzt, dass das Mädchen ihrem Schwager aus dem Weg ging. Als er ihr eine Pastete aus der Hand nahm und sich ihre Finger berührten, zuckte Katharina zusammen, als ob sie ein heißes Stück Eisen angefasst hätte. Von den übrigen Gästen blieb dies unbemerkt, aber Walburgas wachen Augen war es nicht entgangen. Was konnte das bedeuten? Sie musterte Otto. Die kleine rundliche Frau fand, dass er ein ansehnlicher Mann war. Groß, schlank, mit hellen Haaren und Augen, die so blau wie Eis in einem zugefrorenen Teich waren. Zuweilen konnten sie auch genauso kalt und unpersönlich wirken. Umrahmt wurden diese hellblauen Augen von fast weißen Wimpern und ebenso hellen Brauen.

Otto kam aus einer angesehenen Familie. Jeder im Ort, der eine Tochter im heiratsfähigen Alter hatte, würde sich über solch einen ansehnlichen Schwiegersohn freuen. Hätte er ihre Tochter ausgewählt, wäre Walburga nicht abgeneigt gewesen, wenn Gudrun Silvias Platz eingenommen hätte.

Walburga Schmitt wusste auch, dass ihre Nachbarin den Schwiegersohn nicht sonderlich mochte. Barbara vermied es, über ihn zu reden. Kam das Gespräch dennoch auf Otto, dann veränderte sich ihr Blick von einem Moment zum anderen. Ablehnend wirkte er und manchmal sogar mit Hass erfüllt.

Als Walburga ihr Glas zum Mund führte, lachte sie in sich hinein. Sie ahnte, was sich bei den Nachbarn zusammenbraute. Bevor sie zum Trinken ansetzte, achtete sie sorgfältig darauf, dass sie sich nicht am Wein verschluckte.

Bereits am Tag nach Silvias Tod war es mit Katharinas ehemals ruhigem Leben vorbei. Ihre Mutter hatte sie mit der Obhut der Kinder betraut, und so war sie rund um die Uhr mit ihnen beschäftigt.

Fritzchen wurde noch gestillt und blieb die meiste Zeit bei der Amme. Auch Hannes bereitete wenig Schwierigkeiten. Er schien seine Mutter nicht zu vermissen und war zufrieden, wenn man mit ihm spielte. Doch der dreijährige Mattias schreckte des Öfteren nachts aus dem Schlaf und weinte. Da Katharinas Zimmer am Ende des Ganges lag und sie so nachts nicht schnell genug zu ihm gelangen konnte, schlief sie nun im Kinderzimmer.

Zeitweise ging die Verantwortung für die Kinder über die Kräfte der Siebzehnjährigen. Auch ihre Mutter hatte die dunklen Schatten unter den Augen ihrer Tochter bemerkt und ihr versprochen, sich sonntags um die drei Buben zu kümmern. Katharina durfte länger schlafen und den Tag für ihre Zwecke nutzen. Für das Mädchen war es selbstverständlich, dann ins Armenhaus zu gehen, wo man sie schon vermisste.

Katharina hatte in der Küche einen Korb mit Essen für die Armen zusammengepackt, als Otto ihr auflauerte. Grob packte er sie am Arm.

»Wo willst du hin?«, zischte er und kam ihrem Gesicht gefährlich nahe. Katharina wand sich in seinem Griff, doch sie kam nicht los. Als er den Korb bemerkte, hob er mit der freien Hand das Tuch hoch.

»Bringst den unnützen Menschen auch noch etwas zu essen? Sie sollen gefälligst arbeiten, dann brauchen sie keine Almosen. Essen, für das wir in der Töpferei schuften müssen«, brauste er auf. Seine eisblauen Augen blickten das Mädchen scharf an.

»Lass mich, Otto! Das geht dich nichts an! Das ist allein meine Angelegenheit und hat dich nicht zu kümmern.«

Sein Griff wurde fester, sodass das Mädchen leise wimmerte. Ottos Augen verengten sich zu kleinen Schlitzen und versuchten, Katharina Angst einzuflößen. Plötzlich lachte er laut auf und ließ sie los.

»Eine kleine Wildkatze bist du. Das gefällt mir, sehr sogar. Dann wird es wenigstens nicht langweilig. Doch merke dir, bist du erst einmal meine Frau, gehst du nicht mehr zu diesem Gesindel, ist das klar?«

Katharina gab ihm keine Antwort, sondern ging schnell hinaus. Sie hörte ihn noch bis zur nächsten Ecke laut hinter ihr her lachen.

»Heilige Elisabeth, wenn du gerecht sein willst, dann hilf mir. Es kann doch nicht in deinem Sinne sein, dass ich die Armen nicht mehr besuchen darf«, sprach das junge Mädchen zu sich und war nahe daran, in Tränen auszubrechen.

Kapitel 9

Am nächsten Morgen fühlte sich Anna ausgeruht und war guter Dinge. Der Gedanke, einige Tage zu verreisen und ihrem Käfig, wie sie ihr Zuhause heimlich nannte, zu entfliehen, stimmte sie fröhlich. Während sie sich ankleidete, summte sie leise eine Melodie vor sich hin. Friedrich hatte Recht behalten. Die Ruhe und die Vorfreude auf die geplante Reise taten ihr und ihrer Stimme gut. Frohen Mutes nahm sie sich vor, ihrem Mann beim Frühstück von den Reiseplänen zu berichten.

Anna hatte gerade am gedeckten Tisch Platz genommen, als dieser sich zu ihr gesellte.

»Geht es dir besser, meine Liebe?«, fragte er lächelnd, einen spöttischen Unterton nicht verbergend. Bevor Anna antworten konnte, musste sie sich räuspern. Ihre Kehle schien sich wieder zu verengen. Münzbacher zog scheinbar genervt eine Augenbraue nach oben, sagte jedoch kein Wort.

»Ja, danke, ich fühle mich wohler und möchte für einige Tage meine Base Magdalena in Erfurt besuchen.«

Der Notar legte das noch warme Hefeteilchen, das er gerade auseinanderbrechen wollte, wortlos zurück auf den Tisch. Dann brauste er auf: »Das habe ich besonders gern. Ich rackere mich ab, und du …«

»Sage unserer lieben Base meine herzlichsten Grüße«, wurde er von Clemens unterbrochen, der gerade durch die Tür trat. Mit großen Schritten ging er auf Anna zu und küsste sie, wie jeden Morgen, auf die Stirn. Dann setzte er sich an die lange Seite des Tisches und sah seinen Schwager herausfordernd an. Dessen Gesicht hatte die Farbe gewechselt, was Anna mit leichter Freude registrierte. Doch sehr schnell hatte ihr Mann seine Gefühle wieder unter Kontrolle. Nur an der Art, wie er das Hefegebäck auseinanderriss, war sein unterdrückter Zorn zu erahnen.

Als Münzbacher kein weiteres Wort mehr an die Geschwister richtete, sondern seinen ärgerlichen Blick lieber in den Krug mit Eierbier versenkte, fragte Clemens seine Schwester: »Wann gedenkst du zu verreisen?«

»Morgen früh. Hättest du Lust, mich zu begleiten?«

»Jetzt reicht es! Wir haben so viel Arbeit, dass ich kaum zur Ruhe komme, und die Herrschaften gedenken eine Reise zu unternehmen!«

»Jetzt übertreib nicht, Schwager. Dass du dich nicht überarbeitest, ist jedem bestens bekannt. Und was willst du unternehmen, wenn auch ich Lust hätte, meine Base zu besuchen?«, fragte Clemens seelenruhig und konnte sich das Lachen kaum verkneifen.

Münzbacher wusste, dass er den jungen Mann von solchen Plänen nicht abhalten konnte. Nirgendwo stand geschrieben, dass Clemens auf dem Gestüt bleiben musste. Wütend warf er den Rest des Morgengebäcks auf den Tisch, stieß den Stuhl nach hinten und verließ den Raum.

Im Hof ballte der Notar die Fäuste. Wie gern würde er seine Frau samt ihrem Bruder davonjagen oder noch besser, ihnen die Gurgel umdrehen. Dann wäre endlich das Gestüt sein Eigen, und er bräuchte sich über seine Zukunft nie wieder Gedanken zu machen. Wie er die beiden verachtete!

Damals, vor mehr als zwei Jahren, als er alles plante, hätte er es nie für möglich gehalten, dass er die Kontrolle über die Situation oder über sich selbst verlieren würde. In der nüchternen Planung war alles einfach erschienen. Zumal er stets zwei Schritte vorausdachte und an Sicherheit gewann. Nie hätte er mit Gegenwehr der Geschwister gerechnet. So, wie die Eltern ihre Kinder beschrieben und auch so, wie er die beiden kennengelernt hatte, schienen sie ihm leichte Beute. Nun hatte sich das Blatt gewendet, und er wusste nicht, warum sein sorgfältig erdachter Plan nicht aufgegangen war.

›Wilhelm, du musst nachdenken‹, ermahnte er sich. ›Es wäre doch gelacht, wenn dir nichts einfallen würde.‹

Nach einigen Minuten hellte sich seine finstere Miene auf. Vielleicht war es von Vorteil, wenn die Geschwister für ein paar Tage verreisen würden. In dieser Zeit könnte er sich in Ruhe den anderen unangenehmen Angelegenheit widmen, für die er auch eine Lösung finden musste. Was sollte er nur mit der Wäscherin machen?

›Vielleicht‹, dachte er, ›kann ich sie mit Geld ködern, damit sie verschwindet. Schließlich ist jeder Mensch käuflich.‹

Münzbacher war es egal, ob sie das Balg behalten wollte oder zu einer Kurpfuscherin ging. Hauptsache, das Frauenzimmer verschwand aus seinem Leben. Das war ihm eine Lehre gewesen. Von jetzt an würde er lieber in ein Hurenhaus gehen.

»Bei den käuflichen Weibern passiert so etwas nicht«, grummelte er vor sich hin. Ungläubig schüttelte er den Kopf. Wie kam die Wäscherin nur auf den Gedanken, dass er sie zu sich nehmen würde? Natürlich hatte er ihr in seiner Geilheit Versprechungen ins Ohr geflüstert. Doch wie konnte sie so dumm sein und seinen Worten Glauben schenken? Ein studierter Mann und eine Wäscherin. Wo käme man da hin?

Wieder schüttelte er ungläubig den Kopf über so viel Unverstand. Der Notar wäre auch nie auf die Idee gekommen, Anna Arnold zu heiraten, wenn ihn nicht die Spielschulden und die

Schuldeneintreiber dazu gezwungen hätten. Als er schon mit dem Rücken an der Wand gestanden hatte, wurde ihm ein Leben in Saus und Braus auf dem goldenen Tablett serviert. Er musste dem Schicksal nur etwas nachhelfen.

Münzbacher blieb für einen Moment stehen. ›Wilhelm, sei nicht ungeduldig, schimpfte er mit sich selbst. Im Grunde läuft alles so, wie es soll.‹

Der Notar beruhigte sich langsam wieder. Als er den jungen Knecht aus der Schmiede kommen sah, rief er ihm zu: »Ich sehe nach den Koppelzäunen.«

Ohne eine Antwort abzuwarten, schlug er den Weg zur Weide ein. Hinter der nächsten Biegung gabelte sich der Feldweg.

Münzbacher überlegte kurz. Warum sollte er sein Geld für Huren ausgeben, solange er es noch umsonst bekommen konnte? Bis er eine Lösung gefunden hatte, sollte ihm Marga ruhig weiter ihr dralles Hinterteil entgegenstrecken!

Vergnügt rieb er die Hände aneinander und schlug den Pfad zum Bach ein, wo er die Wäscherin vermutete.

»Wirst du mich begleiten, Clemens?«, fragte Anna und biss hungrig in das Gebäck, auf das sie einen Klecks Honig gestrichen hatte.

»Nein!«, war die knappe Antwort des Bruders. Erstaunt blickte Anna ihn an und sah, wie er schadenfroh in sich hineinlächelte.

»Ich wollte deinen Gatten etwas ärgern. Ich finde es lustig, wie er innerhalb kürzester Zeit rot anläuft. Das geschieht immer dann, wenn er sich nicht mehr zu helfen weiß.«

Anna ignorierte die Bemerkung ihres Bruders und versuchte ihn umzustimmen.

»Es würde mich freuen, wenn du mich begleiten würdest. Wir beide kennen Erfurt noch nicht, obwohl Magdalena schon seit einem Jahr dort wohnt. Es muss eine schöne Stadt sein. Außerdem möchte ich etwas mit dir bereden, und auf der langen Reise hätten wir die beste Gelegenheit dazu.«

»Ja, die Stadt würde mich interessieren, natürlich würde ich auch gern unsere Base wiedersehen, aber im Moment habe ich dafür keine Zeit. Hat die Unterredung nicht Zeit, bis du wiederkommst, Anna? Vielleicht habe ich dir dann auch etwas mitzuteilen …«

»Hast du etwa ein Mädchen kennengelernt?«, fragte sie und strahlte ihn an. Doch Clemens kratzte sich nur verlegen am Kinn.

»Ich muss dich enttäuschen, Schwesterherz. Es hat mit etwas anderem zu tun. Aber da ich noch nichts Genaues weiß, werde ich mich hüten, dir etwas zu erzählen.«

Nun verzog Anna die Lippen zu einem Schmollmund. Lachend biss Clemens in ein Stück Käse.

»Wenn du zurück bist, können wir über alles sprechen. Doch jetzt fahr erst einmal zu Magdalena. Weiß sie, dass du sie besuchen möchtest?«

»Nein, natürlich nicht. Ich habe mich kurzerhand entschlossen, zu ihr zu fahren. Ich werde sie überraschen. Sie feiert in drei Tagen ihren zwanzigsten Geburtstag.«

»Sicher wird ihr Ehemann eine Überraschungsfeier ausrichten. Da passt es wunderbar, dass du zu ihr reist.«

»Ja, das glaube ich auch. Joachim wird sie, wie immer, auf Händen tragen und ihr jeden Wunsch von den Augen ablesen«, sagte Anna mit Melancholie in der Stimme.

Nachdenklich musterte Clemens seine Schwester.

»Höre ich da etwa Neid? Das hättest du auch haben können, Anna«, meinte er zärtlich.

Ihre großen blauen Augen füllten sich langsam mit Tränen.

»Willst du mir meine Entscheidung vorhalten?«, flüsterte sie und konnte kaum ein Schluchzen unterdrücken.

»Um Himmels willen, nein. In deiner damaligen Lage hast du wahrscheinlich richtig gehandelt«, versuchte Clemens seine Schwester zu trösten, »doch was damals galt, muss heute nicht mehr gelten.«

»Das hat er auch gemeint.«

»Wer?«

»Friedrich!«

Wissend nickte Clemens. Er ahnte, dass der junge Arzt seine Schwester liebte, seit Kindertagen nicht aufgehört hatte, sie zu lieben. In Clemens' Erinnerungen hallten noch die Gespräche nach, in denen es um eine Drachenschuppe und ein Lied ging.

»Wann hast du ihn gesehen?«

Anna erzählte dem Bruder von ihrer Unterhaltung mit dem jungen Arzt und dem Grund seines Besuches vor zwei Tagen. Ihre eigenen Gefühle und Gedanken verriet sie nicht. Sie brauchte Zeit, viel Zeit zum Nachdenken, bevor sie sich dem Bruder anvertrauen konnte. Sie musste Argumente sammeln, um ein Gespräch mit Clemens zu bestehen.

Clemens umarmte seine Schwester und hielt sie für einige Sekunden fest. Dabei wiegte er sie wie ein kleines Kind. Er hatte sich längst gewundert, warum er sie nicht mehr singen hörte, nun ahnte er den Grund. Die Spannungen zwischen ihr und ihrem Mann schienen ihr auf die Stimme zu schlagen. Clemens war froh, dass Anna für einige Tage aus dem Haus sein würde. So brauchte er sich um sie keine Sorgen zu machen und auch keine Rücksicht zu nehmen.

Vielleicht, überlegte er, könnte es hilfreich sein, wenn er Friedrich in seine Pläne miteinbeziehen würde.

Anna schloss die Augen. Die Geschwister waren sich fremd geworden, seitdem Wilhelm Münzbacher versucht hatte, einen Keil zwischen sie zu treiben. Doch Anna schwor sich in diesem Augenblick, dass nichts sie jemals wieder gegeneinander aufbringen würde.

Sie strahlte ihren Bruder an und küsste ihn auf die Wangen.

»Ich werde jetzt packen. In zehn Tagen komme ich zurück, und dann wird sich einiges in diesem Haus ändern.«

›Vielleicht sogar schon früher‹, dachte Clemens und sah ihr gedankenverloren hinterher.

Kapitel 10

Johann ging, nein, er hüpfte voller Freude zu seinem Onkel, dem Pfarrer Lutz Lambrecht, nach Tastungen. Zwar hatte er ihn schon vor zwei Wochen aufsuchen wollen, doch der Vater hatte Johann immer neue Arbeiten aufgetragen, sodass er keine Zeit gehabt hatte, sich früher auf den Weg zu machen. Lambrecht wohnte eine gute Stunde von Hundeshagen entfernt, und deshalb blieb Johann unterwegs genügend Zeit zum Nachdenken. Es widerstrebte ihm, Franziska alleinzulassen, denn seit Franziska ihm ihre Liebe gestanden hatte, verbrachte Johann jede freie Minute nur mit ihr.

Lächelnd schüttelte er den Kopf. Nein, damit hatte er wahrlich nicht gerechnet. So lange war sie ihm ausgewichen, hatte seine Zuneigung verschmäht, und plötzlich vor zwei Wochen … Ach, er war so glücklich! Heiraten würde er sie! Jawohl, das würde er. Deshalb musste er seinen Onkel um Rat bitten, wie er seine Eltern überzeugen konnte, ihm die Erlaubnis zur Hochzeit zu geben. Leicht würde es nicht werden. Schließlich war Franziska nur eine einfache Magd, und als Sohn eines Großbauern heiratete man für gewöhnlich keine Frau, die nicht aus ähnlich reichem Haus stammte. Auch nicht, wenn man selbst so hart arbeiten musste wie ein Knecht. Denn Johanns Vater war überzeugt, dass nur harte Arbeit seinen Sohn zu einem echten Mann machen konnte, und wollte ihm von klein an zeigen, dass man im Leben nichts geschenkt bekam. Nur ein Kerl, der fest zupacken konnte, war in den Augen des Vaters ein vollwertiger Mann. Schließlich hatte Bonner in der eigenen Familie erlebt, was aus einem verwöhnten Burschen werden konnte und wie schnell sich alle Macht und Geld auflösten, wenn derjenige, der die Verantwortung trug, ein Versager war. Nur weil Bonner damals hart durchgegriffen und seinem älteren Bruder Hof und Grund weggenommen hatte, war die Familie vor dem Ruin bewahrt worden. Bonner kannte keine Gnade – gegenüber sich selbst nicht und auch nicht gegenüber seinem Sohn. Lob gab es nie, Schelte und Schläge umso mehr.

Doch auch die Mutter würde über die Schwiegertochter wenig begeistert sein. ›O je‹, dachte Johann, ›ich kann mir ihre finstere Miene gut vorstellen.‹

»Eine Dienstmagd«, würde sie entsetzt ausrufen, »als ob wir dies nötig hätten!« Und wenn sie dann erst alles über Franziskas Herkunft erfahren hätte, wäre die Schmach groß. Doch Johann war es einerlei, wo Franziska ihre Wurzeln hatte. Oder wie sein Vater es ausdrücken würde: »aus welchem Stall sie kam«.

Johann liebte das Mädchen, und das allein zählte für ihn. Außerdem ging es niemanden etwas an, und niemand musste etwas von Franziskas einfacher Herkunft erfahren, schließlich stammte sie nicht aus der Gegend. Vor Monaten war Franziska eines Nachts von der anderen Seite des Ohmgebirges fortgegangen. Ihr Vater, ein landloser Bauer, trug das wenige Geld, das er auf dem Feld verdiente, direkt ins Wirtshaus. Nur weil Franziskas Mutter Flickwäsche ausbesserte und dafür ein paar Pfennige bekam, war die neunköpfige Familie noch nicht verhungert. Unzufriedenheit, stetiger Hunger und Schläge begleiteten Franziska von Geburt an, doch sie erwartete mehr von ihrem Leben. Und er, Johann, wollte es ihr bieten. Er konnte sich keine bessere Frau vorstellen. Zusammen würden sie den elterlichen Hof noch größer und noch reicher machen, sodass seine Eltern mit der

Wahl seiner Braut eines Tages zufrieden sein würden. Schließlich konnte Franziska anpacken, sah, wo Arbeit getan werden musste. Was nützte einem Jungherrn ein verwöhntes Töchterlein aus reichem Hause, das sich für Arbeit zu fein dünkte und die Dienstboten durch die Gegend scheuchte, anstatt selbst mitzuhelfen. Was sollte er mit einer Frau anfangen, die obendrein das Geld für unnützen Tand zum Fenster hinauswarf? Nein, Johann war fest davon überzeugt, dass Franziska wusste, wo ihre Kraft gebraucht wurde. Warum sollten seine Eltern eine solche Schwiegertochter ablehnen? Außer vielleicht ... weil er schon von Kindesbeinen an Lisa, der Tochter vom Lehnsmann Raueisen aus Wehnde, versprochen war.

Johann stöhnte leise auf. Wie der Vater so die Tochter! Dieser weise Spruch passte wunderbar zu Lisa und ihrem Vater, dessen Vermögen aus Schweinen bestand. Fette Schweine, die seine Bauern für ihn züchteten. Kein anderes Nutzvieh passte zu Guntram Raueisen besser, ähnelte er doch selbst dem Borstenvieh. Weizenblonde Haare, die nach allen Richtungen abstanden. Kleine dunkle Knopfaugen, umrandet von hellen Wimpern und fast unsichtbaren Augenbrauen. Außerdem hatte er helle, schon fast weiße Haut, die voll rötlichen Ausschlags war, der ihn unentwegt zu jucken schien. An fast jedem Türrahmen, jeder Hauswand, jedem Baum oder anderen festen Gegenständen scheuerte er sich den Rücken und schloss dabei vor Wonne die kleinen Schweinsäuglein.

Beim Gedanken daran schüttelte es Johann. Und Lisa? Die Tochter war das Ebenbild des Vaters. Ihre Leibesfülle zeugte zwar von Reichtum, doch für Johann war sie einfach nur plump. Nein, auch wenn einige seiner Freunde ihn einen Trottel schelten würden. Lisa war wahrlich nicht die Frau, die er sich für den Rest des Lebens an seiner Seite vorstellen konnte. Wenn er hingegen an Franziska dachte, fingen seine Augen zu leuchten und seine Wangen zu glühen an. Ihr flammendes Haar, ihre sanft blickenden Augen, die je nach Laune von dunklem Tannengrün bis hin zu hellem Moosgrün wechseln konnten, machten sie zu einem der schönsten Mädchen weit und breit. Johann liebte ihre feine, kleine Nase ebenso wie die vielen Sommersprossen, die sich auf dem schmalen Nasenrücken drängten. Ihre weiche Stimme verursachte ihm Gänsehaut, und ihre dunkelroten Lippen weckten unkeusche Gedanken und raubten ihm Schlaf und Verstand.

›Lieber Gott‹, dachte Johann, ›sie will ich als Weib haben, keine andere. Und Onkel Lutz muss mir helfen, dass sie mein werden darf.‹

Als er an die Pforte des Pfarrhauses klopfte, spürte er Zweifel in sich aufsteigen. Was, wenn der Onkel böse auf ihn war, weil er in letzter Zeit die Kirche nur unregelmäßig besuchte? Was, wenn auch er kein Verständnis für seine Wünsche aufbringen würde? Doch zur Umkehr war es zu spät. Er hörte, wie die Haushälterin den Schlüssel umdrehte und die Tür geöffnet wurde. Wortlos ließ sie ihn eintreten und wies ihm den Weg in den Garten, wo der Oheim die Hühner fütterte. Als dieser den Neffen kommen sah, fragte er besorgt: »Ist zu Hause etwas passiert?«

Stumm schüttelte Johann sein Haupt und schaute betreten auf seine staubigen Füße. Lutz gab ihm Zeit, um sein Anliegen vorzubringen doch als der Bursche nichts sagte, meinte er: »Willst du Buße tun?«

Erstaunt hob Johann den Blick. Nein, das hatte er nicht vorgehabt. Doch, wenn er es recht bedachte … Vielleicht war dies der einfachste Weg, Bedauern über die versäumten Gottesdienste zu äußern und gleichzeitig sein Vorhaben so vorzubringen, dass der Onkel keine andere Wahl hatte, als ihm zu helfen, seinen Wunsch den Eltern vorzutragen. Bevor sein Oheim es sich anders überlegen konnte, nickte er.

»Ja, Onkel, ich möchte Gott um Vergebung bitten.«

Lutz Lambrecht war ein weiser und gerechter Mann. Viele

Jahre Erfahrung hatten ihn gelehrt, seine Gesprächspartner genau zu beobachten. Nicht das, was der Mensch sagte, war für den Pfarrer wichtig. Bedeutungsvoller war, wie dieser sich bewegte, was seine Körperhaltung ausstrahlte, was er mit seinen Händen tat, was sein Gesicht verriet. Das gesprochene Wort konnte unwahr sein, doch die Gestik sagte meist die Wahrheit. Aus der Haltung seines Neffen erkannte er, dass ihn ein größeres Anliegen bedrängte als eine einfache Abbitte, weil er zu häufig den Gottesdiensten ferngeblieben war. Lutz konnte sich nicht erinnern, von seiner Schwester bei ihrem letzten Plausch Besorgniserregendes gehört zu haben. Annerose hatte ihn nur gebeten, Johann zur Rede zu stellen, damit der Junge den Weg zu Gott nicht aus den Augen verlieren würde. Dass der Bursche von selbst gekommen war, empfand der Pfarrer als gutes Zeichen. Dass der Neffe ihm jedoch nicht in die Augen blicken konnte und nervös an seinem Hemd nestelte, ließen ihn schnell vermuten, dass der Anlass des Besuches einen ernsten Grund hatte. Lambrecht dachte einen Moment nach und sagte dann lächelnd: »Es ist ein solch schöner Tag! Warum sollten wir die letzten Sonnenstrahlen nicht genießen und uns stattdessen in die dunkle, kühle Kirche setzen. Weil du außerdem sicherlich das Abendmahl im heutigen Gottesdienst verpasst hast, schlage ich vor, dass du mir hier im Garten bei einem kühlen Glas Apfelsaft dein Sündenbekenntnis anvertraust.«

Johann blickte irritiert auf. Lutz, die Gedanken des Jungen ahnend, erklärte: »Man kann überall sein Gewissen erleichtern. Hauptsache ein Vertreter Gottes ist dabei.«

Zufrieden nickte der Bursche. Lutz ging, um seiner Haushälterin Anweisung zu geben. Als sie das Getränk auf den groben Holztisch stellte, bat er: »Wir möchten die nächste Zeit nicht gestört werden. Johann und ich haben wichtige Dinge zu bereden.«

Frau Maifart grummelte vor sich hin, sagte jedoch kein Wort.

Erst als der Pfarrer hinzufügte: »Und schließt das Küchenfenster und die Tür!«, sah sie Lamprecht griesgrämig an und wollte etwas erwidern, doch sein Blick hielt sie davon ab. Er wusste nur zu gut, dass es ihr großes Vergnügen bereiten würde, sein Gespräch mit dem Neffen sofort auf der Straße zum Besten zu geben. Mehrfach hatte es deutliche Worte im Pfarrhaus gegeben, wenn Lutz erfahren musste, dass über vertrauliche Gespräche aus seinen Räumen plötzlich in der Nachbarschaft getrascht wurde.

Kurz darauf fiel mit einem lauten Knall die Tür zum Garten ins Schloss, und auch das Küchenfenster, das dem Garten zugewandt war, wurde geräuschvoll geschlossen, was die beiden Männer zusammenzucken ließ.

Kopfschüttelnd setzte sich der Pfarrer so, dass die Sonnenstrahlen sein Gesicht kitzeln konnten. Er schenkte Johann und sich ein, prostete dem Jungen zu und wartete, dass dieser das Wort ergreifen würde. Als sein Neffe aber stumm blieb, forderte der Onkel ihn auf: »Also, mein Sohn, was möchtest du beichten?«

Nach einem tiefen Räuspern und mehrmaligem Kratzen am Hinterkopf kniete Johann vor dem Onkel nieder, faltete seine Hände und senkte das Haupt: »Vater, ich möchte Buße tun, denn ich habe des Öfteren den sonntäglichen Gottesdienst versäumt.«

»Was war der Grund deines Fernbleibens, mein Sohn?«

Johann sah nun auf und war überrascht. Sein Patenonkel hatte sein Gesicht der Sonne gänzlich zugewandt, die Augen geschlossen und schien die Wärme zu genießen. Auch Johann entspannte sich und antwortete: »Zum einen die Zeit … Ihr wisst, dass mein Vater mich sehr hart in die Pflicht nimmt, und ich wahrscheinlich mehr leisten muss als jeder Knecht auf unserem Hof. Deshalb habe ich mich sonntags bei schönem Wetter ins warme Gras am Mühlenteich gelegt und bin jedes Mal eingeschlafen. Erst das Läuten der Glocke, die das Ende des Gottesdienstes ankündigte, hat mich wieder geweckt. Aber ... ich habe im Stillen für mich gebetet und unseren Herrn nicht vergessen«, fügte er kleinlaut hinzu.

Erwartungsvoll sah er zu seinem Oheim auf. Ein leichtes Lächeln umzuckte dessen Lippen. Als Johann nicht weitersprach, sah Lutz ihn kurz an, als wolle er sich vergewissern, dass der Junge noch da war. Er nickte wohlwollend und drehte sein Gesicht wieder der Sonne zu.

»Dann bete zwanzig ›Vaterunser‹, damit ich gewiss bin, dass du es nicht verlernt hast. Was noch?«

Verdutzt kratzte sich Johann am Kopf und überlegte.

»Sonst nichts!«

»Du hast sonst nichts zu bereuen? Keine bösen Worte, die du laut gesagt oder gedacht hast, keine unkeuschen Gedanken?«

Bei den letzten Worten spürte Johann, wie ihm die Schamesröte ins Gesicht stieg. Froh darüber, dass sein Oheim ihn nicht ansah und dies bemerkte, sagte er leise: »Nun ja, böse Worte habe ich nicht laut ausgesprochen, aber gedacht, als meine Schwester wieder gepetzt hat. Da habe ich sie mit einem großen Tier verglichen. Und unkeusche Gedanken ... hatte ich auch. Aber ist das nicht normal, wenn man verliebt ist?«

Nun schaute Lutz seinen Neffen überrascht an. Das waren fremde Töne, die er da hörte.

»Wie soll ich das verstehen, Johann? Bist du in Schwierigkeiten?«

»Nein, um Himmels willen, natürlich nicht. Ich habe nichts Unerlaubtes getan, Onkel. Es ist nur, ich würde gern ...«, stotterte er. Nun begann der Pfarrer zu verstehen. Das also schien der Grund des seltenen Besuchs zu sein. Lutz holte tief Luft, wandte sich seinem Neffen zu und zeigte ihm mit seiner Körperhaltung, dass er aufmerksam zuhörte.

Schüchtern blickte Johann auf.

»Dann erzähl, mein Sohn. Und mit der Buße lassen wir es für heute gut sein. Für das gedachte, böse Wort gegenüber deiner Schwester kommen noch fünf weitere Vaterunser dazu. Alles, was du mir jetzt erzählst, berichtest du deinem Patenonkel. Deshalb bist du doch sicher gekommen, oder?«

Erleichtert sah Johann seinen Oheim an, lächelte und spürte, wie er ruhiger wurde. Dann nickte er, setzte sich neben Lutz und erzählte mit leuchtenden Augen und vielen umständlichen Worten von Franziska und seinem Wunsch, sie zu ehelichen.

»Und deshalb, Onkel Lutz, dachte ich, dass du mit Vater und Mutter reden könntest. Ich weiß, dass deine Liebe allein unserem Herrn im Himmel gilt, aber ich hoffe, dass du mich trotzdem verstehst, auch wenn meine Liebe zu Franziska eine andere ist.«

Lambrecht wusste nicht, ob er mit dem Jungen schimpfen oder laut lachen sollte. Anscheinend ahnte Johann nicht, dass auch ein Pfarrer ein Leben vor der Kirche gehabt hatte und in jungen Jahren den Verführungen der Liebe ebenso verfallen gewesen war wie der Neffe jetzt. Johann schien nichts von Frieda zu wissen, und Lutz entschied spontan, auch darüber weiterhin zu schweigen, obwohl er innerlich schmunzeln musste.

»Wenn deine Gefühle für dieses Mädchen tatsächlich so tief sind, dass du es heiraten möchtest, dann musst du diesen Weg allein gehen, da deine Liebe sonst unglaubwürdig wirkt.«

»Aber, Onkel Lutz, du kennst Vater. Er wird mir überhaupt nicht zuhören wollen. Wohl eher lässt er die Hundepeitsche sprechen«, stöhnte Johann.

Lambrecht kannte den Jähzorn seines Schwagers. Das war einer der Gründe, warum er seine Schwester nur noch in der Kirche sah. Früher war er gern zu Gast im Hause seiner Schwester Annerose gewesen. Doch schon bald konnte er die Besserwisserei ihres Mannes und dessen Häme anderen Menschen gegenüber nicht mehr ertragen. Als die beiden Kinder, Johann und Karoline, alt genug waren, um am Esstisch Platz zu nehmen, verging nicht ein Sonntag, an dem Casper Bonner die Seinen nicht ständig unangenehm maßregelte. Deshalb blieb Lutz irgendwann dem sonntäglichen Essen fern. Wie, fragte er sich manchmal, konnte seine Schwester nur mit diesem Mann leben? In ihrem gemeinsamen Elternhaus, erinnerte er sich, war es keineswegs nur gesittet und respektvoll, sondern auch fröhlich zugegangen.

Casper Bonner machte weder eine stattliche Figur, noch war er mit einem markanten Gesicht gesegnet. Aber er hatte Geld. Annerose hatte sich anscheinend von Bonners Vermögen blenden lassen und seinen wahren Charakter nicht erkannt. Schon als kleines Mädchen hatte Annerose sich für etwas Besseres gehalten und die meisten jungen Männer des Ortes verschmäht, weil diese in ihren Augen ihrer unwürdig waren. Ganz besonders einer hatte ihr den Hof gemacht, doch der war leider nicht so reich wie Bonner gewesen. Macht und Geld waren für die junge Annerose wichtiger als alles andere.

Doch was hatte es ihr gebracht? Mit der Hundepeitsche würde der Vater seinem Sohn auf sein Gesuch antworten ... Und die Mutter würde wie immer schweigen.

Lutz Lambrecht spürte, wie Zorn in ihm aufstieg, und lenkte seine Gedanken schnell zurück zu Johann. War sein Neffe mit seinen neunzehn Jahren reif genug, um beurteilen zu können, ob das Mädchen die Richtige war? Spielte ihm momentan nicht eher das schöne Gefühl in seinen Lenden einen Streich? Was wäre in einem Jahr, wenn Alltag Einzug gehalten hätte und die Liebe sich nicht mehr in den Vordergrund drängte? Durfte er, Lutz Lambrecht, sich überhaupt in etwas einmischen, was nur die Eltern und den Jungen betraf? Nachdenklich schaute der Pfarrer zum Himmel, als ob dort eine Antwort geschrieben stünde.

»Johann, ich würde dir gern helfen, aber ich sehe keine Möglichkeit, dies zu tun. Nur du allein kannst mit deinen Eltern über deine Absicht sprechen. Wenn ich mich einmischen würde, könnte das eher nachteilig für dich sein und deinen Vater noch mehr verärgern.«

»Aber du bist doch der Pfarrer. Dir müssen sie zuhören, und dir werden sie nicht ins Wort fallen oder dich strafen.«

»Johann, du willst, dass man dich als heiratsfähigen Mann beurteilt. Dann jammere nicht wie ein kleiner Junge, der eine Scheibe eingeschlagen hat.«

Johanns Augen glitzerten vor Wut und Scham. Er wäre am liebsten aufgesprungen und gegangen, doch damit hätte er nur das bestätigt, was sein Onkel gesagt hatte.

»Ich mache dir einen anderen Vorschlag, Johann. Sprich mit deinen Eltern, und sollten sie dir weder zuhören wollen noch Verständnis aufbringen, dann sage es mir, und ich werde versuchen, sie umzustimmen. Das ist das Einzige, was ich dir anbieten kann.«

Johann seufzte tief.

»Danke, Onkel Lutz, dass du mir zugehört hast und mich verstehst. Ich denke, dass du Recht hast und ich allein mit meinen Eltern reden muss, damit sie die Ernsthaftigkeit meiner Heiratsabsicht erkennen können.« Johann stand auf und drückte seinem Oheim die Hand.

»Ich würde mich freuen, wenn du mir deine Braut bald vorstellst«, sagte Lutz zum Abschied mit einem Augenzwinkern.

Sofort schoss das Blut in Johanns Wangen, doch der Glanz in seinen Augen verriet die Freude über diesen Wunsch.

Auf dem Weg nach Hause fühlte sich Johann bestärkt und nahm sich vor, schnellstmöglich mit seinen Eltern zu sprechen.

Knapp eine Woche später machte sich Lutz Lambrecht voller Sorge auf den Weg zu seiner Schwester nach Hundeshagen.

Ohne das Gewand zu wechseln, hatte er selbst sein Pferd gesattelt, Karoline hinter sich auf den Rücken des Wallachs gesetzt und dem Gaul mit den Fersen in die Flanke getreten. Schnaubend war das Pferd losgaloppiert. Querfeldein, den kürzesten Weg nehmend, hoffte Lutz, nicht zu spät zu kommen. Die Hitze und der dunkle Talar trieben ihm den Schweiß aus den Poren. Noch immer weinend, klammerte sich Karoline an ihn. Der Zorn auf seinen Schwager wuchs mit jedem Hufschlag des Pferdes, und er bat den Herrn leise für seine zornigen Gedanken um Vergebung.

Als er den Gutshof endlich erreicht hatte, ritt er zur Pferdetränke, um seinen geschunden Gaul saufen zu lassen, aber auch, um sich das Gesicht zu kühlen und ein paarmal tief durchzuatmen, um wieder ruhiger zu werden. Dann gab er Karoline knappe Anweisungen, das Pferd zu versorgen, und ging mit langen Schritten auf das Wohnhaus zu. Ohne sich anzumelden oder auf Einlass zu warten, stürmte er ins Haus und ging direkt in das Zimmer seines Neffen im ersten Stock.

Johann lag totenbleich in seinem Bett. Das eine Auge zugeschwollen, den rechten Arm verbunden, stöhnte er leise im Schlaf. Seine Mutter saß mit rotgeweinten Augen neben seinem Lager und kühlte die Stirn des Sohns mit feuchten Tüchern.

»Ich hatte gehofft, dass Karoline übertreibt, doch was ich hier sehe, übertrifft meine schlimmsten Befürchtungen. Wie konntest du das zulassen, Annerose?«, zischte der Pfarrer aufgebracht.

Die Augen seiner Schwester füllten sich sogleich erneut mit Tränen, doch sie sagte kein Wort. Lutz setzte sich zu seinem Neffen und nahm dessen gesunde Hand in seine, dann murmelte er leise und mit geschlossenen Augen ein Gebet für den Jungen. Noch immer Johanns Hand haltend, fragte er seine Schwester: »Was sagt der Arzt? Wie schlimm ist es?«

Während sie das Tuch wieder ins Wasser tauchte, flüsterte sie mit erstickter Stimme: »Der Arm ist verstaucht, weil Casper ihn gegen den Schrank drückte. Und mehrere Rippen sind gebrochen. Der Arzt hat ihm Beinwellumschläge gemacht. Gegen die Schmerzen. Und damit er schlafen kann, hat er ihm Hopfensud verabreicht.« Flüsternd fügte sie hinzu: »Sein Rücken ist übersät mit blutigen Striemen von der … von der …«

»… Hundepeitsche?«

Weinend nickte sie und murmelte: »Ich habe versucht, Casper davon abzuhalten, aber er ist stärker als ich, und wenn er zornig ist, kann ihn niemand aufhalten.«

Plötzlich aber änderte sich ihr Tonfall. Wütend fragte sie: »Warum will der Junge ausgerechnet diese Magd heiraten? Er muss doch gewusst haben, wie Casper sich verhalten würde. Ich begreife nicht, dass er solch einen Gedanken überhaupt aussprach. Was findet er an diesem Mädchen? Es ist ein Niemand und wird immer ein Niemand bleiben. Wenn Johann diese Franziska so sehr begehrt, wie er sagt, dann hätte er sie in sein Bett holen sollen. Aber doch nicht gleich heiraten! Dieses Biest hat von Anfang an nur Ärger bereitet und jetzt sogar unsere Familie zerstört. Ich will sie nicht mehr in meinem Haus haben!«

In dem Moment klopfte es, und Franziska streckte ihren Kopf durch den Türspalt. Auch ihre Augen zeigten deutlich, dass sie geweint hatte. Scheu und voller Angst blickte sie zu Johanns Mutter, die bereits aufgesprungen war und das Mädchen unsanft am Arm packte: »Du wagst dich hierher, du, die an allem Schuld hat?«, keifte die Frau.

»Annerose, lass das Mädchen los. Sie ist weiß Gott nicht schuld an Johanns Zustand. Wenn du jemanden dafür verantwortlich machen willst, dann deinen Mann – und auch du selbst hast dich falsch verhalten!«

Weiter kam er nicht, denn Annerose hatte sich vor ihrem Bruder aufgebaut und bereits die Hand gehoben, als sie sie wieder sinken ließ und wütend hervorstieß: »Was erlaubst du dir? Du hast ja keine Ahnung!« Dann drückte sie Franziska mit zornigem Blick das feuchte Tuch in die Hand und verließ den Raum. Sogleich stürzte das Mädchen zum Bett. Zärtlich strich sie Johann über die Wangen.

»Das habe ich nicht gewollt! Das müsst Ihr mir glauben, Vater!«, flüsterte sie und blickte Lambrecht mit Tränen in den Augen an.

»Niemand gibt dir die Schuld, meine Tochter.«

»Ich beschuldige mich selbst. Und außerdem beschuldigen mich alle anderen hier auf dem Hof. Sie glauben, dass ich eine böse Frau bin.«

Ungläubig blickte der Pfarrer sie an. Doch bevor er antworten konnte, wurde sein Blick auf Johann gelenkt, der leise aufstöhnte, als er sich bewegte. Franziska griff in ihre Schürzentasche und holte ein kleines Gefäß hervor.

»Das ist eine Mischung aus Arnika und Ringelblume. Es lindert die Schmerzen und fördert die Heilung.«

»Der Arzt war schon da.«

»Das weiß ich, aber ich dachte, es schadet nicht, wenn ich die Wunden auf seinem Rücken nochmals damit einreibe. Dann bleiben sie nicht an dem Leinenhemd kleben«, flüsterte sie leise. Lutz konnte seinen Neffen verstehen. Das Mädchen war nicht nur eine Schönheit, sondern es schien auch mitzudenken und machte einen aufgeweckten Eindruck. Nun blickte Franziska auf, und der Pfarrer konnte tiefe Liebe, aber auch Sorge in ihrem Blick erkennen. Ihre verweinten Augen schimmerten hellgrün und stachen aus ihrem bleichen Gesicht hervor.

Nachdem sie Johann behutsam die Wunden eingerieben hatte, sprach Lambrecht ein Gebet. Er war erschüttert über die Verletzungen, die der Vater seinem Sohn zugefügt hatte. Kreuz und quer verliefen rote, blutige Striemen über den Rücken des Jungen.

Nur ein gefühlloses Ungeheuer konnte dem eigenen Kind

solche Gewalt antun. Bonner musste außer sich gewesen sein, als er auf seinen Sohn eingeschlagen hatte. Doch seiner Tochter Karoline hätte er niemals, unter keinen Umständen, solche Schmerzen zugefügt.

Schon früher war dem Pfarrer aufgefallen, dass Casper Bonner Unterschiede zwischen seinem Sohn und seiner Tochter machte. Karoline verstand es, ihren Vater um den Finger zu wickeln. Johann hingegen konnte es Casper nie recht machen. Aber dass Bonner so außer sich geraten und seinem eigenen Sohn dermaßen zusetzen würde, hätte Lutz nicht gedacht. Er musste eine Gelegenheit abwarten, um mit dem Schwager unter vier Augen zu sprechen. Dann würde er ihm die Meinung sagen, unverblümt und offen. Und hinterher Buße dafür tun.

»Was soll nun aus uns werden? Was soll aus mir werden?«, fragte Franziska leise, während Tränen in ihren Augen schimmerten. »Ich darf Johann nicht wiedersehen und muss den Hof noch heute verlassen.«

»Wer sagt das?«

»Der alte Bonner hat mir gedroht, dass, wenn ich nicht augenblicklich verschwinde, ich meines Lebens nicht mehr froh werde. Aber wo soll ich hin? Nach Hause will ich nicht zurück. Und ein Leben ohne Johann kann ich mir nicht mehr vorstellen. Ich liebe ihn! Doch es wird für uns keine gemeinsame Zukunft geben, dafür werden seine Eltern sorgen. Hätte ich ihm doch nie meine Liebe gestanden, hätte ich doch nur …«

Lambrecht unterbrach sie: »Du hast nichts Unrechtes getan. Wenn ihr wahrhaftige Liebe empfindet, dann wird euch unser Herrgott helfen, darauf musst du vertrauen. Dass du hier nicht mehr arbeiten darfst, daran ist nichts zu ändern, schließlich kann man meinen Schwager nicht dazu zwingen. Aber ich kenne eine Familie in Duderstadt, die ich bitten kann, dir Unterkunft zu gewähren. Allerdings weiß ich nicht, wie es mit dir und Johann weitergehen wird. Zuerst muss der Junge gesund werden. Wie ich ihn einschätze, wird er sich von seinem Vater nicht einschüchtern lassen und an seinen Heiratsplänen festhalten. Eure Liebe zueinander wird euch stärken. Daran musst du fest glauben, mein Kind.«

Als Franziska für die tröstenden Worte danken wollte, hob Lambrecht abwehrend die Hände.

»Bedanke dich nicht bei mir, sondern vertrau unserem Herrgott. Und jetzt pack deine Sachen zusammen, und geh ins Pfarrhaus nach Tastungen. Dort warte, bis ich komme. Ich habe hier noch einiges zu klären.«

Bevor das Mädchen den Raum verließ, fügte er schnell hinzu: »Franziska, schweig darüber, wohin du gehst. Leute, die dich für schuldig halten, müssen nicht wissen, wo sie dich finden können.«

Das Mädchen nickte und schloss leise die Tür.

Lambrecht blieb allein zurück und tupfte seinem Neffen den Schweiß von der Stirn.

Böse Frau hatte man sie genannt. Wie dumm und einfältig doch die Menschen waren. Was nützte es, dass er jeden Sonntag Nächstenliebe predigte, wenn die Gemeinde ein junges Mädchen wie Franziska bei erster Gelegenheit verurteilte? Lambrecht wusste, dass Menschen von ihren Ängsten beherrscht wurden, und je ungebildeter sie waren, desto leichter konnte man sie einschüchtern. Die Gebildeten aber nutzten diese Ängste zu ihrem Vorteil aus.

Lambrecht fuhr sich mit beiden Händen über das Gesicht. Traurig sah er zu seinem Patensohn, der unruhig schlief und immer wieder leise aufstöhnte. Lutz schloss die Augen, um im Gebet Trost zu finden, als die Tür aufgestoßen wurde und sein Schwager polternd hereinplatzte.

»Was macht der missratene Bursche? Hält er an seinen Heiratsabsichten fest?«

Im selben Moment, als Bonner in den Raum getreten war, sprang Lambrecht auf und stellte sich zwischen Vater und Sohn. Caspers Augen waren gerötet, und eine leichte Bierfahne schwappte dem Pfarrer entgegen.

»Du hast wieder getrunken, Casper!«, stellte Lambrecht fest.

»Kümmere dich um deine Angelegenheiten, Hochwürden!«, krächzte Bonner und lachte höhnisch auf. »Bei dieser undankbaren Brut kann man sich nur besaufen.«

»Gibt es nicht Schlimmeres als einen Sohn, der heiraten möchte?«, gab der Geistliche zurück.

»Das sagst ausgerechnet du, der weder Weib noch Brut sein Eigen nennt. Was weißt du schon? Eine Magd will er heiraten!«, schrie Bonner jetzt mit sich überschlagender Stimme. Lambrecht beherrschte sich und antwortete nicht sofort. Zwar war auch er einst verheiratet gewesen, doch Frieda war schon seit mehr als dreißig Jahren nicht mehr bei ihm. Der Herrgott hatte sie und sein ungeborenes Kind zu sich geholt. Lambrecht hatte sich nie wieder vermählt. So gesehen hatte Casper nicht Unrecht.

»Ich bitte dich, Casper, was ist daran so schlimm?«, versuchte der Pfarrer mit ruhigen Worten auf Bonner einzureden, »auch im Buch Rut heiratet eine Magd einen reichen Bauern. Sogar in der Heiligen Schrift steht geschrieben: *Eine liebenswürdige Frau ist wertvoller als Gold.* Und Franziska macht auf mich einen tüchtigen Eindruck.«

Doch Bonner sah sein Gegenüber nur hämisch grinsend an. Gutsherr und Pfarrer standen sich wie ungleiche Krieger gegenüber. Der eine leicht schwankend, sich seiner sicher, der andere nur fähig, seinen Zorn zu unterdrücken, indem er sich an die Kraft des Glaubens klammerte.

Caspers glasige Augen verengten sich, als er erwiderte: »Ach, Herr Pfarrer! Jetzt legst du das Wort Gottes so aus, wie es dir gefällt. Doch ich sage dir, alle Mägde sind Huren – und diese auch.

Sie kriechen in jedes Bett, das sich ihnen bietet. Vorzugsweise natürlich in das des Gutsherrn oder des Jungbauern.«

»Casper! Wie kannst du ein unschuldiges Mädchen so verunglimpfen? Ich habe Franziska kennengelernt. Sie ist nicht nur eine wahre Schönheit, sondern auch klug und tüchtig.«

Spott blitzte in Bonners Augen auf, und er musterte seinen Schwager von oben bis unten.

»Dass dir so etwas auffällt, wundert mich. Du bestätigst mich, in dem, was ich denke, denn sogar dich hat sie bezirzt. Sagt Luther nicht in Vers 8: *Wende dein Angesicht von schönen Frauen, und sieh nicht nach der Gestalt anderer Weiber. Denn schöne Weiber haben manchen betört, und böse Lust entbrennt davon wie ein Feuer.* Von mir aus kann Johann dieses Miststück in sein Bett holen. Aber ehe er sie heiratet, schlage ich ihn tot.«

Scharf sog Lambrecht Luft in die Lunge.

»Du bist ein Unhold! Wage dich nicht, noch einmal die Hand gegen den Knaben zu erheben, denn: *Wer unrecht tut, der wird empfangen, was er unrecht getan hat; und es gilt kein Ansehen der Person!* Das muss ich dir nicht erklären ...«

»Kolosser 3,25«, parierte Bonner. »Du glaubst wohl, Schwager, dass du allein weißt, was geschrieben steht. Vergiss nicht, dass mir mein Vater viele Jahre lang die Bibel eingeprügelt hat. Hochmut kommt vor dem Fall.«

Mit diesen Worten wollte Bonner den Raum verlassen, doch Lambrecht hielt ihn am Ärmel fest, erhob den Zeigefinger und rief aus: *»Ihr Väter, erbittert eure Kinder nicht, damit sie nicht scheu werden.* Kolosser 3:21.«

Dann versuchte er mit gedämpfter Stimme den Schwager zu überzeugen: »Sei nicht engstirnig, Casper. Lass gut sein, und gib deine Einwilligung.«

Mit einem Ruck befreite sich Bonner von Lambrechts Griff und ging auf die Tür zu. Bevor er das Zimmer verließ, warf er dem Pfarrer einen bösen Blick zu, dem dieser standhielt. Der

Bauer schrie erneut: »Er soll mich und meinen Zorn nicht herausfordern. Das kannst du ihm bestellen. Ich werde ihn enterben und vom Hof jagen, und sein Liebchen wird mit ihm untergehen.« Mit diesen Worten warf er die Tür hinter sich zu.

Entmutigt sank der Pfarrer auf den Schemel neben dem Bett. Ungläubig schüttelte er den Kopf. Welch ein Narr sein Schwager war! Wieder einmal hatte Casper Bonner bewiesen, dass er ignorant war und dumm. Gegen Liebe gab es keine Vernunft. Je mehr sich die Eltern dagegen sträubten, desto stärker würden die Gefühle der Liebenden füreinander werden.

Von dem lauten Streit zwischen seinem Vater und seinem Patenonkel hatte Johann nichts mitbekommen. Der Hopfensud hatte ihn in tiefen Schlaf gesenkt. Nur ab und an flackerten seine Augenlider. Behutsam strich Lutz seinem Neffen mit dem feuchten Tuch über die Stirn. Plötzlich ließ lautes Geschrei die Wände regelrecht erbeben. Lutz konnte Caspers donnernde und Anneroses weinerliche Stimme hören, aber nicht verstehen, was sie sagten. Ein lautes Poltern und der Knall, als die dicke Eichentür ins Schloss fiel, beendeten den Streit. Dann war es ruhig im Haus. Einige Minuten später wurde langsam die Tür von Johanns Zimmer geöffnet. Annerose trat ein. Sie hielt sich ihre gerötete Wange. Bestürzt ging Lutz auf seine Schwester zu und umarmte sie wortlos. Annerose legte ihren Kopf an seine Schulter und konnte ihr Schluchzen nicht mehr zurückhalten.

»Annerose, sage nicht, dass er auch dich züchtigt.«

Ihr Weinen wurde so stark, dass sie kaum Luft bekam. Und dann brach alles aus ihr heraus. All die unterdrückten Tränen, der verdrängte Kummer und die Sorge um ihren Sohn. Wie früher, als sie noch Kinder waren, fühlte sich Lutz seiner Schwester sehr nahe. Er konnte sich nicht mehr erinnern, wann er das zum letzten Mal gewesen war. Die Nähe des Bruders schien Annerose zu beruhigen, und sie blieb auch dicht bei ihm stehen, als das Schluchzen aufhörte.

»Wie kann ich dir, wie kann ich euch helfen?«, wollte Lambrecht wissen. Hilflos zuckte sie mit den Achseln und setzte sich zu ihrem Sohn ans Fußende des Betts.

»Ach, Lutz, wäre Johann nie auf die Idee gekommen, dieses Mädchen heiraten zu wollen, dann wäre alles so geblieben wie es war.«

»Ich bin mir sicher, dass wenn du Franziska näher kennen würdest, du zu dem Schluss kämest, dass sie ein gutes Mädchen ist. In dieser schlimmen Zeit, wo Menschen sich gegenseitig richten, verleumden, anzeigen und töten, ist es doch wunderbar, dass es so viel Zuneigung zwischen zwei jungen Menschen gibt. Johann und Franziska lieben sich aufrichtig. Das müsstest du als Mutter erkennen und froh darüber sein.«

»Liebe, was ist schon Liebe? Wie wichtig ist Liebe? Sie hält nicht ewig, und irgendwann ist sie nicht mehr da. Und dann, Lutz? Dann ist es wichtiger, dass Gleich und Gleich zusammen sind. Franziska hat nichts und wird nie etwas ihr Eigen nennen können. Geld soll zu Geld.«

»Hast du das damals auch so gedacht, als du dich für Casper entschieden hast?«, fragte Lutz sie lächelnd, um der Frage die Schärfe zu nehmen. Trotzdem rief Annerose empört aus: »Das war damals etwas anderes!«

»Ach ja? Das musst du mir genauer erklären«, verlangte der Bruder.

»Das geht niemanden etwas an, auch dich nicht, nicht als meinen Bruder und auch nicht als den Herrn Pfarrer. Ich habe mich damals für Casper entschieden, und nur der Tod wird uns trennen.«

»Wenn er seine Familie weiter so peinigt, kann das schneller gehen, als mir lieb wäre.«

Entrüstet sah Annerose den Bruder an, erwiderte jedoch nichts.

Auch Lambrecht spürte, dass es hier nichts mehr zu sagen

gab. Beim Hinausgehen kündigte er an: »Ich werde morgen wieder vorbeischauen. Sorge dafür, dass Casper den Jungen in Ruhe lässt. Ich könnte mir vorstellen, dass er nach seinem Besuch im Wirtshaus nochmals in Johanns Zimmer kommt. Lass den Jungen nicht allein mit ihm. Wer weiß, wozu er im Stande ist!«

Ohne sich noch einmal umzudrehen verließ Lutz Lambrecht den Hof und ritt nach Hause. Er würde Franziska bei den Hesses unterbringen. Das war eine anständige Familie, ohne Vorurteile und Argwohn. Hier würde es dem Mädchen an nichts fehlen, und da die Hesses mit reichem Kindersegen bedacht waren, war eine helfende Hand sicher willkommen.

Nachdem Lambrecht gegangen war, hing Annerose ihren Gedanken nach. Was wusste ihr Bruder schon von ihr? Was konnte er ahnen? Nichts, war die Antwort auf beide Fragen. Sie hatte ihr Geheimnis bis jetzt gut gehütet. Liebevoll nahm sie die gesunde Hand des Sohnes in ihre und streichelte zärtlich darüber. Im Laufe der Jahre war sie hart und streng geworden, ihren Kindern gegenüber, aber vor allem gegen sich selbst. Zu groß war die Schuld, die sie vor vielen Jahren auf sich geladen hatte.

Liebevoll sah sie ihren Sohn an. Zum Glück glich Johann ihr, seiner Mutter, und nicht seinem Vater.

Annerose wollte sich nicht ausmalen, was passiert wäre, hätte Johann seinem leiblichen Vater ähnlich gesehen. Dann wäre alles herausgekommen, so aber blieb es ein Geheimnis, ihr Geheimnis. Liebe, dachte sie, ja, die wahre Liebe hatte auch sie einmal kennengelernt, hatte sie spüren dürfen, leben dürfen. Doch das war lange her, über zwanzig Jahre. Trotzdem wusste sie noch genau, wie Küsse schmeckten, die sich Liebende gaben, wie sich Hingabe anfühlte, die von Herzen kam und nicht als Ehepflicht eingefordert wurde.

Leise seufzte sie. Ja, sie konnte Johann gut verstehen. Konnte nachempfinden, dass einem Stand, Geld und Ruhm egal waren, wenn man die Liebe im Herzen trug. Nie im Leben hätte sie sich vorstellen können, dass sich die Geschichte, ihre Geschichte, wiederholen würde. Dass ihr Sohn einmal dieselbe Entscheidung treffen müsste wie sie vor langer Zeit. Tief in ihrem Innern bewunderte sie Johann für seine Hartnäckigkeit und Offenheit, die sie nicht gehabt hatte. Ungläubig schüttelte Annerose das Haupt. Aber es konnte nicht gut gehen, dass hatte sie damals gewusst und wusste es heute noch immer. Irgendwann käme die bittere Erkenntnis, dass Liebe allein nicht ein Leben lang genügt. Deshalb hatte sie sich damals für die Vernunft und gegen das Gefühl entschieden.

Doch es verging nicht ein Tag, an dem sie nicht an diese verschmähte Liebe dachte, an ihn dachte, an Johanns Vater. Niemals würde sie diese Gedanken laut aussprechen, nie jemandem davon erzählen. Es würde ihr Geheimnis bleiben. Ein Geheimnis, das sie mit ins Grab nehmen würde.

Zärtlich küsste sie ihren Sohn auf die Stirn. Dann verschloss sie die Tür und steckte den Schlüssel in ihre Rocktasche. Nachdenklich ging sie die Treppenstufen hinunter, um wie immer ihren häuslichen Pflichten nachzukommen.

Kapitel 11

Als Wilhelm Münzbacher durch die Tür des Wirtshauses trat, schlug ihm der Qualm der unzähligen Pfeifenraucher entgegen. Er hasste diese Spelunke, in der das Bier mit Wasser gepanscht wurde und die Menschen in seinen Augen Abschaum waren. Zu dieser fortgeschrittenen Stunde trieb sich das schlimmste Pack in diesem Teil der Stadt herum. Normalerweise hätte er, der Notar, diese Menschen keines Blickes gewürdigt. In seinen

Augen waren sie Ratten, die in der Stadt nicht geduldet wurden und von dem lebten, was andere übrig ließen. Doch Münzbacher hatte keine Wahl. *Sie* ließen ihm keine Wahl – Marga und Clemens.

Seitdem die Magd ihm von der Schwangerschaft erzählt hatte, fand Münzbacher nachts keinen Schlaf. Obwohl es nichts Verwerfliches oder Außergewöhnliches war, dass Mägde von reichen Herren geschwängert wurden, verhielt es sich hier anders. Marga bestand auf die Einhaltung seiner Versprechen und würde ihm ohne Zweifel Schwierigkeiten machen. Für seinen Schwager aber wäre es ein gefundenes Fressen. Clemens wartete nur auf einen passenden Anlass, um Münzbacher Knüppel zwischen die Beine zu werfen. Ihm war klar, dass Clemens Anna dazu drängen würde, die Ehe annullieren zu lassen. Und da der Notar schon vor Monaten jegliches Interesse an seiner Frau verloren hatte, könnte es leicht sein, Anna zu einer Trennung zu bewegen. Es sei denn, er würde auch sie schwängern, doch die Zeit drängte.

Als Münzbacher den Schankraum absuchte, trübte das schwache Licht der Kerzen seine Sicht. Erschöpft wischte er sich über die Stirn.

›Was für Ärger einem ein Balg bereitete, obwohl es noch nicht einmal geboren war‹, dachte er wütend.

Seine Strategie wäre beinahe perfekt gewesen. Der einzige Fehler hatte darin gelegen, eine schwangere Magd nicht in seinen Plan mit einzubeziehen. Er wusste, dass Marga keine Ruhe geben würde, bis er sie zu sich nähme. Die Wäscherin sah in dem ungeborenen Kind eine Chance, ihrem armseligen Leben zu entfliehen und Münzbacher an sich zu binden. Was sich dieses Weibsstück einbildete! Er musste eine Lösung finden, und deshalb war er hier.

Münzbachers Blick schweifte durch den Raum. Viele Augenpaare musterten ihn. Doch er hatte dafür gesorgt, dass er unter den Gestalten fast unsichtbar wirkte. Deshalb verloren die Männer sofort das Interesse an ihm und widmeten sich wieder ihren Gesprächen, Würfelspielen und dem dünnen Bier.

Als der Notar den Mann, den er suchte, in der hinteren Ecke erspähte, ging er zu ihm an den Tisch. Im Vorbeigehen bestellte er einen Krug Bier.

Der Kerl war in gräuliche Kleidung gehüllt und verschmolz fast mit der Wand in seinem Rücken. Unter seinem hellen Filzhut sah er Münzbacher spöttisch an und zog an seiner langstieligen Pfeife. Nur sein Mund war klar erkennbar, alles andere lag im Schatten des schwachen Lichts.

Als Münzbacher sich zu ihm setzte, atmete der Mann den Tabakqualm in einer dicken Wolke aus.

»Muss das sein?«, presste Münzbacher mürrisch hervor.

»Was glaubst du wohl, warum hier jeder raucht? Man würde sonst den beißenden Gestank der ungewaschenen Gesellen nicht ertragen.« Wieder paffte der Mann, und Münzbacher konnte sich des Gefühls nicht erwehren, dass der Fremde sich über ihn lustig machte.

»Auch du siehst aus, als ob du das Badewasser meiden würdest«, meinte der Mann, der ebenso wenig an diesen Ort zu gehören schien.

»Rede keinen Unsinn. Ich musste mich mit Dreck beschmieren, damit ich hier nicht auffalle. Einem Landstreicher, der die Stadt verlassen hat, habe ich den Umhang abgekauft. Seitdem ich ihn umhabe, fürchte ich, dass mich die Flöhe auffressen wollen. Ich weiß nicht, warum wir uns nicht an einem anderen Ort treffen konnten.«

Während er das sagte, kratzte Münzbacher sich am Hals, bis rote Striemen sichtbar wurden. Der Mann gegenüber reichte ihm die Pfeife.

»Dieses Viertel ist für unser Gespräch am sichersten. Hier, neble dich damit ein. Das betäubt das Ungeziefer.«

Widerwillig nahm Münzbacher das Rauchutensil entgegen und betrachtete angewidert das noch feuchte Mundstück. Als es ihn jedoch wieder zu jucken begann, zog er daran und blies den Qualm über seine Kleidung. Nach kurzer Zeit hörte das Beißen tatsächlich auf. Er reichte dem Mann die dünne Holzpfeife zurück, als ihm der Wirt den Bierkrug auf den Tisch stellte. Hastig nahm Münzbacher einen Schluck, um den Geschmack des Tabaks und des fremden Speichels zu verdrängen. Mit dem Handrücken wischte er sich den hellen, kaum sichtbaren Schaum vom Mund.

»Lange her, dass wir uns gesehen haben …«, begann der Fremde das Gespräch.

»Und das ist auch gut so. Glaube mir, wenn ich dich nicht dringend bräuchte, könnte ich auf deine Gesellschaft wahrlich verzichten!«

Als der Mann leicht sein Haupt hob, konnte Münzbacher ein spöttisches Blitzen in seinen Augen erkennen.

»*Du* hast mich gerufen«, wies ihn der Fremde mit ruhiger Stimme zurecht, »also … was willst du? Sind dir wieder die Eintreiber deiner Spielschulden auf den Fersen?«

Münzbacher holte tief Luft, schluckte aber seine Antwort hinunter. Wenn er Hilfe erhalten wollte, musste er sich zusammennehmen. Er kannte niemanden sonst, der ihm aus der Klemme helfen konnte. Deshalb beherrschte er sich und sagte bewusst ruhig: »Diesmal ist die Sache komplizierter, A…«

Gerade noch konnte er vermeiden, den Namen seines Gegenübers zu nennen. In dieser Gegend war es besser, wenn niemand den Namen des anderen kannte. Der Mann hatte ihn erschrocken angesehen. Münzbacher räusperte sich und fuhr fort: »Dieses Mal geht es nicht um Spielschulden.«

Mit nüchternen, leisen Worten erklärte er den Sachverhalt. Der Fremde hörte aufmerksam zu, nickte hin und wieder. Seinen verschmutzten Schlapphut hatte er tief ins Gesicht gezogen.

Als der Notar schließlich geendet hatte, fragte der andere: »Und wie hast du dir das vorgestellt?«

Münzbacher stülpte die Lippen nach vorne und zuckte mit den Schultern: »Wenn ich das wüsste, würde ich wohl kaum mit dir in der Spelunke sitzen.«

Bei diesen Worten sah er angewidert zu den anderen Gesellen, und augenblicklich begann es ihn wieder zu jucken. Dann erklärte er: »Das letzte Mal hattest du doch auch solchen Abschaum um dich geschart, der für ein paar Münzen sogar seine Großmutter beseitigt hätte.«

»Glaubst du, dass ich für jeden Auftrag die gleichen Kreaturen beschäftige? Das wäre zu gefährlich. Die Letzten sind über alle Berge. Ich habe sie seitdem nicht mehr gesehen. Außerdem haben sich die Zeiten geändert. Wenn man den Leuten Glauben schenken darf, dann gibt es bald Krieg. Schon jetzt wimmelt es von willigen Männern, die einem jeden nur zu gern den Kopf abschlagen würden. Und das nur, weil man nicht ihren Glauben teilt. Die Welt ist brutal geworden«, lachte er mit der Pfeife zwischen den Lippen. Münzbacher stimmte gequält in das Lachen ein.

»Also, kannst du mir nun helfen oder nicht?«

»Ich brauche Zeit, um mich umzuhören. In einer Woche weiß ich mehr, dann treffen wir uns wieder hier. Aber eines ist jetzt schon klar: Das wird teurer als beim letzten Mal.«

»Wieso? Es sind auch nur zwei Personen. Ein Mann und eine Frau«, wehrte sich Münzbacher.

»Ich hatte bereits erwähnt, dass die Zeiten schlechter sind«, erwiderte sein Gesprächspartner missgelaunt.

»Wie viel?«, fragte der Notar gereizt. Er wusste, dass der andere die besseren Karten hatte.

»Das Doppelte!«

»Du bist doch nicht bei Verstand! Dann mach ich es selbst!«

»Niemand hindert dich daran!«

»Wo soll ich so viel Geld herbekommen?«

»Seit der Heirat, zu der ich dir verholfen habe, bist du ein reicher Mann.«

»Das soll auch so bleiben. Allerdings muss ich vorsichtig sein. Mit meiner dümmlichen Frau gibt es keine Schwierigkeiten, aber mein Schwager, dieser kleine Drecksack, beobachtet mich. Kleinere Summen kann ich unbemerkt entnehmen, aber bei diesem Batzen ... das würde sofort auffallen.«

»Da hättest du dich besser absichern sollen, als du das Testament gefälscht hast.«

»Halt's Maul! Wenn das jemand hört, komme ich in Teufels Küche.«

Der Mann konnte seine Schadenfreude kaum verbergen. Im Grunde konnte er verlangen, was er wollte. Er hatte den Notar in der Hand, und der wusste das auch.

Als Münzbacher seinen Bierkrug geleert hatte, stand er auf und sagte: »Bei deinen Forderungen kannst du sicher mein Bier übernehmen.«

Als Münzbacher keine Antwort erhielt, drehte er sich um und drängte sich durch die ungepflegten Gestalten zum Ausgang. Er spürte das schadenfrohe Grinsen des Mannes im Rücken und hätte ihm am liebsten die Kehle zugedrückt. Er hasste es, von anderen abhängig zu sein.

Wut stieg in ihm hoch. Er musste seinem Ärger Luft machen. So steuerte er auf eines der Hurenhäuser zu, die es in der Gasse zahlreich gab. Er hatte genug Geld in der Tasche, um sich von der Hurenmutter persönlich bedienen zu lassen. Der Gedanke beflügelte ihn. Er spürte Begierde in sich aufsteigen und beschleunigte seine Schritte. Dabei übersah er die Gestalt, die sich, als er aus der Spelunke getreten war, in den Schatten einer Häusernische gepresst hatte.

Als Münzbacher in einem der Hurenhäuser verschwunden war, folgte ihm der Mann.

›Das läuft ja besser, als ich zu hoffen gewagt habe‹, dachte Milchkarl und trat über die Türschwelle des verruchten Hauses. Sogleich wurde er von Agathe, seiner Lieblingshure, begrüßt. Aus den Augenwinkeln konnte er erkennen, wie Münzbacher mit der Hurenmutter um den Preis feilschte.

Karl, von klein an ›Milchkarl‹ genannt, hatte seine Frau und seine Kinder vor vielen Monaten zu Grabe tragen müssen. Da er sich kein festes Weib mehr suchen wollte, aus Angst, sich auch von ihr verabschieden zu müssen, zog es ihn ins Hurenhaus. Im Grunde hatte er nicht das nötige Geld, um sich bei den käuflichen Frauen zu vergnügen. Doch Karl brauchte nicht viel zum Leben. Wichtiger als üppiges Essen war ihm Zuwendung. Durch Zufall hatte er Agathe kennengelernt und war nun schon seit einigen Monaten ihr Stammgast. Oft bezahlte er ihre Dienste mit Naturalien. Nur zu gern nahm Agathe mal einen Krug frische Milch oder einen Laib Käse für ihre Dienste.

Doch heute hatte Karl Bares mitgebracht. Geld, das er schon vorab für seine Dienste bekommen hatte, weil er dem jungen Arnold Informationen bringen sollte. Zuerst wollte Clemens ihm seinen Lohn zahlen, wenn Karl Wichtiges in Erfahrung gebracht hätte. Doch der hatte Clemens verständlich gemacht, dass er einen kleinen Vorschuss bräuchte, und dieser würde sich heute als berechtigt erweisen.

Unauffällig war Milchkarl dem Notar von dessen Haus bis zum Wirtshaus gefolgt. Dort hatte er versucht, von außen durch die Butzenscheiben in die Schankstube zu blicken. Doch durch das schmutzige Glas konnte er nur schemenhafte Gestalten erkennen. Deshalb war er kurz nach Münzbacher in den Schankraum getreten. Scheinbar gelangweilt hatte er sich an die Theke gestellt und diskret die beiden Männer beobachtet, die leise tuschelten. Allerdings konnte er nicht einmal erahnen, was sie miteinander sprachen. Als Münzbacher aufgestanden war, hatte Karl eilends sein Bier bezahlt, war noch vor ihm nach draußen gegangen und hatte sich dort in der Häusernische versteckt.

Dass Münzbacher genau in dem Hurenhaus Vergnügen suchte, in dem Milchkarl aus und ein ging, vereinfachte das Auskundschaften ungemein.

Münzbacher versuchte lautstark, sich mit der Hurenmutter über den Preis zu einigen. Doch diese wollte von ihrer Preisvorstellung nicht abweichen, da bereits der nächste Kunde wartete. Schnell ergriff Karl die Situation und wechselte einige Worte mit Agathe. Zunächst zierte sie sich ein wenig, doch als sie das kühle Geldstück in ihrer Hand spürte, ging sie die Hüfte schwingend auf Münzbacher zu. Als dieser ihr ausladendes Hinterteil sah, zog er sie grob an sich und flüsterte ihr ordinäre Worte ins Ohr.

Agathe sagte ihren Preis, mit dem der Notar einverstanden war, und folgte der Frau in die kleine Kammer.

Zehn Minuten später kam Agathe wieder heraus und holte einen Krug Wein. Sie zwinkerte Karl zu, der lächelnd nickte und dann das Haus verließ. Er wusste, dass er sich auf Agathe verlassen konnte. Morgen würde er wiederkommen, damit sie ihm erzählen konnte, was Münzbacher ausgeplaudert hatte. Mit sich zufrieden, ging Milchkarl zu seinem Freund Heinrich, um ihm den Verlauf des Abends zu schildern.

Kapitel 12

Ohne zurückzublicken verließen die beiden Mönche den Ort des Geschehens. Sie hatten sich Händlern aus Württemberg angeschlossen und wollten mit ihnen schnellstens weiterziehen. Auf einem Holzkarren, der von zwei Mauleseln gezogen wurde, saßen ein grauhaariger Mann namens Aloys Kunkell und dessen Sohn Sebastian. Die Kaufleute führten neue Stoffe sowie Zierbänder aller Art und sonstiges Zubehör mit. Sobald die trockenere Jahreszeit angebrochen war, warben sie außerhalb ihrer Landesgrenzen um neue Kunden. Bei Regen und Schnee war dies unmöglich, da die meisten Wege unbefestigt waren und sie im tiefen Schlamm steckenbleiben würden. Doch momentan war die Reise eine wahre Freude, denn das Wetter meinte es schon seit Tagen gut mit ihnen. Aber das schöne Wetter würde nur von kurzer Dauer sein, dessen waren sie sich gewiss, und das galt es auszunutzen. Ein fröhliches Lied pfeifend, saßen die beiden Kunkell-Männer auf ihrem Karren und ließen sich die Sonne ins Gesicht scheinen.

Der Franziskaner Servatius führte die Esel an ihren Kopfgestellen, da die Tiere sonst bei jedem Grasbüschel stehen geblieben wären. Während des Gehens unterhielt er sich mit einem Mann, der neben ihm schritt. Da das Reisen allein gefährlich werden konnte, hatte sich der Fremde schlauerweise den Händlern angeschlossen. Überall lauerten Strauchdiebe, die einem sogar wegen ein paar Kupferpfennigen die Kehle durchschneiden würden. Doch in Begleitung von vier weiteren Männern würde es keiner wagen, einem zu nahe zu kommen.

Der junge Mönch Burghard folgte dem Tross als Letzter. Er wollte mit niemandem reden. Immer wieder sah er die hasserfüllten Augen des Mannes vor sich, der ihm anderentags bei der Hexenverbrennung begegnet war. Und auch dessen Worte hörte er in seinem Kopf nachhallen. Der Junge verspürte den Zwang, sich umzudrehen, um noch einmal auf das Dorf zu sehen, doch er hatte Angst, dass der Mann irgendwo stehen und ihn beobachten würde.

Die Geschehnisse der letzten Tage hatten den jungen Franziskaner ausgelaugt und erschöpft. Wie gern hätte er sich in den kühlen Schatten eines Baumes gesetzt, sich ausgeruht und alle

Gedanken hinter sich gelassen. Er versuchte sich zu entspannen, an etwas Schönes zu denken, doch das Schuldgefühl blieb. Der Mann hatte gesagt, dass die Frau zu Unrecht verbrannt worden sei, dass sie nie und nimmer eine böse Frau war. Wenn das der Wahrheit entsprach, dann war er, Burghard, mitschuldig. Auch wenn er selbst nicht Hand an die Frau gelegt hatte, so fühlte er sich doch für ihren Tod und den des ungeborenen Lebens mitverantwortlich. Ja, er hatte zwei Menschen auf dem Gewissen, denn er hatte nichts getan, um ihren Tod zu verhindern. Stumm war er geblieben, wo er doch hätte sprechen müssen. Immer öfter machte sich Burghard Gedanken über die Verurteilung der Hexen. Zwar war er sich sicher, dass böse Frauen, die einen Pakt mit dem Teufel eingegangen waren, bestraft werden mussten, aber woran erkannte man diese? Jede Beschuldigte gestand meist erst unter der Folter, was man ihr vorwarf. Er hatte zwar schon von Fällen gehört, in denen sich die Frauen selbst angeklagt hatten, Unzucht mit dem Teufel getrieben zu haben, aber das kam eher selten vor. Die Kopfschmerzen kehrten wieder, und plötzlich hörte Burghard eine Stimme in seinem Kopf, die ihn auslachte.

Wie töricht du doch bist, Burghard! Zählst du die Frau in Friemar nicht dazu? Nur weil sie auf dem Weg zum Scheiterhaufen vom Henkerskarren fliehen konnte? Auch bei ihr bliebst du stumm. Um dem Feuer zu entkommen, ist sie ins Wasser gesprungen und kläglich ertrunken.

Burghard widersetzte sich in Gedanken der Stimme, denn schließlich konnte er ja nichts dafür. Nicht er hatte die Urteile gesprochen oder vollstreckt. Was konnte er dagegen tun, dass man Servatius als Beichtvater eingesetzt hatte und dieser ihm befohlen hatte, bei den Prozessen dabei zu sein? Wie sollte er sich gegen den Befehl des Bruders wehren, wo er sich doch in Gehorsam üben musste? Außerdem war er nur ein unwissender Postulant, der sich noch zu prüfen hatte!

Er versuchte sich wieder zu beruhigen und murmelte leise: »Du musst dich in Gehorsam üben!«

Dabei griff er an sein Zingulum und berührte die drei Knoten des hellen Stricks. Lautlos wiederholte er ihre Bedeutung. Der Strick um seinen Bauch gab ihm Halt im Zweifel. Abwechselnd drückte er die Verdickungen und murmelte: »Keuschheit, Armut, Gehorsam. Keuschheit, Armut, Gehorsam ...«

Ans Armsein war er gewöhnt. Schon zu Hause hatte er nie genug zu essen bekommen und musste des Öfteren Hunger leiden. Genau wie jetzt, denn nicht jeder Bauer teilte sein karges Mahl mit den Bettelmönchen. Armut beinhaltete aber nicht nur wenig zu essen zu haben, sondern auch keinen Besitz sein Eigen zu nennen. Beim Eintritt in den Franziskanerorden hatte Burghard alles von sich gegeben, was er bis zu diesem Zeitpunkt besessen hatte. Viel war es zwar nicht gewesen, doch nun besaß er noch nicht einmal mehr den Namen, den ihm seine Mutter bei seiner Geburt gegeben hatte – Christian. Vom ersten Tag an im Kloster musste er sich Burghard nennen. Leise seufzte der Junge.

Auch mit der Keuschheit wusste er umzugehen. Schließlich konnte man nichts vermissen, das man noch nicht kennengelernt hatte. Allerdings war nicht zu leugnen, dass sich das Gefühl, das sich manchmal in seinen Lenden ausbreitete, nur schwer unterdrücken ließ. Doch er fand Erleichterung im Gebet und konnte auf diese Weise seine unkeuschen Gedanken bekämpfen.

Was Burghard allerdings am schwersten fiel, war die Einhaltung des absoluten Gehorsams. Er war ein Mensch, der wissbegierig war und alles hinterfragte. Etwas zu tun, nur weil es ein anderer so wollte, war für ihn auch nach zwei Jahren als Anwärter noch immer nicht leicht. Sehr oft musste er seine Fragen und Zweifel hinunterschlucken. Zwar war es nicht verboten, einem Befehl kritisch gegenüberzustehen, doch Burghard wusste, dass es wenig Sinn hatte. Servatius wäre zwar bereit, ihm eine Erklärung für seine Auffassung zu geben, aber so, dass er den Sinn der Begründung nicht verstehen und ein schlechtes Gewissen bekommen würde. Und hinterher würde er sich unwohl fühlen, und wieder einmal aufs Neue von starken Kopfschmerzen geplagt werden.

Burghard war sogar der Meinung, dass es dem älteren Bruder Freude machte, wenn er sich in Bedenken wand. Allein der stechende Blick aus den dunkelbraunen Augen in dem hageren Gesicht des älteren Franziskaners verfolgte den Jüngeren bis in seine Träume.

Des Öfteren hatte Burghard Servatius gebeten, ihn von den Hexenprozessen auszuschließen. Doch Servatius zeigte sich unnachgiebig und hatte befohlen, dass Burghard sodann den Folterungen der angeblichen Hexen beiwohnen musste, schließlich konnte ja eine der vermeintlichen Hexen, bedingt durch die Qualen, ihr Gewissen erleichtern wollen. Bei diesem Gedanken lief es dem Jungen eiskalt den Rücken hinunter, es schauerte ihn regelrecht. Er holte tief Luft und versuchte, die Erinnerungen an die Schreie der Frauen zu verdrängen, was ihm aber nur schwer gelang. Um sich abzulenken, ließ er seinen Blick in die nähere Umgebung schweifen.

Das Gras der scheinbar unendlichen Wiesenflächen war saftig grün und hoch genug, sodass es bald geschnitten werden konnte. In der Ferne sah er auf einer Koppel die jungen Fohlen übermütige Sprünge vollführen. Über dem Land schien Ruhe und Frieden zu liegen. Als der Junge am Wegesrand wilde rote Erdbeeren erspähte, verspürte er Hunger und Durst. Im Gehen pflückte er einige und steckte sie sich sofort in den Mund, damit sein Bruder es nicht bemerkte und er nicht mit ihm teilen musste. Süß schmeckten die Früchte, doch leider waren es zu wenige, um seinen Hunger zu stillen. Aber sie weckten Erinnerungen in ihm. Bilder seiner Kindheit wurden wach, und er sah den elterlichen Hof vor sich.

Er hatte schon so lange nicht mehr an seine Eltern und seine Geschwister gedacht. Seitdem Bruder Kuno ihn mit auf Wanderschaft genommen hatte, hatte er seine Familie nicht mehr gesehen. Wie es ihnen wohl gehen mochte? Ob der Vater dieses Jahr eine gute Zwiebelernte erwirtschaften würde?

Burghard schritt weiter voran und verlor sich in Erinnerungen an sein früheres Zuhause ...

»Christian, hast du die Kuh schon gemolken?«

»Ja, Mutter, ich bringe dir sofort die Milch.«

Der vierzehnjährige Christian brachte den gefüllten Eimer in die Küche, wo ihn ein würziger Duft empfing. Seine Mutter zerteilte gerade ein Suppenhuhn, um damit die Hühnerbrühe anzureichern. Nur selten konnten sie sich Fleisch leisten, doch ihr Mann hatte dem Pfarrer einen Gefallen getan, und das Huhn war die Entlohnung gewesen.

Heute am Sonntag ruhte die Arbeit, und jeder freute sich auf das Mittagessen.

Christian überquerte gerade den Hof, um seinen Vater zu rufen, als ein Mönch des Weges kam und nach einer Essensspende fragte. Christians Mutter hieß den frommen Bruder willkommen und lud ihn ein, am Mittagstisch Platz zu nehmen. Auch ihr Mann begrüßte den Fremden und gab ihm von der Suppe.

Christian, der einen Mönch noch nie von Nahem gesehen hatte, fragte ihn nach seinem Leben auf der Wanderschaft. Auch über das Klosterleben wollte er alles wissen, und der Franziskaner gab gern Auskunft. Als es für den Mönch an der Zeit war weiterzuziehen, sah er den Jungen nachdenklich an. Dann sagte er zu den Eltern: »Ich suche einen Wegbegleiter. Euer Sohn Christian scheint mir sehr aufgeweckt zu sein. Ich würde ihn gern unter meine Fittiche nehmen, ihm schreiben und lesen beibringen und mich um ihn kümmern. Im Winter werden wir Unterschlupf in einem Kloster finden, und sobald der Schnee zu schmelzen beginnt, werden wir uns wieder auf die Wanderschaft begeben ...«

Erstaunt sahen die Eltern den Franziskaner an. Solch ein Angebot bekam man nicht alle Tage. Es war verlockend, zumal der Hof mit den Zwiebelfeldern nur eine Familie ernähren konnte. Und da der älteste Sohn den Hof erben würde, war hier für Christian weder Platz noch Auskommen. Die Tochter, würde man mit dem Sohn des Zwiebelbauern Schüttlich verheiraten. Das war beschlossene Sache. Und obwohl Christian die Fähigkeit seines Vaters geerbt hatte, Eisen zu besonderen Gegenständen zu schmieden, nützte sie ihm nichts, da es in der Nähe nur wenige Schmiede gab, die Lehrlinge ausbildeten. Oft waren es die eigenen Söhne oder die der Verwandten und Bekannten. Außerdem regelten die Zünfte, dass es nicht zu viele von einer Handwerkergruppe gab. Früher oder später hätte sich Christian somit auf Wanderschaft begeben müssen, um vielleicht bei einem Großbauern als Knecht eine Anstellung zu finden. Doch nun wurde ihm eine Möglichkeit geboten, dem ungewissen Schicksal zu entgehen und sein Leben in die Hände von Gott zu legen.

Erfreut sahen sich die Eltern und der Sohn an. Christians Augen leuchteten. Schreiben und lesen lernen! Wer von seinen Freunden konnte das vorweisen? Nur jemand, der reich geboren war, hatte diese Privilegien.

»Überlegt es euch. In vier Wochen komme ich wieder vorbei. Dann müsst ihr euch entschieden haben«, sagte der Mönch, der sich Bruder Kuno nannte. Im Grunde mussten die Eltern nicht mehr nachdenken. Doch in den kommenden vier Wochen konnte der Vater die Hilfe seines Sohnes auf dem Feld noch gut gebrauchen, da der große Zwiebelmarkt in Weimar bevorstand.

Fast einen Monat später, als der Tag näherrückte, an dem Bruder Kuno den Jungen abholen wollte, wurden die Eltern unruhig. Angst beschlich sie, dass der Franziskaner sein Versprechen nicht einhalten würde oder mittlerweile einen anderen Jungen als Wegbegleiter gefunden haben könnte.

Doch genau am vierten Sonntag stand Bruder Kuno im Hof. Erfreut begrüßte die Familie den Franziskaner. Vorsorglich hatte die Mutter die Eier der letzten Tage gesammelt, um einen großen Zwiebelkuchen mit Eierschicht zu backen. Der Mönch lächelte, als er am Tisch Platz nahm und den goldgelben Kuchen erblickte.

Bruder Kuno war nicht größer als der vierzehnjährige Christian. Er hatte einen Kranz gräulicher Haare, graue Augen und einen wohlgenährten Umfang, der annehmen ließ, dass er auf seiner Wanderschaft selten Hunger leiden musste. Sein Erscheinungsbild und sein Auftreten beruhigten und bestärkten Christians Eltern, das Richtige zu tun. Es würde ihrem Sohn bei dem Franziskaner sicherlich gut gehen. Der Junge hatte sein Bündel bereits geschnürt, als der Mönch ihm erklärte: »Mein Sohn, was du auf dem Leibe trägst, wird das Einzige sein, was du brauchst. Im Kloster wirst du selbst diese Kleider ablegen und nackt den unbefleckten Habit, den braunen Bauernkittel, empfangen. Sogar deinen Namen wirst du nicht behalten können. Die Bruderschaft wird einen anderen Namen für dich auswählen. Du wirst arm und deshalb offen sein für alles Neue. Franz von Assisi, der Begründer unseres Ordens, lehrte uns, dass das Bewachen von Eigentum nicht nur Zeit, sondern auch Kraft kostet, und diese Zeit und Kraft nutzen wir für andere Dinge.«

Christian hörte ihm mit roten Wangen zu und war berauscht von dem, was nun sein neues Leben werden würde. Der Abschied von den Eltern fiel ihm schwer, aber Bruder Kuno versprach, dass sie immer wieder den elterlichen Hof besuchen würden.

Nach mehreren Wochen der Wanderschaft sollte Christians Weg ihn in das Franziskanerkloster nach Mainz führen. Unterwegs schilderte Bruder Kuno dem Vierzehnjährigen, was ihn dort erwarten würde. Wieder hörte der Junge aufmerksam zu. Der ältere Franziskaner erklärte ihm, dass er Christian dem Orden zuerst als Kandidaten vorstellen würde. Der Junge hätte so die Möglichkeit, das Leben in der Ordensgemeinschaft zunächst einmal kennenzulernen. Außerdem musste nicht nur er, der Kandidat, für sich entscheiden, ob er sein Leben bei den Franziskanern verbringen wollte, sondern auch die Glaubensbrüder wollten sichergehen, dass Christian in ihre Gemeinschaft passte. Erst wenn beide Seiten zustimmten, wäre er als Anwärter aufgenommen und dürfte sich Postulant nennen.

Die nächsten ein, zwei Jahre sollten der eigenen Prüfung und dem besseren Kennenlernen dienen. Danach wäre er ein Novize, der sich innerhalb eines Jahres der endgültigen Prüfung, der ewigen Profess, unterziehen müsste.

Christian konnte es kaum erwarten, am Klosterleben teilzuhaben. Der Herbst war bereits mit seinen Stürmen übers Land gezogen. Regen und Schnee waren die ständigen Begleiter der beiden Wanderer. Schon seit Tagen plagte Husten und Schnupfen den älteren Mönch, als sie endlich von Weitem das mächtige Bauwerk des Klosters erkennen konnten. An den rechten und linken Flügel des Gebäudes schloss sich nahtlos eine über zwei Meter hohe Ringmauer an, die den offenen Teil einsäumte.

Rechtzeitig zur Mittagsstunde erreichten sie die Klosterpforte, in der sich eine kleine Fensteröffnung befand. Bruder Kuno zog an einem Strick, und sogleich ertönte im Innern des Gebäudes ein schwaches Glockenläuten. Kurz danach wurde das Holztürchen in dem kleinem Fenster geöffnet, und ein Franziskaner blickte hindurch. Sofort erkannte er Bruder Kuno, öffnete die Klostertür und umarmte ihn herzlich. Als er Christian gewahr wurde, lachte er ihn freundlich an und sagte: »Ah, du bringst uns einen neuen Schützling, Bruder Kuno. Sei willkommen, junger Freund.«

Christians Unbehagen vor dem fremden, großen Gebäude wich, und Vorfreude breitete sich in seinem Körper aus. Gespannt folgte er den beiden Brüdern, die sich rege unterhielten, in den Pfortenraum. Der Franziskaner stellte sich Christian als Bruder Paschalis vor und führte die Gäste einen Gang entlang in das Refektorium.

Fast hundert Mönche saßen auf groben Holzbänken vor ebenso grob gehauenen Tischen und warteten auf ihr Mittagsmahl. Bruder Kuno wurde freudig begrüßt und der Junge an seiner Seite kritisch beäugt.

Wohlriechender Essensduft zog durch den Raum und Christian spürte, wie ihm der Magen knurrte. Sie wurden an einen freien Platz geführt. Da die Gäste die Sext, das Mittagsgebet in der Hauskapelle verpasst hatten, sprach Bruder Kuno mit Christian nur ein kurzes Dankgebet. Danach stand sogleich eine Holzschüssel mit Gemüse und frischgebackenes Brot vor ihnen. Ein Krug dunkles Bier rundete das Mahl ab.

Christian griff beherzt zu und war mit seinem neuen Leben zufrieden.

Nachdem er als Postulant akzeptiert worden war, bekam er den Habit, der vom Zingulum gehalten wurde. Außerdem wurde sein Haupt geschoren. Nur ein Kranz hellbrauner Haare blieb stehen. Kuno erklärte dem Jungen, dass die Tonsur in den Klöstern das Zeichen der Übereignung an Gott war. Und schließlich wurde ihm ein neuer Name zugewiesen. Christian nannte sich fortan Burghard.

Der Sommer ging, und wieder kündigten Stürme, Hagel und Regen einen weiteren bitterkalten Winter an. Mit diesem setzte auch das harte Klosterleben ein. Für den mittlerweile Siebzehnjährigen war es noch immer eine große Überwindung, nachts zum Gebet und zum gemeinsamen Singen in die eiskalte Kapelle zu gehen. Da der Orden arm war, wurde dieser Raum nur sonntags geheizt. So zitterten die betenden Mönche, und ihr Atem verflüchtigte sich wie weißer Rauch. Schließlich war es Pflicht, jede Nacht um zwei Uhr früh für zwei Stunden zum Nachtchor in der Kapelle zu erscheinen. Nach kurzer Ruhepause in ihrer Zelle wurde um halb sechs die Lesehore abgehalten. Dabei lasen die Brüder jeder für sich eine neue und eine alte Schrift. Anschließend folgte die Messe in der Hauskapelle. Erst nach dem Invitatorium, dem Bitten: »Herr, öffne meine Lippen!«, durften die Franziskaner im gemeinsamen Speisesaal, dem Refektorium, frühstücken und sich unterhalten.

Der gesamte Tag im Kloster war dem Beten gewidmet. Entweder allein oder in der Gemeinschaft.

In der wenigen freien Zeit, die Burghard blieb, wurde er im Schreiben, Lesen und Allgemeinwissen unterrichtet. Das Lernen bereitete ihm große Freude, und alles Neue sog er wie ein trockener Schwamm in sich auf.

»Er ist wirklich ein besonderer Schüler!«, war die Meinung der beiden älteren Mönche, wenn sie die raschen Fortschritte des Jungen beobachteten.

Allerdings ging der regelmäßige Schlafentzug über Burghards Kräfte, und so kam es des Öfteren vor, dass er über den Mahlzeiten einschlief.

Aber in Bruder Kuno und Bruder Paschalis sowie in dem Guardian des Klosters, Bruder Ruppert, hatte er verständnisvolle Lehrer gefunden, die ihn von so mancher Pflicht entbanden, damit er lernen und sich anschließend ausruhen konnte. Die drei Männer hatten den Jungen in ihr Herz geschlossen und schätzten seine höfliche, ruhige Art. Kam er zu ihnen, huschte ein Lächeln über ihre vom Alter gezeichneten Gesichter. Auch

Burghard hatte Vertrauen zu den drei Mönchen gefasst, die ihm Wärme und ein bisschen Heimat hinter den dicken Klostermauern gaben.

Indes wurde diese Sonderbehandlung von einem anderen Glaubensbruder mit Argwohn beobachtet. Bruder Servatius befürchtete, dass er wegen Burghard die Gunst von Bruder Kuno und Bruder Ruppert verlieren könnte. Bevor der Junge ins Kloster gekommen war, hatte Servatius die ungeteilte Aufmerksamkeit der beiden Brüder erhalten. Das gemeinsame Interesse an der Sternenkunde hatte sie miteinander verbunden, und so manche angeregte Diskussion war das Ergebnis gewesen. Doch jetzt fühlte Servatius sich von den älteren Mönchen vernachlässigt und gab dem Jüngeren die Schuld dafür. Immer öfter hatten Bruder Kuno und Bruder Ruppert keine Zeit für ihn, da sie nun ihr Wissen an Burghard weitergaben.

Servatius entging nicht die liebevolle Behandlung, die sie ihrem Schützling angedeihen ließen, und jedes Mal, wenn er Zeuge ihres Wohlwollens wurde, funkelten seine dunklen Augen böse. Vor Wut auf den unbedarften Jungen und über den Verlust der fast väterlichen Liebe vergoss er heimlich viele Tränen. Servatius hatte nie gedacht, dass es einmal so kommen könnte, und er stand der Situation und vor allem seinen eigenen, verwerflichen Gedanken hilflos gegenüber. Immer mehr beherrschten ihn das Gefühl der Eifersucht und der Wut, und obwohl er wusste, dass solche Gefühle nicht gestattet waren, gelang es ihm nicht, diese zu unterdrücken. Von Tag zu Tag nagten sie mehr an ihm, und so begann er, den jungen Bruder zu verachten und ihm aus dem Weg zu gehen. Doch dann bestimmte ihn Bruder Ruppert ebenfalls als Lehrer für den Jungen, und fortan musste er mehr Zeit mit Burghard verbringen, als ihm lieb war.

Doch Servatius war ein raffinierter Taktiker. Nach außen spielte er den besorgten, wohlwollenden Lehrmeister. Waren die älteren Brüder anwesend, so glaubten sie, dass Servatius das Wohl seines Schützlings am Herzen lag. Freundlich nickend, verfolgten Ruppert und Kuno die Unterrichtsstunde und waren mit den Fortschritten des Jüngeren mehr als zufrieden. War Servatius allerdings mit dem Jungen allein, wurden sein Blick finster und der Klang seiner Worte zynisch. Wähnte er sich unbeobachtet, so ließ er keine Gelegenheit aus, um dem jungen Bruder das Leben zu erschweren und ihn seinen Hass spüren zu lassen. Aber Burghard war zu unbedarft und zu gutgläubig, um in Servatius etwas anderes als einen Freund zu sehen, und glaubte, dass dieser es nur gut mit ihm meinte.

Als der nächste Frühling anbrach, hatte Bruder Kuno geplant, mit seinem Schützling Burghard wieder übers Land zu ziehen. Doch eine schwere Erkältung, die ihn mehrere Wochen ans Bett gefesselt hatte, und der Husten, der ihn noch immer plagte, hatten den alten Mann geschwächt und veranlassten ihn, die Reise abzusagen. Als man dem Jungen mitteilte, dass er im Kloster bleiben müsse, verriet sein trauriger Blick seine Gefühle. Schließlich hatte er sich seit mehreren Wochen auf den Besuch bei seinen Eltern gefreut. Mit hängenden Schultern schlich er durchs Kloster, denn die Sehnsucht nach seiner Familie war groß.

Bruder Kuno tat dieser Anblick im Herzen weh, und so besprach er sich mit dem Guardian und seinem Bruder Paschalis.

Sie beschlossen, dass ein anderer, vertrauenswürdiger Bruder Burghard in seine Obhut nehmen und mit ihm auf Wanderschaft gehen sollte. So würde Bruder Kuno sein Versprechen doch noch einlösen, und der Junge könnte seine Familie wiedersehen. Als Kuno dem jungen Mönch davon berichtete, strahlte er über das ganze Gesicht. Voller Vorfreude erzählte Burghard seinem Lehrmeister Servatius davon, und auch, wer der erwählte Mönch sein würde. Der Junge, dessen Herz rein und ehrlich war, ahnte nicht, dass der eifersüchtige Servatius ihn nun erst recht bis in die letzte Faser seines Herzens hassen würde.

Burghards neuer Begleiter wurde zu Bruder Ruppert bestellt, wo dieser dem auserwählten Mönch erklärte, welches Glück er doch hätte, zusammen mit dem Jüngeren den Menschen das Leben der Brüdergemeinschaft und die Lehre, nach der sie lebten, auf der Reise näherzubringen.

Doch dieser war wenig erfreut über die Entscheidung, denn er verabscheute die Wanderschaft von jeher und hatte nie die Absicht gehabt, jemals das Kloster zu verlassen. Nur mit Mühe konnte er bei dem Gespräch seine wahren Gefühle unterdrücken. Er musste an sich halten, damit sein Gesicht ihn nicht verriet, denn Verachtung für den Älteren und Hass für den Jüngeren vergifteten seinen Charakter. Fast ohnmächtig vor Wut senkte er gespielt ergeben seinen Blick und zog sich in seine Zelle zurück. Dort hämmerte er mit den Fäusten gegen die Wand und zweifelte das erste Mal die Gerechtigkeit des Herrn an. Der Name des Bruders lautete Servatius.

Kapitel 13

Clemens hatte dafür gesorgt, dass Anna vier kräftige Kutschpferde für ihre Reise bekam. Den prachtvollen schwarzen Wallachen konnte man ansehen, dass ihnen die Wegstrecke von Worbis nach Erfurt keine Schwierigkeiten bereiten würde. Der Kutscher hatte Order, zwischen Mühlhausen und Langensalza einen Gasthof aufzusuchen, wo sie die Nacht verbringen sollten. So würden sie am nächsten Morgen ausgeruht die restliche Wegstrecke bis Erfurt zurücklegen können. Anna reiste allein, sie hatte es abgelehnt, von einer Dienstmagd begleitet zu werden. Bei ihrer Base in Erfurt würde sie deren Dienste nicht brauchen.

Wilhelm hatte mürrisch vor sich hingebrummt, als er das Gespann im Hof stehen sah. Während sich die Geschwister herzlich voneinander verabschiedeten, war der Abschied der Eheleute eher kühl. Zwar hatte Wilhelm seiner Frau noch eine gute Reise gewünscht, hatte dann aber nicht mehr bis zur Abfahrt gewartet. Er war zurück ins Wohnhaus gegangen, um sich, wie er sagte, seinen Pflichten zu widmen.

Als Clemens den traurigen Blick seiner Schwester bemerkte, umarmte er sie nochmals und half ihr beim Einsteigen in die Kutsche. Es war zwar Sommer und das Wetter unverändert gut, jedoch hatte Clemens die Ansicht vertreten, dass es sicherer wäre, in einem geschlossenen Wagen zu reisen, falls ein Gewitter aufziehen würde. Außerdem war Anna so auch vor der Sonne geschützt.

Anna winkte noch aus dem Kutschfenster, als sie den Hof bereits verlassen hatten.

Die Reise verlief ohne Zwischenfälle, und am nächsten Tag, rechtzeitig zur Geburtstagsfeier der Base, fuhr die Kutsche durch ein wuchtiges Holztor in den Hof des Stadthauses der Familie von Stotternheim.

Als Magdalena von Stotternheim gemeldet wurde, wer im Hof angekommen war, lief sie eilends die imposante Steintreppe hinunter. Voller Freude umarmten sich die Basen.

Erst drei Tage später, nachdem die große Feier zu Magdalenas Geburtstag vorüber war, fanden die jungen Frauen endlich Zeit, sich alten Erinnerungen und interessanten Neuigkeiten zu widmen.

Neidvoll hatte Anna während der vergangenen Tage den liebevollen Umgang zwischen Joachim von Stotternheim und ihrer Base beobachtet. Zeitweise träumte sie, an Magdalenas Stelle zu sein, doch als ihren Mann sah sie nie Wilhelm, sondern ein anderes vertrautes Gesicht schob sich vor ihr geistiges Auge. Als sie sich bewusst wurde, wen sie da sah, war Anna verwirrt. Aber sie weigerte sich, dem Bedeutung beizumessen und länger darüber nachzudenken.

Am vierten Tag ihres Aufenthalts wollte Magdalena ihrer Base schließlich auch Erfurt zeigen.

»Lass uns bitte zu Fuß gehen, Anna. Es ist ein wunderbarer Tag, und ich könnte etwas Bewegung gebrauchen.«

»Wohl zu viel Geburtstagskuchen genascht«, neckte Anna ihre Base.

»Das kann schon sein. Ich fühle mich jedenfalls dick und rund, und mein Mieder kneift.«

Dabei blähte sie die Wangen auf und verdrehte die Augen. Anna musste herzhaft lachen. Gemeinsam schritten sie die Treppe hinunter und kicherten wie früher.

»Du bist noch genauso ungestüm wie damals. Obwohl ich schon zu Joachim gesagt habe, dass du mir sehr viel ruhiger erschienst …«

Weiter kam Magdalena nicht, denn sie sah, wie sich Annas Gesichtszüge veränderten. Da Magdalena den Tag nicht verderben wollte, lenkte sie Anna ab: »Weißt du überhaupt, liebe Base, dass mein Mann für dein schönes indigoblau gefärbtes Kleid verantwortlich ist?«

Anna sah Magdalena fragend an. Die lachte wieder und klimperte mit den Wimpern, sodass auch Anna einstimmte.

»Ja, natürlich! Schließlich entstammt dein Mann einer berühmten Waidhändlerfamilie.«

»Richtig! Deshalb werde ich dir später das Stotternheimer Palais zeigen, das Joachims Onkel erbauen ließ. Doch zuerst muss ich zu dem Gewürzhändler auf der Krämerbrücke, und anschließend werden wir Joachim zum Mittagessen vom Kontor abholen.«

»Ach du große Güte, da sind wir ja den lieben langen Tag unterwegs!« Magdalena nickte und schnitt eine Grimasse. Wieder kicherten die beiden jungen Frauen und gingen weiter.

Reges Treiben empfing sie auf der Krämerbrücke, die ihren Namen zu Recht trug. Rechts und links waren kleine, schmale Häuser dicht aneinandergebaut, in denen die Krämer ihre Ware darboten. Magdalena hüpfte voller Freude von einem Stand zum anderen. Hier prüfte sie die Seide, dort betrachtete sie die kunstvoll gefertigten Halsketten und Ohrgehänge. Beim Gewürzstand kaufte sie Pfeffer aus Madagaskar und Salz aus dem Toten Meer. Am Stand, der vor dem Haus mit dem goldenen Helm aufgebaut war, beschwerte sich ein Bürger über die unverschämten Preise.

Zwischen zwei Häusern war eine kleine Stiege, die Anna neugierig hinunterblickte.

»Ah, du wandelst auf geschichtlicher Erde«, neckte Magdalena ihre Base lachend. Als sie Annas fragenden Blick erkannte, erklärte sie: »An dieser kleinen Stiege soll Martin Luther als Augustinermönch gebettelt haben.«

Beeindruckt sah Anna nochmals hin, als sie Peitschenknallen und wütende Worte hörte. Vorwitzig ging sie die kleine Stiege hinunter und sah, wie ein Fuhrwerk in dem brackigen Wasser der Gera feststeckte. Unterhalb der Krämerbrücke schien sich die Furt zu befinden, durch die die Fuhrwerke zum Wenigemarkt fahren mussten, da die von Pferden gezogenen Karren die schmale Krämerbrücke nicht überqueren konnten.

Derbe Schimpfwörter kamen über die Lippen des Kutschers.

»Unsere Großmutter hätte uns den Mund mit Seife ausgewaschen, wenn wir solch schmutzige Worte gesagt hätten«, stellte Magdalena lachend fest und zog Anna hinter sich her.

»Komm, meine liebe Base, wir gehen hier entlang.«

An der Studentenburse, dem Heim für studierende junge Männer, vor der Burschen scheinbar in ihre Bücher vertieft waren, gingen die beiden Frauen vorbei zur Michaeliskirche.

»Da Luther in Erfurt studiert hat, ging er hier regelmäßig zur Kirche und soll in der Michaeliskirche sogar gepredigt haben.«

»Jetzt wundert es mich schon, warum eure Stadt Erfurt und nicht Lutherstadt heißt«, stichelte Anna, und Magdalena tat daraufhin so, als ob sie schmollte. Doch Anna ignorierte das und hakte sich bei ihrer Base unter.

»Erzähl ruhig weiter – euer Erfurt ist nämlich wunderschön und so geschichtsträchtig.«

»Du hänselst mich schon wieder.«

»Ach nein, es ist mir Ernst!«

Nun konnte Magdalena nicht länger die Eingeschnappte spielen und kicherte laut los.

»Gern hätte ich dir den Domplatz gezeigt. Doch heute wirkt der Platz wie leer gefegt, da erst morgen wieder großer Markttag ist. Direkt in der Früh werden wir hingehen. Anna, ich sag dir, du kannst dir nicht vorstellen, welch wunderbare Leckereien dort angeboten werden«, schwärmte Magdalena. »Von überall her kommen die Bauern mit geräucherter Ware, eingelegtem Gemüse, edlen Weinen …« Ihr schien das Wasser im Mund zusammenzulaufen.

»Hast du schon wieder Hunger?«, fragte Anna erstaunt und gluckste über den zerknirschten Gesichtsausdruck der Base.

»Ich könnte den ganzen Tag essen. Es ist furchtbar. Ich glaube, dass ich auch schon zugenommen habe. Joachim ist daran schuld. Jeden Tag bringt er mir kandierte Früchte, Kuchen oder Pralinés mit … Ich glaube, er will mich mästen!«

Erschrocken blickte Anna sie an und prustete los.

»Du bist so lustig, Magdalena. Ich bin wirklich froh, dass ich mich zu dieser Reise entschlossen habe.«

»Dein lieber Mann hatte wohl keine Lust, dich zu begleiten?«

Als Anna antworten wollte, hatte sie plötzlich keine Stimme

und konnte nur noch krächzen. Nachdenklich musterte Magdalena sie, sagte jedoch kein Wort.

»Sieh, Anna, hier gleich um die Ecke ist das Gasthaus, in das Joachim uns einladen möchte. Und weißt du was? Morgen werde ich dir unseren wunderschönen Mariendom zeigen. In der Unterkirche stehen zwei Sarkophage, in denen Adalar und Eoban liegen sollen, Märtyrer …«

»Ach, und nicht Luther?«, fragte Anna scheinheilig.

»Nein, Luther wurde in der Schlosskirche zu Wittenberg beerdigt«, antwortete Magdalena spontan. Als sie jedoch das Glitzern in den Augen der Base entdeckte, wusste sie, dass diese sie nur narren wollte. Kopfschüttelnd lachte sie, weil sie darauf hereingefallen war.

»Woher weißt du das alles?«, fragte Anna erstaunt über so viel Wissen.

»Joachims Onkel, Hiob von Stotternheim, Gott sei seiner Seele gnädig, hat mir stundenlang über sein geliebtes Erfurt berichtet. Er war die letzten Monate bettlägerig, und ich saß fast täglich an seiner Seite. Vieles habe ich behalten und könnte dir stundenlang erzählen …«

»Danke, aber mir knurrt der Magen«, lehnte Anna freundlich ab. Untergehakt gingen sie die Gasse entlang, bis Magdalena Anna durch einen Torbogen in den Innenhof eines unverputzten Fachwerkhauses zog, das sich über zwei Etagen erstreckte. Einige Arbeiter und Arbeiterinnen eilten lachend und grüßend an ihnen vorbei.

Freudestrahlend kam ihnen Joachim entgegen. Er küsste seine Frau liebevoll, und auch Anna wurde freudig begrüßt.

»Ihr kommt genau richtig. Wir können sofort ins Gasthaus ›Christoffel‹ gehen. Ihr seid meine Gäste«, erklärte er feierlich. Magdalena sah ihre Base lachend an, plusterte die Wangen auf und zeigte mit den Händen einen deutlich größeren Umfang ihres Leibes. Anna verstand, was sie meinte, und kicherte. Beide

Frauen freuten sich über seine Einladung, zumal es heiß war und sie Durst hatten.

Am Wirtshaus »Christoffel« zeigte Joachim auf ein gut sichtbares Strohbüschel, das oberhalb des Eingangstores in einem Loch in der Wand steckte. Erfreut rieb er sich die Hände.

»Heute ist unser Glückstag! Das Stroh bedeutet, dass sie frisch gebrautes Bier haben!«

Das Wirtshaus »Christoffel« in der Michaelisgasse war gut besucht. Joachim nickte nach rechts und links, gab einigen die Hand und ging zum letzten freien Tisch. Eilends kam ein junger Bursche, gekleidet in das gleiche dunkelgrüne Wams wie die übrigen Bediensteten, und fragte höflich: »Was darf ich Euch kredenzen?«

Joachim fragte die beiden Frauen nicht nach ihren Wünschen, sondern bestellte Thüringer Bratwurst und für jeden ein Bier.

»Wenn du schon in Erfurt weilst, liebe Anna, dann solltest du unbedingt die besten Thüringer Bratwürste probieren.«

Dankend nickte Anna. Das Bier wurde serviert. Gierig nahmen die Frauen den Steinkrug in beide Hände und tranken. Joachim wischte sich den Mund trocken und erklärte Anna: »Es kommt auf die Gewürze an. Kümmel muss in die Füllmasse, und diese darf nur locker in den Darm gestopft werden. Probiere selbst, ob ich Recht habe.«

Joachim vertilgte bereits die zweite Wurst, als Anna nach einigen Bissen erklärte: »Ich gebe es nur ungern zu, aber ich habe wirklich noch nie bessere Thüringer Würste verspeist.«

»Ich habe Anna versprochen, ihr das Stotternheimsche Palais zu zeigen. Möchtest du uns begleiten?«

»Ich muss leider zum Waidspeicher zurück, da ein Wollweber größere Mengen Waidpulver erwerben wird. Danach muss ich zurück zum Kontor, um die Steuern zu berechnen«, entschuldigte sich Joachim bei seiner Frau.

»Wie kann man aus einer Pflanze Pulver gewinnen? Malt man sie, wie der Müller das Korn des Weizens?«

»Es wäre schön, wenn das so einfach wäre. Die Farbpulvergewinnung ist jedoch sehr aufwändig und ein langwieriger Prozess.« Interessiert sah Anna ihn an, und Joachim erklärte ihr den Vorgang: »Man könnte glauben, dass die Blüte mit ihren Samenkörnern für die Farbgewinnung wichtig ist. Bei der Waidpflanze sind aber die Blätter dafür verantwortlich«, sagte er, bevor er einen tiefen Zug aus seinem Bierkrug nahm. »Die Blätter der Pflanze werden im fließenden Gewässer gewaschen und auf Wiesen zum Trocknen und Anwelken ausgebreitet. Danach werden die welken Waidblätter in den Waidmühlen zu Brei zerquetscht und zerrieben. Aus diesem Brei formen Frauen faustgroße Waidballen, die nun gänzlich getrocknet und anschließend eingelagert werden. Im Herbst und während der Wintermonate, wenn auf den Feldern die Arbeit ruht, wird dieser Ballenwaid von den Waidknechten zerschlagen, zu Haufen aufgeschüttet und mit sehr viel Wasser begossen. Über mehrere Wochen gären die Haufen und entwickeln große Hitze und Dämpfe. In dieser Zeit muss immer wieder alles auseinandergerissen und gewendet werden, aber auch ruhen. Wenn dieser Gärprozess abgeschlossen ist, muss der Waid restlos trocknen. Nur dann kann der Farbstoff entstehen. Es wird gesiebt, abgepackt und verkauft …«

»… und sieht aus wie Taubenmist. Du würdest nie vermuten, dass man damit Stoffe in wunderschönem Blau einfärben kann«, fügte Magdalena hinzu. Joachim nickte.

»Darf ich mir den Waidspeicher ansehen?«

»Um Himmels willen, Anna, das sieht nicht nur aus wie Mist, das stinkt auch genauso erbärmlich!«, rief Magdalena aus und fügte mit gedämpfter Stimme hinzu: »Man mischt es mit Urin, und sonntags müssen die Fenster vom Waidspeicher sogar geschlossen bleiben, da er sich in unmittelbarer Nähe des Domes und der Severikirche befindet. Bei diesem Gestank kann man unmöglich die Messe besuchen.« Angewidert verzog sie ihr Gesicht, was Joachim lächelnd bemerkte.

An Joachim gerichtet, meinte Anna: »Ich weiß, dass dein Onkel Hiob von Stotternheim einer der größten Waidhändler war ...«

»... und einer der reichsten – stinkreich«, fügte Magdalena lachend hinzu. »Er ist erst im letzten März gestorben. Onkel Hiob hat noch das Stotternheimer Palais erbauen lassen, in dem seine Witwe, Tante Martha von Sachsen, nun allein lebt. Sie haben nämlich keine Kinder, die Armen. Aber vielleicht wird sie wieder heiraten, schließlich ist sie noch jung und vermögend. Ich glaube, wenn die Trauerzeit vorbei ist, werden sicherlich einige heiratswillige Männer im Palais vorstellig werden«, sagte Magdalena und lachte ihren Mann aus, der ein säuerliches Gesicht zog.

»Erbschleicher!«

»Daran wirst du nichts ändern können, mein lieber Joachim«, erwiderte seine Frau. Und an Anna gewandt, flüsterte sie: »Du musst wissen, liebe Base, jedes Gewicht in Waid wird mit dem gleichen Gewicht in Gold aufgewogen – da kommt im Laufe eines Lebens einiger Reichtum zusammen!«

»Es ist Zeit, meine Damen. Auch wenn ich eure Gesellschaft sehr genieße, die Pflicht ruft. Bestellt Tante Martha die besten Grüße von mir.«

»Wenn es dir nichts ausmacht, Magdalena, dann würde ich gern etwas ruhen. Ich bin doch sehr erschöpft.«

Nachdenklich sah Magdalena ihre Base an. Irgendetwas stimmte mit Anna nicht. Auch Joachim schien das zu vermuten, denn er blickte fragend zu seiner Frau. Die zuckte zwar leicht mit den Achseln, hatte aber schon einen Plan, wie sie der Base helfen könnte.

Kapitel 14

Nachdem Franziska Johanns Kammer verlassen hatte, packte sie hastig ihre Habseligkeiten zusammen.

Während sie ihr Bündel schnürte, rannen ihr unaufhaltsam Tränen über das Gesicht. Tränen des Mitgefühls für Johann und Tränen der Trauer, weil sie nun das Gut verlassen musste, das ihr seit dem Abschied vom Elternhaus ein Zuhause geworden war.

»Johann«, schluchzte sie und setzte sich auf ihr Lager. Sie vergrub ihr nasses Gesicht in beiden Händen und weinte um den geliebten Freund. Was hatten sie getan, dass der alte Bonner seinen Sohn so bestrafte? In Gedanken sah das Mädchen das geschundene Gesicht ihres Liebsten vor sich. Außer ein paar zärtlichen Küssen hatten sie nichts Unerlaubtes getan. War es wirklich so verwerflich, dass sie sich liebten und Gottes Segen wünschten? Schließlich hatte sie Johann nicht dazu gedrängt. Vielmehr war die gemeinsame Zukunft sein Wunsch gewesen. All ihre Bedenken hatte er aus dem Weg geräumt, und nun lag er mit gebrochenen Rippen und betäubt von Schmerzen danieder. Auch ahnte er nicht, dass Franziska fortgehen musste.

Wenn sie doch nur schreiben könnte! Dann würde sie ihm einige Zeilen zurücklassen, damit er wusste, wo er sie finden konnte. So konnte sie nur hoffen, dass sein Oheim, der Pfarrer Lambrecht, ihm mitteilen würde, wohin sie gegangen war.

Tränen und Trauer halfen nicht weiter. Sie musste sich sputen und endlich den Hof verlassen. Wenn der Großbauer sie immer noch hier antreffen würde, wenn er aus dem Wirtshaus zurück war, gäbe es sicherlich schrecklichen Ärger.

Es war früher Nachmittag, als sie den Hof überquerte. Niemand war zu sehen, da jeder seiner Arbeit nachging. Kurz vor dem Tor kam ihr Johanns vierzehnjährige Schwester Karoline entgegen, die etwas mit einem Tuch bedeckt in den Händen hielt. Franziska konnte dem Kind nicht ausweichen. Deshalb machte sie gute Miene und fragte freundlich, was Karoline in ihrem Tuch verstecke.

»Ich habe ein Katzenjunges gefunden. Es ist fast verhungert. Ihre Geschwister haben es immer von der Mutter weggedrängt, deshalb hat es nicht genug zu trinken bekommen.«

»Darf ich es mal sehen?«, fragte Franziska. Das Mädchen nickte und hob das Tuch. Ein rotgetigertes Köpfchen mit grünblauen Augen lugte neugierig hervor.

»Ach herrje, es ist ja noch ganz winzig, höchstens vier Wochen alt. Das Kätzchen hat wirklich kaum Muttermilch abbekommen, so dürr wie es ist. Nur Fell und Gerippe. Karoline, ich glaube nicht, dass du es durchbringen wirst, denn es braucht dringend seine Mutter.«

Das blasse Gesicht des Mädchens wurde mit einem Mal puterrot, und es schrie Franziska an: »Was weißt du denn schon? Du bist eine böse Frau und für alles trägst du die Schuld. Wenn mein Kätzchen stirbt, dann nur, weil du es mit deinem stechenden Blick verhext hast. Ich werde es meinem Vater sagen, der wird wissen, was er zu tun hat. Hätte er doch lieber dich totgeschlagen, anstatt dem Johann wehzutun.«

Wütend legte sie das Tuch wieder über die kleine Katze und stampfte davon, ohne Franziska eines weiteren Blickes zu würdigen. Die sah ihr fassungslos hinterher. Aus Angst, dass das Mädchen mit seinem Vater zurückkommen könnte, rannte sie durch das Tor und die Straße hinunter.

Als Franziska den Ort Hundeshagen nur noch schemenhaft in der Ferne erkennen konnte, hielt sie für einen Moment an, um zu verschnaufen.

Das Haar hing ihr feucht vom Schweiß ins Gesicht, und die Zunge klebte vor Durst am Gaumen. Sie stemmte ihre Hände in die Hüften und atmete tief durch. Tränen brannten in den Augen, als sie an die Worte des Mädchens dachte.

Herrgott, sie war doch keine böse Frau! Was hatte Karoline veranlasst, so etwas zu ihr zu sagen? Franziska fühlte sich wie in einem schlechten Traum. Traurig blickte sie zurück. Es war besser, wenn sie ihren Liebsten niemals wiedersehen würde. Die gemeinsame Zukunft, von der sie geträumt hatten, würde es nicht geben, und so war es besser, wenn Johann ein Leben ohne sie planen würde. Sicherlich würde er ein anderes Mädchen finden, das ihn liebte und auch verdient hätte. Schluchzend rief sie ein leises »Lebwohl, Johann!« und warf eine Kusshand zurück, straffte die Schultern und ging erhobenen Hauptes weiter. Sie hatte sich nichts zu Schulden kommen lassen, und deshalb würde sie ab sofort über das dumme Gerede der Leute nicht mehr nachdenken. Nur der Schmerz über die verlorene Liebe saß tief. Sie tröstete sich mit der Weisheit, dass die Zeit alle Wunden heile und irgendwann ihre Liebe zu Johann verblassen würde.

Pfarrer Lambrecht hatte Franziska seine Hilfe zugesagt, und die wollte sie auch in Anspruch nehmen. Doch sie hatte fest vor, nur für kurze Zeit in der Nähe zu bleiben. Dann würde sie sich auf den Weg in einen anderen Ort machen, um genügend Abstand zwischen sich und Johann zu bringen. Denn sie könnte es nicht ertragen, ihren Liebsten nur wenige Ortschaften entfernt von sich zu wissen.

Um nicht gesehen zu werden, ging Franziska über Waldwege nach Tastungen. Im Wald war es kühl, und ein kleiner Bach kreuzte ihren Weg, sodass sie ihren Durst stillen konnte. Nun bereute sie, dass sie überstürzt weggelaufen war und keine Wegzehrung eingepackt hatte. Einmal ließ sie sich im weichen Moos nieder und ruhte sich aus. Aber nur kurz, denn es war schon Nachmittag und der Weg nach Tastungen noch weit.

Franziska hatte kaum in der Wohnstube des Pfarrhauses Platz genommen, als im Hof Hufklappern zu hören war.

Lutz Lambrecht war fast zur gleichen Zeit mit ihr in Tastungen angekommen und führte das Pferd in den Stall, wo er es dem Stallburschen übergab. Seine Haushälterin, Frau Maifart, berichtete ihm sogleich, dass Franziska auf ihn wartete.

Erleichtert, das Mädchen wohlbehalten anzutreffen, ging er in die Wohnstube. Wie ein Häufchen Elend saß Franziska auf der äußersten Kante der Holzbank unter dem Fenster. Blass war ihr Gesicht und traurig die sonst strahlenden grünen Augen. Als sie den Pfarrer erblickte, konnte sie sich nicht länger zusammennehmen und weinte bitterlich. Lambrecht setzte sich neben sie und legte ihr väterlich den Arm um die Schultern.

»Nicht weinen, Mädchen! Alles wird gut! Du musst Gottvertrauen haben.«

»Ich habe jegliche Zuversicht verloren, Herr Pfarrer. Von einem Moment zum anderen ist mein Leben durcheinandergeraten. Meine Träume und Hoffnungen sind zerstört«, schniefte sie in das Tuch, das Lambrecht ihr reichte.

»So darfst du nicht denken, Franziska. Warte erst einmal ab, bis es Johann wieder besser geht, dann wird sich alles regeln.«

»Nichts wird sich regeln, Herr Pfarrer. Ich weiß Ihre Zuversicht zu schätzen, auch für Ihre Hilfe bin ich sehr dankbar, aber ich werde nicht länger hier in der Gegend bleiben. Ich werde weiterziehen und mir eine Arbeit weit weg von hier suchen. Johann ist ohne mich besser dran. Das weiß ich. Wie konnte ich so töricht sein zu glauben, dass unsere Liebe eine Zukunft haben würde? Ich, die von nirgendwoher kommt und nichts hat. Nein, Herr Pfarrer, für mich ist kein Platz auf dem Bonner-Hof. Da bald der Herbst anbricht und es dann schwieriger wird, eine Anstellung zu finden, werde ich morgen aufbrechen. Nur für diese eine Nacht möchte ich Euch um eine Unterkunft bitten.«

Geduldig hatte Lambrecht dem Mädchen zugehört.

»Franziska, bevor ich nach Hause ritt, habe ich einen Umweg nach Duderstadt unternommen, um dort mit Herrn und Frau

Hesse zu sprechen. Sie würden dir gern eine Stelle anbieten. Es sind anständige Menschen mit fünf kleinen Kindern, die Hilfe für die Küche suchen. Warum willst du nicht erst einmal dort arbeiten? Wenn es dir nicht gefallen oder du dich nicht wohlfühlen solltest, kannst du immer noch weiterziehen.«

Aufmunternd sah er das Mädchen an, doch dieses schüttelte den rotgelockten Kopf.

»Ich glaube nicht, dass dies ein guter Einfall ist. Die Familie würde durch mich nur Schwierigkeiten bekommen, und das möchte ich nicht.«

Fragend hob der Pfarrer eine Augenbraue. Zuerst wich das Mädchen seinem Blick aus, doch dann berichtete es von der letzten Begegnung auf dem Hof: »Bevor ich das Gut verließ, traf ich auf Karoline. Sie meinte, dass ... dass ...«, es fiel ihr wahrlich schwer, es auszusprechen, »... dass ich den bösen Blick hätte und dass es besser gewesen wäre, wenn ihr Vater mich totgeschlagen hätte. Ihr wisst, was das bedeutet! So wie Karoline denkt auch die Köchin Berta und sicher noch einige andere. Der Großbauer ist ein einflussreicher Mann. Wenn er will, kann er mich anklagen und vor Gericht bringen ...«

»Franziska, jetzt übertreibst du aber. Sicherlich ist der Großbauer verärgert, und sein Handeln kann ich nicht gutheißen, doch aus welchem Grund sollte er dich anklagen? Auf das Geschwätz einer Vierzehnjährigen oder einer verbitterten Köchin darfst du nichts geben. Noch nie habe ich gehört, dass man ein junges Mädchen wegen Hexerei angeklagt hat. Also warte bitte, bis Johann wieder gesund ist.«

Es klopfte zaghaft an der Tür.

»Ah, Frau Maifart ruft uns zum Nachtessen. Komm, Franziska, stärke dich, du hast sicher noch nicht viel gegessen. Anschließend bringe ich dich zu den Hesses. Vertraue mir, mein Kind, alles wird gut!«

Die Hesses waren Eigentümer einer der Brauereien in Duderstadt. Wie man es von einem Braumeister erwarten konnte, schob der Hausherr einen dicken Bauch vor sich her. Seine Wangen waren gerötet, und die kleinen blauen Augen schauten listig aus einem freundlichen Gesicht. Frau Hesse wirkte ebenso liebenswürdig, war aber schlanker als der Gatte, und trotz der kleinen, schreienden Kinder, die sie den ganzen Tag in Atem hielten, strahlte sie Ruhe aus.

Nachdem Lambrecht dem Ehepaar von Franziskas Schicksal erzählt hatte, ging Frau Hesse auf Franziska zu und umarmte sie mütterlich.

»Du armes Mädchen. Wie ungerecht die Welt doch sein kann. Aber hier glaubt niemand dem Geschwätz der dummen Leute.«

Mit Wohlwollen sahen ihr Mann und der Pfarrer diese Geste der Nächstenliebe. Nur Franziska wusste nicht, wie sie sich fühlen sollte. Hätte sie gewusst, was nur wenige Orte entfernt im selben Moment beschlossen wurde, wäre sie gelaufen, so weit sie die Füße tragen konnten.

Kapitel 15

Der Mann, der sich den Händlern und den Mönchen auf ihrer Reise angeschlossen hatte und jetzt neben Bruder Servatius einherschritt, nannte sich Barnabas.

Auf die Frage, woher er käme, wies er mit dem Daumen über die Schulter hinter sich. Burghard hatte sich umgedreht und sah nur Felder und Wälder. Auch Servatius blickte ungläubig in die Richtung.

»Und wohin gehst du?«, fragte er den Mann.

Barnabas wies mit dem Finger stumm vor sich.

Nun verzog sich Servatius' Mund zu einem zynischen Lächeln.

»Du redest wohl nicht gern«, stellte er fest.

Schwarze Augen blickten ihn spöttisch an. Burghard ging lieber zwei Schritte hinter den beiden, da der Fremde ihm unheimlich war. Dieser überragte den Mönch beinahe um einen ganzen Kopf, und dabei war Burghard schon Servatius immer riesig erschienen. Barnabas war von ebenso hagerer Gestalt, aber nicht so dürr. Auch konnte man an Barnabas' Oberarmen kleine ovale Muskeln erkennen, die sich unter dem Kittel abzeichneten, wenn er sich auf seinen Gehstock stützte. Seine Arme waren vom Handrücken an mit dicken Sehnen überzogen, und seine langen, dünnen Finger schmückten Ringe mit verschiedenen bunten Steinen. In einem Holzgestell, das er auf seinem Rücken trug, vermutete Burghard seine Habseligkeiten. Viel schien er nicht sein Eigen zu nennen, denn er trug die Last mühelos.

Obwohl er sich wie die Franziskaner auf Wanderschaft befand, unterschied die drei Männer etwas Wesentliches, das Burghard sofort aufgefallen war.

Es waren Barnabas' Haare und seine Kleidung. Gepflegt fiel seine dichte, graue Haarpracht in leichten Wellen bis auf die Schultern. Er hatte sie sorgsam aus dem Gesicht nach hinten gestrichen und einzelne Strähnen hinter das Ohr geklemmt. Ein länglicher Ohrring schmückte das rechte Ohr.

Auf dem hellgrauen Kittel des fremden Wegbegleiters konnte der Junge nicht einen Fleck entdecken, und seine Kleidung verströmte einen frischen, leicht blumigen Geruch.

Auch schien er nicht unter Juckreiz zu leiden, denn im Gegensatz zu Burghard und Servatius kratzte er sich nie. Die beiden Mönche dagegen plagten schon seit Wochen Läuse und anderes Ungetier, das sich nicht nur auf ihren Köpfen eingenistet hatte. Fortwährend mussten sie sich auch an allen möglichen Stellen ihres Körpers kratzen. Überall hatten sie kleine entzündete Wunden, die mit einer gelben Kruste überzogen waren. Teilweise nässten diese sogar. Am liebsten hätte sich der Junge den Habit vom Leib gerissen, um mit aller Kraft gegen das Ungeziefer vorgehen zu können.

Dieser Reisende verwunderte Burghard so sehr, dass er alle Scheu verlor und dichter an Barnabas herantrat, um ihn besser betrachten zu können. Tatsächlich – er hatte glatte, rosige Haut, ohne Pickel und Pusteln. Nachdenklich kratzte sich der Junge wieder im Schritt.

»Dich zwickt es wohl?«, fragte Barnabas. Die Wangen des Jungen röteten sich, und er schaute beschämt zu Boden. Als der Wanderer das bemerkte, lachte er laut auf, und Burghard presste seine Lippen wütend aufeinander. Er hasste es, wenn man sich über ihn lustig machte. Barnabas schien das zu bemerken, denn er entschuldigte sich: »Nichts für ungut, junger Freund. Körperpflege ist das Zauberwort. Saubere Kleidung, Wasser, Seife und frische Luft an allen Stellen deines Körpers. Dann juckt es nicht mehr.«

»Was ist das für ein Unsinn, den du dem Jungen da erzählst? Wir baden nur alle zwei Wochen, wenn überhaupt. Eine Schicht Schmutz schützt schließlich vor den Plagegeistern.«

»Ja, das kann man bei dir wirklich gut beobachten!«, konterte der Wanderer belustigt.

Grimmig riss Servatius an den Führstricken der Esel, damit sie nicht stehen blieben. Die beiden Kaufleute bekamen von dem Gespräch nichts mit, denn sie schnarchten auf dem Karren selig vor sich hin. Burghard ging nun wieder hinter dem Tross, als sich Barnabas zu ihm gesellte.

»Ich wollte dich nicht beschämen, junger Freund, aber was ich sagte, ist wahr. Der Schmutz und Schweiß auf deiner Haut zieht das Ungeziefer an wie Honig die Bienen. Ich bade überall, wo Wasser ist. Nur deshalb bleibe ich verschont von Pusteln und entzündeten Hautstellen.«

Als er das erwähnte, juckte es den jungen Franziskaner fürchterlich, denn er hatte überall offene Kratzwunden.

»Wer bist du, dass du das weißt? In keinem meiner Lehrbücher konnte ich darüber etwas lesen.«

»Ah, du kannst lesen. Sehr gut!«

»Natürlich kann ich lesen, sogar schreiben und rechnen. Im Kloster habe ich die besten Lehrmeister gehabt. Und nun bin ich mit Bruder Servatius auf Wanderschaft, um den Leuten unseren Glauben näherzubringen …«

»… und um nicht zu verhungern!«, warf Barnabas spöttisch ein. Trotzig zuckte der Junge mit den Achseln.

»Jeder, der mit uns teilt, ist dem Himmelreich ein Stückchen näher, sagt Servatius stets.«

Dem Gesagten folgte ein lautes Lachen. Erschrocken sah Burghard zu dem Wanderer.

»Ich hätte darauf gewettet, dass dieser schlaue Satz von deinem Begleiter stammt.«

»Du willst wohl nicht verraten, wer du bist?«, versuchte der junge Franziskaner es erneut.

»Es ist kein Geheimnis. Mein Name ist Barnabas, und ich ziehe von Ort zu Ort.«

»Bist du Kaufmann, oder von was lebst du? Ich kann mir nicht vorstellen, dass du um das tägliche Brot bettelst.«

»Du bist ein guter Beobachter. Nein, ich bettle wahrhaftig nicht. Ich verkaufe den Leuten mein Wissen, und dafür bezahlen sie mich. Ich bin ein Magier.«

Erschrocken sah der Junge den Mann an. Vorsichtig rückte er einige Schritte ab. Barnabas' Augen blickten amüsiert.

»Du brauchst keine Angst zu haben. Ich beiße dich nicht und werde dich auch nicht verzaubern. Die Leute wollen von mir Kräuter und Tinkturen. Da ich überall herumkomme, weiß ich viel, sehr viel, und deshalb wollen sie auch meinen Rat, wenn sie mit einem Schadenszauber belegt wurden. Ich kann ihnen helfen, den wieder aufzuheben. Und für dieses Wissen müssen sie mich entlohnen.«

»So wie für dein Wissen, damit sie keine Läuse bekommen?«, schmunzelte Burghard. »Aber mir hast du es verraten, ohne ein Geldstück zu erhalten.«

»Ja, das war wohl leichtsinnig von mir. Aber du könntest es abarbeiten.«

Verwundert zog der Junge eine Augenbraue hoch und fragte irritiert: »Was soll ich tun?«

Barnabas war stehen geblieben und stellte das Traggestell auf den Boden. Dann hob er es Burghard entgegen und meinte: »Mein Rücken schmerzt, nun darfst du mich entlasten. Ich vertraue dir mein Hab und Gut an.«

Ohne ein weiteres Wort und ohne abzuwarten, ob Burghard das Gestell überhaupt tragen konnte, ließ der den Jungen stehen und folgte weiter dem Karren.

Ungläubig schaute der junge Mönch auf das Traggestell. Als er bemerkte, dass sich das Fuhrwerk immer weiter entfernte und niemand auf ihn warten würde, zog er die Lederriemen über die Schultern und rannte dem Tross hinterher. Als er den Wanderer erreicht hatte, war er nassgeschwitzt, und die wunde Haut brannte.

»Ich glaube, dass heute ein Bad fällig ist!«, lachte Barnabas und klopfte dem Jungen wohlwollend auf die Schulter.

»Alles Unfug! Er braucht kein Bad.«

»Ach, und das bestimmst du?«

Servatius schüttelte gelangweilt den Kopf.

»Er kann tun, was er will.«

»Das denke ich auch!«

Es war später Nachmittag, als die Reisenden an einer Obstwiese ankamen, hinter der man einen Teich erkennen konnte. Die Augen des jungen Franziskaners glänzten vor Freude, als er das silbrige Wasser vor sich sah. Die braune Kutte klebte an seinem Körper. Außerdem nahm er immer stärker den unangenehmen Geruch wahr, der von ihm ausging. Ungeduldig sah er zu dem kleinen Teich und glaubte schon, das kühle Nass auf seinem Leib spüren zu können. Barnabas beobachtete ihn aus den Augenwinkeln und erriet seine Gedanken. Es stimmte ihn zufrieden, dass er den jungen Mönch überzeugt hatte.

Die Kaufleute, die ausgeruht auf ihrem Karren thronten, gaben Servatius Anweisung, die Esel an einen Pflock zu binden, damit sie grasen konnten. Vorher mussten die Tiere allerdings das Gefährt in den Schatten eines Baumes ziehen, weil der alte Kunkell dort das Lager aufschlagen wollte.

Barnabas sah zum Himmel, und seine Laune hob sich. Keine Wolke war zu erkennen.

Unsicher, was er machen sollte, stand Burghard mit dem Gestell auf dem Rücken mitten auf der Wiese und schielte immer wieder zum Teich hinüber.

»Worauf wartest du? Leg meine Habseligkeiten unter den Baum, und geh schwimmen. Wasch dir den Dreck vom Leib.«

Zweifelnd sah der Junge zu seinem Lehrmeister Servatius, der leise vor sich hin knurrte. Als dieser jedoch nichts einwandte, tat Burghard, was der Magier ihm geraten hatte. Kaum hatte er das Gestell vom Rücken genommen, eilte er auch schon Richtung Wasser. Seine Füße schienen vom Boden abzuheben, so schnell lief er. Außer Atem blieb er am Ufer stehen, zog seine Sandalen aus und linste hinter sich. Als ihn niemand zu beobachten schien, löste er das Zingulum um seine Hüften, legte den Strick ins Gras, zog das braune Gewand über seinen Kopf und warf es ebenfalls in die Wiese. Mit zwei großen Schritten war er im Wasser und glaubte, im Paradies angekommen zu sein.

Das Nass kühlte seine Haut und seine Wunden. Immer wieder fuhr er mit den Händen an seinem Körper entlang, um den Schmutz und den Schweiß von sich zu waschen.

Lachend beobachtete Barnabas das Schauspiel.

»Es ist nur Wasser, aber in diesem Moment mehr wert als alles andere. Du solltest es deinem Schüler gleichtun!«, wandte er sich an Servatius, der beschäftigt mit den Eseln tat.

»Ich werde ebenfalls ein kühles Bad nehmen«, meinte der junge Kunkell und sah seinen Vater fragend an. Der schien zu überlegen, stimmte dann zu. Barnabas nahm einen Tiegel und ein Stück Seife und folgte den Kaufleuten zum Wasser, in dem Burghard wie ein kleines Kind planschte. Mit einem Hechtsprung an einer tieferen Stelle tauchten die Männer unter. Prustend kamen sie an die Oberfläche. Nur Servatius machte keine Anstalten, baden zu gehen. Ohne Scham zog sich Barnabas vor ihm aus und sprang in den Teich. Nachdem er mehrere Male hin und her geschwommen war, rief er den Jungen ins seichtere Wasser. Er hielt ihm ein Stück Seife hin und forderte ihn auf: »Wasch damit deinen Körper und die Haare. Du hast meine Sachen geschleppt, und als Entlohnung helfe ich dir, das Ungeziefer loszuwerden.«

Die beiden Kaufleute kamen näher und sahen interessiert zu.

»Hättet Ihr die Güte, uns ebenfalls etwas von Eurer Seife abzugeben?«, fragte der alte Kunkell.

»Dieser Junge hat dafür gearbeitet. Was bietet Ihr mir?«

Barnabas' Augen schauten die Männer durchdringend an.

»Was verlangt Ihr?«

Während das Wasser um den jungen Mönch eine milchige Farbe annahm und man einen leichten, wohlriechenden Duft wahrnehmen konnte, meinte Barnabas: »Von jedem von Euch bekomme ich einen Heller!«

»Das ist Wucher!«

»Nennt es, wie Ihr wollt, aber das ist der Preis, um heute ruhig wie ein Kleinkind schlafen zu können.«

Der Alte rang noch mit sich, aber sein Sohn Sebastian nickte und meinte: »Wir entbehren viel auf dieser Reise, deshalb bin ich bereit zu zahlen.« Dies überzeugte seinen Vater, und so stimmte auch er zu.

Mit einer Kopfbewegung wies Barnabas den jungen Franziskaner an, das Seifenstück weiterzureichen. Dabei registrierte er, dass Servatius ihnen interessiert zuschaute.

Nachdem sich alle gründlich gewaschen hatten, gab der Magier Burghard Anweisung, seine Kleidung ebenfalls einzuseifen. Fragend sahen die Kaufleute Barnabas an, der nur lächelte und zwei Finger in die Luft hielt. Die beiden Männer stöhnten ob des erneuten Preises, den ihnen der Magier genannt hatte, nahmen aber trotzdem ihr Gewand und schrubbten es im warmen Wasser.

Ruhe lag über dem Land. Nur das Summen der Insekten und das Zwitschern der Vögel war zu hören. Barnabas schlang ein Stück Tuch um seine Hüften und ging zu Servatius.

»Du weißt nicht, was du verpasst, mein Freund. Man fühlt sich nach dem Bad wie neugeboren.«

»Es ist unschicklich, seinen unverhüllten Körper zu waschen.«

»Unfug! Das sagte die Kirche in früherer Zeit. Doch längst sind neue Zeiten angebrochen. Aber ich denke, es hat einen anderen Grund ...«

Erschrocken sah der Mönch auf.

»Du weißt nicht, wie du zahlen kannst. Doch, mein Freund, das Wasser ist umsonst.«

»Wie die meisten, kann auch ich nicht schwimmen«, war die leise Stimme des Mönchs zu hören.

»Ah, du hast Angst zu ersaufen. Da kann ich dich beruhigen. Dort, wo die drei sitzen, ist es seicht.«

Servatius war hin- und hergerissen. Barnabas erkannte das und meinte: »Falls du ebenfalls von der Seife willst, so kannst du deine Schuld auch später begleichen.«

Dabei sah der Wanderer den Mönch herausfordernd an. Servatius' Blick bohrte sich in die Augen seines Gegenübers. Dann stand er langsam auf und ging zum Teich. Dort hörte Barnabas, wie er zu Sebastian sagte: »Gebt mir die Seife!« Dies entlockte Barnabas erneut ein lautes Lachen.

Die Sonne stand schon tief am Firmament. Die Männer dösten auf der Wiese und ließen ihre Körper von den letzten Sonnenstrahlen trocknen. Ihre Kleidung lag frisch gewaschen neben ihnen.

Burghard fühlte sich rundum wohl. Sein Körper war so weich und glatt wie der eines Kindes. Der Magier hatte ihm von der Salbe aus dem Tiegel gegeben, damit er die entzündeten Stellen einreiben konnte. Nichts juckte oder zwickte mehr. Seine Finger strichen über den Stoff des Habit, der nach unbekannten, angenehmen Düften roch. Barnabas hatte ihm zwar die lateinischen Namen der Pflanzen genannt, aber der junge Mönch konnte damit wenig anfangen.

»Mir knurrt der Magen!«, meinte der alte Kunkell und zog sein Beinkleid und das Hemd über. Sebastian folgte ihm, und auch Servatius stand auf, da er wusste, dass er helfen musste, wollte er an diesem Abend keinen Hunger leiden.

»Bruder Burghard, komm und hilf beim Holzsammeln, sonst musst du hungern.«

»Er ist mein Gast!«, erwiderte der Magier und blieb ruhig ausgestreckt auf der Wiese liegen. Servatius erwiderte nichts, sondern bedachte den Mann mit einem abfälligen Blick. Barnabas lächelte, da er ahnte, wie Servatius sich verhalten würde. Doch es kümmerte ihn nicht, denn er war sich sicher, dass der Mönch seine Verpflichtung ihm gegenüber zum gegebenen Zeitpunkt einlösen würde.

Sein erstes Gespräch mit Burghard hatte ihn auf eine Idee gebracht, für deren Durchführung er jedoch das Vertrauen des jungen Mönchs brauchte. Obwohl Barnabas erst Mitte dreißig war, hatte er die besten Jahre seines Lebens bereits hinter sich, und das wusste er. Jüngere Magier kamen nach und liefen ihm den Rang ab, weil sie immer trickreicher wurden. Einer hatte sich die neusten Kenntnisse der Alchimisten angeeignet und machte die Leuten glauben, dass er Gold herstellen könne. Ein anderer hatte Chemikalien, die Wasser grün und rot färbten, wofür er von den einfachen Menschen bewundert wurde.

Barnabas wusste, dass man ihm großes Vertrauen entgegenbrachte, zumal sich die Nachricht vom Fund des Goldtalertopfes vor einiger Zeit wie ein Lauffeuer im ganzen Land verbreitet hatte. Aber er wusste auch, dass seine Zeit bald vorbei sein würde. Deshalb hatte er sich rar gemacht und kam nur alle zwei Jahre in die gleiche Gegend mit dem Ziel, dass die Leute ihn ungeduldig erwarteten. Ab und an setzte er selbst ein Gerücht in die Welt, damit man seinen Namen nicht vergaß und die Neugier der Menschen geweckt wurde. Doch nun, wenn er in Begleitung der Mönche käme, würde er schnell wieder mehr im Gespräch sein. Rasch würde sich herumsprechen, dass diese Mönche bei Hexenprozessen dabei gewesen waren. Dass sie ihm bei der Auffindung von bösen Frauen behilflich sein würden. Burghard war noch recht jung, aber er würde sicher bei den Älteren Anklang finden. Sein unschuldiger Gesichtsausdruck konnte Barnabas vielleicht sogar von Nutzen sein. Und Servatius ... Seine Augen blickten kalt, durchdringend und gnadenlos. Genau das, was man brauchte, um den Menschen Macht vorzugaukeln und sie einzuschüchtern.

Der Magier wusste, dass die Kaufleute in die andere Richtung reisen wollten, und das war ihm ganz recht. Auf diese Weise hätte er die Mönche für sich und könnte sie ungestört so lenken, wie es ihm selbst am meisten nutzte.

Als er den zufriedenen und fast glücklichen Gesichtsausdruck des Jüngeren sah, wusste er, dass dieser ihm folgen würde. Und der Ältere? Nun, den würde er schon davon überzeugen, mit ihm zu gehen.

Kapitel 16

Voller Zorn warf Bauer Bonner Johanns Zimmertür ins Schloss. Was erlaubte sich sein aufgeblasener Schwager, ihn so zurechtzuweisen? Ha, dieser ehrenwerte Pfarrer! Was wusste der schon? So weit käme es noch, dass sein Sohn dieses dahergelaufene Frauenzimmer heiraten würde! Ein Bonner geht niemals rückwärts, immer vorwärts, und eine Braut ohne Geld stand außer Frage. Bonner schaute grimmig drein. Wieder einmal musste er feststellen, dass sein Sohn so ganz anders war als er. Nichts an Johann erinnerte Casper an ihn selbst. Nicht nur, dass er das Aussehen der Mutter geerbt hatte, auch ihre ehemals sanftmütige, verständnisvolle und vor allem gefühlvolle Art hatte sie ihm mitgegeben. Bonner fand diese weibischen Züge unmännlich, verachtete seinen Sohn dafür und sah ihn als Schwächling an. Mit Genugtuung hatte er festgestellt, dass Annerose diese Eigenschaften im Laufe der Jahre verloren hatte, ihre Art war schroffer geworden, und sie hatte sich einen gleichgültigen Gesichtsausdruck angewöhnt. Was der Grund für die Veränderung war, blieb Bonner verborgen, aber im Grunde war es ihm egal. Sie führten eine gewöhnliche Ehe, in der er von ihr ab und an seine Eherechte einforderte. Doch wenn ihn zwischendurch die Geilheit übermannte, wusste er genügend Frauen, die ihn mit Vergnügen nach seinen besonderen Wünschen bedienten.

Zornig hieb der Großbauer mit der Faust auf das Treppengeländer. Hatte er nicht schon genug am Hals? Musste der Junge ihm jetzt auch noch Schwierigkeiten machen? Schließlich hatte

Bonner längst für Johann eine Braut nach seinem Geschmack ausgesucht. Zwar war die nicht so attraktiv wie die Magd, aber dafür mit einer ordentlichen Mitgift ausgestattet. So wie es sich für einen Großbauern gehörte. Bonner musste sich insgeheim eingestehen, dass ihm selbst Franziska als Bettgenossin gefallen würde. Der schlanke Körper, die ebenmäßige Haut, die wilde Haarmähne. Vor allem das vollständige Gebiss mit den weißen Zähnen. Der Gedanke setzte sich in seinem Kopf fest, und sogleich verspürte er eine Regung im Lendenbereich. Na warte, Fräulein! Wenn sein Sohn erführe, dass der Vater das Luder zuerst bestiegen hätte, dann würde er sicher das Interesse an ihr verlieren. Bonner steigerte sich regelrecht in diesen Gedanken hinein. ›Nicht lange fackeln‹, dachte er, ›sofort handeln.‹

Als er den Treppenabsatz erreichte, stellte sich ihm seine Frau Annerose entgegen und versuchte, beschwichtigend auf ihn einzureden. Allerdings wollte er davon nichts hören, zu sehr drückte es in den Lenden. Als sie ihm den Weg nicht freimachte, obwohl er es ihr befahl, gab er ihr mit solcher Wucht eine Ohrfeige, dass sie gegen den dicken Eichenschrank am Fuß der Treppe geschleudert wurde. »Wage nie wieder, mir zu widersprechen, Frau. Der Herr im Haus bin ich!«

Wutschnaubend ging Bonner in die Kammer im Gesindehaus, in der Franziska ihr Lager mit anderen teilte. Überrascht stemmte er die Hände in die Hüfte, als er sah, dass ihre Schlafstelle geräumt und ihre Sachen verschwunden waren.

»Dieses verfluchte Miststück!«, brüllte er und warf die Tür so hart ins Schloss, dass der gesamte Rahmen wackelte. In seinem eigenen Haus schien alles aus den Fugen zu geraten! Sein undankbarer Sohn wollte dieses Luder heiraten, und wie er ihn einschätzte, müsste er ihn totschlagen, um ihm diese Flausen auszutreiben. Seine Frau stellte sich gegen ihn, obwohl sie ihm gehorchen musste, und obendrein wagte sein eingebildeter Schwager, sich in etwas einzumischen, das ihn nichts anging.

Aber er hieße nicht Casper Bonner, würde er nicht ein für alle Mal Ordnung in diesen Saustall bringen!

Als der Bauer das Gesindehaus verließ, sah er seine Tochter Karoline, und die Wut verebbte. Das Mädchen war sein Ebenbild, und das nicht nur äußerlich. Sie saß am Rand der Pferdetränke und weinte bitterlich. Auf dem Schoß lag ein totes, abgemagertes Kätzchen.

Bonner war dem Mädchen schon immer mehr zugetan gewesen als seinem Sohn, und so setzte er sich neben sie und sagte: »Du musst nicht weinen, mein kleiner Schatz. Das Kätzchen war zu dürr, es ist verhungert. Sicher hat es nicht genug ...«

»Nein, das ist es nicht, Vater, mein Kätzchen ist verhext worden, deshalb ist es gestorben.«

»Ach, das ist doch Unfug, Karoline! Wie kommst du denn darauf?«, fragte ihr Vater erstaunt.

»Franziska hat sie mit ihrem bösen Blick verhext!«

Das Kind erzählte schluchzend, was sich an diesem und den vergangenen Tagen zugetragen hatte. Dem Bauer kamen Zweifel. Könnte das Kind etwa Recht haben? Heißt es nicht Kindermund tut Wahrheit kund? Es war gut möglich, dass diese Magd seinen Sohn mit einem Liebeszauber verhext hatte! Vielleicht waren all das Unglück und nun diese sonderbare, unerklärliche Liebe seines Sohnes für eine nicht standesgemäße Frau Teil eines niederträchtigen Plans? Des Plans einer Hexe und des Teufels, ihn zu ruinieren? Bald hörte er seiner Tochter nicht mehr zu, sondern fasste in Gedanken einen Entschluss. Als sie aufgehört hatte zu erzählen, küsste er tröstend die Stirn des Mädchens und versprach, ihr bald eine neue Katze zu schenken.

Beruhigt ließ Karoline ihren Vater gehen, der mit großen Schritten den Hof überquerte und den Weg zum Wirtshaus einschlug. Hier würde er die rechten Männer treffen, mit deren Unterstützung er fest rechnen konnte.

Als er die Tür »Zum Blembel« öffnete, hörte er die dröhnende Stimme Albrecht Harßdörfers, des Bürgermeisters von Duderstadt, dem Pastor Holzschur gackernd etwas erwiderte. Der Bürgermeister kam einmal die Woche nach Hundeshagen, um seinen Bruder zu besuchen und nach dem Rechten zu sehen. Da er aus dem Ort stammte, gehörte ihm hier noch einiges Land.

Der Großbauer grüßte und setzte sich an den runden Tisch, der seinem Stand vorbehalten war. Niemand würde wagen, unaufgefordert hier Platz zu nehmen.

Nachdem Bonner eine Runde Bier ausgegeben hatte, kam er vorsichtig auf sein Anliegen zu sprechen. Er war sich bewusst, dass er den wahren Grund für sein Handeln verborgen halten musste, da andernfalls der Schuss nach hinten losgehen konnte.

»Albrecht, ich hatte gehofft, dich hier zu treffen. Es zwickt mich etwas Übles, von dem ich nicht weiß, wie ich es anpacken soll. Es ist mir unangenehm ...«

Die Wangen des beleibten Bürgermeisters waren schon tief gerötet, und seine Augen glänzten vom Genuss des Biers.

»Hast du dir bei einem deiner Liebchen was eingefangen?«, spottete Harßdörfer, als er den Krug an die Lippen setzte. Bonner blickte ihn böse an, und der Pastor schüttelte empört das Haupt, was den Bürgermeister zu einem dröhnenden Lachen veranlasste.

»Reg dich nicht auf, Casper. Du kennst mich, also was ist los? Welche Sorgen plagen dich?«

»Es ist mir tatsächlich unangenehm, denn niemand möchte einem anderen Schaden zufügen, aber auch niemand möchte so eine Person in seinem Haus wissen ...«

»Jetzt sprich, Casper.«

Pastor Holzschur klebte förmlich an Bonners Lippen, erwartete er doch eine interessante Geschichte. Immer, wenn er aufgeregt war, fuhr er sich mit der Zunge über die Handfläche und glättete anschließend mit der Hand sein akkurat gescheiteltes Haar. So auch jetzt, was Bonner angewidert registrierte. Dieses hagere Männlein hatte er noch nie leiden können, aber vielleicht würde er ihn für seinen Plan brauchen. Also versuchte er, seine Abneigung zu verbergen. Schließlich fing er an zu erzählen, leise, damit nicht jeder im Schankraum mitanhören konnte, was er sagte, und weil er dem Ganzen einen gewichtigen Unterton geben wollte.

»Wie ich schon meinte, niemand möchte solch eine Person in seinem Haus … Also, um es geradeheraus zu sagen: Eine meiner Mägde ist eine böse Frau!«

Der Pastor und der Bürgermeister sahen ihn entsetzt an. Was der Bauer da gesagt hatte, wog schwer. Dann fragte Harßdörfer mit verhaltener Stimme: »Casper, das sind massive Anschuldigungen. Bist du dir dessen bewusst?«

»Natürlich weiß ich, was ich sage. Aber wenn es so ist, dann darf ich es auch nicht für mich behalten, schließlich muss ich verhindern, dass noch andere Schaden nehmen.«

»Erkläre uns, worauf deine Annahme gründet.«

»Seitdem die Magd auf meinem Hof arbeitet, passieren Dinge, die es in den Jahren zuvor niemals gegeben hat. In der Küche gelingt das Essen nicht mehr, die Köchin hat Unfälle, obwohl sie eine umsichtige Person ist. Die kleine Katze meiner Tochter stirbt, nachdem die Magd sie mit ihrem bösen Blick verhext hat. Und erst gestern starb eine Kuh samt Kalb …«

Wohlweislich hatte Bonner seinen Gesprächspartnern verschwiegen, dass die Kuh das erste Mal gekalbt hatte und das Kalb zu früh und zu schwach zur Welt gekommen war.

»Das sind wahrlich schwere Anschuldigungen, Casper. Würden deine Tochter und die Köchin dies vor Gericht bestätigen? Und wäre die Magd geständig, mit dem Teufel im Bunde zu sein? Wer ist sie denn überhaupt?«

»Natürlich würden Karoline und Berta aussagen. Zu schwer

ist das Verbrechen der Hexe an den beiden. Das Weib aber würde nie und nimmer freiwillig die Wahrheit sagen. Doch ich denke, dass es genügend Mittel gibt, sie zu dem Geständnis zu zwingen, dass sie mit dem Satan im Bunde ist. Ihr Name ist Franziska, und sie stammt von weiter weg. Außerdem …« Bonner drehte sich vorsichtig nach allen Seiten, und seine Augen verengten sich, als er die übrigen Gäste taxierte. Er wusste, dass Vorsicht geboten war und seine Klagen nicht zu früh die Runde machen durften, da es zuerst galt, die Möglichkeiten eines Prozesses zu ergründen. Schließlich flüsterte er: »… außerdem hat sie ein typisches Hexenzeichen. Ein kleines Muttermal in Form eines Halbmondes oberhalb des Steißes.«

Die Augen seiner beiden Zuhörer weiteten sich, und es war unschwer zu erkennen, dass sie darauf brannten, mehr zu erfahren, aber sich nicht trauten, das laut auszusprechen. Der Pastor flüsterte atemlos: »Stigma Diaboli!« und strich sich aufgeregt mit beiden Händen übers Haar.

Der Bürgermeister räusperte sich schließlich und nahm wortlos einen tiefen Schluck aus seinem Krug. Ein Hexenprozess in dieser Gegend, das hatte es schon lange nicht mehr gegeben!

Harßdörfer schnappte laut nach Luft und erklärte: »Ihr wisst, dass wir Regeln einhalten müssen. So einfach ist es nicht, eine Person als Hexe anzuklagen. Vor allem du, Casper, musst dir sicher sein, dass deine Klage zu beweisen ist, denn andernfalls kann es passieren, dass du auf einmal auf der Anklagebank sitzst. Also bedenke sorgfältig.«

Der Bauer schaute in seinen Krug und kaute dabei auf seiner Unterlippe. Als er wieder aufblickte, lag in seinen Augen ein kalter Ausdruck: »Sie ist eine böse Frau, dessen bin ich mir sicher. Doch nicht ich werde sie anklagen, sondern die Köchin Berta. Schließlich ist sie von dem Schadenszauber der Magd am meisten betroffen. Welche Regeln müssen wir beachten?«, fragte er und bestellte die nächste Runde dunkel gebrautes Bier.

»Es gibt einige Bestimmungen, aber auch ich kenne nicht alle, doch ich werde mich erkundigen. Wo befindet sich die Magd jetzt?«

Bonner zuckte mit den Achseln.

»Zum Schornstein hinausgeflogen, um am Hexentanz teilzunehmen ...«, flachste er.

»Was heißt das? Ich dachte, sie sei auf deinem Hof, und ich hoffte, dass du sie dort eingesperrt hättest.«

»Als ich in ihre Kammer ging, war sie nicht mehr da. Ich bin dann sofort hierhergekommen, in der Hoffnung, dass ihr mir helfen könntet. Man darf nicht darüber nachdenken, welchen Schaden sie anrichten könnte ...«

Aus den Augenwinkeln beobachtete Bonner seine Gesprächspartner. Ihnen war deutliche Skepsis anzusehen. Endlich kam die nächste Runde Bier. Gierig nahmen die drei einige kräftige Schlucke, um die aufgewühlten Nerven zu beruhigen. Nachdem sich der Bürgermeister mit einem Tuch über das gerötete Gesicht gewischt hatte, erklärte er wichtigtuerisch: »Auf jeden Fall brauchen wir einen Notar, der alles schriftlich festhält.«

»Einen Notar?«, fragte Bonner skeptisch.

»Natürlich einen Notar, oder kannst du Amtsdeutsch verstehen? Wir könnten auch einen Advokat beauftragen, aber Advokaten verlangen bedeutend mehr Geld. Schließlich werden sie für jedes geschriebene Wort bezahlt. Aber keine Sorge, ich kenne einen Notar, persönlich sogar, mit dem werde ich wegen des Preises schon einig werden.«

»Du kennst einen Notar? Hier im Ort?«

»Nein, er wohnt nicht hier. Es ist aber auch nicht wichtig, von wo er kommt. Ich meine Wilhelm Münzbacher, der jetzt in Dingelstedt mit Anna Arnold verheiratet ist. Für Geld macht der alles ...«

»Die Arnolds, die Pferdezüchter? Die haben doch Geld wie Heu!«

»Ja, aber nicht der Münzbacher. Ich weiß so einiges über den guten Wilhelm … Er wird nicht Nein sagen können.«

»Wie müssen wir vorgehen?«, wollte Bonner wissen.

»Die Köchin muss die böse Magd beim Oberamtmann öffentlich anzeigen. Oder … Kennst du eine andere Hexe, die aussagen würde, mit ihr im Bunde zu sein?«

Fragend sah der Bürgermeister den Großbauern an, doch der verneinte.

»Gut, dann schicke deine Köchin nach Duderstadt. Erst nach der Anzeige kann der Oberamtmann eine Untersuchung aufnehmen und damit ›ex officio‹ handeln.«

Bonner und der wortkarge Holzschur sahen Harßdörfer fragend an: Wie »ex officio« zu verstehen sei, fragten beide.

»Es bedeutet ›von Amts wegen‹ und heißt, dass man ein Inquisitionsverfahren einleiten darf. Normalerweise müssen keine weiteren Vorschriften beachtet werden, denn nach der ›Carolina‹ …«

Wieder starrten Bauer und Pastor den Bürgermeister verständnislos an.

Harßdörfer zweifelte, ob er Bonner und Holzschur die rechtliche Grundlage des Hexereiverfahrens erklären konnte, hatte er doch selbst Schwierigkeiten, die »Constitutio Criminalis Carolina«, kurz »Carolina« genannt, zu verstehen. Diese war bereits 1532 erlassen worden und hieß übersetzt, die »peinliche« Gerichtsordnung. Peinlich bezog sich dabei auf das Wort Pein, und peinliche Befragung meinte nichts anderes als das Verhör einer vermeintlichen Hexe, wenn nötig unter Folter bis zum Tod. Auch sah diese Ordnung die Todesstrafe als Normstrafe für fast alle Vergehen vor.

Da der Bürgermeister nicht wusste, wie er seinen Zechkumpanen diese Gerichtsordnung verständlich machen sollte, polterte er los: »Herrgott, Casper, du kommst hierher, beschuldigst deine Magd und verlangst, dass man sie wegen Hexerei anklagt, hast aber keine Ahnung, wie das Ganze vonstattengehen soll! Ich glaubte, du seist gebildet, aber anscheinend kannst du nur Taler zählen. Und Ihr, Herr Pastor, schweigt, als ob Euch der Fall nichts anginge, dabei seid Ihr es doch, die der Beschuldigten die Beichte abnehmen müsst …«

Abwehrend hob Holzschur die Hände: »Davon möchte ich mit allen Mitteln Abstand nehmen. Die Kirche hat damit nichts zu tun! Das ist allein die Sache des weltlichen Gerichts …«

Harßdörfer musste zugeben, dass der Pastor Recht hatte. Es war tatsächlich so, dass sich sowohl die katholische als auch die lutherische Kirche aus den Hexenprozessen völlig heraushielten. Die Prozesse waren allein Sache weltlicher Gerichte, und auch als Ankläger fungierte die Kirche nicht.

Trotzdem widersprach der Bürgermeister dem Pastor: »Unsinn. Wenn die Magd nach der Tortur geständig ist und ihr Gewissen erleichtern will, dann muss sie Beistand von der Kirche bekommen, schließlich muss sie frei von Sünde sein, wenn sie unserem Schöpfer gegenübertritt.«

Wieder hob der Pastor abwehrend die Hände.

»Dann fragen wir doch Pfarrer Lambrecht«, schlug der Bürgermeister nun vor. »Dann bleibt es wenigstens in der Familie, nicht wahr, Casper?«

Bonner, der nun schon sehr dem Alkohol zugesprochen hatte, hieb mit dem Krug auf den Tisch, dass es nur so krachte und dröhnte: »Lass mir diesen Menschen aus dem Spiel. Wenn ich ihn nur schon sehe, läuft mir die Galle über. Der bringt es fertig, sich gegen uns zu stellen, dann kommt das Miststück frei.«

Auch Harßdörfer hatte schon einige Liter Bier in seinem dicken Bauch, war aber noch nüchtern genug, um aus Bonners Worten etwas herauszuhören, das ihn hellhörig werden ließ. Aber da er wusste, dass der Großbauer seinen Schwager noch nie sonderlich hatte leiden können, schob er seine Bedenken beiseite.

»Ich könnte allerdings …«, mischte sich der Pastor ein, »… anwesend sein, um auch sicherzugehen, dass alles im Sinne der Wahrheitsfindung getan wird.«

Holzschur war noch nie bei einer peinlichen Befragung dabei gewesen. Aber der Gedanke erregte ihn, dass er nun vielleicht die Möglichkeit dazu bekommen würde.

»Also, Casper, ich glaube, dass es besser ist, wenn wir uns morgen im Bürgermeisteramt treffen. Schlaf eine Nacht darüber, und wenn du dann noch immer die Anklage erheben möchtest, werde ich den Amtmann rufen, den Notar bestellen und die Klage bei den Spruchkörpern der Juristischen Fakultät in Erfurt oder Mainz einreichen. Dann müssen wir abwarten, was die gelehrten Juristen uns anraten werden.«

»Was haben die ›Spruchkörper‹ damit zu tun? Duderstadt ist doch eigenständig und groß genug, um es selbst abhandeln zu können.«

»Ja, aber das ist die reguläre Vorgehensweise, Casper. Die Spruchkörper garantieren in so einem Fall die Rechtssicherheit, denn einem Beamten vor Ort könnte man doch Parteilichkeit oder, noch schlimmer, Bestechlichkeit vorwerfen. Ein Jurist aus Erfurt oder gar Mainz beurteilt den Fall jedoch neutral. Doch ich habe jetzt zu viel Bier getrunken und keine Lust mehr, weiter über das Ganze zu sprechen.«

Bonner ging nicht darauf ein, sondern gab dem Wirt ein Zeichen, die Krüge nochmals aufzufüllen.

»Das wird großes Aufsehen erregen, wenn bekannt wird, dass auf deinem Hof eine böse Frau gearbeitet hat. Zwar gibt es immer wieder mal Gerede über einzelne Frauen, doch in meiner Amtszeit hat bisher niemand den Mut gehabt, Anschuldigungen laut auszusprechen. Meine Hochachtung, Bonner, dass du nicht kneifst.«

»Wie ich schon erklärte, ist mir daran gelegen, Schaden von anderen abzuwenden. Nicht nur bei mir ist Seltsames geschehen, wofür ich dem Weib die Schuld gebe. Auch die Kuh von Bauer Heine gibt keine Milch mehr. Wer weiß, wen sie alles mit Schadenszauber belegt hat. Ich will sie fort haben von hier, egal, wie.«

»Warum machen wir nicht einfach die Wasserprobe?«, warf der Pastor ein. »Geht sie unter, ist sie unschuldig. Bleibt sie oben, so gilt sie als schuldig, da das reine Wasser sie nicht aufnehmen will.«

»Wo sollte die Probe stattfinden? Etwa am Mühlenteich hier in Hundeshagen? Dann geht dort niemand mehr sein Korn mahlen, weil jeder glaubt, dass das Weib das Wasser verhext hat«, widersprach der Bürgermeister kopfschüttelnd.

»In Duderstadt gibt es den Paradiesgraben mit dem Paradiesteich. Ist sie unschuldig, kann sie sogleich in den Garten Eden fahren«, machte der Pfarrer einen zweiten Vorschlag.

»Im Paradiesgraben? Wurde dort schon einmal die Wasserprobe vollzogen?«, wollte Bonner wissen. »Stammt daher der Name?«

»Soweit mir bekannt ist, wurden dort vor zweihundert Jahren schon einmal Ehebrecherinnen und Kindsmörderinnen ertränkt. Von Hexenproben weiß ich zwar nichts, aber es gibt immer ein erstes Mal«, gackerte der Pastor und fuhr sich wieder mit der Zunge über die Handfläche. Bonner wandte sich angeekelt ab und meinte: »Was werden die Leute sagen, wenn die ›Spruchkörper‹ sie zum Tode verurteilen?«

»Die Hexe wird kein Mitleid erwarten können, zumal sie nicht von hier ist. Ist sie nicht auch noch katholisch?«

Erschrocken zuckte der Bauer mit den Achseln. ›Das wäre ja noch schöner‹, dachte er, ›eine von der anderen Sorte.‹ Trotzdem war ihm nicht wohl dabei, dass das Mädchen sterben sollte. Vielleicht war es ja tatsächlich ein böses Weib. Aber dennoch wollte er sich nicht die Hände schmutzig machen. Nun war der Zeitpunkt gekommen, seinen Plan weiter voranzutreiben.

»Hör zu, Albrecht«, sprach Bonner. »Ich habe gehört, dass so genannte Hexen dem Tod entgehen können, wenn sie den Henker ehelichen. Kennst du solch einen Fall?«

Harßdörfer vertrug eine Menge von dem dunklen Bier aus Duderstadt. Selbst jetzt, nach mehr als fünf Krügen, konnte er noch ziemlich klar denken. Im Gegensatz zu dem kleinen, schmächtigen Pastor, der mit gierigen Augen vor sich hin stierte und dem Gespräch anscheinend nicht mehr folgen konnte. Ihm war sicher auch entgangen, dass Bonner in seinem Entschluss zu wanken schien. Warum wollte er auf der einen Seite das Mädchen als Hexe anklagen und suchte auf der anderen Seite nach einem Weg, ihr Leben zu schonen? Etwas stimmte nicht, aber was es war, konnte Harßdörfer nicht genau sagen. Hatte die Magd den Großbauern etwa in Verlegenheit gebracht, sodass sie für etwas sühnen musste, das weder mit Schadenszauber noch mit Teufelsbuhlschaft zu erklären war? Der Bürgermeister sah Bonner nachdenklich an.

»Ja, du hast Recht, Casper, es gibt eine Art der Begnadigung, obwohl es Frauen geben soll, die lieber sterben würden als dieser zuzustimmen. Der Tanz mit dem Henker ... Sie heiratet den Scharfrichter, wird dadurch ehrlos und muss außerhalb der Stadtmauern leben. Ja, so etwas gibt es. Doch Braut und Bräutigam müssen zustimmen.«

»Ach Blödsinn«, meinte Holzschur, der anscheinend aus seinem Rausch erwachte. »Wir machen die Wasserprobe. Es ist eine saubere Angelegenheit; und das Weib stört niemanden mehr.« Gackernd nahm er einen weiteren Schluck aus dem irdenen Krug.

Sichtlich unwohl, kratzte sich der Bauer am Hals und fügte sich hässliche rote Striemen zu.

Harßdörfer sinnierte im Stillen noch für einen Moment über Bonners Motive, doch im Grunde war es ihm egal, weshalb der Bauer seine Magd verklagen wollte. Allein Bonner musste die

Folgen seines Handelns tragen. Trotzdem wollte er ihm noch einmal eindringlich zu verstehen geben, was eine Anklage bedeuten würde: »Über eines solltest du dir wirklich im Klaren sein, mein Lieber. Das Gesetzeswerk, die ›Carolina‹, sieht für Hexerei und Zauberei grundsätzlich den Feuertod vor.«

Der Blick des Bürgermeisters wurde durchdringend, und es kostete Bonner Kraft, diesem standzuhalten. Wäre er ihm ausgewichen, hätten er und sein Anliegen jedoch unglaubwürdig gewirkt. Schließlich wollte er die heikle Angelegenheit ein für alle Mal aus der Welt schaffen, auch wenn dafür der Scheiterhaufen brennen musste!

Kapitel 17

»Nein, Magdalena, ich gebe dir nicht Recht, und ich verstehe dich auch nicht.«

Aufgeregt schenkte sich Joachim einen Kartoffelschnaps ein. Normalerweise verzog er schon beim Gedanken an einen Klaren das Gesicht. Doch was Magdalena ihm erzählt hatte, verlangte nach Hochprozentigem. Fassungslos hatte er ihr zugehört. Nicht nur die tiefe Falte zwischen seinen Augenbrauen ließ auf seine Erregung schließen, sondern auch, dass er seine Frau nicht Lenchen, sondern Magdalena nannte. Ihr war klar, dass er nicht nur verstimmt, sondern eher wütend auf sie war. Aufgebracht fuhr er fort: »Welcher Gaul hat dich geritten, so etwas zu tun?«

»Joachim, bitte nicht in diesem Ton!«, mahnte sie ihn. Er aber lachte nur gequält, schüttelte ungläubig den Kopf und kippte den Schnaps hinunter. Angewidert goss er sich einen weiteren ein.

»Joachim …«, weiter kam sie nicht, denn sein Blick ließ sie

verstummen. Doch da sie endlich ihre Gründe nennen wollte, atmete sie tief durch und beschwor ihren Mann: »Versteh doch bitte, ich hatte keine andere Wahl!«

Als Joachim nichts erwiderte, sondern sie zweifelnd ansah, während er das kleine Glas zwischen seinen Fingern drehte, nutzte sie ihre Chance: »Mein lieber Schatz«, säuselte sie und setzte sich auf die Armlehne seines Lieblingssessels, in dem er Platz genommen hatte. »Du hast doch auch bemerkt, wie schlecht es meiner armen Base Anna ging. Nichts schien sie aufzumuntern, obwohl ich wirklich alles Erdenkliche versucht habe, um sie auf andere Gedanken zu bringen. Doch ihr Blick wurde stetig trauriger, und gelacht hat sie auch kaum noch …«

»Blödsinn!«, unterbrach sie ihr Gatte unsanft. »Du deutest da etwas hinein, das ich nicht bestätigen kann. Sie war aufgeschlossen, gesprächig und wissbegierig. Wenn ich einen Spaß machte, so lachte sie. Oder hat sie dir etwa deutlich gesagt, dass es ihr nicht gut geht?«

Magdalena senkte den Blick und zupfte stumm an den Falten ihres Rocks. Als sie die Augen ihres Gatten auf sich ruhen spürte, legte sie den Kopf leicht schräg und machte einen Schmollmund.

»Ha, hab ich es mir doch gedacht!«, triumphierte Joachim.

»Ja, aber ich habe gespürt, dass sie unglücklich ist. Ihr Mann scheint sie nicht zu lieben, jedenfalls nicht so, wie du mich«, verteidigte sie sich. Joachim ignorierte den Versuch seiner Frau, ihn zu versöhnen, und sah sie kopfschüttelnd an.

»Eben, Magdalena, es *scheint* dir so, aber du weißt es nicht genau. Ich begreife dich wirklich nicht.«

»Also wirklich, Joachim, das konnte doch ein Blinder sehen. Und weißt du, was mich stutzig gemacht hat? Als ich mir dessen bewusst wurde, war mir klar, dass es ihr nicht gut ging …« Erwartungsvoll sah ihr Mann nun zu ihr auf. Bestärkt fuhr Magdalena fort: »Immer wenn die Sprache auf ihr Zuhause und ihren Mann kam, hatte sie regelrecht keine Stimme mehr. Nur ein Krächzen konnte sie noch hervorbringen …«

Joachim blickte sie zweifelnd an.

»Doch«, beschwor sie ihn, »doch, Joachim, so etwas gibt es. Es muss gar keine richtige Krankheit sein. Manchmal reicht es schon, dass man sehr unglücklich ist, um krank zu werden.«

Ihr Mann atmete geräuschvoll aus und meinte dann: »Der Grund wird eine beginnende Erkältung sein, aber ich will nicht mit dir streiten. Wenn du wirklich glaubst, dass es Anna schlecht geht, warum bist du dann nicht zu einem studierten Mann mit ihr gegangen? Stattdessen vertraust du sie einem Scharlatan an, der irgendwo in der Wildnis haust. Hoffentlich weiß er, was er tut, oder noch besser: Hoffentlich tut er gar nichts! Morgen in der Früh holst du deine Base wieder hierher zurück und bete, dass euch niemand sieht! Wie konntest du in diesen Zeiten, wo die Menschen nur darauf lauern, einander allen möglichen Übels zu bezichtigen, so etwas Unsinniges unternehmen? Es ist mir unbegreiflich, wieso du solch ein Risiko eingehen musstest! Was hast du dir nur dabei gedacht?«

Verständnislos blickte er sie an und wartete auf eine Antwort. Da Magdalena schwieg, fuhr Joachim mit müder Stimme fort: »Wenn gewisse Kreise erfahren, dass du zu einem so genannten ›Heiler‹ in den Wald gehst … Glaube mir, meine Liebe, das wäre für so manche ein gefundenes Fressen. Die Zeiten sind hart und oft ungerecht. Kannst du dir nicht denken, dass viele neidisch sind, weil wir Geld von meinem Oheim Hiob von Stotternheim geerbt haben?«

Nein, daran hatte Magdalena nicht gedacht. Erstaunt schüttelte sie den Kopf. Als Joachim sich ihrer Unbekümmertheit bewusst wurde, meinte er versöhnlich: »Wie könntest du das auch wissen! Doch ich versichere dir, dass die Arbeiter hinter unserem Rücken tuscheln, weil sie mit ihrem Leben hadern. Sie glauben, dass die Welt ungerecht ist. Durch Zufall hörte ich, wie einer sagte: »Wo Geld ist, kommt immer noch welches hinzu!« Nicht selten schlägt mir ihre Wut entgegen. Erst letzte Woche musste ich einen Mann entlassen, weil er versucht hatte, die Waidjunker gegen mich aufzuwiegeln, da ich ihm keine Lohnerhöhung geben wollte. Er ließ mich wissen, dass ihm mehr Lohn zustünde, aus dem einfachen Grund, da ich ja im Geld schwämme. Ihm war allerdings nicht klar, dass meine Arbeiter nach Leistung und nicht nach Größe meines Vermögens bezahlt werden.«

»Joachim, das hast du mir verschwiegen!« rief Magdalena vorwurfsvoll.

»Ach, Lenchen, warum sollte ich dich damit belasten?«

Noch immer hielt er das kleine Glas, auf dem das Motiv eines Ebers eingraviert war, in der Hand und starrte auf die klare Flüssigkeit darin. Da er sie wieder mit ihrem Kosenamen ansprach, hüpfte Magdalenas Herz, weil sie glaubte, dass ihr Mann nun wieder versöhnt sei. Doch unvermittelt wurde sein Blick erneut ernst.

»Du versprichst mir, dass du Anna vor dem ersten Hahnenschrei zurückholst! Dann wird nicht auffallen, dass sie die Nacht nicht im Haus verbracht hat.« Grimmig fügte er hinzu: »Am besten wird sein, wenn ich dich begleite. Dann weiß ich wenigstens, dass ihr beide ohne Schaden zurückkehrt.« Obwohl er keine Frage gestellt hatte, erwartete er dennoch eine Antwort von ihr: »Magdalena, ich möchte deine Zustimmung hören!«

Seine Frau hatte sich von der Lehne erhoben und ging einige Schritte, bis der schwere Holztisch aus Nussbaum zwischen ihnen war. Dann erwiderte sie: »Das geht nicht!«

Seine Falte in der Mitte der Stirn wurde tiefer, und sein Gesicht nahm einen zornigen Ausdruck an.

»Was heißt das?«, fragte er noch ruhig, obwohl Magdalena wusste, dass er innerlich kochte.

Sie druckste herum und fand doch nicht die richtigen Worte, um ihren Mann zu beschwichtigen.

»Sag mir endlich, warum du Anna nicht zurückbringen kannst? Dass sie am Leben ist, ist gewiss, sonst würdest du nicht so ruhig vor mir stehen. Also, welchen Grund kann es geben, sie nicht abzuholen?«

›Ha, ruhig vor ihm stehen! Wenn er wüsste, wie ich innerlich zittere‹, dachte Magdalena. Beim Gedanken daran, ihm gleich die Wahrheit beichten zu müssen, wurde ihr übel. Dabei hatte sie noch eine weitere Nachricht für ihren Mann, und die war nun wirklich wundervoll. Magdalena hatte sie sich bis zum Schluss aufgehoben, weil sie wusste, dass diese Joachim versöhnen würde.

Ungeduldig trommelte er mit den Fingerspitzen auf die Armlehne des Sessels.

»Magda, was verschweigst du mir?«

›O je‹, dachte Magdalena, ›schlimmer kann es nicht kommen.‹ Bei der Abkürzung ihres Namens auf ein einfaches Magda wusste sie, dass nun dicke schwarze Wolken über ihnen hingen, die nur schwerlich zu vertreiben waren.

»Ich warte auf eine Antwort!«

Stockend begann Magdalena zu berichten. Abwechselnd weiteten sich Joachims Augen fassungslos, oder sie verengten sich zu zornigen Schlitzen.

›Wenigstens lässt er mich ausreden‹, dachte die junge Frau, die ihren Mann ängstlich beobachtete. Als sie geendet hatte, schloss er für wenige Sekunden die Augen, stand auf, trank den Schnaps in einem Zug und stellte das Glas auf den Tisch, hinter dem sich seine Frau noch immer verschanzt hatte. Als er im Begriff war, zur Tür zu gehen, sagte Magdalena hastig: »Joachim, ich möchte dir noch etwas sagen …« Weiter kam sie nicht, denn sein Blick aus eisigen Augen bremste sie.

»Mein Bedarf an Neuigkeiten ist für heute gedeckt«, erklärte er frostig und verließ das Zimmer.

›Er lässt mich einfach stehen‹, dachte sie entrüstet und traurig zugleich. Dabei hätte sie ihm gern zur Versöhnung noch die wundervolle Neuigkeit erzählt. Sollte sie ihm folgen? Es ihm im Bett erzählen? Nein, dachte sie, er würde ihr sicher nicht zuhören. Es blieb ihr also nichts anderes übrig, als zu warten, bis er sich wieder beruhigt hatte.

Erschöpft von dem anstrengenden Tag, setzte sich Magdalena in den verwaisten Sessel. Geistesabwesend strich sie über das glatt polierte Holz der Armlehne.

›Pah, einen studierten Mediziner‹, dachte sie spöttisch. Sicher meinte Joachim Doktor Freudentaumel. Bei dessen Behandlung wäre wohl niemand vor Freude getaumelt. Der Arzt war noch von der alten Schule und der Überzeugung, dass Aderlass und Blutegel für alles gut seien.

Magdalena seufzte leise. Hoffentlich ging es Anna gut. Joachims Bedenken hatten nun auch sie nachdenklich gestimmt. Zweifel begannen an ihr zu nagen. Was, wenn Joachim Recht hatte und der Mann im Wald tatsächlich ein Scharlatan war. Was, wenn er Anna mehr schaden als helfen würde?

War es wirklich erst gestern Abend gewesen, als sie ihrer Base von ihren Beobachtungen berichtet hatte? Anna hatte nichts geantwortet, sondern nur Löcher in die Luft gestarrt.

»Liebe Base«, hatte Magdalena an diesem Abend versucht, Anna aus ihrem Schneckenhaus zu locken, »du musst mir natürlich nichts erzählen. Wenn du glücklich in deiner Ehe bist, dann entschuldige ich mich für mein Einmischen. Allerdings frage ich mich, warum du nie über deinen Mann sprichst und warum du anscheinend keine Sehnsucht verspürst, ihn wiederzusehen.«

Magdalena hatte ihr Weinglas zum Mund geführt und wollte eben einen Schluck nehmen, als sie Tränen in Annas Augen glitzern sah. Sie stellte das Glas zurück und setzte sich neben die junge Frau.

»Ach, Anna, lass mich helfen.«

Wie eine Mutter nahm Magdalena sie in die Arme und strich ihr zärtlich über die Haare, obwohl sie nur zwei Jahre älter war. Erleichtert, sich ihren Gefühlen hingeben zu dürfen, weinte Anna leise und genoss das Gefühl, eine verständnisvolle Freundin in der älteren Base gefunden zu haben. Zwar verspürte sie keinen Drang, von ihrem freudlosen Leben zu berichten, denn sie hatte Angst, dass auch Magdalena ihr vorhalten würde, überstürzt geheiratet zu haben.

Warum sich Wilhelm so sehr verändert hatte, war Anna selbst nicht klar. Sie war sich bewusst, dass von der scheinbaren Liebe zu Beginn ihrer Ehe nichts übrig geblieben war. Wie groß waren seine Versprechungen vor der Hochzeit gewesen. Damals hatte sie fest geglaubt, sie habe die Trauer um ihre Eltern nur überstanden, weil Wilhelm ihr Trost und Zuversicht gegeben hatte. Trug sie die Schuld an den Veränderungen in ihrer Ehe? Oder war Wilhelm vom Leben auf dem Gestüt enttäuscht worden? Hatte er sich das Leben dort, und vor allem mit ihr, anders, vielleicht einfacher vorgestellt? War ihr Bruder Clemens der Schlüssel zu all dem? Wilhelm hatte schon einige Male angedeutet, dass ihr Bruder durch seinen liederlichen Lebenswandel Unruhe in ihr eigenes Leben auf dem Hof brächte. Andererseits musste sich Anna eingestehen, dass sie sich gar nicht sicher war, ob sie wollte, dass sich etwas in ihrer Ehe, und vor allem dass Wilhelm sich änderte. Unendlich viele Fragen bewegten sie, und bislang hatte sie auf keine eine Antwort gefunden.

»Hör mir zu, Anna. Für jedes Leiden gibt es ein Kraut und einen Heiler. Auch für deines!«, hatte Magdalena voller Überzeugung gesagt und ihr dabei fest in die Augen gesehen. Als Anna sich mit dem Handrücken die Tränen fortgewischt hatte und ihre Base nun fragend anblickte, rutschte Magdalena näher zu ihr, damit niemand ihre Worte hören konnte: »Durch Zufall habe ich mitbekommen, wie meine Freundin Beate ihrer

Schwester riet, einen weisen Mann aufzusuchen, weil sie sich so sehr ein Kind wünschte und einfach keines bekam. Und Beate wiederum wusste durch ihre Köchin von dem Weisen im Wald, weil deren Mann eitrige Geschwüre hatte. Er muss tatsächlich ein weiser Mensch sein, denn als Beates Schwester jeden Tag den Sud trank, den sie von dem Alten bekommen hatte, gebar sie ein Jahr später eine gesunde Tochter. Ob der Mann der Köchin geheilt wurde, kann ich nicht bezeugen. Aber da ich fest daran glaube, dass er auch Menschen wie dir helfen kann, schlage ich vor, dass wir beide ihn direkt morgen früh aufsuchen. Er wohnt außerhalb von Erfurt im Wald ...«

Als Magdalena den ängstlichen Blick ihrer Base sah, tätschelte sie beruhigend die Hände der Jüngeren: »Du brauchst keine Angst zu haben. Beate wird uns begleiten. Ich habe bereits mit ihr gesprochen.«

Beate lotste den Kutscher durch enge, zum Teil zerklüftete Waldwege. Des Öfteren brummte er etwas vor sich hin, was sich anhörte wie: »Das weiß ich!« Doch Magdalena war so sehr damit beschäftigt, sich auf die holprige Fahrt zu konzentrieren, dass sie sich zu orientieren vergaß. Die Kutsche fuhr über Stock und Stein. Magdalena sowie Anna schrien einige Male laut auf aus Angst, dass die Achse brechen könnte. Beate schien die Fahrt als Einzige zu genießen, denn bei jeden Rums durch ein Schlagloch lachte sie begeistert.

»Von wegen nicht weit, Beate, wir sind mitten im Wald, und es wird immer düsterer«, klagte Magdalena, die besorgt zu Anna schielte, der kleine Schweißperlen auf der Stirn standen. Verzweifelt versuchte sich die junge Frau am Sitz festzuhalten. Magdalena rechnete ständig damit, dass sie umkehren und nach Hause zurückfahren wollte. Doch Anna blieb stumm. Nur ihre weit aufgerissenen Augen ließen ihre Angst erahnen.

Plötzlich, mitten in unwegsamem Gelände, hielt der Kutscher an.

»Meine Damen, hier kann ich nicht weiterfahren. Der Weg ist zu uneben. Ab hier müsst ihr zu Fuß gehen. Es ist nicht mehr weit. Das letzte Stück werdet ihr unbeschadet zurücklegen können. Ich werde hier auf euch warten.«

Erstaunt fragte Magdalena leise ihre Freundin: »Woher weiß er, wie weit es noch ist?«

»Na, er war schon mal hier!«

Magdalena zog eine Augenbraue hoch.

»Er ist der Mann, von dem ich dir erzählt habe ... der Mann unserer Köchin. Ich fragte sie gestern Abend, ob er uns fahren könne, schließlich muss man vorsichtig sein. Er wird bestimmt nicht verraten, dass wir den Heiler aufgesucht haben. Siehst du, seine eitrigen Pusteln im Gesicht, die unansehnlichen Geschwüre, sie sind alle weg. Nicht eines ist übrig geblieben. Das ist doch wirklich wie ein Wunder!«, erklärte Beate.

Der Kutscher hatte dem Gespräch wortlos zugehört. Nun lächelte er und nickte, was Anna und Magdalena überzeugte, aus der Kutsche zu steigen und Beate tiefer in den Wald hinein zu folgen.

Das trockene Holz brach krachend unter ihren Sohlen. Hier und da blieben sie mit ihren Röcken an dornigem Buschwerk hängen. Mittlerweile war es früher Mittag, und die Sonne fand auch im dichten Wald ihren Weg durch die Baumkronen. Der modrige Boden fing an zu dampfen, und Erdgeruch stieg auf. Die unbequeme, enge Kleidung schnürte die Frauen ein, sodass ihnen der Schweiß über Gesicht und Rücken rann.

Endlich sahen sie inmitten dicker Tannen eine Holzhütte. Die Stämme schienen wie in einem Kreis um die Behausung zu stehen und sie zu beschützen. Aus einem kleinen Verschlag, der sich zwischen zwei Bäumen befand, hörte man eine Ziege meckern.

Der Ort wirkte unheimlich, doch zugleich zog er einen auch magisch an. Annas Blick verriet Unbehagen. Auch Magdalena schaute nicht glücklich aus. Doch dann zuckte sie mit den Achseln und folgte Beate, die auf den niedrigen Eingang zuschritt.

Drinnen empfing sie ein würziger Geruch. Der Duft erfüllte den gesamten Raum und schien im Holz der Hüttenwände festzusitzen. Es dauerte einen kurzen Moment, bis sich die Augen der Frauen an das spärliche Licht im Innern gewöhnt hatten und etwas erkennen konnten. Der Raum schien verlassen, doch auf einer kleinen Feuerstelle in der Mitte köchelte ein Sud. Dampf und Qualm konnten durch ein kleines Loch in der Decke entweichen. An einer Wand waren mehrere grobe Regalbretter angebracht, auf denen Töpfe, Tiegel und allerlei Gläser mit Kräutern standen. An den Dachbohlen hingen gebundene Sträuße, von denen einige frisch und andere bereits getrocknet waren. Magdalena wollte gerade wieder nach draußen gehen, als ihr eine kleine krumme Gestalt den Weg versperrte. Erschrocken schrie sie auf. Ein Lächeln huschte über das wettergegerbte Gesicht des Mannes, das für einen kurzen Moment fast jugendlich wirkte.

»Wie ich höre, ist mein Besuch bereits angekommen. Nun, wenn man den Weg kennt …«

»Woher wisst Ihr von unserem Kommen?«

»Die Steine haben es mir verraten.«

Ungläubiges Schweigen folgte. Er zeigte mit einem krummen Wurzelstock in die hintere rechte Ecke des Raumes. Dort lag ein Wildschweinfell auf dem Boden, auf dem mehrere kleine Holzschalen mit unterschiedlich großen Kieselsteinen standen.

Skeptisch betrachtete Magdalena den alten Mann. Seine grauen Augen schienen auch sie zu beobachten. Was von seinen Haaren übrig geblieben war, hing in dünnen grauen Strähnen bis über die Schultern auf den Rücken hinunter. Seine gebeugte Gestalt war in einfaches Leinen gehüllt, das schon sauberere Tage gesehen hatte. Einige Finger, die den Wurzelstock umklammerten, waren an den Kuppen dunkel gefärbt. Zwei Finger waren gekrümmt und hatten kleine Knötchen an den Gelenken. Als Magdalena in das Gesicht des Mannes schaute, spürte sie seine Augen auf sich ruhen. Es beschlich sie ein sonderbares Gefühl. Irgendetwas stimmte nicht, doch sie konnte nicht sagen, was. Auf den ersten Blick erschien ihr nichts Ungewöhnliches an dem alten Mann. Doch dann fiel es ihr wie Schuppen von den Augen.

»Ihr seid blind!«, stellte sie erstaunt fest. »Wie könnt Ihr dann die Steine sehen?«

Um seine grauen, fast silbrig glänzenden Augen hatten sich tiefe Falten gegraben, die jetzt deutlich zum Vorschein kamen, als sich sein Gesicht zu einem schelmischen Lächeln verzog.

»Ach, hatte ich euch das nicht gesagt?«, fragte Beate erstaunt.

»Es freut mich, dass Ihr Eure Freundinnen mit hierhergebracht habt. Auch wenn sie zweifeln … noch zweifeln. Aber ich kann Euch helfen!«, sagte er und wies mit dem Stock auf Anna.

»Fragen über Fragen quälen Euch. Dabei kennt Ihr die Antwort schon lange, wollt sie nur nicht zu Tage treten lassen …«

Annas weit aufgerissene Augen folgten dem Mann ängstlich, der sich zielsicher auf einem kleinen Schemel vor der Holzpritsche niederließ. Den Frauen wies er mit dem Stock einen Platz vor sich auf dem Boden zu, der mit duftenden Kräutern ausgelegt war. Als auch Anna sich niederlassen wollte, schüttelte der Heiler das Haupt und zeigte mit dem Stock auf das Bettlager. Zaghaft setzte sie sich auf den äußeren Rand, doch die flache Spitze der Holzwurzel drückte auf ihre Schultern, sodass sie weiter nach hinten rutschte. Magdalena, der der ängstliche Blick ihrer Base nicht entging, wollte sich neben sie setzen, als die knochige Hand des Alten sie festhielt. Der Grauhaarige schien zu stutzen. Den Schädel leicht geneigt, saß er bewegungslos auf dem Schemel. Es sah so aus, als ob er angestrengt lausche. Dann legte er seine Hand auf Magdalenas Bauch und schien in weite Ferne zu schauen. Wieder huschte ein Lächeln über sein Gesicht, doch er sagte keinen Ton. Stumm nickte er und zeigte auf den Boden. Unsicher und widerstrebend setzte sich Magdalena zu Beate.

»Ihr müsst mir vertrauen«, bat der Alte. »Nur dann haben meine Kräfte Wirkung.«

»Ich vertraue Euch«, sagte Anna plötzlich mit fester Stimme. Sie schien Angst und Zweifel bezwungen zu haben. Beruhigend streichelte der Mann ihr über die Hand.

»So ist es gut, meine Tochter.«

Er redete sie mit du an, was vertraut und entspannt klang. Anna ließ sich willig auf die Pritsche gleiten und schloss die Augen. Wieder nickte der Alte und legte seine Hände ruhig an Annas Kopf. Langsam glitt die linke Hand zur Stirn, während die rechte an ihrer Halsseite ruhte. Sein Blick haftete zwar auf Magdalena, doch seine blinden Augen schauten durch sie hindurch. Leise murmelte er unbekannte Worte. Dann sagte er: »Du darfst die Löwin nicht einsperren, mein Kind. Sonst wird sie zugrunde gehen. Öffne ihre Käfigtür. Ich weiß, dein Weg gabelt sich, und du bist im Zweifel, welchen du nehmen sollst. Kennst du nicht bereits selbst die Antwort?«

Seine Hand wanderte langsam über die ihre, während er leise murmelte.

»So viel Gift in deiner Seele. So viele schlechte Worte, die dich zerstören wollen. Lass sie heraus, und schlucke den Unrat nicht länger hinunter. Ich werde dir einen Saft zu trinken geben, der dir hilft, klarer zu sehen. Er wird dich betäuben, und dadurch hast du die Möglichkeit, in die Tiefe deiner Seele zu blicken. Denn du kennst die Antwort schon, aber du willst sie nicht zulassen. Der Mohn wird dir helfen.«

Dann nahm er ein Gefäß mit einer dunklen Flüssigkeit vom Regal.

»Seid so nett und greift auf das obere Fach und nehmt das Tuch.«

Er wies mit seinem Stock zum Regal, und Beate gab ihm das Gewünschte. Er tränkte den Stoff mit der braunen Tinktur. Ein sonderbarer Geruch breitete sich im Raum aus. Dann versuchte er, Anna eine zähe Flüssigkeit einzuflößen. Sie schluckte schwer und hustete. Angewidert verzog sie das Gesicht.

»Das muss sein!«, meinte er streng.

Während der Alte fremd klingende Worte murmelte, die in einen leisen Singsang übergingen und sich schließlich zu geradezu wütend hervorgespuckten Klängen steigerten, lag Anna ruhig auf der Pritsche, als ob sie schliefe. Als er geendet hatte, hob der Alte Annas Lider mit seiner knochigen Hand und schien zufrieden, als sie sich erschlafft wieder schlossen. Er legte ihr das Tuch über das Gesicht und setzte sich auf den Rand des Bettgestells. Anna murmelte undeutliche Worte und bewegte sich unruhig hin und her.

»So ist es gut, meine Tochter, alles Schlechte fließt nun aus deinem Körper ... Was haben seine Worte dir nur angetan!«, sprach der Alte. Mit seiner Hand auf ihrer Stirn murmelte er immer wieder leise Worte, die wie ein Summen klangen. Seine Augen waren geschlossen, seine Gesichtszüge verhärtet. Nur seine Pupillen hinter den Lidern bewegten sich hin und her, als ob sie Bilder verfolgen würden. Schließlich entspannten sich seine Muskeln, und ein Lächeln machte sein Gesicht weich. Als er die Augen öffnete, lachte er laut und befreit. Seine Hand suchte Annas Hand. Er umschloss sie und sprach weiter beruhigend auf die junge Frau ein, die wie im Tiefschlaf auf der Pritsche lag und seine Worte nicht zu hören schien.

»Eine schwere Last wirst du noch tragen müssen ... Die kann selbst ich dir nicht nehmen. Du glaubst, dein Herz würde zerspringen. Wenn es passiert, wirst du sterben wollen, und nichts wird dich trösten können. Doch höre gut zu, meine Tochter, du musst mir weiter vertrauen. Nichts scheint so, wie es ist! Du wirst wieder einen dunklen Wald durchschreiten müssen, wo viele Gefahren auf dich lauern. Nur dort wird dein verwundetes Herz heilen können. Böse Worte werden versuchen, dich wieder zu vergiften, doch hab keine Angst. Das Leben hält so viel Schönes für dich bereit … Und *er* wird dir helfen. Vertraue *ihm*, wie du mir vertraust … *Er* hat lange auf dich gewartet. Hab keine Angst, meine Tochter, die Löwin ist nun aus ihrem Käfig befreit und wird sich rächen wollen … Das ist gut so, denn *er* wird dir helfen!« Magdalena und Beate hatten stumm gelauscht und waren kreidebleich geworden, als sie die Prophezeiung des Alten vernahmen.

»Was meint Ihr? Was wird meine Base ertragen müssen? Könnt Ihr Anna nicht jetzt schon helfen?«, fragte Magdalena atemlos. »Und wen meint Ihr? Wer hat auf sie gewartet?« Ihre Stimme zitterte ebenso wie ihr Körper. Der Alte schüttelte sein Haupt.

»Ich sehe nicht, was passieren wird, ich kann es nur fühlen. Niemand wird ihr das abnehmen können, auch nicht der, der ihr zur Seite stehen wird. Er wird es nur lindern können. Wenn sie meinen Ratschlägen folgt, wird sie es schaffen – aber nur dann. Sie hat die Kraft dazu, und ich hoffe, auch den Willen.«

Wieder strich er Anna über die Stirn. An Magdalena gewandt, erklärte er: »Und nun zu dir, meine Tochter. Siehst du das dritte Glas auf dem Regal?«

Obwohl er ihr zustimmendes Nicken nicht sehen konnte, sprach er weiter: »Nimm es mit, und trinke jeden Abend zur Schlafenszeit eine Tasse Sud, den du aus den Kräutern aufbrühst. Trink ihn so heiß wie möglich.«

Erschrocken fragte Magdalena: »Warum ich? Bin auch ich krank? Sprecht, was ist mit mir?«

Ein leises, gurrendes Lachen war zu hören.

»Warum denkst du Schlechtes? Die Frucht in deinem Leib soll gedeihen und kräftig werden. Auch dämpft der Sud den Appetit«, fügte er schelmisch lachend hinzu.

»Die Frucht ... Ich erwarte ein Kind?«, rief Magdalena ungläubig. Mehr sagte der Alte nicht, denn plötzlich schien den Mann alle Kraft verlassen zu haben. Sein Körper sackte erschöpft zusammen.

»Wir sollten gehen«, meinte Beate und betrachtete Anna kritisch.

»Kann meine Base aufstehen? Können wir sie mitnehmen?«, wisperte Magdalena, unbewusst ihren Bauch streichelnd.

»Sie muss bleiben«, widersprach der Weise mit müder Stimme. »Kommt morgen Abend wieder, dann wird sie erwacht sein und kräftig genug, Euch zu folgen.«

»Aber das geht doch nicht! Was soll ich zu Hause erzählen. Man wird sie vermissen«, meinte Magdalena entrüstet.

»Nun, dir wird bestimmt etwas einfallen«, schmunzelte der Alte.

»Eine schöne Bescherung! Joachim wird mich bei lebendigem Leib fressen, wenn ich ihm davon erzähle«, stöhnte Magdalena und ließ sich widerstrebend von Beate aus der Hütte ziehen.

›Nun, gefressen hat er mich nicht‹, dachte Magdalena, ›aber viel hätte nicht gefehlt.‹ Sie faltete die Hände und flüsterte: ›Lieber Gott, bitte mach, dass es Anna gut geht!‹ Dann ging sie in die Küche, um sich den Sud aufzubrühen.

Indes lag Anna auf der Holzpritsche. Bilder hetzten vor ihrem inneren Auge vorbei. Sie hatte noch den bitteren Geschmack der Flüssigkeit auf ihrer Zunge. Auch dröhnte ihr Kopf. Da sie sich kraftlos fühlte, hielt sie ihre Augen geschlossen. Anna wusste nicht, ob sie wach war oder träumte. Weit weg hörte sie leise gemurmelte Worte. Ihr Körper fühlte sich bleischwer an. Ihre Beine schienen ihr nicht mehr zu gehorchen, da sie unfähig war, sie zu bewegen. Selbst ihre Arme lagen neben ihrem Leib, als gehörten sie nicht zu ihr.

Gespenstische Bilder kamen und gingen. Plötzlich roch sie Rauch, spürte aber keine Hitze, sondern fühlte nur ihr Herz rasen. Sie glaubte zu ersticken und bei lebendigem Leib zu verbrennen. Oder doch nicht? Vielleicht träumte sie nur. Sie versuchte die Augen zu öffnen. Stattdessen bewegten sich plötzlich ihre Beine und trugen sie fort. Blind lief sie über einen weichen Moosteppich, spürte den Tau auf ihren Füßen. Leise Melodien drangen lieblich an ihr Ohr, und sie hielt inne. Sie versuchte herauszufinden, von wo die Lieder kamen, drehte sich im Kreis und hörte plötzlich … nichts mehr. Langsam versuchte sie die Augen zu öffnen. Tatsächlich, sie gehorchten ihr. Düster war es in dem Wald um sie, aber nicht unheimlich. Ihr Blick fiel auf einen alten Baum, der zwischen vielen anderen dicht vor ihr stand. Der Waldriese zog sie magisch an. Zaghaft ging sie auf ihn zu. Knochig und trocken erschien seine Rinde. Trotzdem war sein Blattwerk saftig grün. Mit den Fingerspitzen fuhr sie über den knorrigen, rauen Stamm. Jede Unebenheit konnte Anna ertasten. Lange Kerben schienen wie vernarbte Wunden Zeugen von Gewalt zu sein. Sie legte eine Wange an den Baum und schloss die Augen.

»Was hat man dir nur angetan?«, flüsterte sie und spürte, wie Tränen in ihren Augen brannten. Mit ihren zarten Händen fuhr sie über die raue Rinde und glaubte, ein Seufzen zu hören. Plötzlich sah sie einen Mann, der mit einer Axt auf den Baum einschlug. Immer tiefer hieb er das Beil in die Rinde.

Anna stand hinter dem Mann und konnte nur dessen Rücken erkennen. Mit jedem Schlag drangen furchtbare Laute aus seiner Kehle. Der Fremde, der ihr unbegreiflich vertraut schien, wurde wütender und schrie mit kraftvoller Stimme: »Ich werde dich und deinesgleichen vernichten. So wahr ich Wilhelm Münzbacher heiße!« Ein unmenschlicher Schrei drohte Annas Herz zu zerreißen.

Es schien, als falle sie. Als sie wieder Boden unter den Füßen spürte, streichelte ein leichter Wind ihr Gesicht. Er brachte Gerüche, die ihr vertraut waren und Erinnerungen wachriefen. Ein Lächeln huschte über ihr Gesicht. Bilder aus Kindertagen liefen vor ihrem geistigen Auge ab. Wo war Clemens? Freudig rief sie seinen Namen, konnte auch seine Stimme hören, die sich dann aber langsam wieder entfernte. Sie versuchte ihr zu folgen, doch unvermittelt stand sie vor einer Feuerwand. Rauch hinderte sie am Atmen. Plötzlich lachte jemand hämisch hinter ihr. Sie drehte sich um und sah in das wutverzerrte Gesicht ihres Mannes. Anna wollte schreien, doch ihre Stimme versagte. Wilhelms Lachen wurde lauter, als er erkannte, dass sie nicht vor ihm fliehen konnte. Er nahm sein Beil, wollte es in ihren zarten Körper schlagen, als etwas gegen seinen Kopf schlug. Er verlor das Gleichgewicht und stürzte nach hinten. Ein Ast, so spitz wie eine Lanze, bohrte sich durch seinen Brustkorb. Ungläubig schien er auf das Stück Holz zu starren, das er aus seinem Fleisch ragen sah. Ungläubig auch der Blick, mit dem er Anna anstarrte, bevor seine Augen brachen.

Abrupt erlosch die Feuerwand, und es wurde taghell. Anna stand auf einer grünen Wiese, schneebedeckte Berge um sie herum. An einem kristallklaren Bergsee sah sie einen jungen Mann, der ihr zuwinkte. Sein Haupt war nach vorn geneigt, wodurch sein Gesicht nicht zu erkennen war. Langsam schritt Anna auf ihn zu. Als sie vor ihm stand, bemerkte sie, dass er etwas in seiner geschlossenen Hand verbarg. Langsam öffnete er die Hand und hob den Kopf. Graublaue Augen blickten Anna liebevoll an. Erstaunt erwiderte sie den Blick und schaute dann auf seine Handfläche. Eine graugrüne Drachenschuppe lag darin. In diesem Moment verschwand die Enge in ihrem Hals, und sie hätte jubilieren wollen. Deutlich sah sie den Mann nun vor sich: »Endlich hast du mir eine Drachenschuppe gebracht!«

»Und du«, fragte er, »hast du die drei fehlenden Worte für dein Lied gefunden?«

Lächelnd nickte sie.

»Ich gehöre dir!«

Glücklich nahm Friedrich sie in die Arme.

Tränen strömten über Annas Wangen. Schluchzend öffnete sie langsam die Augen. Sofort erkannte sie die Hütte des Heilers. Sie hatte also nur geträumt. Alles hatte sich nur in ihrem Traum ereignet. Zitternd versuchte sie aufzustehen, als knochige, dürre Finger sie davon abhielten.

»Warte, ich werde dir helfen. Die Löwin ist nun bereit zu kämpfen!«

Kapitel 18

Lambrecht hatte in der vergangenen Nacht kaum geschlafen, da die Sorge um Johann und Franziska ihm fast den Verstand raubte. Schon sehr früh war er deshalb zu Bonners Haus geritten, um seinen Schwager zu besänftigen. Doch nun starrte er den Bauern nur ungläubig an, da dieser nicht von seiner Meinung ablassen wollte. Lambrecht ahnte, dass jedes weitere Wort zwecklos war und sich das drohende Unheil nur sehr schwer abwenden ließe. Auch Bonner wusste es, wie der dümmliche Ausdruck auf seinem Gesicht verriet. Trotzdem gab der Pfarrer noch nicht auf und versuchte, den Bauern umzustimmen:

»Wenn die Leute den wahren Grund deiner Verleumdung erraten, werden sie das Mädchen freisprechen und dir nie mehr vertrauen.«

»Woher sollten sie es erfahren? Von dir, Lutz? Nur zu! Mittlerweile ist die Geschichte von der bösen Magd sogar über die Grenzen von Hundeshagen hinausgedrungen ...« Bonner lachte hämisch.

»Ja, die Menschen sind dumm und glauben gern Geschichten über Hexen und böse Menschen, damit sie Sündenböcke für ihre Misere haben.«

»Und dies ist die Lösung für meine Sorgen. Mein liebeskranker Sohn wird noch vor Beginn des Herbstes seine rechtmäßige Braut Lisa heiraten, ob er will oder nicht, und wird mir somit eine ansehnliche Mitgift bescheren, sodass ich zum größten Bauern weit und breit werde. Dann bin ich endlich deinen Schatten los!«

»Du armer Wicht! Darum geht es dir also? Dafür opferst du ein unschuldiges Mädchen?«, fragte Lambrecht fassungslos. Sein Herz pochte laut. All seine Gebete schienen vergebens gewesen zu sein, und für Franziska schien es kein Entrinnen zu geben.

»Jetzt übertreibe nicht, mein lieber Schwager. Sie wird nicht geopfert werden wie ein Lamm, das zur Schlachtbank geführt wird. Wenn alles so läuft, wie ich es geplant habe, dann wird es ihr gut gehen, schließlich wird auch sie einen Bräutigam finden. Zwar wird sie nicht mehr in unserer Mitte leben können, sondern mehr ... Ich glaube, ich verrate schon zu viel ...« Bonner sprach nicht weiter, sondern lächelte nur süffisant. Er wollte seinen Schwager klein sehen, klitzeklein und flehend, den ehrenwerten Herrn Pfarrer!

Lambrecht ahnte die Absicht seines Schwagers. Schon seit sie sich kannten, hatte dieser einfältige Mensch versucht, ihn in die Schranken zu weisen. Bonner war neidisch auf den Pfarrer, da er von den Menschen verehrt und respektiert wurde. Er hingegen war in den Augen seiner Umgebung nur ein dummer Bauer, der es mit Schläue und Härte geschafft hatte, sein Erbe zu vervielfachen, was ihn aber nicht intelligenter machte als den Rest der Hundeshagener Bürger. Sein einziger Vorteil war die Verwandtschaft zum Pfarrer von Tastungen durch seine Heirat mit Annerose Lambrecht. Nur dadurch wurde er nicht übersehen und durfte an dem runden Tisch im Gasthaus Platz nehmen.

Lambrecht zog die Stirn in Falten und überlegte. Was meinte Bonner mit seinen Andeutungen, dass Franziska ebenfalls Braut sein würde? Um Zeit zu schinden, ging er zur Anrichte und goss sich einen Krug Bier ein. Unbehagen machte sich in ihm breit. Der Pfarrer fürchtete, dass sein Schwager abrupt das Gespräch beenden und auf direktem Wege nach Duderstadt reiten würde, um beim Amtmann Klage gegen Franziska einzureichen. Das wäre das Ende von Lambrechts Anstrengungen, dem Mädchen zu helfen. Man würde Franziska in Gewahrsam nehmen und im Rathaus in den Kerker sperren, angekettet an die dicke Steinwand, hilflos dem Kerkermeister ausgeliefert. Plötzlich verfinsterte sich sein Gesicht: »Du willst doch wohl nicht das Mädchen dem Henker zur Frau geben?« Der Bauer tat geschockt, zuckte dann aber nur ironisch lächelnd mit den Achseln.

»Ich sagte dir doch, dass sie nicht allein bleiben wird. Reg dich nicht auf, Lutz, es gibt Schlimmeres, als die Frau des Henkers zu werden.«

»Lass davon ab, Casper, lass endlich gut sein! Sie hat nichts getan, um ein solches Schicksal ertragen zu müssen und wie eine Aussätzige aus der Stadt getrieben zu werden. Nein, Casper, das wird dir nicht gelingen …«

»Nun, dann wird sie brennen müssen!«

»Du Scheusal! Was hat dich nur dazu getrieben, ein derart schlechter Mensch zu werden? Hat Satan von dir Besitz ergriffen? Nicht Franziska, sondern du bist schuldig! Was, wenn ich den Spieß umdrehen und den Menschen eine andere Geschichte erzählen würde?«

»Du redest dummes Zeug! Niemand würde sich darauf einlassen, zumal ich Beweise habe, die eindeutig bezeugen, dass sie eine böse Frau ist. Bei dir, mein Lieber, könnte man annehmen, dass sie auch dich verhext hat ...« Der Bauer lächelte siegesgewiss, denn er spürte nur zu deutlich Lambrechts Verzweiflung. Als der Pfarrer antwortete, überschlug sich seine Stimme fast: »Die ›Spruchkörper‹ werden nie und nimmer eine so junge Frau verurteilen. Eine tote Katze und eine dumme alte Köchin werden nicht ausreichen, um sie als Hexe anzuklagen.«

Die Worte hallten im Raum wider, als ob sie von der Höhe einer Kirchenkanzel gepredigt worden wären. Der Bauer schüttelte den Kopf. Er verschränkte die Hände auf dem Rücken und signalisierte mit seiner Körperhaltung, dass er sich seiner Überlegenheit bewusst war.

»Was interessieren mich die gelehrten Juristen? So weit wird es nicht kommen. Der Duderstädter Rat wird sie einsperren lassen und den Schlüssel dem Henker Görtteler aushändigen. Alles Weitere wird sich finden.«

Lambrechts Beine zitterten. Er hielt sich an der Tischkante fest. Es gab keine Zweifel, Bonner hatte alles genauestens geplant.

›O Gott‹, flehte der Pfarrer in Gedanken, ›hilf mir! Sende ein Zeichen.‹ Mit zittriger Hand führte er den Krug zum Mund, derweil der Bauer ihn geringschätzig musterte.

»Nun, ich denke, dass alles gesagt ist, lieber Schwager. Es ist kurz vor Mittag, und ich möchte mich gleich auf den Weg nach Duderstadt machen.«

Plötzlich verdunkelte sich das Zimmer, und ein Donnergrollen war zu hören. Bonner trat an das kleine Fenster der Wohnstube und sah zum Himmel hinauf. Wieder war das Donnern zu hören. Die Wolken zogen rasch vorbei und wurden stetig dunkler und bedrohlicher.

»Sonderbar! Von einem Gewitter war heute Morgen noch nichts zu spüren«, sprach der Bauer mehr zu sich selbst.

»Vielleicht schickt dir unser Herrgott ein Zeichen!«, meinte Lambrecht ernst. Wieder sah Bonner seinen Schwager spöttisch an: »Auf solch einen absurden Gedanken kannst auch nur du kommen. Nun, dann müssen wir die Angelegenheit wohl auf morgen verschieben. Hoffentlich haben die Knechte das Gras bei Wintzingerode schon geschnitten ...«, fügte er nachdenklich hinzu.

Lutz hörte seinem Schwager nicht mehr zu. Wintzingerode! ›Ich danke dir, o Herr‹, dachte der Pfarrer und verließ hastig und ohne Gruß das Zimmer.

»Pass auf, dass du nicht nass wirst. Bis nach Duderstadt ist es weit!«, rief der Bauer dem Pfarrer hämisch lachend hinterher. »Ich werde morgen folgen, dann ist es immer noch früh genug.«

Dicke Regentropfen peitschten dem Pfarrer ins Gesicht. Die Kapuze seines Umhangs wehte im Wind. Der Rest der Kutte klebte ihm nass am Körper. Immer wieder trat er dem Wallach mit den Fersen in die Seite, damit dieser nicht langsamer wurde. Lambrecht kannte den Weg durch den Wald so gut, dass er sich selbst bei Dunkelheit nicht verirren würde. Starker Wind bog die Bäume, sodass sie zu brechen drohten. Laub und einzelne dünne Äste fielen zu Boden, und das Pferd scheute mehrmals. Doch Lambrecht behielt die Nerven und beruhigte seinen Wallach mit leisen Worten. Stetig trieb der Sturm die Wolken wie eine Schafherde vor sich her, genau in die Richtung, in die Lambrecht musste.

›Als würden mir die Wolken den Weg weisen wollen‹, dachte er und dankte seinem Schöpfer erneut dafür, denn für den Pfarrer war der Sturm ein göttliches Zeichen. Das Grollen kam näher, und über Hundeshagen konnte Lambrecht dicke Blitze aufleuchten sehen.

»Hoffentlich verkriechst du dich vor Angst, Casper Bonner. Du wirst nicht gewinnen, dafür werde ich sorgen!«, brüllte Lambrecht in den dichten Regen, der ihm fast die Sicht nahm.

Der Pfarrer wusste, dass der Eichsfelder Grund aus Mergel, Kalk und Lehm bestand. Weichte dieser auf, dann verwandelte er sich in eine zähe, flüssige Masse, die ein Fortkommen fast unmöglich machte. Deshalb ließ er sein Pferd stellenweise nur Schritt gehen. Doch sobald der Boden fester wurde, trieb er den Fuchs zur Eile an. Dann endlich sah er in der Ferne die Umrisse seines Ziels. Burg Bodenstein lag vor ihm.

Lambrecht galoppierte durch das Hahletal, an dem kleinen Ort Wintzingerode vorbei, der wie ausgestorben dalag. Weder Mensch noch Vieh begegneten ihm. Anscheinend hatten sich seine Einwohner aus Angst vor Blitz und Donner in ihren Häusern verschanzt. Das Wasser in den Pfützen spritzte nach allen Seiten, als Lambrecht durch die Gassen der Ortschaft galoppierte.

Während des Ritts wischte sich der Pfarrer immer wieder den Regen aus dem Gesicht. Als er die felsige Bergnase emporblickte, sah er die Burg.

Wie rötliches Laub schimmerten die Ziegel auf dem Dach zwischen dem grünen Blattwerk der Bäume hindurch. Mächtig, aber nicht furchteinflößend, lag sie hoch oben auf dem Bergvorsprung des kleinen Ohmgebirges. Burg Bodenstein mit ihren fünf zur Herrschaft gehörenden Dörfern hatte schon immer eine besondere Rolle auf dem katholischen Eichsfeld gespielt.

Dem Adelsgeschlecht der Freiherren und späteren Grafen von Wintzingerode war es zu verdanken, dass die Burg mit ihren Dörfern stets lutherisch geblieben war. Wegen dieser Treue zum lutherischen Glauben, die sich wie ein roter Faden durch die vielen Generationen von Burgherren zog, hatten auf Bodenstein schon immer Christen Zuflucht und Gemeinschaft gesucht und gefunden.

Das war Lambrecht wieder eingefallen, als Bonner Wintzingerode erwähnt hatte. Manchmal lag die Lösung so nahe, und doch übersah man sie. Eile war angesagt, deshalb trat er seinem erschöpften Pferd noch ein letztes Mal in die Flanke, und es galoppierte zügig die Anhöhe hoch. Erst als er die Burgbrücke erreicht hatte, ließ er seinen Wallach in entspannten Schritt zurückfallen. Zum Glück stand das mächtige Holztor offen, sodass Lambrecht ungehindert zum Stallgebäude reiten konnte. Sogleich kam ein Knecht gelaufen und mit ihm eine Torwache, die sich beide zum Schutz vor dem Regen untergestellt hatten. Sie erkannten den Reiter und nickten stumm zum Gruße. Der Junge nahm dem ehrenwerten Gast die Zügel ab, und Lambrecht glitt aus dem Sattel auf den Boden. Erst jetzt spürte er die Schwere des nassen Umhangs. Der Pfarrer nickte den beiden Männern ebenfalls kurz zu, wandte sich dann zum Hauptgebäude um und lief die Stufen hinauf. Er klopfte nicht an, sondern drückte die Klinke hinunter und trat in den Vorraum. Regenwasser lief über sein Gesicht, und er schüttelte sein Haupt, sodass die Wassertropfen nach rechts und links flogen. Stöhnend ließ er den schweren, nassen Umhang von den Schultern auf den Boden gleiten.

»Mein Herr, was erlaubt Ihr Euch?«, wurde er von dem Bediensteten begrüßt, der ihn nicht sofort zu erkennen schien. Sogleich kam die Hausherrin den Gang entlang und wollte ebenfalls wissen, wer hier ohne Erlaubnis eingedrungen war. Sie wollte gerade die Wache rufen, als sie den Pfarrer erkannte.

»Herr Pfarrer, seid Ihr es?«, fragte sie. Dieser nickte nur und blies einen Wassertropfen von seiner Nasenspitze.

»Ach du großer Heiland, was hat Euch bewogen, bei solch

einem Wetter vor die Türe zu gehen? Gustav, gib dem Herrn Pfarrer ein Handtuch und trockene Sachen. Herr Pfarrer, folgt ihm und kommt dann in die Stube. Dort wird Euch ein wärmendes Feuer und heißer Würzwein erwarten.«

Bislang hatte Lambrecht kein Wort gesprochen, und die Freifrau von Wintzingerode schien auch nicht darauf zu warten, denn sie drehte sich auf dem Absatz um und ging mit wehendem Gewand in die Küche, um Anweisungen zu erteilen. Lambrecht sah zu dem Bediensteten, der lächelnd mit den Schultern zuckte und mit der Hand den Weg wies.

»Bitte hier entlang, Herr Pfarrer!«

Lambrecht folgte nur zu gern, da sich allmählich eine feuchte Kälte in seinem Körper auszubreiten begann.

Als Lambrecht in der Stube erschien, kniete sein junger Freund Freiherr Adolph Ernst von Wintzingerode vor dem Kamin und versuchte, mit stetigem Pusten das glimmende Feuer zu entfachen. Nur kurz wandte er sich beim Öffnen der Tür dem Gast zu und erklärte: »Die dicken Mauern kühlen schnell aus, weshalb auch in den Sommermonaten ein Feuer brennen muss. Doch es gibt Menschen, die sind zu dumm, ein anständiges Feuer zu entfachen.«

Dann erhob er sich und musterte freundlich lächelnd sein Gegenüber: »Ihr habt zugenommen, mein Lieber. Unter Eurem Talar könnt Ihr Euren Bauch verstecken, aber in Hemd und Hose kommt er besonders gut zur Geltung.«

Empört zog Lambrecht das Leinenhemd glatt und meinte: »Ja, auch Euch Gott zum Gruße, Adolph!«

Im selben Moment erschien Freifrau Hedwig mit einem Becher heißen Würzweins in der Hand.

»Hier, Herr Pfarrer, damit Ihr keine Erkältung bekommt. Wie ein struppiger Köter stand er in der Eingangshalle, Adolph, nur dass man selbst solch einen bei diesem Wetter nicht vor die Türe jagt. Habt Ihr Euch verirrt, Herr Pfarrer?«

Um nicht sofort antworten zu müssen, trank Lambrecht einige Schlucke des wärmenden Getränks. Der Pfarrer war über zwanzig Jahre älter als der Adlige von Wintzingerode. Doch beide verband eine tiefe Freundschaft. Vor mehr als fünfzehn Jahren hatte der junge Adolph Ernst von Wintzingerode Lutz Lambrecht das Leben gerettet. Dieser war im Wald bei einem Reitausflug vom Pferd gefallen, einen Abhang hinuntergerollt und besinnungslos mit dem Gesicht in einem Bach liegen geblieben. Lambrecht wäre ertrunken, hätte nicht der Elfjährige unter Aufbringung all seiner Kräfte den Kopf des Mannes über Wasser gehalten, bis die Retter nahten. Seitdem waren sie Freunde, unabhängig von Alter und Stand. Lambrecht hatte den Freiherrn und seine Frau Hedwig von Veltheim getraut und würde sicher auch ihre Kinder taufen.

Die Kälte schwand aus Lambrechts Körper, und er entspannte sich. Hedwig von Wintzingerode redete immer noch, fragte etwas, wartete aber die Antwort nicht ab, sondern lief geschäftig im Zimmer umher. Lambrecht sah fragend seinen Freund an. Zwar sagte Hedwig schon immer, was sie dachte, und selbst vor dem Pfarrer hielt sie ihre Meinung nicht zurück. Lambrecht schätzte dies, aber heute wirkte sie doch sehr überschwänglich. Ihr Mund stand einfach nicht still.

»Hat Gustav nichts Passendes gefunden? Die Garnitur ist Euch doch viel zu klein, Herr Pfarrer! Nicht nur die Beinlänge ist zu kurz, auch Euer Wanst sitzt eingeengt. Wartet, ich werde selbst nachsehen …«

»Danke, Freifrau von Wintzingerode, es ist gut so, schließlich kann ich nicht ewig bleiben. Gustav versucht, meine Sachen in der Küche zu trocknen.«

»Was heißt das schon wieder? Könnt oder wollt Ihr nicht bei

uns bleiben? Bei diesem Regen kann man unmöglich wieder hinauswollen. Es sieht wirklich nicht so aus, als ob sich das Wetter heute noch einmal ändern würde.« Besorgt wies sie zu den grünen Butzenfenstern, die jedoch auch bei Sonnenlicht nur wenig Helligkeit hindurchließen. Deshalb brannten im Raum auch mehrere Kerzen und heute sogar die im großen Kerzenhalter an der Decke.

Adolph Ernst von Wintzingerode hatte seiner Frau belustigt zugehört und seinen Freund schmunzelnd beobachtet.

»Lass gut sein, meine Liebe, der arme Lutz kommt überhaupt nicht dazu, in Ruhe seinen Wein zu trinken. Vielleicht kannst du uns etwas Schmackhaftes zu Essen zubereiten lassen? Das wäre doch sicher auch in Eurem Interesse, Lutz?«

»Ja, es würde meinem Wanst sicher guttun, wenn er etwas Warmes zu essen bekäme«, meinte Lambrecht spöttisch und zeigte auf seinen Bauch.

»Nun gut, dann werde ich mich auf meine Gastfreundlichkeit besinnen und in die Küche gehen.«

Als die Tür sich hinter der Freifrau schloss, atmeten beide Männer hörbar aus.

»Sie ist heute sehr gesprächig!«

»Sie ist guter Hoffnung, vielleicht liegt es daran. Ihr wisst es aber nicht von mir!«

Lachend beglückwünschte der Pfarrer seinen Freund. Doch dann fragte der Freiherr: »Was ist passiert, Lutz?«

»Ihr kennt mich gut, Adolph ...«

»Ja, das stimmt, mein Freund! Die Falte zwischen Euren müden Augen kommt nur zum Vorschein, wenn etwas geschehen ist, das Euch den Schlaf raubt.«

Lambrecht, der an die Rückenlehne des wuchtigen Holzstuhls gelehnt stand, ging näher ans Feuer heran. Die Kaminöffnung war fast mannshoch, und so stützte er sich mit der einen Hand an dem Sims über seinem Kopf ab. In der anderen hielt er noch immer den Becher, doch der Wein war mittlerweile kalt und schmeckte bitter, weshalb er ihn auf dem Sims abstellte.

»Etwas Schreckliches wird passieren, Adolph, und selbst ich als Pfarrer kann es nicht verhindern. Ich weiß mir keinen Rat mehr. Deshalb bin ich hier. Ich brauche Eure Hilfe … Sie braucht Eure Hilfe. Ihr müsst Eure Macht und Stellung nutzen, um ein Menschenleben zu retten …«

»Seid Ihr in Schwierigkeiten, Lutz?« Mit großen Augen sah Adolph seinen Freund an. Als Lambrecht verstand, was sein Freund von ihm dachte, verengten sich seine Augen.

»Ihr kennt mich anscheinend doch nicht. Wie könnt Ihr nur so etwas für möglich halten?«

»Nun ja«, verteidigte sich der Freund beschämt, »wenn Ihr in Rätseln sprecht, dann müsst Ihr mir diese Annahme zugestehen. Erzählt endlich, um was es geht. Welches Menschenleben soll ich retten? Jedenfalls scheint es Euch sehr wichtig zu sein, sonst würdet Ihr nicht bei diesem Wetter nach Bodenstein kommen.«

»Jedes Menschenleben ist es wert, gerettet zu werden …«

»Entschuldigt! Ja, Ihr habt Recht, also, wer ist sie? Ist sie krank?«

Lambrecht drehte sich um und erzählte die Geschichte seines Neffen und dessen Liebe zu Franziska. Tränen der Erschöpfung, der Wut und der Angst brannten in seinen Augen. Doch dann wurde er lauter und sprach mit Nachdruck.

»… und wenn sie in Duderstadt in Gewahrsam genommen wird, ist das ihr Untergang. Ihr, als Freiherr von Wintzingerode, müsst sie in Verwahrung nehmen. Hier auf Bodenstein …«

Der Freiherr war auf und ab gegangen und hatte aufmerksam zugehört, doch als er die Bitte des Freundes vernahm, blieb er abrupt stehen und sah ihn zweifelnd an.

»Das kann nicht Euer Ernst sein, Lutz. Ich kann mich doch nicht gegen Duderstadt stellen. Ich hätte wahrscheinlich sämtliche Gerichtsleute gegen mich. Außerdem eine Hexe ... Nein Lutz, das ist mir zu unheimlich!«

Als Adolph den verständnislosen Blick seines Freundes sah, fügte er hinzu: »Wäre sie des Diebstahls angeklagt oder gar des Mordes, dann hätte ich keine Bedenken, sie auf der Burg ins Verlies zu stecken. Aber eine böse Frau ... Wenn das bekannt wird, dann könnte das schwerwiegende Folgen für die Familie von Wintzingerode haben. Auch wäre ich meine Bediensteten los, und selbst meine Gattin würde sicherlich die Burg verlassen wollen. Bedenkt bitte ihren Zustand! Wenn dem Kind etwas passiert, dann wird man dem Mädchen die Schuld dafür geben. Nein, Lutz, bei aller Liebe zu unserer Freundschaft, Ihr verlangt zu viel. Auch mir wäre nicht wohl zumute, solch eine Person unter meinem Dach zu wissen.«

Lambrecht war fassungslos. Mit dieser Gegenrede hatte er wahrlich nicht gerechnet. Da er an Franziskas Unschuld glaubte, war er davon ausgegangen, dass sein Freund Adolph ebenfalls so denken würde. Erneut versuchte er, den Freiherrn zu überzeugen.

»Ich bitte Euch, Adolph, ich kenne das Mädchen. Sie ist weder böse noch eine Hexe. Sie ist so unschuldig wie jede andere Frau auf der Burg.«

Doch Adolph Ernst von Wintzingerode äußerte sofort weitere Bedenken: »Wenn die Leute hören, dass ich hier auf der Burg einer angeklagten Hexe Unterschlupf gewähre, werden sie mich höchstwahrscheinlich ebenfalls anklagen. Doch auch wenn ich zustimmen würde, so einfach, wie Ihr Euch das vorstellt, geht das nicht, Lutz. Auch ich muss Vorschriften beachten. Wenn ich mich gegen die Anordnung von Duderstadt stellen würde, dann müsste ich das zuerst mit dem Senior der Familie von Wintzingerode besprechen. Schließlich müssen wir bedenken, welchen Schaden unser Geschlecht nehmen könnte und wie wir dem entgegentreten könnten.«

Lambrecht versuchte weiter zu argumentieren.

»Aber die Freiherrn von Wintzingerode haben landesherrliche Rechte, worunter auch die Hohe Gerichtsbarkeit mit dem Blutbann fällt.«

»Natürlich haben wir die Gerichtsbarkeit über Leben und Tod, aber nur bei unseren Untertanen. Nicht über alle Eichsfelder, Lutz, und ganz bestimmt nicht über die Duderstädter!«

»Das Mädchen lebte und arbeitete zuletzt auf dem Eichsfeld, in Hundeshagen. Ich habe sie erst gestern von dort weggebracht, weil ich glaubte, dass sie in Duderstadt sicherer sei. Adolph, Ihr sollt sie weder anklagen noch richten, sondern nur hier auf Bodenstein in Haft nehmen, um sie zu schützen. Bleibt sie in Duderstadt, wird sie ganz sicher Schaden nehmen. Mein Schwager wird es in jedem Fall schaffen, sie vor Gericht zu bringen. Er wird schlimmste Lügen vortragen, damit der Amtmann nicht umhinkann, sie der Hexerei anzuklagen. Deshalb muss sie so lange hier auf Bodenstein bleiben, bis die Spruchkörper in Mainz sie freigesprochen haben. Sie darf auf keinen Fall nach Duderstadt in den Kerker kommen, sonst ist sie verloren. Bonner wird mit Sicherheit jede Menge Goldstücke bezahlen, damit seine hinterhältigen Pläne wahr werden. Auch ist Franziska in Duderstadt deshalb in großer Gefahr, weil es des Öfteren vorkommt, dass die Henker sich an den Gefangenen vergehen. Ist eine Frau aber der Hexerei angeklagt, braucht ihr Scharfrichter nur zu bezeugen, dass er von der Angeklagten verführt wurde. Wer würde sich da gegen ihn stellen wollen? Sie würden auf das alte Stadtrecht zurückgreifen, das zur Strafe für Unzucht einen Tanz mit dem Henker vorschreibt, denn Casper Bonner hat beschlossen, dass Franziska den Henker heiraten wird. Adolph, dann wird das Mädchen aus der Stadt getrieben, und sie wird ein Leben mit einem ehrlosen Mann am Rande der Stadt fristen müssen. Ihre Kinder wären von Geburt an ohne Rechte, würden zwischen Bordellwirten, Zuhältern und Aussätzigen aufwachsen.«

Erschöpft fuhr sich Lambrecht über das Gesicht. Er sah um Jahre gealtert aus. Müde fuhr er fort: »Franziska ist so jung und unschuldig. Dass sie meinen Patensohn nicht heiraten kann, ist Strafe genug ... für beide. Aber dass sie noch solch weiteres Leid erdulden soll, weil ein heimtückischer und dummer Mensch wie mein Schwager sich in den Kopf gesetzt hat, Richter zu spielen ... Das dürfen wir nicht zulassen!«

Die beiden Männer hatten sich in den schweren Holzstühlen vor dem Feuer nach vorn gelehnt und verfielen in Schweigen. Beide hatten ihre Unterarme auf den Knien abgestützt und die Hände gefaltet. Lambrecht brauchte seinen Freund nicht anzusehen, um zu wissen, dass Adolph Ernst von Wintzingerode mit sich haderte. Schließlich fragte Lambrecht: »Falls Ihr mit dem Senior über meine Angelegenheit sprecht, wann würde das geschehen?«

»Nun, Heinrich weilt mit seiner Frau Mechthild von Linsingen in Bayern. Er vertritt dort unsere Familie in geschäftlichen Dingen und wird erst Ende nächster Woche zurückerwartet.«

Lambrecht stöhnte auf: »Dann wird es zu spät sein.«

Der Geistliche hatte plötzlich alle Hoffnung verloren. Beide Männer starrten in die Flammen. Für den einen schien es beinahe schon unmöglich, dass das Mädchen gerettet werden konnte, währenddessen der andere im Inneren einen Kampf mit sich selbst ausfocht. Der Rauch des Feuers brannte in Lambrechts Augen. Als er sich vom Kamin abwandte, fiel sein Blick auf die steinerne Wand neben ihm. Er zuckte leicht zusammen, als er erneut ein göttliches Zeichen zu sehen glaubte. Er dankte seinem Schöpfer leise, um dann mit fester Stimme zu erklären: »Adolph Ernst, Ihr und Eure Familie, Ihr wisst doch am ehesten, wie es ist, wenn man für etwas bezahlen muss, das man nicht getan hat ...«

Der Blick des Pfarrers schweifte wieder zur Wand zu seiner Rechten, wo das lebensgroße Porträt eines Mannes hing. Der

Freiherr folgte seinem Blick. Doch bevor er etwas erwidern konnte, ging die Tür auf und Freifrau Hedwig betrat den Raum, gefolgt von zwei Mägden.

»So, meine Lieben, ich hoffe, es wird euch munden«, erklärte sie fröhlich. Als sie jedoch die angespannte Stimmung im Raum spürte, scheuchte sie die Mägde mit ungeduldiger Geste wieder hinaus und sah die beiden Männer fragend an. Merkwürdige Stille herrschte zwischen ihnen. Sekunden später, die wie eine Ewigkeit schienen, forderte Adolph Ernst von Wintzingerode seinen Gesprächspartner auf: »Esst, mein Freund. Ihr werdet Euch stärken müssen, denn der Weg nach Duderstadt und zurück auf die Burg wird anstrengend werden ...«

An seine Frau gewandt, sprach er: »Hedwig, ich werde dir später alles erklären, denn es gibt viel zu tun. Doch jetzt lass Lutz in Ruhe sein Mahl zu sich nehmen. Bitte, meine Liebe, sieh zu, dass seine Kleidung trocken ist, wenn er uns gleich wieder verlässt.«

Ohne ein weiteres Wort ging seine Frau hinaus. Adolph Ernst wies einladend zu dem Mahl auf dem Tisch und forderte Lambrecht auf: »Nun greift zu, damit Ihr mir nicht vom Pferd fallt. Ich werde zwischenzeitlich alles für das Mädchen vorbereiten. Allerdings werde ich sie wie eine Gefangene behandeln und im Kerker einsperren lassen.«

»Mehr habe ich nicht verlangt, Adolph. Ich danke Euch, mein Freund!«

»Dankt nicht mir, Lutz, sondern ihm!«, meinte der Freiherr und wies auf das Porträt.

Kapitel 19

Seit seine Schwester Anna in Erfurt weilte, versuchte Clemens, ihrem Mann aus dem Weg zu gehen. Das bereitete ihm auch keine große Mühe, da Münzbacher sich kaum blicken ließ. Niemand auf dem Gestüt wusste, wo er sich herumtrieb. Im Grunde interessierte es auch keinen, hatte er doch die Eigenschaft, Unruhe und schlechte Laune zu verbreiten.

War er nicht auf dem Hof, so war die Stimmung unter den Mägden und Knechten fröhlich. Ahnte das Gesinde jedoch Münzbachers Anwesenheit, verstummten die Gespräche, und die Gesichtszüge der Menschen auf dem Gestüt verhärteten sich. Auch wenn jeder gewissenhaft seine Arbeiten verrichtete, fand der Herr stets einen Grund, damit nicht zufrieden zu sein. Oft fluchte er grundlos über die Knechte und warf den Mägden hässliche Bemerkungen an den Kopf.

Clemens hingegen kam mit jedem zurecht und hatte immer ein nettes Wort auf den Lippen. Obwohl er erst neunzehn Jahre alt war, achtete das Gesinde ihn als jungen Herrn.

Heute sollten die einjährigen Fohlen zusammengetrieben werden, die der Pferdehändler Rehmringer gekauft und auch schon bezahlt hatte. Clemens und einige Knechte versuchten in einer Herde von über fünfzig Pferden die Einjährigen zu trennen. Doch immer wieder gelang es den wilden Fohlen auszubrechen und in alle Richtungen zu laufen.

›Zum Glück ist der Boden trocken, sonst würden sie erheblichen Schaden auf der Koppel anrichten‹, dachte Clemens außer Atem vom schnellen Laufen.

Kaum hatten sie die Herde in eine Ecke gedrängt, schaffte es stets ein Pferd aufs Neue, an den Knechten vorbeizupreschen, und sogleich folgten die übrigen. So ging es fast zwei Stunden lang. Erschöpft ließen sich die Männer ins Gras fallen. Die Kleidung klebte ihnen an den verschwitzten Körpern und die Zunge am Gaumen. Mägde mit Wasserkrügen kamen lachend zu ihnen gelaufen und erlösten sie von ihrem Durst.

Auch Clemens lag atemlos auf der Weide. Dankend nahm er einen Becher mit klarem Wasser an. Mit dem Handrücken wischte er sich die Tropfen von den Lippen.

»Heinrich muss her!«, sagte er zu den anderen.

»Er ist doch viel zu alt, um hinter den Gäulen herzulaufen. Heinrich bricht womöglich zusammen und stirbt uns auf dem Feld«, meinte einer der Knechte zweifelnd.

»Paul, du Dummkopf! Heinrich soll die Pferde nicht jagen, sondern er hat die meiste Erfahrung und wird wissen, wie wir es anstellen können, die Fohlen aus der Herde zu sortieren. Ich wollte ihn bereits heute Morgen fragen, aber er war nicht in seiner Kammer.«

»Jetzt, da du es erwähnst, Clemens, fällt mir auf, dass ich ihn schon länger nicht mehr gesehen habe. Auch zum Abendbrot und zum Frühstück ist er nicht erschienen ...«

»Wollte er nicht in den Wald, um die Bäume zu markieren, die geschlagen werden sollen?«

»Ja, ich kann mich daran erinnern, wie Münzbacher ihm den Auftrag dazu gab. Ich glaube es war vorgestern, als ich die beiden zusammen gesehen habe.«

Clemens überlegte, wann er zuletzt mit Heinrich gesprochen hatte.

›Das muss ebenfalls vorgestern gewesen sein‹, dachte er. Nun fiel ihm ein, dass Heinrich ihn dringend sprechen wollte, aber da Clemens mit dem Verkauf der Pferde und den Formalitäten beschäftigt gewesen war, hatte er ihn auf einen späteren Zeitpunkt vertröstet. Doch dann hatte er es einfach vergessen.

Erst jetzt kam Clemens in den Sinn, dass der alte Knecht ziemlich aufgewühlt gewirkt hatte.

›Vielleicht gab es Streit mit seiner Tochter Bärbel‹, dachte Clemens. Laut sagte er: »Elsbeth, schau noch mal bei Heinrich in der Kammer nach, und wenn er nicht da ist, dann lauf zu seiner Tochter. Vielleicht ist er dort.«

Sogleich machte sich das Mädchen auf den Weg.

Nachdem sich die Knechte verschnauft hatten, machten sie sich wieder an die Arbeit. Endlich hatte man acht Fohlen von den übrigen Pferden getrennt und sie auf eine andere Koppel gesperrt, wo sie unruhig hin und her liefen.

Da kam Elsbeth aufgeregt zu Clemens gelaufen und teilte ihm mit, dass Bärbel ihren Vater ebenfalls seit zwei Tagen nicht mehr gesehen hatte.

»Das sei zwar ungewöhnlich, da der Vater sonst jeden Abend vorbeikäme. Aber da Bärbel wusste, dass die Pferde verkauft werden sollten, hatte sie geglaubt, dass er zu viel Arbeit hatte und deshalb abends zu erschöpft sei. Schließlich ist er nicht mehr der Jüngste.«

Grübelnd hatte Clemens ihr zugehört.

»Weiß jemand, in welchem Waldstück Münzbacher Bäume schlagen wollte?« Ein jeder zuckte mit den Achseln.

»Peter, suche Münzbacher und frage ihn, wann er Heinrich das letzte Mal gesehen hat und in welchem Waldabschnitt er Bäume anzeichnen sollte. Dann kommst du sofort zurück und teilst es mir mit. Um die restlichen Pferde werden wir uns morgen kümmern.«

Alle nickten und gingen zurück zum Hof. Clemens beschlich ein ungutes Gefühl, und er hoffte, dass er sich irrte.

Man fand Heinrichs Leiche unter einem Baum in dem Waldstück, das Münzbacher ihnen genannt hatte.

Dem Zustand der Leiche nach zu schließen, schien der Knecht schon seit zwei Tagen dort zu liegen. Allem Anschein nach musste ein Baum, der beim letzten Fällen bereits angeschlagen worden war, genau in dem Moment umgefallen sein, als Heinrich daruntergestanden hatte.

Besonders tragisch war, dass Heinrich wohl nicht sofort tot gewesen war, da Kratzspuren im Waldboden auf einen Todeskampf hindeuteten.

Clemens war wie betäubt. Es schmerzte ihn ungemein, dass sein väterlicher Freund derart hatte leiden müssen. Außerdem konnte er nicht nachvollziehen, wie so ein Unglück hatte passieren können und warum niemand den alten Knecht vermisst hatte.

Das Gesinde des Gestüts trauerte um Heinrich, denn für viele war er mehr als nur ein Knecht gewesen. Die gute Laune unter den Mägden und Knechten war mit einem Mal wie fortgeblasen, und schweigend und bedrückt gingen alle ihrer Arbeit nach.

Das Einzige, was Clemens für den treuen Mann noch tun konnte, war, ihm ein anständiges Begräbnis auszurichten. Doch Münzbacher versuchte das zu verhindern.

»Das ist rausgeschmissenes Geld. Er war nur ein alter, dummer Knecht und sonst nichts – ohne Rang und Titel. Und du willst ihm ein herrschaftliches Begräbnis bezahlen? Das ist ja lächerlich!«

Aufgebracht verteidigte Clemens sein Vorhaben.

»Wage es nicht, so über Heinrich zu sprechen! Er war ein treuer, ehrlicher Knecht, auf den ich mich stets verlassen konnte. Außerdem … in Rang und Titel stand er über dir.«

Der Schwager wusste, wie Clemens' Äußerung gemeint war, und gab zynisch zurück: »Das hättest du wohl gern! Der Alte kostete nur Geld und brachte keine Leistung mehr. Nun hat die Natur das von allein gelöst, und dafür bin ich dankbar.«

Clemens musste sich beherrschen, um Münzbacher nicht an die Gurgel zu gehen. Stattdessen erklärte er mit entschiedener Stimme: »Heinrich bekommt ein anständiges Begräbnis und die

Trauergemeinde einen ordentlichen Leichenschmaus. Er war beliebt. Da kommen sicher viele seiner Bekannten aus Dingelstedt, um von ihm Abschied zu nehmen.«

Das Gesicht seines Schwagers wechselte die Farbe, er sagte jedoch kein weiteres Wort mehr. Clemens sah ihn triumphierend an. Münzbacher ließ ihn gewähren und dachte bei sich: ›Von mir aus kannst du die ganze Stadt zum Leichenschmaus einladen. Das war mir der angesägte Baum wert!‹

Kapitel 20

Adolph Ernst von Wintzingerode saß, noch lange nachdem sich sein Freund Lutz Lambrecht auf den Weg nach Duderstadt gemacht hatte, vor dem Feuer und stocherte mit dem Schürhaken in der Glut.

Er hatte dem Pfarrer sein bestes Pferd im Stall überlassen, da Lambrechts Wallach noch sehr erschöpft von dem harten Ritt gewesen war und niemals die Strecke nach Duderstadt und zurück geschafft hätte. Der schwarze Hengst des Freiherrn war ein kräftiges, außergewöhnlich schönes Ross und würde den langen Ritt mit Leichtigkeit bewältigen.

Seine Frau Hedwig war damit beschäftigt, das Verlies so herzurichten, dass das Mädchen ein wenig Behaglichkeit vorfände. Zwar war es tief in der Erde, und ohne Hilfe würde Franziska nie wieder dort herauskommen, aber sie musste sich nicht fürchten, da man sie weder gänzlich im Dunkeln noch angekettet dort unten zurücklassen würde.

Adolph wusste, dass er sich auf seine Frau verlassen konnte, obwohl ihr Gesicht sehr erschrocken gewirkt hatte, als er ihr von der drohenden Anklage gegen Franziska erzählt hatte. Zuerst hatte sie sich geweigert und gedroht, sofort die Burg zu verlassen, wenn ihr Mann der Hexe Unterschlupf gewähren würde. Adolph hatte das befürchtet und sich schon im Vorfeld reichlich Argumente zurechtgelegt, die sie überzeugen sollten, dass er das Richtige tat. Als er spürte, dass seine Frau seinen Entschluss zwar noch nicht restlos billigte, aber auch nicht mehr völlig dagegen war, hatte er sie zu sich auf den Schoß gezogen und ihr die Geschichte seines Vorfahren auf dem Porträt an der Wand neben ihm erzählt.

Noch immer skeptisch, aber nicht mehr verängstigt, hatte Hedwig zugestimmt, wenigstens abzuwarten, bis das Mädchen mit dem Pfarrer auf der Burg angekommen war. Erst bei ihrem Anblick wollte sie entscheiden, ob sie die Burg verlassen würde.

So hatte sie Anweisung gegeben, das Verlies mit frischen Kräutern auszulegen und eine Decke hinunterzubringen.

Adolph Ernst legte den Schürhaken zur Seite und überlegte. Seine Gefühle verwirrten ihn. Zwar vertraute er dem langjährigen Freund, dass das Mädchen unschuldig war, aber dennoch wollte er sich nicht so recht darüber freuen, dass er in dieser schwierigen Lage helfen konnte. Das es sich bei Franziska aber nicht um eine Hexe handeln konnte, stand für ihn außer Frage.

Seufzend füllte sich der Freiherr den Becher mit dem schweren italienischen Wein, der erst vor einigen Tagen aus der Toskana eingetroffen war. Dieser Trunk beruhigte seine Nerven etwas. Er war angespannt, da er nicht abschätzen konnte, worauf er sich mit diesem Freundschaftsdienst einließ und welche Folgen dies für ihn und die Seinigen haben würde. Allerdings erinnerte er sich, dass schon einmal auf der Burg eine angebliche Hexe in Gewahrsam genommen worden war, die aber seines Großvaters Vetter ersten Grades nach kurzem Prozess wieder freigelassen hatte.

Adolph Ernst sah zu dem Porträt ebenjenes Vetters an der

Wand. Stolz schienen dessen Augen auf den Ahnen herabzublicken, aber auch eine gewisse Härte lag in ihnen. Das war nicht weiter verwunderlich, hatte er doch ein abenteuerliches Leben geführt und war in dessen Verlauf in so manch brenzlige Lage geraten. Er war in jeder Hinsicht ein ungewöhnlicher Mensch gewesen, und so passte auch die Spukgeschichte, die man sich über ihn erzählte, zu ihm.

Adolph Ernst lächelte in sich hinein, als er sich vorstellte, wie der Vorfahre des nächtens aus seinem Bild trat und ungebetene Gäste erst aus dem Bett und dann die Treppe hinunterwarf. Des Öfteren soll er dabei auch noch sein eigenes Bild von der Wand geschleudert haben, was man nun aber durch eine solide Befestigung zu verhindern wusste.

Schmunzelnd sah der junge Adelige zum Porträt seines Vorfahren und prostete ihm zu.

»Auf dich, Berthold. Auf dass du das gutheißt, was ich im Gedenken an dich tun werde.«

Wieder einmal bedauerte er es, dass er Berthold von Wintzingerode nicht selbst kennengelernt hatte.

Den Geschichten seiner Eltern und seines Großvaters zufolge und auch gemäß den Legenden, die man sich in der Region über ihn erzählte, musste Ritter Berthold von Wintzingerode in jeder Hinsicht ein außergewöhnlicher Mann gewesen sein.

Adolph Ernst wusste, dass sein Ahne in katholischen Aufzeichnungen meist in den schwärzesten Farben dargestellt und von den Geschichtsschreibern als Aufrührer, Raubritter, Totschläger und Unterdrücker betitelt wurde. Was zum Teil auch stimmen mochte, da er zeitweise große Truppen unterhielt, mit denen er in Kriegs- und Rüstungszeiten spekulierte und so erhebliche Summen einnahm. Auch wurde ihm während seiner Söldnerzeit ein gewisser Hang zur Grobheit nachgesagt, weswegen er sogar bei den lutherischen Fürsten nicht gerade beliebt gewesen sein soll. Hinzu kamen ein unduldsamer Charakter sowie eine jähzornige, unerbittliche Wesensart, was ihm nicht immer förderlich gewesen war.

Doch durch eigene und auch einige fremde Zeugnisse wurde bekannt, dass Ritter Berthold sich sehr fürsorglich um seine Familie und Untergebenen kümmerte und zudem um jeden Preis seine politische und religiöse Freiheit behaupten wollte. Vor allem hatte er den Ruf, ein gerechter Lehnsherr gewesen zu sein, der Gnade hatte walten lassen, wo andere härter durchgegriffen hätten.

Aber diese Großzügigkeit und auch sein unbändiger Jähzorn waren später der Grund, warum er als Siebzigjähriger vor Gericht stand.

Burg Bodenstein, 1572. Zweimal schon hatte Berthold von Wintzingerode den Förster Arnold Geilhaus dabei ertappt, wie er in den Wäldern von Bodenstein dem Wild nachstellte, obwohl er dazu keine Berechtigung hatte. Wegen des wiederholten Forstfrevels hatte Berthold ihn nun zu einem halben Jahr Gefängnis im Verlies von Burg Bodenstein verurteilt. Von Rechts wegen hätte er ihn hängen lassen können, zumal Geilhaus weithin als Unruhestifter bekannt war. Als die Haftzeit um war, ermahnte der Freiherr den Übeltäter, sich zu bessern, da ihm sonst tatsächlich der Strick drohte, und schickte ihn zurück zu seiner Familie. Als Geilhaus bei Frau und Kind ankam, war sein kleiner Sohn gestorben, und sein Weib lag schwer krank darnieder. Zwar litt seine Familie an der gleichen Krankheit, die bereits das halbe Dorf dahingerafft hatte, doch Geilhaus gab den verhassten Bodensteinern die Schuld an seinem Unglück.

Zur gleichen Zeit plagten Berthold von Wintzingerode große Sorgen. Dem katholischen Kurfürsten Daniel Brendel von Homburg in Mainz war die lutherische Burg Bodenstein mit den lutherischen Lehnsherren ein Dorn im Auge, und er wollte das Eichsfeld am Rande des Thüringer Beckens durch katholische

Priester und Jesuiten gegenreformieren lassen. Die gesamte Region sollte wieder katholisch werden, und man war sich gewiss, würde der Freiherr von Burg Bodenstein samt Gefolge zum katholischen Glauben übertreten, so würden die übrigen Ritter ohne zu zagen ebenfalls von ihrem lutherischen Bekenntnis ablassen.

Doch Berthold von Wintzingerode zeichnete nicht nur Stolz aus, sondern auch ein fester Wille. Selbst für viel Geld hätte er niemals seinen lutherischen Glauben verkauft. So ließ er sich trotz aller Versprechungen des Kurfürsten und trotz vieler Verleumdungen gegen ihn nicht umstimmen. Als man in Mainz einsehen musste, dass Berthold von Wintzingerode unbestechlich war, überzeugten seine Berater den Kurfürsten, die Burg mit Gewalt zu nehmen. Wenn nötig, war man sogar bereit, Burg Bodenstein in Schutt und Asche zu legen.

Arnold Geilhaus indessen wollte Rache für sein totes Kind. Und so gingen bald mehrere Besitztümer der von Wintzingerodes in Flammen auf. Schnell war der Feuerteufel ausgemacht, und Berthold von Wintzingerode wollte Geilhaus gefangen nehmen. Da dessen Brotherr aber Bertholds Cousin, Hans von Wintzingerode, war und Geilhaus auf dessen Grund und Boden lebte, hatte der Ritter hier keine Gerichtsbarkeit. So fühlte sich Geilhaus in seinem Haus sicher. Er hatte sich hinter dem Fenster verschanzt, stieß wüste Drohungen gegen Berthold und die Seinen aus und richtete das Gewehr auf sie. Doch mit Gewalt gelang es, Geilhaus herauszuholen, und damit er nicht fliehen konnte, drückte Berthold ihn mit seinem Pferd gegen die Hauswand. Aber plötzlich löste sich ein Schuss, und der Übeltäter brach schwer verletzt zusammen. Geilhaus starb, ohne das Geständnis abzulegen, dass er es war, der die Höfe angezündet hatte. Doch zahlreiche Beweise in seinem Haus gaben davon Zeugnis, und keinem der Anwesenden war in den Sinn gekommen, dass der Ritter zu Wintzingerode ungerecht gehandelt hätte.

Zur gleichen Zeit sah Berthold von Wintzingerode sich zusehends massiveren Drohungen des Mainzer Kurfürsten gegenüber, und der Erhalt des lutherischen Glaubens wurde immer fragwürdiger. Wiederholte Male versuchten fremde Adelige und auch Blutsverwandte, Burg Bodenstein zu erobern und Berthold zu entmachten.

Jahre des Kampfes und der Intrigen folgten, aber Berthold und seine Getreuen blieben standhaft und verteidigten nicht nur die Burg, sondern auch den lutherischen Glauben.

Doch in der Nacht vom 29. auf den 30. Juni rückte der neue Oberamtmann des Eichsfeldes, Lippold von Stralendorff, mit zweitausend Mann vor den Bodenstein, nahm ihn ein und schaffte Berthold und sechzehn seiner Landsknechte ins Gefängnis nach Heiligenstadt. Um seine Befreiung zu verhindern, wurde Berthold von Heiligenstadt auf die Festung Steinheim am Main und schließlich nach Mainz gebracht, wo ihm der Prozess gemacht werden sollte.

Da man ihn nicht wegen seines Festhaltens am lutherischen Glauben anklagen konnte und der Kurfürst zudem befürchtete, die gesamte Eichsfelder Ritterschaft gegen sich aufzubringen, beschuldigte man Berthold des Mordes an Arnold Geilhaus.

Und so kam es, dass er in einem Scheinprozess schuldig gesprochen und zum Tode verurteilt wurde.

Zuvor hatte man vergeblich versucht, den Ritter zum Übertritt zum katholischen Glauben zu bewegen. Doch selbst im Angesicht des Todes blieb der Verurteilte dem lutherischen Glauben treu.

Adolph Ernst wagte sich nicht vorzustellen, welche Gefühle in Berthold von Wintzingerode getobt haben mussten, als die letzten Minuten seines Lebens angebrochen waren. Berthold wusste, dass sein Sohn Klaus und sein Neffe Bertram der Hinrichtung beiwohnten. Und der Legende nach soll Berthold, bevor er sein Haupt dem Henker neigte, seinen Sohn und seinen Neffen ein letztes Mal mit erhobener Hand gegrüßt haben.

Im September 1575 fand Berthold von Wintzingerode auf dem Viehmarkt zu Mainz den Tod durch das Schwert.

Die sterblichen Überreste wurden nach Burg Bodenstein gebracht, und der Leichnam in Heimaterde lutherisch beerdigt.

Trotz Bertholds angeblicher Schwächen hatte sich Adolph Ernst von all seinen Vorfahren gerade ihn als Vorbild erkoren, da er ihn für seinen unumstößlichen Glauben bewunderte und ihm darin nacheifern wollte.

Er erhob sich von seinem Platz, streckte die geballte Hand dem Bild seines Vorfahren entgegen und sagte mit fester Stimme den Wahlspruch seines Urahnen: »Allzeit treu dem Evangelium und allzeit wider die Pfaffen!«

In diesem Moment kam seine Frau Hedwig herein, erblickte ihren Mann in dieser Pose und umarmte ihn wortlos.

»Wir tun das Richtige, Adolph, wir tun das Richtige!«

Ihr Gatte nickte stumm und küsste ihre Stirn.

Kapitel 21

Seit dem Tod ihrer Schwester hatte Katharina kaum Zeit gefunden, die Armen in Heiligenstadt zu besuchen. Sie hatte nicht einmal mehr Zeit für sich selbst. Tag und Nacht hatte sie mit der Betreuung ihrer kleinen Neffen zu tun, da der zweijährige Hannes nicht durchschlief und den ein Jahr älteren Mathias Albträume plagten.

Zwar unterstützte die Mutter die Tochter, wo sie konnte, doch Barbara Jacobi musste sich auch allein um die Töpferei kümmern, seit ihr Mann krank daniederlag.

Schon an der Beerdigung der älteren Tochter hatten den alten Jacobi heftige Rückenschmerzen geplagt, und wenig später konnte er sich kaum mehr aufrecht halten. Bei jedem Versuch, die Beine zu bewegen, schrie er auf und musste sich abstützen. Kalter Schweiß bildete sich auf seiner Stirn, und er japste nach Luft. Einige Tage später weigerte er sich, das Bett zu verlassen, da das Liegen ihn angeblich am wenigsten schmerzte. Als sich nach zwei weiteren Tagen keine Besserung einstellte, rief seine Frau nach dem Arzt. Dieser zog und streckte die angezogenen Beine, woraufhin ein gellender Schrei das Haus erschütterte. Nun stöhnte der alte Jacobi sogar im Liegen vor Pein. Selbst der Aderlass nützte nichts, sondern schwächte ihn nur.

Sein Leid dauerte nun schon über zwei Wochen an, und niemand wusste, wie man ihm helfen konnte. Weder Blutegel noch Kräutertinkturen zeigten Wirkung. Klagend lag der Mann in seinem Bett und bedauerte sich selbst.

Seine Frau floh regelrecht in den Laden, da sie sein Wehklagen nicht mehr mitanhören konnte. Sie entschuldigte ihr Verhalten damit, dass sie nach dem Rechten sehen müsse. Fernab im Laden konnte sie ihren Mann nicht hören, wenn er nach ihr rief. Als sie sich bittere Vorwürfe über ihre Gleichgültigkeit anhören musste, erwiderte sie: »Schließlich bin ich nun allein für das tägliche Auskommen verantwortlich und muss zusehen, dass die Kunden auch weiterhin zufrieden sind!«

Das verstand Albert Jacobi zwar, doch er verlangte, dass man ihm ein kleines Glöckchen ans Bett stellen solle, damit er bei Bedarf gehört werde. Von diesem Zeitpunkt an bimmelte das Glöckchen unentwegt. Zuerst eilte seine Frau bei jedem Klingeln aus dem Laden, da sie annahm, es ginge ihrem Mann schlechter. Doch schon bald erkannte sie, dass Langeweile ihn veranlasste, ständig nach ihr zu klingeln. Barbara Jacobi, die sich bei der Arbeit nicht mehr stören lassen wollte, ignorierte fortan das Glöckchen und bat ihre Tochter Katharina, nach dem Vater zu sehen.

Den einen Jungen auf dem Arm, den anderen an der Hand, rannte Katharina bei jedem Glockenton in das Schlafgemach des Vaters, um seine Wünsche zu erfüllen.

Immer öfter glaubte die Siebzehnjährige, gleich den Verstand zu verlieren. Ständig bimmelte entweder die Glocke, oder Fritzchen schrie, oder die Größeren spielten kreischend Nachlaufen. Abends war Katharina oft so erschöpft, dass sie über dem Abendbrot einschlief.

Sie beklagte sich bei Otto, doch der bedachte sie nur mit einem sarkastischen Lächeln und sagte: »Im Laufe der Zeit wirst du dich daran gewöhnen, meine Liebe. Schließlich werden Frauen dazu geboren, Kinder in die Welt zu setzen und ihre Mutterpflichten Tag und Nacht zu erfüllen.«

Wütend funkelten ihre Augen ihn an, was er mit einem lauten Lachen quittierte.

»Das ist deine Pflicht!«, erinnerte er sie stets, wenn sie erschöpft durch die Flure schlich. Ihr zukünftiger Ehemann jedoch entfloh dem »Irrenhaus«, wie er es nannte, und verbrachte seine Zeit lieber bei einem kühlen Krug Bier im Wirtshaus.

Schon bald verspürte Katharina kaum noch Appetit. Ihre Kräfte waren aufgezehrt, und sie war oft zu müde, um auch nur an Essen zu denken. Die Kleidung hing immer formloser an ihrem dünnen Körper. Schließlich ermahnte Otto sie, anständig zu essen.

Als sie eines Tages bei Tisch nur in ihrer Mahlzeit herumstocherte, befahl er ihr mit kalter Stimme, ihren Teller leer zu essen. Selbst die Mutter ermahnte sie, und so tat Katharina, was man von ihr verlangte.

Eines Abends saß sie allein mit Otto im Speisezimmer. Katharina war zum Umfallen müde und hatte keinen Appetit. Auch als Otto sie ermahnte, pickte sie nur wie ein Vögelchen in ihrem Essen herum. Daraufhin schaufelte er den Teller des Mädchens randvoll und wollte sie wie ein Kleinkind füttern.

Als sie sich wehrte, schrie er wütend: »Eine dürre Frau verleidet mir die Freude im Bett. Also iss, damit Speck auf deine Rippen kommt!«

Doch Katharina würgte und weigerte sich, noch einen weiteren Bissen zu sich zu nehmen. Zornig zog er an ihren Zöpfen und fluchte: »Wage nicht, bei unserer Hochzeit wie ein Klappergestell auszusehen und mich zum Gespött der Leute zu machen! Ich will mir nicht nachsagen lassen, dass ich nicht gut für dich sorgen würde. Jetzt mach deinen verdammten Mund auf, und iss den Teller leer!«

In dem Augenblick betrat die Mutter den Raum und sah den verzweifelten Blick ihrer Tochter, die überall mit Essen beschmiert war. Der eisige Blick aus Barbaras Augen veranlasste den Schwiegersohn aufzustehen und hinauszugehen. Erst als sich die Tür hinter Otto schloss, ließ Katharina den Tränen freien Lauf.

Den Kopf an die Schulter der Mutter gelehnt, klagte das Mädchen sein Leid: »Ich kann ihn nicht heiraten, Mutter. Außerdem habe ich meiner Schwester keineswegs ein Versprechen gegeben. Er kann mich nicht zwingen …«

»Katharina – bist du erst einmal seine Frau, wird alles besser. Wenn du ihn nicht erzürnst, wird er sicher ein guter Ehemann sein. Silvia hat sich nie über ihn beklagt.«

Mit tränenverschleiertem Blick schaute das Mädchen ungläubig auf. Katharina hatte Trost und Verständnis von der Mutter erhofft. Und sie hatte ihre Unterstützung erwartet. Aber offenbar verstand die Mutter nicht, dass sie anders war als Silvia. Silvias größter Wunsch war es stets gewesen, sich zu vermählen und viele Kinder zu gebären.

Katharina hingegen hatte nie die Absicht gehabt, eine Familie zu gründen. Ihr Lebensziel sah anders aus. Das hatte ihre Schwester gewusst, und erst recht wusste es die Mutter. Doch sie schien sich nicht erinnern zu wollen. Wieder einmal spürte

Katharina, dass ihre Wünsche nicht zählten. Leise sprach sie auf die Mutter ein: »Mutter, der Hülfensberg … Bald beginnt die Wallfahrt.« Doch Barbara schien ihr nicht zuzuhören. Katharina sah, dass die Mutter mit ihren Gedanken weit weg war und nicht zu bemerken schien, wie unglücklich ihre Tochter sich fühlte.

Katharina täuschte sich nicht. Barbara Jacobi drückten andere Sorgen als das Unglück ihrer jüngeren Tochter. Sie hatte mit dem Arzt gesprochen und gehofft, dass er herausgefunden hatte, was ihrem Mann fehlte und was dagegen zu tun war. Doch seine Antwort war alles andere als ermutigend. Er konnte sich nicht erklären, welche Krankheit den Mann ans Bett fesselte.

Neben den Schmerzen, die Albert Jacobi offensichtlich plagten, wurde er von Tag zu Tag griesgrämiger. Barbara vermutete nun sogar, dass er ihr misstraute. Er bestand darauf, dass sie zusammen die Tageseinnahmen an seinem Bett abrechneten. Anschließend verstaute er das gesamte Geld unter seiner Matratze. Brauchte seine Frau Bargeld, um Rechnungen zu begleichen oder um Lieferanten und Lebensmittel zu bezahlen, musste sie ihn um das Geld bitten und auf Heller und Pfennig Rechenschaft ablegen.

›Sämtliche Arbeit liegt auf meinen Schultern, und er streicht den Verdienst ein!‹, dachte sie verdrossen. Ihre Unzufriedenheit wuchs mit jedem Tag, und sie wusste nicht, was sie dagegen tun konnte. Hinzu kam das Gerücht, dass Kurfürst Johann Schweickert von Kronenburg die Herstellung der wertvollen Werrakeramik in Heiligenstadt verbieten wolle. Als Grund gab er an, dass die Werkstätten zu viel Holz für das Brennen der Keramik verbrauchten und so viele Berghänge bereits kahl geschlagen seien. Und das, wo doch alle Welt wusste, dass die Glashütten ebenfalls Holz benötigten und die Glasherstellung ganze Waldhänge verschlungen hatte! Sollte das Gerücht wirklich zutreffen, dann war das Einkommen der Jacobis in Gefahr, und es musste auf dem schnellsten Weg mit dem Zunftmeister gesprochen und vielleicht sogar Geld in die Werkstatt investiert werden. Doch ihre Sorgen konnte Barbara nicht mit ihrem Mann besprechen, da es seinen Zustand nur verschlechtert hätte. So war sie gezwungen, die ganze Last allein zu tragen. Als sie auf dem Markt das erste Mal von dem Gerücht gehört hatte, wollte sie sofort mit Albert darüber reden, doch kurz darauf starb Silvia, und so hatte sich keine Gelegenheit ergeben, die unangenehmen Neuigkeiten zur Sprache zu bringen.

›Wenn alles wieder seinen gewohnten Lauf nimmt‹, hatte sie damals gedacht, ›werde ich es ihm erzählen.‹

Dazu kam es nicht, denn inzwischen war ihr Mann krank geworden, und Bosheit hatte von ihm Besitz ergriffen.

›Das Geld wird unter der Matratze verschimmeln‹, dachte sie wütend, ›und ich kann weiterhin Schüsseln und Tassen verkaufen.‹

Katharina ahnte nichts von den Sorgen der Mutter. Sie fühlte sich missverstanden und alleingelassen. Schweigend ging sie zu Bett. Doch schon bald hörte sie, wie der dreijährige Mathias nach seiner toten Mutter wimmerte. Mitfühlend setzte sie sich an das Bett des Jungen und versuchte, ihn mit einem Schlaflied zu beruhigen.

So vergingen die Tage. Mutter und Tochter sprachen kaum noch miteinander. Zu sehr haderten beide mit ihrem eigenen Los.

Traurig erkannte Katharina, dass sie schon seit geraumer Zeit nicht mehr nach ihren Schützlingen im Armenhaus gesehen hatte. Sie hoffte, das am kommenden Sonntag nachholen zu können, zumal sie schon seit Wochen keinen freien Tag mehr gehabt hatte.

Katharina trug ihren Wunsch der Mutter vor. Tatsächlich hätte Barbara der Tochter gern den freien Tag gewährt, doch sie musste sich um ihren kranken Mann kümmern und hatte für die Enkelkinder keine Zeit. Das Mädchen wollte schon resigniert das Zimmer verlassen, als ihm ein Gedanke kam.

»Walburga Schmitt hat mir schon vor einiger Zeit angetragen, dass mich ihre Tochter Gudrun bei der Betreuung der Kinder unterstützen könne. Erlaubst du, dass ich sie frage?«

Barbara Jacobi dachte kurz über den Vorschlag nach. Gudrun Schmitt war ein nettes Mädchen, obwohl Barbara seine Mutter Walburga nicht sonderlich schätzte, da diese ihre Nase nur zu gern in anderer Leute Angelegenheiten steckte. Barbara Jacobi wollte deshalb mit Walburga Schmitt so wenig zu tun haben wie möglich. Doch als sie den bittenden Blick der Tochter sah, antwortete sie versöhnlich: »Gut, Katharina. Frage Gudrun, ob sie die Kinder heute hüten möchte. Ich denke, du hast etwas Erholung verdient. Auch wenn ich einen freien Tag an deiner Stelle anders verbringen würde als bei den Tunichtguten im Armenhaus.«

Katharina stutzte kurz. Was hatte ihre Mutter plötzlich gegen diese armen Menschen? Hörte sie da etwa Ottos Meinung heraus? Doch das Mädchen war so glücklich, dass es nicht weiter darüber nachdachte und rasch zu den Schmitts lief. Walburga Schmitt war erfreut, dass ihre Tochter helfen konnte.

»Fritzchen ist bei seiner Amme, sodass nur Hannes und Mathias zu beaufsichtigen wären«, erklärte Katharina.

»Das schaffe ich. Mach dir keine Sorgen«, beruhigte Gudrun sie. Walburga hatte dem Gespräch der Mädchen interessiert gelauscht und fragte nun wie nebenbei: »Wie geht es deinem Schwager Otto? Seit der Beerdigung seiner Frau, deiner Schwester, Gott sei ihrer Seele gnädig, habe ich ihn nicht mehr gesehen.«

»Er ist wohlauf«, antwortete das Mädchen kurz, um dann kichernd hinzuzufügen: »Otto sitzt um diese Zeit meistens im Wirtshaus und kommt erst, wenn er das Essen auf dem Tisch riecht.« Walburga betrachtete Katharina eingehender. »Du bist sehr dünn geworden. Geht es dir nicht gut?«

Eine feine Röte überzog die Wangen des Mädchens. Nervös knetete Katharina den Stoff ihres sandfarbenen Leinenrocks und erklärte: »Doch, ich fühle mich wohl, aber die Arbeit zu Hause und die drei kleinen Kinder, dann der kranke Vater. Es ist alles ein wenig viel für mich. Und dann auch noch die Vorbereitungen für die Hochzeit …«

»Ihr heiratet?«, fragte Gudrun erstaunt. »Was hast du doch für ein Glück, solch einen stattlichen Mann zu bekommen!« Ungläubig sah Katharina sie an.

»Du kannst ihn gern haben«, erwiderte sie.

Walburga blickte für einen Moment auf, und ein schwaches Lächeln huschte über ihr Gesicht. Also doch! Sie hatte so etwas schon auf der Beerdigung geahnt. Mitfühlend sagte sie zu Katharina: »Du scheinst nicht sehr erbaut zu sein, deinen Schwager zu ehelichen. Dabei ist er ein so attraktiver Mann, außerdem eine gute Partie. Doch muss auch ich zugeben, dass es sehr eigentümlich ist, dass ein Mann sofort die jüngere Schwester zur Frau nimmt, nachdem die ältere gestorben ist. Ob das wohl rechtens ist …«

Katharina horchte auf und seufzte. Endlich verstand sie jemand! Es war, als würde sich ein Knoten in ihrer Brust lösen, und so vertraute sie ihren Kummer der Nachbarin an. Doch Walburga Schmitt hörte nur mit halbem Ohr hin, da sie eigenen Gedanken nachhing. Als Katharina schwieg, schlug sie vor: »Katharina, zeige Gudrun, wie sie dich unterstützen kann, sodass du mehr Zeit für andere Dinge hast. Im Augenblick kann ich ihre Hilfe im Haushalt entbehren. Zumal wir gerade noch eine zusätzliche Magd in Dienst genommen haben.«

Ein Leuchten huschte über Katharinas Gesicht, das aber sogleich wieder erlosch.

»Otto will nicht, dass mir jemand zur Hand geht. Er sieht es als meine alleinige Pflicht an, mich um die Buben zu kümmern. Zumal … wenn wir verheiratet sind …«

»Ach was!«, unterbrach Frau Schmitt das Mädchen. »Er kann

doch nicht wollen, dass seine zukünftige Frau wie eine Magd schuftet. Sieh dich doch an, du bist ja nur noch Haut und Knochen. Selbst dein Busen sieht aus, als ob sich ein Kind Tag und Nacht an ihm gelabt hätte. Und dann deine Blässe ... Nein wirklich, vornehm wirkt das nicht mehr. Schau dir dagegen Gudrun an: rosige Wangen und feste Brüste – so muss ein Mädchen in eurem Alter aussehen!«

Katharina wurde rot, und sie schaute beschämt zu Boden. Zaghaft flüsterte sie: »Ach, es wäre so schön, wenn Otto mit Gudruns Hilfe einverstanden wäre, zumal es mein sehnlichster Wunsch ist, zum Hülfensberg zu pilgern und dort zur heiligen Elisabeth zu beten ...«

Walburga hörte nicht mehr recht hin, denn ein Gedanke kam ihr in den Sinn. ›Hülfensberg ... da würde Katharina mindestens vier Tage weg sein ... Zeit genug, um ...‹ Innerlich triumphierend über ihren Einfall scheuchte sie die beiden Mädchen aus der Stube: »Geschwind jetzt, kümmert euch um die Kinder. Gudrun, mach mir keine Schande, und sorge gut für die Buben. Nur so kannst du Otto von deinem Können überzeugen. Dann erlaubt er dir sicherlich, Katharina auch weiterhin zu unterstützen.« An Katharina gewandt sagte sie: »Mach dir keine Gedanken, mein Kind! Zusammen schaffen wir, dass du zum Hülfensberg pilgern darfst. Solch einen ehrenwerten Wunsch muss man doch unterstützen!«

Glücklich kichernd verließen die Mädchen Hand in Hand das Haus der Familie Schmitt.

Walburga schaute den beiden nach und lächelte beinahe siegesgewiss.

»Es wäre doch gelacht, wenn ich das nicht hinbekäme!«

Katharina stellte Gudrun zuerst ihrer Mutter und dann den Kindern vor. Als sich Gudrun zu den Kleinen hinabbeugte, versteckten sich Hannes und sein Bruder Mathias verängstigt hinter Katharinas Rock.

Doch dank Gudruns freundlichem Wesen überwanden die Kinder rasch ihre anfängliche Scheu. Als das Mädchen ihnen vorschlug, im Garten Verstecken zu spielen, rannten sie ihr freudig hinterher.

Zufrieden und erleichtert ging Katharina in die Küche, um einen Korb mit Lebensmitteln zu füllen.

In dem Moment, als sie zur Tür hinausgehen wollte, kam Otto herein. Sofort fuhr er sie an: »Wo willst du hin?«

Als er den Korb in ihrer Hand sah, warf er ihr einen eisigen Blick zu.

»Hatte ich dir nicht verboten, unser hart verdientes Brot zu verschenken?«

Katharina erwiderte nichts, sondern blickte stumm zu Boden.

»Hast du nichts Besseres zu tun? Wo sind die Kinder?«

»Fritzchen ist bei der Amme, und Gudrun passt auf Hannes und Mathias auf.«

Missmutig zog Otto eine Augenbraue hoch. Hastig fügte Katharina hinzu: »Gudrun macht das hervorragend, und die beiden Buben fühlen sich sichtlich wohl bei ihr. Hör nur, wie sie jauchzen.«

»Gudrun? Welche Gudrun? Etwa die von Schneider Schmitt?«

Katharina nickte.

»Mutter war damit einverstanden.«

Ottos Augen verengten sich, doch bevor er etwas erwidern konnte, trat Barbara hinzu und bat mit sanfter Stimme: »Lass Katharina gehen. Sie hat es sich verdient.«

Als wolle sie ihn bezirzen, legte sie ihm die Hand auf den Arm. Zweifelnd sah er Barbara an, als diese hinzufügte: »Außerdem möchte ich mich mit dir unterhalten.«

»Du willst mit mir sprechen? Da bin ich aber neugierig.«

An Katharina gewandt meinte er: »Geh! Doch ich sage dir, gewöhne dich nicht an diese Sonderbehandlung. Deine Aufgabe ist es, meine Kinder zu versorgen und später die unseren – sonst nichts. Schlag dir alles andere gleich aus dem Kopf! Du bist nicht die heilige Elisabeth. Auch wenn du es gern wärst!«

Ohne ein Wort verließ Katharina das Haus. Sie wollte über Ottos Worte nicht nachdenken, sondern ihrer Berufung nachgehen, die sie tief in sich spürte. Auch wenn er sie deshalb verhöhnte – sie fühlte sich wie die heilige Elisabeth und würde ihr ihr Leben lang nacheifern, komme, was wolle.

Kapitel 22

Wie viele andere Orte in Thüringen war auch Worbis im frühen Mittelalter entstanden. Durch seine günstige Lage, eingebettet zwischen dem hohen Ohmberg im Norden und dem Gebirgszug Dün im Süden, war der kleine Ort auf dem Eichsfeld zu einem beschaulichen Städtchen herangewachsen.

In dieser Gegend entsprang der kleine Fluss Hahle und schlug seinen Weg Richtung Westen ein. Dank der Handelsstraße, die den niedersächsischen und den westfälischen Raum mit Mühlhausen und Nordthüringen verband, herrschte reges Treiben in den Straßen.

Von überall her kamen Händler in den Ort, brachten Waren zum Handeln und Tauschen und erwarben selbst Typisches aus der Region. So hatte sich von Anbeginn ein bunt gemischtes Volk in den Straßen von Worbis getummelt.

Manchen Poeten hatte ein mittelalterliches Städtchen wie dieses mit seinen Torhäusern, Türmen, Wehrmauern und den dahinter verborgenen Wertstücken an Kunst und Architektur, dazu inspiriert, seine Schönheit in schwärmerischen Liedern, Gedichten und Schauspielen zu verewigen.

Doch was hinter den dicken Mauern tatsächlich geschah und welche Schicksale sich in den dunklen Kellergewölben abspielten, davon wurde oft nur hinter vorgehaltener Hand berichtet.

Die meisten Menschen in Worbis waren unbescholtene Bürger, die zufrieden waren, wenn sie ihre hungrige Kinderschar satt bekamen und in Ruhe ihrem Tagwerk nachgehen konnten. Doch in einer Zeit, in der Aberglaube und Ängste die Herzen der Menschen zerfraßen und ihre Gefühle erfrieren ließen, wurden viele zu misstrauischen Beobachtern. Nicht selten erkannten sie in anderen das Böse.

Alleinstehende Frauen gab es viele, durch Kriege, brutale Überfälle, die Pest und Jahre des Hungers waren sie ohne den Schutz eines Ehemanns und damit hilflos. Schnell konnten sie so das Opfer von Verleumdungen werden.

Die Angst vor dem Teufel war allgegenwärtig. Angeblich erschien der Satan in verschiedener Gestalt – nicht selten auch in der einer alleinstehenden Frau. Es brauchte nicht viel, um von einem eifersüchtigen Eheweib als böse Frau verrufen zu werden und unterstellt zu bekommen, im Bund mit dem Teufel zu sein. Dann stand man außerhalb des gemeinen Rechts, wurde der Befragung durch die Folter unterzogen und verschwand in irgendeinem Kerker. Wer einmal in die Fänge der Justiz geraten war, war in der Regel verloren.

Doch auf dem beschaulichen Eichsfeld kam so etwas selten vor. In Worbis hatte man sich sogar schon fast von der Halsordnung verabschiedet. Nur noch vereinzelt wurden Menschen wegen kleinerer krimineller Vergehen oder Sittlichkeitsverstößen am Halseisen, das am alten Worbiser Rathaus angebracht war, zur Schau gestellt.

Doch das sollte sich schlagartig ändern.

Unvermittelt, so wie schwarze Gewitterwolken, die den Himmel plötzlich bedrohlich dunkel färben, oder wie Wind, der innerhalb kurzer Zeit zu einem Sturm heranwächst, hielt von einem Tag zum anderen das Grauen Einzug in dem kleinen Städtchen Worbis.

Niemand hatte sich bis dahin vorstellen können, dass auch hier wieder Scheiterhaufen brennen würden.

Und doch kam es so. Aber das Schicksal wollte es, dass in Worbis zumindest eine Seele gerettet werden konnte.

Warm und trocken war der Sommer. Die Menschen genossen die Sonnenstrahlen. Man war liebenswürdig zueinander und erfreute sich seines Daseins.

Doch die schönen Tage schienen wie im Fluge vorüberzugehen, und wenn das Wetter von einem Tag auf den anderen plötzlich umschlug, hatten die Menschen erneut ums tägliche Überleben zu kämpfen. Regen peitschte dann über das Land, und Hagelkörner zerstörten die Saat. Der Boden weichte auf, sodass das Vieh im Schlamm stand und krank wurde. Die Kühe fanden kaum Futter, magerten ab und gaben weniger Milch. Das Korn auf den Feldern verfaulte, bevor es geerntet werden konnte.

Die Temperaturen fielen. Menschen und Tiere froren bitterlich. Schwache und alte Menschen starben ebenso wie viele Kinder.

Auch Ungeziefer quälte die Leute, deren Haut wund wurde und sich entzündete. Arzneien konnte sich kaum einer leisten, hatte man doch nicht einmal genügend Geld, um etwas zu Essen zu kaufen.

Aufgrund des stetigen Hungers wurde sogar schwarzes, krankes Korn zu Mehl gemahlen und brachte Verderben über die

Menschen. Blutige, eitrige Geschwüre waren der Preis für verdorbenes Brot.

Viele Jahrhunderte später würden die Gelehrten von einer kleinen Eiszeit sprechen, denn die Wintermonate dauerten länger, und die Sommermonate waren verregnet und kühler als gewöhnlich, was zahllose Missernten zur Folge hatte. In ihrer Not wandten sich die Menschen an Gott. Doch weder wurden ihre Gebete erhört noch half es, dass sie Krautwisch in die Kirchen brachten. Gott verschmähte die Gaben aus Salbei, Malve, Roggen, Gerste und weiteren kostbaren Zutaten, die sich die Leute vom Munde absparten, um ihrem Schöpfer zu huldigen. Doch er schien sie für etwas bestrafen zu wollen, das sie sich nicht erklären konnten.

Also mussten Schuldige gefunden werden, ohne Rücksicht auf Rang oder Herkunft. In Worbis hörte man so immer häufiger den Namen einer Frau.

Anfangs wurde nicht laut, sondern nur hinter ihrem Rücken getuschelt. Schließlich wurde sie angezeigt, denn in den Köpfen der Menschen hatte sie Schuld auf sich geladen. Die Frau hieß Greta Ackermann und kam aus Breitenbach.

Doch noch hatte sich keiner gefunden, der sie öffentlich benennen wollte, denn das trauten sich die wenigsten. Schnell konnte das Blatt sich nämlich wenden und der Ankläger stand als Angeklagter vor dem Amtmann.

Doch da spielte der Zufall eine Rolle ...

Sobald der Schnee getaut war, die Stürme sich gelegt hatten und die Tage wieder länger und wärmer wurden, warteten die Menschen auf dem Eichsfeld ungeduldig auf die Gaukler, Taschenspieler und Kesselflicker.

Dieses Wandervölkchen nutzte die kurze Sommerzeit, um von Ort zu Ort zu ziehen und seine Dienste anzubieten. Die

Kesselflicker reparierten das Handwerkszeug der Bauern und die Küchenutensilien der Frauen, Taschenspieler und Gaukler unterhielten die Menschen mit ihren Zaubertricks.

Fast überall wurden sie freundlich empfangen, lenkten sie doch die armen Leute von ihrem tristen Dasein ab. Sobald das fahrende Volk mit seinen bunten Gewändern in einen Ort kam, herrschte freudige Stimmung. Am Abend saßen die Einheimischen mit den Fremden am Lagerfeuer und lauschten deren Erzählungen. Man erfuhr, was anderorts passiert war, wie die politische Lage sich gestaltete oder vernahm andere interessante Neuigkeiten.

Auch erhofften sich die Stadtbewohner Linderung von ihren Leiden, da mitreisende Magier und Zauberer Kenntnisse in Kräuterkunde hatten. Auf ihren Wanderungen quer durch das weite Land sammelten sie die neuesten Erkenntnisse der Medizin und erweiterten so ihr Wissen, welche Pflanze gegen welche Krankheit helfen konnte. Wie an Strohhalme klammerten sich die Menschen an deren Fähigkeiten, denn es war oftmals die letzte Hoffnung, die ihnen blieb.

Einen Mann erwarteten die Menschen dieses Jahr mit besonders großer Ungeduld, zumal er nur alle zwei Jahre aufs Eichsfeld kam. Der Fremde wurde mit ängstlichem Respekt bedacht. Betrat er einen Raum oder ging er durch eine Straße, wichen die Menschen ehrfürchtig zur Seite. Schon von Weitem fiel er auf, da er ungewöhnlich groß war. Sein graues, gewelltes Haar glänzte in der Sonne silbrig. Kohlschwarze Augen beobachteten forschend und durchdringend die Welt. Blickte er einem Menschen ins Gesicht, schien es, als könne er dessen Seele ergründen. Sein Name war Barnabas – Barnabas, der Magier.

Keinem anderen wurde größeres Wissen in der Heilkunst nachgesagt. Aber es hieß auch, er habe hellseherische Fähigkeiten. Vor einigen Jahren hatte er in einem Ackerstück einen kleinen Topf mit antiken Goldtalern gefunden, was an sich nicht so spektakulär gewesen wäre, hätte er diesen Fund nicht zuvor angekündigt.

Mit einer Wünschelrute war er über den Acker gewandelt und hatte mit Hilfe von magischen Formeln und durch die Anrufung des heiligen Christopherus, der als der Herr der Schätze galt, die Dämonen, die den Schatz bewachten, vertrieben.

Nun schenkte man seinen Vorhersagen Glauben, zumal er schon einige Male Sturm und Regen prophezeit hatte. Auch war er fähig, Schadenszauber gegen Mensch und Tier aufzuheben, nachdem sie von einer Hexe damit belegt worden waren.

Ja, Barnabas war ein besonderer Magier, denn es gelang ihm sogar, Hexen zu durchschauen. Er kannte keine Furcht und traute sich, böse Frauen öffentlich zu benennen.

Und so atmete man auf in Worbis, als ein Reisender angekündigt hatte, dass Barnabas nur noch einen Tagesmarsch von dem Städtchen entfernt sei. Nun brauchte man sich nicht länger wegen Greta Ackermann zu sorgen. Barnabas würde sie als Hexe erkennen, und dann würde ihr endlich das Handwerk gelegt und alles in die richtigen Bahnen gelenkt werden. Denn schon die Bibel forderte im Alten Testament im zweiten Buch Mose: *Die Zauberer sollst du nicht leben lassen.*

Und so lagen Licht und Schatten dicht beieinander.

Als Barnabas am folgenden Tag in Begleitung der beiden Franziskanermönche durch das Stadttor von Worbis schritt, schien die Zeit stillzustehen. Die drei Männer kannten diese sonderbare Stimmung, und das Ganze wirkte wie in einem Theaterstück. Seitdem die beiden Franziskaner mit Barnabas gemeinsam durchs Land zogen, war dies nun schon die vierte Stadt, in der die Menschen dem Magier mit gespannter Erwartung entgegenfieberten. Erblickten sie ihn, waren ihre Körper wie erstarrt, und ihre Augen folgten gespannt den drei Gestalten. Kein Blatt schien mehr im Wind zu rascheln, kein Tier mehr einen

Laut von sich zu geben, und das fröhliche Lachen der Kinder erstarb. Nie zuvor hatte Burghard so etwas erlebt.

Nach lange anhaltenden Regenschauern war endlich wieder ein herrlicher, warmer Sommertag angebrochen. Trotzdem kroch dem jungen Mönch Kälte die Beine hoch, und innerlich fror er. Die Blicke der Menschen ängstigten ihn. Der Franziskaner senkte das Haupt, und obwohl ihm der Schweiß auf der Stirn stand, hatte er die Kapuze tief ins Gesicht gezogen und versteckte die Hände in den weiten Ärmeln des Habits.

Als die Menschen langsam aus ihrer Erstarrung erwachten, bekreuzigten sich einige, andere fielen auf die Knie, um ein leises Gebet zu sprechen. Manche versuchten die fremden Männer zu berühren, und wieder andere drehten sich von ihnen weg, als hätten sie Angst, den Blicken der Fremden zu begegnen. Man konnte ein Murmeln hören, das wie eine Welle durch die Straßen wogte.

Es waren die beiden Mönche, die die Menschen verunsicherten, kam der Magier doch sonst allein.

Ein Mann erwachte aus seiner Erstarrung und rief laut: »Barnabas ist da!«

Ein anderer fügte ahnungsvoll hinzu: »Wen bringt er mit? Zwei Mönche? Was hat das zu bedeuten?«

Burghard spürte ein Gefühl der Ohnmacht in sich aufsteigen. Der junge Mönch wusste, was ihn auch in diesem Städtchen erwarten würde. Viermal hatte er bereits durchleiden müssen, was nun auch in Worbis geschehen würde. Und wie auch schon die Male zuvor hätte er sich am liebsten umgedreht und wäre davongerannt.

Wenn er ehrlich war, musste sich Burghard eingestehen, dass er anfangs von der Heilkunst des Magiers regelrecht verzaubert gewesen war. Barnabas' Wissen über Pflanzen und ihre Heilwirkung sog der junge Mönch begierig in sich auf. Begeistert hörte er dem Magier zu und machte sich heimlich in einem kleinen Buch Notizen. Doch bald war bittere Ernüchterung der anfänglichen Begeisterung gefolgt. Schnell hatte Burghard verstanden, dass Barnabas seine Heilkunst nur zu seinem eigenen Vorteil und zum Nachteil der Menschen einsetzte. Er missbrauchte ihre Angst und Hoffnungslosigkeit, um sich zu bereichern. Auch beobachtete Burghard mit großem Missfallen, dass Servatius sich nicht länger wie ein gläubiger Mönch benahm, sondern stattdessen um die Gunst des Magiers warb.

Wie sehr sehnte Burghard sich nach dem Leben auf der Wanderschaft mit Bruder Kuno, das von interessanten Gesprächen geprägt war. Die Gemeinschaft mit Servatius und dem Magier bedrückte ihn so sehr, dass er selbst das Kloster vorgezogen und liebend gern die Nächte mit Beten verbracht hätte. Denn Burghard war ebenso ein Gefangener wie die vermeintlichen Hexen. Zwar wurde ihm kein Schmerz zugefügt, doch Servatius würde dafür sorgen, dass das Leid der Hexen auch zu Burghards Leid würde. Wie bereits mehrfach zuvor würde der ältere Mönch von ihm verlangen, dass er den Hexenprozessen beiwohnen müsse, und zwar aus dem einzigen Grund, da er wusste, dass der Junge keiner Fliege etwas zuleide tun konnte und die Schreie der gefolterten Frauen ihn noch Wochen später verfolgten. Zwar verstand Burghard, dass die angeklagten Frauen nur unter der Tortur geständig waren und sie deshalb vonnöten war, trotzdem wäre er ihr lieber ferngeblieben. Zumal er dabei stets an die schwangere Marie denken musste. Sein Schwermut wuchs mit jedem Tag, wusste er doch nicht, wie er sich dem wachsenden Hexenwahn seines Bruders Servatius entziehen konnte.

Der junge Mönch schielte unter seiner Kapuze hervor und erkannte, dass sie am Rathausplatz entlanggingen. Ihre Ankunft in einer neuen Stadt verlief jedes Mal nach einer Art Ritual, das Barnabas strikt befolgte. Der Magier schritt durch das eine

Stadttor in die Stadt hinein, überquerte stets den Rathausplatz und Marktplatz, damit er sichergehen konnte, dass auch wirklich alle Stadtbewohner seine Ankunft zur Kenntnis nahmen. Dann ging er durch das andere Stadttor wieder hinaus zu dem Platz, den man Reisenden in jedem Ort zuwies und der außerhalb des Stadtkerns lag. Innerhalb der Stadtmauern wollte man sie nicht dulden, und so mussten die Mönche und der Magier auch in Worbis ihr Lager auf dem Feld aufschlagen.

Die beiden Mönche bauten das kleine Zelt auf, in dem sie nächtigten und in dem Barnabas seine Heilkunst zum Besten geben wollte. Servatius würde bereits vor dem Zelteingang den Leuten das Geld abnehmen und jeden fortschicken, der nicht bezahlen konnte. Burghard musste die Summen aufschreiben, damit Servatius den Magier nicht betrügen konnte. Durch diese Arbeitsaufteilung gelang es Barnabas, mehr Menschen zu behandeln. Nicht jeder Kranke verfügte über Geld, einige bezahlten mit Naturalien. Auch dies war den Reisenden willkommen, und manches Suppenhuhn landete in ihrem Topf.

Kaum war das Zelt aufgeschlagen, da kamen auch schon die ersten Kranken und Bittsteller, um von Barnabas behandelt und beraten zu werden. Schnell hatte sich eine Schlange vor dem Zelteingang gebildet. Servatius' Augen begannen zu glänzen, als er das Geld in seinen Händen spürte.

Der erste Mann klagte dem Magier, dass Raubbienen sein Bienenvolk zerstörten.

»Nimm eine Knoblauchknolle, schneide sie kreuzförmig ein und lege sie über Nacht in Urin, mische den Urin mit Honig und gib ihn deinen Bienen zu fressen. Innerhalb von drei Tagen werden die Raubbienen verschwunden sein.« Der Mann nickte und verließ zufrieden das Zelt. Sofort übernahm ein Alter seinen Platz und erklärte: »Meine Ferkel sind klein und wollen nicht wachsen …«

Bevor er weiterjammern konnte, hob Barnabas die Hand

und sprach: »Gib ihnen täglich eine Messerspitze voll Kreide, Schwefel und Lorbeeren in ihr Wasser …«

»Woher soll ich Schwefel nehmen?«

Barnabas griff hinter sich und holte ein Gefäß und ein Stück Stoff hervor. Dann maß er mit einem kleinen Spatel ein Häufchen des gelben Pulvers auf das Tuch.

»Das reicht für eine Woche. Gib dem Mönch fünf Pfennige extra für den Schwefel.«

Der Alte schluckte. Doch da der Magier ihn durchdringend ansah, kramte er das letzte Geld aus seinen Taschen.

Nun stand ein junges Weib im Zelt und wollte Rat, denn ihr Vater hatte einen dicken Unterleib und konnte das Wasser nicht lassen.

»Er soll Tee von schwarzen Johannisbeerblättern trinken.«

Zweifelnd sah die Frau den Magier an: »Sonst nichts?«

»Sonst nichts!«

»Und dafür musste ich 3 Pfennige zahlen! Das erscheint mir viel, wenn ich bedenke, was Ihr sonst für Eure Ratschläge nehmt.«

Barnabas' schwarze Augen taxierten die Frau von oben bis unten. Dann machte er einen Vorschlag: »Was haltet Ihr davon, wenn Ihr Euer Geld zurückbekommt und Eure Schuld … abarbeitet?«

Zuerst verstand die Frau den Sinn seiner Worte nicht, aber als sie seinen Blick zu deuten wusste, hob sie wutschnaubend ihre Röcke und verließ eilends das Zelt. Noch bis hinter die Stadtmauer war anschließend das Lachen des Magiers zu hören.

So ging es den ganzen Tag. Als die Sonne schon tief am Himmel stand, lichtete sich die Menschenmenge endlich, und Ruhe kehrte auf dem Feld ein.

Servatius hatte ein Feuer entzündet und einen Topf mit Suppe über die Flammen gehängt. Würziger Geruch breitete sich aus.

Barnabas war bereits auf dem Weg nach Worbis zu Ohren gekommen, dass in dem Städtchen eine Frau der Hexerei bezichtigt wurde, sich aber niemand getraute, sie öffentlich anzuklagen. Der Magier wusste, was das für ihn bedeutete, und hörte schon das Klimpern der Münzen in seinem Beutel. Er musste nur warten, bis man ihn aufsuchen würde.

Dann, als es dunkel wurde und die Leute in ihren Häusern verschwanden, betrat wie erwartet ein Mann das Zelt. Der Magier hatte Mühe, nicht laut aufzulachen.

›Überall sind sie gleich‹, dachte er bei sich.

Sichtlich unwohl nestelte der Mann an seinem Hemd und wischte sich mit einem Tuch über das schweißnasse Gesicht. Der Hut schien ihn zu drücken, da er sich immer wieder über die Stirn rieb.

Barnabas kniff die Augen zusammen und musterte den Unbekannten.

›Er braucht einen Aderlass‹, dachte er bei sich, sagte aber kein Wort.

Stattdessen sah er den Mann fragend an. Der räusperte sich und kratzte sich am Hals.

»Ihr seid Barnabas, der Magier?«, fragte er schließlich. Barnabas nickte, blieb aber weiter stumm. Er genoss die Situation, gab sie ihm doch das Gefühl der Macht über den anderen.

»Mein Name ist Löwenberg, Ludwig Löwenberg.«

Selten hatte Barnabas jemanden getroffen, dessen Namen so wenig zu seiner Erscheinung passte, wie es bei diesem Mann der Fall war. Da die Dämmerung bereits hereingebrochen war und der Schein des Feuers nur Schatten auf das Gesicht des Magiers warf, konnte Ludwig Löwenberg nicht sehen, wie sehr dies Barnabas amüsierte.

Doch er schwieg weiter beharrlich. Löwenberg trat von einem Bein auf das andere und nahm den Hut vom Kopf, um sich mit dem Tuch das Haupt zu tupfen.

Da den Magier Hunger plagte, machte er dem Schauspiel ein Ende und fragte nun geradeheraus: »Was wollt Ihr von mir, Ludwig Löwenberg?«

Löwenberg atmete hörbar aus, froh, dass er sein Anliegen endlich vorbringen konnte. Mit verhaltener Stimme murmelte er: »Man sagt, dass Ihr Hexen …«

»Ich kann Euch kaum verstehen! Was ist mit Eurer Stimme?«

Wieder räusperte sich Löwenberg und fragte dann etwas lauter: »Ist es wahr, dass Ihr Hexen erkennen könnt?«

»So sagt man!«, war die knappe Antwort des Magiers.

Wieder herrschte einige Sekunden Schweigen zwischen den Männern.

»Ich bin hungrig, guter Mann. Wenn das alles war, was Ihr wissen wolltet, so lasst mich jetzt mein Abendmahl zu mir nehmen.«

Barnabas machte Anstalten aufzustehen, als der Mann wieder zu sprechen anfing: »Wir haben eine böse Frau in unserer Stadt, und einige sind überzeugt, dass sie eine Hexe ist. Allerdings fehlt uns ein eindeutiger Beweis, um sie anzuklagen. Nun wollten wir fragen, ob Ihr sie Euch einmal ansehen … und die beiden Mönche mitbringen könntet … wegen der Beichte. Unser Herr Pastor ist erst vor kurzem verstorben …«

»Was zahlt Ihr mir dafür?«, unterbrach der Magier den stammelnden Mann. Der hatte die Frage erwartet, da er sofort eine Summe nannte. Barnabas antwortete nicht, schien nachzudenken und forderte dann: »Das Doppelte, und ich werde morgen um die Mittagszeit in Eurer Amtsstube vorbeischauen. Ihr seid doch der Amtmann?«

Löwenberg nickte, wagte nichts zu entgegnen. Dann verbeugte er sich kurz und ging von dannen, erleichtert, das Zelt des Magiers hinter sich zu lassen.

Die beiden Franziskaner waren dem Gespräch stumm gefolgt. Als der Amtmann außer Hörweite war, frohlockte Servatius: »Das ist ein gehöriges Sümmchen. Davon kann man eine lange Zeit gut leben.«

»So ist es!«, erklärte Barnabas. »Das ist ja auch der Sinn des Ganzen.«

Manchmal hatte Burghard das Gefühl, als sei Servatius dem Magier lästig. Der Ton, in dem er mit dem Mönch sprach, war schroff und ungehalten. Servatius schien das nicht zu stören, denn er blieb freundlich und gleichgültig. Auch jetzt schien er sich nur dafür zu interessieren, wie viel Geld für ihn abfallen würde, und nahm dem Magier den Ton nicht übel. Burghard war entsetzt über seinen Glaubensbruder. Hatte Servatius die Lehren des heiligen Franz von Assisi vergessen? Dass man kein Geld oder sonstige Güter sein Eigen nennen durfte? Servatius hingegen bereicherte sich an armen, geschundenen Kreaturen, nahm ihnen sogar die Beichte nur gegen Geld ab. Der Junge konnte die Gier in den Augen des Bruders nicht länger ertragen und ging fort vom Lager, um Holz zu sammeln.

Barnabas erahnte die Gedanken des Jüngeren, und sie gefielen ihm nicht. Er hatte gehofft, dass auch Burghard dem Geld verfallen würde. Doch längst hatte Barnabas einsehen müssen, dass der junge Mönch reiner und ehrlicher war als andere. Noch sah der Magier keine Gefahr, weder für sich noch für seine Geschäfte. Würde es mit dem Jungen allerdings Schwierigkeiten geben, wusste er ein Mittel, das den Mönch gefügig machen würde.

Barnabas war sicher, dass Löwenberg und die Stadtmänner zu ihm auf den Rastplatz gekommen wären, hätte er es von ihnen verlangt. Doch der Magier wollte, dass die Leute von Worbis ihn und die Mönche bewusst wahrnahmen, deshalb schritten er, Servatius und Burghard um die Mittagsstunde auf das Rathaus zu. Wie auch schon am Vortag verstummten die Menschen und hielten in ihren Tätigkeiten inne, wenn die drei Männer vorüberkamen. Barnabas plante solche Auftritte wie in einem Bühnenstück. Er hatte sich einen Gürtel umgelegt, an dem ein blanker Katzenschädel und eine Hasenpfote baumelten. Seine Silberringe waren auf Hochglanz poliert, und mehrere Ketten schmückten seinen Hals. Außerdem führte er einen Stock mit, dessen Ende spitz geschnitten und der am Schaft mit unbekannten Zeichen versehen war. Sein Aussehen und seine Statur flößten Furcht und Respekt ein. Nur Burghard waren die unterwürfigen Blicke der Leute zuwider, und er versuchte, sich in seiner Kutte zu verstecken. Servatius hingegen genoss die Aufmerksamkeit der Menschen. Endlich wurde auch er nicht mehr übersehen oder gar verjagt so wie früher, wenn man ihn wie eine lästige Fliege weggescheucht hatte, weil er um Essen bettelte. Seit er mit dem Magier reiste, wurde er wie dieser mit Ehrfurcht und Respekt behandelt. Für dieses besondere Gefühl der Wertschätzung verehrte er Barnabas, mehr noch, er war ihm aufrichtig zugetan und wäre bereit gewesen, alles für ihn zu tun.

Schon vor der Tür des Amtszimmers hörten der Magier und die beiden Mönche einen lauten Wortwechsel. Als sie eintraten, saßen an einem wuchtigen Tisch Amtmann Löwenberg und zwei weitere Männer, ein Dritter stand davor.

Beim Eintritt der Besucher verstummten die Anwesenden augenblicklich. Sie hatten eine lautstarke und heftige Diskussion geführt, wie ihre erhitzten Gesichter verrieten. Löwenberg blickte beschämt drein, die beiden anderen, die neben ihm saßen, neugierig, der Dritte, der vor ihnen am Tisch lehnte, eher missmutig.

Barnabas musterte die Männer unverhohlen. Es war schon öfter vorgekommen, dass sich die hohen Herren nicht einig waren, ob sie ihn zu Rate ziehen sollten oder nicht. Zum einen kostete er viel Geld, und zum anderen war er den meisten Menschen unheimlich. Man hatte Angst, dass der Magier einen Fluch auf sie legen könnte, wäre er unzufrieden oder verstimmt. Doch Barnabas verstand es, diese Ängste zu entkräften und die abergläubischen Menschen von seinen magischen Kräften zu überzeugen.

Hier schien jedoch etwas anderes die Streithähne verstimmt zu haben, und im ersten Moment konnte er nicht deuten, was.

›Die Menschen sind so dumm‹, dachte Barnabas, als er gelangweilt in ihre Gesichter blickte. Sie erkannten nicht, dass er ein Spieler war, der taktisch vorzugehen wusste.

»Wir benötigen Eure Dienste nicht!«, meldete sich der Mann zu Wort, der mit verschränkten Armen am Tisch lehnte.

»Wollt Ihr Euch nicht vorstellen?«, fragte Barnabas mit ruhiger Stimme. Der Angesprochene zuckte mit den Schultern und wies die Frage schroff zurück: »Mein Name ist nicht von Bedeutung, denn Ihr braucht ihn Euch nicht zu merken.«

»Nun ja, dass mögt Ihr so sehen, aber ich nenne es Höflichkeit.«

»Er ist der Magister von Worbis, Herr Behrhoff. Und das hier«, er zeigte zu seiner Rechten, »ist Richter Kempten, und hier«, nun wies er zu seiner Linken, »sitzt der Theologe Dr. Eisenhut«, hatte Löwenberg nun die Vorstellung der Anwesenden übernommen. Barnabas sah spöttisch in das gerötete Gesicht des Amtmanns, dem auch jetzt wieder der Schweiß auf der Stirn glänzte.

»Ihr solltet etwas gegen Euer Herzrasen unternehmen, sonst bringt es Euch eines Tages noch um!«, meinte der Magier und wies mit seinem Stock auf Löwenbergs Herz. Erschrocken tupfte sich dieser hektisch über das Gesicht.

»Was kann ich dagegen tun?«, fragte er ängstlich.

»Täglich drei Tassen Weißdornaufguss. Eine Handvoll Blüten

auf einen Liter siedendes Wasser. Trinkt ihn jeden Monat drei Wochen lang. Und dieser Rat ist umsonst.«

»Das hilft?«

Der Magier nickte, und das Gesicht des Amtmannes entspannte sich. Barnabas hatte seinen ersten Verbündeten gewonnen. Ruhig schaute er die drei anderen Männer an, konnte aber bei ihnen keine Krankheitssymptome erkennen. Schließlich blickte er starr in ihre Gesichter, bevor er den Amtmann erneut ansah.

»Herr Amtmann Löwenberg, Ihr habt mich und meine Begleiter hierherbestellt, weil ich eine Hexe überführen soll. Wo ist das Weib?«

Bevor Löwenberg antworten konnte, übernahm Magister Behrhoff wieder das Wort: »Ich teilte Euch bereits mit, dass wir Eure Dienste nicht benötigen.«

Zweifelnd sah Barnabas den Mann an. Nur Burghard atmete erleichtert aus und dankte still seinem Schöpfer.

»Das glaube ich nicht!«, war des Magiers Antwort.

»Ach, und warum nicht? Müssten wir, die wir hier leben, es nicht besser wissen?«, meldete sich Richter Kempten zu Wort, doch seiner Gestik war Unbehagen anzumerken.

All dies registrierte der Magier mit scharfem Verstand, um dem Magister erneut zu widersprechen: »Dass es in Worbis eine Hexe geben soll, ist bereits über die Stadtmauern hinausgetragen worden …«

»Ihr versteht nicht«, wurde der Magier leise und höflich vom Magister unterbrochen. »Die Hexe benötigt nicht Eure Hilfe, sondern die eines angesehenen Arztes. Man braucht Euch hier in Worbis nicht – und wahrscheinlich auch nirgendwo sonst.«

Der Richter und der Amtmann starrten stumm und beschämt aneinander vorbei. Nur der Theologe, ein stattlicher Mann mit einer sehr geraden Nase und hohen Wangenknochen, sah zu

Barnabas auf und schien gespannt darauf zu warten, wie der sich verhielt.

Der Magister hielt Barnabas' Blick stand und sprach im Ton eines Lehrmeisters: »Ist Euch noch nie in den Sinn gekommen, dass unter der Folter jeder alles gestehen wird? Hexenprozesse, die auf der Folter aufbauen, sind in sich falsch! Der von mir hochgeschätzte Adam Tanner sagt, dass Geständnisse unter der Folter keine Begründung für einen Urteilsspruch sein dürfen. Eine verlässliche Suche nach konkreten Tatmerkmalen und glaubwürdigen Zeugen findet in Hexenprozessen nicht statt, also sind sie Unrecht.«

»So etwas Dummes habe ich schon lange nicht mehr gehört.«

»Nun«, unterbrach Behrhoff ihn spitz, »das habe ich von solch einem Menschen wie Euch auch nicht anders erwartet. Dazu muss man schon etwas mehr können als ... Hokuspokus.«

Löwenberg, Kempten und der schweigsame Theologe sogen scharf die Luft ein. Der Amtmann betete im Stillen, dass diese Äußerung des Magisters kein Nachspiel haben würde. Nie und nimmer würde er sich getrauen, so etwas zu einem Magier zu sagen, jedenfalls nicht laut.

Burghard bekam von der angespannten Stimmung im Raum nichts mit, da ihm die Worte des Magisters durch den Kopf gingen. Diese Sichtweise der Dinge war ihm vollkommen neu, und auch von einem Adam Tanner hatte er nie zuvor gehört. Wenn es tatsächlich stimmen sollte, was der Magister behauptete, dann waren alle Hexenprozesse, die ihren Urteilsspruch auf unter der Folter erzwungene Aussagen gründeten, ungültig.

Der junge Mönch kam ins Grübeln. Er hatte niemals die Richtigkeit der Tortur angezweifelt, denn sein Wissen über Hexen war so beschränkt wie das der meisten Menschen. Zwar waren ihm die Schreie der Frauen unerträglich, und auch vom Anblick des vielen Blutes wurde ihm übel. Aber die peinliche Befragung als die vorgeschriebene Art und Weise zur Überführung von bösen Frauen, die im Bund mit dem Teufel waren, hatte er nie in Frage gestellt. Doch Burghard verwarf seine Zweifel rasch wieder. Dieser Magister Behrhoff musste ein Scharlatan sein, denn schließlich genehmigte die Gesetzgebung der »Carolina« die Folter bei Hexenverhören ja! Was wiederum bestätigte, dass die Tortur richtig war, da man diesen Abschnitt sonst nicht formuliert hätte. Zufrieden mit seiner eigenen Erklärung widmete Burghard seine Aufmerksamkeit wieder den Männern im Amtsraum.

Barnabas lächelte zunächst gequält, dann sah er den Magister scharf an und sprach: »Nun, so einfach ist das nicht, verehrter Herr Magister Behrhoff. Es gibt schließlich auch Frauen, die sich selbst als Hexe anklagen. Die haben also nicht unter der Tortur gestanden, und somit stimmt Eure Vermutung in diesem Fall nicht ...«

»In diesem Fall will ich Ihnen die Ansicht des Hofarztes des Herzogs von Jülich-Kleve wiedergeben. Doktor Weyer vertritt die Anschauung, dass Frauen, die sich selbst als Hexen bezeichnen, in ärztliche Behandlung gehören und nicht auf den Scheiterhaufen.«

»Das ist doch alles dummes Geschwätz! So etwas kann nur ein Quacksalber sagen, damit er genug zu tun hat. Aber ich, Barnabas der Magier, weiß, woran man Hexen erkennen kann. Sehr oft schon habe ich sie unter allen Einwohnern eines Ortes gefunden und des Schadenszaubers überführt. Und ich gebe Euch Brief und Siegel, dass auch hier in Eurem beschaulichen Städtchen Hexen Unzucht mit dem Teufel treiben, dass sie für die Seuchen Eurer Tiere verantwortlich sind und dass sie Menschen vergiften. Das, mein lieber Magister, tun sie im Vollbesitz ihres Geistes und nicht, weil sie krank sind.«

Barnabas stieß seinen Stab mit voller Wucht auf den Holzboden. Löwenberg griff sich ans Herz und glaubte, sein letztes Stündlein habe geschlagen, so sehr hatte er sich erschreckt. Endlich meldete sich der Richter zu Wort und sprach an den Magister gewandt: »Johannes, lass gut sein. Deine Argumente sind nicht zu belegen. Du weißt, dass mein Weib daniederliegt und sich seit Tagen in Schmerzen windet. Kein studierter Arzt kann ihr helfen. Das Übel ist erst aufgetreten, nachdem sie mit Greta gestritten hat. Ich bin mir sicher, dass sie meine arme Elfriede mit einem bösen Zauber belegt hat. Niemand kann ihr helfen, außer ein Magier. Nur er ist fähig, den Schadenszauber wieder aufzuheben. Anschließend muss die Hexe bestraft werden, erst dann kehrt wieder Ruhe ein. Verbrannt werden muss sie, damit auch ja nichts von ihr in den Himmel einfahren kann!«

Der Magister unterbrach ihn abrupt und erwiderte: »Tobias, für dein Weib werde ich beten, aber ich bitte dich ... Ich habe Euch bereits erklärt, dass es falsch ist, diese Frauen zu töten. Gott will nicht, dass Sünder getötet werden. Sünder müssen bekehrt und dann der Kirche wieder zugeführt werden. Wenn Hexen getötet werden und zur Hölle fahren, triumphiert der Teufel. Wenn sie aber bekehrt werden und weiterleben, ist der Teufel gedemütigt und verliert. Hexen wehrt man nicht durch Hexenprozesse ab. Man wehrt sie nur durch die Kraft des Gebetes ab und durch geweihte Gegenstände wie Weihwasser ...«

Johannes Behrhoff sah in die Gesichter der Männer. Der Amtmann und der Richter schienen zu zweifeln. Nur den Blick des Theologen konnte er nicht deuten, trotzdem fügte er mit lauter Stimme hinzu: »Wer Angst vor Hexen hat, zeigt, dass er kein ausreichendes Gottvertrauen besitzt!«

Erschrocken blickten ihn die Anwesenden an. Nur Barnabas' Gesicht hatte einen verkniffenen Ausdruck angenommen, sah er doch seine Felle davonschwimmen. Wieder einmal wurde dem Magier klar, dass man Geld erst zählen durfte, wenn man es bereits in Händen hielt.

Plötzlich erhob sich der Theologe, der bislang schweigsam der Auseinandersetzung gefolgt war. Durchdringend sah er den Magister an und spie die Worte fast aus: »Verschont uns mit Eurem Geschwätz und den Meinungen von Hexenverfolgungsgegnern wie Johann Weyer und Adam Tanner. Ich kenne deren Ansichten und verdamme sie. Für uns gelten nur der ›Malleus Maleficarum‹ und die ›Carolina‹. Der Hexenhammer sagt mehr als deutlich, wie man mit bösen Weibern zu verfahren hat. Alle Gottesabtrünnigen müssen vernichtet werden, damit sie keinen Schaden säen können. Und Ihr, ehernwerter Herr Magister, müsst aufpassen, dass Ihr Euch nicht zu weit aus dem Fenster lehnt. Schnell, sehr schnell kann man nämlich selbst der Hexerei bezichtigt werden!«

Diese eindringlichen Worte ließen den Angesprochenen bleich werden. Mit solch einer Gegenrede hatte er nicht gerechnet. Wütend nahm er seinen Hut, der auf einem Stuhl gelegen hatte, und stapfte zur Tür. Bevor er den Raum verließ, drehte er sich um und erklärte zornig: »Lasst Euch von diesem Magier ruhig das Geld aus den Taschen ziehen. Mir kann es egal sein. Doch merkt Euch eins: Verdächtigungen wegen Hexerei dürfen nicht zur Folter oder Verurteilung führen! Sollte Greta Ackermann wegen Euren haltlosen Vermutungen brennen müssen, so tragt Ihr eine schwere Schuld auf Euren Schultern, die Euch drücken wird, bis Ihr die Augen für immer schließen werdet.«

Dann schlug er die Tür so fest hinter sich zu, dass der Knall durch das gesamte Rathaus hallte.

Nachdem Behrhoff den Raum verlassen hatte, war ein lautes Aufatmen zu hören. Nur Burghard zitterte. Das, was hier gesprochen worden war, würde ihn noch lange beschäftigen. Wäre er doch nur im Kloster, dann könnte er jetzt mit Bruder Kuno und Bruder Paschalis darüber sprechen! Vielleicht gab es die Schriften der genannten Männer Weyer und Tanner sogar in der Klosterbibliothek. Der Wunsch, mehr darüber zu erfahren, war übergroß, sodass Burghard beschloss, Servatius danach zu fragen. Schließlich war er sein Lehrmeister und wusste sicher Antwort.

Barnabas hingegen war zufrieden. Wie schnell sich doch das Blatt wenden konnte! ›Jetzt werden sie richtig zahlen müssen‹, dachte er vergnügt.

Löwenberg schaute den Magier zufrieden an.

»Nun, Meister, da wir den Störenfried los sind, können wir über die Hexe sprechen.«

Der Magier hob seinen Stock, woraufhin der Amtmann verstummte.

»Bevor wir uns der Hexe widmen, möchte ich Euch meine … nennen wir es Entgeltvorstellungen nennen.«

Die drei Worbiser sahen sich ungläubig an.

»Was gibt es da zu besprechen? Wir haben eine Summe vereinbart, und die werdet Ihr bekommen, sobald der Fall erledigt ist.«

Zynisch sah Barnabas den Richter an.

»Wie ich höre, habt Ihr Eure Stimme wiedergefunden. Kräftig ist sie und laut. Zuweilen war ich der Meinung, Ihr hättet sie verloren …«

Kempten stieg die Zornesröte ins Gesicht, aber Barnabas sprach weiter: »Ich werde ehrlich zu Euch sein. Das, was ich mir hier anhören musste, war beleidigend. Deshalb hat sich mein Preis erhöht. Ich fordere jetzt das Dreifache und die Hälfte im Voraus.«

Nun polterte der Richter los: »Solch eine Unverschämtheit ist mir selten zu Ohren gekommen!«

Ohne ein weiteres Wort drehte sich Barnabas um und machte Anstalten, den Raum zu verlassen.

»Wo wollt Ihr hin?«, fragte Löwenberg aufgebracht.

»Ich gehe. Hier gibt es nichts mehr zu tun!«

Der Richter und der Amtmann schnauften entrüstet.

»Ihr bekommt, was Ihr verlangt! Morgen werden wir die Hexe überführen«, warf der Theologe ein. Überrascht sahen die beiden anderen den studierten Mann an. Der Magier hingegen verbeugte sich und verließ zusammen mit den beiden Mönchen den Raum.

Kapitel 23

Als Pfarrer Lambrecht auf Burg Bodenstein das schwarze Prachtpferd des Freiherrn von Wintzingerode aus dem Stall führte, hatte der Regen aufgehört. Doch zeigte ihm ein Blick nach oben, dass noch immer schwere dunkle Wolken am Himmel hingen, die nichts Gutes verhießen. Trotzdem entschied er sich nicht für den trittsicheren Steinweg, der den Berg hinunter und dann durch Wintzingerode führte, sondern wählte den alten Heerweg querfeldein. Von der Burg aus würde er Richtung Tastungen reiten und dort auf den Weg nach Duderstadt stoßen. Dieser war kürzer, und auf den weiten offenen Ackerflächen und Wiesen konnte er den Wallach zum Galopp antreiben. Es war jetzt früher Nachmittag, und Lambrecht hoffte, mit Franziska gegen Abend zurück auf Burg Bodenstein zu sein.

Er führte das Ross am Halfter hinter die Burg am Kornhaus vorbei. Gespenstische Ruhe herrschte im Wald, die nur durch das Klappern der Hufe auf dem steinigen Boden durchbrochen wurde. Als er die Burg fast umrundet hatte, stieg er auf das Pferd und ließ es dann langsam eine kleine Anhöhe hinauftraben. Oben angekommen, bog er nach links und trat dem Ross in die Flanken. Der Wallach bäumte sich kurz auf, um dann im gestreckten Galopp nach vorne zu preschen. Rasch entfernten sich Ross und Reiter von der Burg. Auf den grünen Wiesen durfte der Rappe seine Kraft und Schnelligkeit ausleben und legte innerhalb kürzester Zeit eine große Wegstrecke zurück. Doch auf den braunen Äckern stand das Regenwasser in großen Pfützen. Lambrecht hatte nicht bedacht, dass der Boden nach dem heftigen Regenfall stark aufgeweicht und glitschig sein würde. Nur mühsam und unter großer Kraftanstrengung hob das Pferd die Hufe aus der braunen Erde.

›Von Weitem sieht es sicher so aus, als ob der Rappe tanzen würde‹, dachte Lambrecht verärgert. Aus dem schnellen Galopp war ein gemächlicher Schritt geworden, und nur sehr langsam kamen sie voran. Das Pferd versank immer wieder bis zu den Fesseln im Schlamm und musste sich durch die Äcker unterhalb des Bornberges richtiggehend quälen.

»Wäre ich doch nur über Wintzingerode geritten!«, schimpfte der Pfarrer zum wiederholten Male laut mit sich selbst, doch er wusste, dass ihm dort zu viele Menschen begegnet wären, und das hatte er schließlich vermeiden wollen. Nach einiger Zeit gelangte er in den Wald und ritt durch den langen, steil abfallenden Hohlweg, der mit der Zeit tief ausgewaschen war und Ross und Reiter fast verschluckte. Auf dem Weg angekommen, der Lambrecht jetzt direkt nach Duderstadt führen würde, war das Fortkommen für beide leichter.

Schon Minuten später konnte er rechts die Dächer von Wehnde und links auf einer kleinen Anhöhe den Turm der Wehnder Warte erkennen. Erneut trieb er das Pferd zur Eile an. Krähen zogen bei der Wüstung Kamp ihre Kreise am Himmel. Als er dichter an der langsam verfallenden Wasserburg vorbeiritt, konnte er ein verendetes Reh im Graben erkennen, über das sich bereits einige der schwarzen Aasfresser hergemacht hatten.

Auf dem Eichsfeld gab es viele solcher Wüstungen, die aus verlassenen Gehöften, einzelnen Häusern oder Ansiedlungen bestanden. Aus den unterschiedlichsten Gründen waren diese im Laufe der Jahre verlassen worden. Oft, weil es hier zu gefährlich war, allein zu leben. Eine Verteidigung gegen Überfälle war ohne Unterstützung meist aussichtslos. Manchmal gingen die Bewohner auch fort, weil das Wasser versiegt war oder der Boden nicht genug Ertrag abwarf. Einige Wüstungen waren verlassen worden, weil die Pest dort gewütet hatte, und andere, weil die ursprünglichen Bewohner verstorben waren und ihre Nachkommen nicht in der Einöde leben wollten.

Es begann leicht zu nieseln, als Lambrecht an dem trostlosen Dorf Eidingerode im Tal der Brehme vorbeiritt. Schemenhaft sah er die unbewohnten Häuser rechts neben sich liegen.

Der alte Weg, der auch als Poststraße genutzt worden war, war an diesem Teil der Strecke in sehr schlechtem Zustand, was Lambrecht aber jetzt nicht weiter störte. Da er befürchtete, sein Ross könne sich zu sehr verausgaben und würde für den Heimweg keine Kraft mehr haben, ließ er es einige Zeit Schritt gehen.

Kurz darauf lag Duderstadt vor ihm. Wieder trat er dem Rappen in die Flanken, woraufhin das Pferd laut wieherte. So schnell es konnte, galoppierte es auf die Stadt zu. Trafen Huf und Stein aufeinander, flogen die Funken. Erst als Lambrecht die ersten Häuser außerhalb der Stadtmauern von Duderstadt erreicht hatte, zog er sachte an den Zügeln, damit sein Ross wieder langsamer wurde.

Endlich war er am Obertor angelangt. Von dort war es nicht mehr weit zum Haus der Familie Hesse. Ross und Reiter sehnten sich nach einem schützenden Dach, denn das Nieseln war inzwischen in heftigen Regen übergegangen. In leichtem Trab führte Lambrecht den Wallach an der Sankt-Cyriakus-Kirche vorbei. Selbst der Stadtwächter, der hoch im Turm der Kirche die umliegenden Bergwarten überwachte, ließ sich bei diesem Wetter nicht blicken. Selten gab es für den Türmer etwas Interessantes in der Ferne zu beobachten, weswegen er des Öfteren neugierig aus seinem Fenster hinunter auf den Markt lugte, um zu schauen, wer dort unten einherging. Doch wegen des schlechten Wetters war heute nichts von ihm zu sehen. Vorbei am alten Rathaus folgte Lambrecht dem offenen Wasserlauf der Brehme. Bevor er an der Servatiuskirche nach rechts zum Haus seines Freundes abbog, erkannte er den Ausrufer und hörte, wie er durch die Straßen rief: »Heute wird bekannt gemacht, dass niemand in die Brehme macht, denn morgen wird gebraut.«

Lambrecht konnte beobachten, wie mehrere Burschen die große, schwere Braupfanne durch das Tor des Bierbrauers Reingans hievten.

Lächelnd verfolgte Lambrecht die Bemühungen der jungen Männer, die Braupfanne zuerst gerade und dann, als das nicht ging, sie schräg durch die Tür zu tragen.

Über dreihundert Familien hatten in Duderstadt das Braurecht und stellten das dunkle, starke Bier her, das über die Stadtgrenzen hinaus bekannt war. Jeder konnte die Genehmigung zum Bierbrauen erwerben, allerdings musste er außer dem nötigen Kleingeld auch eine Tür haben, durch die die große Braupfanne passte, denn die wurde nach jedem Braugang an die nächste Familie weitergereicht.

Kaum hatte Lambrecht den schwarzen Wallach im Stall abgegeben, da brach der Regen so stark los, dass er sich im Laufschritt zur Haustür begab, um nicht völlig durchnässt zu werden.

Erfreut hießen ihn die Hesses willkommen und wollten die Geschichte kaum glauben, die er ihnen vortrug. Frau Hesse war richtiggehend aufgebracht und fragte den Pfarrer: »Glaubt Ihr wirklich, dass Euer Schwager es so weit treiben wird? Ich kenne Franziska erst seit wenigen Stunden, und doch ist sie mir schon ans Herz gewachsen. Ich kann mir nicht vorstellen, dass jemand ihre Unschuld anzweifeln kann.« Ihr Gatte nickte zustimmend. Doch als er den besorgten Blick seines Freundes sah, spürte auch Hesse ein mulmiges Gefühl in sich hochsteigen.

»Ich sehe es so wie du, meine Liebe«, pflichtete er seiner Frau bei, um dann fortzufahren: »Aber ich kann Lutz Lambrechts Besorgnis nachempfinden. Ich kenne seinen Schwager, den Bauer Bonner, und auch so manchen seiner peinlichen Auftritte. Was wir nicht vergessen dürfen, ist die Tatsache, dass Bonner den Stein ins Rollen gebracht hat, und den kann er nun nicht mehr aufhalten, selbst wenn er wollte. Er muss das Mädchen der Hexerei anklagen, da er sonst selbst vor den Richter zitiert werden würde.«

Die geröteten Wangen von Herrn Hesse wurden eine Spur blasser, als er sich seiner eigenen Worte bewusst wurde.

»Unglaublich, was solch ein verschrobener, machtbesessener Mensch anrichten kann. Aber das Schlimmste wird sein, dass niemand es wagen wird, sich gegen Bonner zu stellen ...«

»Aber warum nicht?«, fragte Frau Hesse aufgebracht.

»Die Angelegenheit ist zu heikel, meine Liebe. Hätte man Franziska des Diebstahls angezeigt, dann wäre es ein Leichtes, sich auf ihre Seite zu stellen. Aber der Hexerei angeklagt zu sein wiegt schwer. Schnell kann es heißen, dass sie ihren Fürsprecher verhext hat, oder gar, dass man selbst mit dem Teufel im Bunde steht. Und dann geht man den gleichen Weg wie Franziska – und der führt geradewegs ins Feuer!«

Erschrocken hielt sich Frau Hesse die Hand vor den Mund. Lambrecht, der bis dahin stumm zugehört hatte, nickte. An die Frau gewandt, fuhr er fort: »Dem kann ich nur zustimmen. Würdet Ihr nun, da Ihr die Konsequenzen kennt, noch immer für Franziska vor Gericht aussagen wollen? Behaupten, dass sie ein unschuldiges Mädchen sei? Dass Bauer Bonner sie nur aus Eigennutz anklagt? Würdet Ihr in Kauf nehmen, dass Eure Kinder vielleicht ohne Mutter aufwachsen müssten, nur weil Euch das Mädchen rein und unschuldig erscheint?«

Frau Hesse schloss bestürzt die Augen und atmete laut aus. Als sie den Pfarrer wieder ansah, war ihr Blick traurig.

»Nein, das Wagnis würde ich nie und nimmer eingehen. Meine Familie geht mir über alles, und niemand wäre es wert, dass ich die Meinen dafür im Stich lassen würde. Trotzdem ist es eine zum Himmel schreiende Ungerechtigkeit, und wenn ich euch beide richtig verstanden habe, wird die Anklage das Mädchen unausweichlich auf den Scheiterhaufen bringen.«

Die Stimme der Frau war nur noch ein leises Hauchen, und sie konnte die Tränen nicht mehr zurückhalten. Leise weinend legte sie ihr Haupt an die Schulter ihres Mannes, der ihr tröstend mit seiner fleischigen Hand den Rücken tätschelte.

»Ihr könnt Franziska trotzdem helfen.«

Fragend blickte Frau Hesse zu Lambrecht auf.

»Ich werde das Mädchen noch heute mit mir nehmen. Es gibt nur einen Ort ...«

Der Braumeister hob die Hand, sodass Lambrecht verstummte.

»Sprich nicht weiter, Lutz. Je weniger wir wissen, desto weniger können wir verraten! Liebes, geh zu Franziska, und erkläre ihr alles.«

Aufschluchzend nickte seine Gattin und verließ den Raum. Als sich die Tür hinter ihr schloss, sagte Hesse mit gedämpfter Stimme zu Lambrecht: »Du weißt, Lutz, dass unsere Freundschaft etwas Besonderes ist. Nicht nur, weil sie seit unserer Kindheit Bestand hat, sondern auch, weil du lutherischer Pfarrer bist und ich Katholik. Trotzdem haben wir stets nach Gottes Willen gehandelt, denn Gott macht keine Unterschiede unter den Gläubigen – nur der Mensch ...«

Fragend sah Lambrecht zu seinem Gegenüber. Er verstand den Sinn der Worte zwar, aber ihm war nicht klar, was sein

Freund ihm damit sagen wollte. Hesse erkannte das und fügte entschuldigend hinzu: »Ich war noch nie gut in Erklärungen … Was ich sagen wollte, ist einfach nur, dass du dich auf mich und meine Frau verlassen kannst. Wir werden niemandem verraten, wohin du das Mädchen bringst. Jedoch sage dem Wohltäter, dass ich ihm ein Fass meines besten Bieres spendieren werde.«

Erstaunt fragte Lambrecht: »Woher weißt du …«

Braumeister Hesse wischte die Frage fort.

»Das Pferd hat seinen Besitzer verraten, und ich hoffe, dass niemand sonst es erkannt hat.«

Für einen Moment hörte das Herz des Pfarrers auf zu schlagen. Daran hatte er wahrlich nicht gedacht! Doch nun war es zu spät, denn er konnte den Rappen weder zurücklassen noch ein anderes Pferd nehmen. Er musste auf Gott vertrauen …

Franziska betrat den Raum und kurz nach ihr Frau Hesse. Diese reichte dem Mädchen einen Mantel.

»Hier, mein Kind. Leider kann ich nicht viel für dich tun, doch nimm diesen Mantel – er soll dich vor dem Regen schützen.« Höflich bedankte Franziska sich bei ihr, als diese sie in die Arme schloss und an ihr Herz drückte.

»Der liebe Gott wird mit dir sein, mein Kind!«

»Franziska, es wird Zeit!«, drängte Lambrecht.

Das Mädchen legte den Mantel um und zog die Kapuze über ihr Haupt.

›Niemand wird sie erkennen‹, dachte Lambrecht. Sein Blick traf sich mit dem von Hesse. Der musterte den Pfarrer. Lambrecht sah an sich herunter und musste lächeln. Er hatte in der Aufregung vergessen, dass er ebenfalls fremde Kleidung trug. Hedwig von Wintzingerode hatte ihn überzeugt, die Beinkleider und das Hemd anzulassen, da sein Talar noch immer klamm und schwer vom Regen gewesen war. Zudem war Adolph Ernst so freundlich gewesen, ihm mit einem Mantel auszuhelfen. Auch, wenn man das Pferd des Freiherrn erkennen würde, käme niemand auf den Gedanken, dass der Pfarrer von Tastungen und das Mädchen Franziska auf seinem Rücken aus der Stadt ritten. Jetzt war Lambrecht sogar für das schlechte Wetter dankbar, da sie so die Kapuzen überziehen mussten. Es regnete Bindfäden, und der Himmel war mit grauen Wolken verhangen, sodass Lambrecht sicher sein konnte, dass ihnen nur wenige Menschen auf dem Marktplatz und in den Gassen von Duderstadt begegnen würden.

Als Franziska aus dem Haus des Braumeisters trat, fiel ihr Blick für einen Moment auf den Westerturm der Stadt. Sie blickte an dem imposanten Gebäude hinauf und erkannte trotz des starken Regens, dass die Turmspitze seltsam in sich gedreht war. Als sie durch das dunkle Tor des Turms blickte, überlief sie ein Kälteschauer, denn Lambrecht hatte ihr erzählt, dass dahinter die Gerichtslinde stand, unter der Gericht gehalten wurde. Unter ihr wurden Todesurteile gefällt, um dann auf dem Sullberg am Fuße des Städtchens Mingerode vollstreckt zu werden. Da die Bewohner des Ortes in Hand- und Spandienst von Duderstadt standen, mussten sie den Galgen aufstellen oder aber das Holz für die Scheiterhaufen stellen. Das machte sie zu Handlangern des Henkers, was wiederum bedeutete, dass sie wie dieser als ehrlos angesehen wurden. Lambrecht vermutete, dass sich die Mingeröder irgendwann dagegen auflehnen würden, da sie sonst aus dieser Verpflichtung nie wieder herauskämen.

Franziska kletterte hinter Lambrecht auf den Rappen und klammerte sich ängstlich an ihm fest. Sie hatte noch nie auf einem Pferd gesessen. Beruhigend drückte der Pfarrer die Hand des Mädchens. Er nahm die Zügel auf, hob die Hand zum Gruß und lenkte das Tier nach links, um denselben Weg zurück zu nehmen, den er gekommen war. Wieder hallte das Geräusch der auf den Steinboden treffenden Hufeisen laut durch die Gassen.

Trotz des heftigen Regens rief der Ausrufer noch immer mit kraftvoller Stimme durch die Gassen, dass morgen das Bierbrauen beginnen würde. Für einen kurzen Moment trafen sich die Blicke des Mädchens und des Mannes. Das Pferd trabte durch das Obertor und ließ die letzten Häuser außerhalb des Ringwalls von Duderstadt hinter sich. Noch einmal blickte Franziska zurück. Trauer schnürte ihr die Kehle zu und machte ihr das Herz schwer. Immer weiter entfernte sie sich von Johann, und in diesem Moment war sie sich sicher, dass sie ihren Liebsten nie wiedersehen würde. Ihr Schicksal lag in den Händen des Pfarrers, auf den sie sich gänzlich verlassen musste, da sie von keinem anderen Hilfe erwarten konnte. Sie wusste nicht einmal, wohin er sie bringen würde und wagte auch nicht zu fragen. Sie wollte nicht weiter über ihr Schicksal nachdenken, aber hoffte im Stillen, dass alles gut werden würde.

Als Lambrecht dem Rappen das Kommando zum Galopp gab, klammerte sie sich an den Rücken des Pfarrers. Wieder drückte er beruhigend die Hand des Mädchens.

Der Regen peitschte Lambrecht ins Gesicht, und er senkte das Haupt. Er hoffte, dass das Pferd den Weg zurück in seinen Stall finden würde, und so ließ er nach einem kurzen Stück Weges im Galopp nun die Zügel wieder lockerer, woraufhin der Rappe zurück in den Trab fiel. Er wollte die Kräfte des Pferdes schonen, für den Fall, dass sie verfolgt würden. Aber Lambrecht war sich ziemlich sicher, dass sein Schwager noch keinen blassen Schimmer hatte, dass er das Mädchen in Sicherheit brachte. ›Wie sollte er auch‹, dachte der Pfarrer beruhigt.

Allerdings hatten Neuigkeiten sich von jeher in den kleinen Ortschaften auf dem Eichsfeld wie ein Lauffeuer verbreitet – und so auch dieses Mal in Duderstadt.

Die Dämmerung war bereits hereingebrochen, als sich Lambrecht eingestehen musste, dass er sich verirrt hatte. Schon längst hätte er rechter Hand die Lichter von Wehnde erblicken müssen. Aber in der Ferne tauchten nur links von ihm Lichter auf.

»Das darf doch nicht wahr sein, dass ich mich in meiner Heimatgegend verirrt habe! Ich kenne hier jeden Baum, und dann so etwas ...«, schimpfte er leise mit sich selbst.

Er ließ das Pferd vorsichtig seinen Tritt auf dem dunklen Waldboden finden. Lambrecht versuchte ruhig zu bleiben und das Mädchen nicht zu ängstigen. Doch er spürte, dass, je dunkler der Wald wurde, Franziska sich umso fester gegen seinen Rücken presste.

›Lieber Herrgott‹, dachte er, ›welche Prüfung legst du mir jetzt auf?‹

Da er nicht wusste, welche Richtung er einschlagen sollte, überließ er es weiterhin seinem Pferd, den Weg zu bestimmen. Der Tag war der Nacht gewichen, und gespenstische Stille herrschte um sie herum. Nur ab und an hörte man ein Tier schreien oder Holz im Dickicht knacken. Lambrecht versuchte das Mädchen abzulenken: »Hast du den Westerturm in Duderstadt gesehen?«

»Ja«, flüsterte Franziska ängstlich.

»Hast du auch die verdrehte Turmspitze bemerkt?«

»Ja.«

»Weißt du, warum sie so aussieht?«

Als sie nichts erwiderte, fuhr Lamprecht fort: »Nun, dann will ich dich darüber aufklären. In Duderstadt brauen sehr viele Familien ihr eigenes Bier, weil die Männer viel und gern davon trinken – natürlich sehr zum Ärger ihrer Ehefrauen. Als die Frauen immer verdrießlicher wurden und die Männer ihre zänkischen Weiber nicht mehr ertragen konnten, sagten sie einfach, dass der Teufel sie zum Biertrinken verführe und sie sich nicht dagegen wehren könnten. Eines Tages mischte sich der Teufel tatsächlich unter das Duderstädter Volk und wurde von einer der Frauen an seinem Pferdefuß erkannt. Sogleich rief sie alle anderen Weiber zusammen, die sich mit Mistgabeln, Dreschflegeln und anderen Schlagwerkzeugen bewaffneten und den Teufel durch die Stadt trieben. Dieser sah keinen anderen Ausweg, als sich ausgerechnet in die Sankt-Servatius-Kirche zu flüchten. Mit einem Satz sprang er auf die Kirchturmspitze, von wo aus er die keifende Frauenschar verhöhnte. Doch die Frauen folgten ihm, und so sprang er auf den Westerturm und verdrehte dabei dessen Spitze, damit sich Duderstadt auf ewig an ihn erinnere ...«

»O je, hatten die Frauen denn keine Angst vor dem Teufel?«, war Franziskas verängstigte Stimme zu hören.

»Aber, Kindchen, das ist doch nur eine Geschichte, die ich, wenn ich ehrlich bin, auch noch ein wenig abgeändert habe. Einen Teufel in Menschengestalt gibt es doch gar nicht. Der Teufel existiert nur in den Köpfen der Menschen ...«

»Woher wollt Ihr das wissen?«, fragte Franziska.

»So sagen viele Gelehrte. Außerdem, hast du den Teufel je leibhaftig gesehen?« Franziska verneinte.

»Na siehst du, mein Kind. Glaube mir, gäbe es ihn tatsächlich, dann würde er den Menschen sicherlich oft erscheinen, um ihre Seelen zu verderben. Aber du musst keine Angst haben, der liebe Herrgott wacht über uns.«

Beruhigt schmiegte sich das Mädchen wieder an den Rücken des Pfarrers und hoffte inständig, dass er Recht hatte.

Immer noch hatte Lambrecht keine Vorstellung, wo im Ohmgebirge sie sich augenblicklich befanden, als er nach einer kleinen Anhöhe zwischen den Bäumen vor sich Wasser im Mondlicht glitzern sah.

Leise flüsterte Lambrecht Franziskas Namen. Als er keine Antwort bekam, war er beruhigt, denn das Mädchen war eingeschlafen. So musste sie sich wenigstens nicht weiter fürchten.

Zeitweise hörte man kurze Schreie in der Dunkelheit, die sogar das Pferd zu beunruhigen schienen. Immer wieder schnaubte oder tänzelte es nervös, und der Pfarrer sprach sanft mit ihm, um es zu beruhigen.

Plötzlich teilte sich der Wald, und Lambrecht konnte einzelne verlassene Häuser erkennen, an denen Efeu emporrankte. Manch eine Hauswand war eingestürzt und warf im Mondlicht bizarre Schatten.

›Die Lichter, die wir vor einer Weile gesehen haben, müssen zu Brehme gehören …‹, dachte er. ›Dann muss dies hier die Wüstung Wildungen sein.‹

Als er in der Dunkelheit einen Teich ausmachen konnte, an dem ein großer dunkler Schatten in die Höhe ragte, war er sich sicher. »Der Wildunger Teich mit seinem Turm – dem Herrn sei gedankt«, murmelte er.

Erleichtert atmete Lambrecht auf und dankte seinem Schöpfer erneut, dass sie nicht mehr umherirren mussten. Denn nun kannte er den weiteren Weg nach Bodenstein. Nur wenige hundert Schritte vor ihnen lag ein Pfad, dem sie nach rechts folgen mussten. Dieser würde sie an den unteren Rand des Ohmgebirges bringen. Dort musste das Pferd dann die »Steile Trift« erklimmen, und danach war es nicht mehr weit bis zur Burg. Bald hätten sie es geschafft, und er ließ das Pferd wieder antraben.

Als das Klappern der Hufe auf dem Felsboden der Burg widerhallte, wachte Franziska auf. Schweigend sah sie an der Wehrburg empor. Sie nahm allen Mut zusammen und fragte Lamprecht leise nach dem Namen des Ortes, an den er sie gebracht hatte. Er erklärte ihr, dass sie Burg Bodenstein erreicht hatten und dass der Freiherr von Wintzingerode ihr Schutz gewähren würde. Der Pfarrer spürte, wie das Mädchen erschrocken einatmete, doch es sagte kein Wort mehr. Er führte das Pferd in den Innenhof der Burg und half Franziska beim Absitzen. An den

Mauern waren Fackeln befestigt und erhellten das Anwesen. Blass und mit großen Augen sah sich Franziska um. Eine Hand hatte sie auf den Rücken des Pferdes gelegt, als suche sie Halt. Sie blickte an der Fassade des Wohngebäudes empor und konnte zwei Gesichter hinter einem der Fenster erkennen. Hastig sah sie zu Boden. Als sie den Blick wieder hob, waren die Gestalten hinter der Scheibe verschwunden. Fürsorglich legte der Pfarrer den Arm um das Mädchen.

»Komm, mein Kind. Man wird dich hier zwar nur im Verlies unterbringen können, aber die Burg ist der einzige Ort, an dem du sicher bist.«

Franziska nickte beklommen und folgte ihm in den Turm, unter dem der Kerker lag.

Kapitel 24

Kaum jemand hätte vermutet, dass es sich bei diesem fröhlichen Fest, bei dem das Bier in Strömen floss und erlesene Speisen den Gaumen des einfachen Volks erfreuten, um einen Leichenschmaus handelte.

So wie Clemens es seinem Schwager Wilhelm Münzbacher angedroht hatte, hatte er Heinrich ein anständiges Begräbnis ausgerichtet. Und dazu gehörte auch der Leichenschmaus, zu dem er alle Freunde und Bekannten seines väterlichen Freundes geladen hatte.

Bärbel, Heinrichs Tochter, saß mit rotverweinten Augen bei den Knechten und Mägden und konnte keinen Bissen anrühren. Der junge Arnold vermochte nachzuempfinden, wie sie sich fühlte, hatte doch auch er seinen eigenen Vater auf tragische Weise verloren. Aber die Frage, warum Heinrich so jämmerlich hatte sterben müssen, plagte ihn ebenso sehr wie Bärbel. Ihm war keineswegs froh zumute. Nur zu gern wäre er aufgestanden und hinausgegangen, um mit seiner Trauer allein zu sein. Doch diesen Triumph wollte er seinem Schwager auf keinen Fall gönnen. Denn hätte Clemens die Tafel verlassen, wäre das für das Gesinde das Zeichen gewesen, ebenfalls aufzustehen und nach Hause zu gehen, und das Fest wäre beendet gewesen. Kein Bier würde mehr getrunken und keine Speisen mehr gegessen werden. Doch bei jedem Glas, das gefüllt wurde, erkannte Clemens den wachsenden Zorn in den Augen des Schwagers, der sich nach außen bemühte, gute Miene zum bösen Spiel zu machen.

Der junge Arnold saß am anderen Ende der Tafel und beobachtete Münzbacher aus den Augenwinkeln. Jedes Wort, jede Geste, die er von ihm erhaschen konnte, prägte er sich ein, hoffte er doch, dass der Schwager sich durch ein unbedachtes Wort oder eine flüchtige Geste verraten würde.

Denn Clemens war fest davon überzeugt, dass Münzbacher für den Tod des alten Knechts verantwortlich war. Zwar hatte er keine Beweise und nicht einmal ein Motiv, weshalb der Schwager so etwas tun sollte. Doch ein Verdacht hatte sich in seinem Kopf festgesetzt und ließ ihn nicht mehr los.

Alle anderen Anwesenden glaubten, es sei ein schrecklicher Unfall gewesen – Heinrich habe sich tragischerweise zur falschen Zeit am falschen Ort befunden.

Doch je länger Clemens über die Zufälle nachdachte, die zu Heinrichs Tod geführt haben sollten, desto mehr zweifelte er. Allerdings war Münzbacher ein gerissener Fuchs, der das Geschehen um ihn herum eher beobachtete und lieber die anderen sprechen ließ, bevor er selbst das Wort ergriff.

Clemens dachte an seine Schwester Anna, die noch in Erfurt weilte und von dem Unglück auf dem Gestüt nichts wusste. Auch sie würde erschüttert sein über den Tod des alten Knechts. Heinrich war schon vor der Geburt der Arnoldschen Kinder bei ihrem Vater in Lohn und Brot gewesen und hatte sich im Laufe der Jahre im Dienst der Familie durch seine Treue Anerkennung und Respekt verschafft. Zudem besaß er ein außergewöhnliches Geschick im Umgang mit Pferden, weshalb der alte Arnold ihn stets bereitwillig um Rat gefragt hatte.

Mit Heinrich war nun die letzte Verbindung zu den Eltern gestorben. Oft hatten Anna und er dem alten Mann stundenlang zugehört, wenn er Geschichten von den Eltern erzählte, an die sich die Kinder nicht mehr erinnern konnten.

Clemens seufzte. Was würde Anna sagen, wenn sie von Heinrichs Tod erfuhr?

Friedrich Schildknecht saß Clemens gegenüber und sah ihn nachdenklich an. Er ahnte die traurigen Gedanken seines Freundes und erhob den Krug, um mit lauter Stimme die Trauergemeinde aufzufordern: »Auf Heinrich, einen treuen Knecht!«

Zustimmendes Murmeln war zu hören, und die Trauernden erhoben die Krüge auf den Verstorbenen. So auch Münzbacher, der Clemens scharf ansah. Dieser hielt dem Blick des Schwagers mühelos stand.

›Eines Tages machst du einen Fehler, Wilhelm‹, dachte der junge Arnold bei sich. Von Minute zu Minute wurden die Zweifel kleiner und die Gewissheit größer, dass sein Schwager die Schuld an Heinrichs Tod trug. Dessen war sich Clemens sicher, und so erhob auch er den Krug in Richtung des Schwagers, prostete ihm zu und leerte den Krug in einem Zug.

Friedrich fragte mit gedämpfter Stimme: »Worüber denkst du nach?«

Clemens wandte sich ihm zu.

»Sieht man das?«

»Vielleicht kann nur ich es erkennen.«

»Ich habe einen Verdacht …«

Erstaunt blickte Friedrich ihn an.

»Was für einen Verdacht?«

»Nicht hier. Wir treffen uns morgen Mittag an dem Platz, wo wir als Kinder immer gespielt haben«, schlug Clemens vor.

Friedrich lächelte. Kindheitserinnerungen wurden wach, und er sah Anna als kleines Mädchen vor sich. Anna, die jetzt mit einem anderen Mann verheiratet war. Einem Fremden, der nicht hierhergehörte. Nicht in dieses Haus und nicht an diesen Tisch. Friedrich schielte zu Münzbacher hinüber, der sich erneut den Krug füllen ließ. Doch so war es, und er hatte es zu akzeptieren. Friedrich nahm einen großen Schluck Bier. Er war gespannt, was Clemens ihm zu berichten hatte.

Clemens wartete bereits auf Friedrich, als der zum vereinbarten Treffpunkt kam. Gedankenverloren sah sich der junge Arzt um. Wie hoch die Bäume und das Buschwerk gewachsen waren! Viele Jahre war er nicht mehr hier gewesen – hier, wo er so viele unbeschwerte Stunden als Kind verbracht hatte.

Clemens lachte laut auf, als er den verträumten Blick seines Freundes bemerkte.

»Denkst du wieder an die Drachenschuppe?«, neckte er ihn. Zuerst wollte Friedrich leugnen, doch dann nickte er.

»Ich dachte, sie würde auf mich warten!«

»Anna hätte sicherlich gewartet, wenn unsere Eltern noch leben würden. Du warst nicht da, als sie starben, und ich war kein Trost für sie. So konnte sich Wilhelm in ihr Herz schleichen. Und dass das geschehen konnte, bereut sie sicherlich schon längst …«

»Warum geht sie dann nicht fort von ihm?«

»Nur Wilhelms Tod würde meine Schwester für dich frei machen, und das weißt du.«

Mit traurigem Blick schaute Friedrich in die Ferne. Er wusste, dass Clemens Recht hatte.

»Aber dann müssen wir eben nachhelfen, so wie er es bei Heinrich getan hat!«

Bei diesen Worten sah der junge Arzt seinen Freund erschrocken an.

»Sind das die Gedanken, die dich beschäftigen?«

»Glaube mir, nur zu gern würde ich dem widerlichen Kerl die Gurgel umdrehen ...«

»Ich bitte dich, Clemens, ich mag ihn auch nicht, aber deshalb werde ich doch nicht zum Mörder!«

Clemens holte tief Luft und verriet Friedrich dann, was ihn beschäftigte: »Ich bin überzeugt, dass Wilhelm für den Tod von Heinrich verantwortlich ist.«

Gespannt sah er Friedrich an.

»Wie kommst du auf solch einen absurden Gedanken? Ich gebe zu, dass die Wahrscheinlichkeit nicht sehr groß ist, von einem angesägten Baum erschlagen zu werden. Aber doch nicht völlig unmöglich ...«

Der junge Arnold sah ihn grimmig an. Als Friedrich das bemerkte, versuchte er einzulenken: »Clemens, auch ich wäre froh, wenn Wilhelm Münzbacher verschwinden würde. Aber ihm einen Mord anzuhängen ... Was hat dich dazu veranlasst, an den Umständen, die zu Heinrichs Tod führten, zu zweifeln? Hast du einen Beweis?«

Clemens zuckte mit den Schultern: »Nein, nur ein Gefühl ...«

Friedrich sah ihn an, als ob er den Verstand verloren hätte. »Du bist von Sinnen, Clemens! Was ist nur in dich gefahren? Gefühle und Vermutungen reichen für eine Anklage nicht aus!«

»Das weiß ich! Ich dachte, dass du mir vielleicht helfen könntest«, antwortete Clemens ungehalten.

»Wie kommst du zu einer solch abenteuerlichen Vermutung? Hatten Heinrich und Wilhelm Streit?«

Wieder musste Clemens verneinen. Ihm war nun gar nicht

mehr wohl. Er hatte sich für seine Theorie Unterstützung und Verständnis von Friedrich erhofft, nicht Widerworte. Schließlich sagte er: »Heinrich wollte mir etwas sagen, als ich ihn das letzte Mal gesehen habe. Ich war jedoch mit dem Verkauf der Jungpferde beschäftigt und vertröstete ihn auf den nächsten Tag. Und dann war er plötzlich tot.«

Nachdenklich lehnte sich Friedrich gegen einen Baumstamm und sah einem Eichhörnchen zu, wie es nach Futter suchte.

»Was hätte er dir sagen können? Etwas, das mit dem Gestüt zu tun hat?«

»Nein, das glaube ich nicht. Es war Wichtigeres ...« Clemens räusperte sich und blickte zu Boden. Friedrich wartete geduldig. Nach einigen Minuten des Schweigens fuhr Clemens fort: »Es hatte sicherlich etwas mit dem zu tun, was sein Freund Milchkarl für mich in Erfahrung gebracht hatte ...«

Nun verstand der junge Arzt gar nichts mehr. Zuerst wich Clemens seinem durchdringenden Blick aus, doch dann trat er einen Schritt auf ihn zu und erklärte: »Ich habe Heinrich gebeten, Karl aufzutragen, meinen Schwager zu beobachten, weil ich ... ich glaube ...«

»Clemens, jetzt sag endlich, was los ist?«, rief Friedrich ungeduldig.

»Ich bin sicher, dass Wilhelm nicht nur Heinrich auf dem Gewissen hat, sondern auch für den Tod meiner Eltern ...«

Weiter kam er nicht, denn nun musste Friedrich laut lachen.

»Das kann nicht dein Ernst sein ...«

Als er aber den Ausdruck in Clemens' Augen sah, begriff er, dass der Freund tatsächlich davon überzeugt war. Ungläubig schüttelte er den Kopf: »Du bist verrückt geworden, Clemens. Du verlierst den Verstand.«

Friedrich verschränkte die Arme und ging nachdenklich im Kreis. Nach einer Weile meinte er mit fast sanfter Stimme: »Kann es sein, dass du dich schuldig fühlst und du dein schlechtes Gewissen beruhigen willst, indem du Wilhelm beschuldigst?«

»Ich dachte, du bist mein Freund!«, brauste Clemens auf, der nichts von einem schlechten Gewissen hören wollte. Denn es plagte ihn tatsächlich.

»Clemens, du bezichtigst deinen Schwager, drei Morde begangen zu haben, hast dafür aber keinerlei Beweise. Du lässt dich von Gefühlen leiten …«

Weiter kam er nicht, denn Clemens schleuderte wütend ein Stück Holz nach dem Eichhörnchen und verfehlte es knapp.

»Ich bin weder verrückt, noch ist mein Verdacht unbegründet. Überlege, wie sich Münzbacher seit dem Tod meiner Eltern hier breitgemacht hat! Ein Unbekannter taucht plötzlich auf, heiratet meine Schwester und will mich vom Hof drängen. Du musst wissen, dass meine Eltern ihn kurz vor ihrem plötzlichen Tod aufgesucht haben, um bei ihm ihr Testament zu hinterlegen. Und dann – o welch Zufall – werden sie angeblich von Mördern umgebracht, von denen man jedoch keine Spur findet, gerade so, als hätte der Erdboden sie verschluckt … Und jetzt stirbt Heinrich, weil ein angesägter Baum genau in dem Moment umkippt, als er daruntersteht … Erzähl mir doch nichts, Friedrich, das sind keine Zufälle! Da wurde nachgeholfen!«

Mitfühlend sah der junge Arzt seinen Freund an.

»Du kannst beschuldigen, wen du willst, Clemens, aber weder deine Eltern noch Heinrich werden dadurch wieder lebendig!«

Clemens war so außer sich, dass er Friedrich am Kragen packte und ihn gegen den Stamm der Eiche presste.

»Ich werde zu Milchkarl gehen und ihn fragen, was er Heinrich erzählt hat. Dann bekomme ich den Beweis, den ich brauche, damit du mir glaubst!«

Dann ließ er den Arzt wieder los und sah ihn mit böse funkelnden Augen an. Nicht wie Freunde, sondern wie Gegner trennten sie sich und gingen jeder seines Weges.

›Wäre Anna doch nur hier‹, dachte Clemens verbittert. ›Sie würde mir sicherlich Glauben schenken!‹

Als er zwei Stunden später aus dem Hoftor des Gestüts auf die Straße trat, sah er eine dralle Magd am Tor stehen, die ihn erwartungsvoll anblickte.

»Was ist? Suchst du jemanden?«

Ihre Augen musterten ihn eindringlich, doch sie schüttelte nur den Kopf. Als sie nichts erwiderte, ging Clemens achselzuckend an ihr vorüber.

»Dann eben nicht!« Er hatte weder Zeit noch Interesse, sich mit ihr zu beschäftigen.

Eiligen Schrittes ging er durch Dingelstedt. Kurz vor dem Friedhof bog er in eine kleine Gasse, in der Heinrichs Freund Karl wohnte. Als Clemens bei ihm anklopfte und eintrat, schlürfte der Mann eine dünne Suppe, in die er ein Stück Brot tunkte. Überrascht blickte der Alte auf. Ein Lächeln huschte über sein stoppliges Gesicht. Bevor er etwas sagte, nahm er einen Schluck aus einem Becher Bier, auf dem der Schaum wie eine Krone stand.

»Ich habe mich schon gefragt, wann du kommen würdest.«

»Warum? Hast du mich erwartet?«

»Jo! Oder willst du nicht wissen, was ich weiß? Heinrich hat dir sicherlich aufgetragen, dass du zu mir kommen sollst ... Gott wird seiner armen Seele gnädig sein ... Er war ein guter Mensch ... Er hätte einen schöneren Tod verdient.« Karl schüttelte das struppige Haupt, tunkte das Brot erneut in die Schüssel, bis es mit Brühe vollgesogen war, und biss genüsslich ab.

»Heinrich hat mir vor seinem Tod nichts mehr sagen können. Aber ich hoffe, dass du es mir erzählen wirst. Schließlich habe ich dafür bezahlt.«

Nun schaute der Alte von seiner Schüssel auf. Seine Augen blitzten.

»Und das Geld war gut angelegt!«, sagte er und lachte. Dunkelgraue Bartstoppeln ließen sein Gesicht schmutzig wirken. Dann wischte er sich mit dem dreckigen Hemdsärmel über den Mund, was ein kratzendes Geräusch verursachte.

Er rülpste und sprach dann: »Ach, der Heinrich hat dir nichts erzählt? Komisch … Er wollte doch sofort zu dir …Hm … Nun, jetzt bist du ja da.«

Karl nahm einen weiteren Schluck aus seinem Becher und schob ihn dann Clemens hin. Der leerte ihn in einem Zug. Laut lachend sagte Karl: »Jo, du bist ein richtiger Mann geworden! Ich kenne dich schon seit du …«, er zeigte mit der Hand an die Tischkante, »… so groß warst.« Clemens nickte.

»Also, was hast du mir zu berichten?«, fragte der junge Mann freundlich, aber ungeduldig.

Milchkarl zog die Luft seitlich durch seine Zahnlücken, lehnte sich zurück und verschränkte die Hände auf dem Bauch.

»Ich glaube nicht, dass dein Schwager ein feiner Mensch ist. Sonst würde er solche Spelunken nämlich meiden …«

Clemens beugte sich interessiert über den Tisch.

»Wie meinst du das? Erzähl! Schließlich hast du mein Geld schon ausgegeben.«

»Jo!«, freute sich Milchkarl. Er stand auf und goss aus einem größeren Krug Bier in den Becher. Dann setzte er sich wieder und forderte seinen Besucher auf zu trinken. Hastig trank Clemens einen Schluck und gab den Becher zurück. Nachdem auch Milchkarl einen großen Schluck genommen hatte, erzählte er Clemens mit umständlichen Worten und vielen Gesten, wie er Wilhelm bis in das Hurenhaus gefolgt war.

Enttäuscht meinte der junge Arnold: »Und das ist alles?«

»Ist das etwa nichts?«

»Nein, das ist wahrhaftig nichts. Was ist daran ungewöhnlich? Andere gehen auch in Spelunken und in Hurenhäuser. Ich brauche handfeste Beweise, dass mein Schwager ein dreckiger Hund ist, einer, der … sogar vor einem Mord nicht zurückschreckt.«

Milchkarls Augen verengten sich zu Schlitzen.

»Was willst du damit sagen, Bursche? Hat das mit Heinrich zu tun?«

Clemens nickte zögerlich.

»Jo, dachte ich es mir doch, so unvorsichtig war Heinrich nämlich nicht. Nicht nur, dass er ein goldenes Händchen für Pferde hatte, er kannte sich auch mit den Bäumen aus. Das muss sich einer mal vorstellen … Man will mich glauben machen, dass Heinrich ein Depp gewesen sein soll, der sich unter einen angesägten Baum stellt und von dem erschlagen wird … Ich wusste doch gleich, dass da etwas faul ist, dass der arme Hund … ermordet wurde er!«

Mit dem verschmutzten Hemdsärmel wischte Karl sich jetzt über die Augen.

»Aber ein Verdacht nützt uns nichts, wenn wir keine Beweise haben!«

»Komm mit, mein Junge, ich werde dir geben, was du suchst! Wir gehen zu Agathe – sie wird dir alles erzählen. Hast du Geld dabei? Ich habe nämlich keinen Käse mehr, den ich ihr als Entlohnung geben könnte.«

Clemens ließ den Lederbeutel mit dem Kupfergeld klimpern.

»Reicht das?«

»Jo!« Karl nickte.

Agathe war von dem Begleiter ihres Stammkunden Milchkarl sichtlich angetan. Nicht nur, dass er noch jung war und glatte Haut hatte – er roch auch gut, was bei ihren Kunden höchst selten der Fall war.

Leise sprach Karl mit ihr. Agathe ließ Clemens dabei nicht aus den Augen. Voller Vorfreude musterte sie ihn eingehend.

Zu ihrem Schutz durften die Frauen stets nur mit einem Mann in ihre Kammer gehen. So blieb Milchkarl zurück, als Agathe Clemens zu ihrem Gemach geleitete. Als er Clemens' ungläubigen Blick auffing, lachte er schallend.

Da keine der anderen Huren den älteren Mann interessierte, ging er in die Spelunke, in der er vor einigen Tagen Wilhelm beobachtet hatte.

Obwohl es noch früher Abend war, brannten die Talglampen im Schankraum. Wieder hingen dünne Schwaden Pfeifenrauch wie Nebelschleier in der Luft.

Karl bestellte ein Bier. An die Theke gelehnt, sah er sich um und erschrak. Am selben Platz wie beim letzten Mal saß Münzbacher. Und auch heute sprach er mit einem Mann – und wenn er sich nicht täuschte, hatte er den zuletzt ebenfalls hier zusammen mit dem Notar gesehen.

Karls Herz pochte bis zum Hals. Wenn er doch nur Clemens rufen könnte! Um nicht aufzufallen, setzte sich der Alte zu vier Männern an einen Tisch, an dem geknobelt wurde. Er tat interessiert am Spiel, hatte aber nur Augen für Münzbacher. Der schien sich mit dem anderen Mann zu streiten, denn ab und an konnte Karl erregte Wortfetzen ihres Gesprächs erhaschen. Plötzlich stieß der Notar seinen Stuhl um, erhob die Faust gegen den anderen, und es sah so aus, als würde er gleich zuschlagen. Doch stattdessen stampfte Münzbacher wütend aus der Spelunke.

Milchkarl kippte in einem Zug das dünne Bier hinunter und folgte dem Notar.

Als er auf die Straße trat, war Münzbacher nicht mehr zu sehen. Karl lief nach rechts und nach links, aber der Mann blieb verschwunden. Plötzlich hörte er lautes Geschrei, das ihn zurück zum Hurenhaus führte. Karl konnte durch die geöffnete Tür gerade noch sehen, wie Münzbacher zwei Stufen auf einmal nehmend die Treppe hinaufstürmte. Wieder drang Geschrei an sein Ohr, dann war zu hören, wie ein Krug an einer Wand zerschellte und ein Stuhl krachend zerbrach. Dazwischen die erregten Worte und das Geschrei einer Frau – Agathe!

Karl wollte gerade die Treppe hinaufsteigen, als ihm der Notar entgegenkam und wutschnaubend nach draußen eilte.

Unschlüssig blieb Karl am Treppenabsatz stehen. Sollte er ihn nun verfolgen oder nach dem jungen Clemens sehen?

Als er aber vor die Tür des Freudenhauses trat, war Münzbacher verschwunden.

Wilhelm Münzbacher keuchte zornig. Schnellen Schrittes ging er durch die unbeleuchteten Gassen zu seinem Pferd, das er am Waldrand angepflockt hatte. Er kochte vor Wut.

Zuerst der üble Streit in der Spelunke, und dann musste er auch noch Clemens bei Agathe vorfinden!

Nichts lief derzeit so, wie er es sich vorstellte. Bei ihrem letzten Gespräch im Wirtshaus hatte Adam versprochen, eine Lösung für sein Anliegen zu finden. Da ihn wieder einmal die Spielschulden arg drückten, wollte Münzbacher endlich frei über das Vermögen der Arnolds verfügen können. Erst dann wäre er alle Sorgen los und könnte das Leben führen, das er seiner Ansicht nach verdiente.

Doch Adam dachte anscheinend, dass er ihn übers Ohr hauen könne. Es sei im Augenblick niemand zu finden, der die Drecksarbeit erledigen würde, hatte er erklärt. Münzbacher lachte böse. Dieser Hurensohn wollte nur mehr Geld aus ihm pressen, sonst nichts!

»Anscheinend muss man alles allein machen!«, schimpfte Münzbacher, als er aufsaß und dem Pferd so kräftig in die Flanken trat, dass dieses sich aufbäumte.

Während er durch die Gassen jagte, geriet er beim Gedanken, dass sein Schwager dieselbe Hure bestieg wie er, immer mehr in Rage. ›Ich könnte ihn eigenhändig umbringen‹, dachte er erzürnt.

›Warum nicht‹, überlegte er dann. ›Anscheinend eigne auch ich mich für dieses Geschäft, denn bisher wurde kein Verdacht geschöpft.‹

Der Gedanke beflügelte Münzbacher. ›Später‹, dachte er. Zuerst musste er den starken Drang in seinen Lenden loswerden, der ihn seit seinem kurzen und wenig erfreulichen Abstecher ins Hurenhaus plagte.

Marga zog ihren Rock wieder über die Beine und schaute Münzbacher erwartungsvoll an.

»Was glotzt du, als ob du noch nicht genug hättest?«

»Wann kann ich zu dir aufs Gestüt ziehen? Ich will endlich feine Kleider tragen und nicht mehr waschen müssen. Schau dir meine Finger an …«

Sie hielt ihm ihre Hände direkt vors Gesicht.

»Überall ist die Haut aufgebrochen. Die Risse heilen nicht und brennen wie Feuer.« Unwirsch schlug Wilhelm die Hände fort.

»Was kann ich dafür?«

Körperlich fühlte er sich erleichtert, aber seine Gedanken quälten ihn noch immer. Vor allem, dass die Wäscherin ihn ständig unter Druck setzte und ihm immer wieder die gleiche Frage stellte, machte ihn rasend. Sogar während des Akts hörte sie nicht auf zu reden.

›Wihelm, Wilhelm‹, dachte er, ›wann wirst du endlich frei von Sorgen sein?‹

Im Augenblick bereitete ihm Marga das größte Kopfzerbrechen! Erführe Clemens von ihrer Schwangerschaft, würde er ihn vom Hof jagen lassen. Also musste er sich zuerst um das Frauenzimmer kümmern.

Böse sah Münzbacher die Wäscherin an und legte ihr die Hände um den Hals. Mit den Daumen strich er ihr langsam über den Kehlkopf. Lachend ließ sie ihn gewähren. Doch als er zudrückte, weiteten sich ihre Augen. Seine hingegen verengten sich und bekamen einen boshaften Ausdruck.

»Wilhelm!«, krächzte sie. Als er jedoch nicht losließ, sondern stattdessen den Druck seiner Finger noch erhöhte, zögerte sie nicht lange und schlug ihm mit der Faust auf die Nase.

Der Schlag trieb ihm Tränen in die Augen, und er ließ von ihr ab.

»Du bist wohl verrückt geworden!«, schrie er.

»Das sagst ausgerechnet du? Beinahe hättest du mich erwürgt!«, stieß Marga hervor und keuchte nach Luft.

In seinem Ärger hatte Münzbacher nicht bemerkt, was er tat.

›Herrgott‹, schimpfte er in Gedanken mit sich selbst, ›du wirst noch verrückt und begehst dumme Fehler.‹

Laut sagte er: »Es tut mir leid!«, und machte ein zerknirschtes Gesicht. »Ich habe an meinen Schwager gedacht und hatte mich nicht mehr im Griff«, log er. »Gäbe es den nicht, dann könntest du schon morgen zu mir auf den Hof kommen …«

»Und deine Frau?«

Er machte eine abwertende Handbewegung.

»Anna ist ängstlich und dumm. Ich schicke sie ins Kloster, da ist sie versorgt. Das würde ihr gefallen – sie weiß nicht, was ein Mann will oder was ein Mann braucht …«

Marga lachte ihr dreckiges Lachen, das Münzbacher so mochte.

»Und was machst du mit ihrem Bruder? Der ist sicher schlauer, vor allem sieht er gut aus und riecht so gut …«

»Woher weißt du das?«

»Ich war heute am Hoftor, und da ging er an mir vorbei. Den würde ich auch zwischen meine Beine lassen.«

Münzbacher packte die Wäscherin grob an den Schultern.

»Was hast du dir dabei gedacht?«

»Lass mich los! Du tust mir schon wieder weh! Das war doch nur Spaß. Ich habe dir doch gesagt, dass ich dir treu bin. Ich wollte nur wissen, wo ich bald wohnen werde. Ein schöner Hof ...«, säuselte sie und hoffte, ihren Liebhaber dadurch versöhnlich zu stimmen. Dann streichelte sie ihm über die Beine und öffnete seine Hose. Der Notar ließ sie gewähren. Ihm war eine Idee gekommen, die seine Laune besserte.

›Warum viel Geld einem heruntergekommenen Söldner zahlen, der den Rachen nicht voll bekommt, wenn ich es selbst regeln kann?‹, dachte er hämisch.

»Wilhelm, du bist großartig!«, sagte er laut und blickte die Wäscherin auffordernd an.

»Das sage ich dir doch auch immer!«, stimmte sie in sein Lachen mit ein und zog ihm die Hose herunter.

›Gib dir Mühe, du Miststück! Es wird das letzte Mal sein, dass du mich besteigen darfst‹, dachte er erregt.

Kapitel 25

Der Mond spiegelte sich in dem langsam dahinplätschernden Wasser. Burghard kniete am Rand des Flusses und kühlte die Verletzungen in seinem Gesicht. Es brannte, wenn er mit dem nassen Tuch an die aufgeplatzten Stellen kam. Bei jeder Berührung schossen ihm Tränen in die Augen. Die Lippe und das rechte Augenlid waren geschwollen. Der junge Franziskaner spürte Wut in sich aufsteigen – Zorn auf Servatius, der ihm das angetan hatte. Schlimmer als die Verletzungen war jedoch, dass er nicht wusste, weshalb sein Mitbruder ihn geschlagen hatte, denn Burghard war sich keiner Schuld bewusst.

Er hatte lediglich gefragt, hatte nur wissen wollen, warum

die Hexenverfolgungsgegner Tanner und Weyer diese Thesen aufstellen konnten, die er heute im Worbiser Ratshaus zum ersten Mal gehört hatte. Servatius hatte ihm nicht geantwortet, sondern sofort auf ihn eingeschlagen. Kein Wort erklärt, nur geschrien, wie er es wagen könne, diese Namen auszusprechen. An mehr konnte Burghard sich nicht erinnern.

Als er wieder zu sich gekommen war, hatte ihm der Mond ins Gesicht geschienen. Weder Servatius noch Barnabas waren auf dem Zeltplatz zu sehen.

›Barnabas! Dieser Verräter!‹, dachte der junge Franziskaner enttäuscht. ›Anscheinend waren alle, die diesen Namen trugen, Verräter!‹

Nichts hatte Barnabas unternommen, als Servatius auf den Jungen eingeprügelt hatte. Weder etwas gesagt noch die Schläge des älteren Mönchs abgewehrt. Und nun? Sicherlich waren sie ins nächste Wirtshaus gegangen und labten sich dort am Bier. Wütend warf der junge Franziskaner einen Stein in den Fluss.

Salzige Tränen brannten in seinen aufgeplatzten Wunden, als es plötzlich hinter ihm im Gehölz knackte. Das Herz schlug dem Jungen bis zum Hals. Durch die geschwollenen Lider konnte er kaum etwas erkennen und hatte Angst, dass Servatius zurückgekommen war, um weiter auf ihn einzuprügeln.

Als sich eine Hand auf seine Schulter legte, wollte er laut schreien, brachte jedoch nur ein Krächzen hervor.

»Psst, sei still. Ich bin es, Barnabas.«

Schnell wischte sich Burghard über die Augen, wobei er sich die salzigen Tränen in die offene Stelle an seiner Wange rieb. Er ignorierte das Brennen, da er vor dem Magier keine Schwäche zeigen wollte.

»Was willst du?«, fragte Burghard mit schwacher Stimme.

»Ich will dir helfen!«, konnte er ihn leise antworten hören.

»Lass mich in Ruhe, Barnabas! Als du mir hättest helfen können, da hast du nur stumm dagestanden …«

»Ich weiß! Aber ich konnte nicht eingreifen. Das war eine Sache zwischen dir und deinem Mitbruder. Bedenke, dass ich es durch mein Einmischen vielleicht nur schlimmer gemacht hätte. Außerdem … Servatius hätte mir sowieso nicht zugehört.«

Burghard spuckte ob dieser Worte aus. Barnabas tat, als habe er es nicht bemerkt, und drehte das Gesicht des Jungen so, dass er es im Mondlicht betrachten konnte.

»Jetzt bin ich ja hier und werde dir helfen, dass deine Wunden schnell verheilen. Zeig her … halb so schlimm!«, erklärte Barnabas und strich eine kühlende, würzig riechende Paste auf die offenen Stellen. Der Junge zuckte bei jeder Berührung zusammen. Für das geschwollene Auge und die Lippe wählte der Magier ein anderes Heilmittel, das wie Feuer brannte. Burghard stöhnte auf und wollte die Salbe wegwischen, doch Barnabas hielt ihn an den Händen fest.

»Warte einen Augenblick! Gleich brennt es nicht mehr!«

Tatsächlich verschwand der Schmerz in Sekundenschnelle.

»Warum hat er das gemacht?«, presste Burghard hervor.

»Das musst du ihn schon selbst fragen. Wahrscheinlich, weil er Angst hat, dass du vom rechten Weg abkommst. Diese Hexenverfolgungsgegner haben die Fähigkeit, Menschen zu beeinflussen. Selbst dann, wenn sie nicht anwesend sind – allein durch ihre Theorien …«

»Aber das ist doch Unsinn! Ich wollte doch nur eine Erklärung.«

Der Magier erwiderte nichts. Natürlich hätte er Servatius davon abhalten können, auf den Jungen einzuprügeln. Doch Barnabas hatte schon seit einiger Zeit beobachtet, dass Burghard unzufrieden war und an der Kraft des Magiers zu zweifeln schien. Seine Wissbegierde und seine Fragen konnten die Pläne des Volkszauberers gefährden. Der hatte den jungen Mönch zwar mehrfach zum Schweigen ermahnt, aber außer neuen Fragen hatte er nichts erreicht.

Da war ihm Servatius' Zornesausbruch gerade recht gekommen. Barnabas hoffte, dass Burghard von jetzt an ohne Widerworte seine Arbeiten verrichten und den Magier weiterhin unterstützen würde.

»Morgen wird man kaum noch etwas von den Verletzungen sehen können. Geh jetzt ins Zelt und leg dich schlafen. Ich werde Servatius alles erklären.«

Der junge Franziskaner nickte. Er spürte plötzlich eine bleierne Müdigkeit und schleppte sich ins Zelt, wo er sofort in tiefen Schlaf fiel.

»Eure Frau ist verhext worden!«, stellte Barnabas mit kraftvoller Stimme fest, sodass auch der letzte Mann im Nebenzimmer sein Urteil hören konnte.

Im Hausgang, im Treppenaufgang und im Schlafzimmer drängten sich Menschen, die aus Neugier, aber auch aus Angst gekommen waren, um zu hören, was der Magier zu sagen hatte. Die, die nichts verstanden, stießen andere an, damit sie nachfragten oder das Gesagte wiederholten. Nachdem die Menge die Worte des Magiers vernommen hatte, setzte ein aufgeregtes Murmeln ein.

»Vater im Himmel!«, flüsterte Amtmann Löwenberg, der in der Nähe der Zimmertür stand und sich den Schweiß von der Stirn tupfte. Das Gedrängel der vielen Menschen machte die Luft im Haus stickig. Da aber auch draußen große Hitze herrschte, nützte es wenig, dass die Fenster geöffnet waren.

Barnabas stand am Bett der Frau und hielt seinen gekrümmten Stab über sie, als könne er dadurch ein Ausbreiten der Krankheit verhindern.

Servatius stand wie immer mit ernster Miene neben dem

Magier. Burghard hingegen hatte sich hinter der angelehnten Zimmertür versteckt. Die Schwellung seiner Augenlider war zwar zurückgegangen, doch seine Wangen waren dicker als gewöhnlich. Auch die blauen Flecken in seinem Gesicht zeugten von den Schlägen. Da die Besucher ihn bei seinem Kommen neugierig angestarrt hatten, erklärte Barnabas ihnen, dass der Junge von Dieben auf dem Zeltplatz zusammengeschlagen worden sei. Mitfühlende Worte hatten Burghard die Schamesröte ins Gesicht getrieben.

»Wie könnt Ihr mit Bestimmtheit sagen, dass mein liebes Weib verhext worden ist?«, wollte der Ehemann der Kranken, Richter Tobias Kempten, nun wissen.

Mit strengem Blick sah Barnabas in die Runde, dann erklärte er: »Sie ist von Elben befallen ...«, und als er die unausgesprochene Frage in den Gesichtern rings um ihn erkennen konnte, hob er die Lider der Kranken und fügte geheimnisvoll hinzu: »... von schwarzen Würmern – magische Plagegeister, die Eurem Weib das Blut aussaugen.«

Als Elfriede Kempten das hörte, weiteten sich ihre Augen angstvoll, und sie stieß einen spitzen Schrei aus, der den Anwesenden durch Mark und Bein ging. Ihr Oberkörper bäumte sich auf, doch Barnabas klopfte mit seinem Stock auf die Bettdecke und sagte: »Ruhig, gute Frau, bleibt ruhig und vertraut mir.«

Dann drückte er sie mit beiden Händen zurück in die Kissen. Doch Kemptens Frau ließ sich nicht beruhigen und schlug voller Panik um sich.

»Seht, die Würmer fressen sich durch ihr Gehirn!«, rief Servatius laut aus. Sogleich wurden die Augen der Kranken größer und ihre Schreie stetig lauter. Einige Anwesende drängten sich eilends aus der Stube des Richters, da sie befürchteten, dass der böse Zauber auch auf sie übergehen könne.

Plötzlich verdrehte die Kranke die Augen, sodass nur noch

das Weiße zu sehen war. Ihr Körper zuckte wild und erstarrte dann – sie war ohnmächtig geworden.

›Das läuft wie einstudiert‹, freute sich Barnabas heimlich.

»Helft meinem lieben Weibe! Ich flehe Euch an – helft ihr!«, jammerte der Richter, der theatralisch die Hände in die Höhe reckte und sich dann bekreuzigte.

Barnabas musste an sich halten, um nicht laut aufzulachen. Wieder einmal stellte er fest, wie dumm und wie leicht zu beeinflussen die Menschen waren.

»Eine böse Frau muss in Eurem Umfeld sein. Nur so können die Elben von Eurem Weib Besitz ergriffen haben. Eine Hexe, die mit dem Teufel im Bunde steht, ist Schuld an dieser schrecklichen Krankheit.«

»Wer kann das sein?«, fragte Servatius mit scheinheiligem Blick. Aus dem Flur schrie eine kreischende Stimme: »Das muss die Greta sein!«

Beifälliges Murmeln schwoll zu einem vielstimmigen Chor an.

»Jawohl, die Greta hat die arme Elfriede verhext!«

»Die Ackermann hatte schon immer diesen bösen Blick.«

»Ich habe ihr noch nie die Hand zum Gruße gegeben, aus Angst, dass sie nach meiner Seele greifen könnte!«

»Bitte, ihr guten Leute!« Barnabas legte, nachdem er festgestellt hatte, dass die Kranke ruhig atmete, seinen Stock auf ihre Brust, als ob das Holz magische Kräfte hätte. Dann hob er beschwörend die Hände.

»Es können auch mehrere Hexen unter Euch Schadenszauber verbreiten …«

»Nein, wir haben keine anderen bösen Frauen unter uns. Es ist Greta Ackermann aus Breitenbach. Ich weiß, dass sie sogar ihre Tochter verführt und sie dem Teufel versprochen hat!«

Barnabas wusste, dass er keine Frau nur nach dem Geschwätz der Leute der Hexerei bezichtigen durfte. Schnell konnten einige unter ihnen ihre Meinung ändern und ihn des Betrugs anklagen. Deshalb musste er Beweise fingieren, um eine Beschuldigte der Hexerei überführen zu können.

Plötzlich drängte sich ein Bäuerlein, krummbuckelig und nicht größer als ein vierzehnjähriger Junge, die Treppe hinauf ins Schlafzimmer. Engstehende graue Augen, in denen ein listiger Ausdruck lag, musterten die kranke Frau. Das Gesicht des Alten war von tiefen Falten zerfurcht und vom Ungeziefer zerbissen.

Abwartend beobachtete der Magier den Mann. Ein penetranter Geruch ging von ihm aus und raubte den Umstehenden fast den Atem. Als Servatius ihn schon durch die Tür wieder aus dem Zimmer hinausdrängen wollte, kreischte der Bauer mit schriller Stimme: »Das war die Greta! Sie hat auch mein Pferd verhext, und jetzt lahmt es!«

»Die alte Mähre konnte noch nie gerade gehen, so dürr wie sie ist. Du gibst ihr zu wenig zu fressen, deshalb kann sie die Hufe nicht heben. Die Ackermann hat dir sicherlich auf die Finger gehauen, als du unter ihren Rock greifen wolltest, Richard. Es ist bekannt, dass du es bei jedem Weib versuchst«, rief einer der Männer, der sich mit den anderen im Treppenhaus drängte, und alle lachten. Der Kopf des Buckligen schnellte herum, und seine grauen Augen suchten nach dem Rufer.

»Letzte Woche hat die Greta meinem Pferd auf den Arsch gehauen, und seitdem lahmt es – alles andere ist gelogen. Oder willst du, Robert, das bestreiten? Du hast doch gesehen, wie sie meinem Gaul einen Schlag versetzt hat.«

Robert lachte, aber er nickte.

»Das ist ja alles recht und schön, guter Mann«, meinte der Richter nervös und wandte sich an Barnabas, »aber was wird nun aus meiner Frau? Ein Pferd ist wohl nicht so wertvoll wie mein liebes Eheweib.«

Der Bauer wollte schon etwas erwidern, doch als er Barnabas' Gesichtsausdruck sah, schwieg er.

»Morgen Mittag«, wandte sich der Zauberer an den Bauern, »werdet Ihr Euch mit Eurer Mähre an die Weggabelung nach Breitenbach stellen, so, dass die Sonne Euch ins Gesicht scheint. Die, bei der Ihr mit den Augen blinzelt, ist die Hexe. Nur sie kann den Schadenszauber aufheben. Damit Euer Weib, Herr Richter, bis dahin überlebt und die Elben sich nicht weiter an ihrem Blut laben können, werde ich Euch einen Trunk mischen, den Eure Frau fortan jede Stunde zu sich nehmen muss.«

Dankbar nahm der Richter die Hand des Magiers und küsste den Ring am Zeigefinger, als habe er einen kirchlichen Würdenträger vor sich.

Ehrfurchtsvolles Raunen begleitete Barnabas auf seinem Weg aus dem Krankenzimmer die Treppe hinunter bis zur Straße. Draußen angekommen, atmete er tief durch, um die stickige Luft, die er die letzte halbe Stunde über im Haus hatte einatmen müssen, aus seinen Lungen zu vertreiben.

Burghard und Servatius gesellten sich rechts und links an seine Seite und schritten über den Platz zum Unterdorf. Mehr als fünfzig Augenpaare begleiteten sie. Auch wenn die meisten froh waren, dass ein wahrer Hexenkenner ihnen helfen würde, so waren sie doch auch nicht unglücklich darüber, die drei Fremden von dannen gehen zu sehen.

Kapitel 26

Nachdem die massive Tür hinter Franziska ins Schloss gefallen war und eine der Wachen den großen Eisenschlüssel zweimal umgedreht hatte, stieg Hedwig von Wintzingerode müde die groben Steinstufen des Südwestturms nach oben, wo das Dunkel der Nacht sie erwartete.

›Zum Glück ist ihr Weinen verstummt‹, dachte die Freifrau,

als sie aus dem Verliesturm trat und den Hofplatz zum Wohnhaus überquerte. Pfarrer Lambrecht sowie ihr Gemahl Adolph Ernst von Wintzingerode wollten den wachhabenden Männern noch Anweisungen geben und ihr anschließend folgen. Weder die Wachen noch das Gesinde wussten, warum Franziska ins Verlies gesperrt worden war. Adolph Ernst war der Ansicht, dass sie es früh genug erfahren würden, denn er war sich sicher, dass die Gerüchte über das Mädchen auch bald bis auf den Berg gelangten.

Mittlerweile war es schon weit nach Mitternacht, und Hedwig fühlte sich erschöpft. Nicht nur die späte Stunde, auch die Vorbereitungen für den Aufenthalt des Mädchens und die unbeantworteten Fragen und Ängste hatten ihr Kraft geraubt. Sie konnte die Augen kaum noch offenhalten und ging sofort in ihr Gemach. An ruhigen Schlaf war allerdings nicht zu denken. Immer wieder schreckte sie aus ihren Träumen hoch und sah Franziskas ängstliche Augen vor sich.

»Solch ein zartes Wesen soll eine böse Frau sein und über andere Schadenszauber gelegt haben?«, hatte sie ungläubig ihren Mann Adolph Ernst gefragt, als sie am Fenster die Ankunft ihres Freundes Lutz Lambrecht und des Mädchens beobachteten. Der Freiherr hatte skeptisch die Achseln gehoben. Zwar hatten weder die Burgherrin noch ihr Gatte je eine Hexe zu Gesicht bekommen, doch dass Franziska keine war, schien ziemlich sicher zu sein. Ein Rest Zweifel blieb bei Hedwig dennoch bestehen, denn schließlich wusste man nie. Trotzdem war sie ihrem Mann dann zum Turm gefolgt, wo Lambrecht und das Mädchen in den Raum über dem eigentlichen Verlies auf sie warteten.

Hilflos und verängstigt hatte das Mädchen jeden der Reihe nach angeschaut, war dann einen Schritt auf die von Wintzingerode zugetreten und hatte sich bei der Freifrau und Adolph Ernst mit einem Knicks für ihre Hilfe bedankt. Diese hilflose und verzweifelte Geste hatten Hedwig und Adolph in der Richtigkeit ihres Handelns bestärkt und letzte Bedenken ausgeräumt.

Hedwig von Wintzingerode zog fröstelnd ihr Betttuch bis zum Kinn, als sie an den Schrei dachte, den Franziska in dem Augenblick ausstieß, als man sie in das finstere, kaum sechs mal sechs Schritte große Verlies mit einem Seil hinunterlassen wollte. Weinend und zitternd hatte sich das junge Mädchen an den Pfarrer geklammert. Auch Lambrecht und die von Wintzingerode schauderten, als sie in das tiefe finstere Loch im Boden starrten.

Hedwig hatte erwartet, dass Lambrecht ihren Mann bitten würde, das Mädchen vor dem Verlies zu bewahren und es im Steinkerker, in dem sie nun standen und in dem sich die Öffnung zum Verlies befand, einsperren zu lassen. Doch anscheinend getraute der Pfarrer sich nicht, Adolph Ernst um diesen weiteren Akt der Freundschaft zu bitten. Die Freifrau ahnte, wie viel Kraft es gekostet haben mochte, ihren Mann zu überzeugen, Franziska auf Burg Bodenstein Schutz zu gewähren. Sie vermutete, dass Lambrecht befürchtete, der Freiherr könne einen Rückzieher machen, würde er einen weiteren Wunsch äußern.

Mit zittrigen Händen hatte der Pfarrer dem weinenden Mädchen übers Haar gestreichelt und versucht, es mit leisen Worten zu beruhigen. Hedwig erinnerte sich, dass bis zu diesem Tag nur ein Gefangener je in die Tiefe des Verlieses hinabgelassen worden war – Arnold Geilhaus – und die Freifrau entschied, dass es auch so bleiben sollte. Sie sah sich den halbmondförmigen Raum, in dem sie sich befanden, genauer an.

Das Fenster neben der Eisentür war klein und eng. Niemand konnte sich hindurchzwängen, aber es spendete frische Luft, und auch Tageslicht fand so seinen Weg in den Raum. Die schwere Verliestür würde jeden Fluchtversuch vereiteln. Kein Mensch, der nicht in Besitz des Schlüssels war, käme aus diesem steinernen Gefängnis heraus. So nahm Hedwig ihren Gatten zur Seite und flüsterte ihm etwas ins Ohr. Der Freiherr sah seine Frau fragend an. Sie nickte stumm. Sich räuspernd, gab er den Befehl, das Mädchen von dem Seil, das um seine Hüfte geknotet war, zu befreien und ein Brett über die Öffnung zum Verlies zu legen. Als er noch frisches Stroh verlangte und es in der Zelle ausbreiten ließ, dankte Lambrecht seinem Freund wortlos mit einem Blick. Beim Verlassen der Zelle flüsterte Adolph Ernst dem Pfarrer zu: »Ich hoffe, ich werde es nicht bereuen!«

Das wünschte und hoffte auch die Freifrau. Nun gähnte sie herzhaft, streckte sich und versuchte, sich zu entspannen. Zwar nickte sie immer wieder ein, aber nur für kurze Zeit, dann schreckte sie wieder auf. Der Mond, den sie durch das kleine Fenster in der Wand neben dem Bett sehen konnte, war ein Stück gewandert. Bald würde sie den neuen Tag begrüßen können. Zärtlich griff sie neben sich ins Bett und stellte verwundert fest, dass ihr Mann nicht neben ihr lag. Besorgt setzte sie sich auf und lauschte in die Dunkelheit. Nichts Ungewöhnliches oder Besorgniserregendes war zu hören.

Hedwig zog sich einen Umhang über das Nachtgewand und ging barfuß über den unbeleuchteten Gang in den Wohnsalon. Wollige Wärme empfing sie, da im Kamin ein dickes Holzscheit brannte. Alle Wandlichter waren gelöscht. Nur der fünfarmige Silberleuchter auf dem Tisch brannte, wo ihr Gatte über Papiere gebeugt saß. Er hatte den Kopf in beide Hände gestützt und studierte anscheinend ein Schriftstück. Er war so vertieft, dass er das Eintreten seiner Frau nicht bemerkt hatte. Erst als sie neben ihm stand, schaute er mit geröteten, müden Augen zu ihr auf.

»Der Morgen graut in wenigen Stunden. Willst du nicht endlich zu Bett gehen?«, fragte sie. Lächelnd nahm er ihre Hand und zog sie zu sich auf den Schoß. Seufzend vergrub er sein Gesicht in ihren Haaren. Hedwig gab ihm einen Kuss und schaute dann auf die Schriftstücke auf dem Tisch. Eines auf gräulichem und eines auf sandfarbenem Papier lagen nebeneinander. In verschnörkelten, großen Buchstaben waren einige Sätze auf das graue Papier geschrieben, das die Überschrift »Anordnung« trug und auf das Jahr 1337 datiert war.

Das sandfarbene Dokument war quer mit vielen kleinen Wörtern beschrieben und hatte keine Überschrift. Allerdings waren am unteren Blattrand an einem hellen Band vier jeweils unterschiedliche Wachssiegel angebracht.

Hedwig kannte diese Schriftstücke nicht und sah fragend Adolph Ernst an. Mit einem schelmischen Glitzern in den Augen sagte er: »Auch du weißt und kennst nicht alles, meine Liebe!«

Als er ihre gespielte Entrüstung sah, lachte er laut auf, und seine gezwirbelten Schnurrbartenden wackelten. Vergnügt goss er aus einem Krug roten Wein in seinen Glaspokal und reichte diesen seiner Frau. Sie trank, und als sie ihm den Pokal zurückgab, fragte sie: »Was sind das für Dokumente, die du mitten in der Nacht studierst. Haben sie etwas mit dem Mädchen zu tun?«

»Wie kommst du darauf, meine Liebe? Ich kenne das Mädchen ebenso wenig wie du.«

Sie erhob sich von seinem Schoß und nahm im Stuhl neben ihm Platz. »Ich frage nur, weil du sie dir ausgerechnet in dieser Nacht ansiehst.«

Im selben Moment öffnete sich die Tür, und Lambrecht erschien auf der Schwelle.

»Oh!«, sagte er und wollte gerade wieder gehen, als Adolph Ernst ihn bat zu bleiben.

»Ich kann nicht schlafen …«, entschuldigte sich der Pfarrer und setzte sich ebenfalls an den Tisch. Adolph füllte den Pokal erneut mit Wein und reichte ihn sogleich seinem Freund.

»Ich glaube, das ist auch der Grund, warum ich hier sitze.«

»Ja, auch ich fand keine Ruhe. Immer wieder habe ich die Augen des Mädchens vor mir gesehen«, warf Hedwig ein. Die Männer nickten.

»Bevor ich es vergesse, Adolph: Braumeister Hesse aus Duderstadt, der das starke Dunkelbier herstellt, will Euch beim nächsten Braugang ein Fass abzweigen und es Euch zur Burg schaffen lassen … weil Ihr dem Mädchen helft.«

Als Lambrecht den fragenden Blick des Freundes sah, erklärte er: »Auch er und seine Frau glauben den Lügen meines Schwagers nicht.« Eine Weile herrschte Schweigen zwischen den dreien, bis Hedwig ihrem Gatten über den Oberarm streichelte und fragte: »Weihst du mich in das letzte Geheimnis der von Wintzingerodes ein?«

Ein Lächeln huschte über Adolph Ernsts Gesicht. Seine braungrünen Augen leuchteten im Schein der Kerze. In geheimnisvollem Ton sagte er: »Ob es das letzte Geheimnis meiner Familie ist, bezweifle ich, aber dieses hier werde ich gern mit dir und meinem Freund teilen.«

Jetzt nahm Lambrecht die Dokumente auf dem Tisch wahr und schob das graue so zurecht, dass er es lesen konnte. Dann betrachtete er sich die Wachssiegel des sandfarbenen Briefes genauer.

»Ich ahne es. Ich erinnere mich, in den alten Kirchenbüchern etwas darüber gelesen zu haben. Sind das die Originale?« Stolz nickte der Freiherr.

»Dann sind diese Papiere tatsächlich fast dreihundert Jahre alt?« Wieder nickte Adolph Ernst.

Fast ehrfürchtig strich Hedwig mit den Fingerkuppen über das Papier.

»Wenn man sich überlegt, wie viele Generationen diese Schriftstücke in Händen gehalten haben …«

»Zwar haben wir viele alte Stücke, Möbel und Waffen, auch

Münzen oder Bilder hier auf Burg Bodenstein, aber ich glaube, diese beiden Dokumente sind tatsächlich die ältesten Erbstücke. Sie werden seit Generationen an den erstgeborenen Sohn weitergereicht, damit die Burg in Familienbesitz bleibt. Ich war so alt wie das Mädchen, als mein Vater mir diese Urkunden das erste Mal zeigte. Vielleicht ist das der Grund, warum ich sie mir ausgerechnet in dieser Nacht wieder angesehen habe …«

»Was besagen denn die Dokumente?«, fragte die Hausherrin nun ungeduldig.

Adolph Ernst zeigte auf das hellere der beiden Schriftstücke und erklärte: »Seit 1448 gehört Burg Bodenstein allein den von Wintzingerode. Doch dies ist eine Vereinbarung zwischen vier Familien von 1337, die damals zusammen über die Burg verfügten. Ihre Namen waren Berthold von Worbis, Hans von Wintzingerode, Otto von Rusteberg und Heinrich, genannt Wolf. Dieses Abkommen verlangt …« Er zog das Dokument näher zu sich heran, zeigte auf einen Absatz und sprach: »… sich und seine Nachkommen im Besitz gegenseitig, auch gegen alle Lehnsherren, zu schützen, den Mitkäufern und deren Erben das Vorkaufsrecht einzuräumen und nur an allen Käufern genehme und den Burgfrieden anerkennende Personen Anteile weiterzuveräußern. Außerdem steht in der Vereinbarung, keine Waldstücke zu verkaufen, das eigene Burghaus innerhalb der Burgumfriedung nicht übermäßig zu erhöhen, keinen Feinden eines Burggenossen Unterschlupf auf der Burg zu gewähren und noch einiges mehr. Doch die für die Familie von Wintzingerode wichtigste Bestimmung des Burgfriedens lautet: Gibt es mehr als einen Erben, so soll der Familienrat einen unter sich wählen, dem das Familienviertel überantwortet wird. Denn Haus und Gericht durften nicht in mehr als Viertel aufgeteilt werden. Diese Bestimmung sollte auf ewig gelten, doch in den vergangenen Jahren war es bedauerlicherweise nicht allen meinen Vorfahren wichtig, dass die Burg das Wappen der von Wintzingerode trägt. Einige wirtschafteten unseren Besitz beinahe in Grund und Boden. Sie verschuldeten sich so hoch, dass manche der folgenden Generationen darunter zu leiden hatten. Auch mein Großvater Bertram von Wintzingerode haushaltete schlecht. Stets hatte er seine Not mit Schulden und Gläubigern. Nach seinem Tod führte seine Witwe die üble Wirtschaft weiter und warf das Geld zum Fenster hinaus ... Es gab Zeiten, da war es fraglich, ob Burg Bodenstein unserem Geschlecht erhalten bliebe. Vielleicht bin ich deshalb Berthold so zugetan, denn auch ihm war die Burg wichtig, und deshalb verwaltete er den Besitz redlich«, sagte der Freiherr. Seine Erregung war aus seinen Worten herauszuhören.

Nachdenklich fuhr Adolph Ernst mit seinen Fingern über das Familiensiegel aus Wachs. Dann ergriff er die Hand seiner Frau und sah ihr in die Augen: »Ich verspreche dir, Hedwig, und unserem ungeborenen Kind, dafür Sorge zu tragen, dass wir niemals unseren Familienbesitz verlieren werden. Ebenso werde ich, genau wie mein Vorfahre Berthold, alles tun, dass stets der lutherische Glauben auf der Burg erhalten bleibt. Und um meinen Entschluss zu bekräftigen, werde ich auf Bodenstein eine Kapelle erbauen lassen. Ja, liebe Frau, das verspreche ich dir!«

Hedwig streichelte wortlos die Wange ihres Mannes. Sie wusste, dass ihm dieses Versprechen wichtig war.

›Gibt es einen schöneren Liebesbeweis?‹, dachte sie glücklich. Auch sie wollte ihren Teil beitragen, und so nahm sie sich vor, die Familiengeschichte der von Wintzingerodes aufzuschreiben und so für die Nachkommen zu erhalten.

Lutz Lambrecht spürte die Ernsthaftigkeit in den Worten seines Freundes. Er spürte aber auch, dass er nicht länger anwesend sein sollte, und verließ leise den Wohnsalon.

Am nächsten Morgen kamen Hedwig und Adolph Ernst gerade in dem Moment zum Westturm, als auch der Pfarrer die steile

Steintreppe hinunter zum Verlies steigen wollte. Die Freifrau hielt einen Krug warme Milch und ein Hefebrot in Händen, was Lambrecht lächelnd zur Kenntnis nahm.

Obwohl Hedwig keine Angst vor dem Mädchen hatte, drückte sie ihrem Mann das Essen in die Hand und blieb hinter ihm vor der eisernen Gittertür stehen. Die Wache grüßte förmlich, steckte den langen Eisenschlüssel ins Schlüsselloch und drehte ihn zweimal um. Das knarrende Geräusch hallte an den Steinwänden wider. Quietschend sprang die schwere Tür auf. Die Wache stellte sich innen neben die Tür und ließ den Pfarrer und den Freiherrn in den Kerker eintreten.

Franziska erhob sich verschlafen von ihrem Lager und rieb sich die Augen. Als sie die Männer erkannte, knickste sie, und Adolph Ernst reichte ihr das Essen, wofür sie sich bedankte. Sie setzte sich an das kleine Fenster, das eher einer Schießscharte glich, legte das Hefebrot in ihren Schoß und stellte den Krug Milch neben sich. Bevor sie ein Stück Brot abbrach, bekreuzigte sie sich. Erstaunt sah der Adlige den Pfarrer an, der ihm leise erklärte, dass Katholiken mit dieser Geste von Gott erbaten, dass ihnen nie das Brot ausgehen würde.

»Wie hast du geschlafen, mein Kind?«, fragte Lambrecht das Mädchen.

»Recht gut!«

»Ach ja?«, fragte der Freiherr verblüfft.

»Das freut mich«, schmunzelte der Pfarrer und erklärte: »Wir hatten befürchtet, dass du dich allein hier im Kerker ängstigen und deshalb kein Auge zumachen würdest.«

Zwischen zwei Bissen und einem Schluck Milch erklärte Franziska: »Ich war nicht allein. Sie ist bei mir geblieben und hat mir versichert, dass sie auf mich aufpasst. Deshalb habe ich mich nicht geängstigt.«

Fragend blickte Adolph Ernst zu Lambrecht, der nur mit den Achseln zuckte. Die Wachen verharrten reglos zu beiden Seiten der Eisentür, so als ob sie weder etwas sehen noch etwas hören würden. Nur am Zucken ihrer Augenlider war zu erahnen, dass auch sie von Franziskas Aussage überrascht waren. Allerdings hatte der Freiherr ihnen unter Androhung schwerer Strafe befohlen, dass sie alles, was sich in diesem Raum abspielen würde, vergessen müssten und niemals ein Wort darüber verlieren dürften.

»Das verstehe ich nicht, liebes Kind. Wer war bei dir? Ich habe doch Anweisung gegeben, dass niemand zu dir vordringen darf«, erklärte Adolph Ernst scharf. Zornig sah er die Wächter an. Dann fiel sein Blick wieder auf Franziska. War das arme Mädchen vielleicht bereits nach so kurzer Zeit dem Wahnsinn verfallen?

Franziska spülte den Rest des Hefegebäcks mit einem Schluck Milch hinunter, wischte sich den weißen Film von den Lippen und stand auf.

»Da ich schon von der Weißen Frau auf Burg Bodenstein gehört habe, weiß ich nicht, ob es ein Traum war oder ob es tatsächlich passiert ist … Plötzlich stand eine Frau vor mir und nannte sich Anna Susanna. Sie trug ein wunderschönes weißes Kleid und erzählte, dass sie ihre Brautkrone suchen würde. Anna Susanna setzte sich zu mir und hat mir ein Schlaflied vorgesungen. Es kam mir vor, als sei ich in dem Moment eingeschlafen und erst wieder aufgewacht, als die Tür aufging.«

Plötzlich trat Hedwig von Wintzingerode aus dem Vorraum in den Kerker. Tränen standen ihr in den Augen. Ohne Angst ging sie auf das Mädchen zu und umarmte es.

»Du armes Kind! Ich werde dir helfen und niemandem erlauben, dir Schlechtes nachzusagen.«

Dann wandte sie sich an die Männer und erklärte: »Die Legende erzählt, dass der Geist der Weißen Frau nur demjenigen im Traum erscheint, der reinen Herzens ist.«

Kapitel 27

Nachdem der kleinwüchsige Richard Schwarm mit seinem Gaul bereits einige Zeit an der Wegkreuzung nach Breitenbach in das gleißende Sonnenlicht geschaut hatte, war es nicht verwunderlich, dass er zwinkern musste, als Greta Ackermann an ihm vorbeiging. Robert war darüber so erschrocken, dass er keinen Laut herausbrachte. Auch wagte er nicht, sich bemerkbar zu machen, aus Angst, die Ackermann könne weiteren Schadenszauber gegen ihn ausüben.

Erst als Greta sich ein Stück entfernt hatte, gab Schwarm den Männern, die sich versteckt hielten, das verabredete Zeichen, das ihnen bestätigen sollte, dass er die Frau als Hexe erkannt hatte.

Sogleich versperrte Scharfrichter Görtteler Greta Ackermann den Weg und drehte ihr die Hände auf den Rücken. Schreiend versuchte sie sich zu wehren, jedoch ohne Erfolg. Selbst als sie die Männer beschimpfte und verfluchte, ließen sie nicht von ihr ab und brachten sie auf direktem Weg ins Worbiser Rathaus.

Als die Folterknechte Greta Ackermann durch das breite, aus dicken Steinquadern gemauerte Tor des Rathauses führten, zogen schwarze Regenwolken auf. Und als man sie später ins Verlies sperrte, war Donnergrollen über Worbis zu hören, und Blitze zuckten gespenstisch am Himmel. Die Menschen bekreuzigten sich und verkrochen sich ängstlich in ihre Häuser, als dicke Regentropfen herabfielen.

Nur einer lachte, und sein Lachen wäre sicherlich bis ins Oberdorf zu hören gewesen, hätte das Prasseln der Hagelkörner es nicht übertönt.

Barnabas konnte sein Glück kaum fassen. Im Gegensatz zu einigen anderen Volksmagiern glaubte er weder an Hexen noch an den Teufel in Menschengestalt. Auch nicht, dass man das Wetter beeinflussen oder verhexen konnte.

Aber was er glaubte, war egal, denn die Worbiser Bürger würden den Wetterumschwung anders beurteilen und annehmen, dass Greta Ackermann einen Wetterzauber über die Stadt verhängt hatte. Barnabas hingegen war ziemlich sicher gewesen, dass es gewittern würde. Zugegeben – er hatte nicht geahnt, dass Regen und Hagel mit solcher Heftigkeit vom Himmel prasseln würden, aber schon gestern im Haus des Richters Kempten hatte er gespürt, dass ein Gewitter aufziehen würde. Die Luft war durch die schwüle Hitze aufgeladen gewesen, und die Fliegen, die in Scharen um die Menschen geschwirrt waren, hatten ebenfalls ein Unwetter angekündigt.

Jetzt brauchte Barnabas nur noch geduldig zu warten, bis die vermeintlich böse Frau im Kerker hysterisch wurde und man ihn rief. Erst dann würde er zur Tat schreiten.

Barnabas lugte unter seinem Zeltdach hervor. Kalter Wind war aufgekommen und trieb die schwarzen Wolken Richtung Dingelstedt. Ohne Hast legte er die Gegenstände bereit, die er zum Verhör benötigte. Spätestens übermorgen würde er sie brauchen. Doch zuerst wollte er einen Walnussbaumsud herstellen. Den würde er Elfriede Kempten zu trinken geben und sie damit von den schwarzen Würmern befreien, die in Wirklichkeit Spulwürmer waren. Nichts Außergewöhnliches, aber unangenehm und nicht ungefährlich. Ihre Augen und ihre Haut hatten die Parasiten verraten. Nur weil Barnabas Angst verbreiten wollte, hatte er sie Elben genannt und dadurch auch die Aufmerksamkeit bekommen, die er für seinen Auftritt benötigte.

Als Barnabas, Burghard und Servatius die schmale Steintreppe zum Kerker hinunterstiegen, wehte ihnen ein Hauch abgestandener Luft entgegen. Der Ruß der Fackeln, die in eisernen Halterungen an der glatt gehauenen Mauer steckten, hatte im Laufe der Zeit die Steine schwarz gefärbt. Mit den Fingerspitzen stützten die drei Männer sich an der kalten Steinwand ab, da die Treppe steil und gewunden nach unten führte.

Burghards Blessuren waren abgeheilt, und nichts zeugte mehr von der Gewalt, die Servatius ihm angetan hatte. Seit dem Vorfall ging der junge Mönch dem Älteren aus dem Weg. Barnabas beobachtete das mit Wohlwollen, denn Burghard suchte nun wieder die Nähe des Magiers.

Als sie den Kerker erreicht hatten, hörten sie die Gefangene fluchen, dann gingen ihre Worte in Weinen über und schließlich in Winseln.

Man hatte die Kleidung der als Hexe Angeklagten tags zuvor in Weihwasser getränkt und ihre Nahrung damit versetzt, weil sie bekennen sollte, mit dem Teufel im Bunde zu stehen. Doch Greta wies alle Vorwürfe zurück und bezeichnete sich als gottesfürchtige Frau.

Ihre achtjährige Adoptivtochter hatte das Unheil über sie gebracht, denn erst durch die Geschwätzigkeit des Kindes war sie als Hexe verdächtigt worden. Die Kleine hatte herumerzählt, dass die Mutter aus selbstgefertigten Wachsbildern wahrsagen könne. Nach der Festnahme der Ackermann wurde das Kind in die Obhut der Tante entlassen. Allein die Befragung der Adoptivtochter hätte ausgereicht, um Greta der Hexerei anzuklagen. Da aber weitere Personen die Frau bezichtigt hatten, Schadenszauber ausgeübt und somit Verderben über Mensch und Vieh gebracht zu haben, ahnte Greta, dass sie den Kerker nur noch einmal verlassen würde – auf dem Weg zum Scheiterhaufen.

Immer wieder brach die Frau in Tränen aus und wies die ihr vorgeworfenen Taten zurück. An diesem Ort interessierte es jedoch niemanden mehr, dass sie all die Jahre eine ehrbare Frau gewesen war. Weil sie nicht gestehen wollte, brachte man sie zur peinlichen Befragung in die Folterkammer.

Der Stadtrat sowie der Notar Wilhelm Münzbacher, der alles zu protokollieren hatte, waren anwesend, als Theologe Dr. Eisenhut anordnete, dass man der Verdächtigen sämtliches Haar am Körper entfernen solle, um ein vermutetes Hexenmal sichtbar zu machen und versteckte Zaubermittel für einen Schweigezauber zu finden.

Nackt und frierend stand die Frau vor den Männern, die mit gierigem Blick und groben Händen jeden Zentimeter ihres Körpers absuchten. Bei den unsanften Berührungen löste sich ein angstvoller Schrei aus ihrer Kehle. Doch weder ein Stigma Diaboli noch ein verbotenes Mittel konnte bei ihr gefunden werden.

Bis jetzt hatte Barnabas teilnahmslos zugesehen und stumm gewartet. Er kannte die Vorgehensweise nur zu gut. Bei jedem Verdacht auf Hexerei gingen die Amts- und Kirchenmänner gleich vor. Auch hier konnte er zwei unterschiedliche Verhaltensweisen bei den Anwesenden erkennen. Da waren die Männer, die sich gern in der Öffentlichkeit als gottesfürchtig und gerecht darstellten, sich hinter verschlossenen Türen, wo sie mit Ihresgleichen zusammentrafen, jedoch als gierige Kreaturen entpuppten und es genossen, Macht über die wehrlosen Frauen auszuüben. Die übrigen schauten weg, duldeten jedoch das Verhalten der anderen und beriefen sich später darauf, nur ihre Pflicht getan zu haben.

Barnabas verachtete die Männer für ihre Schwäche. Außerdem war er erbost, dass sie ihn herbestellt hatten, obwohl sie zuerst mit eigenen Mitteln versuchen wollten, die Frau der Hexerei zu überführen.

Der Scharfrichter stand bereits in Lauerstellung und war bereit, mit der Folter zu beginnen, da er nicht für seine Anwesenheit, sondern nach Aufwand entschädigt wurde. Je länger die Frau leugnete und je länger er sie quälen konnte, desto mehr verdiente er.

Görtteler war wie viele seiner Kollegen ein Meister der Tortur. An Leichen hatte er sich umfangreiches Wissen über den menschlichen Körper angeeignet und auf den Schlachthöfen geübt, wie tief er schneiden durfte, ohne zu töten. Er hatte genaue Kenntnis, welche Teile des Körpers abgetrennt werden konnten, ohne dass der gequälte Mensch verblutete. Ja, er kannte sich aus und würde den Tod der Angeklagten tunlich vermeiden. Er brauchte Geld, viel Geld – acht hungrige Mäuler galt es zu Hause zu stopfen, und das neunte Kind war unterwegs.

Abwartend und mit verkniffenem Gesichtsausdruck stand der Scharfrichter mit seinen Folterknechten bereit, als zu seinem Entsetzen der Schultheiß den Volksmagier zu sich rief, nachdem die Amtmänner sich untereinander besprochen hatten. Mit hasserfüllten Augen blitzte der Henker Barnabas an. Dieser wusste, dass der Scharfrichter ihn nicht gern in der Folterkammer sah, da er fürchtete, der Magier könne ihm die Arbeit und somit den Verdienst wegnehmen.

Barnabas ahnte, dass man ihn bitten würde, die Hexe zu überzeugen, den Schadenszauber von Mensch und Vieh, aber auch den Wetterzauber von Worbis fortzunehmen und somit die Menschen zu verschonen. Das sollte vor der peinlichen Befragung geschehen, da die Männer Angst hatten, Greta könnte an den Folgen der Tortur sterben. Dann wären, wie sie glaubten, alle Einwohner von Worbis bis zu ihrem Lebensende verflucht.

Mit angstvollen, weit aufgerissenen Augen blickte Greta Ackermann in Richtung des Magiers sowie der beiden Mönche. Die Frau kauerte nackt mit angezogenen Beinen auf der Folterbank. Um ihre Blöße zu bedecken, nahm Barnabas seinen Umhang und legte ihn ihr über die Schulter.

Der Scharfrichter quittierte diese Geste mit einem abfälligen Wort, das der Magier jedoch ignorierte. Als Görtteler eine weitere gehässige Bemerkung fallen ließ, schaute Barnabas kurz zu ihm hinüber. Sein Blick ließ den Henker sogleich verstummen. Schadenfroh griente Servatius in Richtung der Folterknechte.

Obwohl es eisig kalt im Kellergewölbe war, woran auch ein großer Eisenkorb mit glühenden Kohlen nichts ändern konnte, lief Amtmann Löwenberg wieder der Schweiß über die Stirn. Vor Angst wurde er kurzatmig und fächerte sich mit seinem Taschentuch Luft zu. Kopfschüttelnd bemerkte Barnabas das merkwürdige Verhalten und prophezeite dem Mann im Stillen, dass er spätestens im nächsten Jahr unter der Erde liegen würde.

Dr. Eisenhut stand stumm und regungslos da. Er beobachtete den Magier genau und prägte sich jede seiner Gesten ein. Barnabas spürte die Augen des Theologen auf sich gerichtet und drehte ihm daraufhin den Rücken zu. Während Barnabas der Frau leise beschwörende Worte zuflüsterte, mischte er verschiedene Flüssigkeiten zusammen. Ängstlich sah Greta ihm zu. Mit ihrem kahl geschorenen Kopf wirkte sie unberührt und unschuldig – weder wie Mitte dreißig noch wie eine böse Frau. Plötzlich griff sie nach den Händen des Magiers und flüsterte: »Helft mir, dass ich kein Leid spüren werde!«

Beruhigend strich Barnabas ihr über die Stirn und fügte seiner Mischung ein weiteres Mittel hinzu. Dann gab er ihr das Gebräu zu trinken. Einige Minuten später wurde ihr Blick glasig und ihre Worte undeutlich. Sie wiegte ihren Oberkörper hin und her und summte eine eintönige Melodie.

»Seht, der Teufel hat Besitz von ihr genommen!«, flüsterte der Richter dem Amtmann zu.

So, dass es alle hören konnten, fragte Barnabas die Frau, ob sie Schadenszauber ausgeübt habe, doch anstatt zu antworten, lächelte sie nur dümmlich.

Barnabas sah sie mit kritischen Augen an. War etwas mit den Kräutern nicht in Ordnung? Normalerweise müsste die Mischung eine andere Wirkung zeigen, müsste die Frau sich anders verhalten. Das Gemisch, das er Wahrheitsserum nannte, war so zusammengesetzt, dass Greta für die nächsten Stunden in Trance fallen und willenlos auf jede Frage antworten würde. In der Nacht aber würde sie einen schnellen Tod finden und einfach zu atmen aufhören.

Barnabas fand keine Erklärung, was er falsch gemacht haben könnte. Während er noch überlegte, spürte er die brennenden Blicke der Umstehenden in seinem Rücken.

»Mein armes Weib, sie wird an den schwarzen Würmern sterben. Der Schadenszauber wird sie umbringen!«, hörte Barnabas im Hintergrund den Richter jammern.

Das würde nicht passieren, denn Barnabas hatte Elfriede Kempten bereits Stunden zuvor den heilenden Walnussbaumsud verabreicht. Doch jetzt brauchte er etwas Spektakuläres, damit die Männer zufrieden waren und ihm seinen Lohn ohne Murren aushändigen würden.

So senkte er der Frau das Haupt entgegen, woraufhin diese in seine grauen Haare griff und ihn zu sich herabzog. Es schien, als flüstere sie ihm etwas ins Ohr. Ein unheimliches Lachen war zu hören, als Barnabas sich aufrichtete und zu den Anwesenden umwandte. Er warf den Kopf in den Nacken und rief mit lauter Stimme, dass vor Schreck alle zusammenzuckten:

»Saga – Maga – Magella
Würmer ihr sollt mit mir fahren in den Wald
darin steht ein Baum kühl und kalt
dort hinein will ich euch versenken
dort hinein will ich euch ertränken.«

Dann sackte er scheinbar entkräftet zusammen. Sogleich half Servatius ihm wieder auf die Beine.

»Wo bin ich?«, fragte der Magier erschöpft. Servatius berichtete mit dramatischen Worten, was sich zugetragen hatte, und ließ dabei den Rat der Stadt nicht aus den Augen. Die Männer waren entsetzt dem Spektakel gefolgt und nickten bei Servatius' Schilderung nun zustimmend. Niemand schien an dem, wovon sie eben Zeuge geworden waren, zu zweifeln, nur Burghard war nicht überzeugt.

Der junge Mönch stand verdeckt hinter einem Steinpfeiler. Man wies ihm bei peinlichen Verhören nur noch selten eine Aufgabe zu, und so konnte er die Anwesenden in Ruhe beobachten. Auch heute schien seine Gegenwart nicht vonnöten, aber Servatius hatte darauf bestanden, dass Burghard dabei war.

Seit der Züchtigung im Wald gehorchte der Junge seinem Lehrmeister wie ein räudiger Hund seinem Herrn und wagte nicht mehr, dessen Befehle zu hinterfragen.

Es hatte einige Zeit gedauert, bis Burghard erkannte, dass hinter Servatius' freundlicher Fassade ein grimmiger, gewalttätiger Mann steckte. Eine Person, die weder bescheiden noch gottesfürchtig war.

Der junge Mönch hatte nun keinen Zweifel mehr, dass Servatius ein von Macht besessener Mensch war und den Namen seines Herrn nur aussprach, wenn er ihm Vorteile brachte. Der ältere Mönch war zudem geldgierig, was ihm als frommem Gottesdiener nicht gestattet war. Burghard hatte gesehen, wie er ein Säckchen mit Geldstücken versteckte, und ihn mehrfach dabei beobachtet, wenn er sein Vermögen zählte oder eine Münze hinzufügte. Dabei hatte Burghard einen sonderbaren Glanz in den Augen des Älteren bemerkt.

Auch über Barnabas grübelte der Junge oft nach. Er war überzeugt, dass der Magier von Servatius' Geldgier wusste und sie schamlos ausnutzte, denn alles, was Barnabas tat, geschah aus Berechnung. Nichts überließ er dem Zufall – so wie auch wenige Augenblicke zuvor bei der angeblichen Aufhebung des Schadenszaubers.

Seit der junge Mönch gehört hatte, dass es Männer gab, die sich gegen die Verfolgung von vermeintlichen Hexen aussprachen, raubte ihm dieses Wissen den Schlaf. Sein bisheriger Glauben war erschüttert worden. Doch noch wagte er nicht, darüber zu sprechen oder gar seine Begleiter spüren zu lassen, dass er ihr Verhalten hinterfragte, da er die unausweichlichen Folgen fürchtete.

Anfangs hatte der junge Mönch seinem Lehrmeister und dem Magier vertraut und war ihnen voller Begeisterung und Neugier gefolgt. Nie hatte er die Richtigkeit ihrer Worte oder ihres Handelns angezweifelt.

Neuerdings aber plagten den Jungen große Zweifel. Er hinterfragte alles kritisch und machte sich seine eigenen Gedanken.

Burghard hatte sofort durchschaut, dass der Magier den Anfall eben nur gespielt hatte – wie einstudiert hatte sein Verhalten gewirkt. Auch Servatius' lüsterner Blick, als die Männer mit den Händen Greta Ackermanns Körper grob nach einem Hexenmal abgesucht hatten, war dem jungen Mönch nicht entgangen.

Burghards Gedanken wurden von der lauten Stimme des Theologen unterbrochen, die an den Wänden des Gewölbes widerhallte.

»Gebt Ihr zu, mit dem Teufel Unzucht getrieben zu haben?« Lauernde Augen beobachteten die Frau.

Barnabas hatte ihr einen weiteren Trunk verabreicht, der sie beruhigt hatte. Die Ackermann saß nun bewegungslos auf der Bank. Als sie jedoch Anstalten machte aufzustehen, sprangen die Folterknechte hinzu und hielten sie fest, wobei der Umhang von ihren Schultern rutschte. Hämisch lachend ließ die Frau dies geschehen. Doch dann wehrte sie sich, keifte wie ein zänkisches Weib und bedachte den Theologen mit Schimpfwörtern. Erschrocken wich Eisenhut zurück und blickte zornig den Magier an. Barnabas versicherte ihm, dass das Wahrheitsserum in wenigen Augenblicken Wirkung zeigen würde.

Nur mit Mühe konnten die Folterknechte, deren Silhouetten sich gespenstig auf den Wänden abzeichneten, die Frau auf der Folterbank festhalten. Tatsächlich aber beruhigte sich Greta Ackermann nach einigen Minuten wieder, und Dr. Eisenhut wiederholte seine Frage.

Dieses Mal antwortete sie mit kindlicher Stimme: »Der Teufel hat mir Geld versprochen, wenn ich willig bin ... Drei Geldstücke gab er mir.«

Sie hielt dem Theologen ihre geschlossene Hand entgegen. Dann öffnete sie sie langsam und sprach weiter: »Doch als ich wieder zu Hause war, haben sie sich in wertlose Tonscherben verwandelt.«

Ein irres Lachen ließ die Männer erschauern.

»Der anderen ihr Geld hat sich nicht verwandelt ...«

Ein Raunen ging durch das Kellerverlies. Etwa noch eine Hexe? Wen meinte sie? Doch die Frau schwieg, und weder Drohungen noch freundliche Wort konnten sie bewegen, Namen zu nennen.

»Gebt der Frau noch mehr davon zu trinken, damit wir die ganze Wahrheit erfahren.«

Kopfschüttelnd erklärte Barnabas: »Das geht nicht. Sie hat schon zu viel bekommen – es hat keine Wirkung mehr. Wir müssen bis morgen warten.«

»Seid Ihr von Sinnen«, schrie Eisenhut. »Wir müssen auf der Stelle erfahren, welche andere Hexe sie kennt.«

Die Blicke des Rates wurden missmutig, und Barnabas befürchtete, man könne seinen Lohn schmälern.

»Ihr habt gehört, was Ihr durch meine Hilfe erfahren konntet!« Kempten schien der Einzige, der ihm freundlich gesinnt war, denn er antwortete arglos: »Ja, Ihr habt uns wahre Dienste geleistet.«

Das quittierte der Theologe mit leisem Fluchen. Barnabas lächelte. Das und nur das wollte der Magier hören, denn jetzt konnte man ihm seinen Lohn nicht mehr verweigern. Auch Servatius schien erfreut, schließlich würde sich auch sein kleiner Geldschatz dadurch vermehren.

»Ihr müsst es auf morgen verschieben ...« Vielsagend war der Blick, mit dem Barnabas den Rat bedachte. Dr. Eisenhut aber wollte nicht warten. Nach kurzer Besprechung des Rates wurde dem Notar aufgetragen, wie folgt zu notieren: »... wurde der Scharfrichter Görtteler beauftragt, an der Beschuldigten Greta Ackermann wie in der ›Carolina‹ verankert und wie es notwendig ist, die Tortur zu vollziehen, um den Namen einer weiteren vermeintlichen Hexe zu erfahren ...«

Als Barnabas das hörte, stutzte er kurz, packte dann aber kopfschüttelnd seine Utensilien zusammen. Nach der »Carolina« hatte die Folter bestimmten Regeln zu unterliegen. Doch durch den Zusatz »wie es notwendig ist« konnte von diesen Regeln abgewichen und im konkreten Fall noch stärkere Mittel angewendet werden.

›Ihr erbärmlichen Kreaturen‹, dachte Barnabas, ›ihr fügt diesen Zusatz an, um eure heimlichen Gelüste ausleben zu können.‹

Der Magier schaute mitleidig zu Greta Ackermann, die mit entsetztem Blick die Folterknechte anstarrte. Barnabas ahnte bereits, was noch kommen würde und dass er ihr nicht mehr helfen konnte.

So gab er den beiden Mönchen ein Zeichen zu gehen. Doch die Stimme Eisenhuts rief sie zurück: »Ihr wollt uns schon verlassen? Schließlich könnte es sein, dass wir Eure Hilfe weiterhin benötigen. Sein Geld muss man sich verdienen und bekommt es nicht geschenkt.«

Görtteler fluchte laut und Barnabas leise. Er hatte keine andere Wahl als zu bleiben, da der Theologe ihm sonst sicher Schwierigkeiten machen würde, wenn er seinen Lohn verlangte.

Erst spät am Abend, als sicher war, dass man keine weiteren Aussagen aus Greta herauspressen konnte, wurde die Tortur beendet.

Am nächsten Morgen würde man ihre Schwiegermutter Thea Ackermann sowie zwei weitere Frauen, deren Namen die Angeklagte unter der Folter genannt hatte, verhaften.

Unter unvorstellbaren Schmerzen hatte Greta Ackermann außerdem gestanden, dass ihr in einem Waldstück ein freundlicher Fremder begegnet sei, der Hilfe in ihrer finanziellen Not versprochen hatte. Mit reichlich Geld sei sie gelockt worden, sich ihm hinzugeben. Da er grüne und graue Kleidung getragen habe und zudem ein freundliches, fast hübsches Gesicht hatte, habe sie, Greta, ihn für einen guten Waldgeist gehalten und keine Scheu vor ihm gehabt. Erst als sich das Geld in wertlosen Schund verwandelte, habe der Fremde sein wahres Gesicht gezeigt und sie den Teufel in ihm erkannt. Doch da sei es zu spät gewesen. Der Fremde hatte ihr bereits ihre Seele geraubt.

In ihrem Folterwahn erzählte die Ackermann viele wirre Geschichten, so auch, wie sie sich mit den anderen von ihr beschuldigten Frauen auf dem Hexenplatz bei Ferna zum Hexensabbat versammelt habe, wie sie die Frau des Richters mit Schadenszauber belegt hätten, weil Elfriede Kempten eine der Frauen beleidigt und ihr bitteren Wein zu trinken gegeben hatte. Greta Ackermann gab auch zu, den Wetterzauber einige Tage zuvor über den Ort verhängt zu haben, um Worbis und die ganze Welt zu vernichten. Ihren Hass erklärte sie unter den Qualen der Folter damit, dass Worbiser Bürger unfreundlich und gehässig zu ihr gewesen seien, besonders in der Zeit, nachdem ihr Mann sie verlassen hatte.

Richter Kempten hatte schließlich erleichtert die Arme in die Höhe gereckt und sich bei Gott bedankt, dass die Hexe erkannt und festgenommen worden war. Als Barnabas ihm versicherte, der Schadenszauber sei nun von seiner Frau genommen und dass er anderntags nochmals nach der Kranken sehen würde, küsste Kempten wieder ehrerbietig die Hand des Magiers, als würde er einem Bischof danken. Barnabas war zufrieden mit dem Verlauf der Dinge.

Langsam ließen die Folterknechte die gepeinigte Frau, an deren Füßen ein schweres Gewicht befestigt war, wieder zu Boden.

Man hatte ihre Hände zu Beginn hinter ihrem Rücken mit einem Strick zusammengebunden. Dieser wurde mit einem Seil verknüpft, das man dann durch einen Ring an der Decke geführt hatte. Durch wiederholtes langsames »Aufziehen« der Frau und mehrmaliges Fallenlassen hatte man Greta die Gelenke gestreckt und die Schulter ausgekugelt.

Nachdem der vor Schmerz stöhnenden Frau die Hände wieder losgebunden worden waren, flößte Barnabas ihr ein starkes Schmerzmittel ein.

Dieser Großmut war ungewöhnlich für den Magier, denn sonst tat er nie etwas ohne Lohn.

Allerdings würde er das Mittel dem Richter auf die Rechnung setzen, der sicherlich einen Betrag in jeglicher Höhe bezahlen würde – jetzt, da seine Frau auf dem Weg der Besserung war.

Dr. Eisenhuts Worte hingegen klangen zum wiederholten Male giftig und wütend, als er von Barnabas wissen wollte, welches Mittel er der Frau verabreiche.

»Wollt Ihr, dass die Frau Euch heute Nacht wegstirbt?«, fragte Barnabas mit kalter Stimme.

Das allerdings hoffte der Magier, denn nur so würde Greta Ackermann dem Feuertod entgehen.

Im Hinausgehen konnte Burghard sehen, wie Görtteler die blutverschmierten Daumenschrauben mit einem Lappen abwischte und ein Ledertuch darüberlegte.

Der Anblick des Folterwerkzeugs machte den Jungen krank. Es schauderte ihm auch vor seinem Bruder Servatius – vor dessen Blick, seiner Gestik und Haltung während der Folter.

Burghard fragte sich wieder einmal, welchem Zweck Servatius' Anwesenheit bei der Tortur dienen sollte, denn er tat und sagte selten etwas. Auch musste er, seitdem sie mit dem Magier unterwegs waren, nur noch vereinzelt den Frauen die Beichte abnehmen. Die einzige Erklärung, die der junge Mönch fand, war jene, dass Servatius die Qualen der Frauen Vergnügen bereiteten.

Mit Abscheu hatte Burghard im Schein der glühenden Kohlen das Gesicht des älteren Mönchs beobachtet, der wie gebannt auf die Gefolterte gestarrt hatte. Seine Augen hatten einen freudigen Glanz bekommen, und er schien sich an dem Elend der gepeinigten Frau zu ergötzen. Seine sonst zusammengepressten, dünnen Lippen verzogen sich zu einem süffisanten Lächeln, als Greta Ackermann vor Schmerzen aufschrie. Kleine Schweißperlen hatten sich auf seiner Oberlippe gebildet, die er sich wiederholt mit der Zunge ableckte. Seine Erregung schien sich zu steigern, je fester der Scharfrichter die Peitsche auf den Rücken der angeketteten Frau hatte niederprasseln lassen. Um nicht wollüstig aufzustöhnen, hatte Servatius sich in die Faust gebissen, bis Blut kam. Erst als er den metallischen Geschmack zu bemerken schien, hatten sich seine Gesichtszüge entspannt. Keuchend hatte er dagestanden, während sein Brustkorb sich rasch hob und senkte.

Angewidert hatte Burghard sich abgewendet und die Augen geschlossen. Dann war er fassungslos auf die Knie gesunken. Den Pfeiler im Rücken, kämpfte er mit seinem Ekel.

»Lieber Gott«, betete er leise, »wer kann mir helfen? Was kann ich tun, damit ich wieder ins Kloster zurückdarf?«

Plötzlich hatte eine Hand die Kapuze seiner Kutte gepackt und ihn wieder auf die Beine gezogen. Stechende Augen blickten ihn zornig an. Blut klebte an Servatius' Mundwinkeln und gab ihm ein unheimliches Aussehen.

»Habe ich dir erlaubt, dich fortzubewegen, du unnützer Jammerlappen?« Dabei schüttelte er den Jungen und ließ ihn so plötzlich wieder los, dass er gegen den Pfeiler fiel.

»Ach, was soll ich mich mit solch einer unwürdigen Kreatur abgeben ...« Als ein langgezogener Schrei die Mauern des Kergewölbes, die keinen Laut nach außen dringen ließen, erschütterte, drehte Servatius den Kopf entzückt in Richtung der Gefolterten: »Endlich ... die Daumenschrauben ...«

Wieder konnte Burghard das verräterische Glitzern in den Augen des Bruders erkennen. Der meinte verächtlich, an den Jüngern gewandt: »Wir sprechen uns später!«

Was das bedeuten würde, ahnte der Junge, und er glaubte, die Ohrfeigen schon auf seiner Wange spüren zu können.

Als Barnabas und Servatius in die »Silberne Rose« einkehren wollten, bat Burghard, in die Kirche gehen zu dürfen.

»Du willst wohl für deine unkeuschen Gedanken um Vergebung bitten!«, spottete Servatius gehässig.

Der Magier hingegen sah Burghard prüfend an. Als sich das Gesicht des Jungen mit heißer Röte überzog, war er beruhigt, denn er glaubte, dass nichts anderes ihn zum Kirchgang veranlasste, als der Wunsch zu beichten.

»Ja, geh in die Kirche, mein Junge. Anschließend kannst du

dir den Rest des Kanincheneintopfs wärmen. Warte nicht auf uns, es kann spät werden.«

Der Magier hatte nicht erkannt, was in Burghard vorging und welcher Sturm wachsender Zweifel und quälender Fragen in ihm tobte. Der junge Mönch wollte den Herrn um Hilfe bitten, Ordnung in seine verwirrten Gedanken zu bringen.

Keiner der drei Männer ahnte, dass dies das letzte Mal sein sollte, dass sie sich sahen.

Kapitel 28

Katharina wusste nicht, wie ihre Mutter Otto überredet hatte, dass Gudrun sie bei der Kinderbetreuung unterstützen durfte. Im Grunde wollte sie es auch gar nicht wissen, Hauptsache sie konnte hin und wieder einige Stunden ohne die Kinder verbringen. Zwar hatte sie Otto versprechen müssen, nicht mehr ins Armenhaus zu gehen. Doch während sie ihm dies zusagte, hatte sie Mittel- und Zeigefinger der linken Hand hinter ihrem Rücken gekreuzt. Dieses Fingerkreuzen entband sie von dem Versprechen und galt nicht als absichtlich ausgesprochene Lüge, wie Katharina zu wissen glaubte.

Anfangs kam Gudrun wie vereinbart jeden Sonntag, doch dann kam sie sogar mittwochs und schließlich fast täglich. Die beiden Mädchen freundeten sich an, was Katharina gefiel. War da doch endlich ein Mensch, der ihr zuhörte und mit dem sie plaudern konnte.

An einem warmen Nachmittag gingen sie mit den Kindern zum Spielen auf eine Wiese. Hannes und Mathias tobten zwischen den Obstbäumen umher, Fritzchen lag schlafend auf der Decke, und die beiden Mädchen erzählten sich von ihren Träumen.

Gudrun schien zu wissen, was sie wollte: »Ich werde einen

Mann heiraten, der so vermögend ist, dass er mir alles kaufen kann«, erklärte sie. »Dann will ich mindestens vier Kinder bekommen, doch nur, wenn er mir verspricht, eine Amme und eine Kinderfrau einzustellen und natürlich auch Hilfe für den Haushalt. Ich selbst werde keinen Finger rühren, sondern nur das Gesinde beaufsichtigen und dafür Sorge tragen, dass die Leute auch ordentlich arbeiten. Ich werde auf dem Sofa liegen und französische Köstlichkeiten essen. Wenn ich immer runder werde, erfreut sich mein Mann an mir …«

Dabei sah Gudrun abschätzig Katharina an, die in ihren Augen viel zu dürr war, obwohl sie wieder zu essen begonnen hatte. Doch diese bemerkte ihren Blick nicht, und Gudrun fuhr fort: »Sonntags führt er mich aus, und ich trage die prächtigsten Kleider weit und breit … Und jeden Tag erzählt er mir, wie schön er mich findet …«

Katharina konnte nicht an sich halten und prustete los.

»Solch einen reichen Mann musst du dir beim Bäcker backen lassen. Ich kenne keinen, der so viel Geld hat, um sich all das leisten zu können. Auch kenne ich keinen Mann, der seine Frau so vergöttert … Die meisten sitzen doch nur im Wirtshaus und verschwenden weder einen Gedanken an ihre Kinder noch an ihre Frauen zu Hause. Sie vergnügen sich eher mit den Mägden als mit ihrer eigenen Frau. So einen findest du überall. Nimm zum Beispiel meinen Schwager Otto. Der verhält sich auch nicht anders.«

Bei den letzten Worten ihrer Freundin wurde Gudrun puterrot im Gesicht, und die Röte überzog sogar ihren Hals bis zum Brustansatz. Erstaunt musterte Katharina sie, doch bevor sie weitersprechen konnte, fauchte Gudrun sie an: »O Katharina, wie kann man nur so sein? Von dir höre ich stets nur Schlechtes über Männer. Lass sie doch tun, was sie wollen, wichtig ist nur, dass ich ein bequemes Leben habe. Mir wäre es sogar recht, wenn mein zukünftiger Mann Freude an anderen Weibsbildern hätte. Ich würde ihm das täglich unter die Nase reiben und mich dann mit Schmuck und schönen Kleidern besänftigen lassen …«

»Gudrun, du bist genauso berechnend wie ein Mann!«, sagte Katharina empört, doch im selben Moment fing sie an zu lachen, und Gudrun stimmte in das Lachen ein.

»Katharina, wir wollten uns unsere Träume erzählen. Das war meiner, und du weißt: Träume sind Schäume! Doch manchmal gehen sie auch in Erfüllung …«, fügte sie geheimnisvoll hinzu und schaute nachdenklich den beiden Buben zu, wie sie versuchten, Purzelbäume zu schlagen. Katharina hatte den rätselhaften Unterton herausgehört und fragte deshalb: »Hast du solch einen Prinzen bereits gefunden? Du bist eben rot geworden. Erzähl, ist er schon mit einer anderen verheiratet? Wer ist es?«

Erschrocken blickte Gudrun Katharina an.

»Jetzt wirst du ja ganz blass um die Nase. Kenne ich ihn etwa?« Katharina grübelte, doch Gudrun sagte ungehalten: »Das geht dich nichts an, Katharina. Jetzt bist du an der Reihe. Sicherlich willst du mit deinen Fragen nur von deinem Traum ablenken, damit du ihn nicht erzählen musst …«

»Nein, das stimmt nicht. Nur habe ich nicht solch einen großen Traum. Mein Traum ist klein und unscheinbar …«

»Jetzt erzähl endlich, schließlich sind wir Freundinnen«, forderte Gudrun sie ungeduldig, aber mit einem freundlichen Augenzwinkern auf.

»Ich möchte so sein wie die heilige Elisabeth …«

»Wie welche Elisabeth? Etwa unsere? Unsere Elisabeth von Thüringen?«

Als Katharina nickte, fragte Gudrun weiter: »Aber die war auch reich und hatte viele Kinder, genauso wie ich es haben möchte …«

Katharina lachte laut auf: »Du willst dich wohl nicht mit ihr vergleichen! Sie war edelmütig, selbstlos und hat den Armen geholfen!«

»Also ich weiß nicht, Katharina, meine Großmutter erzählte mal, dass Elisabeth sich gegeißelt haben soll, bis Blut spritzte, außerdem hat sie kaum etwas gegessen und war abgemagert ... genau wie du ... Ich sehe keinen Grund, ihr nachzueifern.«

»Ach, Gudrun, du verstehst das nicht. Elisabeth hat Wunder vollbracht, sonst wäre sie sicherlich nicht heiliggesprochen worden.«

Gudrun zuckte nur zweifelnd mit den Achseln.

»Woher willst du das wissen, Katharina?«

»Ich weiß es von unserem Pastor ... Mit dem habe ich über sie gesprochen.«

»Dann erzähl mir etwas über sie, denn ich habe keinen blassen Schimmer, welche Wunder sie vollbracht haben soll.«

»Du willst wirklich, dass ich dir von der heiligen Elisabeth erzähle?«, fragte Katharina mit leuchtenden Augen. Gudrun nickte. Die beiden großen Buben lagen mittlerweile erschöpft neben ihrem schlafenden Bruder, und so streckte sich Gudrun ebenfalls aus, verschränkte die Arme hinter dem Kopf und wartete gespannt, was ihre Freundin zu erzählen hatte.

»Elisabeth war eine Königstochter aus Ungarn. Sie wurde bereits mit vier Jahren auf die Wartburg gebracht, da sie Hermann, dem Sohn des Herzogs von Thüringen, versprochen war. Ich glaube, das war ein politisches Abkommen. Wer würde sonst sein vierjähriges Kind einem Mann versprechen? Jedenfalls starb Hermann, als Elisabeth neun Jahre alt war. Deshalb heiratete sie mit vierzehn Jahren seinen Bruder Ludwig ...«

»Das ist so ähnlich wie bei dir, Katharina, nur dass ihr Schwestern wart.«

Katharina warf Gudrun einen düsteren Blick zu, sodass sie verstummte. Dann fuhr sie in ihrer Erzählung fort: »Es wird berichtet, dass sich Ludwig und Elisabeth sehr mochten, wahrscheinlich, weil sie zusammen aufgewachsen waren. Sie bekamen einen Sohn und zwei Jahre später eine Tochter. Elisabeth soll Ludwig häufig auf seinen Reisen durchs Land begleitet haben. Doch wenn ihr Mann abwesend war, musste Elisabeth die Aufgaben der Regentin ausüben, was sie sehr gewissenhaft getan haben soll. Obwohl sie beim Volk sehr beliebt war, spürte Elisabeth tiefe Unruhe, da sie das Gefühl hatte, dass ihr Leben sie nicht erfüllte. Eines Tages lernte sie zwei Mönche des Franziskanerordens kennen. Das Studium des Lebens des heiligen Franz von Assisi öffnete ihr die Augen. Sie wollte ein gottgefälliges Leben führen, wie er es getan hatte …«

»Hast du etwa auch einen Mönch kennengelernt?«

Katharina verneinte Gudruns unüberlegte Frage und sprach weiter: »Elisabeth wies den Franziskanern eine Kapelle in Eisenach zu, damit sie dort ein Kloster gründen konnten. Die Mönche lehrten sie, dass Nächstenliebe tief empfunden werden musste, um ein gottesfürchtiges Leben führen zu können. Als Elisabeths Mann Ludwig in Italien weilte, brach eine schreckliche Hungersnot in Thüringen aus. Elisabeth ließ die landgräflichen Kornkammern öffnen. Auch soll sie Kleidung und gräflichen Hausrat verkauft haben, um die Not der Armen zu lindern. Sogar die Errichtung eines Hospitals war ihr Verdienst. Ludwig hingegen fühlte eine andere Berufung und schloss sich den Kreuzzügen an, obwohl Elisabeth wieder guter Hoffnung war. Doch er starb an einer Seuche, noch bevor er Palästina erreicht hatte. Kurz darauf gebar Elisabeth ihre Tochter Gertrud, die ihren Vater niemals kennenlernen sollte … Das ist schrecklich, nicht wahr, Gudrun?« Die Freundin nickte.

»Ludwig hatte vor Beginn des Kreuzzuges seinem Bruder die Regentschaft übertragen, und so war die arme Elisabeth nun vom Wohlwollen des Schwagers abhängig. Weil die Familie aber dagegen war, dass Elisabeth den Armen so viel Aufmerksamkeit und Essen schenkte, wurde ihr der Umgang mit diesen Leuten verboten.«

»Das ist wirklich merkwürdig, Katharina! Das gleicht schon

wieder deinem Leben«, sinnierte Gudrun, und Katharina pflichtete ihr bei.

»Das habe ich noch nie so klar erkannt, Gudrun. Es gibt wirklich einiges, was mich mit Elisabeth verbindet.«

»Erzähl weiter!«, forderte Gudrun sie auf.

»Elisabeth hielt sich nicht an die Verbote ...« Katharina lächelte ihrer Freundin zu. »... und wollte eines Abends mit einem Korb voller Essen, den sie unter dem Mantel versteckt hielt, durch das Tor der Burg gehen, als ein Wachmann sie festhielt und fragte, was sie unter dem Mantel trage. »Einen Korb voller Rosen!«, soll ihre Antwort gewesen sein. Weil der Mann ihr das nicht glaubte, zog er ihr den Mantel gewaltsam von der Schulter. Und tatsächlich, der Korb war voller roter Rosen! Ob diese Geschichte stimmt, weiß ich nicht. Tatsache ist aber, dass Elisabeth zeitlebens gottesfürchtig war und den Armen geholfen hat. Das möchte ich auch, mehr als alles andere auf der Welt«, fügte Katharina leise hinzu. Gudrun sah sie fasziniert an.

»Möchtest du keine Kinder und keinen Mann haben?«, fragte sie ernst.

Katharina schüttelte den Kopf.

»Nein – jedenfalls nicht jetzt. Vielleicht irgendwann einmal, wer weiß. Jetzt möchte ich auf den Hülfensberg pilgern und dort beten, dass meine Wünsche in Erfüllung gehen. Außerdem möchte ich einmal Schloss Bischofsstein sehen. Dieses Gut soll Elisabeths Morgengabe gewesen sein ...«

»Morgengabe! Wie wunderschön!«, rief Gudrun aus. Katharina nickte.

»Ja, Herzog Ludwig soll seiner Gemahlin dieses Schloss am Morgen nach der Hochzeit geschenkt haben. Ach Gudrun, wäre es vermessen zu verlangen, dass unserer beider Träume wahr werden?«

Gudrun zuckte wieder mit den Achseln, und jetzt lag ein bekümmerter Ausdruck in ihren Augen.

›Ach Katharina‹, dachte das junge Mädchen, ›wenn du wüsstest, wie nah ich der Erfüllung meines Traumes bin. Und doch gleichzeitig so weit weg, wie du von deinem!‹

Kapitel 29

Nachdem Franziska die »Weiße Frau« im Traum erschienen war, bestand Freifrau Hedwig von Wintzingerode darauf, dass das Mädchen in das Wohngebäude der Burg zog.

Zunächst war ihr Mann strikt dagegen. Doch seine Befürchtungen, dass sich die Bediensteten gegen sie auflehnen könnten, sobald sie Franziskas Geschichte erfahren würden, entkräftete Hedwig mit ihrem Charme. Als er aber auf die Gefahr hinwies, dass jemand das Mädchen an Bonner verraten könne, ließ sie alle Bediensteten im Hof zusammenrufen. Wachmänner, Diener, Küchenmädchen, Köchinnen – jeder, der auf der Burg zu tun hatte, musste sich auf dem Hofplatz einfinden und in einer Reihe aufstellen. Wie ein Feldmarschall schritt die Freifrau an ihrem Gesinde vorüber und erzählte mit trauriger Miene von der Ungerechtigkeit, die dem Mädchen widerfahren war.

Dass man sie der Hexerei bezichtigte, verschwieg sie vorausschauend. Stattdessen erklärte sie, dass der Großbauer das arme Mädchen davongejagt habe, weil er eine Magd als Schwiegertochter nicht akzeptiere, da sie niederen Standes sei. Um die Hochzeit mit seinem Sohn zu verhindern, der seiner Liebe hinterhereilen wollte, würde Bauer Bonner sogar vor übler Nachrede und schrecklichen Lügen nicht zurückschrecken.

Die Frauen auf der Burg äußerten laut ihren Unmut über den unverschämten Bauern. Sie empfanden Mitleid für das Mädchen und taten dies lautstark kund. Sogar in den Blicken der

Männer, die das hübsche Mädchen mit kaum verhohlenem Begehren musterten, lag Mitgefühl.

Franziska stand bewegungslos vor den Bediensteten und schaute beschämt zu Boden.

Hedwig umarmte sie und erklärte, dass man ihr helfen wolle und ihr deshalb Schutz auf Burg Bodenstein gewährt habe. Dann wandte sich die Freifrau wieder dem Gesinde zu, schritt erneut die Reihe ab und blickte dabei jedem Einzelnen ins Gesicht. Sie log, ohne rot zu werden: »Meinem Gemahl ist zu Ohren gekommen, dass Bauer Bonner sogar eine Belohnung ausgesetzt hat, um Hinweise über Franziska zu bekommen ... Dieser Mensch schreckt wahrlich vor nichts zurück!«, rief sie entrüstet.

Dann hielt sie inne und sah Franziska mitfühlend an. Jeder konnte Tränen in ihren Augen schimmern sehen. Theatralisch schnäuzte Hedwig sich in ihr Taschentuch und fuhr dann mit zorniger Stimme fort: »Wir vermuten, dass Bonner sicherlich auch euch mit Geld bestechen wird, sobald er weiß, dass Franziska hier bei uns auf der Burg lebt ... Sollte jemand von euch die Absicht haben, sich die Belohnung zu verdienen und unseren Gast zu verraten, wird Freiherr von Wintzingerode denjenigen mitsamt seiner Familie aus unserem Schutz entlassen und von dannen jagen!«

Leises Gemurmel war zu vernehmen. Alle wussten, dass dies das Schlimmste war, was ihnen passieren konnte. Zum einen gab es sicherlich keinen gerechteren Herren als Adolph Ernst von Wintzingerode, und zum anderen wäre auf dem gesamten Eichsfeld danach keine Arbeit zu finden, da sich der Verrat in Windeseile herumsprechen würde.

Hedwig ahnte die Gedanken der erschreckten Menschen und bat ihren Schöpfer stumm um Vergebung. Aber sie war sich sicher, dass Gott ihr diese Unwahrheit vergeben würde – hatte sie doch keine böse Absicht damit verfolgt, sondern wollte nur das Leben eines unschuldigen Menschen retten. Als sie jedoch in das regungslose Gesicht ihres Mannes blickte, wusste sie, dass er ihr diese Lüge nicht so schnell verzeihen würde. Für Ernst Adolph war Ehrlichkeit eine der höchsten Tugenden, und er hatte kein Verständnis für Lügen, selbst dann nicht, wenn es sich dabei um Notlügen handelte. Hedwig bat ihn mit ihrem Blick um Vergebung, doch er drehte den Kopf zur Seite.

Auch drei Tage später sprach Adolph Ernst noch immer nur das Nötigste mit seiner Frau. Als sie ihm jedoch das Jäckchen zeigte, das Franziska für das ungeborene Kind genäht hatte, huschte ein Lächeln über sein Gesicht, und er zog Hedwig in seine Arme.

Franziska hatte eine einfache Kammer unter dem Dach bezogen. Sie wurde nicht mehr eingesperrt und durfte sich innerhalb der Burg frei bewegen. Die meiste Zeit jedoch saß sie in ihrem Zimmer und nähte die Erstlingsausstattung für das ungeborene Kind der Edelleute.

Durch ein kleines Fenster konnte Franziska weit über das Eichsfeld blicken. Doch außer Baumwipfeln und dem darüberliegenden Himmel war nicht viel zu sehen, da die Burg sehr hoch auf dem Berg lag. Wieder einmal hielt sie in ihrer Arbeit inne und dachte mit schwerem Herzen an ihren Liebsten. Ob seine schrecklichen Wunden wohl verheilt waren? Würde er nach ihr fragen? Das Mädchen hoffte, dass Pfarrer Lambrecht bald kommen und ihr diese Fragen beantworten würde. Auch wenn sie Johann nie wiedersehen würde, so wollte sie doch wissen, wie es ihm ging.

Als Annerose in Johanns Zimmer trat, saß er in seinem Bett und trank eine kräftige Hühnerbrühe. Liebevoll strich sie ihrem

Sohn über das Haupt. In den letzten Tagen hatte sie viel über sich, ihr Leben und Johann nachgedacht. Bevor sie etwas sagen konnte, fragte ihr Sohn: »Sagst du Franziska, dass sie mich bitte besuchen soll? Ich habe sie seit Tagen nicht gesehen.«

Annerose schluckte schwer. Was sollte sie ihm sagen? Dass die Magd davongelaufen war und ihn im Stich gelassen hatte? Oder dass Franziska mit einem Knecht weitergezogen war?

Diese Antworten würde er kaum glauben. Aber falls doch, so wusste Annerose aus eigner Erfahrung, dass der Schmerz über die verlorene Liebe groß sein würde. Aber mit der Zeit würde er vergehen, und Johann würde Franziska vergessen. Sagte sie ihm jedoch die Wahrheit, nämlich dass der Bauer das Mädchen fortgejagt hatte und sie der Hexerei anklagen wollte, bliebe Johann nicht länger auf seinem Lager liegen, sondern würde nach ihr suchen wollen.

Doch Annerose befürchtete, dass Johann das Mädchen ebenso wenig finden würde wie ihr Mann. Franziskas Spur verlor sich in Tastungen – bei ihrem eigenen Bruder, dem Pfarrer. Der gab zwar zu, dem Mädchen für eine Nacht Quartier gewährt zu haben. Doch dann, so hatte Lutz beteuert, sei Franziska im Morgengrauen verschwunden.

Bonner glaubte dem Schwager nicht, hatte ihn der Lüge bezichtigt und scheinheilig erklärt, dass Lügen eine schwere Sünde sei.

Entrüstet hatte Lutz diese Unterstellung gegen ihn, einen Vertreter Gottes, zurückgewiesen. Aber sogar Annerose traute dem Bruder nicht. Das leichte Zucken um sein rechtes Auge, das sie noch aus Kindertagen kannte, wenn er etwas ausgefressen hatte, vor den Eltern aber strikt behauptete, unschuldig zu sein, hatte sie misstrauisch gemacht.

»Mutter, rufst du Franziska?«, riss Johann sie aus ihren Gedanken. Er sah sie flehend an. Sie wollte gerade antworten, als die Tür aufgestoßen wurde und Bonner ins Zimmer platzte.

Seine Leibesfülle schien fast die gesamte Kammer auszufüllen. Mutter und Sohn wechselten die Gesichtsfarbe. Der Bauer war zornig, wie man an seiner Körperhaltung und seinem Blick unschwer erkennen konnte.

»Bursche«, schrie er, »am liebsten würde ich …«

Als Annerose sich vor ihren Sohn stellte, hob er die Fäuste.

»Was willst du? Auch Prügel?«, schrie Bonner seine Frau an.

Ein Blick aus Anneroses eiskalten Augen veranlasste ihn aber, die Fäuste wieder sinken zu lassen.

Nein, er hatte keine Angst vor seiner Frau. Er hatte vor nichts und niemandem Angst, aber irgendetwas an ihr war heute anders. Kritisch musterte er sie. Er erkannte, dass erneute Schläge an der Situation nichts ändern würden. Bonner machte eine wegwerfende Handbewegung und erwiderte ihren Blick ebenso kalt. Ohne ein weiteres Wort verließ er die Kammer.

Bonner ging in die Stube, wo der Selbstgebrannte in einem kleinen Holzfässchen auf dem Schrank stand. Er goss sich ein Schnapsglas randvoll und kippte es hinunter. Dann noch eins und noch ein drittes. Erst dann beruhigte er sich.

Ihm schwirrte der Kopf. Der Nachmittag war schlecht verlaufen. Im Duderstädter Rathaus hatte man wegen seiner Anschuldigung eine Sitzung einberufen. Er war dorthin befohlen worden, obwohl mit dem Bürgermeister Albrecht Harßdörfer abgesprochen war, dass alles vermieden werden sollte, damit nicht am Ende er selbst als Angeklagter vor dem Richter endete. Harßdörfer hatte Bonner deshalb nur als Zeugen und nicht als Kläger angegeben. Aber dann war der Bauer doch vor den Stadtrat zitiert worden und musste sein Leid mit der Hexe klagen. Seine Beschwerden waren auf offene Ohren gestoßen, da Duderstadt, da waren sich die Räte einig, auf keinen Fall eine böse Frau dulden konnte.

Bonner hätte zufrieden sein können. Doch dann verlangte der Rat, dass das Mädchen vorgeführt werde. Der Bauer wurde leichenblass, denn damit hatte er nicht gerechnet. Hilfesuchend sah er den Bürgermeister an. Harßdörfer verstand nicht, was mit Bonner vor sich ging, doch da dieser verloren im großen Sitzungssaal stand, war er helfend eingeschritten.

Gespielt gelangweilt erklärte er, dass es schon spät sei und es ihn dürste. Alle Köpfe hatten freudig genickt, und einstimmig verschob man die Vorführung des Mädchens auf den übernächsten Tag. Denn mit einem brummenden Schädel wollte keiner der Stadträte bereits am nächsten Tag wieder hier sitzen.

Bonner hatte zwar erleichtert aufgeatmet, aber dann packte ihn Zorn. Alles wäre bestens verlaufen, wenn diese verfluchte Magd nicht wie vom Erdboden verschluckt wäre. Eigentlich hätte der Bauer über ihr Verschwinden jubilieren können, da Johann nun das Mädchen nicht heiraten konnte. Doch jetzt sollte sie vor dem Rat erscheinen, und er musste sie schnellstmöglich finden. Wo aber war sie? Diese Frage beschäftigte ihn so sehr, dass er dem anschließenden Umtrunk im Raum unter dem Sitzungssaal, der über eine schmale Steintreppe zu erreichen war, nur kurz beiwohnte und dann frühzeitig aufbrach. Zwar konnten die Räte Bonners vorzeitigen Aufbruch nicht verstehen, labten sie sich doch unentgeltlich am vorzüglichen Stadtwein. Doch da einer von ihnen gerade den neuesten Tratsch aus der Stadt zum Besten gab, nickten sie Bonner nur gleichgültig zum Abschied zu.

Dem Bauern stand der Sinn nach allem anderen als nach Wein oder Klatsch. Eilig stieg er wieder zum Sitzungssaal hinauf, überquerte die Vorhalle des Rathauses und war schon durch die schwere Tür nach draußen gegangen, als er hörte, wie sein Name gerufen wurde.

Der Bürgermeister war ihm nachgegangen. Ein scheinbar freundliches Lächeln lag um seinen Mund, während seine braunen Augen Bonner kalt musterten.

»Casper, was soll das Theater, das du hier veranstaltest?«

Bonner ahnte, was der Bürgermeister meinte, tat aber unwissend: »Was meinst du, Albrecht?«

»Verkaufe mich nicht für dumm!«, zischte dieser ungehalten. »Erst bedrängst du mich mit dieser Geschichte von der Hexe, und dann, als ich alles in die Wege leite, damit der Senat zustimmt, das Mädchen anzuklagen, stehst du wie ein Schuljunge schweigend vor den Männern der Stadt. Wie stellst du dir das vor? Die Meute hat Blut geleckt und will Taten sehen. Nicht nur, dass ich jetzt, um sie bei Laune zu halten, Unmengen teuren Weins spendieren muss, nein, ich habe sie auch noch in deinem Sinne belogen ... Und was tust du? Du gehst, als ob dich das Ganze nichts angehen würde. Aber den Wein, den wirst du mir bezahlen! Hast du verstanden?«

Bonner schluckte. Obwohl er wusste, dass Harßdörfer verärgert war und Widerworte ihn zusätzlich reizen würden, entgegnete er: »Das Drecksstück ist auf und davon, Albrecht. Ich habe es eben nicht zugeben wollen, weil ich hoffte, der Rat hätte sich morgen wieder beruhigt und würde davon absehen ...«

Der Bürgersmeister machte einen Schritt auf Bonner zu. Das Lächeln war jetzt gänzlich aus seinem Gesicht gewichen. Wut ließ seine Augen aufblitzen.

»Du verstehst nicht im Geringsten, wie das hier läuft ... Du bist wahrlich nur ein dummer Bauer, Casper. Ich habe für dich meinen Kopf hingehalten! Ich habe denen da drinnen ...«, er wies mit dem Kinn zur wuchtigen Rathaustür, »... bereits von dem Hexenmal erzählt. Das du wahrscheinlich nur kennst, weil du der Frau an die Wäsche gegangen bist! Du denkst doch wohl nicht, dass ich die Geschichte glaube, dass das Mädchen deinen Hof verhext hat. Aber was wahr ist oder nicht, das interessiert jetzt niemanden mehr. Die Stadträte sind schon fest davon überzeugt, dass deine Magd einen Bund mit dem Teufel geschlossen hat, und das ist, wie du weißt, mein Lieber, das ist eine Verschwörung gegen Gott! Justus glaubt sogar, dass die Hexe seinen Viehbestand mit Schadenszauber belegt hat, weil die Viecher angeblich weniger Milch geben. Glaube mir, Casper, wenn sie ihren Rausch ausgeschlafen haben und wieder klar denken können, werden sie vor deiner Tür stehen und die Hexe holen wollen … Und wenn sie diese nicht finden, so werden sie dir den Hof niederbrennen …«

Bonners Augen weiteten sich vor Angst. Der Bürgermeister schüttelte den Kopf.

»Hast du wirklich überhaupt nicht verstanden, was du angerichtet hast?«

Bonner verneinte. Harßdörfer dachte kurz nach.

»Zwei Tage kann ich die Meute hinhalten …In zwei Tagen aber brauche ich eine Hexe, egal, wen, sonst garantiere ich für nichts mehr!«

Bonner wurde kreidebleich und nickte stumm. Dann stolperte er wie betrunken die Steintreppe hinunter und machte sich auf den Weg nach Hause.

Kapitel 30

Bevor die Kutsche aus dem Innenhof auf die Straße bog, lehnte Anna sich aus dem Fenster, um ihrer Base Magdalena ein letztes Mal zuzuwinken.

Nach zwei Wochen Aufenthalt in Erfurt freute sie sich, wieder nach Hause zu fahren, obwohl sie eine innere Unruhe spürte, die sie sich nicht erklären konnte. Dachte sie an ihren Bruder Clemens, überzog ein Lächeln ihr Gesicht. Anna konnte kaum erwarten, ihn in die Arme zu schließen und ihm ihre Geschenke zu geben. Missmutig hatte sie auch ihrem Mann Wilhelm eine

Kleinigkeit gekauft. Wilhelm! Kaum kam ihr sein Name in den Sinn, verschwand das Lächeln, und sie hatte Mühe, ein Räuspern zu unterdrücken. Anna versuchte, tief durchzuatmen und das ungute Gefühl in ihrem Bauch nicht zu beachten, so wie der weise Mann im Wald es ihr geraten hatte.

Seit sie den Alten aufgesucht und zwei Tage bei ihm in der Hütte verbracht hatte, dachte sie immer wieder an den Traum. An die Bilder, die sie gesehen hatte, nachdem er ihr den bitteren Kräutertrank gegeben hatte.

Obwohl sie die Erinnerung daran zu verdrängen suchte, konnte sie das Bild des wutverzerrten Gesichts ihres Mannes nicht vergessen. Doch sie sah auch Friedrich, sah seinen liebevollen Blick, als er ihr die grüne Drachenschuppe überreichte.

Anna wusste natürlich, dass es keine Drachen gab und dass die Schuppe nur ein Symbol aus Kindertagen war. Ein Zeichen der Liebe, die sie für den jungen Arzt empfand, derer sie sich aber erst jetzt bewusst geworden war.

Als sie in der Waldhütte des Alten aus dem tranceähnlichen Zustand erwacht war, in den sie der Trank versetzt hatte, war ihr Körper von Weinkrämpfen geschüttelt worden, und sie hatte ihr ganzes Unglück hinausgeschrien. Den Verlust der Eltern, ihre unglückliche Ehe und die unterdrückte Liebe zu Friedrich. Der blinde Mann hatte sie tröstend in die Arme genommen und ihr erklärt, dass die Bilder ihres Traums eine tiefe Bedeutung hätten. Er wollte nicht wissen, was sie gesehen hatte, sondern erklärte, dass sie allein herausfinden müsse, was der Traum ihr verdeutlichen wolle. Der Alte verriet ihr nur so viel: Die »wahre« Anna würde nun deutlich hervortreten. Seitdem grübelte sie, wie diese Anna wohl aussehen könnte.

Zum Abschied hatte der Blinde ihr einen kleinen grünen Stein geschenkt, der ihr Kraft geben sollte, wenn sie an sich zweifelte. Der letzte Satz, den er ihr mit auf den Weg gegeben hatte, hallte in ihrem Gedächtnis nach: »Die Löwin ist bereit zu kämpfen!« Seitdem sah sie immer öfter in ihren Träumen eine Löwin, die zum Sprung ansetzte.

Sobald sie zu Hause wäre, wollte Anna mit Clemens über ihre Zukunft sprechen, denn der Alte hatte sie überzeugt, dass sie ihr Leben ändern musste. Auch wollte sie von ihrem Bruder erfahren, ob Friedrich noch Gefühle für sie hegte.

›Friedrich‹, dachte sie verträumt. Wärme breitete sich in ihrem Körper aus, sowie die Hoffnung, dass sie und Wilhelm im Guten auseinandergehen würden. Sie würde ihm eine großzügige Abfindung zukommen lassen und ihm für die Hilfe danken, aber auch unmissverständlich klarmachen, dass es für sie keine gemeinsame Zukunft gab. Ihr Herz gehörte Friedrich, und sie wollte endlich nur noch ihrem Gefühl gehorchen und nicht mehr ihrem Verstand. Von nun an würde sie ihr Leben selbst in die Hand nehmen.

Dass der junge Arzt anders empfinden könnte, darüber wollte sie nicht nachdenken, zumal sein Verhalten ihr zuletzt Zuversicht gegeben hatte.

Ihre Zweifel schwanden, je länger sie über ihre letzte Begegnung nachdachte.

Der alte Mann im Wald hatte tatsächlich geschafft, ihr Selbstvertrauen zu stärken.

Zum ersten Mal seit Langem trällerte sie wieder ein Lied, und diesmal versagte ihr die Stimme nicht.

Zwei Tage, dann wäre sie wieder zu Hause. Zwei Tage noch, dann könnte jeder sehen, dass eine neue Anna zurückkehrte. Sie lachte laut auf. Jawohl, eine starke, selbstbewusste Löwin würde heimkehren!

So dachte Anna und ahnte nicht, dass die Tür des Käfigs zufallen und die Löwin wieder einsperren könnte.

Seit Clemens bei der Dirne gewesen war, hatte sich seine Laune stetig verschlechtert. Er hatte Beweise erhofft, mit denen er den Schwager als Lügner und Schurken hätte entlarven können. Doch die Hure Agathe hatte Clemens nichts Außergewöhnliches über Münzbacher erzählen können. Nichts, das er nicht schon gewusst hätte.

Sie konnte sich nur erinnern, dass Münzbacher ziemlich wütend gewesen sei, da er Hilfe von jemandem erwartet und diese nicht bekommen hatte. Den Namen der Person hatte Münzbacher ihr nicht verraten, auch nicht, wofür er die Hilfe benötigte.

Als Münzbacher den Bruder seiner Frau im Bett der Hure überrascht hatte, hatte Clemens beim entsetzten Ausdruck auf dessen Gesicht in sich hineingelacht. Damit hatte sein Schwager nicht gerechnet! Wutschnaubend und lauthals fluchend war er aus dem Zimmer gestürzt und die Treppe hinuntergepoltert. Danach hatte der junge Arnold nicht mehr an sich halten können und gelacht, bis ihm die Tränen kamen.

Agathe hatte ihm angeboten, ihn zwischen ihren Schenkeln zu beglücken, doch Clemens war nicht in Stimmung gewesen. Er war enttäuscht, dass er keine Beweise erhalten hatte, die Wilhelm als Schurken überführt hätten.

Seit der unfreiwilligen Begegnung in der Kammer der Hure ging der junge Mann seinem Schwager aus dem Weg, denn er wollte weder Spott hören, noch Erklärungen abgeben müssen.

Sein Freund Friedrich war seit dem Zwischenfall auf der Lichtung nicht mehr auf das Gestüt gekommen. Clemens hatte erfahren, dass der junge Arzt für seinen Vater Besorgungen in Mühlhausen erledigen musste und mehrere Tage fort sein würde.

Nun plagte den jungen Arnold Langeweile, zumal seine Schwester Anna ihm in einem Brief mitgeteilt hatte, dass er sie erst Ende der Woche zurückerwarten könne, und bis dahin waren es noch zwei Tage.

Clemens hätte nie für möglich gehalten, dass er seine Schwester vermissen würde. Doch er musste sich eingestehen, dass sie ihm fehlte, und er freute sich tatsächlich auf ihre Rückkehr.

Er wies sogar das Gesinde an, für Annas Ankunft alles herzurichten. Die Köchin sollte die Lieblingsspeisen der Schwester kochen und einen Schmandkuchen mit Rosinen backen, den Anna besonders gern aß.

Jetzt hieß es für Clemens nur noch, die Zeit bis zu ihrer Ankunft totzuschlagen. Deshalb ging er, sobald der Abend dämmerte, in den »Schlauen Fuchs«.

Im Wirtshaus bekämpfte er die Langeweile mit Bier und Würfelspielen. An diesem Abend allerdings war von seinen Trinkgesellen noch keiner da, und so saß er allein am Tisch und hatte bereits drei große Krüge dunklen Starkbiers getrunken, als sich grußlos eine Magd zu ihm gesellte.

Mit glasigen Augen taxierte der junge Mann die Frau, die ein ansehnliches Gesicht hatte. Als sie zur Theke ging, konnte er ihr dralles Hinterteil bewundern, dass sich selbst durch den weiten Rock erahnen ließ.

›Nicht schlecht‹, dachte er vergnügt und hob den Krug an die Lippen.

»Schon wieder leer«, stellte er angetrunken fest. Doch im selben Moment stand ein frisch gefüllter Humpen vor ihm. Als er aufsah, um sich zu bedanken, stand die Magd vor ihm und lächelte ihn verführerisch an. Sie setzte sich wieder zu ihm an den Tisch.

»Kennen wir uns?«, fragte er leicht lallend und lächelte sie herausfordernd an.

»Wir sind uns bereits begegnet … Rate, wo«, neckte sie ihn.

»Ich kann mich nicht erinnern … Ist ja auch kein Wunder bei dem vielen Bier. Hm, lass mich nachdenken … Bei welchem Bauern bist du in der Pflicht?«

Er kniff die Augen zu Schlitzen zusammen und schien krampfhaft zu überlegen, dann sagte er: »Du bist Wäscherin!«

»Woher weißt du das?«, fragte die Magd zurück.

»Sehe ich an deinen roten, rissigen Händen.«

Peinlich berührt versteckte sie die Hände in ihrem Schoß, doch schnell umspielte wieder ein neckisches Lächeln ihre Lippen.

»Und mein Name?«

»Der ist doch nicht wichtig, oder?«

Als er ihr Gesicht zu sich heranziehen wollte, lachte sie kess.

»Warte hier, ich komme gleich zurück, und dann sagst du mir, wo wir uns schon einmal gesehen haben, du Schlauberger.«

»Komm bald wieder!«, rief er ihr nach, wobei er die Worte nur noch schwer bilden konnte.

Die Magd ging hinter das Wirtshaus, wo Münzbacher auf sie wartete.

»Und, was ist?«, fragte er gereizt.

»Er ist bereits betrunken. Den Rest kannst du erledigen.«

Er hielt sie am Arm fest.

»Au!«, schrie sie auf, woraufhin er sie widerwillig losließ.

»Wir haben ein Abkommen …«

»Ach ja? Davon weiß ich nichts. Du willst ihn aus der Stadt haben, dann sorge selbst dafür.«

Obwohl sie erneut aufschrie, packte er sie grob am Arm und zischte ihr mit kaum unterdrückter Wut ins Ohr: »Du willst doch auf das Gestüt ziehen! Aber wenn wir uns nicht beeilen, ist meine kleine Ehefrau zurück, und dann wird sich nichts ändern. Nur wenn ihr Bruder weit weg ist, kann ich sie beeinflussen und in ein Kloster stecken. Also stell dich nicht so an, oder du wirst auf ewig eine Wäscherin bleiben.« Mit einem Stoß schubste er sie von sich und sah sie mit mürrischem Blick an. Marga rieb sich das Handgelenk.

»Wann kommt deine Frau zurück?«

»In zwei Tagen. Ich habe einen Brief auf dem Esstisch liegen sehen, in der sie ihre Ankunft angekündigt hat.«

»Also gut«, zischte Marga, »ich mache, was du sagst, aber ich lasse ihn nicht in mich …«

Erleichtert zog Münzbacher die Wäscherin an sich: »Musst du auch nicht. Du sollst ihm nur das hier geben.«

Er reichte ihr eine kleine dunkle Flasche.

»Wir wollen doch beide, dass unser Spross in ein angemessenes Umfeld geboren wird und nicht zwischen die … nasse Wäsche rutscht.« Dabei knabberte er an ihrem Ohrläppchen und legte ihr die Hand auf den Bauch. Margas Augen strahlten ihn an.

»Erkläre mir deinen Plan!«

Nur mit Mühe konnte Clemens die schmale Stiege auf den Heuschober hinaufsteigen. In der einen Hand hielt er einen Bierkrug, mit der anderen versuchte er sich festzuhalten, da seine Füße immer wieder von den ausgetretenen Sprossen abrutschten. Er kicherte und lallte dann: »Müssen wir unbedingt auf den Heuschober hinauf?«

Dabei schielte er zu Marga, die hinter ihm die Leiter hochkletterte.

»Herrgott, bist du betrunken. Natürlich müssen wir auf den Heuschober. Ich möchte mir dein Gestüt von oben betrachten.«

»Ha, ha, dass ich nicht lache. Du hast ganz anderes vor, wenn wir oben im Heu liegen! Es ist nämlich schon tiefe Nacht und stockdunkel draußen. Sch … wir müssen leise sein, denn sie schlafen schon alle«, gluckste er.

Endlich hatte er die letzte Sprosse erklommen. Marga gab ihm von hinten einen Stoß, sodass er kopfüber in das aufgehäufte Heu fiel. Dabei versuchte er, seinen Krug zu balancieren, aber er landete mitsamt dem Bier ihm Heu.

»Och je, jetzt ist mein Bier verschüttet …«

»Nur nicht weinen«, meinte die Magd spöttisch, »ich habe hier noch einen vollen Krug.«

Clemens streckte sich im Heuhaufen nieder und klopfte neben sich.

»Komm zu mir, meine Schöne, und erzähle mir, wo wir uns schon einmal begegnet sind …«

Marga war nun auch oben angekommen und griff nach Clemens' Bierkrug im Heu. Dann sah sie kurz zu ihm hinüber, und als sie gewiss war, dass er sie nicht beobachtete, leerte sie das Fläschchen, das Wilhelm ihr gegeben hatte, in den Humpen und füllte ihn mit dem von ihr mitgebrachten Bier auf. In dem Moment streckte Clemens seine Hand aus: »Gib mir was zu trinken!«

Mit wippendem Hinterteil setzte sie sich neben ihn.

»Hier, mein schöner junger Clemens!« Sie reichte ihm den Krug. Clemens richtete sich auf.

»Ah, du kennst meinen Namen. Ich trinke erst, wenn du mir verrätst, woher.« Dabei griff er ihr unter den Rock. Marga ließ es geschehen, denn er war ihr nicht unsympathisch.

»Hier, trink, und ich werde es dir erzählen!«

Feixend nahm er den Krug entgegen und zog sie mit der anderen Hand zu sich, um sie zu küssen. Marga schüttelte den Kopf und hob seine Hand mit dem Krug zu seinem Mund. Prustend und kichernd schluckte er.

»Ich bin doch kein kleines Kind! Gib her, das kann ich schon selbst«, sagte er und leerte den Krug in einem Zug. Rülpsend streckte er alle viere von sich.

»Ich weiß, wo ich dich gesehen habe«, rief er plötzlich. »Du hast an unserem Tor …«

Weiter kam er nicht, denn das Mittel wirkte, und er fiel sofort in tiefen Schlaf.

»Ruhe süß, mein junger Prinz!«, flüsterte Marga lächelnd.

›Schade um ihn‹, dachte die Magd. ›Jetzt wacht er erst wieder auf, wenn er schon weit weg ist.‹

Münzbacher hatte dem Weib erzählt, dass die Tropfen ein starkes Schlafmittel wären. Wenn Clemens wieder zu sich käme, wäre er bereits auf einem Schiff, das ihn in ein anderes Land bringen würde. Dass dies eine Lüge war, erfuhr Marga wenige Minuten später, als Münzbacher nach dem verabredeten Zeichen auf der Tenne erschien. Hämisch lächelnd musterte er seinen jungen Schwager.

»Wie viele Tropfen hast du ihm gegeben?«

»Alle!«

»Braves Mädchen!« Münzbacher stupste den Jungen an. Er regte sich nicht mehr. Kein Laut kam über seine Lippen, als der Schwager ihn ins Gesicht schlug.

»Er ist doch nicht etwa tot?«, flüsterte die Magd erschrocken und wollte sich über Clemens beugen. Doch Münzbacher hielt sie ab. Die Gier, die sie in seinen Augen zu sehen glaubte, versprach ihr Schönes, und so legte sie ihre Arme um seine Taille. Er küsste sie stürmisch. Dann blitzten seine Augen auf, doch nicht, weil sie ihre Bluse abstreifte. Im selben Moment legte er ihr die Hände um den Hals und drückte zu. Marga verstand den Ernst ihrer Lage nicht, zumal Münzbacher schon früher an solchen Spielen Gefallen gefunden hatte. Erst als sie röchelnd wimmerte, dass er aufhören solle, was ihn nur noch fester zudrücken ließ, erkannte die Magd, dass er sie töten wollte.

Verzweifelt versuchte sie, sich aus seinem Griff zu befreien, doch sie kam nicht gegen ihn an. Voller Panik kratzte sie ihn am Hals. Münzbacher heulte auf und lockerte für einen Augenblick den Griff. Marga versuchte, sich aus der Umklammerung zu winden, doch er war stärker. Münzbachers Gesicht war zu einer Fratze verzerrt. Rasend vor Wut packte er sie und presste ihren Hals zusammen. Selbst als sie ihm gegen das Bein trat, blieb sein Griff kraftvoll. Sie spürte, wie das Leben aus ihrem Körper wich und wusste nun, dass sie keine Chance mehr hatte – sie ergab sich in ihr Schicksal. Ein letztes Zucken, dann erschlaffte ihr Körper für immer.

Keuchend legte Münzbacher die tote Magd neben Clemens ins Heu. Er hatte nicht gedacht, dass sich das Weibsstück so wehren würde. Die Kratzspuren unterhalb seines rechten Ohrs brannten wie Feuer. Er presste die Hand dagegen, doch der Schmerz ließ nicht nach. Wütend trat er nach der Leiche.

»Verdammtes Frauenzimmer«, stieß er zornig hervor. »Hast wohl gedacht, dass du mich mit dem Balg erpressen könntest! Als ob Wilhelm Münzbacher sich eine Magd auf das Gestüt holen würde!« Er blickte in Margas starre Pupillen und schüttelte ungläubig den Kopf.

»Du warst so einfältig!«

Doch sogleich besserte sich seine Laune.

»Allerdings wusste ich, dass ich mich auf dich verlassen könnte. Dank dir habe ich nun auch meinen Schwager aus dem Weg geräumt.« Dabei sah er abwechselnd von Marga zu Clemens, der ebenfalls wie tot dalag.

Es war bereits spät, und Münzbacher durfte keine Zeit verlieren.

Hastig verstreute er Heu rings an den Wänden der Tenne. Mit einem Feuerstein brachte er die filzartige rehbraune Masse des Zunderschwamms zum Glimmen und entzündete daran einen Kienspan. Mit diesem entfachte er an mehreren Stellen das ausgebreitete Heu, damit die Wände Feuer fingen.

Sogleich knisterte das trockene Gras, und helle, dünne Rauchsäulen stiegen empor. Rasch kletterte Münzbacher die Leiter hinunter und entzündete unten angekommen die hoch aufgetürmten Heuhaufen.

›Hier muss ein großes Feuer entstehen, damit niemand hinaufgelangt und die Leichen findet. Wenn Marga meinem Schwager tatsächlich den Inhalt der ganzen Flasche eingeflößt hat, ist der auch hinüber‹, überlegte er zynisch, und nichts deutete darauf hin, dass er Skrupel hatte bei dem, was er soeben tat.

Schnell fraß sich das Feuer durch das trockene Heu und verursachte einen beißenden Qualm.

Zufrieden drückte sich Münzbacher zwischen den beiden angelehnten Scheunentoren hindurch und verschmolz mit der mondlosen Nacht.

Clemens erwachte, weil er das Gefühl hatte, sein Körper würde brennen. Fürchterlicher Durst plagte ihn, und die Zunge klebte am Gaumen; auch dröhnte sein Schädel.

Wie betäubt lag er da und konnte seine Augen kaum öffnen. Als er sich aufsetzen wollte, durchzuckte ein stechender Schmerz seinen Körper, der ihn aufstöhnen ließ. Übelkeit stieg in ihm hoch. Ein furchtbarer Hustenreiz quälte ihn und hinderte ihn am Durchatmen. Wieder versuchte er die Augen zu öffnen, aber sie gehorchten ihm nicht. Schwer hingen seine Lider über den Augenhöhlen.

Clemens hörte ein Knistern und Knacken, vermochte die Geräusche aber nicht zu deuten. Auch hatte er keine Erinnerung daran, wo er sich befand, doch dann spürte er das Heu unter sich. Die Hitze wurde unerträglich. Am liebsten hätte er die Kleider von sich gerissen. Als das Knistern lauter wurde, rieb er sich die Schwere aus den Lidern und öffnete trotz der hämmernden Schmerzen in seinem Kopf die Augen.

Über ihm hing eine schwarze Rauchwolke, und mit einem Schlag kam die Erinnerung zurück. Im selben Moment würgte er und erbrach sich. Er wischte sich über den Mund, sah zur anderen Seite und blickte direkt in die toten Augen einer Frau.

Schreiend sprang er auf. Doch es gab keine Luft zum Atmen. Er hustete, und mit jedem Atemzug sog er mehr Qualm in seine Lunge, was einen neuen Hustenreiz zur Folge hatte. Auch brannte der Rauch in seinen Augen, woraufhin er sich wieder auf den Boden setzte. Clemens wollte auf allen vieren zur Leiter kriechen, doch er hatte die Orientierung verloren und wusste nicht mehr, in welcher Richtung sie sich befand.

Als er gegen den leblosen Körper der Magd stieß, schrie er aus Leibeskräften um Hilfe. Doch sogleich bekam er kaum noch Luft. Hustend kauerte er auf dem Boden, als er einen Bierkrug ertastete. Hastig trank er mehrere Schlucke, zog sich das Hemd aus, tränkte es mit dem kostbaren Nass und wischte sich das Brennen aus den Augen. Anschließend presste er sich zum Schutz das feuchte Hemd vor den Mund, wodurch das Atmen leichter fiel.

Immer wieder rief er gequält nach Hilfe, zumal er das Gefühl hatte, schon ewig in der brennenden Scheune gefangen zu sein, auch wenn es nur Minuten waren.

Überall um ihn herum knackte und knisterte es. Noch immer suchte sein Blick nach der Leiter, und plötzlich glaubte er, sie zu erkennen.

Rasch kroch er darauf zu und wollte gerade hinabsteigen, als er sich am heißen Holz die Hände verbrannte. Schreiend versuchte er, mit dem feuchten Hemd die verbrannte Haut zu kühlen. Erst jetzt sah er am Fuße der Leiter die hohen Flammen, die emporloderten und ihn zurückdrängten.

›Die Leiter war die einzige Möglichkeit nach unten gewesen‹, dachte er verzweifelt. ›Springen, ich muss springen.‹ Gehetzt sah er um sich, aber entlang den Wänden brannte es.

Auch durch die Spalten im Tennenboden konnte er die gelbrote Feuersbrunst sehen, die bereits an den Bodenbalken fraß. Kopfschmerzen hämmerten in seinem Schädel, sein Magen schmerzte vor Übelkeit.

Plötzlich drangen von draußen Stimmen zu ihm herauf, die aufgeregt durcheinanderriefen. Er wollte sich gerade bemerkbar machen, als er die tote Frau wieder erblickte. Er rüttelte an ihr, in der Hoffnung, dass sie aufwachte. Doch ihr Körper war ohne Leben. Erst jetzt konnte er die blau verfärbte Haut am Hals erkennen, auf dem sich Spuren von Fingern abgezeichnet hatten, die ihr den Tod gebracht haben mussten.

›O Gott‹, dachte er, ›was habe ich getan? Was ist passiert?‹

Vergeblich versuchte er sich zu erinnern, während der Schmerz in seinem Schädel ihn übermannte. Er erbrach sich erneut.

›Ich muss fort von hier‹, dachte er in Panik. ›Aber ich kann die Magd nicht hierlassen‹, schoss es ihm durch den Kopf.

Clemens war unfähig, einen klaren Gedanken zu fassen. Der Qualm wurde dichter, und das Atmen fiel ihm immer schwerer. Voller Angst drehte er sich im Kreis und raufte sich die Haare. Als er hörte, wie die Leiter in sich zusammenbrach, schrie er laut um Hilfe. Da er befürchtete, dass man ihn im Prasseln der Flammen nicht hören würde, ging er so dicht an die Scheunenöffnung heran, wie das Feuer es zuließ.

Clemens konnte den Schwager an der Pferdetränke stehen sehen, und es schien ihm so, als blicke er zu ihm hoch auf den brennenden Scheunenboden. Wilhelms Gesicht wurde durch die immer höher schlagenden Flammen gespenstisch angestrahlt, und der junge Arnold glaubte einen boshaften Ausdruck darauf erkennen zu können. Etwas in Münzbachers Gesichtszügen verriet, dass er Clemens oben auf der Tenne gesehen hatte. Doch der Schwager bewegte sich nicht, sondern schien ungerührt zuzuschauen, wie der Bruder seiner Frau bei lebendigem Leib zu verbrennen drohte.

Der Knecht Peter kam zu Münzbacher gelaufen und rief ihm etwas zu. Der Notar machte eine abfällige Handbewegung, zuckte mit den Schultern und sah dabei wieder hoch zu Clemens. Der hoffte vergeblich, dass er die Geste missverstanden hatte, als er die Stimme des Knechts hörte, der den anderen zurief: »Lasst sie abbrennen, wir können die Scheune nicht retten. Es hat keinen Sinn. Kümmert euch um die anderen Gebäude und besprengt die Mauern mit Wasser ...« Mehr verstand Clemens nicht, da Peter sich entfernte.

»Nein, nein«, schrie Clemens mit letzter Kraft. Und tatsächlich hatte man ihn gehört, denn einer der Knechte rief: »Da ist jemand oben auf dem Scheunenboden. Allmächtiger, das ist der junge Herr. Schnell, bringt Wasser!«

Mehr konnte Clemens nicht verstehen, denn die Flammen und die Hitze drängten ihn von der Luke zurück ins Innere der Scheune. Entsetzt sah er, wie die Flammen an der Leiche der Magd züngelten, und er versuchte, die tote Frau vom Feuer fortzuziehen.

»Was mach ich nur? Was mach ich nur?«, heulte er auf. Um ihn herum loderte das Feuer. Er ahnte, dass es nicht mehr lange dauern würde, bis auch das Heu neben ihm zu brennen begänne. Das Hemd noch immer vor den Mund gepresst, kämpfte er sich zur Luke vor, als er sah, wie Münzbacher hämisch zu ihm hochblickte und mit beiden Händen den eigenen Hals umfasste, als ob er sich selbst erwürgen wollte. Der junge Arnold verstand die Geste sofort.

Er hatte Recht gehabt. Sein Schwager war der Schurke, für den er ihn immer gehalten hatte. Plötzlich begriff Clemens. Münzbacher hatte die Magd getötet und wollte ihm den Mord unterschieben. Niemand würde Clemens glauben, dass nicht er, sondern der Notar der Mörder war.

Die Stimmen der Knechte rissen ihn aus seiner Erstarrung und ließen ihn die verbrannte Haut spüren. Vor Schmerzen taumelte Clemens zurück in die Scheunenmitte und sah wieder zu der toten Magd. Wenn man ihn retten und die Tote finden würde, wäre sein Schicksal besiegelt.

Die Hitze wurde unerträglich, und die Flammen hatten seine Haare bereits versengt. Auch würgte er schwarzen Schleim hervor. Der Rauch wurde dichter. Bald hätte er keine Luft mehr zum Atmen. Wieder blickte er um sich und erkannte durch die Flammen an der gegenüberliegenden Wand eine Luke, die mit einem Laden verschlossen war. Sie war gerade so groß, dass ein schmaler Bursche wie er hindurchpassen würde. Clemens kroch so dicht heran, wie es das Feuer zuließ. Bestürzt stellte er fest, dass der Laden mit einem Eisenriegel gesichert war. Ohne lange zu überlegen wickelte er sich das Hemd um die Hand und ergriff den Riegel. Mit dem anderen Arm schützte er seine Augen vor dem dichter werdenden, beißenden Qualm. Nur für einen kurzen Augenblick konnte er sich gegen den Riegel stemmen, dann musste er loslassen, denn die Schmerzen raubten ihm fast den Verstand. Er stieß einen lauten Schrei aus. Um an den Riegel des Ladens zu gelangen, hatte er dicht an die Flammen herantreten müssen, die ihm die Haut am Gesicht und am Oberkörper verbrannt hatten.

Aus den Augenwinkeln konnte er sehen, wie das Heu auch in der Mitte der Tenne zu brennen anfing. Als er sich zu der toten Magd umwandte, sah er, wie die Flammen durch die Ritzen der aneinandergenagelten Bodenbretter züngelten und sich am Kleid der Toten festfraßen. Panik erfasste ihn. Er ergriff erneut das glühendheiße Eisen und versuchte mit aller Kraft, es aus der Verankerung zu lösen. Alles um ihn herum brannte lichterloh, und als er schon fast an dem Rauch zu ersticken drohte, gab der Riegel endlich nach.

Kapitel 31

Nach dem vierten Schnaps breitete sich eine beruhigende Wärme in Bonners Magen aus, doch seinen Kopf erreichte sie nicht.

›Dieses verfluchte Weibsbild‹, dachte er wütend. ›Wenn ich nur wüsste, in welches Loch sie sich verkrochen hat! Sicher weiß der heilige Lutz, wo ich sie finden kann. Auch wenn er es leugnet – mein Gefühl sagt mir, dass er seine Hände mit im Spiel hat …‹

Trotz einiger weiterer Gläser gelang es ihm nicht, seine Gedanken in eine andere Richtung zu lenken. Sie drehten sich immer um dasselbe.

›Annerose‹, dachte er weiter, ›sie muss ihren gottgerechten Bruder fragen. Seine Schwester wird er sicher nicht belügen … Ja, sie muss herausfinden, wo die kleine Magd sich versteckt hält.‹

Bonner war überzeugt, dass Franziska ganz in der Nähe untergetaucht war, und sein Gefühl hatte ihn noch nie getrogen, wie er glaubte. Er schenkte sich erneut ein. Seine Augen und sein Gesicht waren gerötet. Schwerfällig setzte er sich an den Tisch.

›Alles wird nach meinen Wünschen laufen‹, dachte er und lachte hämisch in sich hinein.

Annerose saß auf der Bettkante ihres Sohnes, als der mit gefühlsloser Stimme sagte: »Ich hasse ihn!«

Erschrocken über seine Worte und über die Kälte, die in ihnen lag, suchte sie Johanns Blick.

»So etwas darfst du nicht sagen! Er will uns nur vor Schaden bewahren.«

»Mutter, vor welchem Schaden? Was könnte Franziska uns Böses wollen? Nur weil sie unvermögend ist und kein Land besitzt, bringt sie doch noch lange kein Unheil über unsere Familie. Schließlich sind wir nicht arm. Wie viel Grund und Boden braucht Vater noch? Franziska und ich lieben uns. Außerdem ist sie fleißig – keine, die den ganzen Tag faul herumsitzt …«

»Johann, man sucht sich sein Weib nicht nach seinen Gefühlen aus, sondern nach der Mitgift. Einerlei, wie viel man schon besitzt. Die Liebe kommt später …«

»So, wie bei dir und Vater?«, fragte er mit unverhohlenem Spott in der Stimme. Doch als er die traurigen Augen seiner Mutter sah, schob er schnell ein »Tut mir leid« nach.

Annerose biss sich auf die Lippe. Das Ganze war schwierig, und sie wusste nicht, wie sie damit umgehen sollte. Auf die Liebe, auf die sie ihr Sohn angesprochen hatte, wartete sie schon seit vielen Jahren, stets hoffend, dass sie tatsächlich eines Tages kommen würde. Doch alles Hoffen war vergebens gewesen. Gleichgültigkeit und Gefühllosigkeit, gepaart mit Strenge und harter Arbeit, bestimmten stattdessen ihr Leben.

›Ja‹, dachte sie, ›ich habe tatsächlich einmal geglaubt, dass Casper und ich das Gleiche füreinander empfinden könnten wie vor langer Zeit einmal Johannes und ich.‹

›Rehlein‹, so hatte Johannes sie liebevoll genannt. Annerose schaute starr auf die Bettdecke und versuchte, die Tränen zu unterdrücken, ebenso wie die Gefühle, die seit einigen Tagen unaufhaltsam wiederkehrten, obwohl sie sie vor langer Zeit in die hinterste Ecke ihres Herzens verbannt hatte.

Johann beobachtete seine Mutter. Ihre Gesichtszüge, eben noch streng, wurden mit einem Mal weich. Was ging in ihr vor? Ein merkwürdiges Gefühl beschlich ihn.

Die Mutter schien mit ihren Gedanken weit weg zu sein. Anneroses Augen bekamen einen sonderbaren Glanz, und ein feines Lächeln umspielte ihren Mund. So hatte Johann seine Mutter noch nie gesehen.

Leise stellte er die leere Suppenschale auf das kleine Nachtschränkchen. Behutsam ergriff er die Hände seiner Mutter und streichelte sie sanft, ohne ihr Gesicht aus den Augen zu lassen. Nach einer Weile blickte Annerose zu ihrem Sohn auf und erwiderte seinen zärtlichen Blick. Noch nie hatte es sichtbar und greifbar diesen Austausch von Gefühlen zwischen ihnen gegeben. Sanft sah sie ihn an, und ihr Lächeln wurde breiter.

›Er ist genauso liebevoll wie sein Vater‹, dachte sie stolz. Laut sagte sie jedoch, und die Worte quollen aus ihr heraus, als spräche sie mit jemand anderem: »Casper ist nicht dein Vater, Johann!«

Plötzlich war der kostbare Augenblick wie dünnes Glas zersprungen, und eine eigenartige Stille herrschte zwischen ihnen. Johann ließ abrupt die Hände seiner Mutter los und rutschte wie zum Schutz tiefer unter die Bettdecke.

Annerose begriff erst jetzt, was sie gesagt hatte, und hielt sich erschrocken den Mund zu.

›O Gott, was habe ich getan?‹, dachte sie bestürzt, als sie Johanns weit aufgerissenen Augen sah, die sie ungläubig anstarrten.

»Sag, dass es nicht wahr ist!«, bat der Junge leise. Als seine Mutter nur stumm vor ihm saß, schrie er: »Gib zu, dass du lügst!«

»Johann, bitte, hör mir zu und lass mich erklären«, bat Annerose verzweifelt und versuchte, ihren Sohn zu beruhigen. Doch Johann war außer sich und wollte ihr nicht zuhören.

»Wie kannst du mir das antun? Was habe ich dir getan, dass du mich so bestrafst … Ich will nichts mehr von deinen Lügen hören. Ich will Franziska sehen, sie soll zu mir kommen …«

Johann drehte den Kopf zur Seite und starrte auf die Wand. Die Mutter antwortete nicht. Liebend gern hätte sie ihrem Sohn über das Haupt gestreichelt, aber ihre Hände waren wie gelähmt. Wie um alles in der Welt hatte sie sich nur zu dieser Äußerung hinreißen lassen können?

Zwanzig Jahre hatte sie ihr Geheimnis gehütet wie einen Schatz und sich geschworen, es mit ins Grab zu nehmen. Doch nun, für einen kurzen Moment, hatte das Gefühl der verpassten Liebe sie überrollt und rührselig werden lassen. Annerose hatte sich oft gefragt, wie Johann sich wohl verhalten würde, wenn er wüsste, dass Casper nicht sein Vater war. Zwar hatte sie gehofft, dass er eher froh darüber sein würde, da er Caspers grobschlächtige Art nie sonderlich gemocht hatte. Vielleicht sollte sie einfach sprechen, schließlich konnte Johann nicht weglaufen und musste ihr zuhören.

»Johann, lass es mich erklären …«, versuchte sie es erneut.

»Was willst du mir erklären? Dass du eine Ehebrecherin bist und ich ein Bastard?«

Erschrocken sah Annerose ihn an. Solche Überlegungen hatte sie nie angestellt, und sie weigerte sich, dies jetzt zu tun. Was erlaubte sich Johann? Annerose brauchte einen Moment, um ihre Gedanken zu ordnen, denn die Vorwürfe hatten sie schwer getroffen. Nein, eine Ehebrecherin war sie nicht – und Johann ein Bastard? Sie presste die Augen fest zusammen, um die Tränen zu verdrängen.

»Johann, das sind schwere Anschuldigungen, die so nicht stimmen.«

Sie ließ sich von seiner abwehrenden Haltung nicht beirren. Doch als sie weitersprechen wollte, fuhr der Junge sie an: »Mutter, geh bitte! Ich will nichts mehr hören. Ich will Franziska sehen!« Für einen kurzen Augenblick schwieg er, dann sprach er weiter: »Und Karoline, ist sie auch ein Bastard? Wohl eher nicht, denn Vater liebt sie … Jetzt wird mir so manches klar … Zum Beispiel, warum er mich immer mit der Hundepeitsche gezüchtigt hat, schon wegen Kleinigkeiten. Aber ich kann ihn verstehen, auch ich würde einen Bastard so behandeln. Ich kann froh sein, dass er mir zu essen gegeben und mich nicht davongejagt hat …«

»Schweig jetzt, Johann!«, befahl Annerose scharf. Da sie ihr unfreiwilliges Geständnis nicht mehr zurücknehmen konnte, musste sie nun versuchen, den Schaden zu begrenzen. Sie würde ihrem Sohn jetzt und hier die ganze Wahrheit sagen.

Sie stand auf und ging zum Fenster. Nachdenklich starrte sie hinaus und überlegte, wie sie ihrem Sohn von seinem Vater erzählen konnte. Wie sollte sie beginnen, damit der Junge verstehen würde, warum sie seinen Vater verschmäht hatte, obwohl sie ein Kind von ihm erwartete?

»Casper weiß nichts davon, er vermutet nicht einmal, dass du nicht sein Sohn bist. Der Name deines leiblichen Vaters ist Johannes ... Deshalb habe ich dich Johann genannt. Du hast sein Lächeln, seine Haare, seine Augen ...«, schwärmte sie.

»Es hieß immer, ich würde dir gleichen ...«, erwiderte Johann. Ein Lächeln huschte über Anneroses Gesicht.

»Ja, das war mein Glück. Trotzdem sehe ich deinen Vater in dir, und je älter du wirst, desto mehr. Nicht nur äußerlich seid ihr euch ähnlich, auch dein Verhalten, deine klare Sicht der Dinge und ... dein Sturkopf, wenn es um das geht, was du liebst – all das hast du von ihm.«

Johann wandte sich seiner Mutter zu und sah sie erstaunt an.

»Wie meinst du das?«

»Dein Vater hätte um mich genauso gekämpft wie du jetzt um Franziska, nur ...« Annerose spürte, dass sie diesmal die Tränen nicht zurückhalten konnte. Ihre Lippen zitterten, als sie mit leiser Stimme fortfuhr: »Ich habe es nicht zugelassen. Ich liebte deinen Vater, und je älter ich werde, desto mehr begreife ich, was ich verloren habe ...«

Johann wollte sie unterbrechen, doch sie hob die Hand, damit er sie ausreden ließ. Sie wusste, dass sie nur jetzt, in diesem Moment, darüber sprechen würde, später nie mehr.

Wieder setzte sie sich zu ihrem Sohn aufs Bett und ergriff seine Hand, was er stumm geschehen ließ. Annerose fuhr sich über die Augen, denn die Tränen wollten nicht versiegen. Als sie weitersprach, versuchte sie zu lächeln.

»Wir haben uns das erste Mal auf einem Feldweg gesehen.

Er kam mit seiner Schafherde aus Ferna. Ich hatte meinem Vater Essen aufs Feld gebracht und war auf dem Heimweg. Seine Augen waren das Erste, das mir an ihm auffiel. Als ich an ihm vorbeiging, zwinkerte er mir zu. Ich glaube, ich bin puterrot geworden.« Sie sprach mit ihrem Sohn so offen von ihren Gefühlen wie noch nie zuvor in ihrem Leben.

Johann erfuhr, dass sein Vater aus Mühlhausen stammte, der Sohn einfacher Bauern war und im Sommer als Schäfer arbeitete. Ebenso wie Bonner Franziska nicht tolerierte, hätte auch Anneroses Vater Johannes als Schwiegersohn nie und nimmer akzeptiert. Zumal vermögende junge Männer um die Tochter warben. So auch Casper Bonner. Annerose hatte bereits geahnt, dass ihr Glück mit Johannes nur von kurzer Dauer sein würde. Dann kam der Tag in einem Kornfeld bei Ferna, an dem sich alles veränderte, sich für sie alles veränderte. Voller Liebe gab sie sich Johannes hin, ohne die möglichen Folgen zu bedenken. Schon bald darauf wusste sie, dass sie ein Kind erwartete und sich entscheiden musste. Schweren Herzens sagte sie Johannes Lebewohl, aber der wollte davon nichts hören. Er versuchte sie zu überreden, mit ihm fortzugehen. Doch sie wusste, dass sie mit ihm ein einfaches Leben würde führen müssen, da der Vater ihr keine Mitgift geben und sie wahrscheinlich sogar verstoßen würde. Und sie getraute sich nicht, sich gegen den Vater zu stellen.

»Als Frau eines Schäfers hat man nicht viel zu erwarten …«, entschuldigte Annerose ihre Entscheidung, »… schon gar nicht, wenn man auch noch für ein Kind sorgen muss.«

Johannes flehte und drohte, doch sie blieb standhaft.

»Und du hast ihm verschwiegen, dass du guter Hoffnung warst?«, wollte Johann wissen.

Annerose ließ die Hand ihres Sohnes los und schlang die

Arme um den Körper. Alle Wärme schien aus ihr gewichen zu sein. Kälte kroch an ihren Beinen hoch und ließ sie erschaudern. Dann antwortete sie: »Johannes war ein Schäfer, der von einer Weide zur nächsten zog und unter einem Baum schlief. Wasser aus dem Bach trank und sich mit einem Apfel oder einem Stück trockenen Brots zufriedengab. Aber ich wollte mehr. Ein schönes Heim, schöne Kleider. Sonntags wollte ich in die Kirche gehen und mich danach an einen gedeckten Tisch setzen … und für mein Kind wollte ich das Gleiche. Das hätte Johannes mir nie bieten können. Deshalb sagte ich ihm nichts von dir, da ich wusste, dass er sonst beharrlich bleiben würde. Ich log ihn an, beteuerte, dass ich nicht mehr ihn, sondern einen anderen lieben und auch heiraten würde. Und so gab ich dem Werben des reichsten Bauern in der Gegend nach und heiratete Casper nur einen Monat später. Er sollte nie wissen, dass du nicht von ihm, sondern ein Kind der Liebe bist.«

»Ich kann dich nicht verstehen, Mutter. Ist es das wert gewesen? Du hast ihn belogen und mich betrogen. Betrogen um einen Vater, der mich geliebt hätte …«

»Ich weiß, Johann, glaube mir, ich habe mich all die Jahre immer wieder gefragt, ob es richtig war. Selbst als ich hörte, dass dein Vater tot ist …«

Johann stöhnte auf. Eben hatte er von seinem Vater erfahren, und wenige Augenblicke später war alle Hoffnung, ihn je kennenzulernen, verflogen.

»Woher willst du das wissen?« Johann hatte sich im Bett aufgesetzt.

»Es war einige Wochen vor deiner Geburt, als im Dorf erzählt wurde, dass man einen erschlagenen Schäfer im Germeröder Felde gefunden hatte. Die Beschreibung des Schäfers passte genau auf deinen Vater. Seitdem plagt mich der Gedanke, dass er vielleicht noch leben könnte, wäre ich mit ihm gegangen …«

Annerose schwieg. Alle Kraft hatte sie verlassen. Es war alles gesagt worden – alles, was wichtig war für Johann, und für sie selbst. Johann starrte stumm zur Decke.

Erschrocken fuhren beide zusammen, als die Tür aufgerissen wurde und Casper Bonner schwankend vor ihnen stand. Voller Angst sah Johann zu seiner Mutter, und beiden schien die gleiche Frage ins Gesicht geschrieben zu stehen. Hatte Bonner an der Tür gelauscht?

Als der Bauer zu brüllen anfing, hörte Annerose nicht hin und schloss die Augen. Sie war vor Angst wie gelähmt, da sie befürchtete, dass er sie wieder schlagen könnte. Erst als Johann sie fragte: »Mutter, was ist mit Franziska?«, wurde ihr klar, dass ihr Mann über das Mädchen gesprochen hatte.

Annerose öffnete die Augen wieder und sah zu ihrem Mann, der mit donnernder Stimme weitersprach: »Hast ihm wohl noch nichts gesagt von der Hexe?«

Eine ekelerregende Schnapsfahne wehte ihr entgegen. Mit vor Schmerz verzogenem Gesicht versuchte Johann sich aufzurichten, doch seine Mutter drückte ihn sanft zurück ins Kissen.

»Nein, Casper, ich habe ihm nichts gesagt, zumal die Sache erledigt ist, da das Mädchen nicht mehr da ist.«

»Wo ist Franziska, Mutter? Und weshalb nennt er sie eine Hexe?«, wollte Johann wissen.

»Nichts hat sich erledigt! Ich weiß, dass sie noch hier in der Nähe ist, und ich werde sie finden. Für dieses Frauenzimmer gehe ich bestimmt nicht ins Gefängnis, und ebenso wenig lasse ich mich zum Gespött der Leute machen!«

Bonners Stimme drohte sich zu überschlagen. Annerose nahm all ihren Mut zusammen. Sie wollte sich nicht länger von seiner mächtigen Gestalt und seinem lauten Gebrüll einschüchtern lassen. Er war ihr schon seit langem zuwider, und schon zu lange hatte sie seine üblen Launen stumm ertragen. Damit war nun Schluss! Sie würde ihrem Sohn helfen, Franziska zu finden, und den beiden ihren Segen geben. Koste es, was es wolle!

»Lass das Mädchen in Ruhe, Casper! Sie hat dir nichts getan. Wenn Johann sie heiraten will, dann hat er meinen Segen.«

»Du wagst es, dich gegen mich zu stellen?« Annerose konnte nicht mehr ausweichen, und der Schlag traf sie mitten ins Gesicht. Sie hörte, wie ihr Nasenbein brach, und sie schmeckte das Blut, das ihr den Schlund hinunterlief. Viel schlimmer war jedoch Johanns Schrei, weil er zusehen musste und seiner Mutter nicht helfen konnte.

»Dieses Miststück zerstört mein Leben nicht! Hast du das verstanden? Wenn nicht, dann prügele ich es in dich hinein, so lange, bis du weißt, dass man seinem Mann nicht widerspricht.

»Und du ...«, Bonner wandte sich seinem Sohn zu, »bist besser still. Dein Liebchen wird der Hexerei angeklagt, so wahr ich Casper Bonner heiße ...«

»Nein!«, schrie Johann. Er versuchte, sich im Bett aufzurichten, doch seine Beine gehorchten ihm nicht. Er fühlte sich wie festgekettet.

»Franziska hat niemandem etwas getan. Lass sie in Ruhe, Vater, ich flehe dich an ...«

Bonner lachte hämisch. Er schwankte und konnte sich kaum mehr aufrecht halten.

»Sie wissen von dem Hexenmal, und sie wollen es sehen!«

»Von was sprichst du? Welches Hexenmal?«

»Ach ... dich hat sie noch nicht zwischen ihre Beine gelassen? Eine Hure ist sie! Jeder kennt das Mal über ihrem weißen Arsch ...« Bonner zeigte auf die Stelle, wo er den kleinen Fleck bei Franziska entdeckt hatte.

»Du lügst ...«, brüllte Johann unter Tränen.

»Woher sollte ich es sonst wissen, wenn sie mich nicht zu sich ins Bett geholt hätte?«, log Bonner und weidete sich an dem entsetzten Gesicht seiner Frau. Ihre Nase war mittlerweile dick angeschwollen und dunkelblau verfärbt. Annerose wurde übel vom Geschmack des Blutes in ihrem Mund, sie wagte aber nicht, sich zu bewegen.

»Ich weiß, dass dein Bruder dem Mädchen geholfen hat. Er denkt zwar, ich bin einfältig, aber ich durchschaue ihn! Er wäscht seine Hände in Unschuld, aber wahrscheinlich hat er die Schlampe ebenfalls bestiegen. Sei's drum, ich werde schon herausfinden, wo er sie versteckt hat. Früher oder später. Und dann gnade ihnen Gott! Das kannst du ihm von mir bestellen!«

Wankend verließ Bonner die Kammer seines Sohnes. Vor der Tür reckte er noch einmal drohend die Faust in die Höhe.

Als Johann ihn die Treppe hinunterpoltern hörte, versuchte er, aus seinem Bett zu steigen. Seine Mutter kauerte mit schmerzverzerrtem Gesicht am Boden.

»Ich rufe den Arzt!«, sagte Johann, doch seine Mutter hob abwehrend die Hand.

»Ich werde einen kalten Umschlag auf die Nase legen. Mehr kann man nicht tun. Viel wichtiger aber ist, dass ich zu deinem Oheim gehe ...«

»Mutter, sag mir bitte, was los ist. Wo ist Franziska, und wie kommt Bonner dazu, so etwas zu sagen?«

Annerose sah erstaunt auf. Johann sprach nicht mehr von seinem Vater, sondern nannte nur seinen Nachnamen. Sie berichtete ihrem Sohn, was sich zugetragen hatte, seit er das Bett hüten musste. Zum Schluss fragte sie ihn: »Glaubst du, dass Franziska Casper zu sich ins Bett geholt haben könnte?«

Zuerst erschrocken, dann wütend sah Johann seine Mutter an und verneinte.

»Woher weiß er dann von ihrem Mal?«

Johann zuckte mit den Schultern.

»Vielleicht lügt er, und sie hat gar keines ...«

»Du weißt also nicht, ob er die Wahrheit spricht?«

Johann wurde rot. Er schüttelte den Kopf. So weit es ihre

Verletzung zuließ, lächelte Annerose über die liebenswerte Unschuld ihres Sohnes.

»Glaubst du, dass du mich zu deinem Onkel begleiten kannst? Wir nehmen ein Pferd, damit es nicht zu anstrengend wird.« Johann nickte. Dann nahm er all seine Kraft zusammen und zog sich trotz starker Schmerzen die Kleider über. Als Annerose vom Boden aufstand, stöhnte sie leise auf. Ihr war übel, und in ihrem Kopf schien jemand auf einen Amboss zu hämmern. Doch sie nahm sich zusammen, und gemeinsam schleppten sich Mutter und Sohn die Treppe hinunter. Im Hausgang begegnete ihnen Karoline, die sie mit zusammengekniffenen Augen musterte.

»Bist du hingefallen, Mutter?« fragte das Mädchen, schien jedoch wenig überrascht, als diese verneinte.

»Dann wirst du es wohl verdient haben!«, meinte sie gefühllos und ging in Richtung Küche. Johann wollte wütend etwas erwidern, doch Annerose bedeutete ihm, ruhig zu sein.

»Es nützt nichts, Johann. Sie ist ihrem Vater sehr ähnlich, und das heißt leider nichts Gutes.«

Lutz Lambrecht war entsetzt über den Anblick seiner Schwester und ließ unverzüglich kalte Umschläge gegen die Schwellungen bringen. Anschließend trug er Arnikasalbe auf, die nach Schweineschmalz roch.

»Die Salbe macht die Haut weich, damit sie nicht spannt. Außerdem ist sie gut bei Blutergüssen. Hier, Annerose, reibe dir davon auch etwas in die Nasenhöhlen.«

Mit schmerzverzerrtem Gesicht trug sie die Heilsalbe auf alle wunden Stellen auf.

»Ich habe schon immer gewusst, dass Casper kein guter Mensch ist. Wenn er mir noch einmal unter die Augen tritt, werde ich vergessen, dass ich der Gewalt abgeschworen habe. Ich bin sicher, dass unser Herrgott es verstehen würde.«

»Lass gut sein, Lutz. Es geht jetzt nicht um mich, sondern um Johann und Franziska. Ich weiß, dass du uns sagen kannst, wo sie sich zurzeit aufhält ... Ich konnte es am Zucken deines Augenlids erkennen, dass du Casper angelogen hast. Das hat dich schon verraten, als du noch ein kleiner Junge warst.«

Erstaunt sah Lambrecht seine Schwester an. Dann musste er herzhaft lachen.

Johann saß fassungslos auf seinem Stuhl und konnte nicht verstehen, was in den letzten Stunden passiert war. Annerose bemerkte den leidvollen Blick ihres Sohnes und wiederholte ihre Frage nach Franziskas Versteck.

»Ja, du hast Recht! Ich habe Franziska geholfen, vor deinem Mann zu fliehen, und sie in Sicherheit gebracht. Dort, wo sie jetzt ist, geht es ihr gut. Die Menschen glauben den Anschuldigungen Caspers nicht und kümmern sich um sie ...«

»Onkel Lutz, sage mir bitte, wo sie ist, damit ich ihr folgen kann. Ich möchte bei ihr sein ...«

»Ich kenne deine Gefühle für das Mädchen, und ich zweifle nicht an eurer Liebe. Doch es hat sich einiges geändert, mein Junge.«

Eindringlich sah er seinen Neffen an und erklärte: »Entscheidest du dich, zu ihr zu gehen, kannst du nie mehr zurückkehren. Dein Vater wird sie der Hexerei anklagen lassen und nicht eher ruhen, bis er sie auf dem Scheiterhaufen brennen sieht. Die Menschen glauben ihm und nicht dir und erst recht nicht dem Mädchen. Wenn sie Franziska finden, wird sie verurteilt werden. Hier zählt kein Recht oder Unrecht, sondern nur die Gier nach Bestrafung. Jeder, der unzufrieden ist, wird erzählen, dass Franziska Schadenszauber ausübte – sogar deine kleine Schwester wird gegen sie aussagen, ebenso eure Köchin Berta ...«

»Woher willst du das wissen, Lutz? Karoline ist viel zu jung, um auf solche Gedanken zu kommen.«

»Sie hat Franziska bereits ins Gesicht gesagt, dass sie eine böse Frau sei.«

»Aber das ist nur dummes Kindergeschwätz!«

»Denke, was du möchtest, Annerose, aber Karoline ist das Ebenbild ihres Vaters, ganz im Gegensatz zu Johann ...« Erschrocken sahen sich Mutter und Sohn an, doch Lambrecht fuhr fort, ohne die Blicke der beiden zu bemerken.

»Ich möchte damit nur sagen, dass man keinem Menschen vertrauen kann. Ihr dürft niemals erwähnen, wo sich Franziska aufhält, denn sonst wäre sie verloren. Dein Mann, Annerose, wird sogar versuchen, es aus dir herauszuprügeln, wenn er nur ahnt, dass du es wissen könntest.«

»Er weiß es bereits, Lutz. Davon abgesehen, ist mir mein Leben gleichgültig geworden. Hier geht es nur um die Zukunft von Johann und Franziska. Sie lieben sich ...«

Prüfend sah der Pfarrer seine Schwester an.

»Woher kommt dein Sinneswandel, Annerose? Vor einigen Tagen hast du noch anders gesprochen.«

»Ich gebe zu, dass ich mich eines Besseren belehren ließ. Ja, ich habe meine Ansicht geändert.«

Lambrecht nickte.

»Ich bin froh, dass du jetzt anders denkst. Bevor ich euch aber den Ort nenne, an dem Franziska sich aufhält, möchte ich zuerst mit ihr darüber sprechen. Sie beabsichtigte schon am Tag, als sie den Hof verlassen hat, weiterzuziehen, da sie den Gedanken nicht ertragen konnte, in deiner Nähe, Johann, zu sein, ohne dich sehen zu können oder mit dir zusammen zu sein. Auch sie muss bereit sein, alle Folgen tragen zu wollen. Ich werde ihr deine Nachricht zukommen lassen, Johann. Sei geduldig, mein Sohn, und bete. Gott wird das Richtige für euch entscheiden. Nun macht euch auf den Heimweg. Wir hören bald voneinander. Annerose, geh deinem Mann aus dem Weg, und bedenke, was ich dir geraten habe.«

Sie nickte und umarmte ihren Bruder. Wenn Johann und Franziska erst einmal in Sicherheit waren, wüsste sie, was sie zu tun hatte.

Kapitel 32

Gegen Abend hatte der Regen aufgehört. Fast drei Tage lang hatte er Wiesen und Felder durchtränkt und auf den Wegen große Pfützen hinterlassen. In der Hitze, die sich nun wie eine Glocke über das Land stülpte, verdampfte das Wasser langsam, und schon bald würden die Menschen wieder unter der Sonne ächzen und sich den Regen zurückwünschen. In diesem Sommer war das Wetter so wechselhaft wie die Launen der Leute.

In der Kirche hoffte Burghard Ruhe zum Nachdenken zu finden. Die Begegnung mit Magister Behrhoff im Rathaus zu Worbis und die ungeheuerlichen Worte, die dieser gesprochen hatte, ließen ihn nicht mehr los. Bis vor wenigen Tagen hatte er noch nicht einmal geahnt, dass es Männer gab, die sich gegen die Verfolgung von bösen Frauen öffentlich aussprachen.

Servatius und Barnabas hätten sicherlich gern gesehen, wenn er das Gehörte sofort wieder vergessen hätte. Doch das konnte er nicht.

Sagten diese Männer tatsächlich die Wahrheit? Doch was war die Wahrheit? Burghard hatte die Erfahrung gemacht, dass Wahrheit für jeden etwas anderes war und jeder seine eigene als die einzig richtige empfand.

Grundsätzlich war er der Ansicht, dass Hexerei mit dem Tod bestraft werden müsse – ebenso wie Untreue zum Glauben. Doch was war, wenn diese Menschen tatsächlich krank und nicht vom Teufel verführt worden waren? Das peinliche Verhör der Greta Ackermann hatte Burghard vor Fragen gestellt, auf die er keine Antwort wusste. Bruder Kuno, Bruder Paschalis sowie Bruder Ruppert waren unerreichbar im Kloster, und seine beiden Wegbegleiter ... die wollten keine Fragen hören, die ihre einträglichen Geschäfte bedrohen könnten.

Zusammengesunken saß Burghard in der Bank. Dann ließ er seinen Blick durch die leere Kirche wandern, als ob dort irgendwo eine Antwort zu finden wäre.

Wenn die Sonne mittags ihren höchsten Stand erreicht hatte, war der grobe Steinboden des Gotteshauses mit bunten Lichtsprenkeln übersät und tauchte das Innere der Kirche in ein warmes Licht. Jetzt aber brach sich das schwindende Tageslicht mit letzter Kraft in den bunten Gläsern.

Burghard kniete sich in die erste Reihe der Bänke und faltete die Hände zum Gebet. Kaum hatte er seinen Kopf gesenkt und leise begonnen, sein Gebet zu sprechen, als er hinter sich eine Bewegung wahrnahm. Erschrocken hielt er inne und sah sich um. In der hinteren Reihe, durch das abnehmende Tageslicht nur undeutlich zu erkennen, saß ein Mann.

Beruhigt wollte der junge Mönch in seinem Gebet fortfahren, als er hörte, wie der Fremde aufstand und auf ihn zukam.

»Sucht Ihr Vergebung im Gebet?«, fragte der Mann. Burghard konnte das Gesicht des Unbekannten nur unklar erkennen, glaubte jedoch, die Stimme schon einmal gehört zu haben. Ohne um Erlaubnis zu fragen, setzte sich der Mann neben den Mönch. Jetzt wusste Burghard, wer der Fremde war – Magister Johannes Behrhoff. Erschrocken senkte der Junge den Blick – spürte jedoch, dass der andere ihn unverhohlen anstarrte.

»Du gehörst zu dem Magier!«

»Woher wollt Ihr das wissen?«, versuchte Burghard auszuweichen.

»Es gibt hier in der Gegend keine weiteren Mönche. Außerdem habe ich dich im Rathaus gesehen.«

Burghard blieb nichts übrig, als zu nicken.

»Wo sind deine beiden Freunde abgeblieben?«

»In der ›Silbernen Rose‹.«

»Ah, sie feiern wohl ihre gefüllten Geldbeutel! Was tust du dann hier? Du willst doch wohl nicht um Vergebung bitten?«

»Warum sollte ich um Vergebung bitten? Ich habe nichts getan ...«

»Ach, warst du etwa nicht bei der peinlichen Befragung dabei?«

»Doch, aber ich habe nur zugeschaut«, erwiderte der Junge. Als der Magister mit Schweigen antwortete, fragte Burghard, um die unangenehme Stille zu durchbrechen: »Was macht Ihr in der Kirche, schließlich ist keine Messe?«

Ein ironisches Lächeln zuckte um die Mundwinkel des Magisters.

»Ich bete und bitte um Vergebung!«

»Für die böse Frau?«, fragte Burghard arglos.

Kurz sah es so aus, als ob Behrhoff ihn scharf zurechtweisen wollte, doch der reine Blick des Jungen hielt den Mann zurück.

Behrhoff wusste, dass er seinen Zorn nicht an Burghard auslassen konnte, da er dem Magier und vor allem Dr. Eisenhut grollte. Außerdem lag etwas im Blick des jungen Mönchs, das seine Unwissenheit verriet. Der Magister faltete ebenfalls die Hände und sah zum Altar.

»Nein, nicht für Greta Ackermann. Für sie erbitte ich wenig Schmerz und einen raschen Tod. Vergebung erhoffe ich für euch und den Rat der Stadt. Für die Männer, die Greta so viel Leid antun. Die sie verdammen, anstatt ihr zu helfen.«

»Aber sie hat zugegeben, eine Hexe zu sein und mit dem Teufel Unzucht getrieben zu haben.«

»Wann hat sie das zugegeben? Bei einem Glas Wein?«

Fragend blickte Burghard auf, da er den Sinn der Worte nicht verstand.

»Natürlich nicht. Barnabas hat ihr eine Wahrheitsdroge gegeben … Da hat sie alles gestanden. Außerdem hat sie weitere Hexen erwähnt. Ohne die Mixtur hätte sie nie und nimmer zugegeben, die Frau des Richters verhext zu haben. Sicherlich würde sie weiterhin Mensch und Tier mit Schadenszauber belegen.«

»Du bist ein wahrlich unbedarfter, unwissender junger Mann, der das nachplappert, was dumme Menschen dir vorsprechen …«

»Nein, das tue ich nicht!«, brauste Burghard auf, dämpfte dann aber seine Stimme in dem Bewusstsein, dass er sich in einem Gotteshaus befand.

»Ich habe mir meine eigenen Gedanken gemacht, aber finde keine Antworten. Niemand kann mir dabei helfen …«

Nachdenklich musterte der Magister den jungen Mönch. Unverhohlen fragte er ihn dann: »Wie denkst du über den Magier und den anderen Mönch? Wie heißen sie doch gleich? Barnabas und Servatius?«

Der Junge nickte und traute sich kaum den Blick zu heben. Was wollte der Mann von ihm? Burghard würde sich hüten, seine Gedanken preiszugeben, da er schlimme Folgen befürchtete.

Als Behrhoff den jungen Mönch erkannt hatte, war er erschrocken in eine Ecke der Kirchenbank zurückgewichen, da er vermutete, dass der Magier und Servatius ihm folgen würden. Behrhoff hatte sich erst entspannt, als er sicher sein konnte, dass Burghard allein gekommen war. Der Junge war ihm schon im Rathaus aufgefallen, wo er zwar schüchtern im Raum gestanden, aber das Geschehen mit wachen Augen beobachtet hatte. So beschloss er, zu ihm zu gehen und mit ihm zu sprechen.

Behrhoff selbst hatte heute Trost in der Kirche gesucht, da er das Unvermeidliche nicht hatte aufhalten können – wie schon so oft in seinem Leben. Er suchte ebenso wie der Mönch im Gotteshaus nach Auswegen, die sich ihm nirgendwo sonst eröffnen würden. Antworten hatte Behrhoff bereits gefunden. Er suchte die dazugehörigen Fragen, und das erwies sich als bedeutend schwieriger. Der Magister hoffte, dass es kein Zufall war, dass der junge Mönch sich ausgerechnet zu diesem Zeitpunkt in der Kirche aufhielt.

»Kennst du die Schriften von Adam Tanner?«

Burghard zuckte bei der Frage zusammen. Um nicht antworten zu müssen, tat er so, als sei er im Gebet versunken.

Doch Behrhoff sprach weiter: »Johannes Friedrich Spee, ein weiterer Mann, der sich traut, den Mund aufzumachen, hat erkannt, dass manches in der Welt einem ungewöhnlich erscheinen mag und trotzdem nichts Schlechtes darstellt. Die Natur birgt vieles, was uns fremd ist. Verdunkelt sich der Himmel, oder weiß ein Arzt keinen Rat, dann flüchten die Menschen sich in Aberglauben und vermuten Hexen am Werk. Schnell hat man Schuldige gefunden, die dann für alles Ungewöhnliche und jeden Schaden verantwortlich gemacht werden …« Er sah zu Burghard und fügte hinzu: »So und nicht anders werden Menschen zu Hexen erklärt …«

Aufmerksam hatte der junge Mönch zugehört, um dann heftig zu widersprechen: »Aber manche Frauen beschuldigen sich selbst der Hexerei.«

Behrhoff hatte den Einwand erwartet und antwortete ohne zu zögern: »Frauen, die sich selbst der Hexerei bezichtigen, sind krank und brauchen Hilfe. Man muss sie zurück zum Glauben führen, statt sie zu verbrennen. Schon der Hofarzt von Lüttich, Johannes Weyer, spricht von einem Blutbad der Unschuldigen. Denn Gott will weder richten, noch will er Rache üben – unser Heiland will erlösen.«

Der Magister konnte sehen, dass seine Worte Eindruck auf den Mönch machten. Plötzlich schien es Behrhoff so, als sei er nicht zufällig in der Kirche auf den jungen Mann getroffen.

»Möchtest du mehr über die Ansichten dieser Männer hören?«

Zum ersten Mal sah Burghard den Magister direkt an. Er nickte. Sollte er heute tatsächlich Antworten finden?, fragte er sich im Stillen.

Bei einem Glas Milch saß Burghard im Studierzimmer Behrhoffs und las in den Aufzeichnungen der besagten Männer. Vieles musste er mehrmals lesen, um es zu begreifen, aber einen Satz verstand er auf Anhieb: So genannte »Hexen« wurden willkürlich von abergläubischen oder missgünstigen Menschen für jedwedes Unglück verantwortlich gemacht.

Als der Magister erwähnte, dass diese Schriften in vielen Klosterbibliotheken zugänglich waren, wurde der Blick des Jungen wehmütig. Wie gern hätte er über alles mit Bruder Kuno gesprochen! Burghard war sich sicher, dass der alte Mönch ihm vieles hätte erklären können.

Nachdem er eine Weile die Schriften Adam Tanners studiert hatte, glaubte er verstanden zu haben, dass ein Geständnis unter der Tortur als nichtig angesehen werden musste. Es leuchtete ihm nun ein, dass als Hexen angeklagte Frauen einen ordentlichen Prozess bekommen mussten und nicht gefoltert werden durften.

»Du verstehst schnell, mein Junge«, lobte ihn der Magister, nachdem Burghard seine Erkenntnisse laut geäußert hatte.

Behrhoff nahm einen Schluck aus seinem Weinglas, doch als er sich nachgießen wollte, stellte er fest, dass der Krug leer war. Da es schon sehr spät war, würde er selbst in den Weinkeller hinabsteigen müssen. Im Hinausgehen forderte er Burghard auf, auch die Schriften des Hofarztes des Herzogs von Jülich-Kleve durchzusehen.

»Sie liegen auf meinem Schreibtisch ...«

Burghard zauderte nicht lange und suchte auf dem Tisch danach. Die dunkle Eichenplatte war übersät mit Akten, Briefen und Notizen. Nur die Schriften des Arztes konnte er nicht finden.

Als er eine schwarze Mappe anhob, fielen ihm lose Blätter entgegen. Sein Blick streifte über die Papiere, die mit geschwungener Schrift beschrieben waren. Zwei Wörter stachen hervor und lenkten Burghards Aufmerksamkeit auf den Schriftsatz: »... sectio venae ...«

Die Akte berichtete von Thea Hofmann, einem elfjährigen Mädchen, das sich selbst der Hexerei bezichtigt hatte. Da das Gericht ihr Geständnis als Wichtigtuerei abtat, wollte man das Mädchen überzeugen, Reue zu zeigen – doch es blieb bei seiner Aussage.

Burghard konnte nachlesen, dass das Gericht bis zuletzt zu verhindern versuchte, das Todesurteil gegen das Kind aussprechen zu müssen.

Hätte das Mädchen nur schlicht gesagt: »Ich bereue!«, wäre es für einige Monate in die Obhut der Kirche übergeben worden und anschließend wieder zu seiner Familie zurückgekehrt. Doch weder Bitten noch Drohungen konnten Thea überzeugen, ihre Aussage zurückzunehmen.

Das Gericht sah keine andere Möglichkeit, es musste Thea Hofmann zum Tode verurteilen.

Da man das Geständnis des Mädchens letztlich aber geistiger Verwirrung zuschrieb, handelte das Gericht nach eigenem Verständnis mit besonderer Milde, als es den Tod durch »sectio venae«, dem Ausbluten im warmen Bade, anordnete.

Der junge Mönch wusste, dass schon in der römischen Antike dieses Todesurteil als schmerzloseste Form der Tötung angesehen wurde und dass ein solcher Urteilsspruch eher selten vorkam. Man stellte somit die Hinrichtung als gewollte Selbsttötung dar.

Burghards Mund war trocken, und seine Hände waren eiskalt. Er hielt den Beweis dafür in Händen, dass die Verfolgungsgegner im Recht waren, denn Menschen, die sich selbst der Hexerei bezichtigten, waren krank und wirr im Kopf. Ihnen musste geholfen werden, auf den rechten Pfad zurückzufinden. Mehr brauchte er nicht zu wissen. Mit ungelenken Bewegungen ordnete er die einzelnen Blätter zurück in die Mappe.

Behrhoff hatte schon eine Weile neben ihm gestanden, ohne dass Burghard es bemerkt hatte. Anhand des Ausdrucks, den das Gesicht des jungen Mönchs jetzt annahm, konnte der Magister erkennen, dass dieser nicht mehr umhinkonnte, sich die ungeheuerliche Frage zu stellen, wie der Magier und Dr. Eisenhut wohl gehandelt hätten, wären sie mit dem Fall Thea Hofmann konfrontiert gewesen.

Burghard wurde blass. Hastig nahm er den Becher Wein, den der Magister ihm entgegenhielt, und leerte ihn in einem Zug.

Dann sprang er auf, bedankte sich und rannte hinaus auf die Straße in Richtung des Lagers. Er wollte Barnabas und Servatius von Thea Hofmann berichten und sie von der Falschheit ihres Handelns überzeugen.

Indes nahm Magister Behrhoff zufrieden einen Schluck Wein und dankte seinem Schöpfer, dass er zumindest diese Seele hatte retten können.

Es war stockfinster, als Burghard aufgebracht durch das Untertor schritt. Die Nacht war nach dem Regen schwül. Schweiß tropfte von seiner Stirn. Wut stieg in ihm auf angesichts der Tatsache, dass man Ansichten von Männern wie Spee, Tanner und Weyer nicht gelten lassen wollte. Er war nun der festen Überzeugung, dass diese Männer allein wie wahre Christen handelten. Die seine und die Bestimmung seiner Glaubensbrüder war es, den Frauen zu helfen, anstatt sie als Hexen zu verdammen. Das war sicherlich mehr im Sinne des Allmächtigen, als sie zu verbrennen.

Der junge Mönch hätte um all die armen Seelen weinen mögen, die bereits verloren waren. Doch Greta Ackermann konnte er noch retten. Burghard war fest entschlossen, Servatius und Barnabas davon zu überzeugen, dass die Frau geheilt werden konnte und sie dann den Weg zu Gott wieder finden würde.

Voller Tatendrang erreichte er den Zeltplatz, der trotz der späten Stunde durch mehrere Lagerfeuer erhellt wurde. Aufgeregte Stimmen waren zu hören. Der junge Mönch wusste nicht, warum, aber ein mulmiges Gefühl beschlich ihn. So versteckte er sich hinter einem abgestellten Heuwagen. Als er im Schein des Feuers das wutverzerrte Gesicht Servatius' erkannte und hörte, wie der Mönch Burghards Namen regelrecht ausspie, wusste er, dass etwas passiert war, für das man ihn verantwortlich machte.

Angespannt verfolgte der junge Mönch von seinem sicheren Versteck aus, was auf dem Platz vor sich ging.

Er konnte sich nicht erklären, was man ihm vorwarf. Dass er erst zu später Stunde zurückkehrte, konnte kaum der Grund für die große Aufregung sein. Burghard drückte sich noch näher an den Karren. Barnabas, der mit einigen Männern aus der Stadt gesprochen hatte, die daraufhin mit Stöcken das Ufer des Flusses absuchten, ging zu Servatius und sprach ruhig auf ihn ein. Dieser aber ließ sich nicht besänftigen, sondern schrie: »Ich bringe ihn um!«

Burghards Herz begann zu rasen, und er kroch hinter ein Speichenrad. Am liebsten wäre er sofort zu seinem Lehrmeister gegangen und hätte ihm gesagt, dass er nichts Unrechtes getan hatte. Doch die Angst vor Schlägen hielt ihn zurück.

Dann keimte in ihm der Gedanke, dass Barnabas und Servatius von seinem Besuch bei dem Magister erfahren haben könnten und nun glauben mussten, er habe Schlechtes über sie erzählt.

Ja, nur das konnte der Grund für das lautstarke Spektakel sein. Glücklich, dass er den Irrtum aufklären konnte, wollte Burghard gerade aus seinem Versteck hervortreten, als er Barnabas' kräftige Stimme hörte. Zwischen den Speichen hindurch erblickte der Junge den Magier und hatte das Gefühl, dass sich ihre Blicke in der Dunkelheit trafen. Was Burghard dann vernahm, ließ ihn erstarren. Er wusste nun, dass ihm keine andere Wahl blieb, als von diesem Ort zu fliehen.

Kapitel 33

Annerose blieb die nächsten Tage auf ihrem Zimmer, da sie sich für ihr geschundenes Gesicht schämte. Es hatte sich grün und blau verfärbt, und der Bluterguss war in ihre Augenhöhlen gezogen und verlieh ihrem Aussehen etwas Gespenstisches. Da sie außerdem Angst hatte, ihr Mann könne sie erneut schlagen, schloss sie sich in ihrem Schlafzimmer ein. Seitdem Bonner ihr das Nasenbein gebrochen hatte, sprach sie kein Wort mehr mit ihm und würde es auch in Zukunft nicht tun. Sie wollte ihn für das, was er ihr angetan hatte, bestrafen, auch wenn sie wusste, dass es ihm einerlei war. Das Schweigen war eine kleine Genugtuung für sie, und selbst als Bonner wütend gegen die massive Holztür schlug, blieb sie stumm auf der Bettkante sitzen und wartete, dass er wieder gehen würde. Irgendwann schien er verstanden zu haben, dass sie nicht nachgeben würde, und ließ sie in Ruhe.

Selbst zum Essen blieb Annerose auf ihrem Zimmer, denn ihr Sohn Johann versorgte sie. Von ihrer Tochter hörte sie in dieser Zeit nichts – jedoch hatte sie es von Karoline auch nicht anders erwartet.

In den ersten Tagen tat Annerose das, wofür sie sonst die wenigste Zeit hatte. Sie schlief.

Ausgeruht ordnete sie am dritten Tag gerade die Wäschetruhe, als Johann anklopfte. Annerose ließ ihren Sohn herein, und er erzählte ihr, dass Franziska ihn dringend sehen wollte. Stumm umarmte die Mutter ihren Sohn. Schon am nächsten Tag wollte der Junge sich heimlich auf den Weg nach Burg Bodenstein machen, wie er der Mutter anvertraute.

»Ach, zu den Wintzingerode hat Lutz das Mädchen gebracht! Dort wird Casper sie nie vermuten. Das hat mein Bruder schlau eingefädelt, da sie nun unter dem Schutz des Freiherrn steht. Geh, mein Sohn und lass dich nicht aufhalten. Vor allem sei vorsichtig, dass dir niemand folgt.«

Johann versprach, am Abend des gleichen Tages wieder zurück zu sein, damit der Bauer keinen Verdacht schöpfte.

Annerose hörte schon vor Tagesanbruch, wie die mächtige Eingangstür ins Schloss fiel. Sie betete, dass ihrem Sohn nichts geschehen möge. Da sie angestrengt in die Stille lauschte, glaubte sie sogar, das Schnauben des Pferds zu hören. Zufrieden schlummerte Annerose wieder ein.

Es war schon hell, als sie ausgeruht erwachte. Zum ersten Mal schmerzte der Kopf nicht, und auch die Spannung im Gesicht hatte nachgelassen. Ein Blick in den kleinen Handspiegel zeigte ihr, dass die Schwellung zurückgegangen war und ihr Gesicht sich gelb verfärbt hatte. An diesem Morgen verspürte sie erstmals wieder regen Appetit und freute sich auf das Frühstück, als ihr einfiel, dass Johann nicht da war und niemand ihr etwas zu essen bringen würde. Sie aß ein Stück Brot und einen Apfel, der vom Abend zuvor übrig geblieben war. Dann sah sie sich im Zimmer um.

Ihre Wäschetruhe hatte sie bereits geordnet, und weil es sonst nichts mehr zu tun gab, fiel ihr Blick auf die schwere Truhe ihres Mannes. Ihre Hände glitten über die Schnitzereien, die Gesinde bei der Heuernte darstellten.

Nie zuvor hatte Annerose die Truhe geöffnet, hatte es nicht einmal in Erwägung gezogen, da Bonner sie stets mit einem großen Eisenschlüssel verschlossen hielt. Doch je länger sie die Truhe anstarrte, umso neugieriger wurde sie.

Annerose wusste, dass in der Holzkiste teures Leinen verstaut war, ebenso ein wertvoller Gürtel, den ihr Mann beim Wettschießen gewonnen hatte. Die Truhe enthielt außerdem mehrere Schriftstücke, deren Inhalt sie nicht kannte. Ohne weiter zu überlegen, nahm Annerose das stumpfe Schälmesser und versuchte, das Schloss zu öffnen. Doch das kleine Messer brach entzwei und das Schloss öffnete sich nicht. Ratlos starrte sie weiter auf die Holztruhe, als könne die Macht ihrer Gedanken sie öffnen. Dann ließ sie ihren Blick suchend umherschweifen, ob sich nicht ein anderer Gegenstand fände, mit dem das Schloss aufgebrochen werden konnte.

Als sie nichts fand, rüttelte sie ungeduldig am Deckel, als der sich plötzlich anheben ließ. Ungläubig öffnete sie das Möbelstück. Ihr Mann schien vergessen zu haben, die Truhe abzuschließen. Rasch legte Annerose das Leinen zur Seite und nahm den wertvollen Gürtel heraus. Feinste Hammerarbeiten und kleine Halbedelsteine zierten die wuchtige Schnalle, die ihr viel zu protzig erschien. Doch sie wusste, dass Bonner den Gürtel wie einen Schatz hütete. Annerose konnte sich noch gut an den Tag erinnern, als er das Prachtstück mit stolzgeschwellter Brust entgegengenommen hatte.

›Pah, Schützenkönig‹, dachte sie verächtlich.

Als sie weiter in der Kiste kramte, fand sie ein kleines Jagdmesser, das Bonner von seinem Vater geerbt hatte, einen Siegelring, der in einem Lederbeutel verstaut war, und allerlei anderen Tand, der für sie bedeutungslos, doch für ihren Mann anscheinend wichtig war.

Unten auf dem Truhenboden lag ein heller Lederlappen. Unachtsam nahm sie ihn ebenfalls heraus, als aus dem weichen Ledertuch mehrere Goldmünzen geräuschvoll zu Boden fielen und davonrollten. Überrascht folgte Anneroses Blick den Talern, bis sie mit einem Klacken liegen blieben.

Acht Goldmünzen! Welch ein Vermögen! Sie hob jedes Goldstück behutsam auf. Schwer lag das Geld in ihrer Hand. Weil ihr aber auch der größte Schatz in ihrer selbst gewählten Einsamkeit wenig nutzte, wickelte sie die Stücke wieder in das Ledertuch und legte sie ebenso wie die anderen Fundsachen zurück in die Holztruhe.

Sie hatte gerade den Deckel zugeklappt, als aufgeregte Stimmen zu ihr heraufdrangen. Die einzelnen Worte waren schlecht zu verstehen und ergaben keinen Sinn. Als sie allerdings »Burg Bodenstein« heraushörte, presste sie ihr Ohr fest gegen die Tür. Um besser verstehen zu können, öffnete sie sie dann vorsichtig und stellte sich an die Treppe. Nun drang deutlich zu ihr herauf, was unten gesprochen wurde.

Sie hörte einen Mann sagen, dass jemand das Pferd des Freiherrn Adolph Ernst von Wintzingerode erkannt hatte. Auch, dass ein junges Mädchen in Begleitung eines Mannes aus Duderstadt fortgeritten war, konnte sie verstehen. Erschrocken presste Annerose die Hand auf den Mund. Man hatte also herausgefunden, wo Franziska sich aufhielt. Als sie die nächsten Worte klar und deutlich vernahm, wusste sie, was sie zu tun hatte.

Annerose lenkte das Pferd durch Wintzingerode. Erstaunte Blicke folgten ihr, als sie den Hang hinauf zur Burg ritt. Das Ross trabte über die Brücke, die über den Burggraben führte, direkt in den Innenhof hinein. Johann und Franziska, die in der Sonne auf der Wehrmauer saßen, sprangen sogleich auf, als sie die Reiterin erkannten.

»Mutter!«, rief Johann und lief ihr entgegen.

Annerose umarmte nicht nur ihren Sohn, sondern auch das Mädchen, das erstaunt die freundliche Begrüßung erwiderte.

Schnell hatte Annerose den Grund ihres Kommens erklärt und wollte nun den Freiherrn sprechen.

»Onkel Lutz ist gerade bei ihm!«

»Das trifft sich gut!«

»Bonner muss den Rat der Stadt in Kenntnis setzen. Jeden Einzelnen zu rufen, kann bis morgen dauern. Doch dann werden sie alle hier zur Burg heraufkommen und Franziska holen wollen.«

»Aber können sie in die Burg gelangen, wenn das Tor verschlossen ist?«, fragte Annerose erstaunt.

»Nein, das können sie nicht. Außerdem werde ich sie auffordern, meinen Grund zu verlassen. Ich denke auch nicht, dass sie uns belagern werden, schließlich haben wir keinen Krieg«, entgegnete der Freiherr mit ernstem Blick. »Nur«, fuhr er fort, »habt Ihr Euch überlegt, wie es weitergehen soll? Sollen Franziska und Euer Sohn den Rest ihres Lebens auf der Burg verbringen? Selbst wenn ich ihnen das gestatten würde, sie wären Gefangene für eine lange Zeit, deren Ende nicht abzusehen ist.«

Johann hatte das Gespräch aufmerksam verfolgt. Dann erklärte er mit fester Stimme: »Wir werden fortgehen, noch heute Nacht, sobald der Mond aufgegangen ist …«

Erschrocken sah Annerose ihren Sohn an, und ihre Augen

füllten sich mit Tränen. Hilflos blickte sie dann zu ihrem Bruder. Auch dessen Blick verriet, was jeder in der Runde wusste: Es würde ein Abschied für immer sein.

Annerose war klar, dass ihr keine andere Wahl blieb, als ihren Sohn ziehen zu lassen. Als Johann dann aber vor Franziska wie ein Edelmann niederkniete und sie bat, seine Frau zu werden, war es um Anneroses Fassung geschehen. Franziska bejahte, und der Pfarrer versprach, die beiden im Kornhaus der von Wintzingerode zu trauen. Selbst Freifrau Hedwig hatte nun feuchte Augen, und sie gab sogleich Order, das Kornhaus, in dem Luther angeblich seine erste Predigt auf dem Eichsfeld abgehalten hatte, festlich zu schmücken.

Das Steingebäude, das nur wenige Schritte hinter der Burg lag, war bereits mehrfach als Gottesraum genutzt worden – meist im Winter, wenn man, bedingt durch die Wetterverhältnisse, weder zur Kirche nach Wintzingerode noch nach Wehnde gelangen konnte.

In der Küche herrschte reges Treiben. Geschwitzt wurde nicht nur wegen der großen, offenen Feuerstellen, sondern auch, weil die Köchin und ihre Gehilfen den jungen Leuten ein opulentes Hochzeitsmahl bereiten wollte.

Seit Hedwig von Wintzingerode auf dem Hofplatz ihrem Gesinde erzählt hatte, was den jungen Leuten widerfahren war, konnte sich Franziska der Zuneigung aller Bediensteten auf Bodenstein sicher sein. Sie zu mögen wurde jedem auf der Burg durch ihre freundliche, aufmerksame Art leicht gemacht. Deshalb wollten alle ihr Bestes geben, um dem Mädchen und seinem zukünftigen Ehemann eine schöne Hochzeitsfeier auszurichten.

Selbst Hedwig ließ es sich nicht nehmen, Franziska zu überraschen. Am späten Nachmittag stand sie mit einem festlichen Kleid über dem Arm vor ihr und überzeugte das Mädchen mit freundlichen Worten, dass es doch angemessen sei, sich wie eine

Braut zu kleiden. Als Annerose Franziska bei der Anprobe half, hielt das Mädchen einen Moment lang inne und blickte sie an. Dann sprach sie: »Ich habe Euren Mann nie in mein Bett gelassen.« Erstaunt sah Annerose das Mädchen an.

»Johann hat mir berichtet, dass der Großbauer behauptet, ich hätte ein Hexenmal und dass er das wüsste, weil ich ihn … Das habe ich aber nicht! Ich weiß nicht, woher er von meinem Mal auf dem Rücken weiß. Aber bitte glaubt mir, dass es kein Hexenmal ist. Ich bin keine böse Frau, und ich habe über niemanden einen Schadenszauber gelegt …« Zuerst war Annerose erschrocken, weil Franziska bestätigte, ein Mal auf dem Rücken zu haben. Aber da sie selbst ebenfalls Male am Körper trug und deshalb auch nicht gleich als Hexe verleumdet wurde, musste es bei Franziska ebenso sein. Die Mutter beglückwünschte ihren Sohn in Gedanken zur Wahl seiner zukünftigen Frau. Franziska war nicht nur ein ausnahmslos hübsches Mädchen, sondern auch ehrlich, mit einem geraden Blick. Annerose küsste die Stirn der jungen Frau und besiegelte so ihr Einverständnis zur Hochzeit. Später erzählte Annerose ihrem Bruder von ihrem Eindruck. Lutz nickte zustimmend. Doch dann sagte er: »Es wäre da noch eine Sache: Franziska ist katholisch, aber vor der Heirat muss sie das lutherische Bekenntnis annehmen.«

»Hast du mit ihr und Johann darüber gesprochen?«

»Ja. Sie weiß davon und ist bereit dazu.«

»Dann werden ihre Kinder später …«

Weiter kam Annerose nicht, denn mit einem Mal schluchzte sie und presste weinend den Kopf an die Schulter des Bruders. Plötzlich war ihr bewusst geworden, dass sie niemals ihre Enkelkinder sehen würde. Auch, dass ihr eigenes Leben von nun an der Hölle gleichen würde. Am liebsten wäre sie mit den jungen Leuten fortgegangen, doch dafür war sie mittlerweile zu alt. Die Gelegenheit zu gehen, hatte sie vor langer Zeit vertan. Lutz schien ihre Gedanken zu erraten, denn er sagte liebevoll zu ihr: »Verlass deinen Mann. Ich werde dir helfen – du kannst bei mir wohnen.«

Doch Annerose wusste, dass Bonner sie nie in Ruhe lassen würde. Erst recht nicht, wenn er entdeckte, was sie ihm genommen hatte – sein Gold.

»Danke, Lutz, ich weiß deine Liebe und Fürsorge zu schätzen, aber ich habe andere Pläne. Ich hoffe, dass du diese billigen und mich nicht verdammen wirst.« Sie wich seinem fragenden Blick aus, lächelte ihn dann aufmunternd an und strich ihm zärtlich über die Wange. Dann ging sie in die Burg, um ein weiteres Mal den Freiherrn um Hilfe zu bitten.

Nachdem Franziska sich zum lutherischen Bekenntnis entschlossen und es bekräftigt hatte, führte Adolph Ernst sie zu dem kleinen Altar im Kornhaus. So, wie ein Vater seine Tochter übergibt, legte auch der Freiherr nun die Hand der Braut in die Hand des Bräutigams. Johann traute seinen Augen nicht, als Franziska in einem weißen Spitzenkleid, das das Hochzeitskleid der Freifrau gewesen sein musste, vor ihm stand. Ihre Locken zierte ein hauchdünner Schleier, der mit Perlenklemmen festgesteckt war. Johann war sprachlos und konnte seinen Blick nicht mehr von ihr wenden. Mit einem stummen Kopfnicken dankte er Freifrau Hedwig sowie seiner Mutter für dieses Geschenk. Franziska hatte den Blick ihres Liebsten bemerkt und hätte weinen können vor Freude.

Auch Johann war festlich gekleidet, denn auch der Freiherr hatte ihm ein prächtiges Gewand überlassen. Pfarrer Lambrecht hielt eine bewegende Hochzeitspredigt, die manchen Hochzeitsgast zu seinem Taschentuch greifen ließ. Ein Kuss des Paares besiegelte das Eheversprechen. Als die Frischvermählten vor die Kornkammer traten, empfing sie lauter Jubel.

Unbemerkt hatte sich das Gesinde vor dem Gebäude eingefunden, um lautstark zu gratulieren. Danach führte Johann seine Frau zum Hofplatz, wo Tische und Bänke aufgestellt waren. Gefüllte Schüsseln und Platten luden zum Essen ein.

Zu vorgerückter Stunde saß Annerose allein etwas abseits und beobachtete schwermütig das ausgelassene Treiben. Lutz gesellte sich zu ihr und tröstete sie mit den Worten: »Johann hat eine gute Wahl getroffen. Er ist ein anständiger Junge und wird sein Leben geschickt meistern.«

»Ja, das wird er, schließlich hat er den guten Charakter seines Vaters und ist sein Ebenbild.«

Ungläubig blickte der Pfarrer seine Schwester an. Mit Bonner hatte Johann wahrlich nichts gemein.

Annerose lächelte und entschloss sich, auch ihm von Johannes, dem Schäfer, zu erzählen.

Es war schon kurz vor Mitternacht, als ein Wachsoldat Adolph Ernst aufgeregt Meldung machte.

Der Freiherr folgte dem Wachposten zur Wehrmauer und sah mit eigenen Augen, was er ihm berichtet hatte.

Schon von Weitem konnte man einen Fackelzug erkennen, der sich auf den Ort Wintzingerode zu bewegte. Lambrecht hatte sich zu Adolph Ernst gesellt.

»Wie lange noch?«

»Vielleicht drei, vier Stunden!«

Lutz berichtete seiner Schwester und den Frischvermählten, dass Bonner mit einer Schar Getreuer auf dem Weg zur Burg Bodenstein war. Entsetzen stand in ihre Gesichter geschrieben.

Schnell wechselten Johann und Franziska die Kleidung und die Köchin packte, was vom Hochzeitsschmaus noch übrig war, in ein Bündel. Hedwig eilte in die Vorratskammer, wo sie Feldkieker, eine gepresste Grauwurst, aufbewahrte. So würden die beiden zumindest für kurze Zeit keinen Hunger leiden müssen.

Bevor Johann und Franziska sich verabschiedeten, nahm Annerose ihren Sohn und ihre Schwiegertochter zur Seite und überreichte ihnen ihr Hochzeitsgeschenk.

In einen Stoffgürtel eingenäht übergab sie den beiden mehrere Münzen. Sie erklärte ihrem Sohn, woher sie das Geld hatte.

»Bevor Casper bemerkt, dass das Gold fort ist, seid ihr schon über alle Berge. Freiherr von Wintzingerode hat mir die Goldstücke in kleine Münzen gewechselt. Es ist genug, um ein neues Leben zu beginnen. Seid vorsichtig und erzählt niemandem davon, damit es euch nicht gestohlen wird.«

»Mutter, komm mit uns!«, bettelte Johann. Doch Annerose schüttelte den Kopf.

»Nein, Karoline braucht mich!« Sie wusste, dass das nicht stimmte, doch sie wollte den jungen Leuten nicht im Weg stehen.

Der Freiherr sah den Lichterzug stetig näher kommen. Er drängte zur Eile, denn ihnen blieb nur noch wenig Zeit. Eine letzte Umarmung, ein letztes Lebewohl und Johann und Franziska verschwanden in der Dunkelheit.

Als Annerose zu Hause ankam, wurde sie von ihrer Tochter mit grimmiger Miene empfangen. Anscheinend hatte Karoline auf sie gewartet. Vorwurfsvoll stieß das Mädchen hervor: »Du bist eine Diebin!«

»Wie meinst du das?«, fragte Annerose und versuchte, ihre Stimme fest klingen zu lassen.

»Du hast Vaters Gold gestohlen und es sicherlich Johann gegeben.«

Erschrocken sah sie die Tochter an, die triumphierend lächelte.

»Vater hat es bemerkt, weil der Deckel der Truhe nicht fest verschlossen war. Er ist gleich losgeritten, um dich und die Hexe gefangen zu nehmen …«

»Wie kannst du nur so mit deiner Mutter sprechen.«

»Pah!«, sagte das Mädchen verächtlich und unterstrich dies mit einer abfälligen Handbewegung. »Wenn du im Kerker sitzt, werde ich hier die Herrin sein, und jeder muss tun, was ich befehle.« Dann drehte sich Karoline abrupt um, und Annerose blickte ihr sprachlos hinterher. Was hatte sie falsch gemacht, dass das Mädchen so geworden war? Sie war machthungrig und gefühlskalt, genau wie ihr Vater.

Schweren Schrittes stieg Annerose die Treppe hinauf in ihr Schlafzimmer. Sie war sich sicher, dass Bonner sie anklagen würde, da Hass ihn zerfraß.

Dafür gab es viele Gründe: Johann hatte sich seinem Willen widersetzt und war dem Mädchen hinterhergelaufen. Die Mutter hatte Johann nicht nur unterstützt, sondern ihm auch das Gold ihres Mannes gegeben, um dem Sohn zur Flucht zu verhelfen. Bonner war nun dem Gespött der Leute ausgesetzt, und das war, wie Annerose wusste, für ihn die schlimmste Schande. Annerose ahnte, dass es für sie keinen Ausweg geben würde. Sie hatte Bonner bestohlen.

Ihre Tochter hatte sich schon vor langer Zeit von ihr abgewendet, und ihr Bruder, der Pfarrer, konnte sie nicht retten.

Als Annerose den Deckel der Truhe aufklappte, waren ihre Hände eiskalt. Sie nahm den Gürtel ihres Mannes und zog das Leder durch die Schnalle, sodass eine Schlinge entstand. Diese band sie an der Klinke der Schlafzimmertür fest und setzte sich auf den Rand des Bettes.

Als sie Hufgetrappel im Hof hörte, faltete sie die Hände ein letztes Mal zum Gebet, kniete nieder und legte sich die Schlinge um den Hals.

Kapitel 34

Burghard hatte das Gefühl, als irre er seit einer Ewigkeit durch Worbis, stets in der Angst, entdeckt zu werden. Sein Habit war klamm vom Schweiß, der ihm aus allen Poren strömte. Zuerst hatte er sich im Wald oder auf einem Feld verstecken wollen, doch er befürchtete, dass man einen Flüchtigen dort am ehesten suchen würde.

›Im Oberdorf, mitten im Ort, wird mich niemand vermuten‹, dachte er.

Daraufhin lief er in den Hinterhof des Rathauses, wo er sich unter dichtem Buschwerk versteckte. Traurig blickte er auf das Gebäude in dem Wissen, dass er die arme, verwirrte Greta Ackermann nun nicht mehr würde retten können. In Gedanken versprach er, für ihre verlorene Seele zu beten.

Erschöpft nickte der junge Franziskaner ein, doch aufgeregte Stimmen in unmittelbarer Nähe weckten ihn wieder. Er getraute sich kaum zu atmen. Selbst hier schien er nicht sicher zu sein, und es war nur eine Frage der Zeit, bis man ihn finden würde. Burghard wusste, dass er fort sein musste, bevor der Tag anbrach. Doch wohin sollte er gehen?

Hilflos kauerte er unter dem Busch. Er war noch nie auf sich allein gestellt gewesen. Stets hatten andere entschieden, was er zu tun oder zu lassen hatte. Zuerst seine Eltern, dann Bruder Kuno, im Kloster die älteren Franziskaner und zuletzt Barnabas und sein Lehrmeister Servatius.

›Servatius, wie konntest du nur annehmen, dass ich zu so etwas fähig wäre?‹, dachte Burghard enttäuscht.

Er wischte sich zornig die Tränen aus dem Gesicht. Wie ein kleines Kind umklammerte er die Knie und wiegte sich hin und her.

»Nie und nimmer würde ich mich daran vergreifen«, flüsterte er in die Dunkelheit.

Doch Burghard ahnte, dass Servatius ihm nicht glauben würde und dass es kein Zurück für ihn gab. Fände man ihn, so wäre ihm der Kerker sicher – falls der ältere Mönch ihn nicht zuvor eigenhändig umbringen würde.

Plötzlich kam ihm Magister Behrhoff in den Sinn. Er allein konnte bestätigen, dass er den Abend und die halbe Nacht bei ihm zu Hause zugebracht hatte. Dieser Gedanke entspannte den Jungen ein wenig. Dass er nicht gleich an den gelehrten Mann gedacht hatte! Fast geräuschlos kroch Burghard unter dem Busch hervor und schlich im Schutz der Dunkelheit zum Haus des Magisters.

An der Pforte des Wohnhauses von Johannes Behrhoff klopfte Burghard zuerst zaghaft an, doch als niemand aufmachte, schlug er mit den Fäusten gegen das Tor. Zu seiner Erleichterung öffnete Behrhoff selbst. Mit verschlafenen Augen sah er den Mönch erstaunt an.

»Was willst du? Hast du etwas vergessen?«, fragte der Magister und gähnte herzhaft. Da Burghard befürchtete, jemand könne sie belauschen, schob er sich an ihm vorbei durch das Tor. Verdutzt sah Behrhoff ihm nach. Im Hausgang konnte Burghard seine Gefühle nicht mehr kontrollieren und begann am ganzen Körper zu zittern. Kreidebleich stand der junge Mönch vor dem Magister und brachte keinen Ton heraus. Erst jetzt erkannte Behrhoff die Verzweiflung des Jungen.

»Herr im Himmel, junger Freund, was ist passiert?«

Als Burghard sich beruhigt hatte, sagte er mit angstvoller Stimme und bittenden Augen: »Ich brauche Eure Hilfe!«

Verständnislos blickte ihn der Magister an.

Der junge Franziskaner fuhr fort: »Mein Lehrmeister Servatius bezichtigt mich, sein Geld gestohlen zu haben, und will mich umbringen.«

Behrhoff, der mit einem Schlag hellwach war, schaute den Mönch ungläubig an. Im Studierzimmer schenkte er sich und dem Jungen Wein ein. Mit jedem Schluck wurde Burghard ruhiger und konnte nun von vorne erzählen, was sich ereignet hatte.

»Aber das ist nicht wahr! Du warst doch die ganze Zeit bei mir – in meinem Haus.«

»Das wissen wir beide, aber weder Barnabas noch Servatius …«

»Warum erklärst du es ihnen nicht?«

Erschrocken blickte Burghard ihn an.

»Servatius hasst mich und würde mir niemals Glauben schenken. Er würde mich nicht ausreden lassen, sondern sofort auf mich einprügeln.«

Behrhoff holte tief Luft. Er ahnte, dass der Junge Hilfe brauchte, doch wusste er nicht, was er für ihn tun konnte. Würde bekannt werden, dass er einem mutmaßlichen Dieb geholfen hatte, so würde man auch ihn anklagen. So manch einem Einwohner von Worbis wäre dies ein willkommener Anlass, um ihm Schwierigkeiten zu machen. Schwieg er aber, so würde er sich ebenso verhalten wie die Menschen, denen er Ignoranz und Gleichgültigkeit vorwarf. Der Magister dachte angestrengt nach. Schließlich sagte er: »Ich werde dich begleiten und aussagen, dass du die ganze Zeit bei mir gewesen bist und deshalb nichts gestohlen haben kannst.«

Verzweifelt unterbrach der junge Mönch den Gelehrten: »Versteht Ihr nicht? Servatius wird auch Euch nicht glauben! Er lehnt Euch ab und wird vermuten, dass wir unter einer Decke stecken … Ich konnte Servatius' Augen sehen, und sie machten mir Angst. Ich kenne ihn und weiß, dass er seinen Worten Taten folgen lassen wird. Er würde mich wieder schlagen, doch diesmal so lange, bis ich tot bin.«

»Burghard«, widersprach ihm der Magister, »das kann ich mir beim besten Willen nicht vorstellen. Servatius ist Mönch – ein Diener Gottes muss uns einfach anhören und uns Glauben schenken.«

Fassungslos starrte der Junge ihn an. Wie konnte ein studierter Mann nur so einfältig sein! Burghard kamen Zweifel, ob es richtig gewesen war, Behrhoff ins Vertrauen zu ziehen. Schließlich rief er zornig: »Ihr seid bei dem peinlichen Verhör nicht dabei gewesen und wisst nicht, wozu Servatius fähig ist. Ihr scheint blind zu sein! Wenn Ihr mir keinen Schutz gewährt, so seid Ihr letztlich nicht besser als die, die Ihr verdammt …«

Behrhoff wurde wütend und hob bereits die Hand zum Schlag, doch dann ließ er sie beschämt sinken.

So viele Seelen hatte er schon verloren, hatte nicht eine retten können. Nun stand ein junger Mensch vor ihm und bat ihn, dass er ihm half, und was tat er? Der Junge hatte Recht. Er war nicht besser als die anderen. Behrhoff holte tief Luft und sprach: »Ich werde dir helfen, Bursche. Du kannst bleiben – hier in meinem Haus. Unter dem Dach gibt es eine kleine Kammer, in der du dich verstecken kannst. Niemand wird erfahren, dass du hier bist. Selbst gegenüber meinem Weib und bei dem Gesinde werde ich schweigen. Ich verspreche dir, dass ich alles tun werde, damit der wahre Dieb gefunden wird und du zurück zu deinem Lehrmeister kannst.«

Erleichtert dankte Burghard dem Magister und folgte ihm über die Treppe nach oben. Allerdings hatte er Zweifel, ob er tatsächlich zu Servatius und Barnabas zurückkehren wollte.

Burghard brauchte sich diesbezüglich keine Sorgen zu machen. Bereits am nächsten Abend stand der Magister aufgewühlt vor ihm.

»Man hat uns zusammen gesehen!«

Erschrocken richtete sich der junge Mönch von seinem Lager auf.

»Wer hat uns gesehen und wann?«

Behrhoff erzählte, was ihm zu Ohren gekommen war:

»Ein Knecht hat gesehen, wie wir zusammen aus der Kirche kamen … Eigentlich hat er nur dich erkannt, mich sah er nur von hinten. Doch anhand der Beschreibung meiner Kleidung wussten sie, dass dein Begleiter kein Bauer sein konnte. Deshalb wollen sie alle Häuser im Oberdorf durchsuchen. Allerdings gibt es bis jetzt noch keine richterliche Anordnung, da sich einige reiche Kaufleute dagegen wehren. Aber Barnabas und dein Freund Servatius werden sicherlich die richtigen Worte finden, um die Leute umzustimmen.«

Erschöpft setzte sich der Magister auf die Holzpritsche und kratzte sich am Nacken. Mit traurigem Blick sagte er: »Du hattest Recht mit deinen Vermutungen. Dein Lehrmeister Servatius ist verblendet in seinem Zorn. Er sagt zwar, dass er dir verzeihen will, weil er gütig und gerecht sei, aber seine Augen sprechen eine andere Sprache … Und dieser Magier … dem traue ich ebenfalls nicht über den Weg.«

Behrhoff legte Burghard väterlich die Hand auf die Schulter.

»Es tut mir leid, mein junger Freund, aber du musst fort – noch heute Nacht. Ich werde dir ein Bündel packen, damit du etwas zu essen hast. Geh weit weg, dorthin, wo dich niemand finden wird. Ich kann dich nicht länger verstecken. Finden sie dich bei mir, werde ich ebenfalls angeklagt werden.«

Kurz nach Mitternacht, als in dem kleinen beschaulichen Städtchen Worbis Ruhe eingekehrt war, machte sich ein trauriger Mönch auf einen Weg, von dem er nicht wusste, wohin er ihn führen würde. Der Junge ahnte, dass er nie wieder nach Worbis zurückkehren durfte.

Deshalb würde der junge Franziskaner auch nie erfahren, dass man das Haus von Behrhoff zwar durchsucht hatte, aber nichts hatte finden können, das den Magister belastet hätte. Und ebenso wenig, dass man dem Schreiber von Worbis einige Tage später auftrug, Folgendes in das dicke Stadtbuch einzutragen: »... wird Greta Ackermann zum Tode durch das Feuer verurteilt ...«. Der Urteilsspruch wurde einige Tage später vollzogen.

Kapitel 35

Anna presste den kleinen grünen Stein an ihre Brust, doch er konnte ihr den Schmerz nicht nehmen. Fassungslos stand sie vor der abgebrannten Scheune. Hier und da stiegen noch kleine Rauchfahnen in die Höhe oder knisterte ein glimmender Holzscheit. Schwer lag der Geruch von verbranntem Holz in der Luft.

Stumm und geschockt stand das Gesinde neben der jungen Herrin. Keiner konnte die Tränen zurückhalten.

Mit gebrochener Stimme schilderte Peter, der Knecht, wie sie versucht hatten, Clemens aus der Feuerhölle zu retten.

»Wir alle haben eine Kette von der Pferdetränke bis zur Scheune gebildet und die gefüllten Wassereimer nach vorne zum Feuer durchgereicht ... Der junge Schönemann und der Sohn vom Schmied haben sich nasse Decken umgehängt und wollten sich sogar durch die Flammen kämpfen, um Clemens zu retten, doch die Feuerwand und der Rauch haben sie zurückgedrängt ... Als wir einen entsetzlichen Schrei hörten, wussten wir, dass es zu spät war und wir ihn nicht mehr retten konnten. Es tut uns so leid!« Weinend schlug Peter die Hände vors Gesicht.

Anna versuchte stark zu sein, doch als ihr Mann ihr die Hand auf die Schulter legte, sank sie auf die Knie und schrie laut auf.

Münzbacher tat besorgt und half ihr wieder auf die Beine. Dann führte er sie ins Haus und flößte ihr einen Sud ein, der, wie er sagte, sie beruhigen würde.

Erschöpft von der Reise und dem Schock legte sich Anna hin und schlief bis zum nächsten Tag – den grünen Stein zwischen ihren kalten, verkrampften Fingern.

Anderntags wurde die verkohlte Leiche Clemens' in allen Ehren bestattet. Fast ganz Dingelstedt hatte sich auf dem Friedhof eingefunden. Anna war es, als sei sie weit weg. Sie starrte in das Grab vor sich und fühlte keinen Schmerz. In ihr war nur Leere. Schon vor dem Frühstück hatte Wilhelm ihr wieder von dem Beruhigungssud gegeben. Das Mittel erinnerte sie an die dunkle Flüssigkeit, die ihr der Alte im Wald eingeflößt hatte, zumal es genauso bitter schmeckte.

Der Sud gab Anna das Gefühl zu schweben, und sie glaubte, die Beerdigung von einer Wolke aus mit anzusehen.

Man hatte ihr nicht mehr gestattet, den Leichnam ihres Bruders noch einmal zu sehen, da sie Clemens so in Erinnerung behalten sollte, wie sie ihn zuletzt erlebt hatte.

Wenn Anna an Clemens dachte, dann sah sie ihn mit einem breiten Lachen vor sich stehen, und seine tiefblauen Augen strahlten sie an. Seine Haare waren vom Wind zerzaust, und mit beiden Händen strich er sie sich aus dem Gesicht.

Erst jetzt, da sie ihn für immer verloren hatte, wusste sie, wie tief ihre Liebe für den Bruder gewesen war.

Während die Menschen ihr die Hand schüttelten und ihr Beileid aussprachen, hielt Anna den grünen Stein umklammert, in der Hoffnung, er würde ihr Kraft geben.

Trotz der vielen Leute auf dem Friedhof, fühlte sie sich mutterseelenallein – alleingelassen von allen Menschen, die ihr einmal nahegestanden hatten. Anna glaubte, die Einsamkeit würde sie erdrücken. Sie spürte, wie sich die Enge in ihrem Hals wieder ausbreitete und musste sich unentwegt räuspern.

Die junge Frau ahnte, was das bedeutete. Sie war wieder gefangen. Eingesperrt in ein Wesen, das kraftlos, ängstlich und nun auch noch völlig allein war.

›Alles Lüge‹, schrie ihre innere Stimme. ›Nichts von dem, was ich in meinem Traum gesehen habe, ist wahr geworden. Es waren nur Wunschgedanken. Die neue Anna ist ebenso schwach wie die alte‹, dachte sie bitter.

Als Münzbacher sie am Arm fasste, um sie vom Grab wegzuführen, warf sie den kleinen grünen Stein ins dichte Gebüsch und folgte wortlos ihrem Mann.

In der Nacht sah sie im Traum, wie sich langsam die Käfigtür schloss und eine schwache Löwin sich kampflos in die hinterste Ecke ihres Gefängnisses verkroch.

Anna blieb die meiste Zeit des Tages über im Bett. Der Einzige, der sie besuchte, war ihr Mann. Er gab ihr zu essen und flößte ihr immer wieder den Sud ein, was sie ohne Gegenwehr geschehen ließ. Erst zwei Tage nach der Beerdigung sah sie die verkrusteten Kratzspuren an seinem Hals. Auf ihre Frage, woher diese stammten, erklärte er: »Die hat mir ein junger Knecht zugefügt, als wir versucht haben, deinen Bruder zu retten. Aber er konnte nichts dafür, da alles sehr schnell gehen musste. Wir haben zusammen einen Balken gehoben, und der Knecht rutschte mit der Hand ab, und da war es passiert. Glaube mir, meine Liebe, ich hätte mir gern das Gesicht zerkratzen lassen, wenn wir ihn dadurch hätten retten können …« Verzweiflung klang aus seiner Stimme, und Anna streichelte mitfühlend seine Hand. Kraftlos antwortete sie: »Dafür möchte ich dir danken, und ich danke auch unserem Herrn, dass er dich verschont hat. Denn jetzt habe ich nur noch dich.«

Wäre Annas Bewusstsein durch den Sud nicht so getrübt gewesen, hätte sie Münzbachers heuchlerischen Blick zu deuten gewusst.

Nachdem er ihr eine weitere Tasse des Beruhigungstrunks verabreicht hatte, legte Anna sich zurück auf ihr Kissen und hoffte, dass sie bald Schlaf überkommen und am Nachdenken hindern würde.

Als Münzbacher sicher sein konnte, dass seine Frau berauscht bis zum nächsten Morgen schlafen würde, wartete er noch einige Zeit, bis Ruhe auf dem Gestüt eingekehrt war. Dann verließ er das Haus.

Fast geräuschlos führte er sein Pferd hinaus hinter den Teich und saß erst auf, als er sicher war, dass man ihn nicht mehr hören konnte.

Sein Weg führte ihn in die Wüstung Hohkühle, wo er schon erwartet wurde. Beim Wechsel vom Schritt in den Trab wandte er sich um und blickte kurz zurück zum Gestüt.

›Bevor die Ersten wach werden, bin ich zurück, und niemand wird je erfahren, dass ich weg war.‹ So dachte Münzbacher und ahnte nicht, dass er von zwei wachsamen Augen beobachtet wurde.

Das Dorf in der wüsten Mark Hohkühle war schon Ende des 14. Jahrhunderts aufgegeben worden. Diese Wüstung grenzte sowohl an den Gemeindebezirk Kreuzeber und Kalmrode als auch an die Grenzen der Ländereien von Schloss Scharfenstein.

Sie zog sich bis über den Huckelrainsgraben in den Dingelstedter Gemeindewald hinein.

Auf einer Lichtung des Waldes wurde Münzbacher von einer ihm wohlbekannten Person erwartet.

Adam Hastenteufel stand mit dem Rücken an einen Baum gelehnt und rauchte genüsslich seine Pfeife. Er war gespannt, weshalb Münzbacher ihn hier, mitten in der Einöde, treffen wollte, obwohl er es schon zu wissen glaubte.

Hastenteufel war Söldner – und das mit Leib und Seele. Sobald irgendwo im Land freiwillige Soldaten gebraucht wurden, bot er seine Dienste an. Einerlei, ob bei kleinen Fehden zwischen Lehnsherren oder großen Auseinandersetzungen – für Geld tat er alles.

Es war bekannt, dass Hastenteufel die Gabe besaß, sich in seinen Feind hineinzuversetzen. Dieses Geschenk der Natur, wie er es nannte, ermöglichte ihm oft, einen Schritt vorauszudenken, und das war in seinem Beruf pures Gold wert. Er war kein Mann, der einfach losrannte und seine Gegner niedermetzelte. Hastenteufel war ein Taktiker, und er hätte es in der Armee sicher weit gebracht, zumal ein bodenständiger Broterwerb für ihn selbst in Zeiten des Friedens nicht in Frage gekommen wäre. Doch der Zufall wollte es, dass er seinen Beruf jetzt auf eine andere Art ausübte.

Vor zwei Jahren war er schwer verwundet worden, und damals war ihm Münzbacher begegnet. Hastenteufel hatte rasch bemerkt, dass sie aus dem gleichen Holz geschnitzt waren. Um an ihr Ziel zu gelangen, war ihnen jedes Mittel recht.

So waren sie sich auch schnell einig gewesen, als Münzbacher jemanden suchte, der ohne viel zu fragen einen Mann und dessen Weib umbringen würde. Hastenteufel hatte daraufhin zwei weitere Meuchelmörder für den Plan angeheuert. Zwar war der Notar über den Zuwachs nicht erfreut gewesen – jetzt musste er nämlich einen noch höheren Preis zahlen –, doch als Mann und

Frau mit durchschnittener Kehle vor ihm auf dem Waldboden gelegen hatten, war er höchst zufrieden gewesen. Das hatte er zwar nicht so deutlich gesagt, aber Hastenteufel konnte es an dem Ausdruck auf seinem Gesicht erkennen.

Beim letzten Treffen waren sie im Streit auseinandergegangen, da Münzbacher den geforderten Preis für die Dienste des Söldners erzürnt zurückgewiesen hatte. Trotzdem hielt Hastenteufel an seinen Forderungen fest. Schließlich war alles teurer geworden. Nicht nur die Preise für Brot und Bier waren seit der letzten Missernte um einiges höher; auch die Tabaksorte, die er zu rauchen pflegte, kostete mehr, und sogar die Huren bekam man nur ins Bett, wenn man einige Heller drauflegte. Warum sollte Adam Hastenteufel also so dumm sein und nicht auch einen höheren Lohn verlangen?

Genau das hatte er dem Notar gesagt, der daraufhin wütend aus dem Gasthaus gestürmt war. Der Söldner hatte vermutet, dass Münzbacher die Sache selbst in die Hand nehmen würde. Deshalb war er gespannt, was er nun von ihm wollte.

Nach einigen Minuten hörte Hastenteufel ein Pferd schnauben und glaubte, die Augen des Tieres in der Dunkelheit erkennen zu können. Kurz darauf standen Ross und Reiter vor ihm.

»Wenn man dich nicht finden soll, Adam, dann darfst du nicht rauchen und schon gar nicht dieses widerliche Kraut aus dem Morgenland. Ich brauchte nur dem Geruch des Tabaks zu folgen.«

»Was meinst du wohl, warum ich mir die Pfeife angesteckt habe?«

Mürrisch stieg Münzbacher vom Pferd und ließ es grasen. Auch er lehnte sich an einen Baum, das rechte Bein angewinkelt und den Fuß an den Stamm gestellt.

Er räusperte sich und erzählte dem Söldner dann von seinen Sorgen mit der Wäscherin Marga und seinem Schwager Clemens.

»... als die Scheune lichterloh brannte und schließlich in sich zusammenfiel, glaubte ich, dass auch mein Schwager in den Flammen umgekommen wäre. Aber sie fanden nur eine verkohlte Leiche, die der Magd. Natürlich glauben alle, dass es sich dabei um Clemens handelt ... Ich weiß nicht, wie, aber es muss ihm gelungen sein, dem brennenden Gebäude zu entkommen, obwohl ich das Heu rings an den Wänden und selbst die Leiter angezündet habe ...«

»Kann es nicht sein, dass nur ein Häufchen Asche von ihm übrig geblieben ist?«

Münzbacher schüttelte den Kopf.

»Dann wäre von der Magd auch nicht mehr gefunden worden. Nein, ich bin mir sicher, dass er noch lebt. Doch wird er schlimme Brandverletzungen erlitten haben. Vielleicht ist er auch längst irgendwo elendig verreckt. Aber ich brauche einen Beweis, und deshalb musst du nach ihm suchen. Lebt er noch, so töte ihn. Der Hund hat mir das Leben lange genug schwer gemacht. Ist er bereits tot, so verscharre die Leiche, damit sie niemand finden wird.«

Hastenteufel klopfte die Pfeife am Stamm der alten Tanne neben sich aus. Dann ging er auf Münzbacher zu und blieb dicht vor ihm stehen. Mit einem süffisanten Lächeln auf den Lippen sagte er: »Du siehst, mein Freund, dass deine Rechnung nicht aufgegangen ist. Hättest du mich meine Arbeit machen lassen, so wären beide, die Wäscherin und dein Schwager, jetzt tot, und ich bräuchte mir nicht hier die Nacht um die Ohren zu schlagen, sondern könnte weich zwischen den Brüsten einer Dirne ruhen. Schließlich wusstest du um die Gründlichkeit meiner Arbeit. Erinnere dich an die sauber durchgeschnittenen Kehlen der beiden Alten. Kein Laut kam damals über ihre Lippen. Du kennst doch den Spruch: ›Schuster bleib bei deinen Leisten.‹ Ich bin der Söldner und du der Notar.

Doch wie gesagt, diesmal hast du dich verrechnet. Nun wirst du den Preis zahlen müssen, den ich verlange …«

Münzbacher hätte ihn nur zu gern gepackt und ihm das überhebliche Lächeln aus dem Gesicht gequetscht. Doch stattdessen sagte er: »Ich werde nie dein Freund sein, merke dir das gut …«

Keiner von beiden hatte den jungen Mann bemerkt, der nur wenige Schritte von ihnen entfernt neben einer Tanne kauerte und ihr Gespräch mitanhörte. Selbst als ein Krampf, verursacht durch die gebückte Haltung, sich durch seine Wade bis in den Oberschenkel zog, rührte er sich nicht. Erst als die beiden Männer weggeritten waren, der eine nach Dingelstedt, der andere in die entgegengesetzte Richtung, ließ Burghard sich zur Seite kippen und stöhnte laut auf. Er presste seinen Fuß gegen einen umgekippten Baumstamm, bis der Krampf nachließ, dann massierte er die brennenden Muskeln. Mühsam stand er auf und humpelte einige Schritte, bis sich der Krampf vollständig gelöst hatte. Erst dann konnte er darüber nachdenken, was er gehört und gesehen hatte.

›Dieser Mensch hat eine Frau getötet und jetzt einen Meuchelmörder bestellt, um auch noch einen Mann zu töten. Wie grauenvoll! Das muss gemeldet werden!‹, dachte der junge Mönch entsetzt. ›Aber wem? Ich würde mich doch selbst in Gefahr bringen, wo Servatius sicher nur darauf lauert, mich zu finden … Nein, nein, ich muss zuerst an mich selbst denken. Am besten, ich vergesse das Ganze schnell wieder …‹

Doch seine innere Stimme plagte Burghard, und sogleich hämmerte ein stechender Schmerz in seinem Kopf.

›Wieder eine Seele, die du retten könntest und die du im Stich lässt …‹

Burghard fasste sich in seinen Haarkranz und zog daran, damit die Kopfschmerzen aufhörten.

›Ich weiß doch überhaupt nicht, wo ich den Mann finden

kann. Vielleicht ist er tatsächlich schon tot, wie der eine vermutet hat …‹, haderte Burghard mit sich selbst.

›Wenn aber nicht? Vielleicht liegt er irgendwo schwer verletzt und niemand hilft ihm.‹ Burghard wusste, das Verbrennungen große Pein verursachten. Der Franziskaner lief im dunklen Wald auf und ab und überlegte angestrengt. Er war hin- und hergerissen zwischen seiner Angst und der Stimme in seinem Kopf. Erschöpft lehnte er sich gegen einen Baumstamm.

»Du hast gewonnen«, flüsterte er zu sich selbst. »Ich werde nicht länger an meine eigene Sicherheit denken, sondern versuchen, den Mann zu finden … Auf nach Dingelstedt, wo bisher hoffentlich noch niemand etwas von mir gehört hat«, versuchte er sich aufzumuntern.

Seine innere Stimme beglückwünschte ihn zu diesem Entschluss, doch die Angst blieb.

Müde legte der junge Mönch sich in eine kleine Kuhle im Boden und fiel in einen unruhigen Schlaf. Im Traum sah er verbrannte Männer und Hexen mit hässlichen Fratzen, die einen Tanz vollführten.

Burghard war erst kurz in Dingelstedt, als er bereits von der abgebrannten Scheune hörte. Ein Mann, der eine Karre mit mehreren Milchkannen zog, hatte ihm bereitwillig Auskunft gegeben. Von ihm erfuhr er auch, dass dies in der letzten Zeit der einzige Brand in der Umgebung gewesen war. Auf die Frage des Alten, warum den Bettelmönch das interessiere, überzog Schamesröte Burghards Gesicht.

»Ich möchte meine Hilfe anbieten!«, log er und bat in Gedanken um Vergebung.

»Vielleicht«, überlegte der Milchmann, »könnte Anna, die Schwester des Verstorbenen, deine Hilfe gebrauchen. Sie soll angeblich daniederliegen und nicht mehr in diese Welt gehören. Du musst wissen, junger Freund, sie war auf dem Rückweg von Erfurt, als das Unglück passierte. Sie hat ihren Bruder nicht mehr lebend angetroffen … die arme Frau! Erst werden ihre Eltern ermordet, und nun findet auch noch ihr Bruder einen solch furchtbaren Tod. Bei lebendigem Leib verbrannt! Entsetzlich! Ich frage mich nur, wie das Feuer überhaupt entstehen konnte. Eine Scheune brennt doch nicht einfach so ab. Oder?«

Gern hätte der junge Mönch das Geheimnis gelüftet, denn nun war er sich sicher, dass die beiden Männer in der Wüstung von diesem Brand gesprochen hatten.

Plötzlich hörte er die Stimme eines Mannes. Seine Nackenhaare stellten sich auf.

»Aus dem Weg! Stehen mitten in der Gasse und halten einen Weiberplausch!«

Burghard drehte sich um und sah in das kantige Gesicht eines Mannes zu Pferde. Arrogante Augen blickten auf ihn herab.

»Macht, dass ihr weiterkommt!«, brüllte er im Wegreiten.

Der Milchmann sah dem Reiter zornig hinterher. Burghard entging auch nicht, dass der Alte die Fäuste ballte.

»Wer war das?«, fragte der Franziskaner und konnte die Erregung in seiner Stimme kaum verbergen.

»Wilhelm Münzbacher, der Schwager des armen toten Clemens. Er ist ein Schurke!«

»Woher weißt du das?«

»Das weiß ich nicht, aber ich fühle es hier drinnen.« Dabei klopfte er sich auf die Brust. Tränen ließen seine blauen Augen glänzen.

»Erst mein alter Freund Heinrich, der im Dienst Münzbachers gestanden hatte. Erschlagen von einem angesägten Baum. Und nun auch noch der junge Herr. Das ist einfach zu viel für einen alten Mann wie mich. Das verkraftet man nicht. Ach, ich wollte, auch meine Stunde hätte geschlagen …«

Der Mann nahm die Deichsel des Karrens wieder auf und

zog ihn die Straße entlang, ohne ein weiteres Wort an Burghard zu richten.

Der junge Franziskaner saß in der Küche des Gestüts und aß hungrig eine Portion Gemüse. Ein Krug Bier und frisches Brot dazu ließen ihm das einfache Mahl wie ein Festessen erscheinen, hatte er sich doch in letzter Zeit nur von Beeren und essbaren Pflanzen ernährt.

Die Köchin Maria saß ihm mit rotgeweinten Augen gegenüber und meinte immer nur: »Iss, mein Junge. Es ist genug davon da. Seit dem Unglück weiß ich nicht, für wen ich noch kochen soll. Kaum einer verspürt Appetit, und die junge Herrin ist seit dem Tod des Bruders nicht mehr aus ihrem Zimmer gekommen. Als sie dann auch noch hörte, dass der alte Knecht Heinrich ebenfalls tragisch zu Tode gekommen ist, mag sie nicht einmal mehr ein Süppchen essen. Zum Glück kümmert sich ihr Mann sehr um sie ... Ich muss ihn wirklich loben. Obwohl sie nichts zu sich nehmen will, bringt er ihr jede Mahlzeit aufs Zimmer und sorgt dafür, dass sie zumindest ihren Kräutersud regelmäßig trinkt. Also ich brächte den ja nicht hinunter. Er schmeckt mir so bitter wie Galle.«

Burghard horchte auf. Mit einem Zwinkern gestand die Köchin: »Ich habe ihn mir aufgebrüht, weil ich dachte, dass er auch mir guttun würde. Aber ... pfui Teufel, war der widerlich.« Sie schüttelte sich, als ob sie den Trunk in diesem Augenblick zu sich nehmen würde.

»Wofür soll der Sud denn gut sein?«, wollte Burghard wissen und nahm einen Nachschlag von dem Gemüse, sehr zu Marias Freude. Statt Burghards Frage zu beantworten, hob sie die Achseln.

»So genau weiß ich das nicht, aber ich glaube, er soll sie alles vergessen machen ...«

»Habt Ihr die Kräuter hier?«

»Wenn du mich nicht verrätst ... Der Herr nimmt das Behältnis stets wieder mit, aber ich habe für mich eine Hand voll abgezwackt. Doch wie gesagt, es schmeckt grauenvoll. Ich kann dich nur warnen.«

»Nein, nein, ich möchte den Sud nicht trinken. Ich bin nur neugierig, welche Pflanze es sein könnte.«

Maria hielt ihm ein Tuch mit getrockneten Blättern hin. Burghard zerrieb sie zwischen den Fingerspitzen und roch daran. Er erkannte den Geruch.

›Hopfen‹, schoss es ihm durch den Kopf. Doch da war auch noch ein anderes Kraut, das er nicht kannte.

»Sie bekommt den Sud täglich?«

»Ja, soviel ich weiß, sogar mehrmals am Tag.«

»Wer bist du?«, knurrte plötzlich jemand hinter ihm und Burghard zuckte zusammen.

Schnell ließ er das Tuch in den weiten Ärmeln seines Habits verschwinden und drehte sich um.

»Dich habe ich doch heute schon gesehen, als du mitten im Weg standest. Was machst du hier in meinem Haus?« fragte Münzbacher ihn.

»Ich habe um eine Essensgabe gebeten, und die Köchin war so nett, mir von Eurem Mahl etwas abzugeben. Dafür danke ich Euch!«, sagte Burghard und senkte den Blick.

Als Maria etwas hinzufügen wollte, gebot der Hausherr ihr mit einer Geste zu schweigen und forderte den Mönch auf: »Wenn du das Mahl gegessen und dein Bier getrunken hast, verschwindest du und bettelst woanders. Hier will ich dich nicht mehr sehen. Maria, dir rate ich, nicht zu großzügig mit meinem Besitz umzugehen. Und nun erhitze mir Wasser für den Kräutersud meiner Frau.«

Maria nickte und stellte den Wassertopf auf den Herd. Münzbacher warf dem Mönch einen finsteren Blick zu.

»Wenn ich wiederkomme, bist du verschwunden«, sagte er barsch und ging hinaus. Burghard aß hastig zu Ende, bedankte sich nochmals bei der Köchin und verließ das Gestüt.

Irgendetwas stimmte hier nicht, dessen war er sich sicher. Einmal ganz abgesehen von der Tatsache, dass dieser Mann ein gemeiner Mörder war.

Kapitel 36

Leise weinend stolperte Franziska neben Johann durch die Dunkelheit. Da sie immer wieder stehen blieb und zurückblickte, musste er sie regelrecht hinter sich her ziehen.

Auch ihm war schwer ums Herz, aber er versuchte, dieses Gefühl zu unterdrücken. Er war jetzt Ehemann und hatte Verantwortung für Franziska – seine Frau! Bei diesen zwei Worten spürte er, wie Wärme sich in seinem Körper ausbreitete und alle traurigen Gedanken für einen Moment vertrieb. Die Verpflichtung, für seine Frau zu sorgen, und das Gefühl, dass sie zusammengehörten, räumten alle Zweifel an seinem Entschluss aus, mit Franziska zu fliehen. Natürlich war er sich bewusst, dass ihre Zukunft ungewiss war. Schließlich konnte er zum jetzigen Zeitpunkt nicht sagen, wohin ihr Weg sie führen und wie es weitergehen würde. Dank der Münzen, die ihm seine Mutter gegeben hatte, musste er sich zumindest um Geld keine Sorgen machen. Das war beruhigend und nahm eine große Last von ihm.

›Ach Mutter‹, dachte er wehmütig, ›wärst du doch nur mit uns gegangen!‹ Johann wusste, dass sein Oheim sich um die Mutter kümmern würde, da Lutz Lambrecht ihm dieses Versprechen zum Abschied gegeben hatte.

»Blicke nach vorne und nicht zurück!«, hatte ihm die Mutter bei der letzten Umarmung ins Ohr geflüstert.

Unvermittelt blieb Johann stehen. Ja, den Rat der Mutter würde er fortan beherzigen. Ein letztes Mal wollte er auf die entfernten Lichter von Burg Bodenstein blicken.

Energisch wischte er sich mit dem Ärmel über die Augen. Dann drehte er sich um und sah in Richtung der Burg, konnte aber nur noch zwei helle Punkte in der Dunkelheit erkennen. In diesem Moment schwor er sich, niemals wieder zurückzuschauen.

Dann sah er wieder nach vorn. In diese Richtung würden sie gehen, und in dieser Richtung lag auch ihre Zukunft.

Franziska hatte ihn stumm beobachtet und flüsterte nun unter Tränen: »Es tut mir so leid! Es ist meine Schuld, dass du dein Zuhause verloren hast.«

Erschrocken nahm Johann ihr Gesicht in beide Hände.

»Nie wieder will ich diese Worte von dir hören! Ich allein habe diese Entscheidung gefällt. Franziska, ich bin so glücklich, dass du mein Weib geworden bist. Nichts anderes zählt mehr – nur, dass wir beide zusammen sind. Dort, wo du bist, will auch ich sein.«

Johann küsste sie voller Leidenschaft. Dann streichelte er ihr zärtlich über die Wange.

»Wir müssen weiter. Bonner wird sicher keine Ruhe geben, bis er uns gefunden hat. Je größer der Abstand zwischen ihm und uns ist, desto sicherer sind wir.«

Ohne einen weiteren Blick zurück gingen sie schnellen Schrittes davon.

Bonner stand derweil mit dem gesamten Rat von Duderstadt vor dem Holztor von Burg Bodenstein. Die Pferde hatte man in Wintzingerode angebunden und war zu Fuß den schmalen Waldweg hinaufgestiegen.

Auf Anweisung Bonners musste einer der Knechte, die als

Fackelträger die Herren begleitet hatten, mit der Faust gegen das Tor schlagen. Als sich auch nach wiederholtem Anklopfen niemand zeigte, stieß Bonner knurrend den Jüngling zur Seite. Mit beiden Fäusten hämmerte er gegen das Tor und schrie an der Wehrmauer empor: »Von Wintzingerode … rück meinen Sohn heraus! Und außerdem die Hexe, damit man ihr den Prozess machen kann.«

Als noch immer niemand antwortete, trat Bonner wütend gegen das Tor, dass es nur so schepperte. Die Herren des Stadtrates sahen sich fragend und verwundert an. Einige schüttelten über so viel Unverschämtheit empört den Kopf. Sie wussten nicht, was sie von dem Großbauern halten sollten. Denn schon des Öfteren hatte es Anlass gegeben, an seinem Verstand zu zweifeln.

Gerüchte waren dem Rat zu Ohren gekommen, dass das Mädchen den Jungbauern verhext habe, damit er sich in sie verliebe. Von sonstigem Schadenszauber aber hatten sie nichts gehört. Allerdings hatten die Leute auch erzählt, das Mädchen sei eine wahre Schönheit und habe keinen Zauber nötig, um einen Mann gefügig zu machen. Nur habe sie, so die Gerüchte, bis jetzt angeblich keinen in ihr Bett gelassen.

Die Ratsherren wussten nicht mehr, was sie glauben sollten. Das ungute Gefühl beschlich sie, dass Bonner gar selbst besessen sein könne. Vielleicht hatte auch er Interesse an dem Weib und grollte wegen einer Zurückweisung. Sein ungehobeltes Benehmen konnte man wahrlich einer Ablehnung zuschreiben. Vielleicht war er sogar eifersüchtig, da er nicht das Vorrecht bei dem Mädchen hatte.

Im Grunde wären sie alle lieber zu Hause geblieben. Doch Bürgermeister Harßdörfer hatte angeordnet, dass man gemeinsam zur Burg Bodenstein zog.

Die steten Schläge gegen das Tor hallten in der Dunkelheit gespenstig nach. Bei jedem Schlag schwor sich Bonner, nicht eher zu gehen, bis er sein Gold zurückhatte. Er war sich sicher, dass sein verfluchtes Weib es dem Sohn gegeben hatte. Je mehr er darüber nachdachte, desto wütender wurde er. Diesem missratenen Burschen, der ihn zum Gespött der Stadt gemacht hatte, würde er eine Tracht Prügel verpassen, die ihm ein für alle Mal klarmachen würde, dass man sich nicht gegen ihn stellte. Die Hexe würde brennen, dafür würde er sorgen, doch zuvor würde er sie besteigen wie ein Hengst eine Stute.

»Wenn Ihr nicht augenblicklich das Tor öffnet, werde ich die Burg in Brand stecken!«, schrie Bonner zornig. Harßdörfer ergriff seinen Arm und zog ihn zur Seite. Wütend wollte sich Bonner losreißen, doch der Bürgermeister ließ nicht von ihm ab, sodass der Bauer beinahe das Gleichgewicht verlor.

»Herrgott, Casper, beherrsche dich! Bist du von allen guten Geistern verlassen? Wie kannst du Adolph Ernst von Wintzingerode drohen? Wer bist du, dass du es wagst, so mit dem adeligen Herrn zu sprechen?«

Mit leerem Blick sah Bonner den Bürgermeister an. Dann kehrte Leben in seine Augen zurück, und er schüttelte Harßdörfers Arm ab.

»Sage mir nicht, was ich zu tun oder zu lassen habe. Ich will meinen Sohn und diese elende Hure, die an allem schuld ist … Das Miststück soll brennen!«

»Nun ist es nicht nur die Hexe, die du jagst, jetzt ist es auch noch dein eigener Sohn. Erkläre mir … Was ist der wahre Grund, dass du die junge Frau richten willst und den Tod für sie forderst?«

Bonner zögerte nur kurz, dann brach es aus ihm heraus: »Sie haben mir mein Gold gestohlen!«

Erstaunt zog Harßdörfer die Augenbrauen hoch.

»Dein Gold? Wie viel war es?«

»Ziemlich viel! Dicke Goldstücke waren es … für schlechte Zeiten zurückgelegt.«

Harßdörfer nickte verständnisvoll.

»Das ist bitter. Trotzdem darfst du nicht so mit dem Freiherrn sprechen.«

»Ach ja? Wer will mir das verbieten? Wenn ich will, fackele ich ihm die Burg unter dem Hintern ab!«

»Und dann brennst du selbst. Sei vorsichtig, Casper. Wenn dein Sohn und das Mädchen tatsächlich Diebe sind, dann muss man dies von Wintzingerode unverzüglich mitteilen. Wahrscheinlich weiß er nichts davon, denn einem Dieb würde er sicherlich keinen Unterschlupf gewähren.«

Adolph Ernst hatte einen Teil der Unterhaltung zwischen Bonner und dem Bürgermeister mitangehört – allerdings auf der anderen Seite des Tores. Er stand erhöht auf einer Leiter und verfolgte das Spektakel bereits seit der Ankunft der Männer. Er hatte sich bis jetzt nicht gezeigt, da er Johann und Franziska noch etwas Vorsprung gewähren wollte.

Lutz Lambrecht war gleich nach dem Aufbruch der jungen Eheleute über die Felder nach Tastungen geritten, seine Schwester Annerose nach Hundeshagen.

Freifrau Hedwig hatte sich in ihre Privatgemächer zurückgezogen, denn der Anblick des Fackelzugs war ihr unerträglich gewesen. Adolph Ernst hatte das Gesinde in die Unterkünfte geschickt. Nur der Wache am Burgtor hatte der Freiherr befohlen, die Stellung zu halten.

Es herrschte Ruhe auf der Burg – zumindest auf der Seite des Hofes. An der anderen Seite des Tores aber waren noch immer erregte Stimmen zu hören, die Adolph Ernst aber nicht im Mindesten beunruhigten.

Entspannt schaute er zum Himmel. Es war bereits weit nach Mitternacht und sternenklar. Morgen würde wieder ein strahlend schöner Tag anbrechen.

Als erneut gegen das Tor geschlagen wurde, stieg von Wintzingerode die Leiter hinab und ging ohne Eile bis zum Westturm der Burg. Dort zersauste er sein Haar, als habe er geschlafen und sei soeben aufgestanden. Dann gab er Zeichen, das kleine Lukenfenster im Tor zu öffnen. Ein gähnender Wachposten fragte unbedarft: »Wer verlangt Eintritt?«

Vor Wut blitzende Augen blickten ihm durch die kleine Öffnung entgegen, und Bonner schrie: »Was fällt dir ein, uns so lange vor verschlossenem Tore stehen zu lassen?«

Weiter kam er nicht, denn Harßdörfer schob ihn zur Seite und fragte höflich: »Können wir bitte den Freiherrn von Wintzingerode sprechen?«

Das war Adolph Ernsts Stichwort, denn nun rief er vom Westturm aus: »Ist etwas passiert, dass man mitten in der Nacht meine Bettruhe stört?«

Der Wachposten rief zurück, dass der Rat von Duderstadt mit dem Bürgermeister an der Spitze vor dem Tor stünde.

»Wie kannst du es wagen, Bursche, die Ratsherren vor verschlossenem Tore warten zu lassen? Öffne sofort, und lass die Männer eintreten!«, rief der Lehnsherr entrüstet, zwinkerte dem Wachposten aber zu. Der senkte den Kopf, damit man nicht sah, dass ein Lächeln über sein Gesicht huschte.

Bürgermeister Harßdörfer und der Rat traten ein und brachten sofort ihr Anliegen vor. Derweil ging Bonner im Burghof auf und ab und spähte in jede Ecke.

Verständnisvoll blickte der Burgherr die Ratsherren an. In einigen Gesichtern konnte er Langeweile erkennen, andere schauten müde. Nur ein paar schienen auf Bonners Seite zu sein.

»Es tut mir sehr leid, Bürgermeister, aber ich kann Euch nicht weiterhelfen. Zumal ich weder einem Dieb noch einer Hexe Unterschlupf gewähren würde. Außerdem hätte ich dazu gar keine Befugnis. Erst müsste der Senior der Familie von Wintzingerode sein Einverständnis geben«, sagte er in freundlichem, versöhnlichem Ton.

Bonner trat hinzu, und seine Augen funkelten Adolph Ernst böse an: »Ich glaube Euch nicht ... Auch wenn Ihr der Freiherr von Wintzingerode seid. Ich spüre, dass mein Sohn und die Hexe hier gewesen sind ... Ihr wisst nicht, wen Ihr beherbergt habt, mein Herr. Gefährlich ist die Magd, denn sie ist mit dem Teufel im Bunde und hat sicher einen Schadenszauber über Euch und die Euren gelegt. Außerdem hat sie meinem armen Sohn einen Liebestrank verabreicht, sodass er ihr hörig wurde und sogar mein Gold gestohlen hat ...«

Erschrocken sah der Wachmann zu seinem Herrn auf. Fast unmerklich schüttelte Adolph Ernst den Kopf, um dem Soldaten zu bedeuten, dass er schweigen solle.

Für einen kurzen Augenblick kamen auch ihm wieder Zweifel, ob er richtig gehandelt hatte. Doch dann entsann er sich Franziskas freundlichem Gesicht und ihren ehrlichen Augen. Auch erinnerte er sich an Lutz Lambrechts und Annerose Bonners Aussagen über den gewalttätigen, unberechenbaren Bauern. Nein, Adolph Ernst war sich sicher, das Richtige getan zu haben. Nur mit halbem Ohr hörte er noch hin, als Bonner mit seinen Beschuldigungen fortfuhr. Dann sagte er, um den Hasstiraden des Bauern ein Ende zu setzen: »Entschuldigt meine Unhöflichkeit. Darf ich Euch etwas zur Stärkung anbieten? Ich habe ein Fass frisch gebrautes Bier in meinem Keller, das ich Euch gern kredenzen möchte.«

Bonner grummelte mürrisch, konnte der Versuchung allerdings ebenso wenig widerstehen wie die anderen Herren. Von Wintzingerode gab dem Wachposten Anweisung, die Köchin und den Diener zu wecken und im Speisezimmer auftragen zu lassen.

Nachdem recht bald eine fröhliche Stimmung unter den Männern herrschte, fragte der Bürgermeister den Lehnsherrn leise: »Ihr wisst wirklich nichts über die Gesuchten?«

Adolph Ernst konnte kaum ein Lächeln unterdrücken. Er sah zum Gemälde seines Ahnen und dann dem Bürgermeister in die Augen. Mit ernster Miene antwortete er: »Manchmal ist die Dummheit eines Menschen förderlich, da man ihn dadurch besser zu lenken vermag. Doch sie kann auch gefährlich werden, nämlich dann, wenn sich ein solcher Mensch stark und unverwundbar fühlt. Dann muss man ihn zügeln ...«

Harßdörfer sah zu Bonner, der bereits angetrunken war und zum wiederholten Male laut seine Meinung kundtat, dass das Mädchen eine Hexe sei und seinen Sohn verzaubert habe. Der Bürgermeister blickte wieder zu Ernst Adolph und nickte zustimmend.

»Ein wahres Wort, das Ihr gesprochen habt ... Dank Euch für die Gastfreundschaft, die wir gern noch etwas in Anspruch nehmen, bevor wir wieder nach Duderstadt zurückkehren. So kann mehr Zeit verstreichen, denn Unrecht war noch nie meine Wahl!«

»Ich höre, Ihr seid ein weiser Mann!«

Zwar erhellte der Sternenhimmel schwach die nahe Umgebung, dennoch aber fiel es Johann und Franziska schwer, einen Weg durch die Wildnis zu finden. Johann wollte nach Dingelstedt. Warum, wusste er nicht. Vielleicht, weil er dort schon einmal gewesen war.

Immer wieder stöhnte Franziska laut auf, wenn sie mit nackten Füßen auf spitze Steine oder hartes Holz trat. Bei Schloss Adelsborn schlich das junge Paar an der hohen Schlossmauer entlang. Wehmütig schaute die junge Frau auf das glitzernde Wasser des Sees. Wie gern hätte sie jetzt ein erfrischendes Bad genommen. Doch Johann drängte zur Eile.

Am Dorfrand von Kirchohmfeld liefen sie über die freie Fläche Richtung Worbis. Zu Beginn ihrer Flucht waren sie rasch vorwärtsgekommen, doch hinter Kirchworbis verließen Franziska die Kräfte, zumal streunende Hunde sie verfolgt hatten und sie das letzte Stück gerannt waren. Die Vögel zwitscherten bereits, und in Kürze würde die Sonne aufgehen.

»Wir müssen weiter, Liebste. Doch ich verspreche dir, bevor die Sonne sich in ihrer vollen Größe zeigt, werden wir uns ausruhen. Am Tag werden wir schlafen und uns nur in der Nacht fortbewegen – jedenfalls so lange, bis die Entfernung zur Burg groß genug ist und uns niemand mehr erkennen kann. Halte durch!«

Franziska erwiderte nichts und folgte ihm stumm.

In Breitenholz krähten bereits die Hähne um die Wette, als Johann in einem kleinen Waldstück einen geeigneten Platz zum Ausruhen fand. Unter dicken Bäumen häufte er Herbstlaub an, um ihre Schlafstätte zu polstern. Müde legten sich beide nieder.

Johann drehte sich zur Seite und stützte den Kopf in den Arm, um Franziska besser in die Augen blicken zu können. Das Morgenlicht zauberte helle Punkte auf ihr Gesicht. Sie war blass, doch ihre Augen funkelten voller Liebe.

»Du bist so schön!«, flüsterte Johann. Zärtlich strich er ihr eine Locke aus der Stirn und streichelte ihre Wange. Franziska blieb regungslos neben ihm liegen. Langsam näherten sich seine Lippen den ihren. Seine anfangs zaghaften Küsse wurden mit der Zeit leidenschaftlicher. Sanft erkundete Johann mit seiner Hand jeden Zentimeter von Franziskas Körper, und auch sie begann, seinen Körper zu ertasten. Begehren ließ beide erzittern.

»Zeig mir das Mal an deinem Rücken!«, bat Johann sie.

Als dann die Wellen des Verlangens über ihnen zusammenschlugen, wurde sie zur Frau und er zum Mann.

Die Sonne stand bereits hoch am Himmel, als Franziska und Johann erschöpft einschliefen.

Bis in die frühen Abendstunden schlief Bonner seinen Rausch aus. Als er erwachte, brummte ihm der Schädel, doch er wollte sogleich seine Frau zur Rede stellen. Er schlug laut gegen ihre verschlossene Schlafzimmertür, und als sie nicht antwortete, rief er wütend: »Annerose, öffne sofort die Tür!« Zornig trat er gegen das Türblatt. Obwohl das Holz nachgab, konnte er die Tür nur ein kleines Stück weit öffnen. Durch den Spalt erkannte er die Füße seiner Frau und ahnte, was geschehen war.

Mit blau verfärbtem Gesicht hing Annerose an Bonners Gürtel an der Türklinke ihres Schlafzimmers und starrte ihn mit toten Augen an. Weil die Leichenstarre schon weit vorangeschritten war, musste man den Ledergürtel zerschneiden, um sie losmachen zu können.

Wäre er mit der Toten allein gewesen, hätte Bonner vor Wut sicherlich nach ihr getreten.

›Dieses verfluchte Miststück!‹, dachte er. ›Selbst im Tod macht sie mir nichts als Ärger. Hätte sie nicht ins Wasser gehen können, anstatt sich mit meinem wertvollen Preisgürtel zu erhängen?‹

Karoline stand regungslos neben dem Vater. Da sie seine Miene anders deutete, nahm sie seine Hand zärtlich in die ihre und versprach ihm: »Gräme dich nicht, Vater, ich werde ab jetzt für dich sorgen.«

Bonner sah seine Tochter liebevoll an und streichelte ihr über den Kopf.

»Ab heute bist du die Herrin im Haus, mein Engel.«

Er wusste, dass er sich auf die Vierzehnjährige verlassen konnte, denn sie war nicht nur äußerlich sein Ebenbild.

Das war auch gut so, denn er würde sich schon bald auf die Suche nach seinem Sohn und der Hexe begeben.

›Und wenn es mein restliches Leben dauern wird! Ich werde dich finden, Johann. Meiner Strafe entgehst du nicht!‹

Johann und Franziska konnten nicht genug voneinander bekommen. Ihre Körper schienen sich nacheinander zu verzehren.

Als Johann abermals den kleinen Punkt hinter Franziskas Ohr liebkoste, hielt sie ihn zurück und wisperte erschöpft: »Nicht schon wieder, Liebster!«

Johann drehte sich lachend auf den Rücken. Sein Brustkorb glänzte vom Schweiß. Durstig griff er nach einer Flasche Bier, die ihnen die Köchin von Bodenstein als Proviant mitgegeben hatte, und trank einen Schluck. Franziska hatte sich aufgesetzt und zerpflückte ein Blatt.

»Johann«, sagte sie zögerlich, »ich möchte nicht nach Dingelstedt gehen ...«

Fragend sah er sie an.

»Ach nein, wohin denn dann?«

»Ich möchte einmal auf den Hülfensberg ...«

»Den Hülfensberg? Wo liegt der?«

Franziska schaute ihn ungläubig an.

»Du kennst den Hülfensberg nicht?«

Johann verneinte.

»Das ist der bedeutendste Wallfahrtsort auf dem Eichsfeld. Das Hülfenskreuz ist weithin bekannt. Bonifatius ...«

»Ja, jetzt erinnere ich mich. Von diesem Wallfahrtsort habe ich auch schon gehört. Was willst du dort?«

Franziska zögerte wieder, doch dann sprach sie beherzt: »Bald findet die Wallfahrt statt ...«

Mit Wangen so rot wie die eines Kindes sah seine Frau beschämt zu Boden.

Zärtlich hob Johann ihr Kinn und fragte mit sanfter Stimme: »Möchtest du an der Prozession teilnehmen?«

Überrascht, dass er ihre Gedanken erraten hatte, nickte sie.

»Warum?«

»Ich möchte für mein Glück danken und darum bitten, dass Christus uns beschützt.«

Gerührt zog Johann sie in seine Arme.

»Dann gehen wir nicht nach Dingelstedt, sondern zum Hülfensberg. Ich weiß zwar nicht, wie weit das ist, aber bis zur Prozession werden wir sicherlich dort sein ...«

Im Stillen hoffte Johann, dass der Berg so weit weg vom elterlichen Hof war, dass Bonner dort nicht nach ihnen suchen würde.

Kapitel 37

Seitdem Burghard in Dingelstedt weilte, um Genaueres über den Brand bei den Arnolds herauszufinden, war es unerträglich heiß. Zu gern hätte er ein Bad genommen, aber die Unstrut führte kaum Wasser, und der einzige Teich, den er kannte, lag neben Münzbachers Haus hinter der abgebrannten Scheune. So blieb dem Mönch nichts übrig, als sich ein schattiges Plätzchen zu suchen.

Unter einer alten Eiche, die bei der Kirche stand, fand er Schutz vor der prallen Sonne. An den Stamm gelehnt, sah er den alten Mann mit dem Milchkarren die Straße entlanggehen. Schon von Weitem hob der die Hand zum Gruße. Vor dem Franziskaner blieb er stehen und lächelte ihm zu.

»Jo, du bist ja immer noch in Dingelstedt. Gefällt dir hier wohl?«

»Es ist zu heiß, um weiterzuziehen. Mir klebt die Kutte am Leib. Zu gern würde ich in den Teich des Pferdezüchters springen, aber das würde dem sicher nicht gefallen«, lachte Burghard.

»Das denke ich auch. Münzbacher kann ziemlich unangenehm werden, wenn es um sein Eigentum geht. Wie heißt du eigentlich?«, wollte der Alte jetzt wissen.

»Burghard, und du?«

»Karl, aber alle Welt nennt mich Milchkarl, wegen denen da«, und er wies auf die Milchkannen. Burghard nickte.

»Früher hieß ich Christian, aber das ist schon so lange her, dass ich mich kaum noch daran erinnere«, erzählte der Mönch dem Alten.

»Jo, ich kenne das. Manches liegt so weit zurück in der Vergangenheit, dass es irgendwann fort ist ... Was machst du hier in Dingelstedt? Willst du dich niederlassen?«

Burghard schüttelte den Kopf.

»Ich bin ein Wandermönch und fast täglich woanders ...«

»Jo, aber hier bist du schon länger!«, feixte Milchkarl und setzte sich unter den Baum in den Schatten.

»Wird die Milch nicht sauer, wenn die Kannen in der Sonne stehen?«, lenkte Burghard den Alten ab, um den wahren Grund seines Aufenthaltes verschweigen zu können.

»Leer!«, antwortete Karl knapp und holte aus seinem Beutel ein Stück Brot und trockenen Käse. Von beidem schnitt er etwas ab und reichte die Stücke dem Mönch, der sich nun zu ihm setzte.

»Gott wird es dir danken!«

»Jo, das will ich hoffen«, antwortete der Alte ernst und steckte sich selbst auch ein Stück Käse in den Mund.

Genüsslich kauten beide, als ein Reiter mit hartem Trab an ihnen vorbeikam. Milchkarl wies mit seinem Messer auf den Mann und sagte nur: »Münzbacher!«

Burghards Blick folgte Ross und Reiter, bis sie hinter einer Kurve verschwanden.

»Kein netter Mann!«, stellte Burghard fest.

»Jo, das stimmt. Und jetzt ist die arme Anna allein mit diesem Kerl ...«

Ein tiefer Seufzer entfuhr Karls Brustkorb. Erstaunt sah der Mönch zu dem Alten.

»Anna?«

»Sein Weib ... die Schwester des toten Clemens.«

Jetzt verstand Burghard.

»Warum so besorgt? Die Köchin auf den Gestüt gab mir zu essen und erzählte, dass Münzbacher sich fürsorglich um seine Frau kümmert.«

Ungläubig zog der Alte die Augenbrauen hoch.

»Das wage ich zu bezweifeln. Alles, was dieser Mann tut, macht er aus Berechnung. Clemens war auch der Ansicht ...« Er verstummte kurz.

»Doch jetzt, wo du es erwähnst ... Ich habe Anna seit der Beerdigung nicht mehr gesehen. Ich hoffe, es geht ihr gut ...«

»Die Köchin sagte mir, dass Anna seitdem das Zimmer nicht mehr verlassen hätte – wegen der großen Trauer. Doch Münzbacher würde ihr regelmäßig einen Sud zu trinken geben, der ihr beim Vergessen helfen soll ...«

»Welches Kraut soll das sein?«, fragte Karl ungläubig und fügte hinzu: »Wenn das mal nicht irgendetwas anderes bewirkt ... Ach ja ...«, seufzte er leise, »... früher waren alle fröhlich, und wir haben Feste zusammen gefeiert. Du musst wissen, Annas und Clemens' Eltern waren reich, sehr reich. Fast der halbe Ort hat den Arnolds gehört und viele Dingelstedter haben für sie gearbeitet. Aber sie haben nie die Armen vergessen – immer an sie gedacht. Egal, zu welchem Anlass, sie ließen stets an alle Essen verteilen. Nach der Heuernte haben sie ein Fest veranstaltet mit Tanz, Wein und Bier. Jeder bekam eine halbe Ente auf den Teller, dazu Rotkraut und dicke Klöße. Doch nach ihrem tragischen Tod war es, als sei der Ort mit ihnen gestorben … Kurz darauf hat Anna dann diesen Mann geheiratet, und seitdem hat hier keiner mehr etwas zu lachen.«

»Was ist denn mit den Arnolds passiert?«, fragte Burghard kauend.

»Sie waren auf einer Reise zu Verwandten, als man ihnen aufgelauert haben muss. Wahrscheinlich haben Wegelagerer oder Söldner ihnen die Kehlen durchgeschnitten …«

Burghard musste husten und verschluckte sich. Als er wieder sprechen konnte, fragte er: »Die Kehlen durchgeschnitten?«

»Jo … grauenvoll! Man fand ihre Leichen erst Tage später, doch ihre Mörder sind immer noch frei. Und danach fing das Elend dann an!«

›Lieber Gott‹, dachte der junge Mönch, ›warum legst du mir diese Bürde auf? Was willst du, dass ich tue? Soll ich dem alten Mann etwa erzählen, dass ich meine zu wissen, wer für all die Morde verantwortlich ist? Oder willst du meine Verschwiegenheit prüfen?‹

Erschöpft fuhr der junge Franziskaner sich übers Gesicht.

»Das ist wirklich furchtbar. Anna ist demnach die Einzige der Familie, die noch lebt?«

»Jo, sonst ist keiner mehr da …«

»Hat sie Kinder?«

»Nein, wahrscheinlich kann Münzbacher ihr keine machen, denn Anna steht in der Blüte ihres Lebens. Sie ist fast zwanzig Jahre jünger als ihr Mann«, sagte der Alte hämisch.

Ungläubig schüttelte der Mönch den Kopf. Der Appetit war ihm vergangen, und so steckte er den Rest des kargen Mahles in die Tasche seines Gewands.

Durchgeschnittene Kehlen – genau das hatte der Unbekannte im Wald zu Münzbacher gesagt.

Milchkarl schien nichts von den trüben Gedanken des jungen Mönchs zu bemerken. Er steckte das Messer zurück in den Schaft an seinem Gürtel und erhob sich.

»Ich muss jetzt zu Bauer Motte die Milch abholen. Stell dir vor, dem ist die Wäscherin abgehauen. Keiner weiß, warum, zumal sie ihre Sachen zurückgelassen hat. Merkwürdige Dinge passieren mittlerweile in unserem kleinen Städtchen. Ich an deiner Stelle würde weiterziehen. Doch, wenn du vorher noch ein Bad nehmen willst …«

Milchkarl zeigte zum anderen Ende des Ortes und sagte: »Dort hinten zwischen den Bäumen ist eine Lichtung mit einem großen Teich. Selten sind dort Menschen … Und schon gar nicht um diese Zeit, da arbeiten nämlich alle. Es wird dich also niemand stören. Zum Trocknen kannst du dich hinter die großen Steine legen. Ich muss jetzt weiter, außerdem bade ich nur einmal im Monat. Gehab dich wohl!«

Burghard planschte im Wasser und tauchte immer wieder unter, um sich Schweiß und Staub aus den Haaren und vom Körper zu waschen. Wie gern hätte er jetzt ein Stück wohlriechende Seife wie das von Barnabas gehabt.

Doch schnell verscheuchte er den Gedanken an den Magier wieder und ließ sich entspannt auf dem Rücken treiben. Am anderen Ende des großen Teichs stand dichtes Schilf, in dem sich die Enten mit ihrer Brut versteckten. Ab und an hörte der Mönch sie schnattern oder mit den Flügeln schlagen, ansonsten herrschte himmlische Ruhe.

Nach einer Weile spürte der Franziskaner Grund unter den Füßen und drehte sich auf den Bauch. Als er gerade aus dem Wasser waten wollte, schrie er vor Schreck laut auf, und sein Schrei hallte in der Stille der Natur unwirklich nach. Voller Panik kroch er auf allen vieren zurück ins tiefe Wasser. Erst als ihm der Abstand groß genug erschien, schielte Burghard zurück zum Ufer.

Vor ihm, vom Schilf fast gänzlich verdeckt, lag ein Mann wie tot auf dem Bauch, das Gesicht im feuchten Morast.

›Vielleicht schläft er nur seinen Rausch aus‹, dachte der Mönch hilflos.

Sich seiner Blöße bewusst, wagte er nicht gleich, aus dem Teich zu steigen. Nach längerem Zögern kroch er aber doch zu seinem Umhang, der noch feucht von der Wäsche war, und kleidete sich hastig an. Hilflos sah er zum Himmel.

›Was soll ich nur tun? Wenn er tot ist, kann ich ihm nicht mehr helfen. Aber wenn er noch lebt …?‹

Burghard spürte, wie sich der Schmerz, wie so oft in letzter Zeit, in seinem Schädel ausbreitete. Erzürnt stampfte er mit dem Fuß auf. Immer, wenn er nicht weiterwusste, meldete sich seine innere Stimme, und gleichzeitig tat ihm heftig der Kopf weh. Aber es half nichts – er hatte keine andere Wahl. Schritt für Schritt ging er näher an den leblosen Körper heran – immer mit der nötigen Vorsicht.

›Wie er wohl zu Tode gekommen ist?‹, fragte sich der junge Mönch. ›Vielleicht hat ihn jemand erschlagen, und der Mörder ist noch in der Nähe …‹ Bei diesem Gedanken durchlief ihn ein Schauer, und er hoffte inständig, dass er sich täuschte.

Langsam kniete er neben dem Mann nieder. Der Kopf des Fremden war an vielen Stellen kahl, an anderen waren nur noch Stoppeln zu erkennen. Die Kopfhaut war wie angesengt, und die Kleidung schmutzig und zerfetzt. ›Also doch tot‹, dachte der Mönch traurig.

Dann plötzlich glaubte er zu erkennen, dass der Oberkörper sich leicht hob und senkte. Widerwillig und mit spitzen Fingern drehte Burghard den Mann auf den Rücken und erschrak. Bestürzt presste er die Hand auf den Mund. Der Fremde hatte Verbrennungen im Gesicht, am Hals und am Oberkörper waren deutlich Brandblasen zu sehen. Am schlimmsten jedoch war seine rechte Hand verwundet.

Der Mönch begann zu ahnen, wen er da gefunden hatte.

Burghard suchte am Ufer nach einer Entenfeder und hielt sie

dem Mann vor den Mund. Tatsächlich konnte er erkennen, wie sich die weiche Feder bewegte. Er lebte!

Der Mönch blickte zum Himmel und dankte seinem Schöpfer. Vorsichtig zog er den Körper vom nassen Ufer fort und hinter die großen Steine, wo sie nicht gesehen werden konnten. Der Mann stöhnte auf, als Burghard ihn über den unebenen Boden schleifte.

»Ich komme wieder und helfe Euch«, versprach er leise.

Der Mönch lief in die Waldlichtung, um nach Pflanzen zu suchen, die Brandverletzungen lindern konnten. Tatsächlich fand er Kletterlabkraut, Hauswurz, Eisenkraut, Adlerfarn und noch einige andere. Als er von jedem Kraut reichlich gepflückt hatte, hielt er inne. Ihm wurde erst jetzt bewusst, dass er mit den frischen Heilpflanzen nichts anfangen konnte, da sie entweder zermalmt, zerstampft, ausgepresst oder aufgekocht werden mussten. Das ein oder andere Kraut entfaltete seine heilende Wirkung gar erst, wenn es mit Fett und Öl vermischt wurde.

Verzweifelt kehrte er mit seiner welkenden Ausbeute zu dem Fremden zurück. Die Lider des Mannes flackerten, und er flüsterte etwas, das Burghard nicht verstand. Der Mönch hielt sein Ohr dichter an den Mund des Verletzten und hörte ihn einen Namen sagen: Friedrich Schildknecht!

»Guter Mann, wer ist das? Und wo kann ich ihn finden?«

Doch der Fremde konnte auf die Frage nicht mehr antworten, er wurde wieder bewusstlos.

Unschlüssig fasste sich Burghard an den Haarkranz und ging im Kreis.

»Gott, o Gott!«, jammerte er. »Mir bleibt auch nichts erspart. Wenn du tatsächlich der bist, für den ich dich halte, dann bist du wahrlich in Gefahr, und ich kann niemandem trauen. Ich weiß nicht, wie der Meuchelmörder aussieht, den dein Schwager auf dich angesetzt hat. Vielleicht ist das sogar dieser Friedrich!«

Der Verletzte hörte ihn nicht, und Burghard sah hilflos zum

Himmel. Milchkarl, schoss es ihm durch den Kopf. Dankbar lächelte der Mönch.

Er bettete den Mann auf den weichen Boden und ging eilends zurück nach Dingelstedt. Tatsächlich konnte ihm jemand die Adresse des Milchmannes nennen.

In einer Seitengasse stand das schon sehr alte und windschiefe Haus des Mannes. Über eine schmale Holztreppe gelangte Burghard in einen kleinen Vorraum. Hier traf der Mönch den Gesuchten, der dabei war, Kienspan von einem dickeren Holzstück abzuhobeln. Zum Glück war er allein. Erstaunt schaute Karl auf.

»Jo, wen sehe ich da? Du bist ja immer noch in Dingelstedt ...«

»Ich muss mit dir reden, Karl!«

»Das hört sich ernst an! Komm rein in die gute Stube.«

Burghard folgte ihm ins Innere des kleinen Hauses, das scheinbar aus einem einzigen Raum bestand und spärlich eingerichtet war. Die beiden Männer setzten sich an den Tisch, und sogleich füllte Karl zwei Becher mit kühlem Bier.

»Also, sprich!«

»Kennst du jemanden mit dem Namen Friedrich Schildknecht?«, fragte der Mönch und nahm hastig einen Schluck von dem dunklen Getränk.

»Bist du krank?« Fragend sah Karl den Mönch an, und als der nichts sagte: »Friedrich Schildknecht ist Arzt. Das heißt, er ist der Sohn des Arztes von Dingelstedt, aber der Junge hat das auch studiert ...«

»Was weißt du über ihn?«

»Warum willst du das wissen?« Misstrauisch wanderte Karls Blick zu Burghard, während er sich seine Pfeife anzündete.

»Kann ich dir vertrauen?«, wollte der Mönch wissen.

Karl verschluckte sich an dem Rauch, da er laut auflachen musste.

»Was ist das für eine dumme Frage? Wie willst du meine Ehrlichkeit überprüfen? Entweder du vertraust mir, dann erzähle, oder du misstraust mir, dann geh!«

Der junge Mönch seufzte laut.

»Ja, du hast Recht, die Frage war wirklich überflüssig ...«

Burghard zögerte, doch welche Wahl hatte er?

›Keine!‹, sagte seine innere Stimme, und der Schmerz in seinem Schädel war verschwunden.

Burghard erzählte Karl von dem Fremden am Wasser. Sogleich rief dieser laut »Clemens!« aus, doch der Mönch bat ihn eindringlich, diesen Namen nicht mehr zu nennen. Da Karl das nicht verstehen wollte, wo doch jeder im Ort einen Freudentanz aufführen würde, wenn bekannt werden würde, dass der junge Herr noch lebte, erzählte ihm Burghard, was er im Wald gehört hatte. Den Mord an den alten Arnolds erwähnte er jedoch nicht.

»Münzbacher, dieses verfluchte Schwein!«, presste Karl zwischen seinen Zahnlücken hervor. »Wenn ich den in die Finger bekomme ...«

»Er ist jetzt nebensächlich. Jeder wird seine gerechte Strafe erhalten, dafür wird unser Schöpfer schon sorgen. Wichtiger ist im Augenblick, was wir mit Clemens machen – wenn er es denn ist ...«

»Jo ... jo, natürlich ist er es! Wer sonst? Doch wer ist der Tote, den wir beerdigt haben? Das ist alles sehr merkwürdig ... Wir gehen jetzt zu Schildknecht.«

Friedrich Schildknecht war erst am vergangenen Abend aus Mühlhausen zurückgekehrt. Sein Vater hatte ihm vom tragischen Tod seines Freundes erzählt. Sogleich hatte er dessen Grab aufgesucht und war danach zu Anna gegangen, um sein Beileid auszusprechen, aber auch, um ihr seine Hilfe anzubieten. Doch der Besuch auf dem Arnoldschen Hof raubte ihm in der Nacht den Schlaf.

Münzbacher hatte ihn zuerst nicht empfangen wollen. Doch als er erkannte, dass Friedrich sich nicht eher von der Türschwelle fortbewegen würde, bis er Anna gesehen hatte, wurde er eingelassen.

Anna hatte ihn kaum wahrgenommen und nicht gewusst, wer er war. Ihr Blick war in die Ferne gerichtet gewesen, und ihr Äußeres glich dem einer alten Frau. Am liebsten hätte Friedrich sie geschüttelt, doch Münzbacher hatte ihn nicht aus den Augen gelassen. Bereits nach wenigen Minuten musste der Arzt wieder gehen. Was war nur los mit ihr? Hatte Münzbacher Recht? Hatte sie seit dem Tod ihres Bruders tatsächlich jeglichen Lebenswillen verloren?

Friedrich ging in seiner Wohnstube wie ein Tier im Käfig auf und ab, als ihm Besuch gemeldet wurde.

Erstaunt ließ er die Besucher eintreten und blickte verwundert den fremden Mönch und den Milchmann an.

Kurz darauf packte er hastig alles zusammen, was ihm wichtig erschien.

»Wir müssen getrennt zum Teich gehen, sonst fallen wir auf«, meinte Milchkarl. Die beiden anderen nickten.

»Lasst mich zuerst gehen. Auf mich wartet er schließlich …«

Friedrich Schildknecht und der Milchmann stimmten zu und folgten dem Mönch jeweils nach einigen Minuten.

»Clemens!«, flüsterte der Arzt erschrocken und zugleich glücklich, den Freund noch am Leben zu sehen, als er am Ufer des Teichs angekommen war.

Karl wandte den Kopf ab. Der alte Mann weinte nicht nur aus

Freude. Schockiert sah er auf die Brandverletzungen des jungen Arnold. Welch unvorstellbare Schmerzen er aushalten musste!

Friedrich packte Tinkturen und Salben aus und schickte den Mönch los, mehr Adlerfarn zu holen. Zwar hatte der junge Arzt noch nie einen Kranken mit solchen Verbrennungen gesehen, doch sein Studium war umfangreich gewesen, und so wusste er, was zu tun war.

Clemens zitterte wie Espenlaub. Seine Zähne klapperten aufeinander, und er stöhnte bei jeder Berührung erbärmlich auf. Rasch gab Friedrich dem Freund einen Trank, der ihm die Schmerzen nahm und ihn schläfrig machte. Benommen ließ er daraufhin die Behandlung über sich ergehen.

»Es war schlau von ihm, sich an den Teich zu schleppen. Der feuchte Morast hat den Körper und vor allem das Gesicht vor dem Austrocknen bewahrt und gekühlt«, sagte Friedrich.

Nachdem alle Wunden versorgt waren und man Clemens in trockene, kühlende Leintücher gepackt hatte, schleppten die Männer ihn mit vereinten Kräften tiefer in den Wald.

»Wir müssen einen Unterstand bauen, damit er bei Regen nicht nass wird.«

Friedrich schüttelte den Kopf.

»Er kann nicht hierbleiben. Leicht würde er Wölfen oder anderem gefährlichen Wild zur Beute fallen.«

»Er kann zu mir«, schlug Karl vor. Kurz überlegte der Arzt.

»Nein, das ist auch zu gefährlich. In deiner Gegend könnte der Meuchelmörder zuerst nach Hinweisen suchen.« Entrüstet wollte der Alte dem Arzt widersprechen, doch Friedrich sah ihn entschuldigend an.

»Nicht jeder ist Clemens gut gesinnt. Manch einer würde ihn für eine Belohnung verraten. Wenn bekannt wird, dass Clemens lebt, wird man außerdem wissen wollen, wer im Grab liegt. Dass Clemens etwas damit zu tun hat, ist durch seine Verbrennungen offensichtlich … *Wir* müssen zuerst herausfinden, was sich zugetragen hat, nur so können wir ihm helfen. Das Ganze ist ziemlich verworren, und wir müssen sehr vorsichtig sein. Burghard, du musst Augen und Ohren offenhalten. Als Mönch kannst du dich am unauffälligsten im Ort bewegen. Du, Karl, kommst auch außerhalb des Städtchens zu den Gehöften und erfährst dort alles Neue. Wir haben keine andere Wahl … Clemens kommt zu mir. Dort kann ich ihn versorgen. Sobald es dunkel wird, holen wir ihn hier ab.«

Seit einer Woche war Clemens nun im Zimmer des Arztes versteckt. Verließ Friedrich den Raum, schloss er die Tür hinter sich ab und nahm den Schlüssel stets mit. Auf die Fragen des Vaters und der Haushälterin erklärte er, dass er wichtige Studien durchführe. Die empfindlichen Gerätschaften, in denen sich die Flüssigkeiten befanden, dürften von niemandem berührt werden. Nach dieser Erklärung fragte keiner mehr, und Friedrich fühlte sich sicher.

Täglich trafen sich der Mönch, der Milchmann und der Arzt kurz, um Neuigkeiten auszutauschen. Tatsächlich hatten die Dingelstedter einen Fremden beobachtet, der die nahe Umgebung abzusuchen schien. Außerdem stellte er den Leuten seltsame Fragen. Wollten sie den Grund wissen, bekamen sie keine Antwort, sondern ein Geldstück in die Hand gedrückt. Die Beschreibung des Mannes hätte auf viele passen können.

»Das ist sicherlich der Mörder, den Münzbacher angeheuert hat. Wenn Clemens nur erzählen könnte, was sich in dieser schicksalhaften Nacht tatsächlich zugetragen hat …«

Fragend sahen der Mönch und Milchkarl den Arzt an.

»Er schläft die meiste Zeit und wird nur wach, wenn ich seine Wunden versorge, die übrigens gut abheilen … Ich brauche mehr Kräuter, Burghard. Kannst du im Wald danach suchen und sie mir bringen? Eine warme Mahlzeit ist dir gewiss …«

So trennten sich die Männer wieder, die unterschiedlicher nicht sein konnten. Doch die Angst um Clemens und der Wille herauszufinden, was in der Nacht des Brandes tatsächlich passiert war, verband sie.

Der Arzt hatte angeboten, dass Burghard im Stall bei den Pferden ein Nachtquartier beziehen könne. Das war dem jungen Mönch recht, denn nur im Winter hielt er es in einem geschlossenen Raum aus. Er hatte sich so sehr an ein Leben unter freiem Himmel gewöhnt, dass er sich in einem Zimmer schnell eingeengt fühlte. Hier im Stall konnte er oben im Heuschober den vorbeiziehenden Wolken zuschauen und Sternenbilder suchen. Niemand im Haus wunderte sich über den Gast, denn Friedrich hatte ihn als heilkundigen Mann vorgestellt, der ihn bei seiner Studie unterstützen würde. So brauchte sich Burghard weder über einen Schlafplatz noch um seine Mahlzeiten Gedanken zu machen. Auch war Dingelstedt einige Stunden Fußmarsch von Worbis entfernt, sodass er sich hier sicher fühlte. Zumal er hoffte, dass Servatius und Barnabas in entgegengesetzter Richtung nach ihm suchen würden, da sie ursprünglich vorhatten, nach Nordhausen zu ziehen.

Immer öfter stellte Burghard fest, dass er weder an den Magier noch an seinen Lehrmeister dachte. Sein früheres Leben schien ihm in weite Ferne gerückt. Auch war sein eigenes Schicksal im Augenblick nebensächlich geworden, da seine Gedanken einzig dem jungen Clemens galten.

In aller Herrgottsfrühe machte sich Burghard auf den Weg in den Wald, um nach den Kräutern zu suchen. Die Pflanzen, die Friedrich von ihm verlangt hatte, riss er mitsamt der Wurzel aus und stopfte sie in einen Leinensack. Als er gerade mit Leibeskräften an einem hartnäckigen Kraut zog, konnte er Stimmen zwischen den Bäumen vernehmen. Auch roch es nach süßlichem Tabak. Plötzlich wusste er, woher er diesen Geruch kannte. Von der Wüstung Hohkühle, als er die beiden Männer nachts belauscht hatte. Der Meuchelmörder war also in unmittelbarer Nähe. Die andere Stimme gehörte Münzbacher, dessen war sich der Mönch jetzt ebenfalls sicher. Vor Angst pochte sein Herz hart in seiner Brust, und er getraute sich nicht, sich zu bewegen.

Plötzlich herrschte wieder Stille im Wald. Nur das Zwitschern der Vögel und das Brummen der Insekten war zu hören. Erleichtert drehte sich Burghard um die eigene Achse, als er zu Tode erschrak: Wilhelm Münzbacher stand direkt vor ihm und sah ihn mit zusammengekniffenen Augen feindselig an.

»Du bist ja noch immer in Dingelstedt. Hatte ich dir elendem Bettler nicht befohlen zu verschwinden?«

Ängstlich räusperte sich der junge Mönch und erwiderte: »Nein! Ihr hattet mich nur nicht mehr in Eurem Haus sehen wollen …«

Plötzlich riss Münzbacher dem Franziskaner den Leinensack aus der Hand und leerte den Inhalt vor ihn auf den Waldboden.

»Ist das dein Mittagsmahl?«, fragte er zynisch. Burghards Gesicht wurde vor Wut feuerrot. Am liebsten hätte er diesem aufgeblasenen Menschen gesagt, was er von ihm hielt. Doch stattdessen antwortete er: »Ja, ich koche mir daraus eine schmackhafte Suppe. Wenn Ihr wollt, könnt Ihr gern eine Schüssel abhaben, als Dankeschön für das Mahl, das Ihr mir gegeben habt.«

Münzbacher sah Burghard zornig an, als im Gebüsch ein Knacken zu hören war. Der Notar hielt für einen kurzen Moment inne, dann warf er dem Mönch missmutig den leeren Beutel vor die Füße und warnte ihn: »Geh mir besser aus dem Weg, Mönchlein! Sonst wird es dir schlecht ergehen!«

Daraufhin stapfte er durch das Gebüsch, und Burghard sah

ihm nach, bis Münzbacher im dichten Wald verschwunden war. Erst dann traute sich Burghard wieder durchzuatmen. Seine Beine zitterten, sodass er sich für einen Augenblick auf den Waldboden setzen musste. Doch das Gefühl, beobachtet zu werden, blieb.

Nachdenklich ging Friedrich in seinem Zimmer auf und ab. Burghard und Karl waren bei ihm, da der alte Schildknecht verreist war und die Haushälterin ihre Schwester besuchte.

Der junge Mönch hatte den beiden gerade von dem Zusammentreffen mit Münzbacher berichtet und von seiner Vermutung, dass der Meuchelmörder ebenfalls in der Nähe gewesen war.

»Hätte ich gewusst, dass Münzbacher sich im Wald herumtreibt, dann wäre ich zu Anna gegangen. Dieser elende Mistkerl lässt mich nicht zu ihr, und die Köchin weicht meinen Fragen aus. Wahrscheinlich bedroht er Maria und steht hinter der Tür, wenn ich sie bitte, mich zu Anna vorzulassen. Könnte ich Anna doch nur erzählen, dass Clemens noch am Leben ist und sie den Sud nicht mehr trinken soll. Ich bin der festen Überzeugung, dass diese Kräuter ihr die Sinne rauben ...«

»Ich habe Hunger!«

Ungläubig sahen Friedrich und Burghard zu Karl.

»Ich habe nichts gesagt!«

Drei Augenpaare blickten zu dem Bett, in dem Clemens lag. Der sah die Männer zaghaft lächelnd an.

»Clemens, du bist wach ... wie schön! Geht es dir besser?«

Die Freude war groß in dem kleinen Zimmer. Sogleich holte Friedrich etwas Haferschleim und fütterte den Freund. Karl und Burghard saßen stumm rechts und links am Bett. Als der Mönch etwas fragte, flüsterte Clemens: »Ich kenne deine Stimme, aber ich habe dich noch nie gesehen ...«

Burghard, Friedrich und Karl lachten und erklärten die Zusammenhänge.

»Danke!«, sagte Clemens daraufhin zu dem Mönch, der beschämt die Augen niederschlug. Als man von dem Verletzten wissen wollte, was sich in der Nacht zugetragen hatte, schüttelte der zaghaft den Kopf.

»Später!«, konnte er nur noch flüstern und schlief erschöpft wieder ein. Leise verließen die Männer das Zimmer.

Clemens erholte sich langsam. Seine Gesichtshaut begann sich zu erneuern. Sie glänzte frisch und unnatürlich rosig. Auf den kahlen Stellen seines Schädels bildete sich kaum sichtbar zarter Flaum.

Fast überall am Körper schlossen sich die offenen Wunden, und auch seine verletzte Hand konnte er wieder vorsichtig bewegen. Nur die Stelle an seinem Hals, wo eine Brandblase eine unschöne Narbe hinterlassen hatte, nässte und wollte nicht heilen. Mehrmals am Tag strich Friedrich eine heilende Kräutersalbe auf die Wunde und bedeckte sie mit einem frischen Leinentuch.

Dann kam der Tag, da Clemens sich stark genug fühlte, über die Ereignisse in der schicksalhaften Nacht zu berichten.

Nachdem er mit seiner Schilderung geendet hatte, schlussfolgerte Milchkarl: »Man hat also Marga, die Wäscherin von Bauer Motte, beerdigt! Jetzt verstehe ich auch, warum sie ihre Sachen zurückgelassen hat!«

»Wir müssen das melden, Clemens …«

»Wer würde mir glauben, Friedrich? Hättest du vermutet, dass Münzbacher ein Mörder ist? Zumal ich keinen offensichtlichen Grund sehe, warum er die Wäscherin erwürgen sollte, außer um mir den Mord in die Schuhe zu schieben. Würde ich die Wahrheit sagen, würde mein Schwager mir jedoch unterstellen, dass ich ihm einen Mord anhängen will, um an mein

Erbe zu kommen.« Resigniert fügte Clemens hinzu: »Ich lebe zwar, aber mein früheres Leben ist tot. Ich kann nicht zurück, außer wir finden einen Zeugen, der beweisen kann, was wirklich geschehen ist.«

Doch wer konnte die Unschuld des jungen Mannes bezeugen? Mutlos flüsterte Clemens: »Ich vermisse meine Schwester. Wenn ich bedenke, dass Anna wegen mir leiden muss und glaubt, dass ich nicht mehr lebe ... Es zerreißt mir das Herz!«

Friedrich hatte ihm Annas Zustand geschildert. Auch, dass Münzbacher sie wie eine Gefangene hielt.

»Kann es tatsächlich sein, dass der Sud sie willenlos macht?«

Der junge Arzt seufzte.

»Du weißt, Clemens, dass ich Anna schon vor Wochen untersucht habe, weil sie sich nicht wohlfühlte ...«

Clemens nickte wissend.

»Da war mir bereits aufgefallen, dass Münzbacher eine sonderbare Macht über deine Schwester hat. Ich glaubte damals, dass Anna unglücklich sei, und hoffte, dass sie den Irrtum ihrer Heirat eingesehen hätte. Deshalb riet ich ihr zu dieser Reise, damit sie Abstand gewinnen und gestärkt aus Erfurt zurückkommen sollte. Doch bei ihrer Heimkehr erfuhr sie von deinem Tod – das hat sie tief getroffen! Es wäre ein Wunder gewesen, hätte sie das gut verkraftet, denn auch den Tod eurer Eltern hat sie noch nicht vollständig verwunden. Und ich bin überzeugt, dass der Sud, den Münzbacher ihr zu trinken gibt, ihren Willen zusätzlich schwächt.«

»Vielleicht meint es Münzbacher aber auch gut mit ihr, und die Kräuter helfen ihr über die schlimme Zeit hinweg ...«

Burghard schüttelte den Kopf.

»Ich denke eher, dass er etwas anderes mit dem Sud bezweckt. Alles, was Münzbacher bis jetzt getan hat, gleicht einem arglistigen Plan ...«

Fragend blickten die anderen ihn an. Der Franziskaner befand, dass es nun an der Zeit war, ihnen die Wahrheit über das traurige Schicksal der alten Arnolds zu sagen, und so berichtete er von dem, was er auf der Wüstung erfahren hatte.

Friedrich musste Clemens mit aller Kraft ins Bett zurückdrücken. Der junge Mann war außer sich vor Wut und versuchte immer wieder aufzuspringen.

»Ich bringe diesen elenden Hund um!«, schrie er wie von Sinnen.

Erst nach Minuten verließen den Kranken die Kräfte, und der Arzt konnte ihn loslassen. Clemens weinte hemmungslos in sein Kissen und hieb mit der Faust immer wieder auf die Bettdecke ein. Irgendwann kamen keine Tränen mehr, und er schlief erschöpft ein.

Die drei anderen Männer im Raum überlegten nun fieberhaft, was zu tun sei.

»Es ist an der Zeit, dass wir uns einen genauen Plan zurechtlegen, wie wir Anna helfen können. Denn nach allem, was wir über Münzbacher jetzt wissen, führt er nichts Gutes im Schilde«, sprach Friedrich als Erster.

»Kann man nicht heimlich die Kräuter austauschen?«, fragte Karl.

»Die Köchin erwähnte, dass Münzbacher die Kräuter stets bei sich trägt …«, antwortete Burghard.

»Aber nicht in der Nacht!«

»Das nützt uns nichts.«

»Ich kenne jemanden, der das für uns erledigen kann …«, tat Milchkarl geheimnisvoll. Friedrich erwiderte: »Ich will gar nicht wissen, wer das ist.« Dann fuhr er nachdenklich fort: »Aber angenommen es gelingt, die Kräuter zu vertauschen, und Annas Lebenswillen kehrt zurück. Das wird auch Münzbacher nicht verborgen bleiben …«

»Jemand muss schnellstens mit ihr sprechen, und dann muss sie herkommen. Wenn sie sieht, dass Clemens lebt, wird es ihr bestimmt besser gehen, und sie wird sich nicht mehr von Münzbacher gängeln lassen. Alles Weitere können wir dann planen, wenn es so weit ist«, schlug Karl vor.

Friedrich kratzte sich an der Stirn und schüttelte den Kopf.

»So einfach ist das nicht. Wie sollte einer von uns unbemerkt in ihre Kammer gelangen, um mit ihr zu sprechen? Und wie kommt sie dann unbemerkt hierher? Wir können nicht noch mehr Leute in unser Geheimnis einweihen. Weder Burghard noch ich kommen in Münzbachers Haus. Außerdem … so wie ich Anna einschätze, wird sie ihren Mann direkt zur Rede stellen, wenn sie erst einmal die Wahrheit kennt. Und das könnte sehr gefährlich für sie werden.«

»Die Beichte …« Clemens war wieder wach und hatte die letzten Worte mitangehört. »Anna geht jeden Samstag zur Beichte. Wenn sie nicht zu schwach dafür ist, dann wird sie auch weiterhin beichten gehen wollen. Sie muss die Wahrheit erfahren!«, forderte Clemens laut.

Friedrich grübelte.

»Nein, auf keinen Fall dürfen wir ihr jetzt in ihrem geschwächten Zustand die Wahrheit sagen. Ich schlage vor, wir machen Folgendes …«

Pastor Heilmann wunderte sich, dass er per Brief zu einem Sterbefall gerufen wurde, und das kurz vor der abendlichen Beichte. Er packte alle Utensilien für die Letzte Ölung zusammen und fuhr mit seinem Einspänner los.

Burghard, der sich hinter einem Busch bei der Kirche versteckt hatte, wartete, bis der Pastor außer Sichtweite war, und ging dann rasch in das Gotteshaus. Schnell zog er sich das Gewand des Pastors über und nahm in einem der Beichtstühle

Platz. Dort erfuhr er so einiges über die Dingelstedter Bürger. Teilweise musste er schmunzeln, manchmal erschrak er aber auch ein wenig.

›Es ist schon sonderbar, was die Menschen alles beschäftigt‹, dachte er bei sich und erteilte einem jeden die Absolution.

Da er nur flüsterte, fiel keinem auf, dass es nicht Pastor Heilmann war, der da wie gewohnt an seinem Platz saß.

Auch durch das kleine Gitterfenster zwischen den beiden Beichtkabinen konnte man kaum etwas wahrnehmen, zumal der dunkle Türvorhang kein Licht hereinließ.

Zuerst befürchtete Burghard, er würde Anna nicht erkennen, doch als ein zartes Stimmchen ihm beichtete: »Vater ich habe gesündigt!«, wusste der junge Mönch sofort, wer im Beichtstuhl saß. Vor Aufregung musste er sich einige Male räuspern, dann hörte er ihr geduldig zu. Zuerst waren es nur Kleinigkeiten, die sie ihm anvertraute, aber dann sagte sie: »Vater, ich bin eine undankbare Ehefrau ...«

»Was veranlasst dich zu dieser Annahme, meine Tochter?«

»Obwohl Wilhelm, mein Mann, sich rührend um mich sorgt, gehorche ich ihm nicht. Wilhelm sieht täglich nach mir und gibt mir heilenden Sud zu trinken. Doch er möchte, dass ich in ein Kloster gehe, damit ich wieder zu Kräften komme. Aber ich will nicht fort von zuhause! Auf dem Gestüt habe ich das Gefühl, dass meine Eltern und mein Bruder noch bei mir sind, auch wenn sie nicht mehr leben. Wilhelm versteht das nicht und nennt mich undankbar, weil er bereits mit den Nonnen eine Abmachung getroffen und viel Geld dafür bezahlt hat, dass sie mich bei sich im Kloster aufnehmen. Ich weiß nicht, was ich tun soll, und ich bitte Euch, Vater sagt mir, wie ich Buße verrichten kann«, flüsterte Anna weinend.

Burghard tat, als überlege er, doch er hatte mit Friedrich zuvor genau abgesprochen, was er sagen würde.

»Besucht die Wallfahrt auf dem Hülfensberg. Pilgere singend

und betend den Weg empor bis zum Kreuz, an dem unser Heiland auf dich herniederblickt. Bis dahin darfst du dich nur von klarem Wasser ernähren. Unser Herr Jesu Christ wird dir die Augen öffnen und dir sagen, was du zu tun hast. Das soll deine Buße sein, meine Tochter. Erst dann kann ich dir die Absolution erteilen.«

Dankbar verabschiedete sich die junge Frau und ließ einen zerknirschten Mönch zurück, der nun selbst im Stillen seinen Schöpfer um Vergebung für sein Handeln bat.

Kapitel 38

In den vergangenen Nächten waren Johann und Franziska ein gutes Stück vorangekommen, zumal der Mond ihnen den Weg hell erleuchtet hatte. Doch in dieser Nacht standen große dunkle Wolken am Himmel und erschwerten ihnen die Sicht.

Zeitweise gingen sie auf festen Wegen, dann über Wiesen und manchmal auch über Felder – immer ihren einzigen Orientierungspunkt vor Augen, ein helles Licht in der Ferne, das von einer Glashütte am Hang des Hülfensbergs stammte.

Als sie vor zwei Tagen einen Knecht nach dem Weg zum Hülfensberg gefragt hatten, hatte er sie auf das Feuer der Glashütte aufmerksam gemacht und gemeint, dass sie immer auf dieses Licht zugehen müssten, um auf den Wallfahrtsberg zu stoßen. Das Feuer würde Tag und Nacht brennen und ihnen wie eine Laterne den Weg weisen.

Doch je näher sie an die Bergsohle herangelangten, desto öfter wurde der helle Punkt von dichten Bäumen verdeckt oder war nur schwer auszumachen. Nach mehreren Tagen Wanderung hatten sie es geschafft – sie standen am Fuß des Hülfensbergs.

Auf dem Gipfel glaubten sie die kleine Kapelle zu erkennen, wo mehrmals im Jahr Wallfahrten stattfanden.

Aufgeregt stand Franziska am Waldesrand und schaute mit leuchtenden Augen hinauf.

Zwar gab es eine Straße, die um den Berg herumführte, doch Johann überzeugte Franziska, durch den Wald nach oben zu steigen. Da von überall her Menschen auf den Berg pilgerten, um nach jahrhundertealter Tradition dem heiligen Bonifatius zu huldigen, hatte Johann Angst, dass sie auf dem öffentlichen Weg erkannt werden könnten. Sich selbst einen Pfad nach oben zu suchen, erschien ihm sicherer. Später dann auf dem Gipfel würden sie in der Masse der vielen Pilgerer untergehen und niemandem auffallen.

Langsam senkte sich die Nacht über das Land, und die dunklen Wolken ließen kaum Sicht zu. Buchen, Fichten und Eichen standen dicht gedrängt vor ihnen. Immer wieder stolperten sie über Wurzeln und umgefallene Bäume oder rissen sich die Beine an Dornen auf, die sie in der Dunkelheit nicht erkennen konnten. Johann beschloss, zwischen dichten Tannen ein Nachtlager aufzuschlagen, da die Äste der Nadelbäume sie auch vor einem Regenguss schützen würden. Nachdem beide Laub aufgeschüttet hatten, jammerte Franziska leise: »Johann, ich habe furchtbaren Hunger. Wie gern würde ich ein Stück Fleisch essen!«

Seit ihrem Hochzeitsessen hatten sie keine warme Mahlzeit mehr zu sich genommen, und ihre Vorräte waren fast erschöpft. Außer hartem Brot und einem Stück Feldkieker fand Johann nichts mehr in dem Leinenbeutel. Als er Franziska die kargen Reste reichte, schüttelte sie sich.

»Ich kann die harte Wurst nicht mehr sehen! Seit Tagen haben wir nur die gegessen … Und das Brot ist auch schon knochentrocken.«

Mitfühlend sah Johann seine junge Frau an.

Wortlos nahm er sein kleines Messer und schnitt den Leinensack in dünne Streifen, die er zu einer langen Schnur zusammenband. Das eine Ende verknotete er zu einer Schlinge und bat Franziska: »Sei leise, und bleib ruhig unter den Bäumen sitzen. Ich bin bald zurück …«

Bevor die junge Frau etwas erwidern konnte, war er in der Dunkelheit verschwunden.

Ängstlich setzte sich Franziska auf das aufgetürmte Laub, zog die Beine an und schlang die Arme um die Knie. Leichter Wind kam auf und ließ die Bäume knarren. Links vor sich vernahm sie das Schnauben eines Wildschweins, das sich rasch entfernte, da es anscheinend die Spur der Menschen gewittert hatte. Dann hörte sie Laub rascheln. Furchtsam starrte sie in die Richtung, aus der das Geräusch gekommen war, und sah gerade noch, wie ein Rehkitz mit seiner Mutter durchs Unterholz huschte. Die Bäume warfen trotz des spärlichen Lichts in dieser dunklen Nacht lange unheimliche Schatten. Die vielen unbekannten Geräusche und die bizarren Muster auf dem Waldboden machten Franziska Angst. Sie saß stocksteif da und getraute sich kaum zu atmen. Als ein Kauz laut schrie, hielt sie nichts mehr unter den Tannen. Sie sprang auf und wollte gerade in die Richtung laufen, in die Johann verschwunden war, als er plötzlich vor ihr stand, ein erlegtes Kaninchen in der Hand.

»Johann, wie kannst du mich allein lassen Ich bin fast gestorben vor Angst! Und dann hat auch noch der Todeskauz gerufen …«

Lachend zog der junge Mann seine Frau an sich.

»Was redest du da, Franziska? Es gibt keinen Todeskauz!«

»Meine Großmutter hat mir von dem Vogel erzählt. Er teilt dem, der sein Rufen hört, mit, er müsse bald sterben …«

»Ich liebe dich!«, flüsterte Johann und küsste sie zärtlich.

»Ach, Johann, du hörst mir überhaupt nicht zu und lachst mich nur aus!«

»Nein, das stimmt nicht, denn schau, was ich dir mitgebracht habe … einen Braten!«

Während Johann dem Kaninchen das Fell abzog und es ausweidete, fand Franziska zwei kräftige Astgabeln und einen Stock, den sie als Spieß verwenden konnten. Dann scharrte sie das Laub zur Seite und häufte es im Kreis als kleinen Wall um den feuchten Waldboden auf. Von den Fichten ringsum brach sie trockene, dünne Äste ab und sammelte vertrocknetes Moos vom Boden auf. Beides legte sie in die Mitte der Feuerstelle. Dann schlug sie zwei Feuersteine so lange über dem Brennmaterial gegeneinander, bis Funken Äste und Moos zum Glimmen brachten. Als sie vorsichtig in die Glut pustete, begann das Holz zu brennen. Nun legte sie dickere Äste nach, sodass ein kraftvolles Feuer entstand, auf dem das Kaninchen gebraten werden konnte.

Johann spießte die Beute auf und legte den Stock zwischen die Astgabeln. Nieren, Herz und Leber steckten sie auf kleine Stöckchen, um sie in den Flammen zu garen. Schon bald stieg ihnen ein würziger Geruch entgegen. Gierig aßen Johann und Franziska die noch heißen Innereien.

Über dem Schein des Feuers konnte Johann die strahlenden Augen seiner Frau erkennen. Kauend sagte sie: »Du bist ein guter Ehemann, denn du hast dafür gesorgt, dass ich keinen Hunger leiden muss.«

Stolz schwor Johann sich, dass seine Frau und seine Kinder niemals würden hungern müssen.

Am nächsten Morgen wurde Franziska in den Armen ihres Mannes wach, weil etwas an ihren Füßen kitzelte. Erstaunt sah sie ein gepunktetes Tier, das wie ein Kätzchen aussah, an ihrem großen Zeh knabbern.

»Schau, wie niedlich … ein Katzenjunges …«

Verschlafen rieb sich Johann die Augen und schielte zu dem Tier. Von einem Moment zum anderen war er hellwach.

»Franziska«, flüsterte er, »das ist kein Katzenjunges, sondern ein kleiner Luchs. Und glaube mir, wo ein kleiner Luchs ist, da ist auch ein großer. Schnell, lass uns aufbrechen ...«, sagte er, sprang auf und zog sie am Arm hoch.

»Aber das restliche Essen.«

»Lass es liegen! Ich fange ein anderes Kaninchen. Komm!«

Widerstrebend folgte sie ihm. Doch als sie in unmittelbarer Nähe ein Fauchen hörte, rannte sie, so schnell sie konnte.

Nachdem Lambrecht vom Selbstmord seiner Schwester erfahren hatte, war er außer sich vor Trauer und Zorn. Er war zu seinem Schwager auf den Hof geritten und hatte ihm bittere Vorwürfe gemacht. Doch der Bauer hatte diese entschieden von sich gewiesen und nur Häme für seine tote Frau übrig gehabt. Fassungslos schrie der Pfarrer: »Wie kannst du es wagen, so über meine tote Schwester zu sprechen? Du hattest sie nicht verdient, du dummer Bauer!«

Bonner erhob den Zeigefinger und drohte: »Pass auf, was du sagst! Ich erlaube dir nicht, so mit mir zu sprechen. Nicht ich habe gestohlen, sondern deine Schwester. Sie musst du verdammen. Mittlerweile traue ich ihr sogar zu, dass sie meinen Sohn gegen mich aufgehetzt hat. Johann ist sicherlich nicht allein auf die Idee gekommen, dieser Hexe nachzulaufen. Deine Schwester, mein lieber Lutz, war eine böse, unehrliche Frau, und ich bin froh, dass ich von ihr erlöst wurde!«

Lambrecht sprang auf und ballte die Fäuste. Doch dann besann er sich eines Besseren. Wenn er wollte, konnte er den Bauer auch ohne Faustschläge schwer treffen. Denn er hatte noch einen Trumpf, von dem der andere nichts wusste – die Wahrheit über Johanns Vater. Gäbe er dieses Geheimnis preis, würde das jedoch Anneroses Andenken schaden. Für Bonner aber wäre es ein herber Schlag zu erfahren, dass er den Sohn eines Schäfers großgezogen hatte. Lambrecht rang mit sich. Doch die Erinnerung an seine Schwester wog schwerer als die Genugtuung, Bonner die Wahrheit entgegenzuschleudern. Und so schwieg er, nahm seinen Hut und sagte: »Ich werde Annerose in allen Ehren bestatten, das schwöre ich dir.«

»Selbstmörder werden am Friedhofsrand verscharrt.«

»Wage es nicht, Casper, den Leuten Schlechtes über deine Frau zu erzählen, sonst werde ich dafür sorgen, dass *du* nach deinem Ableben irgendwo verscharrst wirst und in der Hölle landest.«

So gehässig und respektlos Bonner auch andere Menschen behandelte, so war er doch ein tiefgläubiger Mann, und die Worte des Pfarrers trafen ihn. Er wusste, dass ein Sünder wie er es schwer haben würde, durch die Himmelspforte gehen zu dürfen. Sein sündhaftes Handeln versuchte er durch großzügige Spenden wieder auszugleichen. Ohne kirchlichen Beistand irgendwo begraben zu werden aber bedeutete Fegefeuer, und das wäre fast so schlimm wie die Hölle. Das war ihm klar. Deshalb sagte er nun bemüht ruhig: »Sobald Annerose beigesetzt ist, werde ich mich auf den Weg machen und nach Johann suchen. Ich werde den Jungen zurückholen, denn er gehört hierher auf den Hof seines Vaters. Und dieser Hexe, mit der deine Schwester gewiss unter einer Decke gesteckt hat, wird der Prozess gemacht werden.«

Lambrecht sah seinen Schwager an und lachte plötzlich laut auf. Und mit jedem weiteren Wort, das Bonner sprach, wurde sein Lachen lauter. Der Pfarrer konnte nicht an sich halten und verließ eilends das Haus. Selbst als er auf sein Pferd stieg, lachte er noch, und Tränen liefen ihm über die Wangen.

Bonner stand hinter den runden Butzenscheiben in der Stube und sah ihm kopfschüttelnd nach: »Jetzt ist der Pfarrer von Tastungen verrückt geworden!«

Zur gleichen Zeit machte sich ein Pferdegespann von Dingelstedt auf den Weg zum Hülfensberg. Ein ärmlich gekleideter Bauer mit einem breitkrempigen Hut, den er tief ins Gesicht gezogen hatte, saß vorn auf dem Kutschbock. Besorgt sah er zu dem Mann, der auf der Ladefläche des Wagens im dichten Stroh lag. Sein gesamter Körper war mit hellem Leinen verhüllt, und sogar sein Gesicht war mit Stoff bedeckt, als habe er eine ansteckende Krankheit.

Nur zwei Stunden später ließ ein einzelner Reiter Dingelstedt hinter sich und schlug den Weg ein, den zuvor das Pferdegespann genommen hatte, denn auch sein Ziel war der Hülfensberg. Gerade rechtzeitig – denn so begegnete er der Kutsche nicht mehr, die kurz darauf aus dem Ort ebenfalls auf die Straße Richtung Süden bog. Die beiden Fahrgäste hatten sich wenig zu sagen und hingen beide ihren Gedanken nach. Doch etwas hatten sie gemeinsam – sie hofften auf Veränderung. Die Frau erhoffte Vergebung und ein glückliches Dasein. Der Mann hingegen wünschte sich ein zügelloses Leben in Saus und Braus.

Kapitel 39

Nachdem in Worbis fast jeder Winkel nach Burghard abgesucht worden war, erfuhr Barnabas von einem Wanderer, der sein Zelt neben dem seinen aufschlug, dass er in Dingelstedt einen Franziskaner gesehen habe. Da die Beschreibung auf Burghard passte, machten sich der Magier und Servatius noch am selben Tag auf den Weg in besagtes Städtchen.

Kaum angekommen, klopften sie an jede Tür und fragten nach Burghard. Tatsächlich konnte sich fast jeder an den bettelnden Mönch erinnern, doch die Frage, wo er sich jetzt aufhielt, wusste niemand zu beantworten.

»Er war eines Tages einfach nicht mehr da«, erklärte eine Frau, die ein schreiendes Kind auf dem Arm hielt.

Erschöpft von der sengenden Hitze hatten sich Barnabas und Servatius in den Schatten eines großen Baumes geflüchtet, als sie einen alten Mann bemerkten. Im Vorbeigehen musterte dieser sie zunächst kritisch, grüßte dann jedoch freundlich. Als der Alte schon fast an ihnen vorbeigegangen war, rief Barnabas ihm nach, er möge warten. Der Magier fragte auch ihn nach Burghard, und der Alte erinnerte sich tatsächlich an den jungen Mönch und gab bereitwillig Auskunft. Lachend erzählte er, dass der junge Franziskaner genau an derselben Stelle gerastet habe wie sie. So habe er erfahren, dass Burghard nach Heiligenstadt wandern wollte.

Dankbar für diese Auskunft, drückte Barnabas dem Mann großzügig ein kleines Geldstück in die Hand und verabschiedete sich mit freundlichen Worten von ihm. Der Alte nahm die Deichsel seines Karrens wieder auf und ging weiter.

»Lauft ihr nur nach Heiligenstadt«, feixte er leise, als er seinen Milchkarren aus der Stadt hinauszog.

Barbara Jacobi saß im Wohnzimmer auf einem der dunklen Stühle und blickte starr auf den Strauß bunter Wiesenblumen vor sich auf dem Tisch. Er stand in einer Töpferarbeit aus der eigenen Werkstatt – ockerfarbene Keramik mit einem eingebrannten dunklen Wellenmuster.

›Schön, aber langweilig‹, urteilte sie über die Töpferei. Sie seufzte niedergeschlagen, denn ihre momentane Lage erforderte, dass sie sich mit ihrem Schwiegersohn aussöhnte. ›Es hilft nichts‹, dachte sie. ›Ob ich will oder nicht, ich muss mit Otto reden. Er ist schließlich unser Töpfermeister und vertritt Albert.‹

Beim Gedanken an ihren Schwiegersohn verzog sie säuerlich das Gesicht. ›Ich weiß nicht recht. Vielleicht reicht es ja auch, wenn ich gute Miene zum bösen Spiel mache‹, überlegte sie weiter.

Ihre Sorgen waren nicht grundlos. Denn wenn Kurfürst Johann Schweikhard von Kronberg tatsächlich alle Keramikwerkstätten verbieten lassen würde, dann bedeutete das für die vielen Familien mit kleineren Töpfereien den Ruin. Die Jacobis hätten vielleicht noch Glück, da sie mittlerweile zu einer der angesehensten Familien in Heiligenstadt zählten und ihre Töpferarbeiten weit über die Stadt hinaus bekannt und begehrt waren. Schon vor Jahren hatte Barbara den Einfall gehabt, die Keramikstücke mit floralen Motiven zu verzieren. Dadurch hob sich die Jacobische Ware von den derben Gebrauchsgegenständen der kleineren Betriebe ab, die die Töpferwaren meist im Winter als Nebenerwerb herstellten, wenn die Äcker nicht bestellt werden konnten.

Dank der beiden Handelsstraßen, die durch Heiligenstadt führten, florierte das Geschäft. Die Jacobis mussten nicht wie die armen Bauern mit Leiterwagen von Ort zu Ort ziehen, um ihre Ware anzupreisen, denn sie verfügten über eine Verkaufswerkstatt. Händler kamen von überall her, um ausgefallene Stücke bei ihnen zu kaufen. Und vor allem auch zu den Wallfahrten fanden viele Käufer den Weg zu ihrem Geschäft, da die extra für diesen Anlass hergestellten Töpferwaren mit christlichen Motiven bei den Pilgern sehr beliebt waren.

›Ja‹, dachte Barbara, ›es geht uns wirklich gut, und bestimmt wird das auch weiterhin so bleiben. Denn es können ja schließlich nicht alle Töpfereien geschlossen werden! Aber was, wenn doch?‹

Stimmen im Flur rissen sie aus ihren Gedanken. Unwillig erhob sie sich, um nachzusehen, was draußen los war. Im Gang stand ihre Nachbarin und war ganz aufgeregt. Soeben hatte sie die Dienstmagd nach Barbara gefragt.

»Gabriele, was ist passiert?«

»Ah, Barbara, stell dir vor, ich habe soeben von meinem Vetter Ewald gehört, dass ein Heiler hierher nach Heiligenstadt unterwegs ist. Er hat den Ruf, ein berühmter und fähiger Mann zu sein, der sogar schon einen Goldschatz gefunden haben soll. Ewald erzählte auch, dass er es war, der die Hexe in Worbis überführt hat ...«

Barbara Jacobi winkte ab: »Ich will von angeblichen Hexen nichts wissen, Gabriele. Mich drücken andere Sorgen ...«

»Aber, Barbara, vielleicht kann dieser Magier deinen Mann heilen! Deshalb bin ich doch sofort zu dir geeilt.«

Sie strahlte Barbara dankheischend an. Doch die schaute skeptisch und schien nicht sonderlich überzeugt.

»Aber einen Versuch ist es allemal wert, Barbara. Schlechter kann es Albert danach doch gar nicht gehen.«

»Dein Wort in Gottes Ohr, Gabriele ... Doch vielleicht hast du Recht. Wann soll der Mann hier in Heiligenstadt eintreffen?«

»Du wirst es nicht glauben, meine Liebe, aber Ewald rechnet in der nächsten Stunde mit ihm.«

Seit Albert Jacobi krank in seinem Bett lag, hatte Otto fast seine gesamte freie Zeit im Ratsweinkeller verbracht. Er konnte weder das Jammern des Schwiegervaters noch das Klingeln des Glöckchens ertragen. Doch in den kommenden Wochen würde er es aushalten müssen, denn die Wallfahrten hatten begonnen, und in der Werkstatt musste Tag und Nacht gebrannt werden, um die Krüge mit den christlichen Motiven und Psalmen rechtzeitig fertig zu stellen. Mit der Frau, die äußerst geschickt im Aufmalen dieser Motive war, hatte er heute bereits zwei neue besprochen und wollte sich in der nächsten Stunde das Ergebnis ansehen. Er bestellte ein letztes Bier.

Andererseits musste er sich aber auch eingestehen, dass er heute nicht ungern nach Hause ging, wusste er doch, dass die junge Gudrun wieder bei den Kindern sein würde. Gedankenverloren starrte Otto in seinen Bierkrug. Wenn er mit seinen Saufkumpanen über Weibsbilder tratschte, dann nur darüber, wie gut oder schlecht sie ihre Männer befriedigten. Denn nach ihrem Verständnis waren Weiber nur dazu da, dem Manne den Druck aus den Lenden zu nehmen. Gefühlsduselei war ihnen und vor allem Otto fremd. Doch nun war etwas mit ihm geschehen, das er nicht deuten konnte und über das er sich hüten würde, mit jemandem zu reden.

Seit Gudrun das erste Mal die Kinder beaufsichtigt und dabei mit ihm gesprochen hatte, fühlte er sich zu ihr hingezogen. Beim Klang ihrer Stimme stellten sich ihm die Nackenhaare auf, und irritiert hatte er seither jedes weitere Zusammentreffen vermieden. Doch seltsamerweise zog sie ihn magisch an, und ihre Wirkung auf ihn steigerte sich zusehends. Die Knie wurden ihm weich, und sein Herz begann laut zu pochen, sobald er nur wusste, dass sie im Haus war.

Otto lächelte in sich hinein und gestand sich ein, dass Gudrun ein Geschöpf war, wie es sich ein Mann wünschte. Sie war stets gut gelaunt, und ihre Augen sprühten vor Tatendrang. Ihre Gestalt war genau so, wie man es sich erträumte. Zwischen ihren Schenkeln zu liegen …

Doch er hielt inne, obwohl sich bereits alles in ihm regte. Gudrun schien ihm etwas Besonderes, und es würde ihm wie eine Sünde erscheinen, sie zu seinem Vergnügen zu besteigen.

›Otto‹, dachte er grinsend, ›du musst sterbenskrank sein! Anders kann man das nicht erklären.‹

Bei Katharina hingegen hätte er keine Hemmungen. Wenn sie ihn in ihr Bett lassen würde, wäre er im selben Augenblick über ihr.

»Es ist Zeit, dass der Tag der Hochzeit endlich benannt wird, schließlich sind genügend Wochen seit der Beerdigung verstrichen«, grummelte er leise.

Otto leerte den Krug, bezahlte und machte sich auf den Weg nach Hause, um die Arbeiten der Keramikmalerin zu begutachten.

Als Otto aus der Werkstatt in den Wohnflur trat, war es ungewöhnlich still im Haus. Rasch ging er in die Schlafstube seines Schwiegervaters.

Dort standen ein Mönch und ein großer grauhaariger Mann vor dem Bett des Kranken. Einige Schritte vom Bett entfernt beobachtete Barbara Jacobi das Geschehen und blickte erschrocken auf, als ihr Schwiegersohn das Zimmer betrat. Bevor Otto etwas sagen konnte, bedeutete ihm Barbara jedoch zu schweigen. Stumm stellte er sich neben sie und sah zu, was im Krankenzimmer vor sich ging.

Der Fremde, der mit Ketten behangen war, fuchtelte mit einem gekrümmten Stab über Albert, der seinerseits den Mann mit ängstlichen Augen beobachtete. Die Worte, die der Grauhaarige sprach, klangen fremd und hart. Derweil hielt der Mönch die Hände vor dem Gesicht gefaltet und die Augen geschlossen. Mehrfach bekreuzigte er sich und murmelte leise Worte. Auf Otto wirkte das Ganze unheimlich und lächerlich zugleich.

Nach einer Weile nickte der Fremde dem Mönch zu, der sich daraufhin an das Bett stellte und dem Kranken die Hand auf die Stirn legte. Flüsternd sprach er mehrere Gebete. Währenddessen winkte der grauhaarige Mann Barbara zu sich.

»Ich möchte Euch sprechen.«

Sie führte ihn, gefolgt von Otto, in die Wohnstube.

»Ihr sagtet, dass Euer Mann seit der Beerdingung Eurer Tochter krank daniederliegt?«

Barbara bejahte.

»Ich denke, dass dieses schlimme Schicksal ihm das Kreuz gebrochen hat …«

»Wer seid Ihr, um das wissen zu können?«, fragte Otto und gab sich keine Mühe, seine Zweifel zu verbergen.

»Man nennt mich Barnabas, den Magier. Ich bin bekannt als Volksheiler. Der Mönch ist mein Wegbegleiter, Bruder Servatius. Wir sind auf der Durchreise und erfuhren unterwegs von dem Leid des Kranken. Wir möchten unsere Hilfe anbieten und kamen deshalb in Euer Haus …«

»Wie könnt Ihr jemandem helfen, dessen Kreuz angeblich gebrochen ist?«, fragte Otto und fügte misstrauisch hinzu: »Mit gebrochenem Kreuz kann niemand weiterleben!«

Barnabas bedachte den Mann mit einem nachdenklichen Blick und erklärte: »Ich habe im Krieg lange Zeit Verletzte versorgt und kenne gebrochene Wirbel. Auch weiß ich, dass man sofort tot ist, wird einem Menschen das Kreuz gebrochen. Mein Urteil ist sinnbildlich gesprochen – für das einfache Volk. Doch da ich sehe, dass ihr ein wissender Mann seid, werde ich es medizinisch erklären. Dem Mann sind Wirbel verschoben und drücken auf die Nerven. Zudem haben ihn das lange Liegen und die vielen Aderlässe geschwächt. Ich würde ihm einen Sud verabreichen, der ihn in einen tiefen Schlaf schickt, sodass ich seine Wirbel wieder in die richtige Stellung schieben kann und die Nerven freikommen. Mein Begleiter beendet die erste Behandlung mit einem Segensspruch. Dann warten wir ab, was passiert. Vielleicht wird ein weiterer Behandlungstag notwendig.«

»Diese medizinische Hilfe wird sicherlich nicht umsonst sein?«, fragte Otto und witterte Betrug. Als Barnabas seinen Preis nannte, lachte Otto kurz auf.

»Ha! Das dachte ich mir gleich! Ihr wollt der armen, leidgeprüften Frau das Geld auf der Tasche ziehen …«

»Ja, so sehen es viele, doch wenn ich ihnen geholfen habe,

zahlen sie mir freiwillig das Doppelte«, erwiderte der Magier unbeirrt.

»Otto, bitte, so kann es nicht bleiben!«, jammerte Barbara, die dem Gespräch bis dahin stumm gefolgt war. Otto wandte sich zur Tür. Bevor er hinausging, sagte er: »Bitte – nur zu! Es ist schließlich dein Geld, das du da verschleuderst!«

»Genauso ist es!«, entgegnete Barbara scharf, und ihr Schwiegersohn verließ kopfschüttelnd den Raum. An den Heiler gewandt, fuhr Barbara in einem freundlicheren Ton fort: »Wann könnt Ihr beginnen?«

»Sofort, wenn Ihr es wünscht.« Barbara Jacobi nickte und ging ihrem Schwiegersohn hinterher.

Barbara fand Otto im Speisezimmer, wo das Essen aufgetragen wurde. Sie setzte sich zu ihm an den Tisch und atmete erschöpft laut aus. Es fiel ihr nicht leicht, doch es war an der Zeit, mit ihrer Taktik zu beginnen. An ihren Schwiegersohn gewandt, sagte sie sanft: »Otto, es ist einerlei, wie viel der Heiler verlangt. Hauptsache, er kann Albert helfen, denn so geht es nicht weiter. Das Glöckchen bringt mich noch um den Verstand! Lass uns also erst über die Ausgaben für den Heiler streiten, wenn er versagt … Wer weiß, vielleicht geschieht ja ein Wunder. Außerdem müssen wir wichtige Entscheidungen hinsichtlich der Töpferei treffen. Seit Albert krank daniederliegt, hat Bosheit von ihm Besitz ergriffen. Man kann nicht mehr vernünftig mit ihm sprechen. Aber es müssen verschiedene Dinge geregelt werden, und zwar rasch. Deshalb möchte ich mit dir sprechen, sobald der Heiler weitergezogen ist …«

Als Barbara einige Stunden später leise die Tür zum Schlafzimmer ihres Mannes öffnete, lag der betäubt auf dem Bauch in seinem Bett – seine Beine waren gerade ausgestreckt. Die Hände des Schlafenden hatte der Mönch auf den Rücken gelegt und beide Daumen miteinander gekreuzt. Fragend blickte Barbara zu Barnabas, der ihr daraufhin erklärte: »Servatius hat bereits zweimal den Segensspruch für Euren Mann gesprochen. Noch einmal, und unsere Arbeit ist für heute getan.«

Bevor sie weitere Fragen stellen konnte, sprach Servatius zum letzten Mal die Worte, denen Barbara ehrfürchtig lauschte: »Gott Vater, drei Nägel wurden durch Jesu heilige Hände und Füße geschlagen, Longinus stieß ihm mit der Lanze in die Seite und zeigte, wohin er gestochen hatte, und durch die Schmerzen der heiligen fünf Wunden verrenkten sich alle seine Glieder, versenkten sich zu dem Tod, und an dem dritten Tag gewährte Gott, Gott, Gott, dass der Leib, der in Erde lag, auferstand; und es kam wieder Fleisch zu Fleisch, Blut zu Blut, Ader zu Ader, Bein zu Bein, Glied zu Glied, alles, was sich verrenkt hatte, Glieder und Gebeine, kamen wieder an Ort und Stelle, als Jesus am frühen Morgen im Namen Gottes, des Vaters, des Sohnes und des Heiligen Geistes auferstand, um uns zu helfen. Amen.«

Barbara stand sprachlos da und glaubte die Kraft zu spüren, die von beiden Männern auszugehen schien. Ergriffen küsste sie die Hand des Magiers und verließ lächelnd den Raum. Auch Barnabas lächelte, denn er wusste, dass er wieder einmal gewonnen hatte.

Katharina und Gudrun waren lachend mit den Kindern von der Wiese zurückgekehrt. Als sie hörten, wer zu Besuch gekommen war, konnte Katharina nur fassungslos stammeln: »Ein Franziskanermönch?«

Sprachlos sahen sich die Mädchen an, und beide dachten das Gleiche. Rasch fütterten sie die Kinder und brachten sie zu Bett. Erschöpft legten sich die Buben ohne Murren hin und schliefen sogleich ein. Wieder einmal musste Katharina feststellen, dass, seit Gudrun ihr half, die Buben ruhiger geworden waren. Hannes schlief fast durch, und Mathias plagten nur noch selten schlechte Träume. Katharina war der Freundin dankbar und lud sie ein, zum Abendessen zu bleiben.

»O Gudrun, erst heute Mittag haben wir darüber gesprochen, dass ich noch nie einen Franziskanermönch getroffen habe und schon ist einer zu Gast in unserem Haus! Wenn das kein Zeichen von der heiligen Elisabeth ist! Ich kann es kaum erwarten mit ihm zu sprechen.«

Später saßen Barbara, Katharina, Servatius, Barnabas und Gudrun vergnügt zusammen am Tisch und aßen zu Abend. Die Stimmung war gelöst, denn Albert war vor dem Essen kurz aufgewacht und hatte seiner Frau zum ersten Mal seit langem wieder zugelächelt.

Barnabas flößte ihm sogleich wieder etwas von dem Kräutertrank ein, woraufhin der Kranke erneut eingeschlummert war.

Als Otto die Stimmen im Speisezimmer hörte, gesellte er sich zu der fröhlichen Runde. Er hob sogar den Krug und prostete Barnabas zu.

»Ehre, wem Ehre gebührt!«

Doch Essen konnte er nichts, denn Gudrun saß neben ihm, und ihre Nähe schien ihm auf den Magen zu schlagen. Er musste sich zusammennehmen, um das Mädchen nicht unentwegt anzustarren. Barnabas waren seine Appetitlosigkeit und die vielen Blicke, die er dem Mädchen zuwarf, nicht entgangen und in Gedanken bedachte er den jungen Mann mit Spott. ›Ja, die Liebe kann blind und dumm machen!‹

Katharina hingegen hatte nur Augen für den Mönch. Wollte Servatius ein Stück Brot – sie gab ihm sogleich eines; hatte er nur noch wenig Gemüse auf dem Teller – sie legte ihm nach; trank er einen Schluck – sie füllte seinen Krug sofort wieder auf.

Als Gudrun das sah, knuffte sie die Freundin in die Seite und flüsterte: »Du mästest ihn!«

Servatius, der das gehört hatte, verteidigte seinen Appetit: »So gut habe ich schon lange nicht mehr gegessen!« Dann lächelte er breit, sodass man das zerkaute Fleisch zwischen seinen Zähnen sehen konnte.

»Und ich habe noch nie von so schönem Gebrauchsgeschirr gespeist«, lobte Barnabas.

»Es ist unsere Hochzeitsserie«, erklärte ihm Barbara. »Eines Tages hatte ich den Wunsch, das Geschirr für Brautleute besonders schön zu verzieren. So suchten wir nach Anregungen, die sich von den herkömmlichen Mustern abhoben. Bei einem Spaziergang sah ich diese Blumen am Wegesrand, und ich konnte mir gut vorstellen, dass sie wunderbar auf Tellern und Bechern aussehen würden. Leider können wir nur Braun und Ockertöne herstellen. Doch dieses helle Ocker auf dunkelbraunem Grund finde ich sehr gelungen.«

Otto fügte lachend hinzu: »Wir haben auch schon versucht, die Glasur mit Waid in Blau einzufärben, damit wir Kornblumen auf dem Geschirr malen können, aber das ging gründlich daneben.« Erstaunt sah Barbara ihren Schwiegersohn an. So munter hatte sie ihn selten erlebt. Erst jetzt fiel ihr sein leerer Teller auf. Scheinheilig sagte sie: »Du isst ja nichts, Otto. Geht es dir nicht gut?«

»Doch, doch«, stammelte er und wurde über beide Ohren rot. »Ich habe keinen Hunger!«

»Ach was, du wirst noch krank. Katharina, gib deinem zukünftigen Mann etwas von dem Braten und dem Gemüse.«

Doch ehe Katharina sich versah, nahm Gudrun schon die Platte mit dem Fleisch und reichte Otto das beste Stück. Schmunzelnd hatte Barnabas das beobachtet. ›Unter jedem Dach ein Krach‹, dachte er. ›Hier würde jedoch eher passen: Unter diesem Dach ein Geheimnis.‹

Da alle froh gestimmt waren, sah Barbara den Moment gekommen, um dem Schwiegersohn ihre Sorgen kundzutun. Otto sah sie verwundert an. So freundlich kannte er seine Schwiegermutter sonst nicht. In all den Jahren zuvor hatte sie nie ein gutes Wort für ihn gehabt. Neugierig hörte er sich jetzt ihre Sorgen an, während er in seinem Essen stocherte.

Auch Barnabas lauschte interessiert, da er von der Töpferei wenig verstand und alles Neue begierig in sich aufsog.

Katharina hingegen wollte alles von Servatius wissen. Sie fragte ihn über das Kloster, die Lehre des Franz von Assisi, das Leben als Mönch und über die heilige Elisabeth aus. Ihre Fragen nahmen kein Ende, und nach einer Weile lachte der Franziskaner und sagte: »Ich bin froh, dass mein Bauch so gut gefüllt ist, denn sonst wären da jetzt Löcher drin von Euren Fragen.« Doch insgeheim schmeichelte es ihm, dass das Mädchen so viel von ihm wissen wollte, und er gab bereitwillig Auskunft. Schon lange hatte Servatius nicht mehr über seine Brüder, das Kloster und den Grund seines Mönchdaseins gesprochen.

Immer wieder fielen Katharina neue Fragen ein, bis Servatius neugierig wurde.

»Habt Ihr vor, in einen Orden einzutreten?«

Katharina hielt die Luft an, da sie glaubte, jeder würde sie anstarren. Gudrun sah zu Otto und war gespannt, wie er sich verhalten würde. Er funkelte den Mönch böse an und antwortete an Katharinas Stelle: »Natürlich nicht! Wie kommt Ihr darauf? Katharina und ich werden bald heiraten.«

»Oh, meinen Glückwunsch!« Servatius sah zerknirscht zu Katharina, die den Blick senkte und nervös ihren Rock knetete. Gudrun stand auf und verabschiedete sich rasch. Auf Barbaras' Frage, ob sie morgen wiederkäme, sah das Mädchen zu Otto und antwortete leise: »Das kann ich Euch nicht zusagen, da ich nicht weiß, ob meine Mutter mich in der Schneiderei braucht.«

Verständnisvoll nickte Barbara und wünschte Gudrun eine gute Nacht. Otto hingegen tat, als ob ihn das nichts anginge, und verwickelte den Magier in ein Gespräch.

Auch Katharina ging zu Bett, da ihr Servatius' Antworten im Kopf umherschwirrten. Leise weinte sie in ihr Kissen, denn auch heute Abend war ihr wieder klargeworden, dass sie von ihren Träumen ein für alle Mal Abschied nehmen musste.

Barnabas und Servatius verabschiedeten sich ebenfalls. Als Barbara sie einlud, eine Schlafstelle im Untergeschoss zu beziehen, lehnte der Magier dankend ab, da sie im Zimmer von Albert Jacobi nächtigen wollten.

»Es ist die erste Nacht nach der Behandlung, deshalb möchten wir bei ihm sein, falls er aufwacht.«

Barbara war von so viel Verantwortungsbewusstsein beeindruckt und folgte den beiden nach oben, um noch einmal nach ihrem Mann zu sehen.

Otto blieb noch eine Weile allein am Tisch sitzen und dachte kopfschüttelnd über den Abend nach. Dass seine Schwiegermutter ihm ihre Sorgen offenbart hatte, konnte er sich nicht erklären. ›Was die Alte wohl geritten hat! Jetzt, da sie mich braucht, schmiert sie mir Honig ums Maul. Ja, so schnell kann sich das Blatt wenden. Aber mir soll es recht sein.‹

Er dachte nicht weiter darüber nach, sondern ließ seine Gedanken zu Gudrun schweifen. Ihm war ihr trauriger Blick nicht entgangen, als er Servatius beschieden hatte, dass er bald Katharina heiraten würde. Aber das war so beschlossen, und so würde es geschehen. Eine Heirat durfte man nicht von Gefühlen abhängig machen. Hier galten andere Gesetze. Was sollte er mit der Tochter eines Schneiders anfangen – egal, wie sehr sie ihm gefiel. Er war Töpfermeister, und da heiratete man in dieselbe Zunft! ›Otto‹, dachte er, ›komm wieder zu dir. Am Gescheitesten wäre es, wenn die Hochzeit schon nächsten Monat stattffände.‹ Ja, das wäre das Beste. Sobald es dem Schwiegervater wieder besser ging, würde es ihm schon gelingen, ihn dazu zu überreden.

Zufrieden ging er zu Bett und träumte von einem dunkelhaarigen Mädchen mit rosigen Wangen namens Gudrun.

Kapitel 40

Johann und Franziska standen auf dem Gipfel des Hülfensbergs und genossen die atemberaubende Aussicht. Franziskas Augen glänzten bei der Vorstellung, dass seit Jahrhunderten die Menschen auf den kegelförmigen Berg pilgerten. Endlich war auch sie eine von ihnen.

Ein älteres Paar gesellte sich zu ihnen. Der Mann schien aus der Gegend zu stammen, denn er erklärte seiner Frau jeden Ort, der im Tal zu sehen war. Augenzwinkernd sagte er zu den jungen Leuten: »Der mühevolle Aufstieg hat sich gelohnt, nicht wahr?«

Franziska nickte. Schon ihre Mutter hatte ihr als Kind erzählt, wie schön es auf dem Hülfensberg sei und dass man einmal im Leben einfach auf den Gipfel müsse, denn nirgendwo sonst wäre man dem Schöpfer so nah. Dankbar sah Franziska in den wolkenlosen Himmel.

»Ihr kennt die Orte dort unten?«, fragte Johann den Älteren.

»Ja, alle«, nickte der Mann und schien froh, jemanden gefunden zu haben, dem er sein Wissen mitteilen konnte. Mit stolzem Gesichtsausdruck berichtete er: »Man erzählt sich, Bonifatius habe diesen Orten ihre Namen gegeben.« Mit dem Zeigefinger wies er auf die Dörfer und Landstriche im Tal. »Hier direkt unter uns siehst du das Werratal. Genau an dieser Stelle, wo wir stehen, soll Bonifatius gestanden und gefragt haben: »Wann wird Friede schweben da über dieser Aue?« Seitdem heißen die Dörfer Wanfried, Frieda, Schwebta und Aue.«

Fragend sahen Johann und Franziska die beiden an, woraufhin die Frau lachend erklärte: »Bonifatius soll undeutlich gesprochen haben, weshalb ›schweben da‹ sich anhörte wie ›schwebda‹ und so soll das Städtchen seinen Namen bekommen haben. Es sind lustige Geschichten, und jeder, der sie erzählt, fügt etwas hinzu.« Liebevoll knuffte sie ihren Mann in die Seite.

»Jo, so isses! Wir leben in Aue und pilgern jede Wallfahrt hier herauf. Was hat Euch bewogen hierherzukommen?«

Bevor Johann antworten konnte, erklärte Franziska freudig: »Wir sind erst seit kurzem verheiratet und möchten in der Kapelle dem Heiland für unser Glück danken.«

Erstaunt sagte der Mann: »Das wird Jesus Christ erfreuen. So ein junges Glück möchte dem Schöpfer danken – wie selten in der heutigen Zeit, wo jeder nur an sich denkt und dem anderen Feind ist. Das lobe ich mir! Gehabt Euch wohl.« Mit diesen Worten verabschiedete sich das Paar und fügte sich wieder in den Pilgerstrom ein.

Franziskas Augen strahlten mit der Sonne um die Wette. Über die freundlichen Worte des Mannes war sie so erfreut, dass sie kaum die Frau wahrnahm, die jetzt neben ihnen stand. Erst als Johann Franziska am Arm zog, damit sie ein wenig zur Seite trat, bemerkte sie die Fremde und blickte ihr ins Gesicht. Blass war das Antlitz der jungen Frau, das von dunklen Haaren umrahmt wurde. Helle Augen sahen starr geradeaus. Als ein leichtes Windchen das schwarze Kleid an ihren Körper presste, konnte man sehen, wie überaus dünn sie war.

›Nur Haut und Knochen‹, dachte Franziska mitfühlend. Die Fremde schien den Blick der jungen Frau zu spüren, denn sie wandte ihr Gesicht Franziska zu. Ihre Augen trafen sich. Beide sprachen kein Wort. Tränen glänzten in den hellblauen Augen der Fremden. Als eine Männerstimme laut und fordernd einen Namen rief, schloss sie die Lider. Eine Träne kullerte ihr über die Wange. Erst als dieselbe Stimme wieder nach ihr rief, diesmal ungeduldig und mit hartem Klang, öffnete sie die Augen. Franziska glaubte, den Schmerz der Welt in ihnen zu erkennen, und griff stumm nach der Hand der Fremden, um diese leicht zu drücken.

»Anna!«, rief der Mann zum dritten Mal. Da erwiderte die Frau kurz den Händedruck, zog dann ihre Hand zurück und ging wortlos zu dem Mann, der sie gerufen hatte. Auch Johann hatte die Szene verfolgt. Liebevoll umarmte er Franziska und sagte: »Lass uns für unser Glück danken!«

Hand in Hand folgten sie den Menschen, die auf dem Weg zur Kapelle waren.

Friedrich Schildknecht war die unbefestigte Straße zum Hülfensberg so weit hinaufgeritten, wie das Fußvolk es zugelassen hatte. Nicht jeder Pilger konnte den steilen Waldweg erklimmen, sodass einige den bequemeren nahmen, der sonst von den Fuhrwerken der Händler genutzt wurde.

Irgendwann wurden es jedoch zu viele Menschen, sodass sein Pferd nervös zu tänzeln begann und er absteigen musste. Seitdem führte er es neben den Pilgern her, die singend den Berg erklommen. Als Friedrich zurückblickte, stellte er fest, dass der Menschenfluss stetig anwuchs. Tausende von Pilgern – Kinder und Erwachsene, Junge und Alte, Gesunde und Kranke zogen betend den Berg hinauf, um zum Wallfahrtsort zu gelangen.

Je näher Friedrich dem Gipfel kam, desto mehr Händler hatten an den Wegseiten ihre Stände aufgebaut. Für viel Geld boten sie den gläubigen Menschen Getränke und frische Backwaren an. Auch dem jungen Arzt klebte die Zunge am Gaumen, und so gönnte er sich ein Glas erfrischenden, aber überteuerten

Würzwein. Weiter oben am Weg standen Buden, in denen ihm geschäftstüchtige Kaufleute kleine Holzkreuze, Rosenkränze oder Zeichnungen des Wallfahrtsorts verkaufen wollten. Lachend lehnte er ab. Immer wieder erschnupperte der junge Arzt köstliche Speisen, die den Pilgern feilgeboten wurden. Friedrich ahnte, dass manch einem beim Anblick der gefüllten Pasteten das Wasser im Munde zusammenlief.

Sein Blick schweifte über die Köpfe der Menschen. Und er hatte Glück, denn er musste nicht lange suchen. Nicht weit von ihm sah er sie! Wie ein dressiertes Hündchen folgte sie ihrem Ehemann auf Schritt und Tritt.

Münzbachers Gesichtsausdruck verriet dem jungen Schildknecht, wie sehr ihn die vielen Menschen um ihn herum anwiderten. Nicht nur Pilger waren hier auf den Hülfensberg gekommen, sondern auch viele Bettler. Sie hielten den frommen Leuten metallene Schalen unter die Nase und hofften, dass eine Münze das Blech zum Klingen bringen würde. Manch einem Bettler schlug Münzbacher die Schale aus der Hand. Doch ein hartnäckiger Bursche hielt sich am Mantel des Notars fest und wollte den edlen Zwirn nicht mehr loslassen. Nur mit Mühe war es Münzbacher möglich, sich zu befreien. Friedrich hätte beinahe laut gelacht. Doch er sah wieder zu Anna. Ihr Blick war zum Boden gesenkt. Sie schien die vielen Pilger um sich herum kaum wahrzunehmen, sondern in Gedanken versunken zu sein. Der junge Schildknecht hatte den Eindruck, dass sie dünner geworden war. Das dunkle Kleid hing formlos an ihrem Körper. Auch ihre Wangen waren eingefallen und knochig.

Wie gern wäre der junge Mann zu ihr gegangen, hätte sie liebevoll umarmt und ihren Schmerz weggeküsst. Als er beobachtete, wie Münzbacher mit ihr schimpfte, schwor er sich, dass Anna bald all die Liebe erhalten würde, die sie verdient hatte.

›Du musst nur geduldig sein!‹, ermahnte er sich.

Als Anna sich in die Schlange der Menschen einreihte, die in die Kapelle wollten, um vor dem Gnadenkreuz zu beten, verlor er sie aus den Augen.

Erneut sah Friedrich sich suchend um. Doch diesmal galt seine Suche jemand anderem. Doch nirgends konnte er den armen Bauer mit seinem Karren erspähen. So ging er zu einer der Buden, die unter einem großen, schattigen Baum standen, und bestellte sich ein dunkles Bier. Die ersten Züge trank er gierig, um den Durst zu löschen. Den Rest des Getränks genoss er in kleinen Schlucken.

Währenddessen suchte auch der Bauer nach einem geschützten Platz, um den Holzkarren dort unterzustellen. Ihm war heiß unter dem Hut, und der Schweiß lief ihm über das Gesicht. Zu gern hätte er ihn abgesetzt, doch dann wäre sein Kranz dunkler Haare zum Vorschein gekommen und man hätte ihn sogleich als Mönch erkannt. Deshalb blieb ihm nichts anderes übrig, als sich immer wieder den Schweiß von der Stirn zu tupfen.

Einen Tag bevor er Dingelstedt mit Clemens auf der Ladefläche des Karrens verlassen sollte, hatte man beratschlagt, wie der junge Franziskaner am wenigsten auffallen würde. Es war Milchkarls Einfall gewesen, ihn als Bauer zu verkleiden. Schon seit Jahren hatte sich der junge Mönch nicht mehr so wohl gefühlt. Die helle, luftige Kleidung war ein Vergnügen im Gegensatz zu dem dunklen Habit.

Burghard war erleichtert gewesen, nachdem er den Hülfensberg mit dem schwer kranken Clemens ohne Schwierigkeiten erreicht hatte. Da sie schon vor Morgengrauen den Weg nach oben angetreten hatten – bevor die Händler ihn für die Beförderung ihrer Waren nutzten –, konnte Burghard das Pferdegespann zügig hinauftraben lassen. Er wollte dem jungen Arnold gerade etwas zu trinken und zu essen besorgen, als er schon von Weitem die Stimme Münzbachers vernahm. Dicht hinter Burghard blieb er stehen und schimpfte über die Bettler, die sich an ihn hängten wie die Kletten. Dank Burghards Verkleidung bestand keine Gefahr, dass Münzbacher das »Mönchlein« erkennen würde. Als der Notar sich wieder entfernte, atmete Burghard erleichtert auf und ging eilenden Schrittes zurück zu Clemens.

Anna kniete in der Kapelle nieder und genoss die Stille und Kühle, die hier herrschten. Im Gegensatz zu den sonntäglichen Messen in der Kirche zu Dingelstedt, in der es selten ruhig zuging, war hier nur leises Gemurmel von den Betenden zu hören. Da Anna weit vorn in den Bänken einen Platz gefunden hatte, konnte sie das Gnadenkreuz aus nächster Nähe betrachten. Eine Ordensfrau gesellte sich zu ihr, faltete die Hände vor dem Gesicht und flüsterte, als spräche sie zu dem Holzkreuz: »Salve Crux Pretiosa! Sei gegrüßt, heiliges Kreuz!«

Dann schwieg die Fremde, und Anna hing ihren Gedanken nach.

»Ist er nicht wunderschön?«, fragte die Ordensfrau, die in das weiße Gewand der Zisterzienserinnen gekleidet war, plötzlich ihre Banknachbarin leise. Anna nickte verwundert und überlegte, was sie erwidern sollte, als die Klosterschwester auch schon flüsternd fortfuhr: »Ich kenne weit und breit kein Kreuz, an dem unser Heiland einen so zufriedenen Gesichtsausdruck hat. Seht nur seinen leicht lächelnden Mund und diese Augen … Gütig, aber wissend blicken sie zu uns hernieder. Der Bildhauer, der dieses Bildnis von Jesus Christ geschaffen hat, war ein wahrer Künstler. Die Farben so frisch, als ob ihm unser Heiland erst gestern Modell gestanden hätte! Dabei ist das Altarbild schon viele hundert Jahre alt«, erklärte sie und sah Anna lobheischend an. Als diese nichts erwiderte, sprach die Ordensschwester mit leiser Stimme weiter: »Wisst Ihr, junge Frau, überall auf Gemälden oder Statuen sieht er leidend aus. Doch hier wurde er als König dargestellt. Seht die goldene Krone! Wahrlich das Symbol eines Edelmannes!«

Nun wandte sie Anna das Gesicht zu, und ihre Augen blickten sie stechend an.

»Auch Euch kann der Heiland mit seiner Güte und Gnade erlösen und alle Pein von Euch nehmen. Ihr müsst ihm nur vertrauen … Bevor ich mich in den Schutz der Klostermauern begab, war mein Leben ebenfalls von Schmerz gezeichnet …«

»Woher wisst Ihr von meinem Leben?«, unterbrach Anna die Nonne und musste sich räuspern. Sie hatte plötzlich das Gefühl zu ersticken. Fragend und mit ängstlichen Augen sah sie die fremde Frau an. Diese lächelte gütig und wies zum Kreuz.

»Er hat es mir verraten!«, flüsterte sie und wollte Annas Hand in die ihre nehmen. Doch Anna sprang auf und rannte aus der Kapelle, als sei der Teufel hinter ihr her. Als sie draußen angekommen war, schlug ihr das Stimmengewirr der vielen Pilger entgegen, und es war ihr in diesem Augenblick schier unerträglich. Die Worte der Ordensfrau hallten noch in ihren Ohren nach: »Er hat es mir verraten! Er hat es mir verraten!« Anna hielt sich die Ohren zu und stolperte von der Kapelle fort. So konnte sie nicht sehen, wie ihr Mann der Nonne einige Münzen in die Hand drückte. Doch dafür hatte es ein anderer bemerkt.

Fast blind vor Tränen sah Anna nicht, wohin sie rannte. Erst als sie beinahe gegen einen Holzkarren gelaufen wäre, hielt sie inne. Erschrocken sprang ein ärmlich gekleideter Bauer von der Ladefläche und hielt dabei seinen breitkrempigen Hut fest. Verdutzt schaute die junge Frau den Mann an.

Zuerst standen sie sich stumm gegenüber, doch dann fragte der Mann, der kaum älter war als sie selbst: »Kann ich Euch helfen?«

Hastig schüttelte sie den Kopf.

»Nein! Ich möchte nur eine Weile allein sein. Es tut mir leid, dass ich Euch gestört habe …«

Leise, so leise, dass man es fast nicht hören konnte, drang ein Flüstern an ihr Ohr. Sie meinte, ihren Namen zu verstehen. Ihr Herz krampfte sich zusammen, und sie glaubte, wahnsinnig zu werden, denn das Flüstern hörte sich wie die Stimme ihres toten Bruders an.

Sie sah zu den Wipfeln der Bäume empor und schrie: »Was wollt ihr von mir?« Dann sank sie erschöpft auf die Knie.

Erschrocken griff Burghard nach ihrem Arm und versuchte sie zu beruhigen.

»Anna, habt keine Angst …«, weiter kam er nicht, denn sie sprang wieder auf die Beine und schrie ihn an: »Woher wisst Ihr, wie ich heiße?«

Sie wollte sich gerade umdrehen und weglaufen, als sie wieder hörte, wie jemand ihren Namen flüsterte, doch diesmal etwas lauter und deutlicher. Es kam von der Ladefläche des Fuhrwerks, und so wandte sie sich langsam dem Karren zu. Als sie über die Seitenwand blickte, konnte sie die Konturen eines menschlichen Körpers unter einer Decke erkennen. Sie war gerade im Begriff, die Decke anzuheben, als der Bauer sie daran hinderte.

»Tut das nicht, gute Frau!« Die Sanftheit in der Stimme des Burschen hielt sie zurück.

»Wer ist das?«, fragte sie stattdessen leise.

»Jemand, den Ihr glaubtet verloren zu haben und der Euch nur zeigen möchte, dass er noch da ist, wenn auch nicht so, wie Ihr ihn in Erinnerung habt.«

»Was sprecht Ihr für wirres Zeug? Was soll das …«

Da flüsterte der menschliche Körper, dessen Gesicht sie nicht sehen konnte, erneut: »Anna, hab keine Angst, und vertraue dem Bauern. Er will dir nichts Böses …«

Erschrocken presste sie die Hände vor den Mund und konnte

nicht glauben, wessen Stimme sie soeben deutlich erkannt hatte. Doch dann wisperte sie: »Clemens?«

Mit erstickter Stimme antwortete er ihr: »Ja, Anna, ich bin es … Clemens, dein Bruder!«

Dann war es wieder still, und sie konnte den Mann unter dem Tuch schwer atmen sehen. Ihr zitterten die Knie, und sie wusste nichts zu sagen oder zu fragen. Mit beiden Händen hielt sie sich an der Seitenwand des Karrens fest. Bestürzt sah sie den Bauer an. Sie glaubte zu träumen. Oder war sie gar dem Wahnsinn verfallen? Sollte sie doch im Kloster um Hilfe bitten, so wie die Ordensfrau es ihr geraten hatte? Dort, hinter dicken Mauern, könnte ihr kein Leid mehr geschehen.

Sie spürte, wie sich alles um sie herum drehte, und sie wäre sicher ohnmächtig geworden, hätte nicht die Stimme ihres Mannes sie wieder zu sich gebracht. Sie schnappte nach Luft. Wieder hörte sie ihren Mann nach ihr rufen.

»Geht, Anna, er darf nicht wissen, dass Clemens lebt!«

›Clemens lebt tatsächlich‹, dachte sie. Trotzdem begriff sie noch immer nicht, was ihr da eben widerfahren war.

»Kommt morgen wieder, dann werdet Ihr mehr erfahren!«

Besorgt sah Burhard auf den Körper, der jetzt regungslos auf der Ladefläche des Karrens lag. Anna nickte und streckte die Hand aus, um den verhüllten Mann zu berühren, zog diese aber im letzten Augenblick zurück, als sie ihren Mann nach ihr rufen hörte.

Hastig entfernte sie sich und lief Münzbacher entgegen.

Als sie vor ihm stand, gab es gleich wieder Schelte für ihr Verschwinden, doch diesmal prallten die Worte an ihr ab. Sie blickte zurück und glaubte eine Löwin zwischen den Bäumen zu erkennen.

Kapitel 41

Bereits am darauffolgenden Morgen saß Albert Jacobi das erste Mal seit langem wieder aufrecht im Bett. Da die Schmerzen noch nicht ganz verschwunden waren, empfahl der Magier, die Behandlung abermals durchzuführen, und der alte Jacobi stimmte zu. Sogar Otto, der anfangs wenig überzeugt war, sprach sich nicht dagegen aus – allerdings auch nicht dafür.

Schon zwei Tage später konnte der Hausherr sein Bett verlassen und gestützt auf den Magier einige Schritte gehen. Barbara hatte Tränen der Freude in den Augen und dankte im Stillen dem Herrn. ›Jetzt wird alles gut‹, dachte sie glücklich.

Sie lud Barnabas und Servatius ein, während ihres Aufenthaltes in Heiligenstadt im Haus wohnen zu bleiben, was die beiden Reisenden gern annahmen. Nachdem Albert Jacobi ihre Hilfe nun nicht mehr länger benötigte, wollten sie sich dem eigentlichen Grund ihres Aufenthaltes in Heiligenstadt widmen – der Suche nach Bruder Burghard. Merkwürdigerweise konnte sich niemand an ihn erinnern. Niemand schien den Franziskanermönch gesehen zu haben.

Nach zwei Tagen der vergeblichen Suche kam Barnabas zu dem Entschluss, dass Burghard entweder die Stadt in der Dunkelheit passiert hatte oder …

»Vielleicht ist Burghard nie hier gewesen!«

»Wo kann er dann abgeblieben sein?«, entgegnete Servatius verärgert.

»Ich glaube kaum, dass wir ihn finden werden. Lass uns also weiterziehen und uns wichtigeren Aufgaben widmen …«

»Aber was ist mit meinem Geld, das ich mir mühsam zusammengespart habe?«, entgegnete der Mönch verstimmt. Der Magier hob seinen Stock, und der Franziskaner schwieg. Dann sagte Barnabas huldvoll: »Da du ein treuer Wegbegleiter bist, habe ich beschlossen, dir den vierten Teil deines Verlustes aus meinem Geldsäckchen zu ersetzen.«

Ungläubig starrte Servatius den Magier an.

»Das würdest du tatsächlich tun?«

Selbstgefällig nickte Barnabas.

»Vorausgesetzt, der Name Burghard kommt nie wieder über deine Lippen.«

»Gut, ich verspreche es!«

Dem Franziskaner war die Freude anzusehen, als er neben dem Magier durch die Gassen schritt. Auch Barnabas war frohen Mutes, denn obwohl er einen kleinen Teil der Beute wieder an den rechtmäßigen Besitzer zurückgab, blieben ihm noch immer drei Viertel als mühelos ergaunerter Profit.

Jetzt, da Albert Jacobi auf dem Weg der Besserung war und er sich von Tag zu Tag wohler fühlte, ließ auch seine Bosheit nach. Mit neuer Kraft kümmerte er sich um die Töpferei, sodass ihm seine Frau schon recht bald ihre Sorgen vortragen konnte. Sie setzte sich mit ihrem Mann und ihrem Schwiegersohn in der Stube zusammen, um über die schwierige Zeit, die schon bald auf sie zukommen würde, zu beratschlagen.

»Sie werden nicht mit einem Schlag alle Töpfereien verbieten. Das käme einer Katastrophe gleich! Überlegt, wie viele Familien davon betroffen wären«, war Alberts Meinung.

»Ich sehe das genauso«, pflichtete Otto seinem Schwiegervater bei. »Zuerst werden die kleinen Betriebe weichen müssen. Diejenigen, die Werrakeramik als Zubrot brennen. Für uns ist es jedoch der Haupterwerb. Solche Töpfereien werden bleiben dürfen.«

»Es mag sein, dass es erst in ferner Zukunft so kommen wird … Trotzdem müssen wir uns schon heute überlegen, was wir dann tun. Am sichersten wäre es, uns bereits jetzt eine andere Werkstatt aufzubauen, das den Verlust dieser Töpferei auffangen könnte …«

»Barbara, nun übertreib nicht. Ich pflichte Otto bei. Wer weiß, ob es überhaupt zur Schließung der Werkstätten kommen wird. Bis jetzt ist es nur Tratsch, den du auf dem Markt aufgeschnappt hast.«

»Ach ja?«, fragte seine Frau schnippisch. »Dann erkläre mir bitte, warum die Töpferei Hildebrand sich zum Brennen eine Genehmigung im Hessenland besorgen will. Aber wahrscheinlich ist das auch nur Markttratsch.«

Ihre Augen blitzten die beiden Männer triumphierend an. Diese waren erstaunt ob der Neuigkeit, und eine leichte Blässe war auf ihren Gesichtern zu erkennen.

»Wenn das tatsächlich stimmt ...« Als Albert seine Frau wütend schnauben hörte, fügte er hastig hinzu: »... wovon ich ausgehe, dann müssen auch wir uns eine solche Genehmigung drüben im Hessenland besorgen, und das so schnell wie möglich.«

Ihr Gespräch wurde unterbrochen, als Barnabas und Servatius sich zu ihnen gesellten.

»So trübe Gesichter ... Geht es Euch wieder schlechter, Herr Jacobi?«

»Nein, diesmal plagen mich andere Sorgen, und dabei können uns Eure Künste leider nicht helfen.«

Mit wenigen Worten erzählte Albert Jacobi ihnen von der drohenden Schließung der Töpferwerkstätten in Heiligenstadt.

»Wo wäre das im Hessenland ... weit weg von hier?«, fragte der Magier interessiert.

»Witzenhausen wäre für uns bestens geeignet, da das Städtchen direkt an der Werra liegt und Handelsbeziehungen bis nach Holland und Leipzig unterhält. Von hier braucht man dorthin zu Pferd etwas mehr als zwei Stunden, mit dem Fuhrwerk ein wenig länger.«

»Ich bin in Eurem Gewerbe nicht bewandert«, sprach der

Magier, »aber wenn ich das richtig einschätze, dann müsstet Ihr schon jetzt eine zweite Werkstatt in Witzenhausen eröffnen. Bis die Töpferei aufgebaut ist und Ihr feste Kunden habt, geht sicherlich einige Zeit ins Land …«

Da Albert, Barbara und Otto einträchtig nickten, fuhr er fort: »Dann würde ich an Eurer Stelle schon morgen eine Genehmigung beantragen!«

Wieder stimmten die Jacobis und der Schwiegersohn zu.

»Allerdings«, warf Albert ein, »muss der Aufbau der Werkstatt überwacht werden, und das hieße, dass wir einen weiteren Töpfermeister einstellen müssten, dem wir vertrauen können. Oder …«, seine Augen richteten sich nun auf den Schwiegersohn, »… du übernimmst diese Aufgabe, Otto. Höre meinen Vorschlag: Du beantragst schon morgen die Papiere. Dann suchst du eine Werkstatt in der Nähe eines der Stadttore, damit wir bei Gefahr rasch in den Schutz der Stadtmauern von Witzenhausen gelangen können. Sobald du einen geeigneten Ort gefunden hast, kehrst du zurück und heiratest Katharina. Zusammen zieht ihr mit den Kindern nach Witzenhausen und erhaltet die neue Werkstatt von mir als Hochzeitsgeschenk.«

Otto war über das Angebot seines Schwiegervaters erstaunt. Es war verlockend, denn niemand wäre so dumm und würde eine eigene Werkstatt ausschlagen, auch wenn er dafür das gewohnte Umfeld aufgegeben musste.

»Albert«, sagte Barbara aufgebracht zu ihrem Mann, »wir haben schon Silvia verloren, und jetzt schickst du auch noch Katharina fort. Das kann ich nicht zulassen!«

Verständnislos sah ihr Mann sie an: »Du bist doch diejenige, die auf Eile gedrängt hat. Und jetzt, da ich handle, ist es dir auch nicht recht. Was sollen wir deiner Meinung nach denn sonst tun? Nein, Katharina wird mit Otto nach Witzenhausen gehen. Außerdem ist das nicht aus der Welt, und du kannst sie dort jederzeit besuchen.«

Als Barbara den siegessicheren Ausdruck auf Ottos Gesicht sah, war ihr klar, dass sie gegen ihren Mann nicht ankommen würde. So gab sie letztendlich nach und nickte stumm.

Nun war man sich einig. Zufrieden schenkte Albert jedem einen selbstgebrannten Schnaps ein, als eine Stimme an der Tür sagte: »Ich gehe nur mit Otto, wenn ich zuvor auf den Hülfensberg pilgern darf!«

Alle wandten sich der Zimmertür zu, wo Katharina stand und dem Gespräch unbemerkt gelauscht hatte.

Während der vergangenen Nächte hatte sie sich aus Verzweiflung in den Schlaf geweint. Doch dann hatte sie sich fest vorgenommen, mit ihren Eltern noch ein letztes Mal über alles zu sprechen, und deshalb war sie unbemerkt ins Zimmer gekommen. Als sie aber mitanhören musste, wie neue Pläne einfach über ihren Kopf hinweg beschlossen wurden, hatte sie ihren Wunsch kurzweg ausgesprochen, ohne darüber nachzudenken.

»Was ist das für eine ungeheuerliche Forderung?«, brauste Otto auf. »Wir befinden uns in einer ernsten Lage, und das Fräuleinchen stellt eigensüchtige Ansprüche!«

»Aber ich könnte unsere Keramikwaren mit zum Hülfensberg nehmen und dort verkaufen. Von überall her kommen die Menschen dorthin. Und sicherlich würden viele Gefallen an unserer Keramik finden …«

»Ach ja?«, fragte Otto ärgerlich. »Und was ist mit den Kindern? Wer soll sich um sie kümmern? Nein, nein, das geht auf keinen Fall. Außerdem kannst du nicht allein mit all der Ware auf den Pilgerberg fahren! Wir haben niemanden, der dich begleiten könnte, denn jede Hand wird ab morgen in der Werkstatt gebraucht werden, wenn ich nach Witzenhausen reise. Ohne Begleitung besteht auch die Gefahr, dass die Töpferarbeiten gestohlen werden.«

»Aber doch nicht bei einer Wallfahrt!«, entgegnete Katharina entrüstet.

»Wie einfältig du doch bist!« Otto sah sie kalt an.

»Mutter«, flüsterte Katharina jetzt, den Tränen nahe, »ich verlange doch nicht viel ... Bitte, nur dieses eine Mal.«

Plötzlich mischte sich Servatius ein: »Wir könnten Katharina zum Hülfensberg begleiten und sie beschützen, damit ihr und der Ware nichts geschieht.«

Alle Augen sahen erstaunt den Franziskaner an. Selbst Barnabas wusste nichts zu sagen. Schließlich pflichtete er seinem Wegbegleiter bei: »Ja, natürlich. Wir planen in Kürze weiterzuziehen, und da wir kein festes Ziel haben, können wir ebenso Eure Tochter zum Hülfensberg begleiten ... Und wer weiß, vielleicht wird auch dort unsere Hilfe benötigt.«

Flehend sah Katharina ihre Eltern an. Als Barbara ihrem Mann zunickte, entschied Albert Jacobi: »Gut, Katharina, so soll es sein. Aber wenn du zurück bist, wirst du heiraten und mit deinem Mann und den Kindern nach Witzenhausen ziehen. Haben wir uns verstanden?«

»Ja, Vater!«

Freudestrahlend stürmte Katharina sogleich aus dem Haus, um zu Gudrun zu eilen. Unterwegs rief sie laut: »Ich danke dir, heilige Elisabeth, dass du mir den Franziskaner geschickt hast!«

Kapitel 42

Auch am nächsten Tag ging Anna zum Beten in die Kapelle. Kaum hatte sie in einer der hinteren Bänke Platz genommen, gesellte sich wieder die Ordensschwester zu ihr, die sie bereits am Vortag bedrängt hatte.

»Guten Morgen, meine Tochter! Wie geht es Euch heute?«

Erstaunt sah Anna die Nonne an, deren Mund ein feines Lächeln umspielte. Ihr Gesicht war von dem schwarzen Schleier und dem weißen Tuch, das in gleichmäßigen Falten vom Hals bis zum Kinn gelegt war, wie ein Bild eingerahmt. Doch der Blick ihrer Augen verriet, dass sie etwas Bestimmtes in Annas Gesicht suchte.

»Ich danke Euch der Nachfrage. Mir geht es gut«, antwortete Anna zögernd und schaute zurück zum Altar. Sie mochte nicht mit der Ordensfrau reden und hielt ihre Hände zum Gebet gefaltete vor ihr Gesicht. Die Schwester tat es ihr nach und murmelte leise: »O Gott, komm mir zu Hilfe! Herr, erhöre mich!« Die nächsten Sätze konnte Anna nicht verstehen. Ein lautes »Amen!«, beendete das Gebet. Die Nonne setzte sich zurück auf die Bank. Sorgenvoll war ihr Blick, als sie Anna fragte: »Habt Ihr darüber nachgedacht?«

Fragend schaute Anna von ihren gefalteten Händen auf.

»Was ich Euch gestern empfohlen habe, mich in mein Kloster Anrode zu begleiten, um Euch dort zu erholen und zu prüfen. Äbtissin Paula wird erfreut sein, Euch in unsere Gemeinschaft aufnehmen zu dürfen.«

»Was wollt Ihr von mir? Wer seid Ihr, und was wisst Ihr über mich?«, erwiderte Anna mit gedämpfter Stimme, Panik unterdrückend.

Als spräche sie mit einem Kind, erklärte die Ordensschwester mit sanfter, mitfühlend klingender Stimme: »Mein Kind … es gelingt Euch nicht, Euren Schmerz vor der Welt zu verbergen.« Sie musterte Anna und fuhr sanftmütig fort: »Ihr tragt tiefschwarze Kleidung, seid nur noch Haut und Knochen, blass wie der leibhaftige Tod, außerdem schreckhaft und leicht gereizt. Ungeweinte Tränen kann ich in Euren Augen erkennen, und Ihr sucht Hilfe bei unserem Herrn … Was braucht es mehr, um zu sehen, dass ihr meiner Hilfe bedürft? Kommt zu uns nach Anrode und wir werden Euch auffangen, Euch lehren, Euch selbst zu heilen, denn die Gebete werden Euch

Kraft geben. Ein Leben in Ruhe und Stille wird Euch im Kloster empfangen, nichts wird Euch an das erinnern, das Euch schmerzt ... Ihr werdet bereuen und Euch wird vergeben werden.« Die dunklen Augen der Schwester blickten gütig unter dem schwarzen Schleier hervor. Anna verstand nichts von dem, was die Nonne gesagt hatte.

»Was soll ich bereuen?«, flüsterte Anna, und vor Angst pochte ihr Herz wild in ihrem Brustkorb.

»Nicht da gewesen zu sein, als Euer Bruder den Tod fand.«

»Woher wisst Ihr von Clemens? Mein Bruder ist nicht tot!«, schrie Anna verzweifelt. Die Nonne schüttelte entsetzt den Kopf, und ihr Schleier wackelte.

»Mein Kind, Ihr braucht wahrhaftig Hilfe – er hatte Recht!«, rief sie nun mit laut hörbarer Stimme in die Stille des Gotteshauses hinein.

Entrüstet drehten sich die Betenden zu den beiden Frauen um und zischten ihnen zu, ruhig zu sein. In dem Augenblick erschien Annas Mann im Portal der Kapelle. Als Anna ihn sah, griff sie sich an die Kehle, da sie glaubte zu ersticken. Die Enge in ihrem Hals war zurückgekehrt. Wie ein gehetztes Tier lief sie zum anderen Ausgang. Als sie sich noch einmal umblickte, sah sie, wie die Ordensfrau mit Wilhelm sprach, der daraufhin seiner Frau mit böser Miene hinterherblickte.

Draußen versuchte Anna tief durchzuatmen, doch die Luft schien ihre Lungen nicht zu erreichen. ›Clemens‹, dachte sie, ›habe ich etwa geträumt, dass du noch lebst? Bin ich vielleicht verrückt geworden?‹ Tränen rannen ihr über die Wangen. Um sich selbst zu beruhigen, lief sie zu der Stelle, wo am Tag zuvor der Holzkarren gestanden hatte – aber der Platz war leer.

»Ich bin wahnsinnig!«, flüsterte sie und griff sich ans Herz, das laut in ihrem Brustkorb pochte. Zweifelnd und verloren stand sie zwischen den Bäumen und wusste nicht wohin.

Friedrich Schildknecht hatte vor der Kapelle gewartet, da er hoffte, Anna dort zu treffen, um mit ihr sprechen zu können. Als er einen Blick ins Innere des Gotteshauses warf, sah er sie dort sitzen – neben ihr die Ordensfrau. Da er Münzbacher erkannte, der auf dem Weg zur Kapelle war, verbarg sich der junge Arzt rasch hinter ein paar Verkaufsbuden. Von dort konnte er unbemerkt sehen, wie die Tür der Kapelle aufflog und Anna herausstürmte. Er wollte ihr nacheilen, doch als Münzbacher und die Nonne ebenfalls aus dem Portal traten, suchte er wieder Schutz zwischen den Ständen. Auch diesmal legte Münzbacher der Ordensfrau Geldstücke in die Hand, die diese mit unbewegter Miene entgegennahm. Als der Notar noch etwas fragte, schüttelte sie den Kopf. Daraufhin ging die Nonne ihres Weges. Münzbacher jedoch sah sich suchend um.

›Sicher schaut er nach Anna, der miese Hund‹, dachte Friedrich erbost.

Zwischen all den vielen Menschen, die sich vor der Kapelle tummelten, konnte Münzbacher Anna jedoch nicht finden. Er ging stattdessen zu einem Händler, bei dem er sich einen Krug Bier kaufte.

Den Augenblick, als der Notar sich dem Händler zuwandte, nutzte Friedrich und eilte ungesehen in die Richtung, in der Anna verschwunden war.

Anna wollte nicht zurück zu den vielen Menschen und floh tief in den Wald hinein. Als sie keine Stimmen mehr hören konnte, kniete sie im weichen Moos nieder. Sie glaubte zu ersticken und zog den Kragen ihres Kleides vom Hals weg. Verzweifelt blickte sie zu den Kronen der Bäume empor und schrie laut: »Warum?«

Plötzlich fasste sie jemand am Arm, und bevor sie Angst überkommen konnte, sprach der Bauer besänftigend zu ihr: »Anna, ich bin es – Burghard, der Begleiter Eures Bruders!«

In panischer Angst sprang sie auf und schlug wild um sich, da sie ihn für ein Trugbild ihres Wahnsinns hielt. Burghard versuchte sie zu beruhigen, aber Anna fing an, hemmungslos zu schluchzen. Erst als sie eine vertraute Stimme hörte, beruhigte sie sich wieder, und ihr Weinen wurde leiser. Es hörte gänzlich auf, als die Stimme ein Lied summte, das ihre Mutter stets zu singen pflegte, wenn sie als Kind schlecht geträumt hatte. Langsam drehte sie sich in die Richtung, aus der das Summen kam. Eingehüllt in einen hellen Mantel stand ein Mann vor ihr, dessen Gesicht sie nicht erkennen konnte, da er die Kapuze tief über den Kopf gezogen hatte. Trotz der Vermummung war sich Anna sicher, dass ihr Bruder vor ihr stand. Mit einem Aufschrei rannte sie auf ihn zu und blieb kurz vor ihm stehen.

»Clemens!«, flüsterte sie »Du lebst? Ich bin also nicht wirr im Kopf?«, fragte sie leise.

»Nein, Anna, du bist gesund. Und ich lebe.«

»Warum zeigst du nicht dein Gesicht?«

»Weil ich durch den Brand Verletzungen erlitten habe, die es entstellen. Diesen Anblick möchte ich dir ersparen.«

Trotzdem ging Anna zaghaft einen Schritt näher – dann noch einen. Sie kam so dicht an ihn heran, dass sie seinen warmen Atem in ihrem Gesicht spüren konnte. Langsam griff sie nach der Kapuze. Clemens hielt im letzten Moment ihre Hand fest und flüsterte: »Nicht, Anna, es wird dich erschrecken!«

»Du bist mein Bruder, Clemens! Nichts kann mich erschrecken. Für mich zählt einzig und allein, dass du lebst.«

»Gegen deinen Sturkopf kam ich noch nie an«, lachte Clemens verhalten. Auch Anna lächelte, als sie die Kapuze zurückzog. Dann stockte ihr der Atem, und sie musste sich zusammennehmen, um weder entsetzt aufzuschreien noch sich die Hand vor den Mund zu pressen. Anna brauchte nur wenige Sekunden, dann hatte sie sich gefangen und konnte den Anblick des entstellten Gesichts ertragen. Ein zärtliches Lächeln verschönte ihre hageren Züge, als sie voller Liebe über seine verletzte Kopfhaut strich.

»Mein lieber Bruder Clemens!«, flüsterte sie glücklich und schmiegte sich vorsichtig an seine Brust. Clemens schloss die Augen und drückte seine Schwester an sich.

»Du musst mir erzählen, wie das passieren konnte und warum ich dich hier auf dem Hülfensberg wiedersehe ...«

»Ja, Anna, du sollst alles wissen. Komm mit uns, wir verstecken uns, damit uns niemand sieht ...«

Als Burghard Clemens etwas zuflüsterte, wurde Anna mit einem Mal bewusst, dass ihr auch der Mönch kein Unbekannter war, und sie sagte an ihn gewandt: »Euer Gesicht ist mir zwar fremd, doch Eure Stimme nicht.«

Burghard lächelte verschmitzt, und Clemens versprach: »Auch das sollst du erfahren, Anna!«

Hinter einem Wall aus aufgeschichteten Baumstämmen ließen sie sich nieder, und der junge Arnold begann seiner Schwester zu erzählen, was vorgefallen war. Fassungslos hörte die junge Frau ihrem Bruder zu. Er berichtete von dem Brand und der toten Frau und davon, dass ihr Mann einen Meuchelmörder auf ihn angesetzt hatte. Dass Wilhelm sie mit einem Sud willenlos gemacht und Burghard ihr den Beichtvater vorgespielt hatte.

Als Anna das hörte, stieg ihr die Schamesröte ins Gesicht. Stammelnd fragte sie: »Was ich dir in der Beichte anvertraut habe, Burghard, das erzählst du niemandem?«

Clemens lachte – soweit ihm das möglich war. Die frische, dünne Gesichtshaut spannte schmerzhaft über seinen Wangenknochen.

»Ich schwöre bei allen Heiligen, die ich aufzählen kann, dass ich schweigen werde. Außerdem hab ich deine Beichte längst vergessen.«

»Sicher werden es auch nur wenige Heilige sein, die du nennen kannst«, spottete Anna.

»Von wegen, liebe Schwester, Burghard ist Franziskaner.« Als Beweis lüftete der junge Mönch seinen Hut, sodass Anna den ausrasierten Haarkranz sehen konnte. Zerknirscht blickte Burghard in die überraschten Augen der jungen Frau und erzählte nun auch seine Geschichte.

»Wohin wirst du gehen, wenn Clemens nach Dingelstedt zurückkehrt?«

»Anna, wer sagt, dass ich das werde?«

»Natürlich kommst du wieder nach Hause. Zusammen werden wir alles aufklären und Wilhelm vom Hof jagen.«

»Ach ja?«, war plötzlich neben ihnen eine kalte Stimme zu hören. Erschrocken blickten sie auf und sahen unweit von ihnen Wilhelm Münzbacher stehen, der sie mit finsterem Blick musterte. Sie sprangen auf, als Münzbacher langsam auf sie zukam und sie dabei nicht einen Moment aus den Augen ließ. Dann stand er vor ihnen und sprach: »Da hat sich die Suche nach dir ja wirklich gelohnt, meine Liebe. Ich war bereits sehr ungehalten, da ich wegen dir geraume Zeit durch diesen Wald streifen musste. Doch nun, muss ich gestehen, hat sich meine Laune schlagartig gebessert!« An Clemens gewandt meinte er dann: »Habe ich es mir doch gedacht, dass du es geschafft hast, aus der brennenden Scheune zu fliehen. Schließlich hätte man sonst nicht nur die Leiche der Wäscherin finden dürfen. Bemerkenswert, das muss ich schon sagen, mein lieber Schwager. Auch wenn du nicht mehr besonders … sagen wir mal … ansehnlich bist.« Er lachte hämisch.

»Wie konntest du uns das antun?«, wisperte Anna, der erneut die Stimme zu versagen drohte. Spöttisch sah Münzbacher seine Frau an und fuhr fort: »Tja, Schulden, meine Liebe, Schulden. Ich brauchte auf dem schnellsten Weg Geld – viel Geld. Durch euch habe ich es bekommen, auch wenn es länger gedauert hat, als mir lieb war. Aber das Warten hat sich gelohnt, denn jetzt werde ich alles bekommen!«

»Was willst du tun, Wilhelm? Uns töten?«

Münzbacher schien zu überlegen. Spöttisch sagte er dann: »Nein, dass wäre mir zu anstrengend. Außerdem habe ich einmal gemordet, das reicht. Auch müsste ich dann eure Leichen beseitigen. Ich kann ja schlecht den ganzen Wald abbrennen. Nein, da habe ich einen besseren Vorschlag: Du, Clemens, gehst mit deinem Freund hier ...«, dabei wies er mit dem Finger auf Burghard, »... deines Weges und kehrst nie wieder nach Dingelstedt zurück. Und du, meine Liebste, wirst heute noch freiwillig dem Orden des Klosters Anrode beitreten und hinter Klostermauern bleiben ... für immer! Ich werde dann zu Hause – natürlich zerknirscht – erzählen, dass du auf dem Hülfensberg Zwiesprache mit dem Herrn gehalten hast und seinem Ruf gefolgt bist ... und so weiter.« Münzbacher ging vor ihnen auf und ab und sah dann mit zynischem Blick in ihre Gesichter.

»Das kann nicht dein Ernst sein, Wilhelm. Warum soll ich freiwillig in ein Kloster gehen?«, krächzte Anna verzweifelt.

»Wenn du einen besseren Vorschlag hast, der mir gefällt, bitte ...«

»Was sollte mich daran hindern, zurück nach Dingelstedt zu gehen und allen die Wahrheit zu sagen? Du etwa?«, rief Clemens aufgebracht.

»Wer sollte dir trauen? Nenne mir einen Grund, warum die Leute dir glauben sollten, dass ich die Wäscherin umgebracht habe und nicht du? Ich war schließlich nicht mit ihr auf dem Heuschober ...«

»Ich werde als Zeuge auftreten und bestätigen, was Clemens aussagt!«, meldete sich nun Burghard zu Wort.

»Ha, ein Mönch, der sich als Bauer verkleidet und wegen Diebstahls fliehen musste ... Was bist du doch für ein glaubwürdiger Zeuge!« Münzbacher lachte hasserfüllt. Dann fügte er boshaft an: »Ihr seht, es bleibt euch keine andere Wahl, als auf meinen Vorschlag einzugehen!«

»Aber zuvor sag mir eins«, schrie Clemens jetzt. »Warum hast du die Magd getötet? Schließlich hättest du mich auch unter einem Vorwand dorthin locken, betäuben oder zusammenschlagen und anschließend alles abbrennen können. Warum musste die arme Frau sterben?«

»Das würdest du wohl gern wissen, was, Schwager? Aber da ich guter Stimmung bin, verrate ich es dir sogar: Die Hure hat mich erpresst. Sie wollte mit dem Kind, das ich ihr gemacht habe, zu mir auf den Hof ziehen, und das konnte ich ja schlecht zulassen.« Er lachte dreckig.

»Du hast eine Frau geschwängert und sie dann getötet? Wie konntest du nur?«, fragte Anna ungläubig.

»Ich bitte dich, jeder Krieg fordert Opfer. Und nicht anders verhielt es sich hier. Damit ich weiterhin gut leben kann und mir endlich die Schuldeneintreiber fernbleiben, musste das Weib geopfert werden …«

»So, wie du unsere Eltern geopfert hast?«, fragte Clemens. Für einen Augenblick schien Münzbacher irritiert ob dieser Worte, doch schnell hatte er sich wieder gefangen und fragte: »Woher weißt du davon?«

»Was hast du getan, du Scheusal?«, schrie Anna und wollte sich auf ihren Mann stürzen. Doch Clemens warf sich zwischen sie, sodass er die Wucht von Münzbachers Fausthieb abbekam, der eigentlich für Anna bestimmt gewesen war. Clemens fiel zu Boden und blieb liegen. Als Anna das sah, erfasste sie unbändiger Zorn. Sie glaubte zu spüren, wie die Ketten um ihren Hals und ihre Brust aufgesprengt wurden, und mit einem Mal fühlte sie sich frei und stark. Für einen winzigen Augenblick schloss sie die Augen und sah wie in einem Traum die Tür eines Käfigs weit offenstehen. Ihr war, als könne sie eine Löwin brüllen hören. Sie blickte Münzbacher hasserfüllt an, der nur ein müdes Lächeln für sie übrig hatte. Anna sah, wie die Löwin zum Sprung ansetzte und wie Münzbacher nach hinten taumelte. Und plötzlich erkannte sie, dass nicht die Löwin, sondern sie selbst ihm den Stoss versetzt hatte. Mit voller Kraft schlug sie ihm gegen den Brustkorb. Münzbacher ging zu Boden und schlug dabei mit dem Kopf auf einem Stein auf. Regungslos, als sei sie weit weg, sah Anna, wie Blut aus einer Wunde am Kopf auf den Waldboden floss. Burghard sprang zu dem Verletzten, der mit ungläubigem Blick seine Frau anstarrte, bevor er die Augen für immer schloss.

Anna hingegen blickte zum Waldesrand und glaubte sehen zu können, wie die Löwin für immer in die Freiheit entschwand.

Sie bedachte den Toten mit keinem Blick, sondern kniete neben ihrem Bruder nieder, der noch immer am Boden lag. Sie half ihm auf und führte ihn zum Holzstapel, wo er sich setzte und gegen das Holz lehnte. Schweigend und fassungslos blickten Clemens und Burghard auf den toten Münzbacher, als Friedrich Schildknecht aus dem Gebüsch zu ihnen trat. Clemens sah den bangen Blick der Schwester und griff nach ihrer Hand.

»Hab keine Angst, Anna! Friedrich weiß Bescheid. Ihm ist es zu verdanken, dass wir uns wiederhaben.«

»Ich habe dich nicht aus den Augen gelassen, Anna«, schwor Friedrich, auf den toten Münzbacher starrend. »Ich bin ihm hierher gefolgt.« Für einen Moment hielt er inne. Dann fuhr er fort: »Ich habe alles gehört und gesehen. Ich wollte euch gerade zu Hilfe eilen, da gingst du auf Münzbacher los ...«

Für einen Moment herrschte Schweigen. Dann sprach Anna: »So wirst du in Dingelstedt alles bezeugen können, und mein Bruder wird endlich wieder nach Hause kommen können.«

»Nein, Anna! Wir können nicht gemeinsam nach Hause gehen«, entgegnete Clemens. Friedrich und Burghard ahnten bereits, was er sagen würde. Leise fuhr er fort: »Ich hatte dir erzählt, dass Münzbacher einen Meuchelmörder dafür bezahlt hat, mich zu töten. Wir kennen nur seinen Vornamen, nicht aber sein Gesicht. Und da er Söldner ist, wird er seinen Auftrag auch zu Ende führen wollen. Das verlangt allein sein Ehrengrundsatz. Ich glaube, nicht einmal Münzbacher hätte ihn aufhalten können, selbst wenn er es gewollt hätte.«

Clemens sah unberührt zu dem Toten hinüber. Wäre nicht ein großer Blutfleck am Boden zu sehen gewesen, hätte man annehmen können, er schliefe.

Mit tränenerstickter Stimme fragte Anna ihn: »Clemens, was wirst du tun? Wo willst du hin?« Liebevoll legte er einen Arm um die Schwester und streichelte ihr zärtlich übers Gesicht.

»Ich werde ins Hessenland gehen. Dort wird er gewiss nicht nach mir suchen.«

»Aber das ist so weit weg! Was soll aus mir werden? Lass mich mit dir gehen«, bettelte sie, doch Clemens schüttelte den Kopf.

»Nein, du wirst auf das Gestüt zurückkehren und es im Sinne unserer Eltern weiterführen. Vater hat dich so viel über Pferdezucht gelehrt, und jeder wird dich aufgrund deines Wissens achten. Unsere Eltern hätten es bestimmt so gewollt … Außerdem weiß ich, dass du tatkräftige Unterstützung haben wirst …« Dabei sah er Friedrich an, der stumm zugehört hatte. Der junge Arzt kniete nun neben Anna nieder und nahm liebevoll ihre Hand in seine. Mit der anderen griff er in seine Jackentasche. Dann sagte er: »Anna, ich schwöre hier vor deinem Bruder und einem Vertreter Gottes«, dabei sah er zu Burghard, »dass ich stets an deiner Seite sein und dich ein Leben lang unterstützen werde. Als Beweis, dass ich es ehrlich meine, nimm dieses Geschenk von mir …« Friedrich legte ihr seine Gabe, die er all die Jahre bei sich getragen hatte, in die Handfläche.

»Eine Drachenschuppe«, flüsterte sie. Vorsichtig strich sie über die Smaragde, die in das Schmuckstück eingearbeitet waren.

Clemens hatte lächelnd zugesehen und sagte nun mit fester Stimme: »Morgen werden wir den Hülfensberg hinab zur Werra steigen und von dort ins Hessenland fliehen.«

»Werden wir uns je wiedersehen?«

»Ja, Anna, das verspreche ich. Eines Tages werde ich wieder vor dir stehen!«

Kapitel 43

Katharina stand auf dem Hülfensberg hinter ihrem Verkaufsstand und beobachtete mit Begeisterung das Treiben um sich herum. Da sie frühzeitig angekommen waren, hatte man ihr und ihren Begleitern einen guten Platz zugewiesen, von dem sie über den gesamten Vorplatz der Kapelle blicken konnten. Zwar standen in unmittelbarer Nähe zwei weitere Verkaufsbuden mit Töpferware, doch das schmälerte Katharinas gute Laune nicht – zumal sie ihre Keramik hübscher fand. Das hatte ihr sogar Barnabas bestätigt, der die Schalen und Krüge der Mitbewerber genau betrachtet hatte.

»Eure Glasur ist makellos. Bei der Ware der übrigen Töpfereien hingegen kann sogar ich kleine Blasen und Unebenheiten erkennen. Auch die kirchlichen Motive der anderen verblassen gegen die Euren.«

Erfreut hatte Katharina in die Hände geklatscht. Sie strahlte über das ganze Gesicht. Das schien die Pilger anzulocken. Noch während sie am Stand Krüge, Teller und Becher auspackte, kamen bereits die ersten Käufer.

»Hoffentlich reicht deine Ware bis zur Abreise«, neckte Servatius sie. Als es gegen Mittag ruhiger wurde, bat Katharina den Mönch, auf den Stand zu achten, da sie sich die Beine vertreten wollte.

Neugierig schlenderte sie umher. Überall waren bunte Fahnen und Wimpel zu sehen, die junge Burschen als Kennung ihres Heimatortes an Stangen hochhielten. Die Frauen hatten ihre Sonntagskleider angezogen und die Männer ihr feinstes Wams. Überall sah das Mädchen lachende und freundliche Gesichter.

Katharina hatte gehört, dass der Hülfensberg der »Berg der heiligen Hülfe« und ein bedeutender Wallfahrtsort war. Nun konnte sie sich selbst davon überzeugen, dass Pilger von nah und fern in Scharen anreisten, um im Gebet Trost und Zuversicht zu finden und um Kraft und Hoffnung zu gewinnen.

Das Mädchen erblickte einen blinden Mann mit wettergegerbtem Gesicht, um den sich eine Schar Kinder versammelt hatte. Neugierig trat das Mädchen näher. Aufmerksam lauschten die Kleinen dem Alten, der ihnen Legenden aus dem Eichsfeld erzählte. Nach und nach blieben auch immer mehr Erwachsene stehen und lauschten der mitreißenden Geschichte. Interessiert hörte Katharina zu, wie die Quelle am Hülfensberg zu ihrem Namen kam. »Einen Hirtenknaben, der am Hang des Hülfensberges eine kleine Schafherde hütete, quälte unbändiger Durst«, begann der Alte. »Wochenlang hatte es nicht mehr geregnet, und alle Büsche und Pflanzen waren verdorrt. Wie gern wäre er zum Dorfbrunnen nach Geismar gelaufen, doch er wollte den Vater nicht enttäuschen, der ihm aufgetragen hatte, niemals die Herde zu verlassen. Schon von klein an war der Knabe ein frommer und lieber Junge gewesen und hatte stets das Jesuskind verehrt. Als der Durst stetig größer wurde, betete der Knabe zu dem göttlichen Kinde. Plötzlich rieselte Wasser aus dem felsigen Erdreich hinter ihm, und Hirte und Vieh konnten sich daran laben. Aus Dankbarkeit nannte der Knabe die Quelle ›Jesusbrünnlein‹.«

Freudig klatschten die Zuhörer dem blinden Erzähler Beifall, und im Weggehen hörte Katharina, wie sie dem Mann Kleingeld in seinen Blechnapf warfen.

Katharina reihte sich in die Schlange der Wartenden vor der Kapelle ein. Es ging rasch voran, und bereits nach kurzer Zeit stand sie vor dem romanischen Kreuz. Sie bekreuzigte sich und blickte zur Christusfigur empor. Anschließend setzte sie sich in eine Bank und genoss das Glücksgefühl, dass ihr lang gehegter Wunsch in Erfüllung gegangen war. Sie kniete nieder und sprach leise ein Dankgebet.

Nach und nach leerte sich das Gotteshaus, da der Hunger die Menschen jetzt zu den vielen Ständen zog, die schmackhafte Köstlichkeiten anboten. Katharina verspürte weder Appetit noch Durst, sondern wollte nichts weiter, als in der Kapelle sitzen und ihren Gedanken nachhängen.

Burghard drängte sich wie viele andere an den Stand, an dem warmer Zwiebelkuchen feilgeboten wurde. Er hatte den würzigen Duft schon von Weitem gerochen und war seiner Nase gefolgt. Bereits beim ersten Bissen fühlte er sich zurückversetzt in seine Kindheit. Während er genüsslich seine Mahlzeit verspeiste, blickte er zum Eingangsportal der Kapelle und erkannte erfreut, dass dort niemand mehr wartete, um zum Kreuz zu gelangen.

›Endlich komme ich hinein, ohne mich anstellen zu müssen.‹ Burghard wischte sich die Finger an seiner Hose ab und ging in die Kapelle. Nur wenige Gläubige waren anwesend, trotzdem setzte er sich in die letzte Bank. Da er seinen Hut in einem Gotteshaus unmöglich weiter aufbehalten konnte, wählte er einen Platz ganz hinten, denn dort fiel nur wenig Licht hin, und man würde seine Tonsur nicht gleich bemerken. Der junge Franziskaner wollte weder angestarrt werden noch Fragen beantworten müssen, weshalb er sich wie ein Bauer kleidete, obwohl er doch offensichtlich ein Mönch war.

Im Dialog mit seinem Schöpfer bat er um Verständnis und Vergebung für sein Handeln und seine Verkleidung. Als er das Holzkreuz betrachtete, an dem Jesus als goldgekrönter König dargestellt war, glaubte er ein Lächeln auf dem Antlitz der Jesusfigur zu erkennen. Der Herr vergab ihm. Zum ersten Mal seit langem spürte er innere Ruhe. Dankbar blieb er sitzen und betete.

Anna und Friedrich wollten sich schnellstmöglich auf den Heimweg machen. Zwar wusste Anna, dass es ihr schwerfallen würde, ihrem Bruder auf unbestimmte Zeit Lebewohl zu sagen, dennoch zog es sie mit aller Macht auf den elterlichen Hof, um dort ein neues Leben zu beginnen.

Bevor sie jedoch abreisen konnten, musste entschieden werden, was mit Münzbachers Leichnam geschehen sollte. Zuerst wollten Clemens und Burghard ihn im Wald verscharren. In Dingelstedt hätte Anna ihn dann als vermisst melden sollen. Doch nach Abwägung aller Gründe, die dafür und dagegen sprachen, befürchteten sie, dass man Anna womöglich unangenehme Fragen stellen könne oder sogar Nachforschungen über Münzbachers Verbleib anstellen würde. Das wollten sie tunlichst vermeiden, und so hatten sie diese Möglichkeit schnell wieder verworfen. Nach einigem Überlegen waren sie schließlich übereingekommen, dass Anna den Tod ihres Mannes beim Vogt von Bischofstein melden sollte.

Der Vogt und die Bauernmiliz hatten ihre Zelte auf dem Hülfensberg aufgebaut, da ihnen Gerüchte zu Ohren gekommen waren, dass Adlige lutherischen Glaubens beabsichtigten, die Wallfahrt zu stören. Doch bisher war alles ruhig geblieben.

Anna hatte all ihren Mut zusammengenommen und war zum Zelt des Vogtes gegangen. Zitternd und weinend hatte sie ihm mitgeteilt, dass ihr Mann im Wald gestolpert und dabei so unglücklich mit dem Kopf auf einen Stein gefallen sei, dass er an der Verletzung starb.

Der Vogt war sofort in den Wald zu dem Toten geeilt. Zuerst hatte er Zweifel, ob es sich bei dem Unglück wirklich so verhalten hatte, wie die junge Frau es schilderte. So entschloss er sich, sie mit zu seinem Zelt zurückzunehmen, um sie genauer zu befragen. Doch als sie weinend an der Leiche ihres Mannes zusammenbrach und nicht nur seinen, sondern auch den Verlust ihres toten Bruders beklagte, hatte es sich der Vogt noch einmal überlegt. Da er an dem Leichnam auch keine Spuren feststellen konnte, die gegen eine natürliche Todesursache sprachen, bestätigte er schließlich, dass es sich um einen Unfall handele. Allerdings bat er Anna eindringlich, Stillschweigen zu bewahren, da er vermeiden wollte, dass die frommen Leute in Aufregung versetzt wurden. Der Vogt veranlasste zudem, dass man Anna ein Schriftstück ausstellte, das den Hergang des Unfalls schilderte und bestätigte, dass ihr Mann eines natürlichen Todes gestorben sei. So war Anna einer jeden Schuld am Tod ihres Mannes enthoben. Außerdem ordnete der Vogt von Bischofstein an, dass der Leichnam wegen der Hitze auf dem schnellsten Wege nach Dingelstedt gebracht werden sollte. Anna war sehr erleichtert, dass alles für sie so glimpflich abgegangen war, und so eilte sie zum vereinbarten Treffpunkt am Waldesrand zurück, wo die anderen bereits auf sie warteten. Auch die Kutsche, die sie und Friedrich nach Hause bringen sollte, stand schon bereit.

Als sie bei ihnen angelangt war, war es für die Geschwister an der Zeit, sich zu verabschieden. Weinend lagen sie sich in den Armen. Clemens wusste, dass er seine Schwester beruhigt ziehen lassen konnte, da sein Freund Friedrich sie beschützen würde. Erst nachdem er Anna immer wieder versprochen hatte, eines Tages nach Dingelstedt zurückzukehren, war sie bereit gewesen, in die Kutsche zu steigen.

Jetzt, da Anna auf dem Nachhauseweg war, spürte Clemens erst, wie erschöpft er war. So beschlossen die beiden Männer, sich erst am darauffolgenden Tag auf den Weg zur Werra zu machen. Burghard besah sich noch einmal die Wunden des jungen Arnold, die dank seiner Kenntnisse in Kräuterkunde gut verheilten. Nur die Sonne musste Clemens meiden, was ihm nicht weiter schwerfiel, da er sich die vergangenen Tage über im Wald versteckt gehalten hatte. Erst als es dunkel war, hatte er am Vorabend gewagt, in die Kapelle zu gehen, um für Anna und seine Freunde zu beten und seinem Schöpfer zu danken.

Jetzt saß Clemens im dichten Unterholz und wartete, dass sein Freund ihm etwas zu essen brachte.

Auf dem Hülfensberg herrschte ein Kommen und Gehen. Die meisten Pilger begaben sich am frühen Morgen auf den Gipfel und machten sich nachmittags wieder auf den Heimweg.

Johann und Franziska hatten vereinbart, sich in einer Stunde an einem der Stände, an dem Würzwein verkauft wurde, wieder zu treffen. Sie hatten sich getrennt, da Franziska in der Kapelle beten wollte, die Johann als Lutheraner nicht betrat. Auch wenn die junge Frau ihren Glauben vor der Heirat mit Johann abgelegt und den seinen angenommen hatte, so war sie ihrem alten Glauben noch immer verbunden.

In der Kapelle spürte Franziska angenehme Kühle. Nur wenige Menschen waren da. Nickend ging sie an einem Mädchen mit blonden Zöpfen vorbei, das sie freundlich anlächelte. Und in der letzten Reihe in einer dunklen Ecke meinte Franziska einen jungen Bauern erkennen zu können. Sie setzte sich, um im Gebet für ihr Glück zu danken. Doch stattdessen sprach sie in Gedanken über ihre Ängste und bat den Herrn, dass alles gut werde und sie und Johann eine neue Heimat finden würden. Noch wussten sie nicht, wo die sein würde. Erst am Vortag hatten die jungen Eheleute deswegen ihren ersten Streit gehabt, da Johann vorhatte, ins Hessenland überzusiedeln.

»Ins Hessenland?«, hatte sie ungläubig gefragt. »Nein, Johann, da bringen mich keine zehn Pferde hin. Ich will auf dem Eichsfeld bleiben. Hier bin ich geboren, das ist meine Heimat. Unser Eichsfeld ist groß genug, und wir werden mit Sicherheit einen Ort finden, wo Bonner uns nicht vermutet.«

»Aber, Franziska, was spielt es für eine Rolle, ob wir uns hier auf dieser Seite der Werra niederlassen oder drüben auf der anderen im Hessenland? Die Heimat trägt man im Herzen. Und schließlich ist das Eichsfeld ein Landstrich wie jeder andere auch. Mit Städten, Dörfern, Wäldern und Flüssen. Im Grunde sieht auf dieser Seite der Werra doch alles genau gleich aus wie auf der anderen. Sogar die Menschen sind die gleichen …«

Wütend hatte Franziska mit dem Fuß aufgestampft und die Hände in die Hüften gestemmt. »Wie kannst du die Eichsfelder mit anderen Menschen gleichsetzen? Dass sie etwas Besonderes sind, siehst du doch wohl an mir!«

Das Zucken um Johanns Mund verriet ihr, dass er an sich halten musste, um nicht zu lachen. Aber dann hatte er es doch getan und sie an sich gezogen. Ihre Wut war schnell verraucht, und liebevoll hatte sie sich an ihn geschmiegt.

»Johann, im Ernst, ich möchte nicht fort von hier. Die hügeligen Wälder, unsere Burgen und das Ohmgebirge. Hier fühle ich mich zu Hause, und hier sollen unsere Kinder aufwachsen. Das Eichsfeld ist nicht irgendein Landstrich. Es ist meine Heimat, und nirgendwo sonst möchte ich sein.«

»Ach, Franziska, wenn dir so viel daran liegt, dann werden wir bleiben«, hatte Johann seufzend nachgegeben.

Lärm schreckte die Besucher der Kapelle auf und veranlasste sie, nach draußen zu gehen.

Vor der Pilgerstätte befand sich ein Dutzend Reiter. Ihrer Kleidung und dem prachtvollen Zaumzeug ihrer Pferde nach zu schließen, muss es sich wohl um Adelige handeln, dachte

Franziska, als sie die Reiter erblickte. Einer der Umstehenden fragte: »Ist das da nicht Heiderich von Hanstein?« Die meisten zuckten mit den Achseln, als ein anderer erwiderte: »Ja, du hast Recht, das ist einer der Söhne von Hansteins auf Wiesenfeld. Und der daneben ist Stoffel von Harstall.«

»Und der auf dem Rappen, das ist einer von den Keudel zu Schwebda … Christoph mit erstem Namen.«

»Die sind doch alle unkatholisch! Was wollen sie dann auf dem Hülfensberg?«

Die Reiter brachen in schallendes Gelächter aus, als sie hörten, was die Leute sagten, und sahen, dass die Furcht ihnen ins Gesicht geschrieben stand. Ihr Benehmen war alles andere als adelig. Sie machten sich einen Spaß daraus, lauthals über katholische Bräuche und fromme Pfaffen zu spotten. Rücksichtslos ritten sie dann durch die Pilgerscharen und beschädigten mutwillig den Kramladen eines Händlers aus Eschwege.

Franziska suchte ängstlich nach Johann. Aus den Augenwinkeln konnte sie sehen, wie die Reiter absaßen und die Waren des Eschweger Krämers verwüsteten. Dann entdeckte sie Johann und lief eilends zu ihm.

Nun versuchten einige mutige Männer, den wütenden Reitern Einhalt zu gebieten. Unter ihnen war auch Servatius, der mit freundlichen Worten auf sie einsprach.

Katharina war hinter Burghard aus der Kapelle gelaufen und versteckte sich, ohne dass er es bemerkte, hinter seinem Rücken. Vor Aufregung hatte der junge Mönch vergessen, seinen Hut wieder aufzusetzen. Als Katharina die Tonsur sah, starrte sie wie gebannt auf Burghards Schädel.

›Ist das etwa auch ein Mönch?‹, dachte sie und achtete nicht mehr auf das Geschehen um sie herum. Schließlich tippte sie mit dem Finger auf seine Schulter. Burghard wandte den Kopf.

»Entschuldige, aber bist du ein Mönch?«, fragte sie ohne Umschweife. Erschrocken sah er sie an und stotterte: »Wie kommst du darauf?«

»Weil du eine Tonsur hast – zwar nicht so sauber ausgeschoren wie bei meinem Mönch …«

»Bei deinem Mönch?«, fragte Burghard verwirrt. Das Mädchen nickte.

»Er heißt Servatius und hat mich zusammen mit Barnabas, dem Magier, hierher begleitet«, erklärte Katharina arglos und blickte suchend umher.

»Sieh – da drüben ist er.«

Schon rief sie seinen Namen und hob die Hand, um dem Franziskaner zuzuwinken. Der versuchte gerade, auf einen der Unruhestifter besänftigend einzureden, als er Katharina rufen hörte. Servatius nickte ihr zu und wollte sich wieder den Reitern zuwenden, als er den Bauern bemerkte, der neben ihr stand und hastig seinen Hut aufsetzte. Der Bursche kam ihm bekannt vor. Doch bevor er weiter darüber nachdenken konnte, wurde Servatius von einem der adeligen Raufbolde abgelenkt, der den Hülfensberg als »Teufelshaus« beschimpfte.

Burghard versuchte indes so unauffällig, wie es seine zitternden Beine zuließen, den Kirchplatz zu verlassen. Weil sich Katharina für den Tumult nicht interessierte, lief sie hinter ihm her, um eine Antwort auf ihre Frage zu erhalten. Als sie ihn eingeholt hatte, redete sie eindringlich auf ihn ein. Ob er nicht Bruder Servatius kennenlernen wolle, fragte sie. Da war es mit Burghards Geduld vorbei.

»Ich will weder dich noch deinen Mönch sehen! Lass mich in Ruhe, bitte … Und vergiss am besten, dass wir uns begegnet sind!«

Dann drehte er sich um und lief in den nahen Wald. Überrascht blieb Katharina stehen und sah dem Fremden kopfschüttelnd nach.

›Weshalb war er so unfreundlich und aufgebracht?‹, fragte sie sich und beschloss dann, zurück zu ihrem Stand zu gehen. Weder Servatius noch Barnabas achteten auf ihre Waren, wie Katharina entsetzt feststellte. Doch da die Keramik unbeschädigt in den Körben lag, beruhigte sie sich sogleich und hockte sich auf eine Kiste.

Während die Pilger nun zur Kapelle drängten, wo mittlerweile zur Wallfahrtsmesse geläutet wurde, sah Katharina, wie die adeligen Störenfriede fernab an einem Bierstand zechten und lauthals fluchten, dass ein Donnergewitter Kirchen und Pfaffen zerschlagen möge.

Bis zum Ende der Messe hatten sie bereits mehrere Krüge Bier geleert. Einige von ihnen saßen wieder hoch zu Pferde und drohten der Menge mit ihren Pistolen. Hämisch lachend richteten sie ihre Waffen sogar auf den herbeigeeilten Vogt von Bischofstein, der versuchte, sie zu besänftigen.

Mit bangen Augen blickte Franziska zu den Reitern hinüber, als sie spürte, dass jemand sie anstarrte. In unmittelbarer Nähe stand ein junger Mann, der sie nicht aus den Augen ließ.

»Johann«, flüsterte sie, »der da drüben schaut mich so merkwürdig an. Kennst du ihn?«

Johann sah zu dem Mann.

»Nein! Den habe ich noch nie gesehen. Aber lass ihn doch starren – vielleicht hat er schon lange keine so hübsche Frau mehr gesehen«, mutmaßte Johann vergnügt und verfolgte wieder den Tumult. Doch Franziska sah erneut zu dem Mann hinüber, der anscheinend genau wie sie überlegte, woher sie sich kannten. In dem Augenblick, als es ihr wie Schuppen von den Augen fiel, erkannte auch er sie.

»Du bist die Hexe von Duderstadt!«, murmelte er laut genug, dass sie seine Worte hören konnte.

Franziska glaubte, die Erde würde sie verschlingen, denn ihre Beine gaben unter ihr nach und alles drehte sich plötzlich um sie. Im letzten Moment fing Johann sie auf. Er sah das Entsetzen in ihrem Blick und schaute dann in Richtung des jungen Mannes.

Der zeigte jetzt mit dem Finger auf beide und schrie: »Sie ist eine Hexe … eine Hexe, jawohl! Halb Duderstadt hat sie verhext und den da auch!« Er wies auf Johann und schrie so lange, bis alle Leute um ihn herum Franziska und Johann anstarrten.

»Du bist verrückt!«, rief Johann wütend. Doch da seine Frau schlaff in seinen Armen hing, konnte er den dummen Menschen nicht seine Fäuste spüren lassen, wozu er augenblicklich große Lust gehabt hätte. Franziska erholte sich langsam wieder und flüsterte Johann leise zu: »Er hat mich erkannt. Als dein Oheim mich aus Duderstadt fortbrachte … Er ist der Ausrufer … Unsere Blicke haben sich nur für einen Augenblick getroffen … O Johann«, weinte sie, »er wird uns verraten!«

Als der Ausrufer von Duderstadt erneut die Stimme erheben wollte, fiel ein Schuss. Kreischend liefen die Menschen auseinander. Niemand wusste, woher der Schuss gekommen war, und so herrschte Panik auf dem Vorplatz der Kapelle. Johann nutzte die allgemeine Verwirrung und zog Franziska hinter sich her in den Wald. Sie rannten, als ob der leibhaftige Teufel hinter ihnen her wäre, und blieben erst stehen, als sie vollkommen außer Atem waren.

Katharina hatte derweil hinter ihrem Stand aufgepasst, dass niemand ihre Waren stahl. Endlich gesellte sich Barnabas wieder zu ihr und half, so manchem Langfinger auf die selbigen zu hauen.

Auch Servatius kam zurück an den Stand und meinte: »Ich habe wirklich mein Bestes getan, aber meine Worte haben sie nicht erreicht.« An Katharina gewandt, fragte er dann: »Wer war denn der Mann vorhin neben dir am Eingang zur Kapelle?«

Katharina war gerade dabei, ihre Waren neu zu ordnen, und zuckte nur mit den Achseln.

»Das kann ich dir nicht beantworten. Ich habe ihn dort zum ersten Mal gesehen. Aber er sah lustig aus mit seinem ausrasierten Hinterkopf und in Bauernkleidern. Was ist, Servatius, geht es dir nicht gut? Du bist ja mit einem Mal ganz bleich im Gesicht.«

»Er ist hier!«, krächzte Servatius und sah zu Barnabas.

»Wer?«

»Burghard!«

Da hob der Magier drohend beide Hände und erwiderte verärgert: »Ich dachte, wir wären uns einig, mein Freund! Du hast versprochen, niemals wieder diesen Namen zu erwähnen, und dafür habe ich dir einen Teil deines gestohlenen Geldes gegeben.«

»Ja, aber …«

»Nichts aber! Und daran hältst du dich, sonst …«

Weiter kam er nicht, denn Katharina fragte unschuldig: »Wer ist Burghard?«

Wütend drehte sich Barnabas um und wollte gerade den Stand verlassen, da fiel ein Schuss.

Ängstlich verbargen sich alle drei hinter der Töpferware, als viele hastige Schritte zu hören waren.

Die Bauernmiliz von Großbartloff war angerückt und wurde von den umherstehenden Leuten mit Gejohle empfangen. Mutige schlossen sich der Miliz an, um gegen die adeligen Junker vorzugehen. Doch plötzlich knallte wieder ein Schuss, und Heiderich von Hanstein stürzte getroffen vom Pferd. Jemand schrie panisch nach einem Arzt. Als der Magier das hörte, eilten er und Servatius zu dem verletzten Reiter.

Katharina blieb allein zurück. Als sie erneut einen Pilger

dabei erwischte, wie er einen Krug mit einem eingebrannten Psalm stehlen wollte, hatte das Mädchen genug. Sie jagte den Dieb davon und begann dann, die Töpferarbeiten in Sackleinen zu wickeln.

›Heute hat sicherlich niemand mehr Interesse an Geschirr‹, dachte sie.

Nachdem Katharina nach einer Weile alles verpackt hatte, lief sie zu Barnabas und Servatius. Die standen noch immer bei dem Verletzten, dem selbst Barnabas nicht mehr helfen konnte.

Der katholische Pfarrer aus Ershausen kniete neben dem Sterbenden, um ihm die Letzte Ölung zu geben. Doch der Mann wandte den Kopf und wies das Sakrament brüsk zurück. Mit schwindender Kraft flüsterte er: »Das ist nicht meine Religion!«

Bestürzt sah der Pfarrer auf und rief in die Menge: »Ist hier jemand mit *seiner* Religion? Der soll vortreten, um einem Sterbenden Beistand zu leisten.«

Ein Mann trat vor und kniete neben Hanstein nieder.

»Ich komme aus Eschwege, Herr. Man nennt mich Konrad Manguß.« Mit glasigem Blick nickte Heiderich, und Manguß blieb bei ihm, bis den Edelmann der Tod ereilte.

Der Vogt gestattete nur einem Freund des Toten, den Platz zu verlassen, um der Familie die traurige Nachricht zu überbringen.

Die zurückgebliebenen Gefährten trugen die Leiche zu einem Tisch im Schatten. Sie falteten die Hände des Toten zum Gebet und bedeckten ihn mit einem Tuch. Die Junker hielten Wache, bis die Familie von Hanstein eintraf. Als die Seinen vor dem Leichnam standen, schworen sie Rache und wollten nicht eher ruhen, bis der Schuldige gefunden war.

Kapitel 44

Die Bauernmiliz nahm ihren Einsatz auf dem Hülfensberg sehr ernst – schließlich galt es, den Mord an einem Adeligen aufzuklären. Da sich der Vogt ein dauerhaftes Heer wegen der hohen Kosten nicht leisten konnte, rief er seine Männer nur zusammen, wenn es tatsächlich vonnöten war und es darauf ankam, den Frieden und besonders die Grenzen zu sichern.

Die meist unverheirateten Knechte, aus denen eine solche Miliz bestand, besserten mit ihrem Beitritt ihr Einkommen auf. Mussten sie sonst niedere Arbeiten auf dem Hof eines Bauern verrichten, bot sich ihnen bei solchen Einsätzen die Gelegenheit, Achtung zu erlangen, aber auch Gewalt auszuüben. So auch jetzt. Mit verbissenen Gesichtern und den Gewehren stets schussbereit, befragten sie die Pilger.

Doch selbst nach Stunden gab es nicht eine Aussage, die einen Hinweis auf den Mörder geliefert hätte, denn die meisten Wallfahrer hatten nichts beobachtet. Andere widersprachen sich in ihren Aussagen über das Aussehen des mutmaßlichen Mörders – für einige Pilger war der Täter groß und schlank gewesen, ein anderer glaubte, einen kleinen, gedrungenen Mann gesehen zu haben. Einer behauptete sogar, er habe beobachtet, wie ein Adeliger die Pistole abgefeuert hätte.

Einige Pilger, von denen bekannt war, dass sie sich in unmittelbarer Nähe des Geschehens befunden hatten, wurden dem Vogt vorgeführt. Im Beisein von Fritz von Hanstein, dem Bruder des Getöteten, wurden sie verhört und manch einer der Verdächtigen erst nach Stunden wieder frei gelassen.

Die Familie von Hanstein zeigte sich wenig zufrieden, dass man kaum etwas herausgefunden hatte. So wurde die Miliz auch in die Umgebung ausgesandt, um weitere Personen zu befragen.

Doch den Schuldigen aufzuspüren erschien so aussichtslos, wie eine Nadel im Heuhafen zu finden.

Franziska tat in der Nacht kein Auge zu. Immer wieder sah sie das Gesicht des jungen Mannes aus Duderstadt vor sich. Es war zu einer Fratze verzerrt gewesen, als er sie lauthals der Hexerei bezichtigt und dabei mit seinem langen, dünnen Finger auf sie gezeigt hatte.

Die Erinnerung daran ließ Franziskas Herz schneller schlagen. Im Stillen machte sie sich immer wieder Vorwürfe, dass sie Johann überredet hatte, auf den Hülfensberg zu pilgern. Ausgerechnet zum bekanntesten Wallfahrtsort auf dem Eichsfeld, zu dem aus allen Richtungen die Menschen strömten, hatten auch sie wandern müssen!

Die junge Frau sah gequält zu ihrem Mann. Sie hatten sich in einem von Unterholz überwucherten Waldstück niedergelassen, und Johann schlief nun seelenruhig neben ihr auf einem weichen Laubbett. Sie seufzte leise. Jetzt müssten sie ins Hessenland gehen, es blieb ihnen keine andere Wahl. Franziska fürchtete, dass der Ausrufer zu Bonner eilen und ihm von dem Zusammentreffen berichten könnte – und so, wie Franziska den Bauern einschätzte, würde dieser sofort zum Hülfensberg reiten, um sie zu suchen. Er würde sicherlich Gleichgesinnte mitbringen und erst Ruhe geben, wenn er sie gefunden hätte.

Diese unheilvollen Gedanken schienen Franziska auf den Magen zu schlagen. Ein flaues Gefühl breitete sich in ihrem Bauch aus und steigerte sich rasch. Plötzlich konnte sie nicht mehr an sich halten, sprang von ihrem Nachtlager auf und hinter den nächsten Baum. Immer wieder würgte sie, bis der Magen nichts mehr hergab.

Erschöpft legte sie sich zurück zu Johann, der noch immer ruhig schlief und nichts bemerkt hatte. Der Morgen graute bereits, als Franziska erschöpft in einen unruhigen Schlaf sank. Doch bald darauf wurde sie unsanft geweckt. Als sie aufblickte, stand ein Soldat mit einem Gewehr im Anschlag vor ihnen. Erschrocken rüttelte Franziska Johann wach, der sie verschlafen anblinzelte. Doch als er die Mündung des Gewehrlaufs vor sich sah, setzte er sich ruckartig auf.

»Was willst du?«

»Ich stelle hier die Fragen! Wer seid ihr, und was macht ihr mitten im Wald?«

»Wir haben geschlafen!«, antwortete Johann unwirsch. Im selben Moment trat der Mann nach ihm.

»Ich will wissen, was ihr hier macht?«, brüllte der Fremde und richtete sein Gewehr bedrohlich auf Johann.

»Herrgott noch mal! Meine Frau und ich waren auf dem Hülfensberg zur Wallfahrt und haben uns abseits vom Trubel einen Schlafplatz gesucht …«

Weiter kam Johann nicht mit seinen Erklärungen, denn Franziska sprang auf, obwohl der Fremde noch immer das Gewehr auf sie gerichtet hielt. Sie konnte nicht länger liegen bleiben, da es sie erneut würgte.

»Bleibt stehen!«, rief der Mann nervös. Franziska gehorchte und erbrach sich vor seine Füße.

»Verdammt noch mal! Sieh, was du getan hast!«, schrie der Fremde angewidert.

»Franziska, was ist mit dir?«, fragte Johann besorgt. Erschöpft sank die junge Frau zu Boden.

»Nimm endlich das Gewehr herunter, und lass uns in Ruhe! Wir haben nichts Unrechtes getan.«

Der Mann erkannte, dass er hier nichts ausrichten konnte, und ging wortlos von dannen.

Johann blickte ihm für einen Moment hinterher und dann besorgt zu seiner Frau.

»Ist er weg?«

»Ja, Liebes. Was ist nur mit dir?«

»Ich fühle mich nicht wohl, und ich bin schrecklich müde.«

»Dann schlaf noch etwas!«, riet Johann fürsorglich. »Danach geht es dir bestimmt wieder besser.«

Als Franziska erwachte, war es früher Tag, und ein würziger Geruch stieg ihr in die Nase. Johann saß vor einem kleinen Feuer und röstete ein Eichhörnchen, das er kurz zuvor in einer Falle gefangen hatte. Kaum erblickte sie das blutige Fell auf dem Boden, sprang sie erneut auf und übergab sich hinter dem nächsten Baum auf den Waldboden. Mitfühlend sah Johann zu seiner jungen Frau.

»Geht es dir noch immer nicht besser?«

Erschöpft wischte sie sich über den Mund und lehnte sich an den Baumstamm.

»Ich mache mir große Vorwürfe, dass ich dich in diese Lage gebracht habe, Johann. Deshalb konnte ich nicht schlafen, und anscheinend sind mir die Sorgen auf den Magen geschlagen ... Und dann dieser Soldat, der uns bedroht hat ... Jetzt müssen wir doch ins Hessenland fliehen! Dort, wo ich niemals hingehen wollte. Ach, Johann, was passiert noch alles, bis Ruhe in unser Leben einkehrt? Werden wir je ein Heim haben oder müssen wir stets in der Angst leben, dass mich jemand erkennt?« Sie wagte kaum aufzublicken.

»Komm zu mir, Franziska.«

Liebevoll strich Johann seiner Frau über das Haar.

»Irgendwann kommen wir mit unseren Kindern zurück und zeigen ihnen unser Eichsfeld – das verspreche ich dir. Alles ist gut, solange wir zusammen sind. Halte noch etwas durch, Liebste!«

Clemens erwachte mit Magenknurren, denn seit dem vergangenen Mittag hatte er nichts mehr gegessen. Da Burghard vor

Bruder Servatius Hals über Kopf geflohen war, hatte er vergessen, seinem Freund etwas Essbares mitzubringen.

Als Clemens sich aufsetzte, sah er den Mönch betend ein Stück abseits von ihrem Nachtlager knien. Mit einem leisen »Amen« stand Burghard auf und drehte sich zu dem jungen Arnold um. Ohne Umschweife erklärte er: »Es wird das Beste sein, wenn wir uns trennen, Clemens. Du musst dich nicht mit mir belasten und womöglich in Gefahr begeben …«

»Was meinst du mit *Gefahr*?«

Burghard zuckte mit den Achseln.

»Ich bin mir nicht sicher, aber wenn Barnabas und Servatius mich bis hierher verfolgt haben, dann bestimmt nicht, weil sie einen Becher Wein mit mir schlürfen wollen«, sagte Burghard mit einem leichten Anflug von Spott in der Stimme.

»Aber du erwähntest, dass eine junge Frau bei ihnen war. Vielleicht sind sie ihretwegen hier auf dem Berg, und es ist reiner Zufall, dass ihr euch begegnet seid.«

»Das wäre wahrlich ein großer Zufall. Nein, nein, ich kenne die beiden. Sie haben mich verfolgt … Da kannst du sehen, zu welchem Hass Servatius fähig ist. Er will mich umbringen – das spüre ich. Servatius ist vom rechten Weg abgekommen, und Barnabas hindert ihn nicht, seine Mordabsichten zu verfolgen.«

Burghard klang verzweifelt und zitterte am ganzen Körper, obwohl die Sonne bereits die Morgenluft erwärmte.

Clemens ging zu dem jungen Mönch, legte ihm die Hand auf die Schulter und sprach beschwörend auf ihn ein: »Wir bleiben zusammen! Ich denke nicht daran, dich allein ziehen zu lassen. Was wäre ich für ein Mensch, dich deinem Schicksal zu überlassen, nachdem du mir das Leben gerettet hast? Außerdem brauche ich dich …«, fügte Clemens mit einem Augenzwinkern hinzu.

»Du allein kannst den Meuchelmörder finden. Auch wenn wir weder sein Aussehen noch seinen vollen Namen kennen, so wirst du dich an seine Stimme erinnern können …«

»… und an den Geruch seines Tabaks!«, fügte Burghard lächelnd hinzu. »Ja, du hast Recht, Clemens, selbst wenn ich es wollte, ich kann dich nicht alleinlassen. Du bist auf mich angewiesen!«

»Genau so ist es!«, lachte der junge Arnold und klopfte dem Franziskaner aufmunternd auf den Rücken.

Kaum war Katharina erwacht, kroch sie aus dem Zelt und ging zu ihrem Verkaufsstand. Während sie Teller, Krüge und andere Töpferarbeiten nach Mustern sortierte, sah sie Fritz von Hanstein und den Vogt von Bischofstein vorübergehen und hörte, wie der Adelige sagte: »Wer auf dem Hülfensberg nichts zu schaffen hat, der sollte auch nicht hierherkommen. Schließlich ist es ein Wallfahrtsort der Katholischen, und die Meinigen haben hier nichts verloren.«

Tröstend klopfte der Vogt dem Adeligen auf die Schulter: »Ihr habt recht gesprochen. Doch seid versichert, wir werden den Mörder Eures Bruders fassen … Die gesamte Miliz wird den Wald auf dem Berg durchkämmen.«

Katharina hielt in ihrer Arbeit für einen Moment inne, doch dann wurde sie von einer Kundin abgelenkt und vergaß das Gespräch der beiden Männer rasch wieder. Servatius gesellte sich zu ihr, doch da sie ihn mit Nichtachtung strafte, ging er nach einer Weile wieder.

Das Mädchen sah ihm nachdenklich nach, und ihre Gedanken schweiften zum vergangenen Abend und zu dem Franziskaner, der anscheinend keiner mehr war.

Nachdem Servatius ihren Pakt gebrochen hatte, den Namen Burghards nie wieder zu nennen, war Barnabas grollend fortgegangen und erst in den Morgenstunden zurückgekehrt.

Verwundert über das Verhalten des Magiers, hatte Katharina Servatius nach dem Grund gefragt, und dieser schien froh, seinem Ärger Luft machen zu können. Ausführlich hatte er ihr alles berichtet, von der ersten Begegnung mit dem jungen Mönch bis zu dem Diebstahl seines eigenen kleinen Vermögens. Doch Katharina, die die Lehre des Franz von Assisi gut kannte, hatte Servatius erstaunt zur Rede gestellt: »Du darfst kein Geld dein Eigen nennen, ebenso wenig wie sonstige weltliche Güter …«

»Willst du mich etwa belehren?«, hatte der Mönch sie daraufhin angefahren. »Ich weiß selbst, was ich darf und was nicht. Das musst du mir nicht sagen! Kümmere dich um den Verkauf deiner Ware, damit dich Barnabas zurück nach Heiligenstadt bringen kann, wo deine Hochzeit vorbereitet wird. Alles andere lass meine Sorge sein …«

Zornig über die Zurechtweisung, hatte Katharina ihn angefaucht: »Ich dachte, du bist mein Freund! Aber anscheinend bist du nur selbstsüchtig und verblendet, woran der Habit nichts ändert. Du wirst den Pakt mit Barnabas brechen und nicht eher Ruhe geben, bis du den anderen Mönch gefunden hast, das ist mir jetzt klar!«

Servatius winkte nur verächtlich ab und ging davon.

Katharina war entsetzt, wie ein Mann es wagen konnte, sich mit dem Gewand der Franziskaner zu kleiden und mit dem Namen des Heiligen durch die Lande zu ziehen, aber nicht nach seinen Werten und Lehren handelte. Enttäuscht von Servatius' Eigensucht schwor sich Katharina, kein Wort mehr mit ihm zu sprechen.

Es war ein guter Morgen für das Geschäft mit der Töpferware der Jacobis. Vor Ende der Wallfahrt erstand so mancher Pilger noch ein Erinnerungsstück, und bereits nach kurzer Zeit hatte Katharina die Hälfte der ausgestellten Ware verkauft. Barnabas gesellte sich zu ihr und rühmte ihre Geschäftstüchtigkeit, was das Mädchen sehr freute. Mit glänzenden Augen bedankte es sich für das Lob.

»Hast du schon gefrühstückt?«, fragte der Magier sie dann.

Als sie verneinte, bot er ihr an: »Ich werde eine Weile an deiner statt verkaufen, damit du etwas essen und, wenn du möchtest, auch noch die Kapelle besuchen kannst. Am frühen Nachmittag sollten wir alles zusammenpacken und uns auf den Weg zurück nach Heiligenstadt machen …«

Katharina überlegte einen Moment, ob sie ihm sagen sollte, dass Servatius nicht die Absicht hatte, mit ihnen zu gehen. Doch sie verwarf den Gedanken schnell wieder.

»Einige Stände weiter gibt es eine hervorragende Walnusspaste … Schließlich sollst du nicht abgemagert vor den Altar treten«, fuhr der Magier fort.

Schlagartig verging Katharina der Appetit. Sie nickte nur stumm und ging mit hängenden Schultern davon.

Barnabas war das nicht entgangen, und er sah dem Mädchen nachdenklich hinterher. Er mochte Katharina, da sie so unverdorben und ehrlich war. Als aufmerksamer Beobachter hatte er bereits im Haus der Jacobis bemerkt, dass Katharina wenig Begeisterung für die geplante Hochzeit zeigte. Auch dass sie die heilige Elisabeth verehrte und ihr nacheifern wollte, war ihm sogleich aufgefallen. Bereits auf dem Weg zum Hülfensberg hatten Katharina und er deswegen einen hitzigen Wortwechsel geführt.

Katharinas Augen hatten wie immer bei der Erwähnung des Namens der heiligen Elisabeth vor Begeisterung zu leuchten begonnen. Der Magier aber hatte nichts Gutes an der Heiligen gelassen: »Elisabeth muss wahnsinnig gewesen sein. Sie hat ihre Familie im Stich gelassen, um in Armut zu leben. Weil ihr Beichtvater, dieser Ketzerjäger Konrad von Marburg, es von ihr verlangte, hat sie das Essen verweigert. Sie hat sich gegeißelt, ließ sich demütigen und züchtigen. Elisabeth hatte keinen eigenen Willen mehr. Nein, Katharina, ihr muss man nun wirklich nicht nacheifern.«

Erbost hatte Katharina widersprochen: »Aber das sind nur Geschichten, die um sie ranken. Tatsache ist, dass Elisabeth viel Gutes vollbracht und Menschen geholfen hat, die in Not waren …«

Kopfschüttelnd hatte Barnabas sie angesehen und das Gespräch für beendet erklärt. Trotzig und stumm war Katharina hinter ihm her marschiert und hatte erst wieder auf dem Hülfensberg das Wort an ihn gerichtet.

Der Magier machte sich keine weiteren Gedanken über Katharinas Eifer, Gutes zu tun. Ihre Hochzeit war beschlossene Sache und wurde bereits vorbereitet. War sie erst einmal verheiratet, würde sie sich damit abfinden und ihre Träume rasch vergessen – davon war er überzeugt.

Katharina hingegen war sich sicher, sich niemals mit der erzwungenen Heirat abfinden zu können. Zwar gelang es ihr immer wieder, das Ganze weit von sich zu schieben, doch Barnabas und Servatius erinnerten sie durch ihre Äußerungen stets aufs Neue daran. Dieses unglückselige und erzwungene Versprechen! Zwar hatte sie es der Schwester gar nicht gegeben, aber trotzdem wurde von ihr verlangt, es einzulösen.

›Ich bin noch so jung!‹, jammerte sie in Gedanken und blickte zum Himmel empor.

Nur notgedrungen hatte sie ihren Eltern nachgegeben und versprochen, Otto zu ehelichen, wenn sie vom Hülfensberg zurück wäre. Wer hätte das an ihrer Stelle nicht getan? Schließlich wäre der Vater nie und nimmer mit der Wallfahrt einverstanden gewesen, wenn sie der Heirat nicht zugestimmt hätte.

Katharina verscheuchte ihre Gedanken, als sie die Kapelle betrat. Im Inneren empfing sie lautes Gemurmel. Viele Gläubige hatten anscheinend ebenfalls den Wunsch verspürt, zum Ende ihrer Wallfahrt nochmals zu beten.

Als Katharinas Blick durch den Raum schweifte, traute sie

ihren Augen nicht. In der hintersten Bank in eine Ecke gepresst, glaubte sie den jungen Mönch vom Vortag wiederzuerkennen. Katharina bekreuzigte sich und setzte sich unweit von ihm nieder. Der junge Mann schien sie nicht bemerkt zu haben, denn er betete stumm weiter.

Immer wieder schielte das Mädchen zu ihm hinüber. Als die Leute zwischen ihnen ihren Platz verließen, rutschte Katharina neben den Mönch.

»Ich habe noch nie einen so gläubigen Dieb gesehen«, wisperte sie. Erschrocken blickte der Mönch auf. Als er sie erkannte, schaute er sich ängstlich um.

»Keine Angst! Dein Freund Servatius ist nicht hier«, beruhigte sie ihn.

»Servatius ist nicht mein Freund, und ich bin kein Dieb. Ich habe nichts Unrechtes getan!«

»Ach nein?«, fragte Katharina. Burghard blickte ihr nun in die Augen und erklärte ernst: »Die Lehre des Franz von Assisi verbietet alle weltlichen Güter. Nur das, was ich auf dem Leib trage, gehört mir. Franz von Assisi lehnte nicht nur den Besitz, sondern sogar die bloße Berührung mit Geld ab. Außerdem bete ich nicht für mich, sondern für meinen Bruder Servatius, damit er wieder zurück auf den rechten Weg findet.«

Katharina war für einen Augenblick sprachlos. Solche inbrünstigen Worte über die Lehre der Franziskaner hatte sie von Servatius nicht vernommen. Auch dass der junge Mann dem älteren anscheinend nichts nachtrug und sogar für ihn betete, verblüffte sie. Sagte der junge Mönch etwa doch die Wahrheit, und er war gar kein Dieb? Täuschte sich Servatius womöglich in seinem Verdacht?

»Wenn du unschuldig bist, warum gehst du dann nicht zu Servatius und klärst die Angelegenheit auf?«, flüsterte Katharina, um die Betenden nicht zu stören. Burghard schüttelte heftig den Kopf.

»Du kennst ihn nicht so gut wie ich. Er wird mir nicht glauben. Für ihn bin ich schuldig, da er mir alles Schlechte zutraut, obwohl ich nie etwas Böses getan habe … Er hasst mich, und das vergiftet seine Seele. Deshalb bete ich für ihn und hoffe, dass er in den Schoß unseres Schöpfers zurückfindet.«

Wieder ließen die frommen Worte das Mädchen aufhorchen. Dieser Bursche, der nicht viel älter war als sie, schien ähnlich zu denken. Sie war beeindruckt, dass er seinen Glauben leben und nicht heucheln wollte. Spontan fragte sie: »Kennst du die heilige Elisabeth?«

»Was für eine dumme Frage! Natürlich nicht, sie ist schon lange tot. Aber ich habe von ihrem Leben und Wirken gehört. Ich verehre sie, da sie eine wohltätige Frau war. Das böse Geschwätz über sie lasse ich nicht gelten. Es war ein Franziskanermönch, der ihr half, ihren Glauben zu Gott zu finden, als sie unglücklich mit ihrem Leben in Reichtum war und …«

Katharina hörte ihm nicht mehr zu. Ihr Herz raste. Da war jemand, der genauso empfand wie sie. Schon am Tag zuvor hatte der verkleidete Mönch sie angezogen, und jetzt wusste sie, was es war, das sie verband – ihr tiefer, ehrlicher Glaube.

Katharina blickte nach vorne zum Kreuz mit der Christusfigur am Altar. Irgendetwas hielt ihren Blick gefangen. Plötzlich hatte sie das Gefühl, als ob ein Schleier vor ihrem Gesicht weggezogen würde. Erschrocken zuckte sie zusammen, denn sie erkannte klar und deutlich ihren Weg.

Burghard war das nicht entgangen, und er fragte bestürzt: »Geht es dir nicht gut?«

Lächelnd erwiderte sie: »Mir ging es noch nie so gut wie in diesem Augenblick!«

»Soll ich nicht einen Arzt holen, Franziska? Auf dem Hülfensberg ist sicher einer, der dir helfen kann.«

Unterhalb der Kapelle, versteckt hinter dichten Fichten, hatten Johann und Franziska erneut ihr Lager aufgeschlagen, da es ihr noch immer nicht besser ging. Sie hofften, dass sie hier ungestört blieben und beschlossen, so lange zu ruhen, bis Franziska wieder genesen war.

»Nein, Johann, das wird nicht nötig sein. Mir ist sicherlich das Essen gestern nicht bekommen. Mir geht es bald besser.« Matt legte sie sich zurück auf das Lager, das Johann aus trockenen Blättern aufgehäuft hatte.

»Es ist bereits später Mittag, und du hast seit gestern nichts gegessen … Ich werde dir etwas Bekömmliches bringen.«

Als Franziska die Sorge in Johanns Augen erkannte, nickte sie stumm. Johann versprach, rasch zurück zu sein, und war froh, endlich etwas für seine Frau tun zu können. Zwar hatte er seit dem Erwachen ihre Hand gehalten, sie gestreichelt und getröstet, doch besser wurde ihr dadurch nicht. Jetzt wollte er Milch und Brot kaufen. Vielleicht konnte er auch einen Arzt um Rat fragen. Den Gedanken, dass er dem Ausrufer von Duderstadt erneut begegnen könnte, schob er weit von sich, zumal er diesen bereits auf dem Weg zu Bonner vermutete.

Auf dem Platz vor der Kapelle wimmelte es von den Soldaten der Bauernmiliz, und Johann machte einen großen Bogen um sie. Als er die Kaufleute nach einem Arzt fragte, hörte er, dass dieser bereits am Morgen abgereist war.

Ein Magier sei noch hier, antwortete ein Kaufmann, der frische Teigtaschen anbot. Nachdem man ihm beschrieben hatte, wo der weise Mann zu finden war, ging Johann los und stand schließlich vor der Verkaufsbude einer Töpferei.

Fragend sah Johann sich um, als er von einem blonden Mädchen mit dicken Zöpfen angesprochen wurde.

»Möchtest du etwas kaufen?«

»Nein, ich brauche nichts«, antwortete Johann schroff. Als er ihren enttäuschten Blick sah, stotterte er: »Obwohl deine Ware wirklich sehr schön ist …«

Fragend zog Katharina eine Augenbraue hoch.

»Was willst du dann?«

»Man sagte, dass hier ein Magier zu finden sei … Aber das ist sicher ein Irrtum.«

»Nein, das stimmt!«

»Ach ja?«

»Ja! Was willst du denn von Barnabas?«

»Ich brauche Medizin für meine Frau.«

»Du hast eine Frau?«

Stolz nickte Johann.

»Bist du mit dem Magier verheiratet?«, fragte Johann das Mädchen.

»Gott behüte, nein!«

»Was wäre so schlimm daran?«, fragte Barnabas, der hinzugetreten war, ohne dass die beiden es bemerkt hatten.

Eine feine Röte überzog Katharinas Wangen, doch schließlich antwortete sie mit einem schelmischen Lächeln: »Du wärst mir zu alt!«

Jetzt lachte Barnabas laut und stützte sich dabei auf seinen Stock.

»Zu alt … sagt sie!« Auch Katharina stimmte in das Lachen ein, doch sie verstummte, als sich Servatius zu ihnen gesellte. Sie warf ihm einen bitterbösen Blick zu und wandte sich brüsk von ihm ab. Barnabas trat einen Schritt auf Johann zu und sagte: »Du hast nach mir gefragt, junger Freund. Womit kann ich dir dienen?«

Johann schilderte Franziskas Zustand.

»Bring dein Weib her, damit ich ihr Leiden besser beurteilen kann.«

»Das wird nicht gehen. Wir müssen weiter … Außerdem wollte Franziska nicht, dass ich zu einem Mediziner gehe.«

»Aber was soll ich dir geben, junger Freund? Etwas gegen einen verdorbenen Magen oder etwas gegen morgendliche Übelkeit, weil sie guter Hoffnung ist?«

»… guter Hoffnung? Kann das sein?«

Barnabas lachte wieder. ›Das scheint heute ein lustiger Tag zu werden‹, dachte er bei sich.

»Wenn du das nicht weißt … Wie soll ich es wissen?«

Johann spürte, wie heiße Röte sich in seinem Gesicht ausbreitete. Als die dunklen Augen des Mönchs ihn voller Spott ansahen, wäre er am liebsten weggelaufen. Stotternd sagte er: »Ich werde mit Franziska kommen, damit Ihr sie Euch ansehen könnt.«

Barnabas nickte.

»Ich werde auf Euch warten!«

Fassungslos wandte sich Johann ab, um einen Brotstand zu suchen. Seine Gefühle schwankten zwischen Freude und Sorge. Wenn Franziska tatsächlich guter Hoffnung war, würde das ihre Lage zusätzlich erschweren.

›Auch, wenn das Kind erst in einigen Monaten auf die Welt kommen würde, so müssten wir sehr bald eine feste Bleibe finden‹, dachte Johann und war traurig, dass er sich über ihr erstes gemeinsames Kind nicht sorglos würde freuen können.

»Burghard, wir haben doch schon Not genug, uns allein durchzuschlagen. Wir sind schon zu lange hier und können nicht bis zum Abend warten. Es wird Zeit aufzubrechen …«

»Aber ich habe ihr versprochen, dass sie mit uns kommen kann …«

»Das hättest du nicht tun sollen, jedenfalls nicht, bevor du mit mir gesprochen hast. Außerdem sind hier überall die Männer der Bauernmiliz. Es wundert mich, dass wir noch nicht entdeckt worden sind«, fügte Clemens barsch hinzu.

Nicht nur die Knechte der Miliz beunruhigten ihn, auch spürte er seit geraumer Zeit eine stetig wachsende Unruhe, die er nicht zu deuten wusste. Das Gefühl, beobachtet zu werden, machte ihn nervös, sodass er hinter jedem Baumstamm den Meuchelmörder vermutete. Clemens wollte weit weg. Erst im Hessenland würde er sich sicher fühlen. Hastig packte er seine Sachen zusammen.

»Ich muss ihr wenigstens Nachricht geben, dass wir nicht warten werden«, versuchte der Mönch Clemens umzustimmen, da ihn sein schlechtes Gewissen plagte.

»Warum? Auch das kostet Zeit, und du könntest erkannt werden ...«

»Aber ich habe es ihr versprochen«, jammerte Burghard.

»Herrgott, was ist nur los mit dir?«

Laut aufseufzend setzte sich Clemens auf einen abgesägten Baum.

»Also gut! Lauf zu dem Mädchen. Aber beeile dich. Es wird bald Mittag. Trödelst du, mein Freund, werde ich ohne dich gehen.«

Erschrocken sah der Franziskaner Clemens an. Der wirkte ernst und entschlossen. Deshalb nickte Burghard nur kurz und rannte zwischen den Bäumen hoch zur Kapelle.

Da Servatius sich am Stand aufhielt, war es Burghard nicht möglich, auf sich aufmerksam zu machen, ohne dass der andere Mönch ihn ebenfalls bemerkt hätte. Schließlich sprach er eine Frau mit einem Kleinkind auf dem Arm an und bat sie um Hilfe. Da sie ihm die Geschichte der heimlichen Liebe glaubte, die er ihr erzählte, ging sie zu Katharina und flüsterte ihr etwas zu, ohne dass Barnabas oder Servatius es hören konnten.

Hinter der Kapelle versteckt, ging Burghard ungeduldig auf und ab. Die Zeit verstrich, und er würde nicht länger warten können. Doch plötzlich stand sie vor ihm.

»Servatius passt auf den Stand auf, weil ich sagte, dass ich einen Augenblick lang verschwinden müsste ...«, erklärte Katharina atemlos.

Fragend blickte sie ihn an und ahnte bereits, was er ihr sagen wollte.

»Das verstehe ich nicht«, wisperte Katharina. »Du hast es versprochen. Ich kann nicht zurück zu Otto.«

»Hast du kein schlechtes Gewissen gegenüber deinen Eltern? Oder gegenüber den kleinen Kindern deiner verstorbenen Schwester?«

»Warum tust du das? Das hat dich doch gestern auch nicht gestört! Warum kann ich nicht einfach meinen Weg gehen, ohne an andere denken zu müssen? Natürlich macht es mich traurig, wenn ich an meine Mutter und an die drei Buben denke. Aber ich will Otto nicht heiraten, der mich bis ans Ende meiner Tage niederhalten würde. Er kann meine Freundin Gudrun heiraten! Wenn ich nicht mehr da bin, wird er sicher sie zur Frau nehmen«, beruhigte Katharina sich selbst. Mit einem gequälten Lächeln blickte sie auf.

»Ich werde dir einfach folgen – sofort – und nicht mehr zurück zum Stand gehen.«

»Aber dann weiß niemand, was mit dir passiert ist, und sie werden dich suchen.«

Plötzlich stockte Burghard der Atem. Es lagen nicht nur Rauch und Essensgeruch in der Luft, da war auch noch etwas anderes ... ein süßlicher Geruch nach Tabak. ›Er ist hier!‹, dachte der Mönch entsetzt.

»Ich muss gehen!« Ohne ein weiteres Wort drehte er sich um und verschwand zwischen den Bäumen. Für einen Augenblick wusste Katharina nicht, wie ihr geschah. Hier bot sich die einzige Gelegenheit, ihrem Schicksal zu entkommen, und nun wollte dieser Mann einfach verschwinden, ohne sie mitzunehmen.

Tränen des Zorns traten ihr in die Augen. Ohne nachzudenken, rannte sie hinter dem Mönch her. Sie rief ihm nach, er solle warten, und tatsächlich blieb er stehen. Wortlos ergriff er ihre Hand und zog sie eilend mit sich fort.

Servatius tippelte hinter dem Stand unruhig von einem Bein auf das andere und wartete auf Katharina.

Die Kunden stellten ihm Fragen zur Töpferware, die er nicht beantworten konnte. Einer hatte ihn deshalb sogar verspottet.

›Wo bleibt sie nur?‹, dachte er und blickte suchend umher.

Als er zur Wiese sah, glaubte er zunächst an eine Täuschung. Er blinzelte und schaute nochmals hin. Tatsächlich, da war das Mädchen und lief auf den Wald zu. Aus Leibeskräften rief der Mönch Katharinas Namen, und sie drehte sich zu ihm um. Auch der Mann, dessen Hand sie hielt, blieb stehen. Als sich ihre Blicke trafen, wurde Servatius erneut von Hass und Wut übermannt.

»Burghard, du Dieb!«, schrie er aus Leibeskräften. »Bleib stehen.«

Doch Burghard drehte sich um und begann erneut zu laufen, das Mädchen an der Hand. Servatius wollte den beiden Fliehenden hinterher, doch die Bauernmiliz wurde auf ihn aufmerksam, und zwei der Knechte hielten ihn zurück.

Das Letzte, was Servatius von Katharina sah, waren ihre blonden Zöpfe, die auf und ab wippend zwischen den Bäumen verschwanden.

Kapitel 45

Kohlschwarze Augen blickten Servatius ungläubig an. Immer wieder schüttelte der Magier das silbergraue Haupt.

»Konntest du erkennen, ob er sie mit Gewalt mitgenommen

hat?«, fragte er den Mönch zweifelnd. »Das passt nicht zu dem Jungen …«

»Pah, warum sollte ein Dieb nicht auch ein Mädchen verschleppen?«, gab Servatius wütend zurück. »Warum sollte Katharina ihm freiwillig folgen?«

»Sie sind beide aus dem gleichem Holz geschnitzt. Gläubig, ehrlich – und indem Katharina einfach verschwindet, ist es ihr möglich, der Ehe mit ihrem Schwager zu entgehen.«

»Gläubig, ehrlich – alles Lügen!«

Servatius sah Barnabas herausfordernd an, doch der sagte entschieden: »Wir müssen Katharina suchen!«

»Wenn mich die Miliz nicht festgehalten hätte, wäre ich ihnen hinterhergeeilt. Aber so sind sie bestimmt schon weit gekommen …«

»Wir können unmöglich ohne das Mädchen zurück nach Heiligenstadt gehen.«

»Katharina ist mir egal – ich will diesen verdammten Burghard …«

Mit gefährlich leiser Stimme erinnerte Barnabas ihn: »Es war deine Idee, das Mädchen zu begleiten, also trägst auch du die Verantwortung! Oder glaubst du, ich will wegen Entführung gesucht werden?«

Als Servatius nicht antwortete, befahl der Magier: »Pack die Sachen zusammen! Wir werden die Töpferware im Schwesternhaus der Zisterzienserinnen zurücklassen und Katharina folgen. Ich werde nicht eher ruhen, bis wir das Mädchen wohlbehalten zu Hause abgegeben haben.«

»Ja, aber …«

»Nichts aber – tu, was ich dir gesagt habe!«

»Das hat nichts mit dir zu tun, Katharina, aber wir können dich nicht mitnehmen!«

Als Clemens Burghard und das Mädchen erblickt hatte, war es zu spät gewesen, sein verletztes Gesicht zu verbergen. Anscheinend hatte der Mönch sie auf sein Aussehen vorbereitet, denn sie schaute weder weg, noch war ihr Blick erschreckt gewesen. Eher mitleidig, was Clemens jedoch ebenso wenig ertragen konnte.

»Geh zurück zu deinen Leuten, denn wir müssen uns eilen ...«

»Ich könnte für euch sorgen, kochen ... Ich würde alles tun, wenn ich nur mit euch ziehen darf«, bettelte das Mädchen.

»Verstehst du nicht? Wir leben von dem, was wir im Wald finden, sind auf der Flucht, und zudem ist ein Mörder hinter mir her, von dem ich nicht einmal weiß, wie er aussieht ...«

»Clemens, er ist vielleicht hier! Ich konnte den Tabak riechen ...«

»Bist du von Sinnen? Das sagst du mir jetzt und bringst sie auch noch mit hierher? Ihre Leute haben uns sicherlich bereits die Miliz auf den Hals gehetzt ...«

Clemens konnte nicht verhindern, dass seine Worte schroff klangen. Wütend stand er mitten im Wald und schaute zuerst den jungen Mönch und dann das Mädchen an. Mit einem Mal war alle Kraft aus ihm gewichen und er flüsterte: »Es ist hoffnungslos ... Wir können uns ebenso gut der Bauernmiliz stellen. Dich, Burghard, wird man wegen Diebstahls einsperren. Katharina bringt man zu ihrer Familie zurück und ich ... Der Meuchelmörder wird niemals aufgeben!« Resigniert setzte sich Clemens auf den Waldboden.

»Was redest du da?«, fragte Katharina verständnislos. »Es gibt immer Hoffnung. Auch wenn du es nicht klar erkennst, aber unser Herr ist bei uns und beschützt uns. Warum hat er uns Burghard geschickt und mit ihm die Hoffnung, unserem Leben eine Wende geben zu können?«

Als Clemens aufblickte, glaubte er an eine Erscheinung. Katharina stand genau vor der Mittagssonne, sodass sich die Strahlen an ihrem Rücken brachen und die Konturen ihres Körpers anstrahlten. Sie sah aus wie ein Engel. Clemens schloss die Augen, dann öffnete er sie wieder und sagte: »Lasst uns gehen!«

Weinend kauerte Franziska auf dem Waldboden. Johann versuchte leise auf sie einzureden.

Doch seit er die Vermutung geäußert hatte, dass sie vielleicht ein Kind erwartete, konnte Franziska nichts trösten.

»Was habe ich getan?«, flüsterte sie.

Johann wusste, dass Franziska sich für die missliche Lage, in die sie ihn gebracht hatte, verantwortlich fühlte. Nun fürchtete sie, auch ihrem eigenen Kind von Beginn an keine sichere Heimstatt bieten zu können. Er spürte, dass er langsam ungehalten wurde, doch es gelang ihm, mit sanfter Stimme vorzuschlagen: »Liebste, lass uns zu dem Magier gehen. Vielleicht ist es doch nur ein verdorbener Magen.«

Als sie nichts erwiderte, zog er sie an den Händen hoch, strich ihr die Haare aus dem Gesicht und sagte in strengem Ton: »Sieh mich an, Frau!«

Erschrocken gehorchte Franziska.

»Wir gehen jetzt zu diesem Magier, und er wird dir etwas geben – egal, wie die Krankheit heißt, die dich quält. Erwartest du tatsächlich ein Kind, dann werden wir uns dieser Aufgabe stellen. Der liebe Herrgott wird schon wissen, warum er es uns ausgerechnet zu diesem Zeitpunkt schickt – und jetzt hör auf zu weinen!«

Auch wenn sein Blick grimmig wirkte, spürte Johann, wie sein Ärger wich. Franziskas blasses Gesicht und die Angst in ihren Augen hatten seinen Groll vertrieben.

Die junge Frau rang mit sich, denn die Furcht schnürte ihr die Luft ab. »Aber was ist, wenn der Mann aus Duderstadt …«

»Sollte er es wagen, ein schlechtes Wort über dich zu sagen, lasse ich ihn meine Fäuste spüren. Und jetzt komm!« Wortlos griff Franziska nach ihrem Bündel und folgte Johann den Berg hinauf.

Barnabas und Servatius luden gerade die letzten Körbe mit Töpferware auf den Karren, als Johann und Franziska zu ihnen stießen. Der Magier und der Mönch erkannten den jungen Mann sofort.

»Wir haben keine Zeit für euch, denn wir haben Wichtiges zu schaffen«, sagte der Franziskaner und wandte sich von ihnen ab. Ängstlich klammerte sich die junge Frau an ihren Mann. Doch Barnabas trat zu den beiden und schickte den Mönch fort, die Körbe im Schwesternhaus zu lagern. Widerwillig tat Servatius, wie ihm geheißen.

Bereits beim ersten Blick auf die junge Frau hätte der Magier die Ursache für ihre Übelkeit benennen können. Doch da das seinen Lohn schmälern würde, sah er Franziska zuerst in den Mund, dann in die Augen und Ohren und klopfte anschließend auf ihre Schultern. Mit angespannter Miene riet er: »Pulver von spanischem Pfeffer mit Honig vermischt …«

»Ist es so schlimm, dass nur ein solch ungewöhnliches Mittel sie retten kann?«, fragte Johann, und seine Stimme klang verzweifelt. »Wo soll ich das herbekommen?«, fügte er hinzu.

»Nun, habt ihr keinen spanischen Pfeffer, dann kann auch ein Aufguss aus Anis, Dill oder Pfefferminze die morgendliche Übelkeit vertreiben. Meist dauert dieser Zustand nicht lange an. Hat sich der Körper erst einmal daran gewöhnt, wird es besser …«

»Welche Krankheit habe ich?«, flüsterte Franziska.

»Die schönste, die eine Frau bekommen kann. Ihr seid guter Hoffnung!«, lächelte der Magier. Auch Johann lächelte zaghaft und schaute Franziska an. Die zitterte wie Espenlaub und schluchzte leise.

»Freut sie sich nicht?«, fragte Barnabas erstaunt.

»Nein! In unserer Lage wird es sehr schwierig werden mit einem Kind.«

»Junger Freund«, sagte Barnabas und klopfte Johann wohlwollend auf den Rücken, »nenn mir eine Familie, die zur rechten Zeit Kinder bekommen hat. Alle Menschen sehen immer nur das Schlechte! Doch was wäre die Welt ohne Kinder? Öde und leer, sage ich Euch. Ohne Zutrauen und Liebe wäre sie. Kinder bedeuten Hoffnung! Was bleibt vom Leben ohne Hoffnung?«

Dann nahm er Johann zur Seite und versprach: »Ich gebe dir ein Mittel, das deine Frau freudig stimmen wird.«

»Gibt es so etwas?«

»Gegen jedes Leid ist ein Kraut gewachsen!«

Barnabas kramte in seinem Beutel und holte verschiedene Säckchen hervor. Aus einem füllte er ein grobes Pulver aus getrockneten und zerstoßenen Pflanzen in ein Stück Tuch. Aus dem anderen gab er kleine dunkle Samenkörner hinzu.

»Das Pulver ist Baldrian. Von dem kocht ihr täglich sechs Fingerspitzen zu einem Sud auf. Soll dein Weib ruhig schlafen, lass ihn lange ziehen, soll er sie beruhigen, dann eher kürzer. Das andere ist Anis – gegen die Übelkeit. Am Waldesrand stehen einige Haselnusssträucher. Sieh, ob du Nüsse vom letzten Jahr auf dem Boden findest. Diese soll sie zu einem Brei zerkauen und schlucken. Ansonsten hab Geduld mit ihr. Bald wird sie sich besser fühlen, und dann überwiegt die Freude …«

Wohlwollend klopfte er Johann auf die Schulter und nannte seinen Preis, den der junge Mann bereitwillig zahlte. Als Barnabas den Mönch mit grimmigem Blick auf sich zukommen sah, sagte er: »Jetzt muss ich mich verabschieden, denn wir müssen uns auf die Suche nach jemandem machen, und die Zeit drängt.«

Franziska, die nicht aufzublicken wagte, nickte dem Magier kurz zu und verschwand dann mit Johann zwischen den Bäumen. Nachdenklich sah Barnabas ihnen hinterher. ›Euer Geheimnis würde ich gern kennen!‹

Clemens wollte mit Burghard und Katharina am Fuße des Hülfensbergs die Grenze ins Hessenland überqueren. Das Städtchen Wanfried, das bereits auf Hessenseite, aber nahe zum Eichsfeld lag, erschien ihnen dafür geeignet. Clemens war der Ansicht, dass sie nicht auffallen würden, da sich dort tagtäglich Händler und Kaufleute tummelten, um ihre Erzeugnisse feilzubieten.

Wanfried war einer der wichtigsten Umschlagplätze für allerlei Waren. Zudem floss durch das Städtchen die Werra. So konnte man dank der Schifffahrt lange Landwege umgehen und die Erzeugnisse in alle Himmelsrichtungen verschiffen.

Da die Bauernmiliz die üblichen Wege, die sich wie eine Schlange um den Hülfensberg wanden, überwachte, kämpften sich die drei Flüchtigen durch dichtes Gestrüpp.

Unwegsames Unterholz zerkratzte Katharina die Arme. Es war schwül, und der Schweiß trieb ihr aus den Poren und in die Wunden, die dadurch anfingen zu brennen. Bereits nach kurzer Wegstrecke quälten Katharina zudem Hunger und Durst.

»Wie weit ist es noch?«, wollte sie erschöpft wissen.

Clemens warf ihre einen scharfen Blick zu. »Wenn du jetzt schon jammerst, da wir erst kurze Zeit unterwegs sind, kannst du gleich wieder umkehren!«

»Mich dürstet es nur sehr – mehr wollte ich gar nicht sagen!«, erwiderte das Mädchen kleinlaut und scheuchte die Fliegen fort, die es umschwirrten.

»Da wir nicht den direkten Weg nach Wanfried gehen können, sondern uns querfeldein durch den Wald schlagen müssen, benötigen wir mehr Zeit. Wenn wir jetzt ständig rasten, ist die Gefahr umso größer, entdeckt zu werden. Bist du dir dessen bewusst?«, fragte Clemens.

Doch bevor Katharina etwas entgegen konnte, sagte Burghard: »Ich habe ebenfalls Hunger, Clemens. Lass uns einen Moment ausruhen, und ich werde sehen, was ich zu essen finden kann. Anschließend werden wir ohne Rast nach Wanfried weitergehen.«

Missmutig ließ sich Clemens auf eine weiche Stelle im Moos fallen und riss kleinen Blüten aus, die um ihn herum den Waldboden bedeckten.

»Warum werden wir bei Wanfried die Grenze ins Hessenland überqueren?«, fragte Katharina, um die unangenehme Stille zwischen ihnen zu durchbrechen.

»Ich kenne Wanfried, seit ich ein kleiner Junge war. Mein Vater hat dort viele Pferde verkauft.«

»Ach, und jetzt nicht mehr?«

»Er ist tot!«, sagte Clemens und schloss die Augen, um keinen Zweifel daran zu lassen, dass das Gespräch für ihn beendet war. Leise, kaum hörbar, murmelte das Mädchen eine Entschuldigung.

»Es war ein Fehler!«, stöhnte der junge Arnold leise.

Dann schreckten beide auf, weil sie laute Stimmen hörten.

Ein Knecht der Bauernmiliz stieß Burghard mit dem Lauf seiner Muskete vor sich her, ein anderer folgte ihnen. Der junge Mönch musste die Arme hinter dem Kopf verschränkt halten und durfte sich nicht umdrehen. Als er sich laut über das Verhalten der Miliz beklagte, erhielt er einen Schlag gegen den Kopf, der ihn straucheln ließ. Clemens war aufgesprungen und sah ihnen angespannt entgegen.

»Seht ihr? Ich habe nicht gelogen! Das sind die beiden!«, schrie Burghard angstvoll.

»Warum schlagt ihr euch durch unwegsames Gehölz, wenn

ihr nichts zu verbergen habt?«, fragte der Knecht mit der Muskete, die er nun auf alle drei gerichtet hielt. Als keiner antwortete, befahl der andere: »Sofort mitkommen. Ihr werdet verdächtigt, Heiderich von Hanstein ermordet zu haben …«

»Welch ein Unfug!«, entfuhr es Burghard.

Sogleich streckte eine Faust ihn nieder. Katharina wollte zu ihm eilen, doch sie sah in den Lauf des Gewehres. Die beiden Burschen der Bauernmiliz schienen fest entschlossen, ihren Worten Taten folgen zu lassen. Der Blick des Mädchens fiel auf die Patronentasche, die gut gefüllt war, und sie bemerkte die Messer an den Gürteln der Knechte. Katharina schluckte schwer und rief mit leidenschaftlicher Stimme: »Seht das entstellte Gesicht meines Bruders – hier«, und sie wies dabei auf Clemens. »Wir haben auf der Wallfahrt gedankt, dass er bei dem schlimmen Brand mit dem Leben davongekommen ist. Doch die Menschen haben ihn schamlos angestarrt und manch einer hat ihn verhöhnt. Weil wir ihm das nicht länger zumuten wollten, haben wir den Weg durch den Wald nach Hause gewählt. Dann haben wir uns verirrt und sind immer weiter ins Dickicht geraten. Unser Bruder Burghard, den ihr geschlagen habt, wollte nach einem Weg aus dem Gehölz suchen …«

»Er sagte aber, dass er Essen …«

»Ja, das natürlich auch, und dabei einen Weg …«, stotterte Katharina. Clemens hatte nichts gesagt, sondern sie erstaunt angesehen. Doch jetzt ging er auf die beiden Knechte zu, obwohl diese ihn barsch anwiesen stehen zu bleiben. Als er nur noch wenige Schritte von ihnen entfernt war, befolgte er den Befehl und riss dabei sein Hemd hoch. Mit großen Augen sahen die Knechte auf die noch frische Narbe.

»Ist ja gut!«, stammelte der eine und schaute beschämt zu Boden. Der andere senkte das Gewehr und erklärte: »Ihr müsst ungefähr fünfhundert Schritt zurückgehen und euch dann rechts halten. Dort ist ein leicht zu erkennender Weg, den nur

Holzarbeiter nutzen. Dem folgt ihr bergab. Nach etwa zwei Stunden Marsch seid ihr in Döringsdorf und von dort ist es nur noch ein Katzensprung bis Wanfried.«

»Danke!«, murmelte Clemens und strich sein Hemd glatt.

»Ich weiß nicht, ob es von Bedeutung ist, aber auf dem Platz, wo der Mord passiert ist, war ein mit einer Mönchskutte gekleideter Mann. Er kam mir nervös und seltsam vor …«, sagte Burghard und machte dabei ein ernstes Gesicht. Als die Soldaten wissen wollten, wie der Mann genau ausgesehen hatte, zögerte Burghard nicht und beschrieb ihnen Servatius.

»Endlich haben wir eine Spur!«, triumphierten die beiden Knechte. Sie hoben die Hand zum Gruß und verschwanden in die Richtung, aus der sie gekommen waren.

Aufatmend setzten sich die drei auf den Waldboden. Katharina zitterte so sehr, dass ihre Zähne klapperten. Kopfschüttelnd sagte Clemens in ernstem Ton: »Wir werden in der Hölle schmoren.«

Erschrocken blickten das Mädchen und der Mönch auf. Doch der junge Arnold konnte nicht mehr an sich halten und prustete los: »Liebe Schwester, ich danke dir für dein Mitgefühl und dir, mein lieber Bruder, für deine gute Beobachtungsgabe …«

Erleichtert, noch einmal davongekommen zu sein, machten sie sich dann gemeinsam auf die Suche nach dem beschriebenen Weg. Keiner verspürte mehr Hunger oder Durst. Sie wollten so schnell wie möglich die Grenze ins Hessenland überschreiten.

Da Johann und Franziska keine Möglichkeit hatten, einen Sud aus den Kräutern des Heilers zu brauen, suchten sie nach Nüssen. Mehrere Handvoll wanderten in ihren Beutel. Johann knackte mit Hilfe zweier Steine die Schalen und reichte Franziska die Haselkerne. Nachdem sie diese sorgsam zerkaut und geschluckt hatte, spürte sie rasch, wie das flaue Gefühl in ihrem Magen nachließ.

»Gott sei gedankt! Es geht mir besser.«

»Können wir jetzt weiterziehen?«, fragte Johann.

Franziska nickte und lächelte ihn an. Hand in Hand gingen sie durch den Wald. Auch sie mieden den gewundenen Weg ins Tal. Zwar wusste Johann nicht, wo sie die Grenze ins Hessenland überqueren konnten, aber ein alter Mann hatte ihnen die Richtung gewiesen. Schließlich hatten sie zuvor den Weg zum Hülfensberg gefunden, ohne ihn zu kennen. Weshalb also sollten sie nicht auch den ins Hessenland finden?

Johann und Franziska standen auf der einen Seite des Flusses, Bonner auf der anderen. Immer wieder griff er nach Franziskas Arm, mit dem sie das Kleinkind fest an sich presste. Voller Zorn schrie der Bauer: »Ich werde dich und deine Brut ausmerzen.«

Als er wieder nach Franziska greifen wollte, verlor sie das Gleichgewicht und stürzte mit dem Kind in den reißenden Fluss. Als Johann hinterherspringen wollte, wurde er vom Schrei seiner eigenen Stimme wach. Er fuhr auf und spürte, dass er schweißgebadet war. Franziska neben ihm schlief ruhig.

›Es war nur ein Traum‹, dachte Johann. Doch Bonners hasserfüllte Augen wirkten in ihm nach. Um ruhiger zu werden, legte Johann sich wieder hin und schaute zu den Baumwipfeln empor, in denen sich das Sonnenlicht brach.

An dem schmalen Bach, der leise vor sich hin gluckerte, hatten sie ihren Durst gestillt. Da es unerträglich heiß geworden war, hatten sie sich nur eine kurze Rast gönnen wollen und waren beide eingeschlafen. Der Traum hatte Johann darin bestärkt, dass sie keine Zeit verlieren durften, und so weckte er Franziska sanft.

»Wir müssen weitergehen, Liebste. Vielleicht können wir heute noch das Hessenland erreichen.«

Franziska streckte sich, nahm einen Schluck Wasser und folgte ihrem Mann. Plötzlich traten einige Knechte der Bauernmiliz aus den Hecken und Sträuchern hervor und stellten sich ihnen in den Weg.

»Wo wollt ihr hin?«, fragte einer drohend, woraufhin Franziska sich ängstlich hinter Johanns Rücken versteckte.

»Bist du heute wieder wohlauf?«, fragte ein anderer an Franziska gewandt.

»Du kennst sie, Wolfgang?«

Der Angesprochene nickte.

»Ich habe sie nur einmal gesehen, und da ging es dem Weib nicht gut.« Mehr sagte er nicht, wofür Franziska ihm dankbar war. Knurrend fragte der ältere Knecht: »Ist euch ein Mönch begegnet?«

»Nicht hier!«, antwortete Johann. »Auf dem Hülfensberg war einer mit einem Heiler zusammen, aber das war bereits heute Morgen …«

»Wie sah er aus?«

Johann beschrieb Servatius.

»Das ist er!«, rief der Ältere seinen Kameraden zu und lief bereits von dannen. Die anderen folgten ihm wortlos. Johann sah ihnen nach und sagte dann: »Franziska, lass uns zügig weitergehen. Ich möchte noch vor der Dunkelheit im Hessenland ankommen.« Er fasste seine Frau an der Hand, und sie gingen mit raschen Schritten den Berg hinab.

Ohne weitere Vorkommnisse durchquerten Clemens, Katharina und Burghard das Waldgebiet am Hülfensberg. Kurz vor der Abenddämmerung traten sie zwischen den Bäumen hervor und standen auf einem schmalen Streifen braunen Ackerlands, das ein Mann gerade umpflügte. Rechts von ihnen, hinter weiteren Flurstücken, Wiesen und Äckern, waren einige Häuser zu erkennen.

Burghard sah dem Mann entgegen, der ebenso mager wie die Kuh war, die er vor den Pflug gespannt hatte. Als der Bauer die Hand zum Gruß erhob, schritt Burghard beherzt auf ihn zu und fragte freundlich, wo das Hessenland beginne. Der Mann zeigte auf die entlegenen Häuser und erklärte: »Durch das Dorf, über die Äcker – dann seid ihr drüben.«

»Und Wanfried?«

»Einige hundert Schritte durch das kleine Wäldchen, über die Äcker – dann seht ihr es.« Dabei zeigte er etwas schräg nach links.

Die jungen Leute bedankten sich und liefen lachend in Richtung Hessenland. Als sie den letzten Streifen Land überquerten, der zum Eichsfeld gehörte, dämpfte Nachdenklichkeit ihre Freude.

»Ich habe nie zuvor das Eichsfeld verlassen«, flüsterte Katharina und blickte sich atemlos zum kegelförmigen Hülfensberg um.

»Mir ist es einerlei, wo ich bin. Ich bin das Umherziehen gewohnt!«, sprach Burghard achselzuckend.

»Und ich habe keine andere Wahl, als die Heimat zu verlassen!«, sagte Clemens bitter. »Doch irgendwann werde ich zurückkehren – das schwöre ich!«

Mit brennenden Augen drehte er sich um und ging Richtung Wanfried. Als sie den schmalen Hain durchquert hatten, erkannten sie schon von Weitem reges Treiben vor dem Stadttor. Viele Menschen schienen noch vor dem Abend in den Schutz innerhalb der Stadtmauern gelangen zu wollen. Als die drei jungen Leute näher kamen, sahen sie die Soldaten der Bauernmiliz vor dem Tor. Jeder, der in die Stadt wollte, wurde angehalten. Wer den Knechten ausweichende Antworten gab oder ihnen nicht gerade in die Augen blickte, musste zur Seite treten und wurde grob befragt. Katharina hatte nichts zu befürchten; die Männer musterten sie nur und ließen sie dann passieren. Auf der anderen Seite des Tores bemerkte sie jedoch, dass sie ihre beiden Wegbegleiter verloren hatte, und blieb am Innentor stehen, um auf Clemens und Burghard zu warten. Sie stellte sich auf einen großen Kurvenstein, um über die Köpfe der Menschen sehen zu können. Da glaubte sie, einen silbergrauen Schopf in der Menge zu erkennen, der über alle anderen hinwegragte. Katharina erschrak und war wie erstarrt. ›Er hier?‹, dachte sie atemlos. Der Grauhaarige schien zu spüren, dass ihn jemand beobachtete, denn er blieb stehen und drehte sich langsam um. Schnell sprang Katharina von dem Stein und duckte sich.

Barnabas kniff leicht die Augen zusammen, konnte allerdings niemanden erkennen.

›Vielleicht habe ich mich geirrt‹, dachte er und folgte Servatius, der zornig Flüche murmelte und sich nicht beruhigen wollte.

Der Mönch war wütend, weil die Zisterzienserinnen sich geweigert hatten, die Ware im Kloster unterzustellen. Barnabas hingegen glaubte an die Fügungen des Schicksals und dass alles im Leben einen Sinn hatte – auch wenn man ihn nicht sofort erkannte. Deshalb hatte er nicht gezögert, den Karren samt der Ware mitzunehmen.

Nachdem Barnabas erfahren hatte, wohin die verschiedenen Wege vom Hülfensberg führten, war ihm sehr schnell klar geworden, dass flüchtige Menschen nur einen Weg nehmen würden – den ins Hessenland. Und so waren er und Servatius den geschlungenen Pfad bergab gefahren, Richtung Wanfried.

Als sie von der Bauernmiliz angehalten und verhört worden waren, wusste der Heiler, dass, hätten sie versucht, sich durchs

Unterholz zu schlagen, sie sicherlich verhaftet worden wären. Auch hatten sie erfahren, dass die Miliz einen Mönch verdächtigte, den Mord an Heiderich von Hanstein begangen zu haben. Doch mit dem Karren voll Töpferware konnte er die Soldaten überzeugen, dass sie für ein Kloster unterwegs waren und nichts Böses im Schilde führten. Sorge aber bereitete ihm Servatius. Denn als der hörte, dass ein Bauer einen Mönch beschuldigt hätte, der Mörder des Adligen zu sein, war beiden klar, dass dieser Bauer Burghard gewesen sein musste.

Der Magier vermutete, dass Katharina und der junge Mönch in die Stadt kommen würden, da sie von hier mit einem Boot flussabwärts ins Hessenland gelangen konnten. Doch das würde er zu verhindern wissen, denn er war fest entschlossen, das Mädchen zu seinen Eltern zurückzubringen. Und Burghard? Darüber würde er sich Gedanken machen, wenn es so weit war.

Katharina wagte weder laut zu atmen noch aufzublicken. Sie wusste nur, dass sie wieder auf die andere Seite der Mauern gelangen musste. Da die Menschen hereindrängten, schien es unmöglich, sich gegen den Strom zu stellen, der in die Stadt gedrückt wurde. Doch es half nichts – sie musste ihre Freunde warnen. Mit aller Kraft stemmte sich das Mädchen den Leuten entgegen, schlüpfte unter unzähligen Armen hindurch, um wieder nach draußen zu kommen, wo sie Clemens und Burghard vermutete. Tatsächlich entdeckte sie die beiden in einer Reihe mit anderen Männern stehen. Scheinbar geduldig warteten sie darauf, durch das Tor gelassen zu werden. Doch Katharina ahnte, dass der Eindruck täuschte. Clemens hatte seinen hellen Umhang umgelegt und nestelte nervös an der Kapuze, die er tief in die Stirn zog, um seine Verletzungen zu verbergen. Auch Burghard hielt seinen Hut fest, als habe er Angst, er könne ihm vom Kopf rutschen.

Als Burghard Katharina entdeckte, stupfte er Clemens an. Mit einem leichten Kopfnicken wies er zu Katharina, die ängstlich mit großen Augen zu ihnen hinüberschaute. Den beiden Männern war sofort klar, dass etwas nicht stimmte. Vorsichtig gingen beide Schritt für Schritt rückwärts, bis sie am Ende der Schlange angekommen waren. Dann drehten sie sich um und folgten eilig dem Weg, der von der Stadt wegführte. Katharina kam ihnen in einigem Abstand hinterher.

»He, ihr da! Wohin so eilig?«, rief ein Knecht der Miliz und lief ihnen nach. Doch das Gewehr und die gefüllte Munitionstasche waren ihm hinderlich, und so gab er bereits nach wenigen Schritten auf und kehrte unter dem Gejohle der Umstehenden, die seinen kläglichen Verfolgungsversuch beobachtet hatten, zurück zum Stadttor.

Außer Atem kamen Burghard, Clemens und Katharina in dem Wäldchen jenseits der Stadtmauer an. Ohne zurückzuschauen, waren sie einfach nur gelaufen, bis sie in den Schutz der Bäume gelangten.

»Warum bist du zurückgekommen?«, schnaufte Clemens atemlos. Auch Katharina japste nach Luft, bevor sie antwortete: »Barnabas und Servatius sind in der Stadt!«

»Was?«, fragte Burghard ungläubig. »Hast du sie gesehen und sie etwa dich?«

Immer noch kurzatmig, schüttelte das Mädchen den Kopf.

»Ich konnte nur den grauen Schopf von Barnabas erkennen … Als er sich umdrehte, habe ich mich geduckt.«

»Du hast nichts gesehen, jagst uns aber aus der Stadt und bringst uns in Gefahr! Wie willst du wissen, dass der Graukopf Barnabas war?«, fragte Clemens ungehalten.

»Es gibt nur einen, der einen auffallend silbrigen Schopf hat und größer als alle anderen ist … Barnabas!«, pflichtete Burghard Katharina bei.

Katharina nickte und schaute zu Boden, da ihr Tränen in den Augen brannten. Burghard streichelte ihre Hand.

»Es war richtig, dass du uns gewarnt hast. Lieber einmal zu viel, als einmal zu wenig«, entschied er. Clemens atmete laut aus und sagte: »Ich hatte gehofft, dass wir mit einem Schiff schnellstmöglich fortkönnen. Aber nun müssen wir bis zur nächsten Stadt gehen, um an Bord eines Kahns zu gelangen. Erst wenn wir auf der anderen Seite der Werra sind, werde ich mich sicher fühlen. Ihr wisst nicht, wie es ist, wenn man seinen Feind nicht kennt.«

Tatsächlich hatte Clemens, als er vor dem Tor gewartet hatte, bei jedem Atemzug befürchtet, einen süßlichen Tabakrauch wahrzunehmen. Angestrengt hatte er die Ohren gespitzt, ob er den Namen Adam hören würde. »Es tut mir leid, Katharina«, sagte er und schlug die Hände vors Gesicht. Er hatte alle Kraft verbraucht.

Bevor Katharina antworten konnte, warf Burghard ein: »Lasst uns tiefer in den Wald hineingehen und uns eine Stelle für ein Nachtlager suchen. Heute sind wir zu erschöpft, um noch weiterzuziehen. Ich werde uns etwas zu essen suchen.«

Als Franziska die vielen Menschen vor dem Stadttor von Wanfried erblickte, wurde sie erneut von Angst erfasst. Sie bat Johann inständig, nicht in die Stadt zu gehen.

»Aber, Franziska, hinter der Stadtmauer sind wir sicher aufgehoben. Nur dort können wir auf ein Boot gelangen, das uns weit weg bringen wird.«

»Johann, wenn ich all diese Gestalten sehe, wird mir übel!«, jammerte die junge Frau. Und schon würgte sie und erbrach sich.

»Wo soll ich dir einen Sud aufbrühen? Lass uns in ein Wirtshaus gehen, Franziska. Wir haben genügend Geld, um uns ein weiches Bett und eine anständige Mahlzeit leisten zu können.«

Doch die junge Frau gab nicht nach.

»Bitte, lass uns anderswo ein Schiff suchen. Ich habe hier kein gutes Gefühl …«

Verständnislos sah Johann sie an und seufzte. Dann blickte er müde zum Stadttor, das bald verschlossen werden würde. Die Dunkelheit war hereingebrochen, und nur der volle Mond erhellte ihnen den Weg zurück. Stumm gingen sie nebeneinander her. Den ganzen Tag hatte Johann sich auf ein kühles Bier und eine anständige Mahlzeit gefreut. Stattdessen würde es wieder nur trockenes Brot und Wasser aus einem Bach geben.

Um tiefer in den Wald zu gelangen, hatten sie den staubigen Weg verlassen. Unbewusst war Johann einem Geruch gefolgt, der in der Luft hing. Plötzlich standen sie vor einem kleinen Feuer, an dem zwei Männer und eine Frau kauerten und gebratenen Fisch aßen.

Burghard, Clemens und Katharina hatten das Paar nicht kommen hören. Sprachlos sahen sich die fünf jungen Menschen an, allesamt überrascht, auf andere Reisende mitten im Wald gestoßen zu sein.

Johann schaute gierig auf den Fisch, der an einem Spieß über dem Feuer briet. Franziska hingegen presste sich eine Hand vor den Mund, da ihr von dem Geruch übel wurde.

Mitfühlend fragte Burghard: »Ist sie krank?«

Katharina war bereits aufgesprungen, um Franziska zu helfen. Als sie im Schein des Feuers Johanns Gesicht besser sehen konnte, erstarrte sie für einen Augenblick. Doch auch er hatte sie an ihrem zu Zöpfen geflochtenen Haar erkannt.

»Du bist das Mädchen, das beim Heiler war«, stellte er erstaunt fest. »Was machst du hier – mitten im Wald und auf der anderen Seite des Berges?«

»Wer will das wissen?«, fragte Clemens unwirsch.

»Entschuldigt«, stammelte Johann, »es geht mich natürlich nichts an.«

»So sehe ich das auch!«, raunzte Clemens und aß weiter seinen Fisch, ließ Johann dabei aber nicht aus den Augen. Katharina gab Franziska etwas zu trinken, während Johann einige Nüsse hervorkramte und begann, die Schale zu knacken.

»Ah, dein Weib ist guter Hoffnung …«

Fragend blickten alle zu Burghard.

»Nüsse helfen gegen Übelkeit.«

Nun war das Eis gebrochen, und Katharina und Burghard stellten sich dem jungen Paar vor.

Der Mönch, dem der hungrige Blick des jungen Mannes nicht entgangen war, fragte ihn daraufhin freundlich: »Möchtest du Fisch?«

Johann nickte dankbar und ergriff das Stück Baumrinde, auf dem ihm der Fisch gereicht wurde. Gierig aß er Stück für Stück. Dabei schaute er fragend Franziska an, doch die lehnte dankend ab und zerkaute lieber einige Nüsse.

»Also hatte der Magier doch Recht!«, lächelte Katharina.

Nachdem sie gegessen hatten, bot Katharina Johann und Franziska einen Nachtplatz am Feuer an. Fragend blickte Johann zu Clemens.

»Was schaust du mich an? Ich bin nicht der Anführer. Bleibt oder geht. Es steht euch frei.«

Johann war froh über die Schlafstelle im Kreis der Fremden. Während der Tage auf der Flucht hatte er nicht gewagt, tief und fest zu schlafen. Nachts war er oft aus einem unruhigen Halbschlaf aufgeschreckt, aus Angst, drohende Gefahr nicht rechtzeitig zu bemerken.

Hier mit anderen zusammen, hoffte er nun, sich entspannen zu können. Auch Franziska schien aufzuatmen, was Johann freute. Satt und zufrieden rollte er sich am Feuer neben ihr zusammen.

Kaum war er eingeschlafen, träumte er wieder von Bonner. Dieses Mal brannte hinter ihm ein Scheiterhaufen, und Johann glaubte, Franziska im Feuer zu erkennen. Wieder presste sie das Kind an sich und rief dabei Johanns Namen.

Schreiend setzte er sich auf. Sogleich waren auch die anderen wach. Johann sah in ihre besorgten Gesichter. Als er erkannte, dass er nur geträumt hatte, hörte sein Herz auf zu rasen.

»Möchtest du uns erzählen, was du geträumt hast?«, fragte Burghard. Zuerst zögerte Johann, doch dann sprudelten seine Ängste heraus.

Der Morgen graute bereits, als Clemens als Letzter seine Geschichte erzählt hatte.

Fünf junge Menschen hatten in dieser Nacht keinen Schlaf gefunden. Jeder war vom Schicksal des anderen berührt. Und so beschlossen sie, gemeinsam einen Weg zu finden, um unerkannt die Werra zu überqueren. Erst wenn sie im Hessenland wären, würden sie einer neuen Zukunft entgegenblicken können.

Kapitel 46

Mittlerweile wurde sogar im Hessenland jedes Dorf entlang der Grenze zum Eichsfeld nach dem Mörder Heiderich von Hansteins durchsucht. Auf Drängen der Familie des Toten hatte der Vogt mehr Soldaten eingesetzt. Die von Hansteins hatten gedroht, sich an Kurfürst Johann Schweickhard und seine Ritterschaft zu wenden, sollte der Mörder nicht bald gefasst sein. Bislang aber war jede Spur im Sande verlaufen.

Da die Knechte in Zugzwang waren, gingen sie bei den Befragungen rücksichtslos vor, und manch unbescholtener Bürger wurde eingesperrt.

Rasch verbreiteten sich Angst und Schrecken unter den Menschen, und viele wagten nicht, ihre vertraute Umgebung zu verlassen.

Derweil hatten die fünf Flüchtigen beschlossen, ihre Weiterreise gemeinsam zu wagen. Zwar fiele eine Schar junger Leute überall auf, aber man würde sie kaum eines gemeinen Mordes verdächtigen, zumal zwei Frauen der Gruppe angehörten.

Trotz aller Freude und Zuversicht, war Furcht ihr ständiger Begleiter. Nicht nur die Bauernmiliz saß ihnen im Nacken, sondern auch die Angst quälte sie, ihrem Schicksal letztlich nicht entkommen zu können. Seit den Zwischenfällen bei Eschwege und Allendorf war ihnen der Schreck nicht mehr aus den Gliedern gewichen.

In der Stadt Eschwege, die ebenfalls an der Werra lag, hatten sie versucht, auf ein Schiff zu gelangen. Doch dann hörten sie, dass in der Stadt ein Hexenprozess stattfinden sollte. Der Rat der Stadt, so wurde ihnen berichtet, warte nur noch auf einen Heiler, den man hinzuziehen wolle, um die böse Frau, die jede Schuld von sich wies, zu überführen.

Nicht nur Franziska und Johann waren blass geworden, auch Burghard wechselte die Gesichtsfarbe. Hastig verließen die Flüchtigen das Städtchen und machten sich auf den Weg nach Allendorf, um dort über eine Brücke ins Hessenland zu gelangen.

Dort angekommen hatten sich die fünf wieder einmal in einen Menschenstrom eingereiht, der durch das Stadttor wollte. Da hörte Burghard, wie einer der Milizknechte einen anderen begrüßte.

Der junge Mönch traute seinen Ohren kaum. Laut und deutlich vernahm er, wie der Knecht in unmittelbarer Nähe rief: »Adam Hastenteufel! Ich dachte, dass es dich erwischt hätte und du in der Hölle schmoren würdest!«

Die Antwort kam gedämpft: »Eckbert Frischbier, du hast wohl auch deine Seele verkauft …«

Burghard hatte keine Zweifel. Diese Stimme gehörte dem Mann aus dem Wald – der Meuchelmörder stand nur wenige Schritte hinter ihnen. Erstarrt blickte Burghard nach vorne. Er wagte nicht, sich nach Hastenteufel umzudrehen. Seine Knie zitterten, sein Mund wurde trocken und kleine Schweißperlen sammelten sich auf seiner Stirn.

Er traute sich nicht, Clemens ein Zeichen zu geben. Als er sah, wie der Freund langsam seine Kapuze tiefer ins Gesicht zog, wusste Burghard, dass der junge Arnold den Namen ebenfalls verstanden hatte. Vorsichtig gebot er Katharina, Franziska und Johann, ihnen unauffällig zu folgen. Ohne Hast schritten alle fünf durch das Tor, um durch ein anderes die Stadt rasch wieder zu verlassen. Sie blickten erst zurück, als sie sicher sein konnten, dass ihnen niemand gefolgt war.

Von da an mieden sie Menschenansammlungen und öffentliche Wege.

Es war kurz vor der Abenddämmerung. Die fünf hatten sich im dichten Gehölz einen Schlafplatz gesucht, als Clemens erklärte: »Das Wandern wird mit jedem Schritt gefährlicher. Außerdem kommen wir nur langsam voran. Wir müssen einen Kahn finden, der uns schnellstens fort aus dieser Gegend bringt.«

Burghard und Johann nickten zustimmend.

»Glaubst du, dass man uns einfach so mitnehmen wird?«, fragte Katharina zweifelnd.

»Darüber habe ich auch schon nachgedacht. Auf jeden Fall wird es Geld kosten.«

»Ich habe keines«, erklärte Burghard leise.

»Mach dir keine Sorgen, mein Freund!«, antwortete Johann. »Keiner wird zurückgelassen. Das verspreche ich.«

»Warum durchschwimmen wir den Fluss nicht?«, schlug der Mönch schließlich vor. Katharina und Johann schüttelten den Kopf.

»Die Werra ist zu breit. Und Franziska kann nicht schwimmen!«, wies Johann den Vorschlag zurück.

Auch Katharina widersprach: »Ich kann mich nur über Wasser halten, wenn ich weiß, dass meine Füße auf Grund stehen können. Sonst bekomme ich Angst.«

Die Runde blieb eine Weile stumm, bis Katharina und Franziska sich aufmachten, um im Wald nach Nüssen und anderen Früchten zu suchen. Johann blickte seiner Frau lächelnd hinterher. Seit Franziska eine Gesprächspartnerin gefunden hatte, war ihre Niedergeschlagenheit einer Leichtigkeit gewichen. Zwar ernährte sie sich fast ausschließlich von Nüssen und noch immer lösten viele Gerüche schnell einen Brechreiz aus. Aber sie schien sich mit ihrem Zustand angefreundet zu haben. Sicherlich hatte auch der Kräutersud, den sie sich täglich zweimal aufbrühte, geholfen, ihre Morgenübelkeit zu lindern.

Das Waldstück, in dem sie ihr Nachtlager aufgeschlagen hatten, war breit und verlief entlang des Flusses. Während Katharina unter dem Laub nach Nüssen suchte, pflückte Franziska am Waldesrand Holunderblüten von den Büschen. Sie wollte einen schmackhaften Tee kochen, weil sie es leid war, immer nur Wasser zu trinken.

Unbewusst hatte sich Franziska etwas aus dem schützenden Wald hinausgewagt, als sie plötzlich fremde Stimmen hörte. Gerade noch rechtzeitig konnte sie sich in eine tiefe Mulde flüchten, die die Wurzeln eines umgestürzten Baumes hinterlassen hatten. Dann kamen auch schon drei Knechte der Bauernmiliz des Weges, und die junge Frau hielt den Atem an. Die Burschen blieben keine zwanzig Schritte von der Mulde entfernt auf dem schmalen Wiesenstreifen zwischen dem Waldstück und der Werra stehen. Deutlich konnte Franziska die Gewehre der Männer erkennen. Ihr Herz schlug laut. Was hatten die drei Knechte hier zu suchen? Die nächste Ortschaft war fast eine halbe Stunde entfernt. Hatten sie Johann, Clemens und Burghard vielleicht schon entdeckt und suchten nun nach ihr und Katharina? Wieder lugte Franziska vorsichtig aus ihrem Versteck, um nach Katharina Ausschau zu halten. Doch zum Glück war von dem Mädchen weder etwas zu sehen noch zu hören.

Angestrengt lauschte die junge Frau. Die Wortfetzen, die sie vernehmen konnte, ergaben keinen Sinn. Einer der Burschen sagte: »Wir sind wahre Glückskinder, dass wir diesen Abschnitt bewachen müssen.« Ein anderer erwiderte lachend: »Dich juckt es wohl?« Der dritte stammelte: »Ich gehe aber nicht zuletzt!« Nun lachten alle drei.

Franziska lauschte angestrengt, doch da das Gespräch immer wieder von lautem Lachen unterbrochen war, konnte sie nicht alles verstehen. Nur einzelne Wörter wie »Dunkelheit« oder »Prachtweib« drangen an ihr Ohr. Plötzlich knackte es hinter ihr. Erschrocken schaute sich Franziska um und sah Katharina auf sich zukommen. Diese wollte schon den Mund öffnen, als Franziska ihr gerade noch rechtzeitig ein Zeichen geben konnte, still zu sein. Sie deutete auf die drei Burschen, deren Hüte Katharina erst jetzt wahrnahm. Auf allen vieren kroch das Mädchen zurück in den dichten Wald und versteckte sich hinter einem breiten Baumstamm. Von dort konnte es zwar nicht die Miliz, aber Franziska sehen. Die spitzte vorsichtig zwischen den dicken Wurzeln des umgestürzten Baumes hindurch und beobachtete die Männer.

Die Knechte rührten sich nicht von der Stelle, als warteten sie auf jemanden. Erst als es dunkel wurde, setzten sich die Burschen in Bewegung.

Von ihrem Versteck aus konnte Franziska erkennen, wohin sie gingen.

Eine kleine Kate stand am Waldesrand, verdeckt von einer Trauerweide. Zwei der Knechte waren bereits in der Hütte verschwunden, und der dritte wurde von einer Frau laut beschimpft. Franziska kniff die Augen zu kleinen Sehschlitzen zusammen, weil sie wissen wollte, warum die Frau so zeterte. Erst jetzt erkannte Franziska etwas, das sie in helle Aufregung versetzte.

Dann kroch sie langsam zu Katharina, die noch immer hinter dem dicken Baumstumpf kauerte, und berichtete ihr atemlos von dem, was sie soeben gesehen hatte.

Zurück im Lager erzählte Franziska mit zitternder Stimme den drei Männern, was sie am Ufer der Werra beobachtet hatte.

Dabei konnte sie kaum ruhig sitzen bleiben. Immer wieder sprang sie auf, um einige Schritte auf und ab zu gehen.

Mit offenen Mündern hatten Burghard, Clemens und Johann gelauscht.

»... und es ist direkt am Haus angebunden?«

Das Mädchen nickte.

»Glaubst du, dass die Fischerin allein dort lebt?«

»Ich weiß es nicht, Clemens. Wir sollten die Hütte zu jeder Tages- und Nachtzeit beobachten – erst dann können wir sichergehen.«

Kurze Zeit später zeigte Franziska Johann, Clemens und Burghard die Mulde, in der sie sich versteckt hatte.

Johann hielt als Erster Wache, um herauszufinden, wann die Soldaten der Bauernmiliz die Kate wieder verlassen würden. Im Morgengrauen wollte dann Clemens übernehmen, und tagsüber sollten die beiden Frauen abwechselnd das Geschehen in und um die Fischerhütte beobachten. Burghard würde sie abends ablösen.

Wie Franziska richtig beschrieben hatte, war die Kate nur schwer auszumachen. Die Äste einer alten Trauerweide, die bis ans Wasser reichten, verdeckten die Hütte fast gänzlich. Die Kate stand auf Stelzen im Wasser, und nur über einen Steg, der seitlich um sie herum verlief, konnte man vom Land aus zu ihr gelangen.

Am hinteren Ende des Steges sahen nun auch die anderen, was Franziska durch Zufall entdeckt hatte. Da lag es und schwankte leicht im Takt der Wellen – ein kleines Fischerboot.

Nur durch das laute Schimpfen der Fischerin – einer der Soldaten hatte sich ins Boot erleichtert – war Franziska das kleine Fischerboot überhaupt aufgefallen. Sofort war ihr klar gewesen, dass das für sie die ersehnte Freiheit bedeutete.

Nach einer knappen Woche wussten die fünf um den Tagesablauf der alleinstehenden Frau Bescheid. Ein jeder Tag glich dem vorherigen beinahe vollkommen.

Täglich, kurz nachdem der Morgen graute, fuhr die Fischerin auf den Fluss hinaus und kam einige Zeit später mit ihrem Fischfang zurück.

Nachdem sie die Fische geschlachtet und ausgenommen hatte, wartete sie auf Kunden. Meist saß sie dabei auf dem Steg und ließ die Füße im Wasser baumeln.

Stets als Letzte kam eine kleine, rundliche Frau, die unablässig über die zu hohen Preise schimpfte. Die Fischerin zeterte ihrerseits über den Geiz der Kundin und warf ihr vor, den Fisch in ihrem Wirtshaus für viel mehr zu verkaufen.

Katharina kam das Geschrei wie ein einstudierter Schwank vor. Anscheinend gehörte das zum Fischhandel dazu, denn stets verabschiedeten sich die beiden mit den gleichen Worten. Die Fischerin rief: »Bis morgen, Wilma!«

Die Wirtsfrau hob die Hand und antwortete: »Wenn ich dann noch lebe!«

Daraufhin lachte die Fischerin laut auf und blickte der Alten amüsiert hinterher.

Danach wusch sie sich gründlich im Fluss. Franziska glaubte sogar, einen feinen Blütenduft erschnuppern zu können.

Sobald sich der Tag dem Ende neigte, zündete die Frau eine Laterne an der Haustür an. Kurz darauf kamen die drei Soldaten und verließen die kleine Kate erst im Morgengrauen wieder.

Nachdem fünf Tage verstrichen waren, erklärte Johann am Abend des sechsten: »Ich schlage vor, dass wir morgen aufbrechen. Wir müssen diese Gelegenheit beim Schopf packen.« Die anderen nickten. Im Wald wurde es langsam zu gefährlich für sie. Zwar hatten sie ihr Lager gut versteckt zwischen Bäumen errichtet, vor den Soldaten aber waren sie hier nicht sicher, und einmal wären sie um ein Haar entdeckt worden.

Der nächste Tag verging kriechend langsam, und die Stunden schleppten sich dahin. Angst und Anspannung waren auf den Gesichtern der fünf jungen Leute zu lesen. Sie fürchteten, dass ihr Plan vereitelt werden könnte, würden die Soldaten am heutigen Abend die Kate und ihre Bewohnerin, das »Prachtweib«, nicht aufsuchen.

Lange vor Anbruch der Dunkelheit kauerten die fünf versteckt am Waldesrand. Es dämmerte bereits, aber die Knechte waren weder zu hören noch zu sehen. Clemens fürchtete bereits, dass die Soldaten an diesem Abend der Kate fernbleiben würden, zu lange hatten sie schon gewartet. Franziska saß in der Grube und schlug leise weinend die Hände vors Gesicht. ›Vorbei, vorbei‹, dachte sie.

Endlich, als der Mond gerade über dem Wald aufging, konnten sie aus der Ferne die lauten Stimmen der Knechte hören. »Sie kommen!«, flüsterte Franziska. »Sie kommen tatsächlich!«

Als die Knechte Minuten später an ihnen vorbeizogen, war klar, warum sie erst jetzt eingetroffen waren. Sie hatten zu tief ins Glas geschaut, denn sie torkelten und mussten sich gegenseitig stützen. Gemeinsam verschwanden sie in der Hütte der Fischerin, wo sie mit lautem Gelächter empfangen wurden. Clemens und Johann sahen zu Burghard, Katharina und Franziska. Alle nickten. Ein jeder bekreuzigte sich, und gemeinsam schlichen sie dann im Schatten von Büschen, Sträuchern und Bäumen hinunter zu dem kleinen Haus. Je näher sie kamen, desto lauter wurden die Stimmen, schrill drang Gesang an ihre Ohren. Im Innern des Häuschens schien ausgelassene Stimmung zu herrschen.

Die jungen Leute handelten schnell.

Leise betraten sie den Steg. Bereits am Tag zuvor war entschieden worden, dass Clemens durch das Fenster ins Innere der Hütte schauen sollte. Wäre zu erkennen, dass die Soldaten und die Fischerin keine Anstalten machten, die Kate noch einmal zu verlassen, würde er seinen Freunden ein Zeichen geben, ihm zu folgen.

Vorsichtig blinzelte der junge Arnold durch die verschmutzte Fensterscheibe. Was er da zu sehen bekam, trieb ihm die Schamesröte ins Gesicht. Doch zugleich war er sich sicher, dass wohl keiner der drei mehr nach draußen kommen würde. Er gab seinen Freunden das vereinbarte Zeichen und bedeutete ihnen, dass die Luft rein war. Kriechend überquerten die vier den Steg bis zum anderen Ende.

Vorsichtig setzten sich zuerst Johann und Burghard nebeneinander ins Boot. Es schwankte leicht, als Katharina vorne und Franziska hinten Platz nahm. Die junge Frau musste sich wieder die Hand vor den Mund halten, da der Gestank nach Fisch abscheulich und kaum auszuhalten war.

Lautlos kroch nun Clemens heran. Leise löste er die Leinen vom Steg und schubste die Spitze des Bootes in Fahrtrichtung. Dann setzte er sich hinter Franziska und stieß den Kahn vom Steg ab.

Alle fünf sahen noch einmal zurück zur Hütte. Von dort drang nur lautes Stimmengewirr und hin und wieder grölender Gesang über das Wasser zu ihnen.

Johann und Burghard tauchten die Paddel in die Werra. Mit kräftigen Schlägen steuerten sie das Boot in die Mitte des Flusses.

Rasch wurde das Fischerboot von der Strömung erfasst, sodass es beinahe von selbst flussabwärts schwamm. Sie mussten nur noch darauf achten, dass sie nicht zu dicht ans Ufer herantrieben. Erst als die Flüchtenden die Fischerkate nicht mehr sehen konnten und die nächste Flussbiegung vor ihnen lag, lösten sich laute Freudenschreie aus ihren Kehlen.

Sie hatten es geschafft! Der Fluss würde sie weiter ins Hessenland tragen. Weit weg von Barnabas, Servatius, Otto, Bonner und Adam Hastenteufel. Schon bald würden sie sich nicht mehr an diese Namen erinnern. Zwar wussten sie nicht, was vor ihnen lag, aber sie wären frei von Ängsten und weit entfernt von den Menschen, die ihnen Böses wollten.

Franziska schmiegte sich an ihren Mann. Das war es, was sie sich erträumt hatte. Für Johann, für sich, vor allem für ihr Kind. Es sollte in Freiheit und Glück aufwachsen können. Frei von Knechtschaft und frei von Ängsten. Dankbar blickte die junge Frau zum Himmel und sah, wie sich eine Sternschnuppe löste und herabfiel. Sie wusste, was sie sich wünschen würde.

Personenregister

Heiligenstadt:
Katharina Jacobi – Tochter von Barbara und Albert Jacobi
Albert Jacobi – Vater von Katharina
Barbara Jacobi – Mutter von Katharina
Silvia – Schwester von Katharina
Otto – Schwager von Katharina

Hundeshagen:
Johann Bonner – Sohn des Großbauern Bonner
Franziska – Magd auf dem Bonnerhof
Casper Bonner – Vater von Johann
Annerose Bonner – Mutter von Johann
Karoline Bonner – Schwester von Johann

Dingelstedt:
Clemens Arnold – Bruder von Anna
Anna Münzbacher – Schwester von Clemens
Wilhelm Münzbacher – Mann von Anna
Friedrich Schildknecht – Jugendfreund von Anna und Clemens
Heinrich – Knecht
Marga – Wäscherin und Geliebte von Wilhelm Münzbacher
Milchkarl – Freund von Heinrich

Tastungen:
Lutz Lambrecht – Pfarrer und Oheim von Johann Bonner

Burg Bodenstein:
Adolph Ernst von Wintzingerode – Freiherr
Hedwig von Wintzingerode – Freifrau

auf Wanderschaft, u. a. in Worbis:
Burghard – Franziskanermönch
Servatius – Franziskanermönch und Burghards Lehrmeister
Barnabas – Volksmagier und Hexenerkenner

Dank

Als ich mich entschlossen hatte, meinen Roman »Das Hexenmal« im Jahr 1617 spielen zu lassen, ahnte ich nicht im mindesten, wie aufwändig die Recherche sein würde.

Leider waren durch den Dreißigjährigen Krieg (1618–1648) viele öffentliche Aufzeichnungen vernichtet worden und verloren gegangen. Demnach war selbst das Internet mir keine große Hilfe, zumal die Antwort auf eine Frage oft wieder neue Fragen aufwarf.

Doch zum Glück interessieren sich die Eichsfelder sehr für ihre Heimat, und manch einer forscht schon seit Jahrzehnten in wiedergefundenen Familienchroniken, Kirchenbüchern oder in den heimatlichen Gefilden. Immer wieder gelang es mir, jemanden ausfindig machen, der mir weiterhelfen konnte. Jeder Einzelne war von der Idee meines Buches so begeistert, dass er mich bei meiner Recherche bereitwillig unterstützte. Einige dieser »Heimatforscher« lernte ich persönlich kennen, mit anderen telefonierte ich oft stundenlang, und wieder andere schickten mir seitenweise E-Mails mit Auszügen aus Dokumenten, persönlichen Briefen oder Geschichten. Auch für das sehr komplexe Thema der Hexenverfolgung konnte ich einen anerkannten Fachmann zu Rate ziehen.

All diesen Menschen, die mich einen großen Teil des Weges bei der Entstehung zu »Das Hexenmal« begleitet haben, möchte ich nun herzlich danken:

DR. PHIL. HABIL. JOHANNES DILLINGER, der Privatdozent an der Universität Trier ist und an der Brookes University, Oxford, lehrt, erklärte mir vieles über Hexenverfolgungen und Hexenverfolgungsgegner und inspirierte mich zur Figur des Barnabas. Selbst in England hat er sich für mein Buch Zeit genommen und alle Seiten auf ihre Richtigkeit geprüft.

GRAF JOBST VON WINTZINGERODE, Historiker in Berlin, ließ mich an seiner Familiengeschichte teilhaben, erklärte mir geduldig in seitenlangen Mails alles, was ich über seine Ahnen und Burg Bodenstein wissen wollte, und prüfte diese Seiten ebenso inhaltlich.

GRAF UND GRÄFIN WILKO VON WINTZINGERODE, die mich privat empfingen und mir die Ahnengalerie wie auch alte Familienerbstücke zeigten und gern bereit waren, meine zahlreichen Fragen zu beantworten.

FRAU UTE WÄCHTER, Wintzingerode, die mich durch Burg Bodenstein führte, sodass ich das Verlies ebenso wie die anderen Räumlichkeiten genau beschreiben konnte.

FRAU HOLSTE-HOFFMANN vom Kulturamt in Duderstadt, die mir vor Ort die Geschichte Duderstadts näherbrachte. Selbst Regen hielt sie nicht davon ab.

HERRN MECKE vom Verlag Mecke Duderstadt, der mir auf alten Karten die Wüstungen erklärte und mir wertvolle Bücher für meine Recherche zur Verfügung stellte. Auch nahm er sich die Zeit, meinen Roman diesbezüglich inhaltlich zu prüfen.

HERRN ELMAR GOLLAND, Heiligenstadt, Autor so mancher Aufzeichnungen über das Eichsfeld, und HERRN REINHOLD REIMANN, Ferna, die mir ihre Heimat näherbrachten. Kein Weg war ihnen zu weit, keine Geschichte zu unwichtig. Auch in unzähligen Telefonaten halfen sie mir, das Eichsfeld und seine Vergangenheit besser kennenzulernen.

BRUDER JOACHIM BECKER, Franziskanermönch, erklärte mir in

seinem Kloster in Hermeskeil das Mönchsdasein, sodass ich das Leben von Burghard lebensnah schildern konnte.

Herrn Priv.-Doz. Dr. Joachim Conrad, Püttlingen, der die Figur des Burghard »belebte« und mich auf das Thema der Hexenverfolgung und ihrer Gegner gebracht hat.

Pfarrer Volker Junge, Riegelsberg, der mir seine Zeit opferte und sich mit meinen Bibelzitaten »abmühte« und außerdem die Seiten über den Glauben zu der damaligen Zeit prüfte.

Herrn Helmut Maas, Heusweiler, Gemeindewehrführer, den ich bei der Beschreibung des Brandes in der Scheune zu Rate ziehen durfte.

Pfarrer Johannes Brehm, Geismar, und Herrn Albert Kohl, Eschwege, die mir vieles über Döringsdorf und Wanfried erzählten.

Herrn Josef Keppler, Lindewerra, der mir Wichtiges über die Geschichte von Heiligenstadt und die Werrakeramik verriet. Ebenso wie Herr Naumann von der Töpferei Naumann, Creuzburg.

Herrn Peter Schneider, Förster in Saarbrücken, der mir in eisiger Kälte nachts auf dem Hochsitz Tierlaute und andere Geräusche erklärte. Der mich außerdem auf wichtige Details aufmerksam machte und mir zeigte, wie Franziska und Johann mit einfachen Mitteln ein Feuer entfachen konnten.

Manche stundenlange Befragung und Beschreibung ergaben im Buch oft wenige Sätze – anderes füllte Seiten. Vieles hätte ich gerne noch erwähnt, und es war sehr schwierig, bei dieser Fülle von Informationen genau das herauszufiltern, was wichtig für meine Geschichte war. Nebensächliches durfte nicht zur Hauptsache werden oder Nebendarsteller nicht plötzlich die Hauptrolle übernehmen.

Dass ich diese Balance nicht verloren habe, dafür sorgte Frau Monika Metzner, Journalistin aus Lübeck. Monika bremste mich, wenn ich zu sehr abschweifte, und forderte mehr Erklärungen, wenn es ungenau wurde. Sie lektorierte nicht nur meine Texte, sondern begleitete mich auch auf meinen Rechercheereisen. Ihre Meinung und ihr Können waren eine wahre Bereicherung für mich und dieses Buch.

Wegen der »neuesten« Komma- und Grammatikregeln ist es ratsam, jemanden zur Seite zu haben, der sich damit auskennt und immer auf dem aktuellen Stand ist. Deshalb war ich glücklich, FRAU ANGELIKA LAUER, Diplom-Übersetzerin aus Heusweiler, zu Rate ziehen zu können. Auch ihre Meinung als Testleserin wollte ich nicht missen.

Ein ebenso großes Dankeschön geht an meine Lektorin vom Goldmann Verlag, FRAU IRIS KIRSCHENHOFER. Es war ein reines Vergnügen, mit ihr gemeinsam das Buch zu überarbeiten, und ich bin stolz darauf, dass es so wunderbar »rund« geworden ist.

Auch bei meiner Agentur KEIL & KEIL, Hamburg, möchte ich mich für die Begeisterung und Unterstützung bedanken.

Zum Schluss danke ich meiner Familie für ihre Zuversicht, Motivation und ihr Verständnis.

Herzlichst
Deana Zinßmeister

Quellennachweis

Seite

221 Kühn, Hans J.: »*Wann eine Kuh nicht stieren will …*«: *Kräutermedizin und Volksmagie in einem bäuerlichen Haushalt um 1800*. Saarbrücken: Staden-Verlag 2005, S. 82, Nr. 25.

221 ebd., S. 83, Nr. 32.

222 ebd., S. 88, Nr. 98.

283 ebd., S. 110.

283 ebd., S. 85, Nr. 59 b.

415 ebd., S. 92, Nr. 136.